问道北大

于仲达的新思考与批判

于仲达 ◎ 著

中国国际广播出版社

目　录

钱理群：丰富的痛苦 ……………………………………………… (1)

星云大师：以心印禅 ……………………………………………… (22)

何怀宏：沉潜与中道 ……………………………………………… (36)

李零：读书人的"野性" ………………………………………… (51)

楼宇烈：佛学家的人文关怀 ……………………………………… (63)

杨立华：儒者的醒觉 ……………………………………………… (83)

曹文轩：唯美与悖论 ……………………………………………… (128)

王博：思辨与生命 ………………………………………………… (145)

朱良志：生命的清供 ……………………………………………… (183)

叶曼：国学老人 …………………………………………………… (202)

刘小枫：拣尽寒枝不肯栖 ………………………………………… (219)

净慧法师：禅在当下 ……………………………………………… (241)

陈鼓应：沉痛与逍遥 ……………………………………………… (257)

孙郁：抵制粗糙 …………………………………………………… (270)

陈平原：压在纸背后的"人" …………………………………… (284)

方立天：佛学人生 ………………………………………………… (301)

周学农："空"也是"空" ……………………………………… (325)

徐小跃：儒道佛与人生 …………………………………………… (346)

高远东：以鲁迅为方法 …………………………………………… (355)

林谷芳：生命的归零 …………………………………………（368）

明贤法师：释迦太子的启示 ……………………………（388）

吴晓东：文学性的坚守 …………………………………（398）

李超杰：为什么会有恶 …………………………………（411）

行者：追寻弘一大师的足迹 ……………………………（421）

陈晓明：另一种匮乏 ……………………………………（439）

孔庆东："我执"和"法执" ……………………………（463）

附录　学习是一种修行 …………………………………（476）

后记 …………………………………………………………（493）

钱理群：丰富的痛苦

引子·印象

2007 年春季的某个下午，一个朋友告诉我说，黄子平要在北大做"鲁迅六讲"。我便前往。

6 点 45 分，到了五院北大中文系教研室，走进门去便见一个和蔼的老头，穿着朴素，硕大的脑瓜，秃顶，花白头发，笑呵呵的，黄子平先生在一旁和他说话。我看过钱理群先生的照片，心想这就是传说中的"老钱"了。

那晚，中文系学术报告厅挤满了学生，前八排给中文系本系学生预留，我只能站着听讲座。讲课开始，钱先生做了主持，简短地说了话。他说自己没有幽默感，过分精神化，对日常生活不关注，并说缺啥补啥。

1985 年，钱理群与黄子平、陈平原共同提出了"20 世纪中国文学"的概念，也就是这个概念引起了我对于他们三人的关注。不过那时，我对学术没有什么感觉。

黄子平先生说话幽默，他称钱先生"钱老"或"老钱"，谈笑之中自有一般学者难有的达观和睿智。北大中文系师生习惯于称钱先生为"老钱"，我也喜欢这种称呼，感觉亲切。最先接触钱先生，是十年前读了他的《心灵的探寻》，依然记得当时很苦闷的困境中阅读时的那份激动心情。那是一个寂寞的青年在一个暗夜里突然感受到一颗滚烫的灵魂，瞬间孤独与忧愤被点燃，那一刻我决定打破"铁屋子"！此后的几年时间里，他的著作摆放在我的书柜里，在艰苦的困境里支援着我的精神！在我的阅读感受里，钱先生的文章充满了激情，充满了冲击力，内心始终充满着紧张，用"峻急"、"纯粹"、"郁热"、"极端"、"灵魂分裂"这些词语或许可以概括他的精神侧面。如今见了钱先生，他给我的最大感受就是饱受世俗风沙的消磨，却始终能满怀热忱，这十分难得。

2009年4月19日14时，钱理群先生的身影又出现在国家图书馆二期新馆学术活动厅（学津堂）里。他这次开讲"对鲁迅的再认识及其在当代的意义"。他说鲁迅有三个拒绝：他拒绝被体制收编；他拒绝被任何一种思想文化体系所收编；他也拒绝收编我们。钱先生特别提出，在鲁迅生活的时代，他面对着两个困惑：东方专制主义的困惑和西方文明病的困惑。今天的中国，情况远比20世纪初要复杂，我们现在是一个前现代、现代、后现代在一起的社会。这个问题引起了我长久的思考，相比鲁迅的时代，这个问题更复杂。

我从安徽来到北大学习，不正是为了深入思考这个问题吗？当下面对的问题空前未有地复杂，所以我们面对问题的态度也要空前未有地复杂。然而，钱先生面对问题提出的解决之道还是鲁迅式的"横站"，我猛然觉得他笼罩在鲁迅的身影里。单一的精神视野，已经不能更深入认识当下这个世界了。我深深感到"老钱"的局限。理解"老钱"的局限，对于21世纪的我们，或许比理解老钱的"伟大"更有意义。

一

从1985年走向讲台给81级的学生讲鲁迅，到2002年正式退休，钱先生在北大连续给22届的学生讲了17年的"鲁迅"，其中还不包括给研究生开设的鲁迅、周作人研究的专题课。与其说钱先生是"研究鲁迅"，不如说是"拥抱鲁迅"。从钱先生有关鲁迅的文字中，可以看到他始终把自己的灵魂投入到研究对象之中，拿全副灵魂、思想去和对象交流、融合。我几乎买了他所有的著作，个人以为他写得最好的是学术随笔《拒绝遗忘》。老钱的人格力量值得称道，可惜他对于鲁迅的理解过于乐观和激情，而鲁迅本质上是一个孤愤的性格悲观的人。一个北大文学博士说，老钱的鲁迅研究只能说是关于鲁迅的读后感，我谅解这位老乡的狂妄。在北京大学，以至整个日益功利化的中国大学校园里，钱理群先生这样的理想主义者注定是个异类。

钱先生从"民间"走出，带有鲜明的不同于学院学者的生命体验，深刻吸引了一批人。这么多年，我在网络活动中，结识了一批网络思想者，有着相似的精神取向，大多喜欢钱先生。他们是南朵、陈愚、相似的你我、燃烧的海水、阿睛1919、梁卫星、崇拜摩罗……记得2002年年初，在当时的《读书》论坛，我见到一个网友在发帖求购钱先生的大著，这就是"崇拜摩罗"。我清楚地记得他在回信中那掷地有声的一句话："我也要做一个精神战士！"一个年轻执著的声音，令我震颤！随后，23岁的他几经辗转，慕名前往北京钱理群等他崇拜已久的"精神界战士"家中拜谒求教。尚是一个军校学员的弟弟，怀着一腔怎样激越澎湃的少年情怀，揣着一个觉醒了的孤独的灵魂，只身奔赴北京，走向他的偶像……

由此可见，钱先生当初是如何影响我们精神世界的。

钱先生是一个特别有激情不说假话有真性情的人，用高远东先生的话来说他是位"天才的演讲艺术家"，这点从他的系列专著中就可以看出来。关于钱理群先生的讲课风采，曾经有听课者回忆道："老钱擦完黑板并不将黑板擦放归讲台或者黑板支托，而是拿在左手，同时右手也捏着粉笔，继续激情澎湃、滔滔不绝地讲课。他双手不时在空中舞划着，这样一堂课下来，纷纷扬扬的粉笔灰落在他的头上、肩上和脸上，和他流出的汗混合在一起。不用说，老钱对一堂课的付出是很多的，而得到的回报是下课时的热烈掌声。"北大中文系的邵燕君女士称钱先生是中文系几级学生共同的精神导师，她这样回忆听钱先生讲课的情形：

> 教室照例被挤得水泄不通，连窗户上都"挂"着人。讲演快开始时，通道的人群中闪出一条缝，有人说："钱理群来了。"我朝教室门口望过去，只见一个又矮又胖的中年人踉踉跄跄地挤进来，脑袋硕大，头顶半秃，衣服好像也蒙着一层再也洗不出来的土灰色……

阅读钱理群先生的大部分著作，可以感受到他内心深处的苍凉与苦痛。我读过孔庆东先生的《恭贺钱理群老师六十寿辰》、《侠之大者，钱理群》、《我看钱理群》，他把钱先生看作"大侠"、"恶僧"，称"钱理群给予青年的是一团熊熊燃烧的活的启蒙精神"；汪晖先生说钱先生就像黑塞笔下的那只"荒原狼"，整整一生，他将把全部想象的天才、全部思维能力用来反对自己；王得后先生指出，老钱站在鲁迅与自己学生之间，清醒地、自觉地充当"中间物"，这是很宝贵的；孙郁先生说他读《心灵的探寻》时，感觉调子是惨烈的、悲怆的，也多少染有苦行僧的色泽，然而日常生活的他，却儒雅得很，与苍凉的韵致相距甚远，读钱氏描绘"鲁迅式"知识分子的论述，可以感到他内心的激情，并感叹道："今后的大学讲坛，像他一样激情四射、颇有信念的老师，很难见到了"；王乾坤先生指出钱先生的著作吸引他注意的主要不在于学术和思想，而在于作者本人生命形态的置入，也就是把自己熬煎在里边；王吉鹏先生指出钱先生的研究"不是聆听僵硬的说教，见到的不是陈腐的学究气，而是同作者一起走过一段灵魂升华的天路历程"；摩罗先生的《半佛半魔钱理群》一文称赞钱先生半佛半魔。

钱理群先生的意义不在于启蒙了什么，而在于怎么启蒙。他带着生命的体温直面世界，敢于撕下自己的面具，给我的精神冲击是强烈的。有时候不免纳闷，钱先生是一个乐观激情的人，鲁迅先生是一个特别沉郁的人，性情差距之大，他果真能深入鲁迅先生的心灵世界吗？读过王得后、汪晖、王乾坤、陈思和、孙郁、吴晓东、邵燕君、薛毅等评论钱先生的文章以后，我觉得老钱是一座"铁屋子"！心想：鲁迅先生被他讲到这种程度，我还能再说一些什么呢?！这个问题一直挑战着我，让我不敢懈怠，随时做好突围的精神准备。

我既非钱先生的嫡传弟子，也非北大中文系的学生，而只是一个读过他的书受到他精神滋养的人。我承认，自己不是个爱热闹的人，即便钱先生就在身旁，也只是习惯冷眼看风景，而不会轻易主动上前搭话，更不会随便想加入到某个群体中。但是，作为长者，一个把生命与青年学生的血肉联系的北大教授，我对他表示尊敬。但是我从那些并非溢美之词的评论钱理群的文章中，隐隐看出"老钱"精神影响的负面作用。太急切，太激烈，往往不能持久，往往变得无聊。

没有去京之前，我多少有点"导师情结"；到了北大之后，情结彻底破灭了。那些称颂钱先生为"佛"和"大侠"的弟子们，各个都被时光打回原形，蜕变成"精致的利己主义者"，想想曾经对他们的期待，我本能地有些不适。叹息，如今的一些"知识分子"已经失去了人格的力量，沦为庸人俗人。即便在北大，真正做学问的，可能不太多，今后像钱先生这样的学者更是稀缺。大家都很浮躁。更要命的是，一些学者人品很差，甚至超越一些底线。如何让我对他们有精神期待呢？正是鲁迅先生的鞭策，让我克服了自己的局限，忍受多年的重压而有所升华。关于这点，我十分珍视。

二

近年以来，研究鲁迅的似乎越来越多，靠研究鲁迅获取职位、职称，获得安身立命、扬名的人越来越多。我曾经在 2008 年去国家图书馆和北京大学图书馆查了关于鲁迅研究的论文。各种各样以鲁迅为题的硕士论文、博士论文和资料汇编，吓了我一跳。但是，我仔细查阅其中的多数论文，除了那些熟悉的引文，大多缺少什么重要价值。

鲁迅研究有愈来愈经院化的趋势，更有不少学者持各种理论否定鲁迅，或者把鲁迅大卸八块，只有少数人是在鲁迅止步的地方和逻辑的指向，向前推进。鲁迅本人是个直面人生、与人间保持密切关系的人，如果我们的研究不能和这些人的生存结合起来，那是没有意义的，当今鲁迅研究的最大问题就在这里。有学者高呼，回到鲁迅去，打破符号化的鲁迅，直接靠近鲁迅的生命本体。鲁迅的生命，是"反抗绝望"挑战生命极限的生命，而不是书斋里的学者，那些用各种理论、各种框架对鲁迅进行学术肢解的"学院派"和以鲁迅精神传人自命的谬托知己者，向来为鲁迅所憎恶。一些学者缺乏开放、敏锐而又切实的"问题意识"，隔靴搔痒、牵强附会，另有一些所谓文化基督徒和自由主义者，根本不去深入地读鲁迅作品，而是主题先行，预设一个框架然后把鲁迅装进去随意涂抹。一些研究鲁迅的人，恰与鲁迅的生命精神相去万里。鲁迅最终离开厦大的一个重要原因是，鲁迅发现，学术研究只是中国社会的一种点缀，一种文化摆设，他并没有感觉到学术对中国的意义和价值。鲁迅离开厦门大学，实际上是与学院文化的决裂。我觉得学院文化有一种惰性，看似公允实则没有什么意义。

钱先生 1960 年大学毕业后，被"分配"到贵州一所卫生学校教语文。他自己在贵州下放了 18 年，贵州可谓他的"第二故乡"，对身处底层的人的心情有切身体会。他在那里写的鲁迅研究札记，有一两百万字。钱先生身上有一种可贵的民间的底气，"我一直没忘了贵州，一直把她留着。我走了一条学术的道路，原来是比较野的，现在要纳入到正轨当中去，这是很痛苦的过程。获得了学术界承认，具有发言权后，新的矛盾又产生了：野性还在，不习惯学院的束缚，总忍不住站出来为底层说话"。也就是在这个意义上，钱先生一直警惕被学院、被知识、被权力收编，他的学术研究实际上是自我生命的"挣扎"。钱先生对于知识分子的研究，决定了他文学研究的理论特点：首先，它不是纯粹文学研究，而是思想史、文化史的交结；其次，这研究与他的个人经历有关，"带有自我反省、自我解脱、自我升华的特性"。我特别喜欢他身上的那种"野性"，这种"野性"在日趋体制化学院化的今天，越发少见了，即便在北大，我看到的都是"规矩"的学者做着"规范"的论文，日益感觉生命的窒息与压抑，内心感觉痛苦。

我感觉，一个不能与人间建立精神联系的学者根本称不上丰富深刻的学者。钱先生曾经说："贵州和北大是我的两个精神基地，民间与学院，对我来说是一个互相补充，也有冲突矛盾，但这就是我的思想和学术特点。"然而，真正打动我的是作为"民间思考者"的钱理群，而不是作为学者的钱理群。他的"民间立场"，就来源于鲁迅。已经告别北大的钱理群先生，依然孜孜不倦于中国现当代文学研究和中学语文教育，无论是在学院还是在民间，钱先生一直没有放弃自己关注当下问题的人间情怀，让人尊敬。和那些在象牙塔一路修行的学者不同，钱理群先生是带着自身丰富的经历闯入学术界的，他有自身要面对的问题，对北大的硕士、博士教育相当失望。钱理群先生的鲁迅研究是生命化研究，他的教育是生命化教育。始终有赤子般的纯真，对世界、社会、学术永远有好奇心与新鲜感，因而具有无穷无尽的创造力。

北大中文系现当代文学教研室的所有教师，都对鲁迅有所研究。估计像老钱这样拿灵魂投入研究对象的，不会很多。邵燕君女士说，钱先生的研究实际上是在"读人"，是"体验"、"相遇"，"彼此纠成一团，发生灵魂的共振"。

钱理群自称"不追求永久的学术价值"，这与追求学术规范的学院学者决然不同。也正因为如此，他深受青年学生的喜爱。钱先生曾经说他写作主要是感受型的而不是研究型的，他自己的定位就是"中间物"，自觉践履鲁迅精神，当代知识分子中很少有人像他这么清醒着。承认自己的有限，而又不拘泥于有限真是可贵。老钱讲鲁迅时把自己燃烧在里面，投射着自己的灵魂。

钱先生不是一个"书斋、艺苑里"的"纯学者"：他虽然身居学院，却没有把自己禁锢在"象牙塔"里，而是直面现实，强烈地拥抱现实，坚持对现实进行反思与批判。正如郭春梅女士所说，那种面对研究对象时所感受到的永远的心灵的劫难，那种深刻执著的救赎意识和博大深沉的人文情怀，赋予了他的著作一种诗意的光辉。读他的著作，我们分明能够触摸到他内心深处的苍凉与苦痛，柔情与悲悯。那是一种不相信彼岸世界却又真诚地追寻彼岸世界的鲁迅式的"绝望的反抗"，是一种用博大的历史热情烛照现实存在的责任感和使命意识。而这，正是钱理群先生的魅力所在。

钱先生说，不要只是咀嚼自己的苦痛，而要把苦痛化为精神上的财富。是的，仅有痛苦和愤怒是不够的。在安徽那个闭抑的环境里，钱先生的著作鼓舞了我，这是他著作的迷人之处。可是，在我看来，人可以依靠激情鞭策自己，却不可以用激情处理问题。

钱先生常常带着自己强烈的主观感受去研究鲁迅、曹禺、穆旦等作家，这种过分的融入往往让他无法从容抽身，显得有些"峻急"、"郁热"、"极端"、"灵魂分裂"、"躁动"等，钱先生特别喜欢宏大的词汇，比如"20世纪"、"中国"、"中西"、"大"、"知识分子"等，宏大叙事带来的激情虽然能感染人的情感，给人以力量，但是，从另一个角度来讲，钱先生过分的启蒙姿态，不受羁绊，过于单调、沉重、精神化和脱离现实，丧失多角度观照生活的视角，精神资源过于单一，却无助于解决问题。这种抽象的激情容易让人产生对鲁迅的"误读"，从而产生只想当英雄和圣人而不去做普通人的想法，这是值得注意的。钱先生在间接向读他书的后生传递他这代人的痛苦，难道就不怕培养出新的"醉虾"？钱先生过于看重所谓"知识分子"的作用，他有一种"奴在心中"的痛苦，想做永远的批判者，永远不满足于现状，事实上这也只能是极个别知识分子的选择，不足以效仿与推广。我觉得在一个健康的社会，"知识分子"越少越好。

三

对年龄太小就被鲁迅深深影响的人，是必须加以警惕的。这些人常常是因为生存环境的恶劣，在鲁迅的火山那里找到一个虚幻的爆发口。而实际上，无论是思想还是学问，他们空空如也（当然，这话有"自食"的味道）。如果不确立自己的思想或者学问，他们就会跟着感觉走：今天担当个体的苦难，明天唱唱集权的赞歌，看一份自由主义的宣言，马上变成一个极端的自由主义者，听一场民族主义的演讲，马上就变成极端的民族主义者。唯一保持的是极端，从这个极端跳到那个极端。钱先生所一直思考的改造人性、根除奴性、拒绝遗忘、摒弃虚伪等，可能是永久的问题，不是哪个时代一下就能解决的问题，可能变成一种思想重压压制年轻人的精神发育，应该到成年后再慢慢思考这些问题。只要看看当下的少年就可以知道，他们对学校教育、对社会、对人生都充满了调侃，从中透露出看透了一切的冷漠。学生的情况，资质各有不同。面对这种状况，如何启蒙？还统统用鲁迅激发他们对社会更强烈的憎恶和批判吗？钱先生再怎么爱鲁迅，这是他本人的嗜好，可实在不能执著。

在这个意义上，我觉得退休后的钱先生到处给中学生和小学生开讲鲁迅，是值得忧虑的。记得鲁迅先生当年曾经明确反对将自己的文章收入中学生课本，不知钱先生记否？钱先生自然能忍受精神煎熬，而且能在残酷的环境中挺住，可是，那些年轻孩子呢，就不一定了。给孩子们打"精神底子"的想法是好的，但是，应该是多元化的精神资源，不能只讲一个鲁迅，这很危险。联想到钱先生在南京师范大学附中开设"鲁迅作品选读"课，我就隐约担忧起来。现实是冰冷无情的，各种各样的条条框框也很多，在这样的环境里，让那些处于"幸福时光"中的中学生去读冷硬的鲁迅，难道不是惊扰孩子们的好梦吗？

钱理群、余杰、摩罗等人的书最初曾给了我自足的勇气和激情，对于困境里建立自我起到很大作用，他们普遍受到鲁迅的积极影响，致力于批判专制，承担知识分子的使命，这些都是有正面意义的。可是，我也从他们身上

洞察到了某种虚妄的精英主义，突出表现在文风上就是抽象的激情、标新立异、自相矛盾、主体固化，用佛教的话来说就是陷入"我执"和"法执"之中。就连钱理群在北大一次讲座中，他本人也感叹自己太精神化不幽默，可见这是一个值得解决的问题。鲁迅先生是一个具有自我认知能力的人，并且在提升自我的同时消融了自己。他们身上所表现出来的局限性，开始显露出来，为我警惕。

钱先生身上有鲁迅式的理想主义、英雄主义、浪漫主义气质，偏激、峻急、郁热，缺乏缓冲，缺乏"文人雅趣"和"生活的艺术"，缺乏鲁迅身上的士大夫趣味，虽然延续了鲁迅的精神脉息，但缺少了魏晋风骨，缺少了多元意识下的平和与从容。钱先生自以为"真诚"、"自由"、"酣畅淋漓"、"野性"，其实，他很少警惕自我中心的立场。这是知识分子的幻觉，自以为在中心，其实还是边缘。

钱先生不是不具有自我怀疑和自我否定精神，只是这种精神无法抗拒他自身的激情。他彻底被激情淹没。钱先生身上有着一种英雄主义式的"拯救情结"，他的反思也未能超越这种情结。虽然他的气质、语言风格、知识修养和鲁迅有着很大差异，但是却并不妨碍他从鲁迅那里获取精神的活水，鲁迅就是他的精神父亲。鲁迅对钱理群的投影，太深太深，他捣毁"精神避难所"，指出只有在严峻地审视、解剖自己的灵魂，"煮自己的肉"的过程中，才能真正理解与接受鲁迅。有学者指出，钱理群似乎一直无法轻松地宣告他从这一代的局限性中摆脱出来，相反，他总是感受到这种精神重压，并时时咀嚼，称自己为"历史中间物"，称自己的学术研究是一种生命的"挣扎"，其间渗透着悲凉的人生境界。有学者断言，他"永难摆脱这种心灵的劫难"。让后一代年轻人跟他一起作精神漫游，去煎熬于什么"丰富的痛苦"，难道钱先生就不担心误食他苦果的人吗？正如鲁迅先生所说，"弄清了老实而不幸的青年的脑子和弄敏了他的感觉，使他万一遭灾时来尝加倍的痛苦，同时给憎恶他的人们玩赏这较灵的苦痛，得到格外的享乐"。对此，我曾经吃过不少苦头，这是我的亲身体验。所以，远远地静听"老钱"讲课觉得好玩，靠近他你就会被他灼伤。

钱理群身上，激情往往大于理性的思考，而且他身上过多的"北大式"的自负，甚至让我感到疏远。这不是杞人忧天，实际上我在阅读钱先生大著

时就曾经遇到精神折磨。钱先生也曾警惕自己的历史包袱影响年轻人，强调学生"依自不依他的选择"，他非常认真地学着鲁迅说，自己这一代不过是"中间物"。钱先生"动情的"，"眼睛闪着光"，"沉迷于一种宗教般的感情中"，但是，他没有稳定的信仰支撑，当然就局限于一种丰富的精神痛苦中了，这是他和他这代人的精神宿命。

显然，钱理群对此是自知的，也在反思自己的"鲁迅观"，只是这种反思缺乏更多的精神资源。他认为，他所面对的问题，对问题的思考、处理方式，以及产生的问题，包括遮蔽、失误等，都具有一定的"典型性"。钱先生总结这代人的悲剧性："尽管就个人才华、天赋而言，特别是后天努力、勤奋的程度，我们未必就一定逊于前辈与后人，但深受'书读得越多越蠢'的时代思潮所造成的'文化断裂'之害，致使我们中间很难出现大师、大家级的人物：非不愿、不为，乃不能也；而'能'又确非自己的责任。"

孙郁先生指出钱理群"在潜意识中形成了一种迷恋鲁迅的情结"，由此而导致了鲁迅研究的缺憾（局限）："鲁迅在钱氏的塑造与诠释中，仍然是一尊神，一尊启蒙主义之神，一尊张扬个体精神之自由的神。"他指出，钱理群的精神色调，带有很大的标本意义，他是"锁国时代"培养的一代知识分子，内心投射着很长的单值价值之影。而当锁国时代崩解之后，那种愤怒、悔恨、警惕、自醒乃至挟心自食，便强烈地呈现出来。读他的书，一个核心的母题，便是警惕"奴性"的产生，以及对历史的遗忘。钱理群的文章不像王瑶那么有着悠然的魏晋之风，亦无赵园式的隽永、清秀。他的论著大多直逼中心题旨，士大夫式的雅趣是淡薄的。他谈论鲁迅时，充满了精神的紧张，好像也置身于 20 世纪二三十年代的氛围里。听他的讲演，与鲁迅似乎没有时代的距离感，已经将自身的一切，位移到那个世界里了。

孙郁先生上述见解，点到要害上了。钱理群先生曾说，20 年来他所做的工作，集中到一点，就是"讲鲁迅"，并且试图"接着往下说"，以便把民族、家庭与个人的世纪苦难转化为精神资源。请教钱先生，如果您缺乏一种深广的人类的精神背景，如何讲鲁迅？鲁迅先生在形成自己"是非"以前，他的精神视野是十分宽广的。钱先生这种"以鲁迅的是非为是非"的做法，不利于多元文化时代的精神构建。我觉得钱理群先生的问题不在于对鲁迅讲得"太多、太过头"，而是讲述的方式。仅仅就鲁迅讲鲁迅，而不是把鲁迅置于

中西文化语境下讲，这种精神视野本身十分狭窄。

　　钱理群一生目睹与经历了太多的苦难，对中国的国情、民性、人心，有着较为深切的观察，积累了丰富的人生经验，也有着同样丰富的生命的体验。正是这些"丰富的痛苦"帮助他逐渐接近与认识了以鲁迅为代表的"五四"新文化，并且化作了自己的血肉。但是，他与现实距离太近，无法深入超越的思考。他有一种迷恋鲁迅的情结，执于痛苦，抚摩苦难，这无疑给后来读者制造了精神包袱。

　　陈平原先生曾戏言钱理群是"好为人师"，这就抓住了他的特点。对于经过中学应试教育刚考进大学校门的北大学生来说，声望很高的思想者和启蒙者钱先生就是他们的精神导师。青年学生满足的只是一些概念和判断，还有青春的激情，而不是多元文化背景下健全理性的思考，钱先生自然深受他们喜欢。因为钱先生的原因，不知不觉之间我就把北大理想化了。特别那一些认真对待生活不愿浑浑噩噩地过一生的青年人，和我的心境多少是通着的。

　　从 20 世纪 80 年代到 90 年代，中国已经从宏大叙事转移到日常生活中了，再拿着"五四"时期的所谓"启蒙"那套单一价值来理解当下社会，确实不合时宜了。面对强势的西方文明，如果无法建立起一种新的经验，我们就只能成为他者、弱者、无能为力、没有人格的"西崽"。某一类深受西方影响的知识人，好像是一些吊在半空的人，他们的人格是分裂的，一方面无法处理具体的日常生活，另一方面在普通民众面前又自觉有高人一等的优越感。这样的伪精英伪贵族，确实太多了。真正的知识分子应该弄清楚自己是谁，不应在潜意识里老是想着成为"精神界战士"，应该培养做事的能力，"灵魂"和"良知"应该体现在具体操作之上的，他们应该放下无意义的"高洁"、"清高"进入操作，不要老是把自己当珍珠，炮制一些让大众疏远的理论，似乎充满智慧，却又不知所云，还老是怨恨社会把自己遗忘了。在边缘处呼喊，在高寒处焦虑，总是落不到点子上。我尤其看重那些在险恶环境摸打滚爬中培养出来的品质，任何不经残酷现实磨砺而生出来的所谓高调的言说，都是值得怀疑的！

　　钱理群当年呐喊出"青年人就应该浪漫、狂妄、想入非非"的时候，会场一片掌声，有不少人叫好。如果老钱现在还这样喊，我更多是沉默了。有一点我十分想探究，作为老钱弟子的孔庆东应该是最早终结老钱的人，信不

信，请读下面孔先生《老钱的灯》中的文字：

> 老钱在世上混了五十个年头了，还没有混到一块法定的私人居住空间。可他还是一天到晚弥勒佛似的教导我们如何做学问。我有时便不免暗发一点鲁智深式的腹诽：今日也要做学问，明日也要做学问，冷了弟兄们的心。

什么样的老师就有什么样的学生，钱先生有孔先生这样的弟子，也是一种因果。我猜测，孔先生大约是从钱理群先生虚妄的精英主义里看到了某种过时的堂·吉诃德精神吧？于是，孔先生自然会从高蹈的天空降落在世俗的地上，选择了"生活的智慧"。但是，至少表面上他还坚持高举某种招牌，真是精明到家了。孔先生就从"老钱"那里继承了一样东西，就是一种抽象的激情和抽空了自我反思的知识分子的批判立场。

四

钱理群的知识结构比较简单，尤其缺乏哲学和宗教素养。

1939 年，只有 19 岁的王元化写了一篇惊世的文章《鲁迅与尼采》。这篇文章显示了青年王元化的哲学功底，思辨的高度在那时是少有的。他是个在旋转的坐标里静思的人，对美学、佛学、史学有独到的理解。他给我的印象是主张综合研究法的，从不孤立地看待问题。他讲鲁迅确实很投入，几乎是拜倒在鲁迅脚下了，不过一个人能从鲁迅那里得到那么多东西，也实在太难得了。钱先生和反抗的东西之间，构成了一种紧张和对峙关系，由于缺乏新的精神资源，暂时不会从本质上走出鲁迅的影响。

如果没有信仰，任何的道义指向和价值判断都成了无的之矢。剩下来的，只有人的无名冲动、焦虑不安和无穷无尽的背叛。正像在卡夫卡的小说中一样，人被置于辽阔无边的荒诞之中，生活在没有来由的折磨之中。钱先生根本就是个信仰的虚无主义者和思想的怀疑主义者。他的文学才华不足以帮助自己完成心灵的皈依问题，人们更无法从他身上找到出路。我觉得钱先生再

走下去就是困境，也只能进入"生命的沉湖"了。陀思妥耶夫斯基笔下的伊凡不相信有上帝，不相信有死后的世界，甚至对自己的"不相信"也抱怀疑的态度。他曾说过，如果没有上帝，也就没有死后的世界，那么对于善恶也就没有判断的标准，也就没有心灵的惩罚，同时也就不存在道德。从鲁迅再到钱理群，难道我们还要单单依靠"自由意志"苦撑下去吗？这是中国知识分子夹缠于政治与学术之间的困境，只会培养一批"多余人"。这条路让人要忍受精神的折磨，特别对于长期生活在困局中的人，是一种虐待。"多余的人"在中国越来越多了，他们感到了社会的压抑，却不去寻找出路，只好在无聊中打发日子。到处可以看见高谈阔论者，满口的胡适、哈耶克、市场经济、私有化、民主、宪政、自由。俄罗斯"多余的人"懦弱、空想、脱离现实的弱点，在中国的知识人身上涌现了出来。当今社会除了关注物质、科技、发展、享受之外，更应投注眼光于身心安顿、价值回归、精神家园等，后者是思考重点。或许钱先生完成了自己的"精神自传"之后，如今也该彻底淡出了。

钱理群的真诚让我感到亲近，但是，他的"北大情结"让我感到疏远。一个读书人，想做一个精神贵族，一个精英，一个异端的知识分子，如果脱离实际，必然会付出惨痛的代价。这位曾备受尊敬的鲁迅研究者或许不知道，在他这种抽象激情的蛊惑下年轻人会剑走偏锋充当炮灰，这种代价不是钱先生所能承担得了的。某些北大毕业出来的青年人，富有批判的激情与锐气，缺乏对人的宽厚与理解作底，凌驾于普通人之上，动辄就拿书本上的知识改造社会和他人，有一种不切实际的优越感，走上社会，不通人情世故。我从余杰的文字中感受到了一股似曾相识的气息，那就是一种"老钱"式的狂热。

钱理群也曾经为培育青年人花费心血，鼓励他们发出"醒过来的人的真声音"，并继承鲁迅的传统，说他们是"精神界战士谱系的自觉承接"。对此，作为一个民间的思考者，我很感谢钱先生的贡献。但是，我也从"精神界战士"身上嗅出了虚妄、凌空和骄傲的气息。站在善意的角度，我觉得那种唯独自己才是救世主，他人都是昏昏庸众的精神姿态，多少是应该反思的，这是一种幻觉。

"老钱"是北大精神的一个象征，是批判知识分子典型人物。我敬重钱先生身上那种"不说白不说，说了也白说，白说谁不说"的执著精神。但是，我在这里重点要说的是对钱先生"鲁迅观"的反思。真正具有担当道义的人，可能从不是那些只会写文章呐喊的知识精英，一个想做事的人，也无须拉出鲁迅来做招牌。如果仅仅满足于精英主义式的自塑，不去反思，几乎是空谈误人。读书人不能只有批判的一种，也应该有穷其一生为了学理、知识、文化的人，埋头做学问的人，更应该有践履自己主张的人，这是读书人担当社会道义必不可少的组成。钱先生的精神资源主要还是"五四"时期的启蒙和人道主义。回过头看，"五四"时期的启蒙是一种权威主义的启蒙，缺乏契约规定，是精英人物强迫大众接受启蒙，是一种高高在上的所谓"我启你蒙"，无法唤起一种理性自觉。而当下的情形呢，不再是少数精英人物启蒙"庸众"了，似乎一下变为"庸众"启蒙精英人物了，精英人物已经从中心快速滑向边缘，毫无读书人的操守。精英知识分子启蒙大众的时代已经过去了，当下，精英知识分子的"自我启蒙"十分重要。

钱先生沉浸在"丰富的痛苦"里，远远看着让人亲切。但是，一个不具有主体性的人一旦靠近，很有可能受到蛊惑被同化掉无法掉转头来，这实际也是没有独立思考人的话语陷阱。我本人读他的文章，经常会有一种被"影响的焦虑"。面对这个被我称作后鲁迅时代的精神困境的问题，我的方法是，用鲁迅的怀疑来怀疑钱先生，彻底走出"钱氏鲁迅"的笼罩。要告别鲁迅式的自我怀疑和自我否定精神，走向信仰。

为了克服这种局限，"新启蒙"的提倡者王元化也有新的认识，他说："我认为，今天仍须继承'五四'的启蒙任务；但是'五四'以来的启蒙心态，则需要克服。我所说的启蒙心态是指对于人的力量和理性的能力的过分信赖。人的觉醒，人的尊严，人的力量，使人类走出了黑暗的中世纪。但是一旦把自己的力量和理性的能力视为万能，以为可以无坚不摧，不会受到任何局限，而将它绝对化起来，那就会产生意识形态化的启蒙心态。"所以新启蒙主义者不再以民众的代言人身份说话；但由于这种批判深入到个体灵魂最深层次的集体无意识层面，它必定会自觉到这是在代表全民族和全人类而进行忏悔。新批判主义者既不凌驾于大众之上，也不屈从于大众之下，大众只是他进行自我反思的参照，他对大众的爱体现为努力对每个普通人作同情的理解，至于他对自己的反省和批判，同时也是对大众、对人性的缺点的反省和批判。真正的自由主义者应该随时保持内心的自省和批判精神，除了要扩展知识结构以外，还要继承鲁迅自我批判和深入反思的精神。

遥想当年鲁迅先生一直与"秋瑾式"的激烈保持着距离，坚定着一生的精神探索，实在让人羞愧。一方面我为自己曾经尊敬的学者感到深深遗憾，另一方面我也无奈地尊重他自己的选择。我确实也很激烈很激进很张扬——这不是刻意而为，实在是感到某种重压的苦痛。我想，我会继续追问和探索下去。因为，这是我思想的"原点"。真正的思考者，不需要依靠话语的强度提高言说的效果，他靠的是自己对现实洞察之后的坚韧，就像鲁迅先生《过客》中的那种深沉的力量！真正内心强大的人，应该有着一以贯之的强硬！

由于没有遭受过学院知识系统的改塑，我的问题意识来源于真实的生活。与他们的真正区别是，我真正认识了苦难，而且放眼社会，知道真正的痛苦不仅是自己的，而且是鲁迅式的痛苦。因为，我做过多年记者。记得几年以前的我，十分想见钱先生，曾经将他当做自己的精神力量，而现在呢，我却不再有和他言说的冲动。在北京大学纪念五四运动学术研讨会现场，看见眼前的钱先生走来走去，只是一边冷冷看着，心情十分复杂。当我明白，不再有可以依靠的精神偶像时，内心终于开始平静了。是的，不能透过钱先生的眼睛看鲁迅，而要带着自己的生命思考认识鲁迅。

五

2007 年以前我在 S 城生活时，由于环境的逼仄，受钱先生影响很深，某种程度上已经成了一种"心结"，到了不摆脱钱先生就不能独立思考的地步，这个时候我不得不反观了。2007 年以后，我离开 S 城来到北京大学听课，对于钱先生有了深入反思。

钱先生的绝大多数著作，有十多部，我都购买阅读了。一直以来，在我内心纠结着一种矛盾：一方面，我觉得这个社会需要有人做些启蒙的工作，另一方面，我又质疑钱理群式的启蒙。这是因为，钱先生的话语方式给了人以激情与力量，对于困境里的人是一种鼓舞，但是这很有可能让那些并没有多少学问思想与涉世不深的青年学生和青年人们受到蛊惑与误导。我本人，以及曾经认识的几个朋友，或许有更多，都是受了钱先生的"鼓舞"以后，思想出现认知的偏差。鲁迅曾在自我解剖时说，自己是制作"醉虾"的帮凶。"醉虾"是什么呢？就是遭到迫害的觉醒的青年。由于先生让青年觉醒了，反而使折磨他们的人获得更大的快感。因此，先生"终于觉得无话可说"。但是，钱先生对此却很乐观。他说，路是自己走出来的。言外之意就是，唤醒了青年以后，就不是他的事了。一般人能够唤醒青年已经沾沾自喜，俨然青年朋友的"导师"，而能看到"醉虾"之灾并感到无比沉痛的则只有先生一人。鲁迅看这个世界实在太清楚了，于是在一些问题上屡屡落得"无话可说"。

钱理群不仅缺乏鲁迅庞大深邃的精神结构，也缺乏鲁迅的沉痛、清醒与悲观。乐观的钱理群，永远被笼罩在鲁迅的身影里。那么，既然如此，我为什么还要推荐钱先生的某些著作呢？我觉得，不能因噎废食。关于这点，要具体分析。我觉得，要把作为鲁迅研究专家的钱理群和作为启蒙批判知识分子的钱理群分开看待。对于前者，我主张青年人要阅读一些钱先生的书，比如他的《与鲁迅相遇》与《鲁迅作品十五讲》就是很好的普及作品，可以帮助学生与青年了解鲁迅。对于后者——也就是作为启蒙批判知识分子的钱理群，要加以警惕，防止被其蛊惑。我尤其对钱先生退休后对一些基层教师与学生宣讲鲁迅的思想不能认同。原因是，基层教师与学生的知识结构十分有限，特别是学生，正处于建立世界观与价值观的初级阶段，不易多听片面而深刻的观点，如果学生对钱先生的话"信以为真"，再买来钱先生的著作阅读受到"鼓舞"，那样的话，我就真有些担心了。钱先生过于强调"五四"时期的鲁迅，最爱的还是"启蒙者"鲁迅——这个鲁迅将"个性主义"作为生命内核，而将"人道主义"作为历史责任，这里我有一个疑问，在当下这个个体有了一定自由空间、道德滑坡与缺乏信仰的消费主义时代，过分宣扬鲁迅的"个性主义"，是否是一种缺乏冷静思考的"过度启蒙"？！我觉得，要警惕钱先生对青年学生的"精神入侵"的过度启蒙行为。钱先生在鲁迅和现代文学研究上绝对有发言权，并不意味着就可以充当"导师"包医百症。具体到现实生活，当代年轻人遇见的都是十分实际的问题，比如就业、生存、发展、感情，还有信仰等，这些问题哪些是钱先生所能指导的呢？这些可能要比研究生写论文还要复杂，钱先生总不能又给他们拿鲁迅说事吧？鲁迅先生也说过，自己也是不行的。所以，"导师"一般都可靠。具体到生存问题，青年人不必费力去鲁迅先生那里寻找启示，甚至向一些成功人士学点经验实用多了。

这里举个例子，俞敏洪曾回忆说，当年因北大通报批评他而辞职，这可以理解为他维护自己作为"人"的尊严而不得不采取的行动。但是，为了生计，他后来办起了英语培训班，自己提着糨糊桶沿街刷招生广告时，他并不把自己当"人"看，并不因为自己是一个北大老师，一个知识分子，一个七尺男儿，而不愿意当被他的那些北大同学看不起的"个体户"。俞敏洪甚至笑称，清华大学的高材生进入新东方都应该从打扫厕所开始做起。如果一个高材生打扫厕所做得都很好的话，那他干其他工作一定不成问题。这里面就有个"通变"的智慧，而这样的智慧不是每个人都有的。试想：当一个人没有自立之前，空谈什么"自由"和"尊严"啊?! 如果俞敏洪当年以北大高材生处处自居的话，哪儿来的新东方科技集团呢? 我担心钱先生渲染鲁迅思想过度从而错误引导不知"通变"青年学生让他们多走弯路。"人"的尊严不是不能要，不能抽象地要，而是要看场合，看准人、事、物再说。当下的北大学生尊重一些像俞敏洪这样的"成功人士"，多少是有一些道理的。某种意义上，俞敏洪是可以指导青年学生的，至少他有亲身的实践。"范跑跑"也是北大历史系毕业的，也是农村里考出来，与俞敏洪形成鲜明的对比，此人虽然经历多次失败，然而颇自负。有意思的，"范跑跑"也"研究"鲁迅，热衷推广"范跑跑式"的自由主义，直到地震事件突发，新闻媒体将他的事迹挖掘出来，这时大家才对他错误的认知有了一个清晰的理解——"范跑跑"误读了鲁迅，误解了自由主义，误解了基督教，误解了魏晋风度，他绑架了一系列美好的东西为自己辩护，然而，等待他的是无言的审判。就是这样一个"范跑跑"，待在自己的小圈子里"自由思想"也罢，偏偏他是中学教师，还在用他那一套理论启蒙教育学生，不由得让我冷惊。从俞敏洪到"范跑跑"，我们的确应该思考一个问题了，同样的北大出身，同样的农村背景，同样的曾经自卑，为什么出现了俞敏洪和"范跑跑"两种不同的结局?! "范跑跑"值得我们深思，其中有一点不可不提，"范跑跑"误读鲁迅是导致他错误言行的主要原因。

鲁迅不是不可以讲，而是要尽量多讲鲁迅的文学成就，对于鲁迅的思想，最好别渲染过度，以鲁迅的是非为是非，防止绝对化了，造成遮蔽。对于一个不到30岁的青年人，一上来就鼓励他"自由思想"、"独立批判"捍卫

"人"的尊严，他能有什么能力"自由"与"思想"啊?! 我注意到，钱先生退休后，又陆续出版了一些书。其中，绝大多数是在启蒙意义上的普及鲁迅的思想。看了以后，我倒吸了一口凉气，心中不禁生出一种疑问：置身当下这样一个多元的消费主义的时代，钱先生还在一天到晚重复着鲁迅，重复着那些说来说去雷同的"思想"，钱先生对于自己的"启蒙"真的就那么乐观吗? 几年以前，就有人曾经提醒说不要把鲁迅讲得过多，如今，我觉得应该重视这种意见了。读钱先生的书，就可以知道他永远都在谈鲁迅，尽管他也说鲁迅不是导师，可是实际上钱先生一直在把鲁迅当导师，而这其实正是鲁迅极力要破除的"我执"。鲁迅当时所做的不过是"破执"与清理，而钱先生却执于鲁迅，岂不荒谬?! 是我太悲观，深味人情凉薄世事艰难，还是钱先生太简单乐观? 谁能告诉我?!

经过几年以来的思考，我觉得鲁迅不要讲得太过分，鲁迅是有"毒"的，太喜欢鲁迅的人不免愤激偏执，对于社会总是持批判态度，反而失却了一种冷静的思考。对于青年学生来说，首先要进入社会，认识社会，生存下来，而不是置身社会以外批判。根据实际经验，遇到困境，倘若没有可靠的人加以指点，也不要错误相信钱先生一类的"导师"，哪怕是看些励志成功学一类的书，也总比看一些"精神界战士"的书要强。青年人在遭遇困境的过程中，难免会集中遇到杂七杂八的烦心事儿，令你非常郁闷。在这个时候，千万要记住稳住阵脚，并在同时苦练内功、静待时机。在大多数情况下，过一段时间就会峰回路转，这时我们再奋勇前进。一个人的格局和务实程度，最终决定着他在事业上的发展高度，如果处于困境，因为读了鲁迅的或是钱理群的书因而整日"恨恨不平"的话，几乎没用，只会更加消极，待到几年以后，即使再想踏踏实实去做事情，也已经没有机会了，最后只能向专业的"愤青"方向发展。

一个人成长的过程，就是一个不断破除对别人迷信的过程，也是一个不断破除对所谓的成功模式迷信的过程，实际上即使是鲁迅先生，在面对现实问题的时候，也有很多"摸着石头过河"的成分，他面前也有很多挥之不去的难题，很多你自己感觉到的难题，到了他那里也很难得到破解。鲁迅先生早就说过，不要找什么"导师"。如今有"导师"到处借鲁迅先生的名义来向青年人推广，谁会觉得可靠呢? 当人无法改变环境的时候，也别去太多地抱怨，更应该在这个时候先去努力地改变自己，一边努力提高自身的素质，另一方面去积极等待时机，在绝大多数情况下，当自己积累了很多的时候，总能等到属于自己的机会，当然这个过程是非常漫长和寂寞的，对一个人的意志的考验很大。在大多数情况下，路是自己一步一步走出来的，而不是"导师"事先设计出来的，执行永远比设计更为重要。任何模式的形成都需要一个漫长的过程，在这个过程中，人的毅力和胆识非常关键。佛学启发我们，任何人都不可靠，只有自己才能拯救自己。在这个意义上，鲁迅也好，或者是鲁迅的研究者钱理群也好，都不能代替青年人自己摸索，或者说得彻底一点，鲁迅的作用并没有那么大！

六

灯下翻阅多年以前的手记，心似被猎追的野兔，仿佛一下又回到 S 城，瞬间紧张起来。

四周是昏暗、冷漠与敌意，忙着求活的人，互相伤害，伤痕累累。与严酷环境的对峙，乃是艰难的，它是生命活力的提前和集中消耗。反抗者必定拒绝恬静心境，以生命的疲惫早衰为代价。当从外在的焦灼回归本真的宁静，身体猝然之间懈怠。内心空余粗糙和荒凉，冷寂与悲哀，无量的痛楚渗入骨髓。

多年过去了，我一直觉得自己在精神层面毫无长进。这种情况一直延续到 2007 年我来北大旁修周学农的《坛经》以后。回首过去，反观诸苦，觉得往昔苦难大致源自两个方面：一是生存处境的恶劣，再就是个体认知的问题。生存处境的改变非一朝一夕，可以改变的是个体对于世界的认知。鲁迅在这个时候闯入了我的世界，给了我存在的勇气。但是，鲁迅对于我来说是一把双刃剑，既激活了我的活力，也无意伤害了我。现在想想，也许就是在这个时候，我的心性开始大变的。面对人生的歧途和穷途，鲁迅在《两地书》说："但我不哭也不返，先在歧路头坐下，歇一会儿，或者睡一觉，于是选一条似乎可走的路再走，倘遇见老实人，也许夺他食物充饥，但是不问路，因为我料定他并不知道的。若是遇见老虎，我就爬上树去，等它饿得走去了再下来，倘它竟不走，我就自己饿死在树上，而且先用带子缚住，连死尸也决不给它吃。但倘若没有树呢？那么，没有法子，只好请它吃了，但也不妨也咬它一口。"我记住了"咬它一口"，对加诸自身的伤害进行还击，虽然学习先生的"壕堑战"，奈何还是多中"暗箭"。1925 年 5 月 30 日，鲁迅致信许广平，写道："你的反抗，是为了希望光明的到来罢？我想，一定是如此的。但我的反抗，却不过是与黑暗捣乱。"可见，鲁迅不是随便可以乱学的。从鲁迅的信中可以得知，他也"反抗"但他却不"执"。汪晖先生说，鲁迅是反现代性的现代性。鲁迅很早就明白一个道理，现代性在建立的同时却沦入了主体性执著。正因为如此，他建立了现代性又破除了现代性。而这才是鲁迅的真正独特之处。

有一个情况，我以为颇值得注意。某些致力于研究鲁迅的学人，容易有一种幻觉，以为自己深通鲁迅，仿佛自己就是鲁迅的传人了，鲁迅哪儿有这么容易学做呢？批判社会和人性的黑暗面是必须的，可是也要警惕"我执"和"法执"。其实，改造社会除了制度之外，对自我的理解往往是关键。什么是最苦？自己的心，自己的那个"我"，这个不调整，所有的改变都是暂时的、脆弱表面的。学习鲁迅，如果缺乏鲁迅的大智慧，将会面临什么结果？鲁迅先生在《文化偏至论》中说"掊物质而张灵明，任个人而排众数"。不少学鲁迅的，可惜没有宗教情怀，过分强调"任个人"而忽略"张灵明"。鲁迅深知自己的无明、有限与"原罪"，读过不少佛经、佛书和《圣经》，哪可能会是什么"超人"？佛陀和基督对他们的文字也有顾虑，不得已用人言行方便法。基督告诫门徒，自己什么也没有说。佛陀告诫弟子，"教外别传，不立文字"。鲁迅借佛之火，煮己血肉。他用于描述新神思宗的概念比如"自识"、"我执"、"主己"、"自性"、"造物"几乎全出于佛教。佛教禅宗强调"心证"，深契合鲁迅。万法本在自心，证悟真如本性。他以用显体，处处亲证。鲁迅说"一切眼中无所有"，所谓"无所有"就是"真空妙有"。佛教认为世界万有变化无常，一切现象皆因缘和合，没有独立的实体和主宰者，而人的最终的解脱或涅槃只能与"无常"、"无我"相连。鲁迅消释终极实体，认为万事无常，一切都是中间物，从而把无限收回当下、有限，这与佛学的缘起存在观及中观智慧在哲学上是相通的。同时，中间物概念消解终极，但并不执著于有限，而主张从有中看到无，从无中把握有。鲁迅不能离开"有"而论

"无"，不能离开"中间物"来谈"无所有"。这又与"中道"理论不无相通。佛教对鲁迅生命哲学的影响是深刻的。禅宗把彼岸的虚幻拉回现实，鲁迅把天堂的梦撕毁而将碎片置于当下；禅宗把永恒的妙道融注于日常的挑水砍柴，鲁迅用现实的"走"，做"零碎事"来亲证存在。深谙大乘佛学的鲁迅，也是"假名施设，随立随扫"。所以他要造坟，把自己埋掉，同时提醒忘记他，提醒在自己死后"赶快收敛，埋掉，拉倒"、"不要做任何关于纪念的事情"。后来的人，特别某些追随他的鲁迅研究学者"执妄成真"，实在是误解了先生，也无意害苦了像我这样老实不幸而又明敏的青年。钱先生一面学着鲁迅的样子教导年轻人不要相信"乌烟瘴气的导师"，一面又与年轻人四处通信到学校给中学生讲鲁迅，同样的一个人，有着矛盾的内心。钱先生心上压着一座坟，那一座坟就在贵州。坟压在心上是沉重的，"执"在内心痛上加痛。《金刚经》云："凡所有相，皆是虚妄。若见诸相非相，即见如来。"钱先生在学习鲁迅精神批判东方专制主义的时候，是否仅仅将鲁迅作为一种手段呢？以毒攻毒，专制之毒没了，"鲁毒"又有了。正因为此，到如今也该尝试着破"执"了吧？在学鲁迅的时候不要执著于鲁迅，有执著就有片面。鲁迅不是不可以学，但是千万不要"执妄成真"！试想：一个正直的热血青年如鲁迅那般肉搏空虚的暗夜，何异于孤羊投狼群呢？所以，个人无法反抗发疯的社会。如果没有足够的精神解毒能力，很可能自己也一同疯狂。鲁迅先生行菩萨道，度众生，肩闸门，担诸苦，法布施，作狮子吼，不是上根利智之人，岂是凡夫能学来的？最好不要学做鲁迅。倘不，损其慧命。鲁迅有"执"有"破"，钱理群"执"而不"破"。反思钱先生阐释出来的"鲁迅观"，无损钱先生的"伟大"，其意在此。读者诸君不要误解我。用反思方式批评一个人，在我看来，恰恰是对这个人的尊敬！

2011 年 3 月　苦寒斋

星云大师：以心印禅

一

听北大国学社的学生说，台湾有位佛学大师要来讲演，不想这个愿望终于实现了。2011年4月2日晚上七点，翘首等待已久的星云大师在北京大学校长周其凤陪同下现身北大校长办公楼大礼堂讲演现场。

星云大师步履缓慢，法相庄严，慈眉善目，鹤发童颜。也许是出于对佛教的敬畏之心，每当面对大师的时候，总会有神圣和智慧的感觉，让人不由得有几分拘束。难怪厦大校长朱崇实感叹："一见到星云大师，就是见到了佛。"大师以"禅文化与人生"为题分别阐述禅的幽默、自然、忍力和净化的人生，近七百人聆听。

星云大师说，自己出生在"五四"运动之后，今年已近九十岁，从小没读过书，也未进过学校，来到"五四"运动的发源地北大，又在美国克林顿、俄罗斯普京、南非曼德拉讲过的地点讲话，虽然20年前也曾讲过一次，"还是感到有点压力"。不过，禅，是安心的、是安顿的、是开放的、是我们的心，有了禅，心会不一样，生活会不一样。

大师以佛陀在灵山会上拈花、迦叶微笑的公案说明，禅不在讲，而在印心。禅是安心，安顿住心。禅，要从心去认识，就可以不受束缚，不分里外、大小、好坏，否则容易以二分法就会成了问题。

星云大师说，禅为我们开拓智慧，它可大可小，可有可无，可进可退，其表现巧妙不同，如灵巧禅。他讲了这样一则故事：

住东面寺庙的沙弥遇见住西面寺庙的沙弥，东大寺的沙弥问西大寺的沙弥道："喂，今天到哪里去？"

西大寺沙弥答道："风到哪里，我就到哪里。"

东大寺沙弥无言以对，于是回去请教师父该如何作答，师父告之曰："你可以问他，如没有风，你到哪里去呢？"

第二天，东大寺沙弥又碰上了西大寺的沙弥，东大寺沙弥问道："喂，你今天到哪里去？"

西大寺却答道："脚走到哪里，我就到哪里。"

东大寺沙弥无言以答，回去请教师父，师父曰："你可问他，脚不走，你到哪里去？"

又一天，东大寺又见到西大寺沙弥，问："你又到哪里去？"

西大寺答："我去市场买菜啊！"

东大寺沙弥又无语了。

如有人问我，你到哪里去啊，我就直言回答：我到北京大学去演讲。

禅是什么？禅是灵巧、智慧的，对同一问题可有不同方面的认识。星云大师说，"禅是不立文字，禅是言语道断，禅是自然天成的本来面目，禅是我们的本心自性。禅不是出家人的专利，也不是只有深山古刹里的老和尚才参禅入定，因为禅就是佛性，所以人人都可以参禅"。

讲到"禅的净化人生"时，星云大师说，人是不清净的，主要因为人的想法很自私，内心肮脏，充满贪吝、嫉妒、虚伪、愤恨，所以我们必须借助禅的力量将内心净化，佛教讲六识：眼、耳、鼻、舌、身、心，而心如主人，其他都得听从心的命令，心的好坏，会影响整个人。在讲"禅的忍力人生"时，星云大师说，世界上最大的力量不在于举重挑物，最强大的力量是内心中忍的力量。忍，不能叫苦，不能抱怨，一般我们能忍苦难，忍饥渴，忍热寒，但是，"忍气"却很不容易做到。大师说："我这一生，自认受的委屈、苦难、冤枉、欺负无数，尤其从小独自离家在外，从大陆到台湾，无亲无故，都不承认我，说我是大陆来的和尚，一个大陆的和尚在台湾住了六十多年，没有根；几年前大陆开放，我回大陆探亲，但时隔六十多年，家乡父老都不认识我了，都说我是台湾来的和尚。大陆和台湾都不承认我，我就劝慰自己，你们都不认我，地球认我！但现在我会说，我是中国人！……经历过太多难堪的事，但忍过以后，就会觉得，我又把这事忍下去了，又开阔了我的心胸，增进了我的修为，好坏都不再动心。忍是一种奉献众生的普世精神。"

星云大师为临济正宗第四十八代传人。临济宗，禅宗南宗五个主要流派之一。

临济义玄上承曹溪六祖慧能，历南岳怀让、马祖道一、百丈怀海、黄檗希运的禅法，以其机锋凌厉、棒喝峻烈的禅风闻名于世。

临济义玄主张"以心印心，心心不异"，是自本心，不生不灭，斯何别乎，本圆满故。

为了研习《坛经》，之前参阅了不少《坛经》的注释或研究著作，要么落入名相的繁琐分析，要么落入个人主观发挥，鲜有契合我的。

第一次听星云大师讲经，是收看《六祖坛经讲话》。读了大师的系列开示，尤其对于禅宗，印象特别深刻：

> 佛说一切法，为治一切心；若无一切心，何用一切法。

> 禅不在坐卧，禅要用心体会，所谓"心迷法华转，心悟转法华"，心里一悟，宇宙、世界自然会有另一番不同的风光。

> 禅在哪里？在佛心里，在法义里；禅在哪里？在大便里、在小便里。

> 看起来禅只是一个打坐，可是这一坐并不简单。这一坐，三千大千世界无边的法界，就在这一坐；这一坐，凡圣俱泯，人我双忘，身心脱落，仿佛回归自己本家一般，安然地稳坐于自己的法性之座，和十方诸佛同一鼻孔出如何从虚假的人事，慢慢到真实的世界，这就必须靠佛法的船筏。

> 禅者观心，心中有佛；净人念佛，佛在心中。心中有佛，佛在心中，还怕人生会不圆满吗？

> ……

作为一个求道者，我一度为开悟见性不得要领而烦恼。慧能创立的禅宗，虽然为众生打开了"顿悟成佛"的方便法门。然而，对于像我这样不是上上根器的人来说，一下顿悟何其难也！一般书中内容，要么存在许多专业且晦涩难懂的名词，把读者搞得晕头转向，让众多读者根本无法理解，要么为了追求通俗，对佛教的理解出错。星云大师以大行、大悲、大智和大愿之心，开启众生慧根，接引众生，以大量生动活泼的佛经故事，高僧大德们的公案、话头，来引发人们的心灵共鸣，启迪人们的般若智慧，自然是功德无量。

最初接触《坛经》，是因为无助与迷茫。参悟《坛经》的过程，是一个渐渐清晰、渐渐回归本心的过程。刹那顿悟空性之后，我明白了，无论是原始的佛教，还是慧能南宗，禅宗那些空灵的公案，都源于对于人间苦难的洞察，以及对于此世的担当。参禅，就是去经历人间的悲苦。

心性无染，本自圆成；但离妄缘，即如如佛。修行的重点就是要处理平静及混乱的心境。所以，看穿现象，让心自然来去，就会开悟。看穿现象——也就是看穿念头、情绪以及外在物质现象——是非常重要的。

禅不讲知识，禅语是不合逻辑的，但它有更高的境界。星云大师深得"以心印心，心心不异"的真传，自然不会随意谈禅，然而他的话充满趣味和禅机。他引用青原禅师的话来说：

> 禅就是我们的"心"。这个心不是分别意识的心，而是指我们心灵深处的那颗"真心"，这颗真心超越一切有形的存在，而却又呈现于宇宙万有之中。即使是看似平淡的日常生活，也到处充满了禅机。

凡夫因无明所扰，总是陷入各种迷惑状态中，既不能透彻了解自己，也无法真正认识世界。学习禅法，如同炼金，杂质不尽，真金不显。透过实践逐渐修正、去除、止息不正思想、行为的染污，提升人生智慧，不再被问题拉着跑。禅一向以"不立文字，以心传心"相标榜，要求人们超越语言文字，透过种种现实的存在去把握人生的真谛。修道之人，最忌讳为外相所缠。相比佛教其他宗派依他力成佛的方式，如净土法门持诵佛号，密宗持诵真言，都是祈请诸佛加被，配合自力而后得度，而禅宗则是完全靠自我的力量。

星云大师提出用疑探禅、用思参禅、用问学禅和用证悟禅，让人透过这些方法，真实去力行，与禅心相应，让人恢复内心世界本有的清凉与寂静。宋朝时，大慧宗杲禅师要道谦外出参学，道谦不肯，后来宗元与他同往。宗元曾告诉他说，有五件事别人不能帮忙：走路、吃饭、饥、渴、排泄。星云大师以此例启发人们，成佛见性是自家的事，靠别人帮忙不可能得道，唯有自己负责，自我努力才是最好的保证。心外求法了不可得，本性风光，人人具足，反求内心，自能当下证得。

二

星云大师开示带有实修色彩，他列了禅宗的几种教学法：反结教学法、间接暗示法、答非所问法、矛盾颠倒法、打骂教育法、自觉悟道法。比如答非所问法，大师举一公案：

六祖大师的徒孙马祖道一禅师，无论什么人请他开示说法，问他什么是佛法，他总是说一句："即心即佛。"

后来有人问他："嘿！老师，你怎么跟人说法，都是说一句'即心即佛'呢？"马祖就说："因为小孩子哭，不得不拿个饼干给他吃，这样子让他有个安慰。"这人再问："假如小孩子不哭的时候，你怎么说法呢？"马祖答说："那时要说非心非佛。"

有一个青年学道者大梅法常禅师，来请教马祖道一禅师说："请问什么是佛？"马祖道一回答："即心即佛。"法常禅师言下大悟。

大梅法常开悟后告别离去，到其他地方弘扬禅宗，度众无数。大家都传说法常禅师悟道了，这话传到道一禅师的耳中，心想：他真的悟道了吗？就叫一个人去考试一下。

这个考试的人，见到大梅法常说："师兄！请问你在师父那儿，究竟得到什么道啊？"

法常回答："即心即佛。"

"啊呀！"这个人说："现在师父不是这样讲了，不讲'即心即佛'了！"

"哦！现在讲什么？"

"老师现在的道是'非心非佛'。"

法常听了以后，眉毛一皱说道："这个老和尚，专门找人麻烦，我不管他的非心非佛，我还是我的即心即佛。"

这个问话的人，就如此这般回去告诉马祖道一，马祖道一听了以后，高兴得不得了，说道："梅子真的成熟了。"

这话一语双关，梅子成熟了，就是说大梅法常真的开悟了。

星云大师开示道：有时候，我们从否定中可以透到一点人生的消息和禅机。有时候，又要从肯定中来体悟。像这位法常禅师，他就是肯定自己的精神，不让别人牵着鼻子走，不管你是非心非佛，我还是即心即佛。有这种自信、自主、自尊的人，他便是顶天立地觉悟的禅者。

星云大师精选了多则禅宗公案，显现禅机，给人带来敏捷的悟性，提升我的人格，提高我自悟的能力，以启发我自己悟透，亲证得道，开显我的清净自性。从现代人的观点，帮助众生汲取禅师灵活幽默的智慧，活出充实自在的人生。

过去，大家都以为六祖慧能大师是一个砍柴的樵夫，是一个不识字的人。后来因为他的根深机利，在黄梅五祖的座下开悟，进而才成为永恒不朽的一代宗师。星云大师告诉我们，六祖慧能大师并不是一个不识字的人。相反他对佛学经典有着很深的研究，他对于《金刚经》、《维摩经》、《楞严经》、《楞伽经》、《涅槃经》、《法华经》、《梵网经》和《观无量寿经》等，都有很精到的研究。

关于《坛经》的修行观念，大师开示道，这有三种修行：随缘不变的无住修行、心无憎爱的无念修行和僧信平等的无相修行。关于慧能的行谊法难，星云大师的开示十分精彩，他认为"六祖一生的行谊和遭逢的磨难，可说是一纸难以书尽。他不只是学佛修行者的模范，更可以说是冒险犯难，追求成功者的老师。六祖的一生，是鼓舞人们向上的励志史，具有宁静致远的人生意境"。星云大师的讲经开示，给我深刻启发。他以下列四点，略说六祖的行谊：

1 求法具有大行力：慧能大师得到慈善人士安道诚的布施，远从南方的广东前往湖北的黄梅县，整整走了一个多月的时间，如此千辛万苦的跋山涉水，终于来到五祖弘忍的法堂。这时，不仅没有得到五祖的一句安慰，反而被耻笑"獦獠身怎可作佛？"如果慧能大师不具有普贤菩萨的大行力，怎堪受得起如此的谩骂和耻辱？

2 迫害具有大悲力：慧能大师的一生，没有被种种的迫害给打败，因为他面对恶人，不以为他们是恶人，反而生起如母怜子的大悲心，无怨地承担种种的迫害。得法后，最初受五祖门下数百人的嫉妒，一路追逐着他，想要抢回衣钵；从黄梅来到了曹溪，为了衣钵的缘故，又被恶人寻逐，最后择于四会，避难于猎人队中。

七十六岁圆寂入塔后，他的金刚不坏肉身也多次受到伤害。综观慧能大师的一生，如果没有具足观音菩萨的大悲力，如何能面对毁害时不但不在意，反而茁壮他的道业，增强他向道的信心？他的大悲之力，如水般柔软曲折，任是溪湖川海，无有憎爱分别，含摄融和。

3 隐遁具有大智力：大师一生几次的混迹人群，韬光养晦，以待机缘。他入柴房，劈柴舂米，共八个多月，虽然日日劳役辛苦，但是在他心中常生智能，肯定佛法和世间的生活是打成一片的。

八个月的隐晦自泰，受到五祖的印证，并传与衣钵。为了避开恶人的逐害，又藏于猎人队中，经一十五载，以随宜说法，但吃肉边菜，来随缘自在生活。二次的隐遁，如果慧能大师没有具足文殊菩萨般若智力，如何了达因缘时节的甚深法义，如何能够处处心安，处处净土呢？

4 弘法具有大愿力：《行由品》记载，六祖"一日思惟，时当弘法，不可终遁"，于是他离开猎人队，到了广州法性寺，因为发表风幡之争的高论，得到印宗法师的礼遇，并在此由印宗法师为其剃度受戒。

经过星云大师这么开示，六祖慧能大师的形象更加立体、丰富了，对我的启发也就更大了。六祖大师一生以弘法为家务，本分地做好一个禅门的行者。皇室的恩宠，他视如浮云，一心系念把南宗顿教分灯千亿，令人人开佛知见，认识自身清净具足的本性。慧能大师前半生的磨难，后半生的荣宠，于他而言，视若梦、幻、泡、影，无一真实。如果慧能大师没有具足地藏菩萨的大愿力，如何能冤亲平等，得失自在？我们以六祖的行谊，作为我们人生的导师，如此即能毁誉不动，苦乐一如。

星云大师讲经，是以自己的实修证悟为基础的，要比大学里一些只会死抠字眼儿的教授活泼。他明白慧能大师"诸佛妙理，非关文字"的奥秘，所谓"一切经书，大小二乘，十二部经，其目的是为了让迷人开悟，愚者心解。万法本在自心，应从自心中证悟真如本性"。他指出，《坛经·般若品》是《六祖坛经》最重要的一品，本品将禅的价值、意义发挥得非常透彻，即谓"凡夫即佛，烦恼即菩提。前念迷即凡夫，后念悟即佛"。又说："本性自有般若之智。""若识得自性般若，即是见性成佛"。《坛经·行由品》慧能大师早年听客诵《金刚经》，当下有悟；后来五祖弘忍为他讲说《金刚经》，至"应无所住而生其心"，言下大悟"一切万法不离自性"，而说："何其自性本自清净！何其自性本不生灭！何其自性本自具足！何其自性本无动摇！何其自性能生万法！"

星云大师特别强调佛法证悟的"人间性"，即"不离世间觉"。他从云游参访、生活作务、待人接物等衣食住行入手来谈禅宗的生活，生动活泼。比如有则公案：

> 有人问法华山的全举禅师："当初佛陀勉励弟子们要发四弘誓愿，请问禅师：你的弘愿是什么呢？"
>
> 全举禅师回答得非常妙："你问起我的四弘誓愿，我是'饥来要吃饭，寒来要添衣，困时伸脚睡，热处要风吹'，我肚子饿了要吃饭，天冷了要穿衣，疲倦时伸腿就睡觉，天热就想吹吹风，你看如何？"

星云大师指出，全举禅师这一段话，可以说把禅的本来面目表达得非常透彻。禅不是离开生活，也不是闭关到深山里自我了断，而是在言行动静中修道，在生活上自然表现出平常心，不起分别妄念，这衣食住行里面就有禅。《坛经·般若品》说："佛法在世间，不离世间觉；离世觅菩提，恰如求兔角。"佛陀出生在人间，修行在人间，成道在人间，说法也不离人间，因此有关佛陀教化众生，六度四摄的思想，乃至人伦、世用的经典，比比皆是。星云大师从修行悟道来谈禅者的衣食住行，"禅，是不能向外寻求的，'本无形迹可寻求，云树苍苍烟霞深'，要找也找不到。三界唯心，万法唯识，我们自己的生命真谛，要在自己方寸之间寻求"。

三

所谓人生境界，我觉得大约有如下三种：

第一种是世俗的——沉沦于生活的人，他们每天忙忙碌碌，或为升官，或为发财，为得失荣辱而憔悴了身心，却无暇思索人生的意义，他们对生活没有清醒的觉解，因而没有统一的灵魂，为外物而喜而忧，生活在盲目之中。

第二种是哲人的——有灵性爱思想的人，他们不仅在生活而且在思索生活，他们不仅在行动而且在赋予行动以意义，他们有自己独立的思想、清醒的人格，他们透过思想超越了有限的生活而与无限的世界相通，心系宇宙，神交古人。但思想并不能代替生活本身，在生活中他们还有挫折和迷茫，他们和俗人一样有七情六欲、悲欢离合。

第三种是宗教的——所谓的觉悟成道的人，这种人是人类精神稀有的开花，他是体验了生命的虚无而有了形上自觉的人，他是洞达了生命和宇宙的奥秘的人，他是达成了身心自觉自控而自由自在的人。他不仅是在思想而且是在存在，他的思想和他的生活完全统一，他已通过彻底的修行功夫转化了业力和无明，他已超越了自我的执著，与道合一。他只是简单的存在，但简单的存在是如此的浩瀚；他所有的思想与言说不是出自于大脑的想象和表现自我，而是来自于发光顶点的展现和揭示真理。

世上的人，大部分属于沉沦于生活的人，就是庄子所说："终生役役而不见成功，苶然疲役而不知所向，讳穷不免，求通不得，无以树业，无以养亲，不亦悲乎！人谓之不死，奚益！"只是，这种人被刻板困窘的生活压榨麻木了，失去了改变或反抗的勇气。甚至，连反思也没有。

第二种是有灵性爱思想的人，也具有行动能力。比如我所尊崇的鲁迅先生，就是这样。先生介于求道与悟道之间。但是，他和俗人一样也有七情六欲、悲欢离合。诸多痛苦造就了鲁迅先生的精神高度，也是他无法解脱的根源。

第三种人，是悟道的人。他是体验了生命的虚无而有了形上自觉的人，他是洞达了生命和宇宙的奥秘的人，他是达成了身心自觉自控而自由自在的人。

有些人做学问是为了改造社会，有些人写文章是为了炫耀才华，而星云大师却是修道证悟的人。大师说，参禅求道，主要在觉悟真心本性，能够把握这一点，才能进入禅的世界。人证悟之后是怎么样的？大师说：

> 悟道后，所谓"真如界内，绝生佛之假名；平等性中，无自他之形象"，在般若大智慧里面，时空统一了，差别对待消融了，人我距离消失了，世间切相上不生憎爱，也没有取舍；不念利益，也不念成败。每天把自己的身心安住在恬静、安闲、融和、淡泊里，这就叫一相三昧。

在星云大师看来，悟道之人超然物外，他们抛弃人间物质的享受，他们远离社会人情的安慰，过着忍辱作务的生活，他们实践了内心平和宁静的悟道者的生活。悟道后的生活，就是过的"无"的生活，因为他们体证到"无"，所以，没有一切人我是非，没有一切荣辱毁誉，像行云，像流水，云水行脚的生活，就是禅者最真实的超然物外的生活了。

禅师们悟道以后，人虽早就超然物外。但是，这绝对并不意味着逃避生活。正如星云大师所言，"有很多的人，只是想到深山里居住，找一些信徒来供养自己，让自己将来往生西方极乐世界。别人沉沦在苦海里面，自己逃跑了，自私自利怎能得度呢？一个修道者不能太自私，'要学佛道，先结人缘'，这是菩萨发心"。

悟道后的禅师们，不以职业卑贱为耻，不以工作庸俗为念，我们反而可以从他们那些职业和工作中，见出他们洒脱恬淡的生活。星云大师说，极乐世界是我们幸福的国土，是身心永久的故乡；涅槃解脱是我们安乐的世界，是身心安住的家园；清净佛国是我们究竟的依止，是身心永恒归宿。但是极乐世界的往生，需要靠现世人生的千番历练、百般修行，才能达到不生不灭的境地。涅槃的证悟需要落实于生死苦海，去观照染净不二的实相，才能成就涅槃的解脱妙果。佛国的完成不在他方世界，也不在未来流光，而在当下人间净土的建立，现世人生的庄严。因此，我们目前所要努力的是去净化我们的现世生活，使它成为美满、幸福、快乐、光明的归宿，能够如此，这个归宿必定是我们身心得以安住的家园！

很早就期盼一睹大师风采，特别是读了他的《释迦牟尼佛传》、《星云禅话》、《迷悟之间》、《包容的智慧》（合著）、《星云大师演讲集》、《往事百语》、《舍得》、《宽心》等系列著作之后。对于我而言，大师的话语如甘泉滋养着我干涸的心灵。法师用自己的慈悲、柔和、圆润、纯净，安抚了多情的众生，用自己的智慧开导着烦恼的俗人，抚去人们心灵上蒙蔽的尘埃。摘录几句星云大师的话：

> 我们妄念杂染的心，要用菩提正觉，用禅定养心，用念佛清净，心中充满般若，降低心中的一分欲望，就能涓涓不断地流出智慧和福报。

> 法水清净明澈，能洗涤众生罪业，所以比大海之水更加有力、充沛。而世间之最美，皆由内心出发。唯有心善、心真、心慈，并显现于外在的相貌、举止、气质才让人动心。

品读法师的著作，聆听法师讲读禅宗宝典，释解人生之惑，分享大师的人生感悟、生活经历、智慧心得，不难发现佛经乃是东方精神文化的最大精髓。正如大师说的那样，中国佛教的禅宗出了许多伟大的禅师，他们在悟道以后，有的仍然芒鞋破钵地云游天下，有的一笠一杖地行脚十方。有的在丛林里搬柴运水，有的在禅堂里参禅苦修。他们抛弃人间物质的享受，他们远离社会人情的安慰，过着忍辱作务的生活，他们实践了内心平和宁静的悟道者的生活。

四

在我的心目中，一直觉得星云大师是高僧大德，羡慕他的见识。其实，并非我想象得那么简单。星云大师1927年出生在江苏江北扬州某个小城镇一个神佛信仰混合的家庭里，1949年移居台湾，1967年创建佛光山。大概从他三四岁，略懂一些人事开始，就受到浓厚的宗教熏陶。家里贫穷，而且从小受家里的影响，就想做和尚。于是，在12岁的时候，他就在南京出家了。"我的童年受到这种浓厚的宗教信仰的熏习，当时虽然不能接触真正的佛教，但是宗教敦风易俗、劝人向善的思想，深深地影响了我，在我小小的心田中，种下了日后出家学佛的因缘种子。"

星云大师说自己是"穷小子"，没有读过书。但现在，他却有九个博士学位，他创立国际佛光学会，办了四所大学，在全世界有三百座寺院，数百万信众。星云大师的志业、行谊与功德，均堪卓著。据报刊介绍，星云大师以人间佛教为宗风，致力推动佛教教育、文化慈善、弘法事业。先后在世界各地创建近200多所美术馆、图书馆、出版社、书局、人间福报、云水医院、佛教学院十六所，兴办中学三所及佛光、南华、西来等大学。他兼有教作家、大企业家、社会观察家、佛教改革家、佛教教育家，还是使佛教国际化、从高雄一隅播散全球的国际宗教大师。民国时代更因战乱频仍，人心混乱，佛教一蹶不振，连政府颁发的救国救民信条之一，便是"毁庙兴学"。凭着"人能弘道，非道弘人"、"佛教靠我"的大愿心，筚路蓝缕，振衰起弊，以60年革新佛教，使佛教在台湾复兴。2009年《南方人物周刊》的一篇专访，题为《中兴佛教第一人》，其中说：

《南方人物周刊》：作为宗教大师，您认为像一战、二战这样的世界性战争还会发生吗？

星云大师：这要看人类心里的动向，就为了这一念之间：一念之间，和平相处；一念之间，兵戎相见。这要看强国的一念之间。

《南方人物周刊》：全世界实现民主体制，能否解决这个问题？

星云大师：人性啊，好斗。本来可以和平解决的，但为了心里的冲动，为了利益、欲望的成长，担心失败，就起了冲突。

我看世界，一半一半：一半晚上一半白天，男人一半女人一半，爱好和平的一半，好斗的也一半。佛、圣人也只有一半，还有一半是魔、邪魔歪道。既然是一半一半，我们只能尽我们的心，把我们这一半做到稍好一些，要这一半同意那一半，难。

《南方人物周刊》：根据您对人性的观察，像希特勒这样的人还会出现吗？

星云大师：会的。道高一尺，魔高一丈。我们说过了，一半一半嘛。要靠文明进步、教育发展。我们努力了，目标很遥远，但也不是没有希望啊。

《南方人物周刊》：放眼人类未来，还有哪些因素是会造成社会动荡，影响人类生存的？

星云大师：天灾人祸啊，地震、风灾、土石流啊、地球暖化啊，这都是天灾。还有人祸：个性中的欲望，嗔、恨。

在这婆娑世界，不少人显得尤为浮躁，人们似乎很难找到人生的正确方向，不知道如何去安顿自己的心灵和生活。星云大师开示道：

我们妄念杂染的心，要用菩提正觉，用禅定养心，用念佛清净，心中充满般若，降低心中的一分欲望，就能涓涓不断地流出智慧和福报。

星云大师有四句话：慈悲心喜遍法界，惜福结缘利人天，禅净戒行平等忍，惭愧感恩大愿心。大师创办的佛光山，以"人间佛教"为宗风，已壮大为台湾佛教的华表、现代世界佛教发声的重镇。他40年前喊出了"人间佛教"的口号这一理念已获得普遍承认，台湾的众多佛教团体都倡导起"人间佛教"。大师认为："凡是佛说的，人要的，净化的，善美的；凡是有助于幸福人生增进的教法，都是'人间佛教'。""我们人间佛教以人为本，人要讲究自在、讲究解脱，不要烦恼不要束缚，可以超脱出来，甚至从生死解放出来。我们都以人为重，以人为本，是人本的宗教，不是神本的宗教。我们不重视神，佛也是人。"大师之所以提出"人间佛教"，是重视生活、家庭、社会，让佛教更能平衡发展。

1970年后，相继成立"大慈育幼院"、"仁爱之家"，收容抚育孤苦无依幼童、老人及从事急难救济等福利社会。大师弘扬"人间佛教"，以"地球人"自居，对于"欢喜与融和"、"同体与共生"、"尊重与包容"、"平等与和平"等理念多所发扬，实践他"佛光普照三千界，法水长流五大洲"的理想。有人评论："使佛教中兴，从山林到人间，从老年到青年，从传统到现代，从遁世到救世，从幽怨到喜乐，从寺院到会堂，星云大师堪称此中大者。"

大师十二岁在栖霞山剃度后进入佛学院，借着整理书籍剩余的时间阅览群书，甚至在夜晚熄灯之后，躲入棉被里点着线香偷偷看书，夜幕下四周寂寂，被窝里烟气袅袅，让少年的他深切地体悟，阅读实在盈满了馨香。他把读书比作匠人切磨钻石，每一部书都是一具切割轮，磨除晦暗表层，让智慧穿进内心，折射出美丽光芒。"《金刚经》的金刚两字，意即钻石，象征晶莹剔透、纯净无比的内在自性……我们必须让自己成为发光体，才能与世界的灿烂接壤。"星云大师读书勤奋，修行坚忍，正因为如此他才有现在丰富的著述。人生道路曲折漫长，如何靠自己？健全自己？星云大师说，应该：第一，要自我肯定；第二，要自我尊重；第三，要自我自在；第四，要自我安乐。

一个人能达到身心极度宁静、清明的状态，离开外界一切物相，就不会迷茫，可很少有人能做到，因为这世上有太多的诱惑和繁琐。但是，能悟空是佛的境界，我们都是俗世之人，谁也摆脱不了欲望，一个人真的能做到风动，树动而心不动吗？我说不清。至少我目前就做不到。无论如何，有星云大师大智慧的开启，至少能让我们获得自性的片刻清净。

2013年2月19日　苦寒斋

何怀宏：沉潜与中道

一

　　之前，曾经参加过一个学术座谈会。知识分子发言中似乎沾染上了躁郁症，时而亢奋，情绪高涨、联想奇特、夸夸其谈、不着边际、肤浅热烈，严重者将自己等同于救世主，再严重点的有狂嚣的冲动。我感觉新奇的同时，不由得想："理性温和的学人太少。"

　　如果我们仔细地观察周围，也许就会发现，其实理性温和的人还是有的，他就在你的身边，只不过他很安静。他也许没有耀眼的才华，也许没有宏大的志愿，但是却总在默默地耕耘。而正是这些默默的、无名的学人，在认真思考一些重大问题。只要你有足够的耐心，倾听他，你便从他的思考中获得启发。何怀宏先生，就是这样的学人。有一次，台湾大学哲学系主任孙效智来北大访问。座谈时大家发言热烈，我偶然回头，发现一学者，一旁坐着，静静听着，他那么谦卑、低调，当主持人介绍时才发现他。我感觉眼熟，似乎是在一本书的作者简介上读到过，那一双深深忧伤的眼睛似在思索。突然之间，想起来了，这不就是何怀宏先生吗?! 在当下人文学者中，要问谁不但具有中道坚韧的思想、深厚的人道情怀、犀利的洞察力，而且能自觉将思想视角回到人性的原点，去一同思考中国道德和精神忧伤。我想到的人就是何怀宏。

　　最先知道何怀宏先生，是在《天涯》杂志上读了他那篇《人类最悲惨的思想》。该文剖析了陀思妥耶夫斯基从年轻时就关注的一个主题，即有无上帝，即阿辽沙与伊凡在酒馆的相遇和长谈和"宗教大法官的传奇"。尤其让我震撼的是，何怀宏深刻剖析了大多数人从本性上更喜欢"面包"而不愿承受自由重负的真相：

> 宗教大法官对作为囚犯的上帝说：群众放弃自由，这是因为，对于人类和人类社会来说，从来就没有比自由更难忍受的东西了！你看见这不毛的、炙人的沙漠上的石头么？你只要把那些石头变成面包，人类就会像羊群一样跟着你跑，感激而且驯顺，尽管因为生怕你收回你的手，你的面包会马上消失而永远在胆战心惊。
>
> 但是你不愿意剥夺人类的自由，你拒绝了这个提议，因为你这样想，假使驯顺是用面包换来的，那还有什么自由可言呢？所以，你说"人不能单靠面包活着"。但是你可知道，大地上的鬼恰恰会借这"尘世的面包"为名，起来反叛，同你交战，并且战胜你，而大家全会跟着他跑，喊着："谁能和这野兽相比，他从天上给我们取来了火！"你可知道，再过一些世纪，人类将用理性和科学的嘴宣告，根本没有什么犯罪，因此也无所谓罪孽，而只有饥饿的人群，旗帜上将写着："先给食物，再谈道德！"人们将举起这旗帜来反对你，摧毁你的圣殿。

文中写道，宗教大法官代表人对上帝的提问，被造者对造物主的提问，代表衍生者对自身所由来之源的提问，所提出的问题是有关人性、人生、人间社会及其历史命运的一个根本问题。宗教大法官于此指出了三种诱惑，即奇迹、神秘和权威（出自《新约全书·马太福音》第四章）。在宗教大法官看来，再没有比在这三种诱惑中所揭示的一切更真实的了。在这三个问题中，仿佛集中预示了人类未来的全部历史，同时还显示了三个形象，其中囊括了大地上人类天性的一切无法解决的历史性矛盾。

2008年春季，有幸在北大听何怀宏讲授文学与伦理专题课。身材高大，体壮坚毅，目光深邃，睿智深沉，戴一副非常贴近于他性格的眼镜，好一派教授风范。这是我在见到何怀宏时的第一印象。

课上，何先生博学儒雅，语速极慢，握着粉笔，似乎都在思索，眼神投射着威严与宽仁。他有一头柔软的淡棕色头发，有些乱；他要求学生阅读《卡拉马佐夫兄弟》，讲陀思妥耶夫斯基小说里的"宗教大法官的传奇"，引导学生思考。何先生探讨良心与伦理，主张悲悯与人道，切入点虽然是文学，可是关注点在于人的尊严、人的精神、道德的提升、人性的思考。何先生为什么花那么多精力研究陀思妥耶夫斯基呢？那是因为陀氏的问题意识中最深刻的部分是把时代、永恒、信仰和社会都结合起来了，里面有最切实的社会理论、政治哲学，同时也有宗教信仰和精神渴望。这在英美或德国思想家著作里是看不到的。

聆听何先生的课，让我对中文系的某些教授产生了看法，他们声称自己做文学的外部研究，可是他们的研究很难切入对现实问题的深入思考上，那些看似让人眼花缭乱的西方理论不过是雨过地皮湿，不起什么效果。何先生的存在，让我深深明白这样一种道理：文学与伦理、历史、哲学和宗教，无法分开。他是思想中人，严肃的外表下是一颗细腻温柔、坚韧的心灵。与他谈话，他给人的点拨总是高屋建瓴。他的谈话，让人产生一种生命感共鸣：敬畏、温柔、理性、智慧……在我的印象里，他是北大教授里最具思想气质的人之一。

宁静来自灵魂的自省，这是我第一次读何怀宏《沉思录》时的感受。当我第一次读到"一个人退到任何一个地方都不如退入自己的心灵更为宁静和更少苦恼，特别是当他在心里有这种思想的时候，通过考虑它们，他马上进入了完全的宁静"时，便立即着迷于这洁净高贵的文字。相对于永恒的宇宙而言，人类实在渺小，而一个渺小的人所能做的就是静静思考流星划过依然不变的天与地……

何怀宏的文字不炫耀技巧，不故弄玄虚，不卖弄理论，从灵魂深处淌出，真正能抚慰人心。他从伦理和人生哲学的角度，观察这个生活世界，在对历史的回顾和深思中感受心灵的颤动和变异，通过解读文学作品，注意在当代中国生活的心灵，不时感受自然的印迹。从苦难中走来，何怀宏拒绝肤浅的乐观，特别欣赏俄罗斯的果戈理到契诃夫，陀思妥耶夫斯基和托尔斯泰，这些作家的作品给予人的是苦恼、深沉和痛苦，而何怀宏认为它里面实际上有一种更为根本的东西，忧伤里有一种生命的真味在里面。他很喜欢俄罗斯文学和思想，曾经写过一本论陀思妥耶夫斯基的问题的书《道德、上帝与人》。他欣赏"俄罗斯思想"，也在承受着那种激进乃至自虐的东西。何怀宏的思想随笔，信手拈来，抵达你的灵魂。如果你沉潜下来，一字一字地读，就会发

现其中的真知灼见。随意摘录一则他的日记:

1997 年 12 月 31 日,星期三

今年不想多回忆,今年的回忆让人痛苦:母亲病逝,又做陀思妥耶夫斯基的研究,深深地陷入了一种忧郁——就好像一接触生死与永恒问题、人性、人生等根本问题,就容易陷入悲观,又加上很少和人接触,以及感情的变化和压抑,就总是难于摆脱忧伤。倒不像陀氏那样激烈,而是如屠格涅夫、契诃夫那种忧伤。所以,我也许应搁置对陀氏的研究,搁置这部书稿,我应该考虑变动,走出忧伤,走出孤独。

阅读陀思妥耶夫斯基或鲁迅的书,需要有一种对痛苦的承受能力,甚至需要去基层体验那种苦难的生活,而中国的读书人又多是不谙世事的,他们已经习惯了书斋中鸵鸟一般的生存姿态,很难读出书背后的那种疼痛体验。悲惨的思想,在我看来是需要坚韧的灵魂才能承受的。何先生无疑就是一个具有审痛意识的人。然而,他也不是除了审痛就失去感受爱的能力的人,他从被人称为"残酷的天才"乃至"恶毒的天才"的陀思妥耶夫斯基作品里感受到了一种怜悯的爱的能力,他指出陀氏也是一个"温柔的天才"、一个"极具怜爱之心的天才",而"恶毒"则与他无缘。很难想象,何先生在写作这本书时曾经承受了多少的痛苦?这是一颗怎样的灵魂呢?对此,我进行思想的追踪。

何怀宏是那种沉静感很强的人,他的思想如同他的目光一样,很少游移,总是凝思而又坚韧。他的文章告诉我们,作为一个人,在严酷的环境中如何保有尊严地活着;在物质欲望的热浪中如何沉思下来;以及在错综复杂的环境中如何富有理性地沉思。他也批判,但又不咀嚼仇恨与痛苦,而是沉重中又有清晰的理路。

后来查看了何先生的简历后才知道,他属于"69 届初中生",后当过钣金工、翻砂工,还做过更生灯泡,1972 年年底去塞外当兵,鲁迅作品几全看过,还读了一些鲁迅生平的资料。期间读书相当庞杂。1978 年上"五七"干校,期间阅读了大量俄罗斯文学作品。在那个知识禁锢的年代,何怀宏先生没有

放弃求知探索的追求，他的思想就是从那时培养起来的。何先生自称，他和同龄的朋友没有受到过传统文化的直接熏陶，是在"文化大革命"中长大，通过自己的阅读和感受，慢慢又重新接上这根线，在传统中断以后又自己摸索着回归传统。如果用一种精神品格来概括何先生，那就是坚韧。我常想：类似何怀宏先生那样的时代，可能没有了，虽然那时没有足够的书籍提供养料，但是艰难的环境历练了他们，面对问题，他们都尝试独立思考，不会人云亦云，而这正是当代年轻人缺乏的，表面上书籍丰富，实际上却造就了另外一种空洞和匮乏。

何怀宏说："我想，我所写的，无非两个源头，我的生命，和我所读的书。这两方面自然不是隔绝的我常常从书中去体察生活，或者从生活中去体察书。当我更偏向书的时候，人们说我在做学问；当我更偏向生活的时候，人们说我在创作。"何怀宏不像是一个纯粹的哲学家，也不像是一个专业意识很强，又能与国际接轨的现代学者，而本性上就是一个传统的读书人。何怀宏坐在他的书房里和记者聊天，"到现在我越来越觉得自己像是一个传统的读书人。像梁启超、梁漱溟等或者可以说是从传统文化出来的最后一代人，而我和有的大致同龄的朋友没有受到过传统文化的直接熏陶，是在'文化大革命'中长大，通过自己的阅读和感受，慢慢又重新接上这根线，在传统中断以后又自己摸索着回归传统。对于国外日新月异的思潮，我的确越来越不在意也不太注意。"在20世纪90年代初那几年里，何先生相当严格地按照历史的顺序，差不多读完了先秦除甲骨文、金文之外的全部文字典籍，魏晋以前的主要经典和隋唐以前的主要思想性著作，以及宋、元、明、清最重要的思想性作品。何先生认为，中国的传统文化学术一向有打成一片的特点，且越是往前，中国的学问越是打成一片，不仅现代的学科分类不再适用，就连传统的经、史、子、集的分类对先秦典籍也不是很合适的。"六经皆史"，六经也是文学、哲学，亦子亦集。所以，他阅读的兴趣和标准尤其集中于思想的新颖性和材料的独特性方面，而并不关心专业领域或者文体的划分（对秦以后也是如此）。谈到阅读，何先生感觉最喜欢的还是"阅读经典"、"阅读那些最好的书"，而不管它们属于什么门类，或者说，更愿意"为修养和乐趣而读书，而不是只为研究某个题目而读书"。1993年到1994年在哈佛大学访问时，他几乎跑遍了每一个图书馆，并找到了自己一些心爱的角落。不但读，而且买。"90 年代买书主要是跑琉璃厂，在那里买了不少线装书。那时书也真便宜。比如 1991 年 9 月，有一次，我买到了《阳明全书》两种、《象山全集》三种、《震川文集》、《更生斋集》、《渔阳山人精华训纂》、《定庵文集》、《逊志斋集》、《梅溪文集》、《韦斋集》、《华阳国志》、《大唐西域记》、《高士传》、《尚书大传》、《韩诗外传》、《稽古录》、《司空表圣文集》等数十种书，才花费180 元。那是在市场经济大潮还没有来的时候。"

何怀宏虽是以治伦理学见长，但他的专业意识也趋淡薄，好在伦理学本身就有这样的特点，包容的内容可以很广泛。他曾说："我现在的伦理学意识也不太强，文史哲我都喜欢涉猎，你看我的书，很杂，这里是历史和法律，这里是哲学和宗教，纯伦理学的书并不多，那个小书房主要是政治理论及国际关系方面的书，对面书架和地下室主要放中国传统文化的典籍，另外在乡下还有一个书房，大概有十个书柜，中外文学以及一些'闲书'大多放在了那里。"

二

真正接受何怀宏，是因为他身为北大教授却少有过于感性的偏颇之词，观点较客观、较理性，反而显出一种思想的大气。和许多人不一样，虽然从极端的年代成长的，何怀宏较少有激烈乃至偏激观点或态度，他身上有一种学者稀有的品质，温和、理性、中道与坚韧。他在《让温和成为中坚的力量》一文写道：

有些有益的思想和活动"空间"的扩大，也正是一些激越者首先冲破限度——我们得感谢他们，但他们有时也冲破一些有益的"限度"。在一个意见太向一边倒的社会，我们甚至希望有另一边的偏激者出现以在客观上取得某种平衡。或者说，正常的社会本来就是这样：它应当允许一些对立或多元的派别在不致动摇社会基础的情况下存在，包括允许它们各自表现和互相攻难。

除了本性上的温和者，社会还应当有一些有意识的、坚定的温和者，他们应当成为温和力量的中坚。他们对人性有比较清醒的认识，对自己的行为有坚定的基本原则。

何先生看到，激烈的左右摇摆或互相攻击常常代价太大，有时甚至动摇了根本。所以他思考另一种平衡。他表示，今天的中国需要的是坚定的温和者。极端的声音是比"沉默的大多数"更能引人注意，但应该有一些坚定的温和者，他们该成为中坚力量——对人性有比较清醒的认识，对个人行为有坚定的原则并坚守底线：不伤害无辜者，不污辱哪怕有罪的人。他们最优秀的德性大概是坚韧，而坚韧也许是今天最值得推崇的一种品质。他们也有激情，但这种激情更多地表现为长期沉潜的功夫，而不是一时的兴奋和张扬。温和常会让人觉得不过瘾，但许多事最后往往是坚定的温和者取胜。

何怀宏推崇古代希腊人的平衡节制，有现代加缪的"地中海思想"，国际政治领域中的"均势"观，这其实来源于对历史的洞察。

何先生虽然研究的方向是伦理学，但文史哲都喜欢。他的学术研究就是从存在主义开始起步的，开始是萨特，后来追溯到帕斯卡尔。他很快就从存在主义走开了。在现代经典中，倒是罗尔斯的《正义论》和诺齐克的《无政府、国家与乌托邦》把他的兴趣引导到了政治哲学上面。存在主义是很个人化的，通过翻译《正义论》和《无政府、国家与乌托邦》，使他走在了一种比较理性的、英美风格的思路上了。他个人更喜欢加缪、阿隆那种清明的理性、中和的智慧，有一种平衡。像加缪所说的"地中海的精神"，地中海周围南面有非洲，东面、北面有不同的文明，有一种兼容的思想。他在《孔子——伟大的平衡者》一文中，指出孔子的思想是一种伟大的平衡的思想，其中谈到四点：

（1）温和中道。"温和中道"侧重于处事待人，侧重于社会交往与政治制度。中道也是"执两用中"，尤其是求知，必须把握和了解多端、把握和了解两个极端。在"和谐"中应含有差别，在"中道"中应容有两端，或至少能够理解乃至宽容外在的极端。

（2）自我节制。"自我节制"侧重于修己立身，侧重于个人追求与人格理想。要实现温和中道，实现和谐，实现仁恕，都要靠规范的约束。这里的节制主要是强调从自我做起，先"正己"、"修己"以"安人"。

（3）兼容并包。总的说，孔子的思想是相当宽广、中和、兼容并包的。先说内部的并包。在孔子那里的儒学，保持着一种向多种方向发展的因素和可能性，其最重要的是两个方面，一是个人追求的方面，或者说"内圣"的方面，这方面经由后来的子思、孟子、二程、朱熹、陆象山、王阳明，一直到现代新儒家，表现为一种心性儒学乃至具有准宗教性质的儒学，其中宋儒对此有最大的贡献；一是社会政治的方面，或者说"外王"的方面，这方面经由后来的荀子、董仲舒、王通、韩愈、陈亮、叶适、顾亭林、黄宗羲等，表现为一种制度儒学、政治儒学，其中汉儒的贡献最早最大。而这两方面的思想都是从孔子那里引申而来，都可以在孔子那里得到丰富的养料，找到可靠的根据。

（4）承前启后。孔子的思想不是一种革命思想、造反理论，而是明显有一种保守乃至复古的倾向。

何怀宏无疑属于"狐狸"型知识分子，多倾向于温和、包容的自由主义改革。作为思想型的知识分子，写起文章来，潜思、深入、全面。何怀宏的文章，总是着眼建设，而不是批判和颠覆。随意提一篇文章，比如在《中国三种"传统"的认识与选择》一文，何怀宏梳理了三种传统：第一种"千年传统"也就是我们通常所说的中国文化的"传统"。第二种是近代、尤其是"五四"以来的"以百年（century）计的传统"或"百年传统"、"世纪传统"，那是前期启蒙、后期革命的传统。第三种则是改革开放以来、尤其是20世纪90年代以来的"以十年（decades）计的传统"或"十年传统"。何先生认为，"但我们必须接受一个主要由三种传统糅合的'现实'，不管我们意识到与否，它们都在同一个'现实'中互相冲激和影响。今天的'千年传统'可能主要是在比较潜在但也持久的文化价值和信仰层面影响着我们；'百年传统'主要是作为国家架构和政治观念在发生作用；而'十年传统'则在以一种令人目不暇接的方式改变着我们当下的日常生活。"

《渐行渐远渐无书》一书文风中道悲悯，何先生从人性伦理的视角，观照与探究历史大事件及关键人物。他在《政治局里的多余人》里，分析瞿秋白的"书生气质"，即"有许多典型的弱者的道德，忍耐、躲避，讲和气，希望大家安静些、仁慈些"。他认为瞿秋白在政治舞台上只是扮演一个角色，而政治舞台并非自己真正灵魂的家。书中这样引申道：历史上的精英可分为两种，

43

一种是观念的人，比如思想家、哲学家、艺术家；还有一种是行动的人，比如政治家、宗教领袖、军事家——观念的人对观念、思想有一种很强的感悟力、创造力，但也常常因此思想复杂，从而影响到行动的果决。或许又可能有一种道德的洁癖，为了捍卫理念而不肯妥协；行动的人则往往基本见解一旦形成就坚定不移，敢于斗争又善于妥协。何怀宏说，"辨别'观念的精英'与'行动的精英'还有一个性格特点的标准就是：对于那种直接掌握人和影响力的政治权力是否有强烈欲望"。他感慨说，新的时代、社会已不再需要这样的士大夫文人。他给出的理想国想象是：比较好的办法是各种人各得其所。何怀宏正是一个"观念的精英"，是一个温和的理想主义者，崇尚"非暴力"，倡导"道德律"，试图以学者的说理，分析战争、动荡和暴力。他不喜欢激烈。他把理想主义者也细分为两种：激越的理想主义者，平和而坚定的理想主义者。他在《鲁迅与耶稣》一文里，分析鲁迅与耶稣两种面对世界的方式。指出两者相当接近的一点，就是"鲁迅深深体会到耶稣的孤独，以及和大众的疏离"。又分析了两者的不同之处，"鲁迅的这种唤醒是在人间层面的，是服从一种改造国民性、创造新人的尘世逻辑。而耶稣却是最终以彼岸为依归"。正因为如此，"在鲁迅那里，有一种对自身乃至一般的（包括他人的）痛苦的细细玩味乃至品尝。这也许使鲁迅达到了某种中国精神的最深处，但同时也可能意味着他不仅和耶稣、也和大众有某种永远的距离。鲁迅对自身的精神痛苦能够有一种极大的承担，但大多数人的天性都是趋乐避苦的，乃至主要是追求物质的安适的，如何对待他们？是要求他们上升到和自己一样，还是像耶稣一样去俯就他们？"在《相得益彰——两经典合序》里，他指出要将马可·奥勒留的《沉思录》和拉罗什福科的《道德箴言录》对照阅读。他认为，"但如果说《沉思录》是在思索人的心灵应当追求什么，它告诉我们，甚至在外在的生活环境与自己的本性很不合的时候，心灵也还是可以做一种独立高远的追求；那么，《道德箴言录》则是在说人们内心事实上在追求什么，它告诉我们，甚至当人们在行善的时候，他们的心里也很可能掺杂了一些其他的利己动机。前者展示了人的心灵可以飞翔得多么高，后者则告诉我们事实上还匍匐得有多么低"。"在某种意义上，合观两书，或许恰好可以达到帕斯卡尔对人的一种认识：人既伟大而又悲惨。人在知、情、意方面所能达到的目标和状态都是有限的，甚至常常是处境悲惨的，但人能够意识到自己的限度。人有这样一种有关限度的思想，并仍然抱有一种对于无限的渴望，他就是伟大的，就在精神上无比地高于其他的动物。人的伟大就在于能够认识自己的有限但仍然渴望无限。"

何先生涉猎庞杂，自不必多说。由于专业的缘故，我感兴趣的是他对作家和作品的解读。他从韩寒的三文里，指出"但改革也不仅是政府的事情，而公民要做的事情也不仅是对政府施加压力，还有自身成熟的公民意识和健全政治意识与行为的培养。政治的能力的确需要训练，公民素质的确需要提高，但需要在各种各样、各个层次的民主和公民活动的实践中训练和提高。这就需要法治下的自由空间"；重读《伊万·伊里奇之死》，他从一个普通文官身患重病后面对死亡的态度中看到，"这样一种对于死亡的态度是一种极其自我中心的态度，是一种不顾他人的'立己主义'态度，而面对死亡还有另外的普通人的自然和达观的态度；甚至在同样痛苦地面对死亡以激发出对死亡及生命的深刻认识和领悟方面，也还可以有另外的、独自面对和勇敢承当的真正英雄主义的态度"；他从路翎《财主底儿女们》中看到蒋家的后花园的特殊意义，即"它对于蒋家全族的人们是凄凉哀惋的存在，老旧的家庭底子孙们酷爱这种色调；以及在离开后，在进入别种生活后是回忆底神秘的泉源"；他从王小波作品里的主人公那里发现两个世界：一个是他们所渴望的富于创造性的、优美和神奇的世界，另一个是他们所厌恶的平庸、混乱、丑陋和鄙俗的世界。"他们（王二们）想入非非，追寻神奇，努力想逃避眼前肮脏、平庸、一切被政治化或计划化了的世界。他们有时对性事颇感兴趣，但他们在其中寻求的也不单纯是性的快感，而是其中的神奇，尤其是当这种神奇被无端剥夺的时候"；他从对史铁生的读解中发现了"对现代中国人来说是相当新颖的思想"，"史铁生深深体验到在 20 世纪中国那种持续不断、乃至愈演愈烈、你死我活的斗争后面隐藏的'结'，乃至如何解开这个'结'的途径。他不仅看到社会、看到制度、看到肉身；也看到个人、看到生命、看到灵魂。新的结论不应当是'一个吃掉另一个'，而应是'仇必和而解'。他体会到人生的一种游戏和角色意识，把罪人不仅看作罪人，也看作是不幸者。于是，他主张，'当正义的胜利给我们带来光荣和喜悦，我们有必要以全人类的名义，对这些最不幸的罪人表示真心的同情（有理由认为，他们比那些为了真理而捐躯的人更不幸），给这些以死为我们标明了歧途的人以痛心的纪念。……我听说过有这样的人，他们向二次大战中牺牲的英雄默哀，他们也向那场战争中战死的罪人默哀。这件事永远令我感动。这才真正是懂得了历史，真正怀有博大的爱心和深重的悲悯。'"在《以俄为镜看心史》一文中，何怀宏通过追溯中国知识分子的近代历程，剖析俄罗斯知识分子，指出，"命运与俄罗斯的同行相似的近代中国知识分子，很难说就表现出了比俄罗斯知识分子更强的'风骨'，或者说对世界作出了更大的思想和艺术贡献，相反，可以看到，在独立性和坚持性方面，我们可能还大大不如。这方面的原因可能主要有二：一是中国的知识分子的确没有像俄罗斯知识分子那样不少是出身于贵族（而且还往往是军功的贵族，有尚武而非仅仅习文的传统），尤其在科举制度废除以后，更缺乏自己独立自主和优裕的社会与经济地位；二是中国的知识分子没有像俄罗斯知识分子那样，具有某种深刻的宗教精神信仰的特质"。

何先生的书让我亲近的是，文学与哲理色彩浓厚，不轻易使用大的概念、专门概念，然而，他的书潜思、深入、全面，他的文字注重思想，非古奥的典雅，亦非细碎白话的那种明快流畅的风格，其对书的理解、感受之深往往使我惊讶。但是，并不因为流畅而放弃强调严格的学术规范，更加注重求真。

三

现代伦理的建设，一直是何怀宏近年来最关注的焦点问题。

何先生先后翻译了当代西方两大政治哲学经典《正义论》（合译）、《无政府、国家与乌托邦》，也是温家宝总理读过 100 多遍的《沉思录》的原著的译者之一。他从 20 世纪 80 年代末就开始思考中国的伦理重建问题，翻译西方伦理学、政治学经典，讨论帕斯卡尔、陀思妥耶夫斯基和托尔斯泰，研究中国古代的社会正义，从多种角度，参考多种思想资源探讨中国社会和道德重建问题，早在 1994 年就出版了《良心论》。

2011 年 11 月 8 日，我曾在北大理教 213 听何先生主持的讲座，题目是《激动与冷漠——关于"张显现象"与"小悦悦事件"的分析讨论》。讲座从各个角度探讨了"张显现象"与"小悦悦事件"后面的文化与社会的成因，提出了一个严肃的问题：提交给我们的任务又是什么？法律能做什么？道德又能做什么？

何先生向来关注现实道德和生存，持续对中国社会底线问题的观察和思考，尝试自我建构。他发现，中国正在崛起的背后，我们依然看到还有许多的问题，如果不解决，就还是一个"跛足巨人"。2011年6月出版的《中国的忧伤》一书，是何怀宏对当前中国社会道德现状与前景思考的一个记录和总结。涉及的内容有阿星案、艾绪强案、王斌余案、付贺功案、虐猫、死刑、权力腐败、抄袭、贫富差距、荒唐禁令、法治、农民工等种种问题。何怀宏从2003年起在将近一年里曾经在幕后做过央视"道德观察"的总策划；后来又在2005年起为《新京报》等刊物写过一年多时间的名为"底线伦理"的专栏时评，他沉痛地看到：类似的案件反复发生，同样的悲剧重复出现，常常只是换了一些人物、时间和地点而已。矿井没顶、房屋着火、交通无序、食品有毒……许多人在工作的环境里得不到安全的保障，下了班也还是缺少足够的安全感。然而，比起这些灾难来，更让我们感到沉痛的可能还是道德底线的被突破。何怀宏不无忧伤地呼吁，优先提升生存底线，关怀弱势群体，正视"殛待疗救的病苦"，加强制度建设和社会保障，启发道德自律，反省内心的黑暗，警惕肆虐的日常权力。通过分析那些悲剧性的故事，何怀宏从一个伦理学者的角度，对这个社会给出了自己的建议。2003年12月出版的《比天空更广阔的》一书中第五辑"我们生活的世界"，从伦理和人生哲学的角度，观察这个生活世界。何怀宏在《对于这个世界的愿望》一文里说了这么一段我很喜欢的话："我们自身也许是这一切灾难的唯一的原因——使我们能着眼于自己本身，而不放过自我改进以求克服它们……探究这后面是否有何天意和神秘的原因大概是人类所难能，以为向一两个人膜拜就可得救更是无稽之谈，我们也许只能寄希望于人类自身的一种改弦易辙。本来想说些美好的愿望，最后却说了些悲观的话，这是我始料不及的，但愿这只是杞人忧天。不过有一点对自己是明确的，即无论多么悲观，也决不放弃工作和努力。"作为有着底层经历的人，何怀宏始终是一个"问题中人"，一个"问题学者"。他尽管有自己的价值倾向，仍努力客观、中立、冷静、理性地思考问题。在一本叫《问题意识》的书里，何怀宏把他的问题分为时代、历史和永恒三类，一类是时代和社会的，经常涉及现实的乃至紧迫的社会政策或个人行为；第二类是历史的，怎么看待中国最近这一百年，以及更早的三千年，这是一个历史解释的问题；时间最长远的就是永恒的问题，比如生命的意义，超越性，精神信仰等古老而常新的问题。他隐而不露，一直深陷于这样的问题。底线伦理只是他的冰山一角，属于暴露的部分，它底下还藏着没有暴露的一大块。他还常常关注一些更为深层的东西，比如说一种由历史生发的苍凉感。他说，"最大的历史教训就是人类不吸取历史教训"。他的感情是深深隐匿着的，只是有时候会在他的思想写作上反映出来。比如，何怀宏认为"民主是要经过训练的"。他说，"我不太赞成一下子铺天盖地的大选举，直接全面的民主也不一定可行。我关注民主的训练，这要通过法治来训练，建立法律的统治，这种法治应当内含地就包含一种民主和权利观念，但要严格通过法律来推行。享受权利必须有义务观念，享受自由必须有责任观念，而且有一个过程，不可能一蹴而就。不可能一蹴而就，这也是和我们的国民性有关。比如走向市场经济，俄罗斯休克法还能过得来，我们休克法就可能过不来了，中国的训练、民情都不够，俄罗斯在最乱最紧张面包最缺乏的时候，坐公共汽车还井然有序，谁不守纪律，老太太会过来管。所以我主张法治，法治应该优先于民主，因为在法律面前人人平等的话，肯定也要走向民主之路，通过法治来训练民主的观念、民主的民情"。再比如，何怀宏认为"法治的希望在于坚韧而普通的努力。首先要努力改善导致个人绝望的不合理社会机制。但我们也要注意不提倡'以暴抗暴'，不提倡'逼急了就去杀人'。一个学者、一个思想者永远不要去说这样的话。如果事情已经发生了，这个时候就要有一种悲悯之心，要去理解和宽容，但这不是要去事先提倡，也不是事后大赞'杀得好'。非直接自卫的杀人无论如何是不对的，更何况杀死无辜者"。

作为伦理学者，何怀宏率先提出"底线伦理"和"新三纲五常"。他对记者说："我一直试图探讨生活在现代社会中的人的底线伦理学。底线伦理即每一个社会成员自觉遵守最低限度的道德规范。雨果说，做一个圣人，那是特殊情形；做一个正直的人，那是为人的常轨。"

为什么提出"底线伦理"？那是因为，底线伦理丧失的后果，人与人之间互相猜忌不信任，如防盗门窗、猫眼的安装，对陌生人的再三盘问、对相熟者的心理防范，这些低水平的较量拖延了个人走向崇高及社会进步的脚步。何怀宏提醒到："市场经济初始，价值多元化胚胎形成之际，我意识到，机遇、自由降临同时，底线伦理亦直面挑战。不杀人、不说谎、不欺诈、不奸淫、不偷盗，在市场经济下亟待重申。你可以做不到舍己为人，但你不能损人利己；你可以不是圣贤，但你应该认同道义和人道。你攀升不到道德最高境界，但道德最低下限必须坚守，那是人类最后屏障！"因此，在《从范美忠风波看道德底线问题》一文，何怀宏指出，"范美忠自己率先逃离是不是有违道德底线？如果他是另一种职业，比如说是公司的一名普通职员，这样做看来并不会遭到道德谴责。然而，作为一个在课堂里的教师，他这样做就有负于教师的职业伦理。一个教师是负有保护学生（常常还是未成年人）的某种责任的，这种责任使之必须为学生做某些事情。但范美忠却没有尽到这个责任，逃离时几乎什么也没做。而第二个是他的言论，他试图为自己的行为提出一种理由和通则，这就不仅是对自己已经做过的事情的辩护了，而且意味着告诉人们以后在类似的情况下我还会这样做，甚至有试图影响人们也这样思考和行动的含义。这就从自我观点转到了一种社会观点，从事后评价的观点转到了事先选择的观点，就难免要触犯众怒"。

"底线伦理"，即道德"底线"或基本规范，主要是相对于较高的人生理想和价值观念来讲的。不管人们追求什么样的生活方式或价值目标，都有一些基本的规则不能违反，有一些基本的界限不能逾越。比如不能强迫他人，不能杀人越货，不能坑蒙拐骗等，即把人当人看，"己所不欲，勿施于人"。当前，我们迫切需要这种"底线伦理"的认知与共识，寻求道德建设的动力和信心。何怀宏认为：①道德是一种"公共资源"，一旦人人都只是使用这种公共资源而不补充，让它持续亏空，就可能会有社会"破产"的一天；②人的精神资源是多样的，个人信仰的对象和喜欢的生活方式也趋于多样，但仍应当在基本道德行为上寻求共识。在《政治家的责任伦理》一文中，何怀宏指出，政治伦理可分为两个方面：一是政治制度本身的伦理；一是制度中人的伦理。特别提到，"而作为'政治人'的伦理大概也可以分为两个主要的方面：一是作为政治社会成员的义务，在现代社会也可以说是'公民义务'；一是担负一定政治职务、掌握比一般政治人更大的权力的人的义务，其高层可以说是政治领导人、政治家的伦理。这样，掌握权力者就除了承担一般的公民义务之外，还需承担更多的由权力引出的责任，且这种责任与权力的递增成正比：权力越大，责任越重"。何怀宏曾经论述中国这三十多年中国社会道德变迁，是从"动员式道德"到了"复员式道德"。他强调用制度安排实现对官德约束，官员要有各方面的约束手段，最关键的就是民主。

"新三纲五常"即"民为政纲"、"义为人纲"和"生为物纲"。他认为"头痛医头，脚痛医脚"的方法都是在治理细枝末节的东西，没有抓住问题的根本。"纲就是主要的绳子，你抓住了这根绳子，所有的连接各个网眼的细绳都在你的掌握中，常是什么呢？常就是普通、平常，甚至是常识和长久。我觉得要考虑纲常的问题，就是建构一个社会的原则、基础和根基，而这个根基应该是合乎道德、合乎正义的。"近些年来，道德问题一直受到强烈的关注，特别是这一两年来，成为备受关注的热点。再加上经济领域的食品安全危机、欺诈等，商业伦理也同样崩塌，似乎在社会的各个领域都出现了道德滑坡的现象。哲学促使何怀宏思考要重新构建社会的道德根基。他说，"因为某些事件的发生就说中国人多么不好，我不认为是这样。其实人性在国家和国家，民族和民族之间相差不大"。

何怀宏还从道家思想里吸收资源，在《道家思想与全球伦理》一文，围绕着全球伦理的有关"不可杀人"、反对战争的核心规范展开论述，阐述了道家对战争、暴力以及国家的看法。道家是明确反对暴力和战争的，这种反对态度在庄子那里甚至达到了一种相当彻底和坚决的程度。老子的理想国家是"老死不相往来"的"小国寡民"，在某种意义上，这是以拉开某种距离来避免战争，甚至是以回避发展来求得和平。和西方的不断扩张和精进的"普罗米修斯"精神和"浮士德"性格比较起来，道家的智慧也许一时不易取得辉煌的成果和创造壮观的功业，但是，它更能够使人的生命在与自然界的和谐中休养生息，所以它能从根本上为主旨在"止杀"的"全球伦理"提供一种精神信念上的支持。

总之，何怀宏推崇"平静的悲观"与"坚韧的努力"，缘于了解人性，故而不抱过高期望，比较平静，在这个基础上毫不懈怠地努力，一点一点地做事。

2012 年 10 月 4 日　苦寒斋

李零：读书人的"野性"

一

2008 年 4 月某日，第一次听李零先生的课。那是在北大文史楼。

李零拿着各种版本的《老子》，开始讲课，听课的学生不到 20 人，整个屋子显得十分拥挤。这么大名气的学者，却找了间小教室上课，给我的第一感觉就是有点"怪"。

"玄牝之门，天地之根。"李先生讲"牝"字，引用任继愈先生的话："'牝'是一切动物的母性生殖器官。'玄牝'是象征着深远的、看不见的生产万物的生殖器官。"末了，李先生说："朱熹的暗示，牝是有个窟窿就可以插棍的东西，比如门闩和门闩孔，钥匙和锁子眼，就是这种关系。"

李零讲得很"黄"，他认为牝是"牛×"，并引用《肉蒲团》中的描写场面，当说到"男女之事不可不勤也"、"阴阳交欢"、"牛×"之时，围坐的学生都合不拢嘴地笑着。李先生话语简捷，不绕弯子，他说："《老子》是我非常喜欢的书。我喜欢它睿智深刻，篇幅很短，意境很深，特别是其消极无为、飘然出世，被庄子发挥的一面。"李零认为，要看懂《老子》，最重要的是看懂"玄牝"这个比喻。《老子》六章有云："谷神不死，是谓玄牝。玄牝之门，是谓天地根，绵绵若存，用之不勤。"对这个比喻，历来学者们解释起来都有些拐弯兜圈子，其实"玄牝"的字面意思非常清楚。牝的本意是雌性生殖器，"玄牝"就是巨大深远而不可见、却又神秘而可以生产万物的宇宙生殖器。理解了这一点，就可以理解老子为什么那么推崇柔弱顺自然，为什么那么喜欢歌颂水，为什么永远选择阴性的那一方。掌握了这套比喻，就能融会贯通了。

李零讲起话来，精干、凝练、不拖沓，很有激情，性情坦率，话不遮掩，滔滔不绝，时而摘掉眼镜，时而起身在黑板上写字。聆听李先生讲课，猛然一惊："北大竟然有如此奇人?!"在北大学者群里，他属于那种难归类的人。新与旧，自由或保守，左派与右派，这些词儿套到他身上，都显得不合适。李零先生批判传统文化热，批判美国，既反左，又反右，还反中。在他身上，有一种精神的聚合力。先生性格倔强，不媚中，不媚西，不媚权威，不媚朋友。有人说他是"敢得罪所有人的独立思想者"。

这些年，李零一直在北大开经典阅读课，引导学生读他所说的"四大经典"：《论语》、《孙子兵法》、《周易经传》和《老子》。像《孙子兵法》，他已经讲了20年。李零先生告诫说，讲经典，就是引导人们读原典，一字一句、一章一节、一篇一篇，老老实实地读。读经典要读原文最好，读别人的注解最多只能稍微作为参考，不要先入为主。李零充分发挥了自己古文字学和古文献研究功底，与自己的研究心得结合起来，考证疑难，梳理文义，进行文本细读。然后，又以《论语》中的人物为线索，打乱原书顺序，纵读《论语》；再以概念为线索，横读《论语》。这样，通读、细读，又横读、纵读，听他课的学生，读过来读过去，硬是要把《论语》过它四五遍，这才叫读经典，是真读，实读。

谈到阅读经典的意义，李零说："在阅读经典时第一要尊重古书，了解古书到底在讲什么，然后再来谈用不用的问题，不要把古书当做一个药方。"什么是经典？李先生认为，经典有古典，也有新典，《诗》、《书》、《礼》、《易》、《乐》、《春秋》是孔子时代的经典，不太适合现在的学生阅读，《论语》、《老子》、《孙子兵法》、《周易经传》这四部书可以代表中国传统的四个方面，且篇幅不大，学生阅读起来比较方便。

后来陆续读到他的《丧家狗——我读〈论语〉》、《人往低处走——〈老子〉天下第一》、《〈孙子〉十三篇综合研究》、《花间一壶酒》等，感觉是替我们读书。读李零的文字，第一感觉此人最不像那些规矩的学者和文人。读他的书，可以省去很多翻检之劳，留下工夫去思考。后来又看了一些他的访问，果然如此。

李零是"文革"中成长起来的。从一些访谈中，可以看出这段经历对他人生态度和治学态度的影响。回顾七年知青生涯，李零深有感触地说，"我在农村最大的收获就是改变了对人的看法，知道怎么活都是个活。我觉得，很多农民非常聪明，只是投胎农村，运气不好。他们在那种艰苦条件下表现出来的生存能力和生存智慧，让我由衷敬佩，虽然我打心眼里绝不想做一个农民。"身为北大教授——好读野书的"非学者"，李零喜欢"读书人"这个称谓，他讨厌"知识分子"或"学者"，对自己的评价是："我也幻想当学者，可是怎么当怎么不像，书像人不像，江山易改，野性难除。"

我倒觉得，恰恰是这种孤独的清醒的"野性"意识让李零保持了自己的思想独立性。在对于知识的态度上，李零抱着"好玩"的新奇态度，绝不人云亦云，即使众口一词，他也不跟风。虽然身在学术圈，但李零自觉淡化知识分子意识，绝对不以说教者或拯救者的姿态出现。李零拒绝把自己往传媒上绑架，极少接受采访，坚决不开博客，更怕成为"公众人物"。

研究学问，也是如此。李零先生从野学问入手，一点一点向正统和经典包抄。他研究竹简帛书，数术方技，也研究毒药、巫术、脏话和厕所。其实，在这背后隐藏着李零先生自觉的疏离意识——用他在《花间一壶酒》中的话来说就是：我一直在逃，从专业学术的腹地逃向边缘，从边缘逃向它外面的世界。用李零的另一句话说就是：他是用业余的态度研究专业，用专业的态度研究业余。梳理他的专业，李零既研究中国古代文化，同时精通考古、古文字和古文献三个领域。他的著作很多，如《中国方术考》、《中国方术续考》，还翻译出版过荷兰汉学家高罗佩的《中国古代房内考》，写过其他许多专著和大量的论文。这些著作，很专业，但同时很好玩。

我在北大听课，私下有过抱怨，那就是不少学者太像"学者"了。大凡是我欣赏的几位学者，都有过知青经历，比如李零先生、何怀宏先生和楼宇烈先生，其他学者，虽然似乎有些"学问"，多读了几本书，实际上从他们的课程上，感觉不到学者本人的生命意识、人间情怀和精神境界，有时不免郁闷。那时代筛选出来的人，像李先生这样的人并不傻。李零不跟风、求实、求正。

李零讲老子时曾说，"老子和孔子不同，精神气质，更像《微子》篇中的隐士和逸民。隐士和逸民，有三大类型，死磕、逃跑和装疯卖傻。第一类最高洁，最难学，所以没人学。要学全是后两类。读《世说新语》，读《儒林外史》，我们要知道，中国的知识分子，一直有这种人文幻想。老子特能放下。

放下的精神不属于儒家"。于是，我就想，李零到底属于哪一类？谈到《孙子兵法》时，李零说："在我看来，这更接近于人类思维的真相。兵法是一种思维方式，高度对抗中的思维方式，战斗需要的是马上接招、快速反应，而不是从容不迫、深思熟虑。"我觉得，李先生既不属于死磕型，也不属于逃跑和装疯卖傻，而是沉静下来想着接招应对。他脑子里有些兵家和道家的思维。这种思维与他的下放经历有关。

李银河先生曾在她的博文里写道：

　　有一次有个记者问我，你在学问上最佩服的人是谁？我脱口而出：李零。
　　我只看了他翻译的《中国古代房内考》，他校出高罗佩引的古文年代差了一年，并一一纠正。这种功夫当代中国有几个人能下得了？这次看了《丧家狗》才真正看到他的丰采。

李零的话语直白，干脆，单刀直入，直逼要害，这也难怪从《丧家狗——我读〈论语〉》开始，李零就成了个好靶子，一言一行，或是或非，总会招来漫天飞砖。

二

陈明先生把李零称为学界王小波或王朔，是否合适暂且不说，但就精神气质而言，李零与王小波确有些相似之处：

第一，都经历过"文革"。都是在北京长大，然后去农村插队，体验过艰苦生活的煎熬。两人身上都有些"野性"。

第二，都渴望自由。李零有文章《学校不是养鸡场》，深感人的不自由。他在杂感中说："卢梭说'人是生而自由的'（《社会契约论》），这种人我没见过。惟一例外是石头缝里蹦出来的孙悟空。"王小波有文章《一只特立独行的猪》，从猪的被圈养表达人不自由的"痛苦"，文章末尾写道："我已经四十岁了，除了这只猪，还没见过谁敢于如此无视对生活的设置。相反，我倒见过很多想要设置别人生活的人，还有对被设置的生活安之若素的人。因为这个缘故，我一直怀念这只特立独行的猪。"

第三，都是智者。两人都反对煽情与说教，更反对救世，是沉默的、清醒的人。李零说"孔子并不能拯救这个世界"，王小波说"儒学的罐子里长不出现代国家"。

第四，都会写文章。李零杂文，精干、凝练、直白，王小波杂文语言幽默、反讽、戏谑，是通俗易懂、明白晓畅的大白话。李零写文章追求"好玩"，王小波追求"有趣"。两人都没有文人腔和学究气。对于无限夸大知识、学问的作用，自以为"知识充盈"，动辄要以中国文化拯救世界、拯救全人类的自大自卑的做法，两人都批判。李零在《丧家狗——我读〈论语〉》中还原孔子，直接批判"新儒家"，他有独到精辟的剖析："历史上捧孔，有三种捧法，一是围绕政治（治统），这是汉儒；二是围绕道德（道统），这是宋儒；三是拿儒学当宗教（或准宗教），这是近代受洋教刺激的救世说。三种都是意识形态。我读《论语》，就是要挑战这套咒语。"王小波的《智慧与国学》、《东西方快乐观区别之我见》、《救世情结与白日梦》等文章，都是以东西方文化的横向对比作为思考和批判的基础的。

前不久，我跟一位学者聊起写文章，一致的感觉是，现在能写好文字的人实在是太少了，文字已经差不多纯然堕落成为表达的工具。我不喜欢两种文字：一类是洋人理论的引文，读起来不舒服，另一类是过浓的文人气，娘娘腔，没有生命感，缺乏见解。李零的杂文耐读，其中原因何在？不过是因为它短小精悍，主题不限，格式随便，见解独特。

读过杜维明、钱穆、李泽厚、傅佩荣等的《论语》解读以后，不能不读一读李零先生的《丧家狗——我读〈论语〉》。某种意义上说，李零先生的书弥补了上述问题的不足，他的话是清醒的解毒剂。在李先生的书和文章中，你可以领略到他快刀解牛式的文笔魅力，常常三言两语，胜过滔滔大论，时有令人醍醐灌顶、豁然开朗之感。他对人类社会深层真相的揭示，对当下各色虚伪神话的讽刺，发人深省。

更重要的是，他创造了独特的"李零语录"：

孔子反对虚伪，我喜欢；孔子主张与人为善，尽量体谅别人，防止对人有偏见，我喜欢；孔子反对乡愿，好恶不以舆论为转移，我喜欢；孔子强调独立不阿，我喜欢。

孔子不是圣，只是人，一个出身卑贱，却以古代贵族（真君子）为立身标准的人；一个好古敏求，学而不厌、诲人不倦，传递古代文化，教人阅读经典的人；一个有道德学问，却无权无势，敢于批评当世权贵的人；一个四处游说，替统治者操心，拼命劝他们改邪归正的人；一个古道热肠，梦想恢复周公之治，安定天下百姓的人。

他很惶，也很无奈，唇焦口燥，颠沛流离，像条无家可归的流浪狗。这才是真相……他是死在自己家中——然而，他却没有家。不管他的想法对与错，在他身上，我看见了知识分子的宿命。

孔子并不是圣人，历代帝王褒封的孔子，不是真孔子，只是"人造孔子"。真正的孔子，活着的孔子，既不是圣，也不是王，根本谈不上什么"内圣外王"。

读《论语》，我的感受，两个字：孤独。孔子很孤独。现在，有人请他当心理医生，其实，他自己的心病都没人医。

《孙子》不是生意经。凡谋商机于兵法者，不必读此书。

古书就是古书，军事就是军事，思想就是思想，我不教你做买卖。

先秦历史，武化革命，自西向东；文化革命，自东向西。

我们平常说人往高处走，水往低处流，但是老子教导我们人要学水，人要往低处走。

所谓的国学过热，很容易导致人们把现实和历史混淆。比如说，为什么现在有那么多的真古迹被破坏，却不断有人花大钱建造一些假古迹去膜拜？国学不是救世宝，不能什么都往历史上扯。

一句话：大国梦想，小国心态，表面自大，骨子里还是自卑。现在的人，迷托古改制，常拿欧洲说事。他们的文艺复兴和宗教改革，是迫于宗教传统的巨大压力，不托古，不能求新。大家乐道的阐释学，不过是这类玩意儿。说是复兴中国文化，其实是步欧洲后尘。

……

针对近 20 年来中国社会上的复古狂潮，一种近似疯狂的离奇现象，李先生发出自己的声音，这是负责的精神。在接受记者专访的时候，李零极力在自己的作品和当下的"论语热"、"孔子热"之间划清界限：

我写书，主张通俗化，但是我也反对庸俗化。人民群众也不能惯着，大众的兴奋点很多也是弱点。他们喜欢那些科学管不了的东西、神秘兮兮的东西、测不准的东西、极其实用的东西。卖假药的，专在治不好的病上做文章，原因就是，患者跑过医院，治不好，病笃乱投医，急着买他们的药。我写书，是想帮大家把不明白的地方搞明白。我自己也搞不明白，就说我没答案。

用不着我说，就会感觉到李零先生多么出众的文采，而这些正是当今大学教授们的欠缺。他们自诩有渊博的学问，却无法用最简明的语言通俗传神地传达出来。我常想：现在的大学是扼杀人创造力的地方。李零先生是个踏踏实实做学问的人，对人宽容，对学问绝不马虎。他已年近六十，平时几乎不说话，但碰到自己喜欢的学术领域就滔滔不绝、声情并茂。李先生善于化古为今，文风犀利，言词咄咄，观点独特。学者雷颐说，李零能把这种很严肃的学术的文字和一种文学性的带有调侃性的文字结合起来，这本身就是一种很奇特的文体。在李零先生的杂文里，什么都有，宫殿、厕所、兵法、房中术、酒色财气加毒药，甚至还有"汉奸发生学"和"畜生人类学"这样的奇思妙想。

李零的讲课和文章仿佛置身一种充满张力的历史语境里，他在激烈地抗争着什么，他竭力提醒人要注意那些被遗忘的过去，久久不能平静，他的思维是敏锐的，他的话语是尖刻的，他不遮掩什么，单刀直入。我私下在想，先生曾经遭遇了什么困境？又在反抗着什么陷阱？我觉得他的这种状态颇似当年的鲁迅，他在极力打破"瞒"和"骗"。

真正走近李零先生，当然是由于读了他的《丧家狗——我读〈论语〉》。谈到对《论语》的解读，读了钱穆，读了李泽厚，读了南怀瑾，但是，如果不读李零先生的《丧家狗》一书，的确是个遗憾。出于对国学的补课心态，李先生的课自然不会错过。尔后，我认真读了《丧家狗》，也看了李零先生在《南方周末》回应北大哲学系教授杨立华先生的文章，那是一篇淋漓尽致的妙文，颇有鲁迅的遗风。文章最后，李零先生"语重心长"地说："立华，恕我直言，你的毛病是，爱孔子而不尊重原书，虽'读孔氏书'而不'想见其为人'（知人论世之谓也）。你读《论语》，连起码的年代都不知排一排，这怎么行？"

李零和杨立华都是我尊敬的学者，两位的立场不同，得出的结论也不同。李零是学历史的，习惯于把一切都当做研究对象，进行客观还原；杨立华是学哲学的，自觉承接古圣先贤的精神。所以，也就有人说李杨之争是训诂与义理之争。杨立华先生对孔子以及儒家的情感是很深的，这在他的讲课里已经充分体现出来。李零先生的忧愤里何尝没有一种对知识分子处境的焦虑呢？杨立华先生的眼睛极"热"，李零先生的眼睛极"冷"，此二人都很喜欢孔子，彼此构成了一种张力。李零先生侧重谈论一个"流浪者"的孔子，杨立华先生侧重谈论一个"知其不可为而为之"的孔子，两者都是孔子。杨立华先生在北大的讲课中也一直反思儒家以及过热的"国学热"，他在诚恳地反思自我。这是我尊敬的治学态度。

在我看来，李零先生绝不是那种玩世不恭轻辱圣贤的学者。2007 年夏天，沿着孔子走过的路，李先生跑了 24 个县市，行程 6000 公里，最后得出结论：孔子一生主要生活在齐国、鲁国，即今天的河南、山东。李零这次"重走孔子路"，脸色凝重，皱着眉头，作痛苦思考之状，也许恰恰说明他曾经有过那种"圣王"情结吧？先生何尝不是在经历了诸多痛苦诸多嘲弄而深刻返回自身的思考呢？

三

我无意于在李零和"新儒家"之间选择站队，这种非此即彼的方式已经不适应当下这个日益多元化的社会。李零批评"新儒家"的背后，深藏着他对于"知识分子"独特的观察，显然把脉把准了某些知识分子自身的弱点，那就是不甘寂寞、领导潮流和自卑自大等。这点我觉得不得不察。他曾在《别让书生搞政治》一文中说：

> 中国的知识分子有做官干政、急于用世的习惯。有人叫"担当"，我看是"恶习"，李敖叫"拙于谋生，急于用世"。杨树达先生曾检讨这一问题。他说："余性不喜政治。中年涉世，见纯洁士人一涉宦途，便腐坏堕落，不可救药；遂畏政治如蛇蝎。由今日观之，人在社会，绝不能与政治绝缘。余往日所见，实为错误。至仕途腐烂，在国民党及军阀之政权时如此，非所语于今日人民政府之时代也。"（《积微翁回忆录自序》）我觉得他的检讨可能过了点，因为这样的"恶习"不惟是几千年的"恶习"，就是1949年之后，也还是读书人的"恶习"，不是全部，但也绝不是一两个人。

> 王国维是反对革命、绝望政治才死心塌地做学问。这是"置之死地而后生"。他不以"天下为己任"，而以"文化为己任"，好像古代失其官守、抱器而逃的史官，对保存和延续文化有功。

李零在接受记者采访时，数次表达对"知识分子"的不敬，他甚至断言，"知识分子干不了大事。没有任何政治家或老百姓是按学理来办事"。他非但对现在的"大师"一词非常不感冒，甚至连"知识分子"这顶帽子都不愿意戴。不仅如此，他还反省"知识分子"的"劣根"，"知识分子比谁都追求自由，但也比谁都专制。政治家再专制，也还得讲权力平衡、利益平衡，而知识分子在骨子里却非常排他。人比动物凶猛，文化人也不是善茬儿"。"文革"这段经历，让李零对"知识分子"厌恶到极点，他回忆说：

我崇拜知识，不崇拜知识分子。我见过的知识分子，好人有，但很多不是东西。大家要写"文革"史，千万不要以为，"文革"就是整知识分子，知识分子都是受害者。其实，"文革"当中，真正整知识分子的是谁，主要都是知识分子。爬到权力巅峰的，很多也是知识分子。老百姓糊涂，是本来糊涂，知识分子糊涂，是揣着明白装糊涂。

时过境迁，我对"文革"，印象最深，不是政治的翻云覆雨，而是人心的倾侧反复，好好一人，说变就变。落下的病根，或日后遗症，今天没断。据我所知，当年的批孔干将，有些还是急先锋，只不过换了尊孔而已。他们比我年纪大，原先受过尊孔教育。

知识分子心明眼亮，比其他分子更不宽容。他们扎堆，你踢我咬，简直不如牲口圈。我和外国学者打交道，他们明枪，我们暗箭，大同小异。

由此看来，他抨击"新儒家"，也不是偶然，并非真正批孔不尊孔，而是有着至今难以忘记的历史阴影。李零在这里不是盲目排斥知识分子的反智论，而是深刻认识到乱世背景下知识的有限性，也因此他察觉了所谓"知识分子"或文人的有限性。

是的，知识不经过转换，毕竟不能转换为真正有用的智慧。从某种意义上来讲，李零对于"知识分子"和当前的"国学热"的观察和反思，值得深思。近年国学热大可以去火了，举国言传统，汉服热，公祭热，读经热，很多人已烧得不得了。特别是20世纪90年代以后，学术界避谈思想、政治，很多学者遂转而钻进故纸堆中"寻章摘句"，于是乎，国学兴旺发达起来。有一些人不但重新独尊儒学，还要提倡儒教，主张政教合一，把孔子再度变成国师，其实也是"拿孔子说事"，真正想当国师的是他们自己。鲁迅早就批评过这种挂羊头卖狗肉的行为，对于真儒还是尊敬的。李零先生的话乃醒世之言！必须对传统文化辨别真伪，并去伪存真。

李泽厚先生的主张，契合当下和历史实际，要有全球视野，不只读中国的也读西方的，而不是连"五四"知识分子的启蒙成果也否决了。我觉得目前"国学热"已经出现几种令人忧虑的倾向，一是从"五四"往后退，二是从孔子往后退，三是从改革往后退。这三个"后退"后果严重，它可能会使中华民族再一次丧失发展机遇。现代文化建设，要求我们既要转化、汲取、发扬传统，又要审视、分析、批判传统。《国学六法》试图在肯定和弘扬优秀传统的努力中，批判地审视和分析传统，从而使传统真正成为现代人的文化资源、精神营养。

李零坚持"五四"知识分子的立场，针对目前炒作出来的"国学热"，给虚热发烧的传统文化泼冷水，很有必要。李零先生借用萨义德的观点，认为知识分子必是背井离乡、疏离主流、边缘化，具有业余、外围的身份。李先生所重构的孔子，正是这样一位真正的知识分子形象：在受到形而上的热情以及正义、真理的超然无私的原则感召时，他会毅然站出。他是具有坚强人格的人，否定和批判现存秩序。"不时，不遇，不得志，才是孔子的真实面目。"李零先生为什么这样看孔子，这与他的出发点有关。他说："思考的是知识分子的命运，用一个知识分子的心，理解另一个知识分子的心，从儒林外史读儒林内史。"

李零先生用训诂、考据等，去政治化、去道德化、去宗教化读《论语》，其用意就在于剥去孔子作为儒术、儒学、儒教符号的象征意蕴，将孔子还原为一个活生生的真实个体，对于长久以来为儒家意识形态所禁锢的人们，无疑是一服"清醒剂"。这个尝试立即遭到新儒家的激烈反弹。

当下的所谓"国学热"有两大问题：一是国学研究一直偏重校勘文献、考据史实、析解名物，几乎少有学者认真做过国学的现代阐释工作，使中国传统思想的微言大义根本无法进入公共话语平台，更不用说指导普通民众的生活与认知了；二是现在的"国学热"中，某些人对国学的解读大多带有偏颇的个人视角。国学表面似乎热了，但热的是权谋诈术、是风水阴阳、是求签卜卦、是歪曲历史，而症状也表现为民热官冷、商热学冷、下热上冷。在"国学"、"养生"相关书籍和电视节目火热的背后，真正可能重塑社会核心价值观的传统人文精神，在"国学热"中却未得到真正弘扬。更让人担忧的是，一些伪"国学家"纷纷走出来，利用国学经典"忽悠"民众，国学培训方兴未艾的同时，不断爆出忽悠丑闻。值得警惕的是，目前国内打着国学、宗教旗号的骗子层出不穷。今天这些"国学骗子"，在某些媒体和专业炒作公司的运作下，以假身份、假学历、假宣传忽悠大众，装神弄鬼，故弄玄虚，鼓噪的全是蒙昧迷信的文化垃圾。他们对国家民族的危害甚大。

有一个有趣的现象，对于民间的"于丹热"，新儒家摆出了尽量宽容和轻视的态度，等到李零先生的《丧家狗》一出，于是开锅了。陈明先生曾言李零先生是"愤青的心态"，他所批评的是一种"为了情绪而情绪"的负面心态，是否李零先生就是"为愤恨而愤恨"的人？"新儒家"们对李著反应如此之大，如他们所言，那是信仰与价值取向问题。不过，我以为也正是在这一点，看见新儒家心态的某些弱处。

作为"文革"和80年代背景下成长起来的知识分子，李零身上多少有些历史遗留的阴影。带着阴影批评，难免有些情绪化。陈明、蒋庆、康晓光为代表的"新儒家"，批评李零"对学术的态度也有问题"，可能并不是一点道理也没有。

李零的经历，王小波、楼宇烈、何怀宏、邓晓芒和钱理群身上都有，他们都是在艰苦的环境中精神成长起来的，说起来要感谢那段经历。我有一个观察，从苦难经历中成长起来的人，要么遗留有激愤情绪，久难自抑，比如钱理群；要么以思想洞察历史，逐渐变得温和，比如何怀宏；要么以圆融的中国智慧渡过困境，比如楼宇烈；要么是靠着强大的理性，穿透现实，比如邓晓芒；要么以机智的洞察，参透存在的奥秘，比如王小波……李零也洞察到知识分子存在的荒谬，但是，也无法摆脱历史遗留的阴影，他至今对于"知识分子"劣根带来的伤害记忆犹新，也因此他的发言难免给人"为愤恨而愤恨"的印象，以至于我感觉他的心态缺乏了多元文化语境下的平和中正。其实在我看来，这正是严酷时代带给人的精神创伤，而要治疗好这种精神创伤，还需要一段漫长的时间。李零先生在他的作品座谈会后以少有的坚决的语气说，如果批判社会就是愤青的话，如果年龄不影响"愤青"这个称呼成立的话，那我就是愤青！我很郁闷：为什么一讨论起我们的传统文化，无论是李零先生还是"新儒家"们，总是那么心绪难平呢?！难道是历史的宿命？钱理群先生说，任何找不到心灵家园的人都是丧家狗，孔子是，李零是，他自己也是。我觉得，人要找到自己的精神家园，要从"愤青"的状态里走出来，唯有这样，才能消融自己那种负面情绪，让疲惫追逐向外攀缘的心安静下来。

2012 年 2 月 12 日　苦寒斋

楼宇烈：佛学家的人文关怀

一、印象

印象最深的是楼宇烈的慈眉善目，颇有佛相。

2007 年春季某天，我在北大听课。第一次见楼先生，十分惊讶，别的教授都是按照提纲讲课，老先生并不按照常规授课，而是正坐面人，即席回答学生提出的各类问题，一种亲切感油然而生。

课堂上的楼先生，一身唐装，带点儿浙江口音，娓娓道来，有浓郁的书卷气，脸上总是挂着谦逊的微笑。先生精研佛学和中国经典哲学名著，从西方文化到东方文化，从印度佛教到中国佛教，视野开阔，非常独特，并能旁征博引，融汇儒释道三家之学，那种对中国文化深重的感情，举手投足之间表现得淋漓尽致，让人很受感染。

楼先生上课，总爱带着紫砂壶。他说话特别有神韵，语速很慢，慢却稳妥，有条不紊，颇有听夫子论道，如坐春风的感觉。常常有这样的事情：别人跟楼先生说话，或者请教问题，颠三倒四说了一大堆，搅得人发晕。楼先生一直耐心静听，面无表情，简直像走了神。可等别人一说完，楼先生立即应道，"呵呵……你刚才提的问题……"第一个，第二个，……再繁琐的问题，也被楼先生梳理得清了，分门别类给予答复。

楼先生不拘于成见，不看重虚名，重视哲学佛学应用于生活中的修养，倡导体悟先哲的精神内蕴，这些尤其与我所追求的具有精神主体的生命之学产生共鸣。他的课堂永远是开放着的，吸引了北大校外众多的旁听者。从他那充满智慧的脸庞上，我觉察到了他那颗积极入世的豁达心灵。楼先生就是这样，委婉作答，顺应自性，连着两堂课下来而不间断，真是平时修养所致。他精通道家、释家和儒家等诸家学问，可谓传统学问集大成者，于性情的自然流露之中道出传统文化的神韵。

楼先生常说："能说不能行，不是真智慧。"其人情练达，世事洞明，悲智圆融，而毫不板滞和僵硬。

楼先生学识渊博，治学严谨，待人和善，不摆架子，不争名利，不支配他人，不网罗势力，坚持操守，不与人纠纷，属于旧时代培养出来的典型的知识分子。而这样的性格在现代社会并非很难吃得开，原因在于楼先生思想圆融待人和善，受到很多人的尊敬。

楼先生的课类似一种"杂谈"，他讲述先秦诸子学说，谈佛教对于医治现代人精神上的病症和痛苦的裨益，谈中国文化的基本精神，论慧能的识心见性思想，说民族文化的弘扬与复兴，言大乘佛教的慈悲精神和智慧解脱，讲"中国的品格"，谈禅悟的认识论意义，谈树立自觉的文化主体意识，谈大国崛起的文化准备和文化自觉，说佛教"空"的哲学，谈21世纪的中国文化建构，活泼生动很受欢迎。更让人敬重的是，楼先生虽是高龄名家，几十年来总在教学第一线。在国内的大学里，总有那么一些人出名或升官以后，便以各种理由不上课，或者只是象征性地上一点，让慕名前来听课的学生很是扫兴。楼先生官大名也够大，可是始终坚持课堂教学，对比之下，就显得难能可贵了。楼先生的一位博士生私下对我说："（楼老师）他一连两个小时讲下去，中间也不休息，精神这么充沛，思维那么清晰，真是让人感叹！"

多年的哲学实践，楼先生收获甚丰。他头衔颇多，参加的社会活动也很多，备受各方尊重，可你平时与他交接，从没见到他多么高调和张扬。听头衔明明炙手可热，观其人，却到底只是温和的一介学人，不温不火，遗世而独立。这个人，一点儿没有"性格"，却温暖润人，让人禁不住要惊叹：老先生是怎么做到的？

二、圆融之境

2011年3月8日课上，请教了楼宇烈先生一个问题：如何做到思想圆融？

如何自学?

回顾楼先生历次上课内容,大致总结一下,楼先生认为,如要做到思想圆融,大约需要三种方式:

其一,学习古人智慧。

楼先生转引南宋孝宗皇帝赵昚的说法:"以佛治心,以道治身,以儒治世。"这里所说的儒释道,主要不是指原始形态意义上的儒释道,而是指随着历史的前进,不断融摄其他学派思想,并具有鲜明时代特征的发展了的儒释道。儒家思想的核心是有为,强调制名(礼)教、规范人性;道家思想的核心是无为,主张顺自然、因物性;佛家主张依靠自己的智慧来净化心灵。在中国从唐代开始就流传着这样一种说法,叫做以儒治国,用儒家的理念来治国;以道治身,以道家的理念来养生;以佛治心,用佛家的理念来净化心灵。

自唐宋以来,文人学士几乎没有不读佛典的。诸如《法华经》、《维摩诘经》以及《楞严经》、《圆觉经》、《大乘起信论》等,这样一些佛典通常都是一般文人和思想家必须具备的基础文化素养中的一个方面。即使不能读这些大部的佛典,那至少也会读过如《金刚经》、《心经》、《阿弥陀佛经》之类的佛典精本。即使在"五四"新文化运动之后,融合儒释道"三教"思想,作为构筑新哲学思想体系的基础,也还是不乏其人,是一股不可忽视的思潮。

当然,由于时代环境的不同,这时的"三教"融合,往往还渗入了某些西文哲学流派的思想因素。在"五四"以后的思想家中,诸如梁漱溟(著有《东西文化及其哲学》等)、马一浮(著有《复性书院讲录》、《宜山会语》等)、熊十力(著有《新唯识论》、《原儒》、《十力语要》等),都是这一思潮的代表人物。其中尤以熊十力最为典型。他那以"体用不二"为主干的哲学体系,就是在糅合《易传》、陆王、王夫之以及佛教华严、禅宗等各家理论,采用法相的分析法,构筑起来的。他的体系可以说是以儒释佛道,以佛道补充儒。用他自己的话来说是"取精用弘","入乎众家,出乎众家,圆融无"(《十力语要初续》)。在近现代的一些哲学体系中,熊十力是具有较丰富特色的,也产生了相当的社会影响。

楼先生特别提到中国古代思想史上的为学与为人统一的"为己之学",这种"为己之学"无非是求得身心健康、道德完善的学问,荀子讲君子之学美其身,即完善自我。儒释道这三教都强调回到本我之中,那是看到了人在这个世界上，已经失去本我。其实，人的超越都是自我的超越，超越现象的我，回归自我。现在的社会，却是自我的失落，人们没找到原因，继续在现象上兜圈子，没有从现象中走出来看到本我，不知道现象上的"得"也是失，而且是更严重的失落。因此，只有脱离现象上的愉快痛苦，得之不喜，失之不悲，才能回归。

其二，改变思维方式。

中国哲学（佛学）的思维方式，总是极力超越分别，超越对立。要破除中不如西的思维方式，还要破除单向思考问题的方式。楼先生说，中国哲学的研究应立足于中国传统文化本身，用另外一个思维方法去研究它，会发生变异，不能把握它内在的结构。他说，之前的一百年里我们的思维方式已经被改变了，我希望在这一个世纪，或许还要到下一个世纪，我们能打破这种思维方式的不平衡，而且最终让人文的、中国传统的思维多一点，实现我们自身传统基础上的现代化。楼先生特别推荐我看一本书：肯·韦伯的《事事本无碍》。他说了一个故事：

> 记得当时参加了一个中美哲学讨论会，听到一个美国学者一万多字的报告，说了半天，可能让我们来讲一句话就能解决。但后来我又想，我们也不能用一句话讲他那一万字的东西，因为这可能连我原来要表达的东西都无法传递。但反过来，他如果不用这一万字来讲，我们大概也不能把握住他的思想。这大概就是思维方式的差异吧，这差异不能靠一味地去迎合对方来解决，否则谁也不明白谁，只有在相互尊重理解中才能真正把握。

楼先生说，要有包容心，要彻底打破认识事物的偏执，即"无一法可说"。佛教理论，特别是大乘中观学派的理论，充满着辩证的思维方法，而反对各种片面、独断或绝对的理论和方法。因此，佛教往往在尖锐批评它所反对的理论的同时，注意吸取其中的合理因素，或通过分析比较给予其适当的地位，表现出一种宽厚的兼容精神。在一次回答我的提问时，楼先生说，佛教表达方法以及论证方法十分独特，所谓"假名施设，随立随扫"，破无执有，就会落入一边。用一个破另一个，破过以后就放下，有所得就有挂碍，这是中道不二的思想。不能从一个牢笼里跳出，又跳入另一个牢笼。所以，禅宗公案中经常有问此答彼，其意在破执。

楼先生认为，佛教揭示了人本能的两分的思维方式，提出转识成智，把事物联系起来。

禅宗看来，现实事物既有"是"，又有"非"，最好答非所问，从而破除执著。佛教从不孤立地看待问题，佛教的核心理论是缘起论，即"此生故彼生，此灭故彼灭"（时间上），"此有不彼生，此灭故彼灭"（空间上）。说明万事万物都是相对的，互相依赖的，都是"刹那生灭"，"缘聚则有，缘散则无"，没有永恒的（无常），没有独立自性（无我），也即是"苦"和"空"。

楼先生着重提到佛教的"不二"思想。清净也就是空，大乘佛教是不离色言空的，他反对各种离色空、断灭空的说法，并斥之为戏论。大乘佛教把佛教的空的观念进一步往前推进以后，就强调一种色空不二的思想，认为一切现象都是性空幻有，其本质是空的，但是现象是有的。所以要得到这个空，不能离开这个现象去获得它，所以不能够把这个现象全部消除了，我才是空，不是这样的，而是就在这个现象中间来认识它的空性。这就是《心经》里边的那两句话，叫做"色不离空，空不离色，色即是空，空即是色"。那么也就是要我们在现实的生活中间，面对纷乱的现象去认识这个空，去把握这个空，也就是对于这个现象不要有一种执著，执著了就会给你带来很多的烦恼。

佛教的"不二"、"中道"思想，可以将对立的思想联系起来，便欲打破非此即彼的思维方式，所以也就有烦恼即菩提、污染即清净的思想。这种思想启发了禅宗，用楼先生的话说，"我们就可以以一种出世的心去做入世的事，我们需要以一种出世的心去做入世的事。我们要面对现实，不要回避现实，逃避现实，要在现实中间去完成人格的培养，佛教是要大家注重当下，我们要学在当下，行在当下，悟在当下，证在当下"。

其三，用心感悟。

楼先生说，不仅要从眼耳鼻舌身入手学习，而且要靠生活积累，要用心体验。学习本身就是一个觉悟的过程。禅宗的"自悟"、"自度"，强调的是个人的体验和自我的直接把握。这点需要体会。要学习禅的自性自度精神，要知道怨天尤人是没出息的，埋怨祖宗是不肖子孙。什么事情都得靠自己。要增强学习的主动性，消除胸中困惑，融会贯通，举一反三。现实中间不会有固定不变的东西，古人的、别人的经验可能有用也可能没有用，要探索自己的路子，不断思考琢磨，适应社会的变化。佛教强调学、思和修，开阔自己的眼界，不要封闭自己，不能被一个局部问题障蔽，从而造成认识偏差。切记看到分的东西太多，看不到通的东西。万事万物都有共通的地方，道家说"道通为一"。

研究禅宗，如何处理教理研究和实践修证的关系？楼先生说，禅宗既重解悟，也重证悟，因此既要明义理，又要去践行。学禅停留在机锋、话头上不行，必须要有人生经验、经历。历史上的禅师强调要有二十至三十年的磨炼，提出"不是一番寒彻骨，怎得梅花扑鼻香"。只有经过艰苦的磨炼，人生的体悟才能深切。宗教讲信，禅修还讲疑，小疑小悟，大疑大悟，顺利时想想不顺利时怎样，做正确时想一想是否有什么不对，要不断磨炼，永无止境，这些其实都是广义的修证。

楼先生说，古人的书往往多重意涵。比如，汉代的书，既是治国的，也是养生的。如《黄帝内经》、《淮南子》、《吕氏春秋》等，以及董仲舒和河上公的书，既是治国的，也是养生修身的。学习中国哲学，特别注重实践和证悟。学习百家智慧，以学增智、以学修心。修内圣外王之身，成就圆满人生。

中国哲学最后都落实到如何为人，认为为学和为人不可分，而且根本上是为了有受用。但是西方哲学，特别是近现代西方哲学主要是讨论知识。人们批判哲学是钻牛角尖，是书斋里的学问，这并不是中国哲学的传统。中国哲学没有完整的主观构架的体系，即使有，也是一些基本原则。它的特点是针对不同问题、不同现象的灵活运用。对同一个问题，此时此地此人这样讲，彼时彼地彼人又可能那样讲，于是表面看起来似乎有矛盾。现在有些学者是在给古人设计体系，并认为不能放入体系的东西都是内容矛盾，这是有问题的。

那么，如何学习中国哲学呢？

楼先生说，哲学是一个抽象思维的东西，一个时代为什么会产生这样的思想，就是因为当时的时代缺乏这些东西，才会去提出和强调。现在，我们已经见不到古人了，又不能只从思想到思想去理解他们，因此要看一些小说、戏曲，这样了解当时的人在生活实践上会有什么问题，因此才会有何种思考。比如，为什么古人会唱得那么慢，因为当时生活的节奏本身就是舒缓的。

楼先生说，为学之路从原典读起。在他看来，近代是中国思想史上最活跃、交锋最频繁的时期之一，另外两个是先秦、魏晋。如果从中间的魏晋入手就能更好地理解其他两个时期。值得一提的是，楼先生大学时靠旁听加自学，掌握了一些传统的音韵训诂的小学功夫，以及版本、目录、校勘这些现代文献学知识，这些都是研究古典文化的基础。当时楼先生感觉中国文化和西方文化虽有时代的差异，但根本上是一个类型上的差异，这并不决定谁是先进落后，不应当用一种否定另一种。

现代人文学科把文史哲分得过细，这种互相排斥分割的现象，不利于学习贯通。

三、心静镜清

2011 年 3 月 21 日上课，请教楼宇烈先生一个问题：为什么说佛法是心法？为什么我老是感觉自己无法静心呢？

楼先生答曰：心静镜清。

心静镜清，是楼先生在故宫里面看见的一处题写。

之所以无法安静下来，楼先生认为，是因为"境由心生""心攀境有"。心和境的结合，才能产生烦恼。心和境，不是谁生出谁的问题，而是呈现，不是单向的，道在万物里呈现出来，而非道生万物。心和性无法分开，一个事物的两个方面，一是从现象上讲，一是从本质上讲。

楼先生点出了明心见性的重要性，佛教里所说的这个"心"，就是本体论意义上的"心"，而不是俗情所说的"心"。世间万法，离不开心，佛经上说："三界唯心，万法唯识。"也就是说，三界无非心，万法尽是识。一切万法，尽是缘心而起，这就是佛教里所说的"无不从此法界流，无不归还此法界"。这个"法界"，并不是物理学意义上的那个"宇宙"，而是心灵学意义上的那个"宇宙"，也就是人们的心灵世界。所以心学大家陆象山说："宇宙即是吾心，吾心即是宇宙。"

我觉得人的许多问题就出在通常人所说的"自寻烦恼"。原始佛教和部派佛教都只是讲"人空"或者"我空"，认为人的一切烦恼都是"心造"，所谓

"心生种种法生，心灭种种法灭"，所以如果心里不起念，烦恼也就不会来了。王阳明也说过，心外无物，心外无理。到了大乘佛教，不仅人空、我空，而且法也空，人法二空。一切的现象都是空的，那么从本质上就都是无相，或者非相。

《心经》里面的"色即是空，空即是色"，启示我们不要离开色去把握空，也不要离开空去把握色。后来的瑜伽学派，提出了"我说即是空"，根本不经过实相这个现象，"一切唯识所显"，一切就是一切法，直接把握它的本质。不论主观客观的东西，都是"识"的显现。

到了慧能以后的禅宗，就是强调一种自觉，认为人的本心是"自性清净"的，这就是佛性，也就是空了。佛性包括两重意思：空寂，寂静；有觉性。也就是本觉，认为人的本性里面就具有般若智慧，所谓的般若智慧就是一种平等智、无分别智，而世人的智慧恰恰在于把一切都分别得很清楚。禅宗说，万法皆由心生，从内心开始修行，就可以明心见性，见性成佛。心是一切烦恼的根源，性是清净的智性，所以佛法就在世间，要不离世间去求。

说到根底上，许多问题，就是因为人把许多问题分别得太清楚、太执著了，于是就有了烦恼。这里借用圣严法师说过的话，人生要经历自我肯定、自我成长、自我消融几个阶段，这里是自我而非我！要从"有我"才能到"无我"，许多人执著于一个"假我"，无法消融自我——而这才是可怕之处！

我很喜欢马祖道一这位禅师，每读他的开示公案，不由得有顿悟之感。马祖道一，俗姓马，唐代汉州什邡（今四川什邡）人。马祖禅法全力光大南禅宗风，奉《楞伽经》、《金刚经》、《维摩经》为圭臬，以"平常心是道"和"即心即佛"为中心，结合日常生活中的场景，随时随地发挥，注重机锋棒喝、隐语、动作，打破了以往枯坐参禅的传统方式，禅风明快峻烈、别开生面，吸引了一大批学佛之人，因而留下了许许多多令人深思的"公案"。

一次，百丈怀海伴随马祖禅师在郊外行走，看见一群野鸭从空中飞过。

马祖禅师说："是什么东西？"

百丈回答："野鸭子。"

马祖又问："到哪儿去了？"

百丈回答:"飞过去了。"

马祖于是捏住百丈的鼻子,百丈不禁痛得叫了起来。

马祖斥道:"说什么飞过去了?"

百丈当即顿悟。

禅讲究无为本,即对物的鉴知反应。应事过境迁,犹如春梦了无痕迹,不能丧失自心,心随物去——飞走的是野鸭,心却不能随鸭飞去。

此心安处,即是吾乡。许多人常常盲目追求世外的仙境。其实,一切美好的事物都在生活中,一切美妙的感觉都在心中。遗憾的是,许多人在历经沧桑、走过许多弯路之后,才能明白这个道理。观照本心,才能明心见性,《金刚经》的中心思想是,一切有为法,如梦幻泡影。

《楞严经》指出,人人都有澄明的本心,迷时不减,悟时不增。读《楞严经》可以悟到"观诸世间山河大地,如镜鉴明,来无所粘,过无踪迹。虚受照应,了罔陈习,唯一精真"。

禅宗的"观物",则是水月相忘的直觉境。禅者就当顺应一切,抛却认知的桎梏,静观万象,道通为一,获得精神生命的绝对自由。

四、《中国佛教与人文精神》

楼先生 1960 年毕业于北大哲学系,以后就留在了北大工作,除了从事中国哲学史的教学以外,还要搞研究。从 1960 年到 1964 年之间,楼先生集中关注的问题是魏晋玄学。

从 1978 年开始整理佛教资料,一直整理到 80 年代,楼先生早期招的研究生基本上还是中国哲学方向的。后来,人们对佛教越来越关注。于是,就转到佛教这个方面来了。

佛教在公元一世纪左右(两汉之际)自印度传入中国后,至公元四世纪时(东晋南北朝)开始在社会上,特别是思想文化领域,产生了广泛的影响。到了公元七世纪至九世纪(隋唐时代),佛教形成了许多具有中国特色的佛教宗派和理论,在中华大地上生了根,开了花,结了果,达到了成熟的阶段。

此时，我们可以看到，从人们的日常衣食、语言，到思想、文学、艺术、建筑，乃至天文、地理、医学、算术等各个文化领域，无不渗透着佛教文化的深刻影响。佛教已与中华本土传统文化融为一体，成为中华传统文化中的一个有机组成部分。可以毫不夸张地说，自东晋南北朝以后，离开佛教文化，是不可能真正理解和把握中国历史、文化的精神的。时至今日，佛教文化在今天的中国，仍然是一种活的、有生命力的文化现象。

作为一个中国人，认识中国文化在世界文化中的地位，提高对于中国文化的自觉认识，越来越显得必要。而要研究中国的文化不了解佛教是不行的，而在相当长的时期内，也就是 1949 年以后一直到"文革"，社会对佛教没有多大关注。因此，无论从研究我国历史、文化、现状的需要来说，还是从世界文化与学术交流的需要来说，了解和研究佛教文化都是十分重要的。但由于佛教典籍浩瀚，在我国现有条件下，一般研究者是难以置备的，即使一些公立图书馆，也不是都有力量购置的。而且，当时要找到佛教文献很难。不要说大学里面，包括寺庙里面也很难。这样，编选一部实用的，而又能较为系统地反映中国佛教发展的基本脉络，反映中国佛教各宗派的主要理论，以及对中国佛教思想影响最大的重要汉译佛典等的佛教资料选编就很有必要了。就中国古代哲学思想发展情况来看，南北朝后，尤其是宋明以后著名的思想家，几乎无不出于佛老。不研究佛教理论，就很难写出一部好的古代中国哲学思想史、文学史和艺术史等。中国佛教理论，各宗各派众说纷纭，莫衷一是，加之其论证繁琐，文字艰涩，典籍浩瀚，给研究带来很大困难。而对佛教思想资料的系统整理，更是缺乏。不能不说是我国社会科学研究领域的不足。参与编写《中国哲学史》时，任继愈先生给学生开佛教方面的专题课，楼先生做了助教，因此对佛教有了接触和了解。他发现，中国整个文化史，特别是唐宋以后的，根本离不开佛学，否则文学、艺术、思想，甚至建筑方面的问题都不能弄清楚，但当时很多研究著作是讲外行话，停留在表面，高校甚至寺庙能找到一部佛经都困难，更别提《大藏经》了。因此，楼先生开始有选编佛教思想资料这个动议。

1979 年在中华书局哲学编辑室的积极支持下，由任继愈先生挂帅，楼先生主持，并与石峻、方立天、许抗生、乐寿民一起等合作，制订了选编一部《中国佛教思想资料选编》的计划。当时的编选指导思想是："为中国哲学史专业工作者研究或讲授中国哲学史，提供一部比较系统而简要的中国佛教思想的，为以后的佛教研究提供参考资料。同时也可供中国思想史、文学史、艺术史专业工作者参考。"全书分为四卷，即第一卷"汉魏两晋南北朝部分"，第二卷"隋唐五代部分"，第三卷"宋（辽金）元明清近代部分"，第四卷"佛教经论译本选"。不了解佛教在中国传统文化中的地位，不了解中国近代佛教对社会思想界的影响，是不可能真正弄清楚中国近代哲学的，更谈不上把握其理论特点了。因此，在资料选编的近代部分，选入了梁启超、杨度、章太炎、欧阳渐、熊十力、李石岑、梁漱溟等人的许多论佛著述，供研究近代思想史的学者们参考。有些著名思想家，如康有为、谭嗣同等也是深受佛教影响的，这在他们的许多著作中都是可以看到的。这套由楼先生组织和主持编选的《中国佛教思想资料选编》，在推动近年来学术界对于佛教思想文化的研究，起到了积极的作用。编出来后，不仅大学，连寺庙里面也使用。到80年代的时候，国内的《大藏经》很多了。虽然这套书现在看来有很多错误与不足，但在当时起了很大的作用，许多庙宇里面僧人看的都是这本书。当出第四卷的时候，改革开放社会环境发生了很大变化，佛经已不是一个难得的东西，它的历史使命完成了，楼先生的研究兴趣却转移到佛学上来了。

楼先生是一位在学术界与宗教界都相当受尊崇的元老级人物。他有很高的佛学理论造诣，参访很多的佛学院、寺庙，并受邀出席各种佛教方面的研讨会等，在学界、宗教界、企业界和政界讲课，一直很受欢迎。

近些年来，楼先生的身影出现在各种论坛、会议和社会活动上，结合中国传统文化的人文精神，在各种场合不断普及佛学，并对社会对佛教的错误认识进行纠偏。楼先生说："目前佛学的宣传存在很多的偏颇。中国是大乘佛教，它里面很多已经把活菩萨神格化了。有些佛教与民间的宗教融合在一起，所以它还有什么算命啊看相啊这些东西，有的甚至于出现'和尚不作怪就没人来拜'的现象，对佛教有许多的误解。"

由于种种原因，主流社会强调佛教消极、避世的一面，认为它仅仅是一种麻痹劳动人民的思想工具，其实佛教思想本身博大精深，包含着向多方面引申的可能性。在封建社会的大部分历史时期，它折射出的确实是其消极保守之一面，然而只要我们深入地了解佛教的基本理论内容，就能发现其中蕴藏着更多积极、开放的精神。为了破除人们对佛教的误解，楼先生陆续写了

《呼吁理解佛教》等文，他说："普及一些佛教知识，对健全其在现代社会中的精神人格则大有裨益。"他说，传入我国的佛教基本上属于大乘。大乘与小乘最本质的区别在于，小乘仅讲究自我修炼，其目的是达到一己的解脱成佛。大乘则要求超越自我、去普度众生，这就不仅仅是一种封闭的自我解脱，而是去积极主动地"利他"、为众生服务。地藏菩萨曾发下这样的誓愿："世上若有一个不得解脱，我便不得成佛。"章太炎也曾提倡一种为众生而牺牲的"华严精神"，还用佛教"依自不依他"的教义号召国人自强自立，可见，佛教有着许多积极向上的理论内容，并且在历史上发挥过促进革命的作用。而在《别误解了佛教》一文中，楼先生说："很多文化人信了佛教，反倒没文化起来，相信宿命，其实佛教并不强调笃信神灵，而是强调自强自立。其实佛教是告诉我们要超越自我，要学会在今生造新的善因、结新的善果。这正是改变人命运的好方法。命运都掌握在自己手中，只要自己努力付出，就一定会有丰硕的回报。这么看来，佛教宣扬的正是一种积极向上的人文精神。"针对社会现象，楼先生更是一针见血指出："对于现代人来讲，精神上最大的痛苦和不幸，大概无过于'自我'的失落。而这种'自我'失落，完全是现代人盲目依赖物质手段和无节制追求物欲的结果。若追究其根由，也不外于佛教所揭出的贪、嗔、痴三毒心。佛教以戒、定、慧三学来对治贪、嗔、痴三毒，教导人们以布施心去转化贪欲心，以慈悲心去转化嗔怒心，以智慧心去转化愚痴心。"

2003 年 10 月 1 日，楼先生的著作《中国佛教与人文精神》由宗教文化出版社出版。他把近二十年来所写的有关佛教方面的主要文章，都收录进去了。这些文章多少还是能反映出他对佛教历史、教义、哲理、修证、社会作用、现实意义，以及研究方法等方面的一些总体认识和看法。对当前脱离现实生活的学风起到了纠偏补救的效果，引起了广泛的共鸣。他说："知识分子信佛教容易钻到经典的名词概念里面，一般的老百姓的信仰呢，有的时候就什么根本也不知道。所以，我觉得普及正信的佛教意义很大，非常必要。所以，我才愿意讲这个。要让人家明白佛教真正是什么？我演讲一般都是围绕社会关注的，然后有个大致框架再讲，联系社会实际。这些年来，我基本是从纯粹的学术的研究，慢慢地走向与生活的密切结合。所以，我也给我的学生讲，现在的学术规范没办法，有的时候你只能够依随它来做，但是，当你解决了教授的职称以后，就不要再去制造那些让人烦心的东西了，多做一些自我的修养自我的实践以让大众能够了解。你说，一篇博士论文，有几个人去看呢？弄得越来越专门，越来越细。能够起多大的社会影响？没有。人文的核心就是生命关怀。应该有一个开阔的胸襟，不要追究过分细小的事情，不要钻牛角尖。中国古人有很多这方面的教导。"

为文治学，楼先生锐意创新，不求量多，务求撰文要有针对性，要有不同于前人的学术心得。比如，他在2008年4月一次题为《感悟生活禅》的讲座中，高屋建瓴地介绍了佛教的基本思想、永嘉禅法、渐修顿悟二偈、宗密禅师的五种禅等，以及内观禅法、行禅等禅学思想、流派，并根据自己多年的体会，将禅修的入门方法，概括为三句话："做本分事，持平常心，成自在人。"这三句话是楼先生的"学禅三要"，不是他的杜撰，而是出自典故。"做本分事"是唐代著名禅师赵州和尚的话，来提醒人们要在本分的事情中去体会禅的道理，就是让人面对现实，不要回避问题，做好本分事，从本分事做起。"持平常心"是从马祖禅师"平常心是道"中化来，提醒人不要过于计较，过于思虑，不被杂念所困，失去自我。"成自在人"是黄檗希运禅师的话，提醒人要有心的自在，不要被世间的相牵着鼻子走。有一次，楼先生在法门寺讲演时，即席作出一副妙对"净静敬入佛境，缘圆元得法源"，开启在场的所有听众。此联意妙音谐，契理契机，真是天成绝对。他简析到，若能做到三境，自然会渐入佛之境界。若能众缘和合、圆融无碍、归元不二，那就得入法源。楼先生阐释道，"净"字，净者，清净也。"自性清净"、"本心清净"，这是禅宗修行法门和解脱理论的核心理念。他说："若顿悟自心本来清净，元无烦恼，无漏智性本自具足，此心即佛，毕竟无异，依此而修者，是最上乘禅。亦名如来清净禅。""静"字，乃涅槃寂静之意。涅槃是音译，寂静是义译。此涅槃寂静是佛教所追求的一种最高境界。"敬"字，敬即恭敬，恭敬佛法僧，礼敬三宝。楼先生为人谦逊智慧，他对佛学的深厚造诣，感动了在场的所有人。就是这样，楼先生的讲座每每都是临时弄个提纲，然后信手拈来，独成妙文，让听者受用。楼先生每每用这样的方式，提醒我们活在当下，参修在当下，觉悟在当下，听了他的讲演，让人有顿悟的感觉。2009年，楼先生在和北京龙泉寺僧人座谈时就曾说，学习佛教，不是仅仅学一点知识，而是要学会怎样去运用这些知识，要有一个智慧的问题。智慧就是能够发现知识、掌握知识、运用知识。中观、唯识好像很对立，其实二者是相辅相成的。一个是破相显性，一个是转识成智，所以这两者完全相通。学唯识中观，如果没有看到中观的本质是破相显性，唯识的根本核心是转识成智，那记住多少名相都没用。现在有的人要么把中观说得很抽象、很玄虚，要么把唯识说得非常繁琐，所以越学，名相的纠缠越多。其实还需要很多实修的东西，也就是体会。有很多东西没有体会过，是说不出来的，或者有时候有体会也说不出来。别人的体会你不能够了解，也不能够体会，所以有时候是需要沟通，需要一个亲身的经历，才能够了解很多东西。

禅宗主张直接把握世界的实相，对事物本质要有透彻的了解，从而自我把握，自我解脱，自我主宰。这样，一方面就破除了对权威、对神的崇拜、迷信和依赖，另一方面也破除了对一种形式化的净土的执著。因此，禅宗主张自作主宰，自性自度，又主张心净土净，唯心净土。楼先生特别推崇禅宗不为神役不为物役的自我超越的人生哲学，"我们应该觉悟人生，奉献人生。只有觉悟人生，才能奉献人生。只有奉献人生，才能觉悟人生"。佛教和禅宗则从否定出发，认为现实虚幻，然后又部分地肯定现实，并以假名施设来救度众生，但最后仍要破除掉对一切事物的执著，达到真正的证悟。

五、《中国的品格》

谈起传统文化，楼先生说："人文立本，成人之道；科技利用，强国之器。"本和用要搞清楚，道和器也要搞清楚，而我们现在反倒颠倒过来了。人文是立本的东西，它可以让人成为一个真正的人，是成人之道。科技只是利用，是强国之器。道、器、本、用，并不矛盾。当然，我们也一定要认清主次。道与本，器与用，是两个不同层次的东西。

早在20世纪90年代初期，楼先生就开始纠偏人们对于东方文化特别是传统文化的认识了。在楼先生看来，中西文化没有高下。如果能借鉴《金刚经》上"是法平等，无有高下，是名阿耨多罗三藐三菩提（意谓无上正等觉）"的思想，以平等心去认识自我、认识他我、认识自然万物，破除各种偏见和执著，这将有助于克服自我与他我、个人与群体、人类与自然之间的分离和对立，融自我于他我、群体和自然之中，得自我之"大解脱"。

从 19 世纪工业革命以来，全球受到科学与物质主义影响，现代人役于物，精神变得匮乏不安并对自然造成毁灭性的破坏。楼先生指出，科学发展要有一种伦理观念，呼吁东西方都要重新思考人与天、人与地的关系，思考天地人三才的关系。20 世纪上半叶接连发生了两次世界大战，当时它引起了世界上许多思想家的反思。许多思想家对以西方文化为主导的文化取向一度发生了疑问，出现了一股新人文主义的思潮，出现了一批向往东方文化人文精神的思想家。但是，在 20 世纪的下半叶，随着高新科技的高速发展，物对人的引诱力和支配力是越来越强大了，注重人伦道德的人文精神被追逐物欲的浪潮所淹没，人文学科也由此而受到冷落。中国传统文化中包含了丰富的有关人文精神方面的理论资料和历史实践经验，可资我们今日借鉴。楼先生不仅多次在不同场合呼吁加强"人文精神的培养"，而且从中国传统文化中提炼了他独特的观点，"中国传统文化中的人文精神以人为核心，融天地万物与人为一体，把人的伦理精神、道德情操的提升与超越放在首位。……这也就是说，在中国传统文化的人文精神中，包含着一种上薄拜神教，下防拜物教的现代理性精神"。"众所周知，18 世纪欧洲的启蒙运动，高扬人本主义去冲破中世纪神本文化的牢笼，然而诚如当时那些主要思想家所言，他们倡导的人本主义，从中国儒、道哲学的人文精神中得到了极大的启发和鼓舞。而当今东西方思想家注目于中国传统哲学，恐怕主要是想以中国哲学的人文精神来提升人的精神生活、道德境界，抵御由于物质文明的高度发展而带来的拜金主义和拜物教，以及由此而造成的自我失落和精神空虚。这一方向同样也十分值得我们重视。"

对于西方文化和科技思维的反思，是楼先生近年来最为关注的两大问题。比如，有记者问："有些人觉得中国传统文化太讲究团体精神，只讲共性不讲个性，使中国人缺乏民主和自由的精神。但是，中国传统文化既然'以人为本'，就不能脱离和泯灭个人价值。那么中国传统文化如何看待个人的价值呢？"楼先生认为，长期以来，一些人认为中国传统文化缺乏对个人的尊重与个性的发展，即缺乏民主。事实绝非完全如此。民主是相对的，有条件的；民主是目的，也是手段，更是过程；民主在不同的国家、民族和不同的历史阶段是不同的。自由和民主都以不妨碍他人的自由和民主为前提，而不是像某些人脑子里想象的那种单一的个人为所欲为的概念。西方的民主也不是完美无瑕，在西方，民主也是讲价钱的，你没有钱，谈何民主？康有为当年就清楚地指出了西方民主中的弊病，现在大家更明白了。其实，民主和自由要求每个人更严格地约束自己，达到自觉的约束。

楼先生对于科技与物欲的反思，也发人深思。他指出："现代高科技的迅速发展，一方面固然使人类获得了越来越多的控制和支配客观生存环境的主动和自由，但另一方面它也并不是尽如人意的，这种控制和支配客观环境的力量，同时也是控制和支配人类自身的一种强大的力量。高科技的精密、快速、自动，强制地把人们的生活变得紧张、机械、被动、单调乏味，乃至于使大多数人失去越来越多的个体自我本有的种种主动、能动和自由。许多人的物质生活是不断地富裕和舒适了，然而在精神生活方面却十分贫乏和空虚。人类不断地把自己变为物欲的奴隶，沦为机器、工具的奴隶，以至于找不到人生真实意义之所在。因此，现代人精神上最大的痛苦和不幸，大概可归结到一点即自我的失落。其实，当我们深入一步思考的话，又不难发现，这种自我失落虽然有众多的客观原因，而归根结底又是人类自己一手造成的。它是与人类对自我价值某种片面认识和追求分不开的。所以，人类如果不能从节制自己的欲望追求入手，不能从盲目逞快自己智能的迷误中觉醒过来，就不可能从根本上消除现存的、潜伏的种种社会、环境问题，也不可能真正解决自我失落的问题。"针对这种病象，楼先生认为，禅宗思想在未来科技高速发展的社会中，可能会在人们的精神世界里发生更为广阔的调节作用。禅宗要人们认识自我的"本来面目"，要人们"自悟自性"，就是要人们去掉种种偏执妄想，而恢复自我的"清净本性"。世人追境逐欲，为名求利，自寻无穷烦恼，实可视为清净本性的迷失，自我失落也由此而起。

楼先生还十分关注传统文化的学习、批判继承和古为今用的问题。楼先生在分析当今世界人类生存环境危机的原因时说，人类过度地向自然索取，进行破坏性、掠夺性地开发，以及大量有害的生产、生活废弃物的污染。因此把对自然的破坏性、掠夺性开发，改变为计划性、保护性开发，加强对有害生产、生活废弃物的积极治理，是可能取得改善当前人类生存环境的一定效果的。但是，这远不能从根本上解决问题。因为，追根究蒂，造成当今世界人类生存环境危机的根本原因，是由于人们对自己欲望的无限度放纵和追求。为此，他陆续发表一些论文，如《儒家"节欲"观的现代意义》、《儒家修养论今说》、《佛教与现代人的精神修养》等，阐发儒家在自我修养方面总结出了许多行之有效的方法，诸如："反求诸己"、"改过迁善"、"见贤思齐"、"惩忿窒欲"、"慎独"、"反省"、"主敬"等，以及儒家伦理中强调的"不违天时"、"节用""御欲"，讨伐"暴殄天物"等思想是很值得我们今天借鉴的。不仅在学术界受到好评，而且在社会上也产生了一定的反响，为发掘传统文化的现代意义作出了有益的探索。

如何学习中国传统文化，并把握中国传统文化的基本内容和根本精神？楼先生认为，只有从这些源头性的典籍入手，我们才能够慢慢地对中国本有的文化的精神，有一个重新的体悟和认识，即大概可以用"三、四、五"这三个数字来加以概括，说简单点就是三玄、四书、五经。三玄是指《老子》、《庄子》、《周易》。四书是指《大学》、《中庸》、《论语》、《孟子》。五经指的是《周易》、《三礼》、《书经》、《诗经》，还有《春秋》（三传）。楼先生说，可以毫不夸张地说，如果不了解这几本书，那么也就很难去了解中国文化的方方面面；反过来，即使是了解了中国文化的方方面面，但如果不能将它们统摄到这几本书里去，那么也把握不住中国文化的根本理论基础和核心价值观念。所以，这几本书统领了整个中国文化，是我们把握中国文化根本精神的必读书。

当今世界格局正处于一个重构的进程中，中国作为一个大国重新崛起之后，中国文化怎样得到世界的认可？国学如何彰显它在中华文化中的重要地位？楼先生认为，现在就是要有对自己传统文化的一种自信。如何建立起这种自信来？要对传统文化的一种认同，还要有一种尊重。只有认同和尊重，才能有一种自信。从现在世界发展的整个趋势来讲，中国从西方近百年文化冲击中得到了实惠，也受到了很多灾难，应该说，这两个方面都有。那么现在怎样继续受到实惠同时消除那些弊病，就是给人类带来的灾难，唯一的办法就是把东西方文化很好地结合起来。楼先生认为中国人在这个方面任务是很重的，因为真正能够领悟中国文化精髓的，应该是中国人自己。对西方文化研究再透彻，也是有所隔膜的，那么，继承和发扬传统文化的精髓，这责任只有中国人来承担，不能去靠别人。在这方面，中国人只有把现代化植根到本土文化中间去，才能有真正的生命力。如果连自己都忽视传统甚至要排斥它的话，别人不可能尊重你。

六、"人间哲学"

楼先生的中国哲学与佛学研究，十分注重内心的体悟与日常的修养，借用"人间佛教"的理念，主张建设"人间哲学"，以"人文精神"为思想的归宿。

2003年，楼先生退休后，虽然还在从事研究兼带博士生，但是已经把重心放在强调哲学佛教与生活的融合上面。繁忙之余，楼先生有诸多爱好，其中对昆剧颇有造诣。

楼先生是中国文化最真诚的倡导者、实践者，他不仅创立了国艺苑，还兼任北京大学校内外几十家中国文化社团的顾问和指导，退休后仍常年奔波各地讲学，致力于传播与弘扬中国传统文化。《中国的品格》是他首部面向公众的文化普及著作，2007年首度出版后，读者好评如潮，此次再版，他作了全面修订，并撰文导读，引领读者发现中国文化之美。

早在20世纪90年代，楼先生就曾提出"人间哲学"的概念，认为"哲学固然是探讨纯理论的形而上之道的，但它又不应是远离人们现实生活的。哲学所探讨的形而上之道，应对人们的现实生活有切实的指导作用。人们不应当把哲学限制在一个极小的圈子里，哲学应当广泛地去关心现实社会和人生中所提出的各种问题，并积极地去指导它、解决它。哲学应当做到这一点，哲学也是可以做到这一点的。套用一句佛教的话来讲，就叫做离俗谛即无第一义谛，出世间法不离世间。而用儒家的话来讲，则叫做'极高明而道中庸'，也即是儒学中反复强调的上学下达，知而能行，知行合一等等。所以，贴近实际生活，同样也是中国传统哲学的重要特点之一"。他指出，大体包含两个方面：第一，强调人文精神，主张人与人之间的和谐和统一，对一味拼命科技化而忽视人文建设的短视行为进行了深刻的批评。第二，强调不要搞纯粹哲学问题（但不排除少数人搞），从整体上哲学要贴近生活，解决人的思想、修养、伦理等问题。哲学要起"提升人格、净化社会"的作用。实际上，这两个方面是对中国哲学优秀传统全面准确的总结。因为，楼先生觉得中国的传统不是脱离现实的，是跟生活密切相关的。上达天理，一定下达人伦日用。那种把哲学看成是一种空中楼阁书斋中的东西，楼先生觉得这是西方哲学的传统，不是中国哲学的传统。他说："学界有时把哲学翻译成玄学，其实玄学不玄的，这是借用了南北朝时候的概念，后来这个玄学也变成哲学的代名词了。20世纪二三十年代，曾经有过一些关于科学与玄学的争论，这个玄学的核心指的是人生观，也叫科学与人生观之争，人生观的问题非科学所能解决。玄学看似很虚无缥缈的，现在一些哲学家也把西方哲学一些纯理性的东西变成了中国哲学了，所以像冯友兰早期写的东西都是共相啊，属相啊，这些概念在传统文化里面不是这样。"

楼先生深悟禅宗的智慧，注重内在精神的把握和修正而不拘于外在的各种表现形式。他把禅的精神体现在时时、处处、事事当中，并能随时、随地、随处都展现出来，他的妙语多多，生动的话语，灵敏的思维，对中国文化深重的感情，很能感染在场的听众。诸如时常鼓励大家"守常明变"，"慈悲为人，智慧处世"，"学在当下，行在当下，悟在当下，证在当下"，"身体力行"，"能说不能行，不是真智慧"，"行慈悲愿"，"启般若慧，证菩提道"，"活在当下"，"儒家'拿得起'，在于敢担当；佛家'放得下'，只因明无常；道家'看得破'，可谓常知足"，"法无定法，因人而异，理有常理，顺其自然"。许多人对楼先生"深入浅出"的讲授风格，留下深刻的印象。"既要让内行人听出一些心得，又要让外行人能听得懂"，他的讲课一直坚持这样的原则。在课堂上，楼先生要求学生"得其意而忘其言"。一位旁听过楼老讲课的学生评价："楼老师的课是在学术之外的。"

2011年7月30日至31日，楼先生在中欧北京校区为2011年合聚讲坛讲授第一讲——"智——中国文化的品格"。他从戊戌变法到文艺复兴，从新文化运动到欧洲宗教性改革，纵观中西古今，以北大五十年的哲学研究为底蕴，深入浅出地介绍了整个中国传统文化的精粹，为参加合聚的同学们总结了国学文化的主体意识和人文精神、根源性典籍、儒释道各家源流、道器艺的精髓、中医的内涵等核心理念，逻辑清晰、兼容并蓄，详细梳理了中国文化的脉络与体系，对中国文化的精粹做了一次全景展示。笔者十分幸运地聆听了这场讲座，印象颇深。如今，这样的高龄，如此旺盛的精力，对中国传统人文精神独到的领悟，当今学界还能有几人？楼先生的举手投足，豁达的笑声，笑呵呵的眼神，智慧的话语，都是那么的可爱，可亲，可敬。一个人的品格，是从言行中自然流露的东西。从楼先生这样睿智的学者身上，我们总能收获很多。

2012 年 3 月 5 日　北京

杨立华：儒者的醒觉

引子·印象

2010 年 3 月 29 日晚上，杨立华讲墨子。

杨立华讲课，从来不带书本，他的表述从容、干脆和节制，整堂课下来，逻辑严密，没有什么废话。他咬字特别清晰，汉语经他排列道出的效果就是不一样，说到激情处，妙语连珠，引人发笑。

开讲以前，一名北大女生敬献一束鲜花，下面的男生一阵口哨，杨先生恭敬地从女生那里接过鲜花。

杨先生的课在哲学系乃至全校都是一景，旁听者众多。课还没有开始以前，我和北大哲学系刚入校的一名浙江籍的学生闲谈，他笑着对我说："你也是杨立华的粉丝吧？"我笑答："呵呵，是，是……"

杨立华何许人？男，祖籍重庆铜梁，1971 年生，黑龙江人。北大哲学系教授，哲学博士。他的课，是我经常光顾的。他讲课的神态，十分难忘。每当讲到激动处，杨先生都会情不自禁停下来，若有所思，声音也会变得格外清晰，用粉笔轻轻敲着讲桌。你会觉得，杨先生绝不是在向你讲授一套与他无关的学问，他似乎是想把自己真切体验过的那些智慧通过整个身心告诉你。在杨先生那里，你不会觉得哲学有多么的玄虚，你会觉得哲学是可以亲近的，你会觉得只要你像台上这位大师那样，全身心地去体验哲学，哲学也会体现在你身上。

杨先生的可爱之处就在于他袒露自己的"缺点"，自我"嘲讽"，并且能做到深刻的反省，实属难得。他不仅学识丰富，重要的是非常地坦诚，经常袒露自己的人生经历，这样的讲课无疑是一场心灵的对话。他的语言表达能力十分出众，既有文学的感悟，也有哲学的思辨，中间插入段子，配以对当今大众文化的解读，所以，学生听他的课，丝毫不觉疲倦。

前段时间，我曾经惊异于一个90后小朋友的"消沉"。他毕业于山东一所普通大学，来北大旁听，跟我同住一室，购买了许多书。之前特地拜访"精神导师"钱理群，言谈之中藐视余杰，痛斥孔庆东，可不到一个月就泄气了。

"不继续考北大了吗?"我问。

他摇摇头说:"不考了，北大竞争太大，考进来也干不了什么事。"

我尽力说服他，末了告诉他说:"你去听听杨立华的课吧，或许可以帮你提神。"

90后小朋友去听了一次，回来高兴地告诉我:"不错。"

先不说学术见解，杨立华身上有一股子劲，像个小火炉，对于消沉的青年，或许可以养养精神。

第一次系统听杨立华的课，是在2008年春的北大三教，上课以前座位已经被挤占完毕。当时情形如今仍历历在目:一个年轻人，黑衣瘦削，看起来十分精干。他从人堆外一路挤上讲台，才知道竟是副教授了。细细打量，他的身材不高，略显单薄，行止文雅，神态沉静，看上去似乎是一位不苟言笑的儒生。然而当他说话的时候，整个人的气质却变了，一时之间气场十足。他的声音温正和悦，润物无声，眼睛时常眯着，薄唇微微上挑，露出亲切诚恳的神气。

那次是"中国哲学史(上)"的绪论。杨立华指出，按照古希腊和德国古典哲学的标准，中国无哲学，如果将哲学定义为终极意义的思考，中国当然有自己的哲学。中国哲学是在生活中辩明出来的智慧和真，而非西方意义上的爱智慧。胡适先生首开风气，然而精细不够，冯友兰先生拿西方哲学论证中国哲学，接受西方文化的主体性位置，将自己文化的主体性降低。西方文明富有侵略性，不承认价值观上的"多元"。中国文化硬是挺了过来，成为西方文化不能征服的"他者"。他说:

你要注意，中国哲学的概念与西方哲学的概念是不一样的，一定要注意。现在的中国哲学基本是按照西方哲学的基本架构、基本概念和基本逻辑来确立起来的，基本是在中国思想当中找与西方哲学相对应的那个部分。那么这样的一个中国哲学的思考在某种意义上来说，今天看来问题是非常严重的。当然，冯友兰先生那代人的努力是有贡献的。那个时代涉及一个中国文化如何自存的问题。如果能从中国文化当中找到与西方文化呼应的部分，那么在某种意义上中国文化就有了自我辩护的理由。但在今天，我们还在自我辩护，没有必要了吧？现在我基本倡导不对话，尤其是中西对话，对话只不过是弱者在强者面前喃喃的自我辩护，不断地要用自我辩护来论证自我的正当性，实际上这样的对话要它干吗？对话的前提是主体性的确立。对话一定是两个主体之间的对话，而对话的目的不指向主体的消失，不是用一个主体去消灭另外一个主体。

杨立华认为，有两种不同的价值体系，一种是西方的目的论式的价值体系，另一种则是儒家的基于"人的立场"的价值观。西方的目的论虚构一个全善全能的存在，并以之为标杆衡量一切的价值观，并没有任何的价值优先性。儒家从不悬设一个抽象的"至善"，而是"始终坚守的是在人的立场上的一种思想，人的立场意味着有限性的立场"。人是有有限性的，人不是可以站在云端俯视人类的，没有人可以做到。《中庸》中的"仁者，人也，亲亲为大"，强调的正是这个意思。

杨先生说："面对西方文明的强势冲击性对话，必须通过'自立吾理'的努力方能确立起中国文化的主体性。"哲学是文化主体性最集中的体现，没有哲学就是文化沦丧。从文明传承的三要素历史、文字、风俗来看，中国文化（哲学）有历史的主体性。因此，一个严峻的现实问题摆在面前，怎样才能建立中国文化自身的主体性？杨先生借用鲁迅先生的启示提出，文化主体性只有在抵抗中建立。他说，中国足球最不具有主体性，一比赛就失败。主体越强大，赢得越快。主体性是自己对自己的肯定，自己承认自己的价值。值此礼崩乐坏之际，杨先生不无焦虑，他担心更多的人成为行尸走肉和没有灵魂的人，文化复兴需要落在一代代更年轻的人身上，这个时代需要一两粒悲凉、绝望、忧伤的种子。他说道："所有的声音都指向一个声音——那就是汉语思想主体性的建立。"最后，杨立华提出学习课程的态度和方法，这是要求，而不仅仅是观点：

（1）现代性宿命。汉语本身的断裂造成了思想的断裂，我们已经找不到直接激活中国资源的道路，任何的转译都必将失败。所幸我们还生活在中国文化之中，我们唯一的方法是"用体温去融化"。

（2）仰视。不需要现代生活的自我复制式的自我理解，最卑微的渺小就是否认伟大，甚至认为伟大跟自己是一样的。

（3）我们所有的思想资源都是别人的，在这个阶段，你们还没有经过长期的训练，不可能有所谓的独立思考。我希望你们在保持思考的愿望与激情的同时，学习思想的技术和模式。

（4）我们不再有权力和可能发明全新的文明，一切都是再诠释而已。

（5）有怀疑的技术，更重要的是确信的技术。

（6）致敬，承认伟大，构想伟大。

其实，杨先生的这种对中国文化传承的忧虑绝非个案，它是这个时代文化人的使命。在北京大学哲学系、宗教学系听课的日子，从楼宇烈、陈鼓应、余敦康、陈来、张学智、朱良志、张祥龙、王博、张志刚、吴玉萍、周学农、李四龙等诸先生身上，我都感受到了中国文化的精神魅力，他们是觉醒了的有着中国文化主体性的学者，在他们的启示下，相信会有更多优秀的学者出现。那时，一两粒悲凉、绝望、忧伤的种子将会诞生。

后来，我又陆续旁听了"《四书》精读"和"中国哲学史（上、下）"。

正是杨立华开设的"《四书》精读"课程让我真正地开始入门：杨先生带着学生读《论语》、《孟子》、《大学》、《中庸》，虽只读了其中他认为的精华部分，但却教会了我"怎么阅读"和"如何理解"。从"中国哲学史（上、下）"课程里，杨先生从孔子、老子、孟子和庄子讲起，到郭象、王弼、魏晋玄学、张载、朱熹、王阳明、程颐、程颢，一路走来，伴随着我对于中国哲学精髓的不断深入学习，个人也在精神与气质上逐步成长，同时对于鲁迅的理解更加富有张力。印象深的是他讲魏晋玄学。他认为将魏晋时代视为"人的自觉"的时代实在是一种错觉，那充其量不过是一个集所有社会优势于一身的人群恣意展示自身的时代。郭象版《庄子注》被古今庄学家奉为庄学至高权威。然而，当代学者张远山的《庄学奥义》却认为，郭象曲解篡改了庄子原本的意思，他的《庄子注》千百年来一直在愚弄世人。在魏晋哲学一讲，杨先生就不认同这个观点，他指出，以自然和名教的关系来理解郭象的政治哲学，认为郭象的政治哲学的目标是自然和名教的统一，进而认为郭象要在儒道之间进行折衷和调和，这是一直以来魏晋玄学研究的根本误区。事实上，这一问题本身就建立在对嵇康的"越名教而任自然"的思想的误读和夸大之上。郭象的政治哲学不应被视为任何意义上的调和主义的产物，而应被看作在现实的历史处境当中，道家思想的某种自我发展和调整。

从那以后，我的阅读，伴随着对经典中哲文本的反复咀嚼，不断深入贴近儒学的基本精神并改变着自己的气质，不断中和并深化着鲁迅带给我的影响。这是最重要的成长。精深的阅读受用最大。

一、才子和演讲家

与一般哲学教授相比，杨立华多了两点，那就是才子和演讲家。

提到儒者，不禁让人联想起老先生端严肃穆的姿态，但杨先生给人的是不经意间流露出来的文采与幽默。他从小就说自己爱胡思乱想，一直爱好文学，受过古诗词的熏陶，并且一度很想写小说。虽然后来放弃了，但文字水准得到了锻炼。最近搜索得到杨立华所作的诗：

道崇自然德崇钦，竹林伊洛两关心。
每录嵇阮狷狂迹，又慕程朱德业岑。
无望哀尘纷超落，有心明相任浮沉。
惟期暗夜承薪火，不因微薄忘古今。

杨立华的诗颇有儒者气象，启发我向对人自家身心的涵养培壅，由格致诚正的内向功夫，开出修齐治平的家国关怀，处处要人在自身着实用力。

近读他的散文《同门》里关于描述同学裴子的文字：

裴子做完早课，我还在高卧。那时候我失眠，起得晚，基本不吃早饭。裴子住我下铺。跟楼先生学佛教，笃信佛法。每天必清早起来焚香念佛，农历逢一逢五，皆过午不食。我们戏称其"月省六顿"。裴子常以佛法化导我辈，无奈我和姜子冥顽，儒佛之争在寝室里被日常化。常常是裴子义正辞严，我们英雄气短。一日看《青蛇》归来，裴子又庄严说法，我们用许仙的台词给出响亮的回答——"我迷恋红尘，我舒服！"裴子失望了。

周晋一直在家里住，他的床基本上就归了裴子的那些吉大的朋友——后来也大都成了我的朋友。裴子弹一手好吉他，当年是摇滚青年，直到1994年，还有乐队来邀他加盟。我对罗大佑的热爱，完全是裴子栽培的结果。

宗教的虔诚，难免催生神秘主义。有一天裴子宣布："我将得到一把宝剑！"从神情看，这定是源自某种神秘启示。我肃然起敬，静候神迹降临。没几天，裴子居然真的拿回把剑来。我们惊问："剑从何来？"答曰："琉璃厂买的。"

裴子佛学造诣深，硕士论文极得许抗生先生赞许。毕业后进国家宗教局工作至今。两年前姜子回来，老友小聚，裴子的鬓发竟也有些苍然了。

真是妙文也。字句的精练，意涵的深刻，让人过目不忘。他特别强调要有独特的生活趣味，"比如诗词、古典音乐，都是安顿自己心灵的方式，'游于艺'不一定只是学术上的启迪，更可能是人生上的启迪。……艺术是感性的直接力量，它带来的震撼和打动，不能全用思想来取代。缺少了艺术，人很难有饱满的生活。所以感性的直接力量也是我在课堂上不肯去除的部分"。

杨立华讲课也如作文一样，尤其善讲故事。他曾做过诗歌演讲，主题是《黑色地图——中国当代诗歌的汉语性思想》。他认为，并非回到古代就是回到国学，而是要把我们的根、把我们现在汉语的根重新扎回古代深厚文化土壤中。北岛诗歌第一个主题是汉语，第二个主题是乡愁，第三个主题是祖国，但是这三个主题，在不同的诗歌中是分裂的，直到《黑色地图》的出现，这三个主题才凝聚在"父亲"的形象里。这首诗让人看到了杜甫的某个侧影，看到了中国古代最深厚的感情的某个侧影，看到了儒家的某个侧影。其所揭示的东西，恰恰就是我隐约看到的汉语性，汉语性思想不在朴素的生命之外，去寻找一个超越性的实体，而超越性的实体就在朴素的生命当中，就在我们对父亲的感情当中，就在我们对根源的不断的回归，就在以情感为本体这样一种情本体当中。最后他表示："我们整个的探索还走在路上，无论是汉语性思想，还是汉语性诗歌。可能还真的像北岛说的那样，我们还走在一个披头散发的阶段，但这条路我们会坚定走下去。整个的努力，包括我站在这儿的努力，包括你们来听的努力，我希望都是一个把自己有限的生命扎根回到民族文化的历史母体过程去的一个过程。"

不时听到杨立华关于鲁迅、周作人、北岛、张承志、王小波等的精彩点评。关于周作人，他就说：

> 周作人貌似冲淡、平和的文字背后，那股子的老辣，真是老奸巨猾。他身上没有那股子刚骨，不勇敢就不勇敢吧，不勇敢就说自己不勇敢，没关系，你承认自己胆小本身也是一种美德，他还不承认，巧伪装饰，显出一副淡泊的样子，淡泊来淡泊去淡泊成一个汉奸。年轻时20岁的时候，很多人跟我讲周作人的文字好，那我就在那看，我怎么看怎么觉得松松垮垮的。你看鲁迅的文字，多么地有张力。比如当代的作家里面，我特别喜欢张承志，虽然他的宗教信仰我一点不喜欢，他的宗教信仰与我的理念差别那么大。张承志的文字充满了张力，他写绍兴那些先贤的文字，比如讲徐锡麟的。他有篇文章叫《逼视的眼神》，特别好。

而真正让我欣喜的不仅是杨先生身上挥洒不去的文学气质，还有他对于艺术的情趣。比如他也爱看王家卫的电影。这点和我十分相似。他在《影子世界的独白》一文里对香港导演王家卫电影有精彩的解读：

> 在一个旷莽荒凉的视像世界里，一个个孤独的个体在记忆中消耗着同时也在塑就着自我。时间的流逝无法改变什么……从表面上看，时间是这部电影的主要线索。而在实际上，它主要关注的却是在某种特定的时间观念下的记忆和自我。故事中所有爱与被爱、伤害与被伤害的纠葛，

都必须在这一背景下才能获得恰切的理解……

这是杨先生对王家卫电影的解读，也是他内心世界的沉思和独白，更是诗与思的交融，文学的感悟和哲理的沉思共同构成了复杂独特的他，杨先生在讲课时每每能穿越枯燥的义理而直接抵达心灵的深层，他的精神魅力大约来自这些吧。

杨立华的讲课流淌着生命的温度和情感的热度，关注的是个体和共同体建构，在他那里，佛陀、孔子、孟子、老子、庄子等一个个圣贤无不饱绽生命的气象。在杨先生那里融会着中国哲人的精神光芒，孔子的高贵、毅力、饱满、宽厚、温暖、优雅，孟子的狂直、阳刚、善辩、明爽、气势，老子的朴素、俭约、柔韧，庄子的极端、游戏、达观、逍遥，佛陀的慈悲、解脱，墨子的刻苦简朴、英雄主义，韩非的冷酷，都被杨先生演绎了出来，一个个散发着精神气息的古代人物，无不带着精神的体温流淌了出来，像一条奔腾不息的河流。现录语录如下：

> 以上就是孔子作为一个圣人的生平，请不要用各种浅薄、丑陋的心态去竭力丑化孔子，作为一个现代人，这样做只能显示你自己的内心有多肮脏。否定圣人的存在只是内心软弱无力的表现。我这个人非常随和，唯一不能容忍的就是某些人想尽一切办法侮辱孔子。有一个朋友和我交往七八年，仅仅在一次吃饭的时候他用轻蔑的语气侮辱孔子，我就因此和他绝交了。

> 这期《读书》杂志没有什么可看的，只有一篇关于民工创作诗歌的文章还可看，对比一下就知道，当今所谓学院派诗歌有多苍白无力。附带说一句，凡是登了我文章的《读书》杂志都不可看。

> 庄子去世之前，对学生们说：你们把我扔在野外，我以日月为棺椁，星辰为灯饰——你们看看，庄子就是这样随时可以迅速沉浸在自己那套狂想之中自娱自乐。

> 上过我的课的学生，应该不会再去读余杰的书了吧？王小波的书也最好不读。王小波讲来讲去不就讲了个"性解放"吗？前几天我看报纸，看到李银河率先主张在全国推广男女同厕，我都快崩溃了。

早在三年前我就说过，现代社会"人性解放"的最终结果是人的缺席和性的解放。

　　现在流行歌曲里面最常见的词是什么？"我"。其次呢？"爱"。稍微少一点的是"你"。"我爱你"，多么简单、多么直来直去的逻辑关系啊。我小的时候，情歌都是要先把对对方的感情附着在某个物体上，比如"池塘边柳树下"，然后才敢释放出来。现在不同了，直接释放。

　　纳粹对欧洲最大的破坏，是逼死了欧洲20世纪最伟大的文学批评家本雅明。

　　我这一辈子，见过很多人，但我从来没见过做了坏事不遭报应的。

　　我有一个朋友做事很糟糕，他说我这个事做得太中庸了。我在旁边听到就大怒。我说你也配用这个词，你不过是平庸或者是庸俗而已。你怎么能用这个词呢？这个词是最高的德行才可以用的。

　　孔子最喜欢两种人，狂者和狷者。狂者进取，狷者保留着自己的底线。大多数人是做不成狂狷的，只能做有缺点的普通人。最让孔子厌恶的是"乡愿"，这种人没有性格，是没有原则的老好人。

　　"三十而立"，你到三十时，人家问你贵庚啊？你就很大言不惭地说"我三十而立"。而立之年，你立了什么？你成家立业就叫立啊？那不叫立。记住这段话，那是孔子作为我们这个文明难得一见的伟大圣人讲自己精神成长的次第，跟我们没啥关系。（大笑）不要习惯性僭越，跟你有啥关系啊？基本上我觉得大多数人都是七十而立，七十能立得住就不错了。你立得这个地方是立于礼。你以为你站起来就叫立吗？（笑）如果那样，三岁就立了。（大笑）三十而立于礼，这个要注意。

　　孔子说过分的舒适是不道德的，过分的舒适是糟糕的。因为过分的舒适就会让人软下去，像一堆肉团一样，放弃了人立起来的意志。

　　我们现在天天在讲自由，你在还没自立之前，你谈何自由呢？所以我对今天很多自由主义都很反感，连自我都没有，你谈什么自由呢？我们可以说儒家的精神是反民主的，尤其是反对这种绝对的人与人平等的民主。但是儒家的精神是自由的。但是这种自由和我们想象的那种选择性的自由是不一样的。

　　孔子不是全知全能。我最近读西方哲学，就疑，怎么必须有一个全知全能的神的存在呢？逻辑不太懂。有一个命题是这样的，如果上帝是全能的，我们要求他创造出一块自己举不起来的石头。如果他能创造出一块自己举不起来的石头，说明上帝不是全能的。如果他创造不出一块自己举不起来的石头，又说明上帝不是全能的。所以，上帝不是全能的。

如果孤立抽空杨先生的语境，我也觉得有极端化便有危险，以上只是先生的某个精神侧面而已，借此可以体会杨先生饱满的生命状态，不必仅看表面的文字。

杨立华一直坚持真诚、激情、感性和丰富的精神力量来影响学生，影响人心。他说："课堂上我分析性的力量更强，感性则只是个人风格。我要启示学生的是，哲学作为一种生活的味道，能让生活方式变得饱满——这是哲学家最能打动我的地方，我'虽不能至，心向往之。'"……"而感性的滋养则是有限的，因为其实它很单调。最丰富的领域还是哲学的精神世界，这个世界是无限的，投入毕生的精力也无法穷尽……我现在已不太依赖激情，而是愈发倚赖于深刻的反省和成熟的思想，只有这些才能引导我们……'理'和'礼'这两个字是人生确定不移的指针，能真正给人生带来稳定性和确定性。"

这些年来，杨立华所开设的《四书》精读、中国哲学史、魏晋玄学、中国古代思想的世界等专业选修课，均深得学生好评。尤其是中国古代思想的世界这门通选课，据说在2007年开设过，十分火爆，此后不知为什么就停开了，我一直期待着能倾听。我一直觉得，最好的学习效果就是变化气质。如果仅仅做学术研究，不是根本目的。而在这点上，杨先生能让学生接受并喜欢他的课多么难得。要知道，在北大听过他的通选课的学生将近万人，这些学生来自北大各个院系，他们将来就是治理这个国家的栋梁。要知道，坐在下面的学生当中就可能是未来的教授、院长、处长、市长、省长、部长甚至总理。我一直坚持认为，相比普通大学，北京大学无疑对于民族要承担更重大的责任。因为精英阶层一旦出现问题，影响更坏。所以，能登上北大讲坛，就必须要有所承担。杨先生的讲课，一直坚持一种批判立场。他说："将古代思想文化作为批判当下世界的资源和力量，这是我的基本态度。我拒绝站在今天的立场去批评一个已经消逝的世界，这没有任何意义。"谈及当今文化，杨立华颇有痛感："当今的文化已经糟糕到不能容忍的地步，没有灵魂、精神。满世界看到的只有对欲望的诱导、顺服和安顿。太多的人把自己活成了一堆肉。时代没有高贵，甚至连想象高贵的能力和愿望都没有。"我觉得，这是人心底涌出来的力量。

作为北大的年轻教授，杨先生是负责任的。他说："我觉得丰富很重要，我最怕我自己的精神变干瘪。有些老师上课总是举很多例子，我上课常常是用我从中国古代思想里得出的道理来理解和思考当下的一些事情，其实是具有解释性而不是一般意义上简单的例子。这些当然和课前准备有关系。我有时上课只有一张纸的提纲，偶尔有一两次课一张纸都不带，但是所有的东西都在脑子里。整个课程结构、讲课内容都是烂熟于胸的。"杨立华通常在几个小时的讲授中，不用讲稿，娓娓道来，通俗易懂，风趣幽默，饱含睿智，围绕主题，引经据典，尤其是大段《论语》等经典篇章，深入体贴，准确把握，激情澎湃，让我很受感染，使听者深刻感受到哲学思想的精神实质，深刻体会到国学的魅力。可以知道，他是花费不少课下工夫的。为什么学生喜欢杨立华？我觉得，不仅是他的才华与演讲能力，更主要他身上蕴含着的儒家的那种承担精神与儒者的精神气质。

二、生命的醒觉

心灵的匮乏才是最大的匮乏。我甚至觉得，若无生命的觉醒，一个人就白白来到这个世界上了。

2007年我第一次来北大哲学系，就立刻喜欢上她了。跨进门槛，走过铺满石子的小路，推开嘎嘎作响古色古香的朱红色院门，迎面扑来一股檀木香混合着书卷香的味道。我那时想，这里经常有哲学大家跨越吧。静园草坪旁，爬山虎爬满了整个墙壁，就像思想的流淌与蔓延一样，有一种天然自由的感觉。微风过处，绿叶仿佛一池吹皱的春水似的泛起涟漪，观者的目光仿佛也融入了它那柔软的波心。我曾长久注视着她，以一种简单温纯的方式，仿佛就要穿越千年的庭院一样。

从我幼小的童年开始，经过T镇补习班，到江南学习，再到S城工作，我没有真正开心过。似乎我天生就是一个沉静感特强的人，这样的人天生忧郁，几乎没法改变。特别在 S 城工作的日子，感觉心灵枯竭。偌大一个北京城，因为有北大，似乎是某种刻意的安排。我到这里似乎也有一种宿命的味道。

在北大哲学系、宗教学系，有一群特殊的老师，他们用生命的魅力感染着我。不知不觉之间，他们影响了我，改变了我，从每一位听过课的老师那里，我都或多或少地学到了一些东西，不仅仅是学问，更多的是精神上的滋养。杨立华就是其中一位。

学哲学的人，通常都是带着自己的问题进入的。杨立华也是一样，他是弃工从文的。2006 年时，他在一篇访谈中道出了学习哲学的心路历程，"每天要站在 80 多米高的未完成锅炉上看它的每个部分——于是我就想，这个和我自己到底有什么关系呢？一想到一辈子就在这样的生活里过，我就非常绝望"。当时，杨先生还在宁波北仑电厂。那个时候的他，正处于人生迷茫之中，"那个年代商业化已经开始了，选择中哲，就意味着'没有前途'，物质生活注定极度贫寒。如果没有一点社会承担意识，根本不会走到那上面去"。之后，他如愿师从陈来先生和许抗生先生进行深入的儒家哲学研读，从此正式开始了以儒学为主的哲学求索生涯。

这种承担不是那种空泛的所谓"承担"，而是具有深刻自我反省基础上的，难能可贵。后来他在课堂上反复强调了这点：

> 我们实现自己价值的方式就有两个方面：第一，不要辜负这些人对你的关切、期待、容忍和照顾，要善待自己，不要自暴自弃，自暴就是残害，不要自我伤害、自我残害。第二，把他人对我们的关切、容忍和照料归还回去。去关切那些需要我们容忍、关切和照料的人。这是在实现自我的价值中，我认为是唯一正确的东西。
>
> 一句话，人活着总要有点担当，总得担当些什么。换言之，意义不是坐在那里凭空想出来的，意义是在承担的过程中去寻找到的。一种负重的人生才能找到自己的意义，一种努力承担的人生才能找到自己的意义，意义不是想出来的，而是活出来的。
>
> 我不是说有承担的人生会更有意义。我的意思是说我们要在承担的过程中寻找意义，意义不是现成的，意义不是你在那里坐着想可以想出

来的。第二个我觉得承担固然使生活和心灵变得很沉重，但是我个人的感受是，没有担当的生活，轻飘飘的生活是更难以忍受的……有些事情是你必须要承担，而且是只能由你来承担的。比如你人生中必要的义务，你对父母，这些只能你承担，你先从近处做起。

我之前关注到一些所谓"半吊子自由主义"，其实都是一些空谈"自由"不接地气的书呆子。我的观察是：中国当下的自由知识分子，基本不乏自由主义基本理念，但基本缺省自由主义生活方式，以及践行该生活方式之身体自觉。其实，这也是读书人的一贯毛病，知行脱节。佛教讲是"所知障"。表面"自由"的背后其实不过是一己之私。鲁迅甚至愤愤地对友人说："我看这种私心太重的青年，将来也得整顿一下才好。"（1936年5月23日致曹靖华）这方面读读古代先贤的书，会有启发。

有段时间，杨立华很喜欢读西方哲学尤其是海德格尔。他说："中国的东西更能贴近人生。读书最主要的还是解决自己的问题，而中哲能真正直指人心，给出答案。虽然开始读中国的东西半懂不懂，但是你读过了就不一样。虽然不是很清楚，但是有方向感，读中哲的时候就会感到模模糊糊的贴近和温暖。""我越来越发现中国哲学的伟大之处，海德格尔论证了半天也不给答案，而中国哲学不仅告诉你该怎么做，还给出这么做在人心上的理由，还有比这更高明的哲学吗？"西方哲学虽好，但是总觉得无法"贴近和温暖"我的生命。

选择什么作为精神成长的核心滋养？这是一个严肃问题。本来社会需要读书人，是因为读书人能超越私心。读书本来也是为了解决自己的问题，先贤的经典尚没有领会，如何发扬鲁迅精神？又如何做自由主义知识分子？如果中西经典没有基本的领会，怎么思考？对一个不到30岁的人一上来就鼓励自由地思考，他有什么能力独立理性地思考呢？这也是我反对钱理群去基层中学传播鲁迅的原因，其中原因很复杂。

第一次向杨立华请教，我有点诚惶诚恐的。杨先生先是站住，端正了姿态，眼睛认真地看着我，然后说话，态度十分诚恳。在交谈中，他严肃而又不失淡然、温和。聆听他的话，有"如沐春风"之感，并让人不由自主地体察到一种源自心灵深处的震撼。现在回忆起来，突然想起《论语》里的某个画面，颇有君子温暖如玉的感觉。那一刻，我觉得，这个 70 后身上有我向往的品质。S 城失去的，我决心补回来。于是，我终于又有了对生命敬畏的感觉。

杨立华所讲授的中国哲学史并不是僵死的思想史，而是活生生地将古人的思考与当下的境遇关联起来，并且有了一种奇特的观照作用。在他的课上，我开始坚信古典的力量，也找到了返回古典的可能性。他的思考精致但不矫揉造作，感性但也富有力量，因此学生都尊称他为"杨子"。

近些年以来，S 城苦痛的生活始终逼我去思考一些最为基本的人生问题。诸如人生活在这个社会到底是为了什么？用什么才能战胜苦难？如何安妥灵魂？如何直面人性里的恶？如何以独立个体的姿态立于人世？什么才是有意义的生活呢？自强者的路在哪儿？生活和信仰的庇护在哪儿？这些问题，通过自己扎实的生活和学习，逐渐得到了解决。这里有点感悟：如果一个人受到的伤害太多了，仅凭精神资源的化解实在太有限；人只有生活在这个并不完美的现实生活中，带着伤痛寻求信仰，能否克服这种伤痛而不放弃对人性温暖一面的坚持，这是区别一个人是否高贵的基点。

杨立华在最近的演讲中，他无意中对我的问题作出回答：

> 你老是这么问："我是谁？我从哪儿来？我要到哪儿去？"人就很奇怪，听上去怎么像保安。你到小区去，你问保安都知道。不要在那装糊涂。装什么糊涂呢？你去哪儿你不知道吗？你最终去哪儿你不知道吗？纵有千年铁门槛，不过一个土馒头。孔子，凡是说清楚的尽可能都说清楚，说不清楚的，咱就别说了。未知生，焉知死。圣人就是把该做的做到百分之百。

有段时间，我总觉得，"杨子"也太拘囿儒家的"假名"里了。个人以外，要在儒、释、道、基督教和鲁迅多元的精神资源里观照自我。因为，一个复杂的民族需要复杂的文化。仅仅单一的儒家视角怎能解决所有的问题呢？"杨子"是矛盾的，一方面想从儒家的"假名"里出来，另一方面又苦于无法摆脱执著。但是，"杨子"下面的话对于那些习惯僭越思考的人（比如范跑跑），颇是有益的提醒与矫正：

《中庸》第十四章:"君子素其位而行,不愿乎其外。"意思是:"君子安心于平常的地位,去做应做的本分事情,从来不羡慕本职以外的名利。"素是未染的染织品。引申出来,本来和固有。你把自己分内该做好的和能做好的事做好就好了。什么是该做好的?是由你的分与位决定的。儒家从不抽象地讲"我是谁"这样的问题。因为你是谁是由你在社会生活中的分位决定的。分位就是自然社会历史赋予我们每一个人的位置。这个自然社会历史赋予我们每一个人的位置是由礼来规定的。每个人要诚实面对自己的分位。承担起自己应该承担的责任,做自己应该做的事情。

杨立华称自己是儒者,应该就是现在常被提起的"新儒家"。他在课上所讲其实就是如何做一个中国人,以儒家思想来贯穿自己的生命,给生命一个支点。杨先生也是在划圈,划出一个中国人的行为方式和思想的框架,给人灌输一种积极入世的生活态度。我认为,某种程度上,杨先生做的事情同列奥·施特劳斯所做的是一样的:回归古典,回归常识世界。这是否算是中国人对于现代性反叛的一种方式?这么多年来,"杨子"在讲课中反复宣讲着他的儒者情怀,颇有一种布道者的悲壮,他试图唤起的无非是个体醒觉的灵魂。尽管这种声音很少有人唱和,我却觉得这就是他存在的意义。

如何把握孔子的精神实质呢?杨立华以《论语》为线索,深入剖析了几个核心(礼、仁、乐和中庸)概念来展开儒家的思想。以上这几个概念都建立在"自由"这个概念的基础上。

首先来看礼乐教化,这是孔子的思想核心。那么礼到底是什么呢?想到礼,我们就会想到生活中的繁文缛节,礼节性的东西,这些礼节性的东西当然是礼的内容。但你把礼完全等同于生活中这些礼节性的东西,你就把礼的概念大大地减少了。杨先生认为:

> 我一向以为,孔子哲学精神的核心是"礼"。但与大多数人将"礼"简单地理解为约束性的社会规范不同,在我看来,"礼"在本质上其实是一种为生活赋予的力量。换言之,"礼"其实就是共同体生活的形式。
> 礼是社会生活的形式与节奏。礼是共同体生活的形式与节奏。规定

了所有共同体的生活可能的东西。礼也规定了每个个体生活的形式与节奏。时间、空间、度量衡系统、服饰颜色的系统，所有都是让社会生活成为可能的东西。器物的世界塑造了我们的生活。人与人的差别在哪儿？君子与小人的差别在哪儿？我们与孔子的差别到底在哪儿？区别在于生活的形式感。君子是能够为生活找到恰当形式感的。个体生活的形式与节奏。

礼的精神实质是敬畏，乐的精神实质是和乐。没有敬畏就没有和乐，礼乐是一体的。有敬畏才能醒觉，是唤醒心灵的良药。仅仅强调敬畏是不够的。

杨立华特别提醒到：

我们在理解礼的时候切忌狭隘，有的时候把礼狭隘地理解成日常的一些行为规范，对人的一些简单的约束。那么我们就特别把孔子的话简单地理解为人生的小格言哪，道德的一些小的训诫哪。我们读到一个概念，要尽可能的从一个社会生活共同体构成的生活空间来理解。

中国哲学的许多概念不在西方哲学的视野，不在那个框架内。比如说我们在用文与质、礼与乐的时候，如果你认为礼与乐不是哲学概念，那么你一定读不懂《礼记·乐记》篇。整个《礼记·乐记》篇就是用礼和乐的两个概念来解释世间的一切事。中国人的物的安排方式、人的安排方式与西方人不一样，这个不一样在哪儿？需要我们真正去探索。我们还在探索中国人的安排方式与物的安排方式。在西方世界，你无法想象没有上帝，没有一个终极的善的对象，没有一个目的论的方向，那么这个世界怎么安排呢？你看西方哲学，人的安排和物的安排这个都有一个目的论的存在。

孔子对我们这个民族最大的贡献，就是凝塑固有价值。其中，就是从固有价值中提升提炼了仁这个价值。孔子大量讨论这个问题，没有一次是一样的，并没有给出定义。"仁"是《论语》中讨论得最多的概念，共大约出现109次。同时也是孔子哲学中最难理解和把握的概念。但如果我们能将孔子有关"仁"的言论"类聚观之",那么,还是能从中找到其基本的精神趣向的。"仁"包含"爱",但是如果把这个"仁"等同于爱,那就是错误。杨立华说:

> 仁是一个精神整体的展开。就像一花朵,这个花朵上面有许多花瓣,花瓣上有爱、有敬、有笃实、有朴素、有和……有各种各样的德目,你将其中的任何一个花瓣归结为仁都不对。不能说仁就是爱。仁的基本重要含义:爱人、切近的内在的领域、率真无伪、朴素刚毅……仁是在敬畏与醒觉的状态里爱人,既能清晰了解自己,也能了解别人。

在他看来,《论语》中孔子讲"仁"有如下几层意思:

> 第一,仁有笃实无妄之意。《论语·子路》这一篇里他说"刚毅木讷近仁",又"巧言令色,鲜矣仁"。
> 第二,仁有"清醒"或者"醒觉"之意。子张问仁,孔子讲:"出门如见大宾,使民如承大祭。"这里面透露出来的含义,有敬畏、谨慎。还有一个含义,所有庄重、敬畏、谨慎都指向"醒觉"这个概念。人必须清醒,每个人出门的时候一定要庄重,一个连自己的外表都照管不好的人说明他的清醒不够。
> 第三,是我们说的"仁者爱人"。
> 第四,仁有自足、圆满、不假外求的意思。孔子说:"不仁者,不可以久处约,不可以常处乐。"(《论语·里仁篇》)这个意思是说,不仁的人既不能处贫贱,也不能处富贵。他都不能处。因为他不自足,不断地外求。
> 第五,仁有率直无伪意(《论语·里仁》)。他说:"唯仁者,能好仁,能悟仁。"只有真正的仁者,才能真实地去欣赏和考验一个人。
> 第六,仁是人人皆可以做到的。
> 第七,仁含诸德。"仁"这个字里又包含了儒家价值的共同展开。单提一个"仁"的时候,"义"、"礼"全部在里头。我们注意到孔子不大讲"义",这个字在孔子的思想中并不被强调。我们常常在讲到中国古代思想时说到"孔曰成仁,孟曰取义"。可以看到孔子和孟子思想的侧重点不同。

因此在《论语》里"仁"表现为笃实、醒觉、爱这三种基本含义。"仁"的德行是自觉的，主动的，实现"仁"靠本人的觉悟和努力，是个人独立意志的表现，并不受别人或外界条件的影响。如"己所不欲，勿施于人"，假定"己"的心都是善良的，先验地认识什么是善良。一个人要想真正地理解他人，首先要了解自己。而这，唯有醒觉的心灵才能做到。而理解和感知他人，并不是仅仅在知解上知道而已，而是同时要有心灵和情感的注入。具备了孔子所说"仁"的德行，就是醒觉的生命。

　　如何才能醒觉？杨立华认为：只有敬畏的心灵才是醒觉的心灵。敬畏又是什么样的状态呢？人的心灵保持什么样才是敬畏呢？北宋的大儒给"敬"下了明确的定义："主一之谓敬，无适之谓一。"心灵始终有一个一以贯之的东西在那儿提升着你，你的心就始终在这儿。"无适"，有一个一以贯之的东西提醒着你，你的心灵不倚著在任何别的地方、别的东西上。人的心灵常常会倚著在某个东西上，而一旦这样，你的心灵就失去"正"，同时就失去了"敬"，也失去"一"了。儒家提到了一个非常高的心灵的状态——"主一无适"，心灵无所倚著，而无所倚著的心灵同时就是最自由的心灵。

　　我们说佛家看到了生活中的苦，道家看到了生活中的困，而儒家看到了生活中的奴役。对于儒家来说，奴役无所不在，才是人生最大的麻烦。别以为没有被关到监狱里你就是自由的。绝大多数时候，我们的心灵都是不自由的。当你的心灵倚著某个东西的时候，被愤怒控制的时候，被欲望主宰的时候，心灵都不是自由的。这怎么样解决呢？就要把自己的心灵在"主一无适"的"敬"之中保持端正、自由以及醒觉，从而保持心灵的自由，这是由"敬"到"醒"的关联。

　　在日常话语里人们常说"麻木不仁"，一个不仁者同时就是麻木者，一个麻木者就是一个心灵沉睡了的人，这都是一体的。顺着"醒觉"、"敬"、麻木，我们如果再进一步去思考这个"仁"的"醒觉"，它还跟"生意"有关。这个"生意"不是指做生意的生意，是"天地生生之意"，跟生命蓬勃的生命力有关。醒觉的状态就是人的生命力最蓬勃的状态。早上一醒来，阳光照亮你的时候，就能体会到一种生命最蓬勃的状态。因此，仁又根源于万物生生之意。宋代有一位大儒叫谢良佐，他说"仁"

就像"核桃仁","核桃仁"是核桃的生命力保存的地方。因此，在这个意义上，仁、醒觉、敬，又跟人的生命力关联在一起。

醒觉就是人的心灵的最自由最端正的状态，无倚著的状态。进一步就是"爱"。换言之，一个人完全听命于自己的感觉器官，完全沉浸在自己的感官世界，这样的人一定是小人，而一个能听命于自己心灵召唤的人才可能是大人。如果一个人仅仅追求感官享受，这个人不仅仅是小人，甚至他的生活跟禽兽也没什么区别。同样是人，有的人把自己活成了一堆肉，有的人则能在凡俗的肉身之上建立起高贵的精神。

三、儒者的情怀

在北大中文系听课，常常有一种轻飘的感觉。面对这个虚浮惶惑的世界，轻盈如何承受生命的沉重？这或许是这一学科的特点吧，文学的承受方式，总是一种卸下沉重的无奈回避，久而久之，困境成了一种审美；哲学有所不同，它是对困境的安顿，是智慧的穿透。相比中文系的某些老师，哲学系老师的精神负载似乎要丰富得多，人格和精神内涵也厚重一些。

杨立华自称之前也是一个充斥着风花雪月文人气的青年，生性感伤柔弱，但是自从读了《四书》之后，一种力量冲着脊梁骨，感觉硬朗起来，浑身充满精气神。他赞叹曰："孔子的一生是饱满的一生。如果再加一句话，就是孔子是从不颓唐的。孔子不断地在失败，不断地在受挫，他受挫不是受挫于个人利益的追求，而是受挫于政治理想的实现。他一生都在受挫，但他一生都很饱满。"

一直觉得自己的社会化不够，叹息这方面的匮乏。来北京以后，也提醒自己抓紧历练。杨立华的经历给了我启示，"文人气"是可以改变的，精神的柔弱与刚强也是可以引导的。在他看来，《中庸》是中国哲学史上最伟大的哲学文本之一。这样一种伟大的哲学是生存论意义上的哲学，或者说存在论意义上的哲学。它探讨的是我们怎么存在，生活的本质是什么，人是如何生活的，如何生活才能叫做人。这是我们对于《中庸》的性质的一个简单基本的判断。他这样诠释《中庸》："中"不是那种处处谨小慎微、始终不温不火、像一团面团、像一杯温开水一样的那种存在。"中"是不偏，"庸"是不易。"中庸"这个词跟任何普通、平常都没有关系，孔子明确地讲："中庸之为德，其至矣夫，民鲜久矣。""中庸"是至高的德行，是不能随便用在一个普通人身上的。中庸不是庸俗。注意"庸"就是不易，就是不改变。《中庸》重要的是在一个虚无的没有确定性的生活之上，为我们建立起了一种确定的可能性，建立起了主体性，也就建立起了所谓的必然性。孔子说："我欲仁，斯仁至矣。"要想成为一个有确定性的、终生不改移的人，是能做到的。

我大学读的是中文，又是在一般院校，毕业后陷入险恶的环境，自觉匮乏国学修养，精神失根。近年一直恶补。杨先生曾说，"知识智慧是一代代传承的，有些人因为一点点不满意，就把老先生的整本书都丢弃，这是既不负责也不能带来成长的态度。仅凭自己，是不能继承传统中深刻而丰富的洞见与面相的。伟大的人物都会把自己内化到某种传统文化脉络中去……"是的，要把自己内化到某种传统文化脉络中去，这样就不会患上精神虚无的症结。在讲课中，杨先生自觉把自己当成了一个现代儒者，提到孔子，端严肃穆的姿态就出来了。他说他一直想做一个厚道的人，可惜就是学不来。学生大笑。读了杨立华批李零先生的言论，觉得他锋芒太露了，其实他对病态的"国学热"也一直警惕。"我所寄望的不是媒体炒出的所谓'国学热'，而是真正的国学复兴，是中国传统思想文化的复兴。那是人心底涌出来的力量。"文明只有经历了彻底的自我否定，才能实现自我更新。杨先生相信，中国传统文化有极强的生命力，在20世纪剧烈的震荡之下，它能重新回来，而且绝不只是暂时的回归。随着否定的完成，接下来就将是灰烬中的重生。即使这次没有成功，传统文化热度的逐渐上升也是可以期待的。杨先生说，"须有一部分学人，有志趣不凡之气。我正在努力用这种气质感染学生，这也是我不肯放弃感性直接力量的原因……我不敢否认自己有极高的学术理想，所以走到任何地步都不会满足！"在这个浮躁的社会，能坐下来听听杨先生的课，真是一种心灵的享受。

《论语》中最精彩的对话基本都发生在孔子与子路之间。孔子的弟子真是鲜活饱满。杨立华对《论语》原著极为熟稔，随手拈来，略加点转，就将深刻精微的哲理展示得明白透彻。在他的讲解下，孔门弟子的形象个个那么鲜活：资质很高的颜回、子路果敢直率，曾点狂直，子贡明敏……连同孔子的温厚平正之气，都被他带了出来。

仅仅两节课的时间，杨立华就把孔门弟子的性格特色剖析得那么微妙。没有对于文本细致的把握，难以做到。《论语》中确实充满着大智慧，要不断地去体悟微言大义。之前身受鲁迅影响，误解孔子与儒家，而现在必须要补课了。不谈别的，就看孔子的教学吧，那绝对不是什么空洞的大道理的说教，不是用一个硬性的框框来限制学生，而是让每个学生都能充分发挥自己的见解。孔子总是温和地、情景化地让他的学生来感悟一些东西。子路、冉有、公西华、曾希陪在孔子身边，孔子让他们各说自己的志向，大家畅所欲言，孔子静静地听着，只在最后来一句："吾与点也。"这个场景是多么令我神往！真正的圣贤是以这种方式来和学生沟通、来和学生交流的。孔子的思想是有着极高的哲学品质的。孔子的教化都是在人伦日用中最具体的讨论，他几乎很少直接谈所谓"性与天道"。子贡说"夫子之文章，可得而闻也；夫子之言性与天道，不可得而闻也"（夫子之文章，不是说他的文学、写下的文章；而是他的表现，夫子的文采、他在生活中的表现，这是我们能够看到的。但他谈性与天道这些东西，我们听不到）。

《论语》的价值是什么呢？孔子给我们留下了什么呢？杨立华认为，其实孔子并没有给我们留下太多的东西，给我们留下的就是一种人生的态度——一个人对待自己、对待他人、对待命运的态度。就是把自己能做的和该做的都做好。你能做到这点就足够了。他在讲《论语·宪问》和《大学》至善这个观念的时候也说："不在其位，不谋其政。"知分、安分、尽分。你本分的事都没做到，没有必要乱讲。为什么"不在其位，不谋其政"？因为你不在那个位置上，你不面对责任不承担压力。你即使看得再清楚，你这个清楚也有限，这种抽象的清楚其实意义并不大。比如说作为一个学者，你要在公共场合发言的话，那你要通过自己的知识背景，如果没有，最好还是回避些。孔子的一生可用不怨天不由人来总结，总是在自己身上找原因，而不是把自己的一切都推到外在必然或偶然的原因上。把自己的一切都推到外在上，等于说放弃了自己的自主性。

"杨子"是个现代意义上的儒者，他给了我不同于基督、佛陀、庄子或鲁迅的存在方式，这就是大儒孔子的哲学：

以最饱满的心灵，去肯定这朴素平凡的生命——其实这才是孔子哲学的精神实质。精神家园不在别处，就在此种肯定生命的意志和力量之中。尽管经历了那么多个人的苦难，但我们从孔子身上却看不到丝毫怨天尤人的扭曲和怨恨。贯穿其生命始终的，是一种饱满和乐的精神。一个人幸福与否，从根本上取决于他是否拥有感受幸福的能力。而朴素的幸福和平静的愉悦对于每一个人来说，都近在手边，触手可得。要怎样高贵的心灵，才能从如此困顿的生命中绽放出平和正大的精神来。在《论语》中透射出的那种温暖的勇毅、朴素的崇高面前，个体的苦难竟显得那样的微不足道。

《论语》里处处讲的都是修身做人的道理，没有什么抽象空洞的玄学问题。杨立华说，孔孟讲修身，都是极朴素的，都是在世上磨炼，不是躲在一个角落里静坐曰此心光明，一遇到事又乱了，你要光明心干吗？到了宋明理学时，儒家也借鉴禅宗、老庄来修心，其实在孔孟那里是找不到的。比如在讲《论语·子罕》"毋意，毋必，毋固，毋我"一段时，"杨子"结合自身反思道：

> 一般读书人"我执"是比较强的，念的书越多应该不断地提醒自己，不断地反省自己，按理说这个世界需要读书人，是因为读书人更应该明白道理，一个明白道理的人应该更少自己的私利和私欲，更应该超越自己的立场来思考问题，实际上我们会发现，读书人自然而然的一个倾向就是"我执"比较强，"我执"强到什么程度？缺乏自我反省。当年身边朋友基本都下定决心不要孩子。（笑）当时的理由，第一不会教育，一个朋友提出系统的理由，一个极为完善的思想系统，（笑）找一堆理由，诸如社会环境不好，等等，各种各样的理由。其实，反省一下，就是比较自我。你有什么好说的？这本来是人最基本的责任。所以，孔子提醒我们要把"意必固我"四个方面都破除，一样都没有。

其实，"我执"是儒释道和基督教都极力破除的东西，不同的是孔子在修身上破除。所以教学方面，杨立华注重的是"学"，尤其是对本科生。2005 年他就说过：

> 我基本上不鼓励学生自由思考。如果连知识基础都没有掌握，凭什么思考？最多也就是胡思乱想。这个世界杀人最多的是思想，思想一旦错了杀起人来不得了。所以孟子讲"正人心，息邪说"，讲得多郑重啊，言论思想发生错误，那可不是一个小事！
>
> 所以我在课堂上的一个基本思路就是，我告诉学生真正的大哲学家在面对他的时代困境的时候、面对人生基本问题的时候，他是怎么思考的？他调动哪些资源来思考？他思考以后的结果是什么？我觉得这是我们在教学中必须把握的。近些年来我培养的学生学问都比较扎实。把所有的学养调动起来的时候其实就是思考，而思考的前提往往就是"审慎"。我觉得《中庸》里那句话讲得真好，"慎思"，"思"一定要"慎"，这是非常非常重要的。

杨立华上述话点出了要害问题，尤其是北大学生。比如北大历史系毕业的范跑跑，就是典型的"我执"，一开口就"我觉得……"。地震过去了这么久，大家把他的问题已经剖析得很彻底了。他至今对着媒体胡说八道，害己误人。诚如杨立华指出，"我觉得学生，尤其是北大的学生，天分高，聪明，但如果这种聪明一旦不知道自我节制的话，带来的麻烦就会很大。我在北大上课经常会遇到这种孩子，自我观念强得无法忍受。其实什么都不懂，但是一开始就'我觉得……'，就先开始做判断了。当然孩子有判断、有好恶是可以理解的，但是自我到听不进老师的话，就太过了。要有反思，有节制，有敬畏。其实敬畏心是根本，这是我一直贯穿在教学中的。我自己也是这样做的，敬畏心也是我一直成长的一个根本原因"。特别指出，"会思考"跟"不会思考"，根本区别就是在于是否有节制性，能不能把自己的思想约束在适度的范围内。人要有一种非常强的自觉意识，需要经过长期的学术训练，才能把头脑里固有的东西尽可能清除掉。要带着尊重和敬畏去阅读，才能真正恢复中国古代哲学的整体性地位。

关于《论语》，杨立华谈了两点：

首先，在他看来，《论语》一直坚持说人话，其实在暗示某些书不怎么说人话，要么说神话，要么说鬼话，要么说得太高，要么说得太低，高到神的地步，低到鬼的地步。孔子思想的实质，其实就是在寻找一条符合人的生活本质的道路。各种各样的思考建立在他对人本身的洞见与思考上面。始终坚持站在人的立场，而不是站在神的立场来思考问题，不矫情、不故弄玄虚、不故作高深，这地方特别让我感慨。先儒说得好，北宋大思想家程颐在讲到《论语》、《孟子》两本书的时候，有两句名言，孔子言语处处都出自然，孟子言语处处都是事实。特别注重自然的思考，这是对《论语》的定性。

第二点我们在读书的时候注意，不同的书有不同的读法。不要乱读。比如有很多人读老子不会读，一上来先读第一句就卡住了。有些人被"道可道，名可名"这句话卡了一辈子。老子那里有许多讲得清清楚楚的话，你不去看，你把清清楚楚的都弄明白了，不清楚的你一定就明白了。《论语》里面有大量的对话，老子没有。现在许多人逮着《论语》里的一句话就说是孔子的思想，这是很糟糕的。孔子对待不一样的人讲的话是不一样的，同样的问题，可以有相反的答案。这里有两个原因：第一，不同的弟子性格不一样。他们人格上的优缺点不一样。比如子路这个人比较外向，比较冲动、冒进，那么孔子就老是压他一下；冉求谦退，孔子就鼓励他一下。第二，孔子回答问题的时候，一定考虑不同弟子的资质问题。弟子的资质比较低，孔子就给他一个勉强听得懂的回答。弟子的资质比较高，孔子就给他一个比较高度的回答。所以读《论语》的时候，最精彩的对话一定是孔门那几个最杰出的弟子问答。第一位是颜回。另一位晚期弟子曾申。只要是颜回和孔子的问答，一定是《论语》里最重要的部分。整个《论语》就两段，一段在《论语》十二篇，颜渊篇，颜渊问仁，另一段在《论语》十五篇，颜渊问危邦。所以，我一直觉得最重要的就是，《论语》里颜渊和孔子的两段话。他讲孔子的思想，主要就从这两段材料出发。

杨立华的课，深入浅出，条理清晰，印象最深的是他对于时代的关切，对那些歪曲儒家思想的看法作出回应，听后常有醍醐灌顶之感。针对集中对儒家的误解，比如，儒家仁柔、专制和重血缘宗法，他在2012年的一次讲演中曾作出回应：

儒家实则是智仁勇，刚毅、正大、笃实是儒家真精神。目前许多人误解了儒家的刚毅，没有刚毅就没有儒家。

学儒家最容易忘的是刚毅之德。儒家决不是精神软弱的，而是讲求自我承担的。儒家是平正阔大的，不空洞地讲修心之道。儒家的"道"是平正的、所有人都可以走的；只有少数人可以走的不叫"道"，那叫"钢丝"。

很多人老是觉得儒家就是整体主义，没有自由，其实错。自由是儒家思想的核心。离开了自我的自，根本不能理解儒家。儒家特重主体性的高扬。你看他判断人的标准，第一不急功近利，第二呢堂堂正正，不鬼鬼祟祟，第三呢有独立的人格。由此可以知道，孔子希望什么样的人成为统治者。

比如，有人质疑孔孟对人性恶认识不够。杨立华曾在 2013 年 4 月的一次讲演中反驳说：

韩非子指控人性恶，他是荀子的学生。仔细想想，韩非子就是在强调防恶。孟子更多是如何劝善。有许多人质疑孟子的性善说，孟子连现实中的恶都看不到，那么孟子何以是孟子？人有多恶，孔子孟子不知道？开什么玩笑。你去看《春秋》去，242 年的历史，短短 242 年的历史，仅弑君就记录了 36 次，而且很多时候都是儿子杀掉父亲。人有多恶，你骂他是禽兽都是侮辱了禽兽。哪个禽兽七千万嫁个女儿？（大笑）狮子还在草原上奔跑着捕捉羚羊，狮子起码有个优点，吃多少是多少，从来不浪费。（大笑）不要把儒法搞得那么冲突。毛泽东很多做法是阳法阴儒的，比如毛公强调移风易俗，保留朴素的东西。这是乐教。这典型就是儒家的做法。

《论语·学而》曰："礼之用，和为贵。"因此有学者认为，和就是儒家的根源性价值。杨立华不认同，他在 2013 年春季讲课时说：

不能把《论语》里每一句话直接抽离出来作为普世真理来用，这种用法是有问题的。中国哲学一直有一个麻烦，包括我们这些年来中国哲学研究也一直有一个麻烦。大家都喜欢讲得圆融、混沌、笼统，这样做导致的结果——我们的研究、我们的思考是不可证伪的。你说话得说那些可证伪的话，不能说那些含糊其辞的话，雾玄玄的，貌似有思考，若有思考，你说得真是无懈可击，可一点用也没有。

《论语》这本书里有非常多的段落都是对话，只要是对话就会有具体的语境，你要先明白这话是怎么讲的，孔子针对不同的对象，说的道理深浅程度是有差别的。读《孟子》也是一样，不能简单地把孟子说的每一句话当成孟子思想的表达。不讲礼光讲和，是没有意义的。和不是儒家的根源性价值，儒家的价值还是五常观念（仁、义、礼、智、信）。

针对泛道德主义的思考方式，杨立华在 2013 年春季讲课时很忧虑地说：

我们今天有许多人思考问题的方式，就是体制主义或制度主义的，给你说点什么三言两语就过渡到最后一句话"还是体制有问题"。

我们现在在讨论制度的时候特别有意思，就是我注意到 80 年代的时候，我们曾经批判泛道德主义，今天大讲自由民主的这一派你去看，80、90 年代他们都深刻地批判泛道德主义，但是今天你再看他们的言论，全都是泛道德主义。制度问题根本上是个道德问题，一个国家的制度你不首先把它看成一个机器，对制度的讨论首先把它看成是一个机器，这个机器能解决某个方面的问题，就可能解决不了另外一方面的问题，没有完美的制度就像没有完美的机器一样这么简单。在这个意义上，过分强调制度可能会很麻烦。

这里要注意政治文化，而且除了政治文化以外，还有从政者的道德品质，也是关系很大的。能不能选择一批真正有才有德的人治理这个国家。这个国家如果放在一群笨蛋手里，再好的制度也没有用，你得能解决问题。我们现在有个特别奇怪让政治浪漫主义的想法，好像制度解决了甭管谁在那儿都能把事办好一样，其实我一直觉得没这么简单。

是的，我认同杨立华所说的，仅仅局限强调制度的作用是很麻烦的。当然，仅仅局限强调道德的作用同样也是很麻烦的。没有个体人格和道德的自觉，社会的改革还会招牌虽换货色依旧。鲁迅当面强调"立人"，不是没有看到民主宪政的积极作用，他看到了国民素质的根底大问题，这个不改变，什么制度的改革都会变味。

有时觉得自己很幸福，能从一个同龄的北大教授——杨立华的身上感受到生命的饱满与力量。在他的课上，我感受到哲学内在于我们的生命。哲学思考能给我们带来的"变化气质"的功效。也正是在这个意义上，我才开始明白"本分"的真谛：所谓"本分"，并不是外在于我们的种种规定，而是最为切己的生活方式。能将我们日常的一言一行回归到自己的本分，那么就是回归我的心灵本身。这种对于本分的思考，不仅来自于哲学的启发，也来自于自己在时光中的投入。

此后对于中国哲学的热爱与日俱增，也尝试思考如何在匮乏的当下过一种温暖、饱满而又丰富的生活。哲学本是一种生命的学问，更多启发我过一种经过思辨之后的生活，无论面对什么样的困境，都要像杨立华所说的，要保持敬畏与醒觉，过一种谨慎、谦恭与达观的生活。听完杨立华的《四书》精读，再三思考，仿佛找到了存在的方式。我感悟出了一个深刻的道理：伟大的成就来自于一个人对自己本分的专注。既然我做不了鲁迅先生所谓的"精神界战士"，那么我就做一个踏实有益于他人的人，效法先贤，知分尽分，在不完美的当下，活出生命的底色。一个人越是以自我为中心，越不能发现自己的天命之性。一个人能够飞多高，取决于你能够把自己放多低。对世界的认知，取决于对自己的认知；而最难的，就是诚实地面对自我之心——它是那么自私阴暗和狡猾，把我和外界区分开，用我的标准塑造了一个虚妄不实的世界。一旦涤荡了自我心，天命之性的智慧就会喷洒而出。中庸之道，以诚为体，以中庸为用。一个人真正的自由，是内在的主体性的自由，超越环境，不与物迁。高贵的人格，就是在什么都无可倚傍的情况下，仍然能够保持精神上的自由和意志上的独立，保持刚毅平正。所谓智慧，就是建立这样一种简单朴素一以贯之的人生态度。

四、郁闷与焦虑

这几年北大旁听，我一直在逃：从中文系的课堂逃到哲学系、宗教学系的课堂，从鲁迅研究的课堂逃到老庄、佛禅的课堂，从老庄、佛禅的课堂逃到《圣经》研究的课堂，又从《圣经》研究的课堂逃到儒家哲学研究的课堂，终于又折回鲁迅研究的课堂。随后，我又从北京大学的课堂逃到中国人民大学的课堂。从S城逃到北京，又想从北京返回S城；从人间世逃到内心，又想从内心对外超越；逃离了S城的小官场，又落入一个更大的尘网里。曹雪芹说"逃大造，出尘网"，不被虐杀，又不疯狂，还要守住"娘生真面目"，何谈容易呢？

想来想去，还是鲁迅最透彻，"回到那里去，就没有一处没有名目、没有一处没有地主、没有一处没有驱逐和牢笼、没有一处没有皮面的笑容、没有一处没有眶外的眼泪"。可是，透彻和深刻又有什么用。苦痛解决了吗？信靠基督被理性放逐，折服慧能又缺乏大信心，出家没有用，庄子的超脱也许只是无奈。诚如鲁迅自己所言"许多烟卷，不过麻醉药，烟雾中也没有见过极乐世界。假使我真有指导青年的本领——无论指导得错不错——我决不藏匿起来……"是的，我确信鲁迅没有彻底解脱，他在《影的告别》中写道的：

> 有我所不乐意的在天堂里，我不愿去；
> 有我所不乐意的在地狱里，我不愿去；
> 有我所不乐意的在你们将来的黄金世界里，我不愿去。
> 然而你就是我所不乐意的。
> 朋友，我不想跟随你了，我不愿住。
> 我不愿意！
> 呜呼呜呼，我不愿意，我不如彷徨于无地。

忆起2007年来北京以前踌躇满志的心情，如今心境倒是踏实着地了，但依然仍有郁闷。北大旁听，所遇所闻，多非乐事，故心绪偶有不舒服。某些所谓"教授"，更有明星"学者"，居然摇唇鼓舌，站在讲台，对着媒体，大发议论，指点文化，把脉中国，犹如巫师，自得其乐，单纯学生亦往往视为平常，被他们弄得昏头昏脑，冷漠粗糙，趋之若鹜，一派和谐，真大怪事也。

老先生们自然力图保持现状劝人活在当下，连在铁屋子里开一扇窗也不肯，精力充沛的教授哪管这些，精明到极点，他们占得风水宝地，扬名挣钱之余，耍耍手段，好不快活！"学者"、"教授"与"名流"们，貌似平和、中庸与圆融，耕耘着自家的一亩三分地，自然没工夫发救国忧患之言，稍一触及其利益，便作惊讶状，如临大敌，露出伪善的面孔。相比洋学者，那些本土学者更清楚中国的情形，手段更加隐蔽巧妙。而那些踏实的学者，则似乎被束缚住了手脚似的，飞不起来，匍匐于地，寂静无声。这个时候杨立华偶尔"愤激"之言让人觉得好玩，自然就吸引了我的关注。

杨立华最近几年的讲课上，不时传达出他的郁闷以及对于儒家的深刻反思。2011年秋季，杨立华在讲王弼思想的时候，说了如下一段话：

> 儒也不能作为一个姿态，一个假名，执著在儒的假名之上，好像儒了就怎么着了，别的道理都看不到了。儒是一个单独的道理，别的道理都在儒之外，那么这样的儒是一个什么样的儒呢？这个儒只能呆在博物馆里面，只能是呆在保护区里。我们有些前辈说搞个儒家保护区，如果儒家需要这么去保护，我觉得还不如让儒家死掉算了。我多年来有一个坚定的信念，凡是已经死掉的就让它死掉吧，不要让它再还魂了。如果儒家有意义，一定在今天这个世界上能面对许多道理，它应该对这个世界的生活方式有根源性的支撑力量。

> 我个人是认可儒家的，我认可儒家的原因是儒家说的这个道理我是信服的，而不是我把它当做一种信仰。最近我越来越坚定地认为，儒家对我从来不是信仰。我也不需要这样一个信仰，我信仰的就是一个道理，只要把这个道理讲清楚，只要这个道理对，我们就按照这个道理做。如果儒家要按照某个前辈所说的"要设一个保护区"的话，还不如干脆让它死掉算了。

他和李零曾经发生过争论，因此有人就觉得杨立华有点锋利。我觉得这是非常有意思的。有人把杨立华说成是儒家原教旨主义者，其实不晓得他也在思考和变换之中：

> 很多人一提到孔子，一提到儒家的时候，马上就会问儒学能救中国吗？这问题本身很荒谬，谁说过要用儒学来救中国了？我们只是说中国

文化根基里有这一脉，将来我们中华民族的伟大复兴离不开这个，没说儒学能解决一切，儒学有它的使用范围。把一个局部的道理无限放大，那当然会出错。

杨立华认为，所谓的思想出错，其实就是把某一种局部性思想越界为普世性思想。任何一种思想都要放到历史处境当中去考察，要是把思想适用的范围和适用的空间搞错了，就是思想的误用和思想的越界。我个人的态度是：要想成为一个真正的批判性知识分子，就要约束各种思想越界的现象。以儒家为例，儒家学说主要是对人伦、风俗方面的思考。如果非要把儒家学说贯彻在方方面面，比方说用儒家来治国，有人说儒学治国，可以运之掌上，我觉得这是荒谬的。治国哪那么容易啊？如果道德能解决一切，我们还派军舰去索马里干吗？我们派两个人拿《论语》去念两遍不就完了？他从不讳言自己的儒学立场，但不是一种复古主义的乡愁，而是推崇一种"青春的儒家"。"我从来不谈什么'儒学复兴'，儒学不需要人为的复兴，如果它对今天的我们没有丝毫意义，那么就让它死掉好了。"

关于这点，我觉得应该警醒。问题复杂在于，单一的精神资源都不适用目下的社会。也就是说，思考相对化（不是相对主义）了。所以，看问题千万不要绝对化了。无论你谈西方哲学也好，中国哲学也好，绝对化就容易出问题。比如钱理群到处讲鲁迅，当他去贵州讲时，一个学生问他："您说得很有道理，可是我们吃饭怎么办？"老钱听到的回答还有，诸如"您开设的鲁迅作品选读很好，可是我们面临升学怎么办？""鲁迅那么好，鲁迅能解决就业吗？"我觉得老钱有个问题，就是把鲁迅绝对化了。仿佛鲁迅就成了万金油，就是无视具体的环境。这需要反思。如果老钱只在北大或高校讲讲做些学术交流，这是必要的，可是跑去给中学生讲，或者跟年轻人通信做精神导师，多少是值得思考的。

杨立华的可贵之处，就是致力于自我反思。他在 2013 年春季的《四书》精读课上讲《论语·子罕》"有美玉于斯，韫椟而藏诸？求善贾而沽诸？子曰：沽之哉，沽之哉！我待贾者也"里的"待"字的时候说：

"待"字在儒家那里很重要。儒家随时在哪里都带着礼物。带着礼物

112

干吗？等待君王来访问他、来请教于他、来向他请教治国之道，然后他来实现自己的政治理想。这样一个儒家的基本姿态呢，是我多年头疼的一个问题。儒家基本的问题其实不是牟宗三等人所说的能开出民主的精神，儒家真正的问题是有没有政治权力主体意识。这是最根本的。在儒家的话语里面，最大的麻烦，我觉得所有的弱点里面，最大的弱点就是儒家没有政治权力主体意识。儒家出不了政治家。孟子动不动就说："以不忍人之心，行不忍人之政，治天下可运之掌上。"哪儿有那么容易啊？

所以，这个"待"的姿态始终是个被动姿态。由于没有政治权力主体意识，或者说儒家也没有那种对政治权力的渴望，儒家的基本态度就叫难进易退也。你想让我升官，这很难；你想让我离开，给个眼神就够了。难进易退的结果就是，你把政治理想空间做得太过理想化。历史上，你想想张居正这样的人，居然都是主流儒学所不齿的，正统儒学一直批判他，当时晚明的王学普遍都是以张居正为敌的。像张居正这样的努力都得不到认同的话，这个世界怎么办呢？问题是这个世界不可能没有小人啊？读《周易》，你就知道这个世界君子不会绝，反过来这个世界小人也不会绝。那你怎么办？这很麻烦。我常常把"儒"这个字淡化，你做事要合道理。我反复强调合道理的生活方式，儒可以儒，但不能腐，一旦成"腐儒"，你还不如不儒。我多年讲，腐儒之害甚于异端。"待"字是我很焦虑的，我到现在还没有找到解决办法。如果按照儒家这个理念出发的话，政治权力主体意识这个问题怎么解决？这是个大问题。我到现在没有找到开出来的渠道。那么这当然也构成儒家另外一方面的优点，由于儒家缺乏政治权力主体意识，一般的儒者就不太指望通过政治权力改变世界，而往往是通过一代的风俗教化慢慢培育出一个好的政治土壤好的道德成长的土壤，这也就开辟了政治空间之外的另一个巨大空间。

不仅反思儒者，而且反思儒家的政治理想。一步步地，杨立华直逼自己的心灵限度。在 2010 年春季的"中国哲学史（上）"的讲授中，杨立华反思的是儒家的君子政治：

儒家总体上是君子政治。中国古代绝大多数朝代都是以此标准的。

不管实际怎么做，都是强调里面以德为本的，只有极少数的时代把德放在才能的后面。儒家和墨家的君子政治都崇尚贤人。如果一个共同体由越来越多的君子构成的，那么这个共同体想坏也不太可能。另一方面，是道法，认为每个人的本性是天生的，教化不可能带来改变，也没有必要教育。发现人的特性，放在合适位置上。没有错误的人，只有被放错的东西。到底哪一家好呢？我个人认为，偏向哪家都不好。如果用儒家的做法，由一群大君子构成的国家就一定好吗？也不见得。典型的反例是北宋。北宋到盛年的时候，满朝其实就没小人，都是君子。北宋的悲剧我称作是大君子的悲剧。一群大君子解决不了问题。为什么王夫之讲北宋末年的气质，其实就是一个"戏"字。到蔡京执政以后，就是一个"戏"字，没法不戏。他一想前面两代连巨人司马光、王安石都无法解决的问题，难道我们这些渺小的人能解决？干脆就"戏"字算了。君子一片公心，都是君子也麻烦。一旦两人掰了，基本没有回旋余地。儒家在政治领域一直努力不成功的，这个不成功在孔孟那里就没，不成功的原因在哪儿？他们把政治看得太简单，无论是孔子还是孟子，都有一点把现实政治看得过于简单的地方，什么什么"治天下可运之掌上"，哪儿那么容易呀？哪儿那么简单呀？

作为求索中的现代儒者，杨立华的可贵在于，他一直没有固化自己的思考。他将儒家与先秦诸家对比反思。在他看来，儒墨两家关注共同体的生活，儒家温暖优雅节制宽厚，墨家充满理想主义的英雄主义色彩。道法两家不关注共同体，只关注个体，他们不认同教化的方式，道家关注个体安顿，对个体生命充满同情。关于韩非，他在《韩非之死》中写道：

> 与儒家和墨家强调的贤者政治不同，法家追求的是中人政治。在韩非看来，如果必待尧舜而后治，其结果恐怕是千世乱而一世治。所以，如何让比肩而至的中等资质的统治者，也能成功地运作国家的权力，是韩非思考的重点之一。这里，通过一套客观的操作系统的建立，从而让庸主也能因"抱法处势"而给国家带来治理，这样一种新的政治哲学路向的出现，恐怕是法家思想最为卓越的贡献了。

韩非心目中的理想君主，不仅要有洞明的心智和强韧的精神，还要有深不可测的人格。在本质上，韩非的政治思想其实就是一种威权的智慧或技艺。在对人性的理解上，韩非完整地秉承了荀子的思想。基于人性本恶的信念，韩非看到了君臣之间暗藏的种种危险。而春秋以降篡乱相仍的历史记忆，进一步将这些危险放大到令人触目惊心的地步。于是，以对治这些危险为目标的种种"人君潜御群臣之术"，也就成了《韩非子》一书最主要的部分。这些应对具体而复杂的政治处境的权力技"术"，显然不是庸常之主所能驾驭的。

　　杨立华感叹道："当一个心智锻炼到如此深详周密地步的人将充满寒意的目光投向他的周遭时，其中内蕴的毁灭性力量是可想而知的。"

　　法家对待个体冷酷并走向极端，在这里，臣民必须像物件一样，安于他们被摆放的位置。任何逾越界限的举动，无论其动机如何，都将受到严厉的惩处，这是前现代的异化思想。杨先生指出，"文革"破坏了人伦和诚信的基础，那种告密的一套，纯粹是法家的一套。韩非是被自己的思想所害的。

　　在剖析墨家思想为什么不能建构成一种宗教思想时，杨先生认为主要是三种原因：其一是墨家的"非攻"思想是一种绝对的和平主义思想，不具有宗教的排他性，不利于聚集成一种力量；其二是墨家极端地反对个体主义；其三是墨家特别倾向于经验主义，无法走向绝对的超验主义。

　　杨立华也喜欢道家的庄子，但是他坦然承认，庄子的境界不是学来的，学不好会出麻烦，并调侃地说道："有很多人说，庄子是出自儒家的门派。庄子是出自子夏的门下。这是非常有可能的。庄子是属于儒家走偏了的那一脉。儒学没学好，走偏了。"学生听后大笑。还有一次，他在访谈中说："常常有人给我打电话说请我讲庄子，我一概拒绝。为什么？因为我完全不接受庄子的生活态度。我不会像他那样去生活，我也不会像他那样去思考，所以我也讲不出来。"无论杨先生是否把道家作为依归，但是，作为儒者的他都不会否认道家的价值。我曾想，当他无法解决儒家的政治权力主体而陷入郁闷的时候，是否也同样可以借助道家化解内心的焦虑呢？我在一次企业家培训的课上，幸运地听到了杨立华对于道家的看法：

道家这种智慧告诉我们，人不能让自己活得太累，不能让自己始终生活在那种充满张力的充满承担的生活里。过度地承担实际上是对自己生命的戕害。道家能够在才与不才之间，把自己放到没用的那一边，保留自己一个完整的、松弛的生活空间，有一点浪漫的态度、有一点童话的心态，以这样的态度来对待生命，这个生命会更饱满一些。

庄子是充满焦虑的，他的生命充满了困顿，但他超越困顿的一个最有效的方式是哲学，是建立在哲学之上的一个童话般的心境，他对待所有的问题包括生死都有这种心境。在中国哲学里面，对待生死、安顿生死的态度最为达观的是道家的态度。这样的哲学态度让他安顿了生活中的困顿，这是道家的气质。

道家对待死亡的态度在陶渊明的诗里头体现得非常明显："纵浪大化中，不喜亦不惧。应尽还须尽，无复独多虑。"在造化的大浪中随适，既没有欢喜也没有恐惧，该灭亡就灭亡不要有什么多的心念跟想法。在某种意义上，任何哲学，如果不能面对生死的问题，如果不能安顿人面对死亡的心情，那这种哲学是不究极的，是不完整的。此处讲的就是道家的究极和完整的态度。

杨先生认为，庄子所拷问和嘲弄的是庄重写作。他说，一种学说经不起嘲弄和没有自嘲精神，是没有根基的。针对有人批判过的中国文化人的"老庄习气"，他认为原因不在庄子而在那些油滑的人。我十分认同这一观点，不能随意把什么"犬儒"、"消极"、"滑头"一类的病症都推到古人身上，应该检点的是文化人自己。一个真正逍遥的人，又怎能因磨平性格变得庸俗滑头呢？

杨立华讲庄子，是从内七篇的三个概念来讲述庄子的哲学。第一"逍遥游"，第二"人间世"，第三"齐物论"，这是以庄子为代表的道家的核心概念。他重点剖析了"齐物论"：

"齐物论"应该读成"齐——物论"。"物论"就是意见，"齐"是把所有的意见都等同起来。在庄子看来，诸子百家说的那些思想，其实都是意见，这些意见虽然表面上不一致，但有一点是一致的：都不是真理。

在这一点上，它们都是"齐"，都是等同的，没有质的区别。所以"齐物论"的意思把各种意见等同起来，进一步要做到"息意见"，把这些充满错误的、片面的声音，让它们平息掉。这是"齐物论"所讲述的目标。

人们很容易把杨立华定位在"儒者"的假名上，忽略了他主体文化价值选择之外的复杂。显然，他也是不能认同这种固化的定位。他要保持更有弹性的思考，毕竟前面的路还很长。

杨先生以儒家作为依归，随着时间的推移，他对儒家也不再是先前那样简单地认同，而是有了批判的眼光，在讲墨子时就曾深入反思，指出儒家的温暖优雅阻碍了走向极致理想主义的通道，此外儒家还缺乏权力的主体性意识，难进易退，导致儒家贤人政治理想的失败。杨先生在讲孟子的时候，对儒家进行反省，与他以前言词犀利大不相同。他说，儒家对道德的要求确实太高了，政治权力斗争要有良好的心理素质，政治当中总会含有灰暗的东西，灰暗的东西需要暧昧的心灵来回应，对于灰色的东西，不能简单说不道德。有时，让一个人对自己曾经的理想说不，其实挺残酷的。就如我，先前那般尊敬鲁迅，但是，我深知，有许多问题不是一个鲁迅所能解决的。

正如许多有理想的人一样，面对当下这么一个众生喧杂、高科技、充满物欲的时代，杨立华多少有点无奈与郁闷，这种心情集中表现在 2012 年 10 月 28 日所做的题为《孔子的精神家园》的演讲中：

我越来越怀念共和国前三十年，具有开国气象，那时代的人朴素、干净、积极、乐观、向上，面部表情端庄、肃穆。现在人就蛋黄一样，精气神全散了。

总体上来说，我是乐观的。悲观的功能已经退化了，绝望的功能基本没有了。如果绝望能让这个国家变好，那就让暴风雨来得更猛烈些吧。（大笑）我的乐观是有理由的，我在课堂上教过上万的学生，不同的对象，过去十年，中国人人心的正向力量正在成长，这是非常好的事。这种力量是从哪儿来的呢？知识界教育出来的吗？我们的知识界如此阴暗。少数几个阳光的都在这儿。（笑）我今天有个感觉，越是接近精英层就越是阴暗，越是接近大地就越是光明。所以，每隔一段时间，我就主动下去接受贫下中农再教育，改造自己的小资产阶级情调。（笑）越是接近精英层的艺术越糟糕。比如电影《金陵十三钗》，香艳版的南京大屠杀，凡是看过的回去反省去。（笑）这些年来最好看的电影《士兵突击》，不管在什么情况下，不抛弃，不放弃，都要做有意义的事，都要做有意义的人，这就是儒家精神。儒家精神就是许三多精神，多么好啊。有段时间，我只要心情不好，回家看两集，心情马上就好起来了。（笑）这个电影空前绝后，从头到尾，一个女性角色都没有。（大笑）这里没有歧视女性的意思，是终于有一部电视剧不再把男男女女之间那点事当成生活中唯一重要的事了。（大笑）我当然也觉得这事重要，不是唯一重要的事。中国有许多重要的事，父子、朋友、师生。这些年来最恶毒的一部电视剧就是《甄嬛传》了，80多集就告诉你一句话：这个女人变成恶毒是有理由的，论证她变得恶毒合法性的地方在哪儿——有一种东西叫爱情，其他东西（父子、君臣、夫妇）都不算。有一部电视剧是《金婚》，告诉我们一个道理：爱这个词，不是轻易能说出口的。这些年，爱这个词的贬值超过一切货币。一天爱28遍。（笑）

从杨立华的"郁闷"里，我多少窥探到这个理想主义知识分子在现实面前的无力，就如电影《孔子》里面那个有着理想的孔子在南子这么一个权力者面前的无奈一样。尽管如此，郁闷的我还是喜欢杨立华阳光的笑声。看看下面的语录，是杨先生前几年说过的：

> 我们中国历史上有无数伟大的存在，有无数伟大的人。我们只要去读《资治通鉴》，我们就会发现《资治通鉴》里面所记录的每一个人都比我们伟大十倍，甚至百倍，哪怕是那里面最大奸大恶之人。那是何等坚定何等光明的存在，那是一个何等光明的世界。那么孔子是这群伟大灵魂之中最伟大的灵魂。
>
> 关于孔子在中国文化史上的地位，我们认为孔子是中国历史上那些伟大的灵魂中最伟大的灵魂，这个话转译为这样一个话就是：我们在这里将孔子视为中国文化本根中的最高价值的人格化体现。中国从上古至周代的种种文化积累、价值演变，至孔子而得以集中的绽现。此后中国

文化虽历种种变迁，而终能持而不坠，实赖孔子所造之规模使然。这是我们对孔子的一个评价，这也就是以孔子为中国哲学史的开篇的理由。

杨立华以前反复用"伟大"称颂孔子，恭敬庄严。再看 2013 年春季最近的一次讲课，他对待孔子的态度，已经悄然发生了变化：

> 孔子是个伟大的教育家，看起来也不能谁都教育。我们能改变的人非常非常地少。越来越感慨，其实改变不了啥。在今天这个世界里，只要坚持着不被这个世界改变，我觉得已经算是完人了。教了这么多学生发现，我改变了什么呢？原来我曾经有一个理想，我立志要改变资本的本性，（大笑）后来发现不太可能啊，全世界的资本都是一样的，没有民族资本。所谓的全球化不过是资本的全球化。当年马克思号召全世界无产者联合起来，结果无产者没听到，导致的结果是全世界资产者联合起来。这就是所谓的全球化。（大笑）当然，也不用颓唐，坚持一分是一分。

鲁迅先生"走异地，逃异路"去求学，为的是改变自己，改变社会。可是改变了什么？他归国后面对铁屋子一样的严酷环境发出感叹："在中国，要搬一个铁炉子都要流血。"其实在我看来，更可怕的就是时时刻刻遇到些无物之阵。我说自己生活中的例子。一个人如果想做事的话，就会时时刻刻遇到无物之阵。没有人帮助你，你千万别对人性抱有多大期望。我有时感叹，人与人之间的友爱还没有狗与狗之间的友爱多。旷新年曾愤然指出，"中国知识分子是最变态、心理最阴暗、心灵完全被扭曲的一群动物，他们无法容忍正常的事物"。在回答是什么导致了知识分子心灵的"被扭曲"时，他说："我以为这与中国的民族灾难有关。我们今天既没有物质的保障，更没有精神的空间。从我们的身体到我们的内心都根本得不到营养，得不到舒展。知识分子没有可以安身立命的地方。我们的心灵被扭曲，是因为一百多年来我们这个民族一直在失败，一直受到践踏。我们没有坚定的价值理想，我们的内心没有自信，我们的心灵没有支援的力量。"就连清华大学执教的旷新年都这么说，那么一般人的出路在哪儿呢？鲁迅在散文诗《过客》里借过客提了一个尖锐的问题，那就是——"我的血不够了；我要喝些血。但血在哪里呢？可是我也不愿意喝无论谁的血。我只得喝些水，来补充我的血。一路上总有水，我倒也并不感到什么不足。只是我的力气太稀薄了，血里面太多了水的缘故罢。今天连一个小水洼也遇不到，也就是少走了路的缘故罢。"相比杨立华思考的"儒家缺乏政治权力主体意识"这个问题，鲁迅提的问题却是急迫的。

仔细想来，很是有趣。杨立华大我两岁，年龄接近，都很执著，一个执于儒家，一个执于文学，亦都曾是文学青年。一个礼敬孔子，一个致敬鲁迅。两人都同样具有反省精神，杨立华反思儒家说不过是一个"假名"，我反思鲁迅提醒自己要"破执"。两人还有一个共同点，都厌恶精英阶层的阴暗，都向往大地的温暖。我们，虽同为70后，然一个是北大教授，一个是北漂草根。这样比较起来，突然有点自恋的感觉。然而，不是处于苦闷中的理想主义者，我一个北漂草根，又怎么可能留意一个北大教授内心的郁闷呢？人真的衣食无忧就能快乐了吗？我不信。

相比道家的冷眼、智慧与自由，儒家的伦理与道理充满了人性质朴的温暖。回想一下，人生真像一条长长的走廊，走廊两边有很多门，也有岔路。我们的生活真的有很多可能，作出什么样的选择要什么样的因缘。

S城时刚踏入工作的我，也曾不知天高地厚，怀着书生意气，渴望做一番事业。后来才渐渐发现，自己既无能耐去为往圣继绝学或者为万世开太平，也做不成鲁迅笔下的"精神界战士"。而对于见诸书本或当下的各种或左或右的"主义"以及所谓精神导师，未经自己的亲身历练，也总觉得不能委身。在一种理想缺失的彷徨无依中，我也曾沉迷于玩世不恭的文字游戏里，以满不在乎的姿态消解目之所及的一切。"我思故我在"，除了指向一种个人主义以外，还面临着虚无主义的危险。我大可以怀疑一切，但我最后还是想要相信什么，还是渴求于一方心灵的栖所。先贤的思想之光是这样朴素、温暖而坚定，穿透了我的无知之幕，把我从虚无主义的泥潭中打捞起来。他们令我相信，一切固陋不外乎源于偏执与无知。终日以思，无益，不如学也。

杨立华把做一个现代儒者作为自己的追求，我无意褒贬。只是我的内心一直有个疑问：古人就那么纯厚吗？鲁迅就认为，古人并不比今人纯厚。他说："古今的心的好坏，较为难以比较，只好求教于诗文。古之诗人，是有名的'温柔敦厚'的，而有的竟说：'时日曷丧，予及汝偕亡！'你看够多么恶毒？更奇怪的是孔子'校阅'之后，竟没有删，还说什么'诗三百，一言以蔽之，曰：思无邪'哩，好像圣人也并不以为可恶。"

在《流氓的变迁》中，鲁迅说："孔子之徒为儒，墨子之徒为侠。""儒者，柔也"，鲁迅是不喜欢的；"唯侠老实……至于以'死'为终极的目的"，鲁迅是有好感的。读过历史小说《非攻》的都知道，鲁迅是高度赞扬墨子及墨家精神的。这种精神正是"侠"之源头。然而，事情很快发生了变化，"到后来，真老实的逐渐死完，只留下取巧的侠，汉的大侠，就已和公侯权贵相馈赠，以备危机时来作护符之用了"。"侠"，本来是仗义勇为、舍生忘死，发展到投机取巧、勾结权贵，这已经严重变质了。"'侠'字渐消，强盗起了，但也是侠之流，他们的旗帜是'替天行道'。"

鲁迅排斥道家甚于排斥儒家。儒家也像道家一样讲"柔"，所谓"儒者，柔也"，然而儒家"以柔进取"，道家"以柔退却"，正是在这个意义上，鲁迅一直认为，宣扬"退隐"、取消行动的道家思想是不负责任的"废物哲学"。

鲁迅说过，他"正因为绝望于孔夫子和他的之徒，所以到日本"去寻找别样的东西，这显然意味着鲁迅是绝望于中国的传统而去寻找西方的价值理想。如果鲁迅活在现在，他也会批判"心灵鸡汤"包装下的"活命哲学"，会与孔夫子对着干，不会听从诸如"不要怨天尤人、不要苛责外在世界"的无用好话，他的理由就是"无不平、无不满、无抱怨、无反抗"。作为一个革新者，鲁迅注重行动，自然与孔夫子不合辙了。鲁迅厌恶士大夫身上的雅气，他拒绝温暖优雅的生活方式，对"思不出其位"颇不以为然。想想也就可以知道，反叛的年代没有偶像。鲁迅又怎能会成为孔夫子的信徒呢？也因此，鲁迅说："我们从古以来，就有埋头苦干的人，有拼命硬干的人，有为民请命的人，有舍身求法的人"，他们"是中国的脊梁"。

或许年龄、境遇的原因，杨立华最近以来一直持续思考儒家，然在我看来，他多少还是有些执于儒家。我暗想，这只不过是手制的偶像罢了。鲁迅在致刘炜明时曾说："一个人处在沈闷的时代，是容易喜欢看古书的，作为研究，看看也不要紧，不过深入之后，就容易受其浸润，和现代离开。"瞿秋白就义后，鲁迅的心情是愤激而冷静的。他告诉曹靖华："中国事实早在意中，热心人或杀或囚，早替他们收拾了，和宋明之末极像。但我以为哭是无益的，只好仍是有一分力，尽一分力，不必一时特别愤激，事后又悠悠然。"目下的时代，能做到鲁迅说的"有一分力，尽一分力"已很不错了。

鲁迅深通中国的现实，他当然明白有些事情并不像儒者那么简单。鲁迅曾感叹："中国是古国，历史长了，花样也多，情形复杂，做人也特别难，我觉得别的国度里，处事法总还要简单，所以每个人可以有工夫做些事，在中国，则单是为生活，就要化去生命的几乎全部。"中国文化特别重视人事，重视人生的意义与价值，重视处理人际关系的礼义道德。早在孔子的著作中，就已经提出了系统深刻的人生哲学，教导人们如何为人处世的道理。听了杨立华的《四书》精读后，我就有一个疑问：现实那么复杂，按照"礼"和"仁"就解决问题了吗？究竟是修身的问题还是制度的问题？我感觉，两个方面的问题都有。在S城那样的环境，即便按照《四书》上的道理做，也仅仅是个S城人眼中无用的"好人"而已，又有什么作用？我于是感叹：孔夫子即便再伟大，也有他解决不了的事情啊。

儒者的设想是很好的，可是凡事一接触到现实就有问题了。用鲁迅的话，国民性的问题。鲁迅说："我们中国人总喜欢说自己爱和平，但其实，是爱斗争的，爱看别的东西斗争，也爱看自己们斗争。"读书人的斗争与斗鸡斗蟋蟀不同，他们的聪明用在智慧的"窝里斗"上了。同20世纪80年代不同，知识人失去了批判传统文化的动力，于是就将战场放在同类的内心，一直到90年代，到处可见无热操的无灼见的所谓知识人。"旷新年事件"就是知识界的耻辱。中国的学问，最大的特点就是注重人事。不明此理的书呆子，或被书本弄瞎了眼睛的傻子，走上社会，肯定要吃苦头。精英阶层的阴暗就像北京的沙尘暴，使空气特别混浊，让人郁闷沉重。

诚如鲁迅先生《魏晋风度及文章与药及酒之关系》所说："季札说：'中国之君子，明于礼义而陋于知人心。'这是确的，大凡明于礼义，就一定要陋于知人心的，所以古代有许多人受了很大的冤枉。例如嵇阮的罪名，一向说他们毁坏礼教，但据我个人的意见，这判断是错的。魏晋时代，崇奉礼教的看来似乎很不错，而实在是毁坏礼教，不信礼教的。表面上毁坏礼教者，实则倒是承认礼教，太相信礼教。因为魏晋时所谓崇奉礼教，是用以自利，那崇奉也不过是偶然崇奉，如曹操杀孔融，司马懿（当为司马昭——作者注）杀嵇康，都是因为他们和不孝有关，但实在曹操司马懿何尝是著名的孝子，不过将这个名义，加罪于反对自己的人罢了。于是老实人以为如此利用，亵渎了礼教，不平之极，无计可施，激而变成不谈礼教，不信礼教，甚至于反对礼教。——但其实不过是态度，至于他们的本心，恐怕倒是相信礼教，当作宝贝，比曹操司马懿他们要迂执得多。"

正如汪晖所说，鲁迅以这样的历史洞察力做过讲师、教授，但终于还是离去了。他不愿把自己及其研究编织进现代社会日益严密的牢笼，不愿意自己的社会批评和文化批评被学院的体制所吸纳而至于束缚，不愿意他那不仅明于学术而且更知人心的研究落入规范的圈套。他宁愿成为一个葛兰西称之为"有机知识分子"的战士。战士，这是鲁迅喜欢的词，一个更简捷的概念。

鲁迅如此地洞烛幽隐，那奥秘就在他深知"中国之君子，明于礼义而陋于知人心"。同理，那些打着弘扬传统文化名义的人，也不见得有多少真正将传统文化放在心上。比如某著名学者就说，中西文化没有高低，西方有的中国也有，言外意味着中国不需要西方意义上的宪政。哲学家不搞哲学，总在意识形态中转不出来，这便是劣根性，就低了一等。外国的圣贤，中国的孔孟老庄什么时候在这样思考问题？真正的佛家道家以及基督徒与国家主义无关。可这些都不幸成了工具。民族主义纳粹主义之间没有鸿沟，一墙之隔。这倒是我经常忧虑的。佛家道家是超政治的，它关心的是心性终极性得救或解脱。那里没有形下意义上的权力概念，宪政理念只能来自另一种文化。怎么一谈到西方，就敏感？当权者怕它可以理解，一些奴隶也跟随着喊打，让人想到鲁迅所说的聪明人和傻子和奴才。中西方本是人为的东西，不可画地为牢。做学问还是做人，都得警惕狭隘的一曲之士。当然一些可怜的儒生是为了一个饭碗，就更不必与其认真了。我觉得杨立华最近有个最大的进步，那就是不再仅仅拘囿于儒家了。一个儒者要向鲁迅学习，放开眼界，睁开眼睛看世界，不要做狭隘的一曲之士。

为什么一提孔夫子就要排斥鲁迅，一提鲁迅就要排斥孔夫子？在一个健康的社会，孔夫子与鲁迅各安其位。但在我看来，两人有一些地方很是相似：鲁迅与孔子一样，都很执著，道都在人间。即使困苦，也不愿离人间而去，还要挣扎着用手拨开荆棘，缓慢前行。不同的是，终其一生，孔子都曾想着进入政治权力；鲁迅与政治权力保持一种距离，站在"立人"的立场坚持批判。

五、现代性的命运

杨立华相信，中国传统文化有极强的生命力，在 20 世纪剧烈的震荡之下，它能重新回来，而且绝不只是暂时的回归。随着否定的完成，接下来就将是灰烬中的重生。即使这次没有成功，传统文化热度的逐渐上升也是可以期待的。

当下人所享受的物质丰盈度，是此前无数个时代的人一年都享受不到的。孔子、庄子、老子等古代哲人肯定不比今人，他们没有坐过汽车、上过互联网。难道因此就说古人比今人愚笨吗？因此断定我们是全新的人类吗？杨先生的回答是否定的，他说："既然生活的实质、本质、生活最基本的问题没有改变，那么古往今来那些圣贤大哲，他们在面临人生中的基本问题的时候，他们所运用的智慧和他们的洞见就成为我们生活中最重要的资源。而我们放弃他，就意味着让我们的生活离开了原本丰厚的土壤，活在一种无比单薄的生活中。"下面是杨先生接受《21 世纪》采访的摘录：

《21 世纪》：你认为现代性对传统儒学带来了什么改变？

杨立华：我认为现代性所带来的首先是自我观念的变化。其实有些时候你会发现，古今之异，其实比中西之别还要大。自我观念的空前强大，即使在一个不是以个人主义为主流的社会都很明显。古代社会强调过度的欲望是会带来麻烦的，古人想不到一个充分诱导、创造人的欲望的社会还能保持秩序和稳定。可在现代性社会中，非但没有节制欲望，反而是在调动人的欲望，这是孔子、孟子、荀子，甚至韩非子都没有想到的。

当然这样的社会能延续多久？海德格尔等上个世纪的西方哲学家也曾提出过质疑，他对技术性社会表示悲观，技术发展的动力的根源在于欲望。按照荀子的说法，人"生而有欲"，欲望自然会膨胀，古代的圣王为了防止欲望的膨胀所导致的混乱，所以用礼来节制。现代性带来的自我观念的变化，所导致的欲望膨胀，带来了很多问题，今天世界面临的生态、资源等等问题，都与此有关。

但在我看来，现代性是一种命运，已经没有回头路。也许古代的儒者们真的没有考虑到一种以欲望的推动为基础的社会，但这是不是就意味着儒家不能成为现代性社会的纠偏力量呢？当然不是。古代社会至少给了我们一个"他者"，这个"他者"给了我们反思自己的契机，让我们看到我们现在的生活方式的问题。它有可能能为我们注入一种精神，能节制一些现代性负面的东西，降低一些危险。

杨立华认为："将古代思想文化作为批判当下世界的资源和力量，这是我的基本态度。我拒绝站在今天的立场去批评一个已经消逝的世界，这没有任何意义。"当今的文化，在他看来："当今的文化已经糟糕到不能容忍的地步，没有灵魂、精神。满世界看到的只有对欲望的诱导、顺服和安顿。太多的人把自己活成了一堆肉。时代没有高贵，甚至连想象高贵的能力和愿望都没有。"

我们今天生活的基本逻辑，是19世纪中叶的欧洲建立起来的。用德国哲学家斯特劳斯的话说就是，"现代生活意味着人类在最低水准上的统一，生命的完全空虚、无聊的自我不朽学说。在这样的生活里，没有从容、没有专注、没有崇高、没有单薄，除了工作和休闲一无所有，没有个体也没有民族，只有孤独的一群"。这是杨先生对现代性的一个描述，他把现代生活的问题揭示出来，如下：

第一，无聊和空虚。除了工作与休闲一无所有。这样一种意义缺失的生活，用米兰·昆德拉的话就是"生命不能承受之轻"，这个意义缺失，这种轻，使生活变得无比的空洞和乏味。

第二，感受力的淡化。不再有那种精致敏锐的感受，同时也不再有朴素的感受。这是感受力的倒错，使得我们不再感受到生活中平静的愉悦和幸福，不再有对生活平静细腻的感受。

第三，道德根基的缺失。不再有绝对不变的道德基础，也不再相信有确定无疑的道德标准。

第四，自我中心主义。所谓的自我中心主义就是说，首先相信所谓的意义都和自我有关，对自我有意义的东西才是有意义的。其次，对自我有用、有利的东西才是好的东西。最后，自我是衡量其他东西是非好坏的真正标准。

所有这些编织在一块，得出的结论就是虚无主义。这样一个虚无主义从哪来的？它的哲学根基是什么？它的最基本的哲学气质是什么？19世纪以来，人类陷入了理性乐观主义的情绪中。可是"二战"给以沉重的打击，20世纪是人类文明史上最悲惨的一个世纪。海德格尔把这样一个世纪视为"世界的黑夜"。杨先生做了一个总结，所谓现代性生活，它的哲学基础无非是数字理性对生活的全面征服和统治。

儒家思想能够帮助我们走出现代生活的这种哲学困境吗？杨立华认为，孔子时代，它通过保留神灵的功能，保留了礼，保留了人有体面、有尊严生活的可能。礼为什么如此重要呢？礼是能够使人挺立起来的东西。礼是人克服自己下坠的防护网。因为人首先是肉身的存在，所以人自然有一种下坠的方式。怎么样可以克服下坠的欲望，这是礼最重要的东西。

六、尾声

北大静园的草坪绿了又黄，黄了又绿。转眼之间，已是四年。这四年时间里，是我思考问题最多最集中的四年，如果缺乏这个环节，我基本还是没成年，或者说得再严重一些，我可能终生无法走出S城。

夕阳下，余晖洒落在未名湖粼粼的湖面上，沐浴着一层淡淡的金黄。我漫步到了未名湖畔，凉风习习，吹拂在身上，也撩拨着头发。

一只只水鸟掠过湖面，扇尾或翼尖偶尔沾了一下水面，在湖面留下一个个小圆晕，小圆晕慢慢地一圈一圈荡漾开去。

我自小就在河边游大的，对水有种自然的亲切感。

路旁，偶尔会有松鼠从树上蹿下，一蹦一跳地追赶着滚动的松果。不远处，则是三三两两不知名字的鸟儿，在啄食、起落、交头接耳。偌大的一片校园，此刻便由它们发声。如果是在冬季，燕园更美，银杏叶子厚厚地铺满一地。

我常想：在承担完自己的责任之后，我就放下心外之物，来这里静静熏习思考，一个人能有些时间直面浩瀚的宇宙、时空，直面自己的内心，面对大化流行世界，该是多么幸福啊。

我确信，没有经过思辨与净化的生命是人生最大的悲哀。一个人不能在书本里待得太久，也绝对不能在世俗里待得太久，他所看到的也许只是他虚构出来的世界，他认为这个世界存在的问题，也只是他脑海里虚构出来的问题。到底这个世界真的如何，毕竟不在书本之中，真的哲学也是如此，真的哲学毕竟是哲学家对这个世界真实的回应。一旦我们能够把我们生命中真实的体验带回到哲学阅读中，你会看到文本所拥有的另一个世界。

当我们从哲学找到了自己安身立命的根本，找到了自己的精神生命，现实问题不会自动消逝，但是却可以迎刃而解。对于哲学、智慧的探讨，其追求是在理论、精神上的，但其实际作用却无一不是针对于现实世界的，是落实在做人做事上的。而这所谓的落实并不是指，至少不是单单指如何赚钱、营生，而是在生活中关注人本身，以平和仁爱之心待人。张载说："为生民立命，为往圣继绝学，为万世开太平。"这是宋儒的担当。但对于我而言，恐怕担的还是自己，至于"为生民立命"，这种境界我还没有达到。我已经见太多的年轻人"我执"遮蔽之下的逃遁。冯友兰先生说，人类之所以要有哲学，是为了心安理得地活着。我们想要活得心安理得，就必须如孔子所说的"知分"。哲学让我心安，是因为哲学的思辨让我逐渐明了了自己的方向，从中迅速找准自己的定位，不跟风盲从，不茫然慌乱。但心安绝非仅仅是一种感受，更是一种由敬畏带来的醒觉，并最终引导我走向"好的生活"。

2013 年 5 月 6 日　苦寒斋

曹文轩：唯美与悖论

一

对于曹文轩，我最近几年关注比较多了。原因是，在当今学院体制下，曹先生身上兼容着学者、作家与批评家三重角色，这自然是当今大学所稀缺的。在当代作家中，既搞创作又做学问的大概没有几家，又有文学作品又有学术著作的大概也没有几个，而既将作品写好，也将学问做好的，大概就更少了。不知道曹先生是否能算上一位？1974年，曹文轩20岁时踏进了北大的校门，由图书馆系转入中文系学习，毕业留校执教至今。

20世纪80年代，曹先生以《再见了，我的小星星》荣获第一届全国优秀儿童文学奖。90年代，正是他创作的丰收期，凭借《草房子》、《红瓦》、《根鸟》等长篇小说作品实践着"永远的古典"的创作观念。他出色借鉴契诃夫、屠格涅夫到废名、沈从文、汪曾祺等中外作家作品中的古典形态，在充斥着粗鄙欲望的文坛追求一种"净洁"的美感，开拓出了现代意象的诗性空间。曹文轩在北大开了一门通选课"小说的艺术"，以其极富感染力的演讲艺术，深受学生欢迎。

记忆最深的一次，为了讲述小说要关心的问题，曹先生随口朗诵了一句俄国作家契诃夫小说里的一句话：

一条小猎狗，走在大街上，它为它的罗圈腿感到害羞。

台下一片掌声。

曹先生以一个作家的视角，告诉你什么是小说应该关注的问题，什么是道德家或知识分子应该关注的问题，给人以启发。他讲课时的那种语气、眼神、姿态、手势，充满感情，让我感受到了他一颗依旧天真浪漫的艺术童心。上课时，曾经即席朗诵他创作的长篇科幻小说《大王书》：

> 茫终于走出这片密林时，是繁星满天。
> 羊群奋直慢慢地跟随着他。
> 草草吃了一些从地上抢来的果实后，他躺下了。
> 像往常一样，羊群将他围在当中，一只一只，互相紧挨着卧在地上。
> 茫看着天空的星星与夜行的飞鸟，看着看着，便睡去了。
> ……

曹先生的教学富于感性，他以一个作家的眼光审视当代文学的创作者、文学现象，善于从细微处发掘作家、作品的风格、特色，并用一种最简洁、形象、生动的语言描述和概括。而他超凡的领悟力、记忆力与雄辩的口才，又使其教学显得轻松自如，游刃有余。他在课堂上，就经常以自己几十年的写作经验，与学生分享。

如果教文学只是生硬地重复那些名词，竭尽全力地用理论解剖，最终只是为这个世界增添了一些生硬而无味的复制品，还有什么意义呢？无疑，曹先生的课是个人性情的抒发。作家曹文轩无疑有着出色的艺术感觉，他讲文学的"艺术感觉"时，曾经将艺术感觉详细地分为敏锐的感觉、丰富的感觉、特殊的感觉、精微的感觉四层来解读，指出文学需要特殊的艺术才能，艺术家有时是具有神经质的精神病患者，缺乏独特精微的艺术感受能力，无疑不适合从事这种创作。一个作家感觉能力好不好，体现在他对细小事物的感受上。他以自己创作的长篇小说《红瓦》为例说，许多作家写"文革"都写浩劫、控诉和伤痕，他写的小说也以"文革"为背景，但他的文本里却没有那些常见的元素，他写雨落在荷花塘里的感觉——雨落在荷花塘里的感觉和雨落在草丛里的感觉不一样。那次课后，我请教曹先生当代中国作家里谁的艺术感觉不错。他回答说，迟子建、余华和莫言。不得不说，他是当代中国学者中少数最懂文学的人之一。

在仔细听了曹先生的小说的艺术、文学的艺术问题专题课以后，让我领悟到小说的妙处，以及关注艺术问题对于一个作家的重要意义。

曹先生出生在南方一个水乡——盐城。他曾说，"我家住在一条大河的河边上，这是一个地地道道的水乡，我是在吱吱呀呀的槽声中，在渔人噼噼啪啪的踩板声中，在老式水车的泼剌泼剌的水声中长大的"，这大河深深影响了他的性情、气质和创作。这位水边长大的作家，具有一种乡村情结，自小就与水结下了不解之缘。水既为他作品中的人物提供了生活背景，也不可避免地融入了他的性格、美学情调以及作品的风格。许多年后，当他在北大任教以后，经常回忆这种生活。

> 在我的全部作品中，写乡村生活的占绝大部分。即使那些非乡村生活的作品，其文章背后也总有一股无形的乡村之气在飘动游荡。
>
> 至今，我还是个乡下人。
>
> 我土生土长在农村。二十岁以前的岁月中，我是一个道道地地的农村孩子。
>
> 乡村固定了我的话语，因此，我写起《田螺》这样的作品来，总有如鱼得水、顺流而下的轻松与自如。①

在曹先生的文学世界中，乡村有着特殊的意义。他说："可能是由于从小生长在乡村的缘故，我对土地有种内在亲近，从童年开始，大地四季变幻的图景给我留下了深刻的印象，养成了我和土地密切的联系。"这是一个充斥着焦虑与躁动的时代，个人在这个时代里的精神特征，就是内心的焦虑不安。难得曹先生能有如此安静的心灵。

曹先生有一张永远青春的脸，儒雅、文静、羞涩，这一张脸弥漫着书卷的气息又充满了朝气。他讲哲学观，人生观，美学观，小说观，那饱含着诗意和激情、幽默诙谐、妙趣横生的言语久久萦绕你的耳边。他的目光最远只落在圆的或方的桌子的棱角那儿，从不紧盯你的眼睛或你的脸。因为，他明白这是艺术，习惯拉开距离作审美的关照，切忌刻板。他追求着完美，并保持着一种得体、节制的风度。

二

曹先生是"现代诗化小说"的传承者，对永恒人性的自觉追求构成其作品的形而上品质。他自称："我在理性上是个现代主义者，而在情感和美学趣味上却是个古典主义者。"他借鉴了从川端康成、契诃夫、屠格涅夫到废名、沈从文、汪曾祺等中外作家作品中的古典形态，在充斥着欲望的文坛追求一种"净洁"的美感，试图开拓现代意象的诗性空间。表面看来，曹文轩的小说只是一些对少年生活的回忆，但仔细阅读，就发现它们是真正关涉现代人精神世界的文本。

曹先生的小说个性鲜明、独具风格，有着古典主义的审美情趣。小说创作中洁净纯真的儿童视角、自然怀旧的人性人情以及静谧古典的意象意境，其散文化笔法，诗歌般的意境，恬淡的艺术风格以及轻灵的叙事语言给读者带来了美的艺术享受。近二十年来崇尚写实与实验的文学格局中，曹先生给总在作深沉与痛苦状的文坛忽地吹来了一股清新柔和的风。因为他的作品大都远离现实生活，又无重大、敏感的主题，这在一定程度上抚慰了人的审美渴求。在此后的多年里，曹先生一直是当代文坛常谈的话题。

曹文轩先生常说："能打动人的是美而不是思想。"《青铜葵花》体现了悲悯情怀，并营造出纯净淡然之美。书中有一段写青铜带葵花去看马戏，被外村孩子欺负的事。这里面写到了一种痛苦——外界的力量粗暴地打断正在进行的幸福。这对一个孩子来说是一种伤害。青铜在这种伤害面前表现出的对抗力，那种处变不惊和隐忍大度，令我们深深感动。曹先生所有小说中的主人公，都有优秀的品质，比如热情、正直、善良、坚强等，或有不少缺点，却都能超越自己。

曹先生的所有小说几乎都和水有关，在其作品中随处可见对水的描写。"在我的脑海里所记存的故事，其中大半与水有关。水对我的价值绝非仅仅是生物意义上的。它参与了我之性格，我之脾气，我之人生观，我之美学情调。"

油麻地中学四周都是河，是个孤岛。(《红瓦》)

除了水还是水。小城像一片秋天的落叶，漂在茫无边迹的水上。(《大水》)

离村百步，横躺一条河，七沟八溪与它相通，那水既深且清。夏日水枯，自有它两头的大河流水注入；秋天水涨，它便又流入了两头的大河。春夏秋冬，水流或缓或急，可总是流淌，日夜不息。河中水草嫩肥，在河水中宛如千百条马尾在风中悠然飘动。(《网》)

黄昏时的远空是柔和的橘红色，弯曲的顶空是一片深深的纯蓝，远处的水映着远处的天，只有轻风荡来，橙色的水面像匹薄绸在轻飘飘地颤悠。几条身材悠长有弹性的白条鱼，跃出水面，在一尘不染的空气里，划了几道银弧，跌在水里，水面一时碎开，溅起一蓬蓬细珠。(《水下有座城》)

水在他的作品中，既作为一种简单的环境因素描写用来烘托气氛，营造氛围，同时也具有隐喻象征的性质。大多时候，他作品中的水这一意象，是人的本性的一种隐喻，是一种生命的本源。它能够净化现实人性，也能够暴露人性中深藏的原始欲望。曹先生偏爱水，由水展开，渐次来写河流、桥、木船、捕鱼、驾船、养鸭子、收芦苇、用河水灌溉农田，这就使他的文字增添了许多清新与水灵的气息，创造了一番宁静与肃穆的"古典"，以洗涤人们的心灵，从而抵抗现代社会的喧嚣浮躁，给人以心灵的安慰。

有曹文轩这样一个作家，也是当代中国文坛的幸事。从美学的角度讲，他创造了一种明净、沉静、古典和节制的古朴风格。这在浮躁、滥情和宣泄的风气之下，是有意义的。曹先生对人的丑陋、生的荒诞、人类的孤独与隔膜，都有理性的深刻洞察。但作为追求古典美感的作家，他并非传统现实主义的激烈控诉和暴露，也不像现代派那样冷酷和尖刻，他以美的理想统摄真的现实，在透着淡淡忧伤的优美格调中，凸显人性的高尚和自然的美好，表现人格美、人情美和意境美，悲悯的古典温情和雅致的浪漫美感弥漫其间，构成了他的诗意世界。这是他的意义所在。

曹文轩先生的作品中创造了一些独特的意象群体：水、月、羊、星星、鸽子、女性、白马等，它们都具有鲜明的象征隐喻色彩。这样充满奇特想象的小说，神秘、诡异、幽玄，将人的思绪一下拉出现实，而朝向深邃的宇宙。这样的奇特想象，在当下中国作家中似乎少见。因为，他们已被现实拖累住了。虽然，他也有局限，但是瑕不掩瑜，在我们的文学越来越没有美感的时代，曹先生以他的作品不断提醒我们文学是美的、自然是美的、人性是美的，因此他的作品是价值的。

曹文轩提到中国的小说，认为其太过正统，他用了"无中生有"、"故弄玄虚"、"坐井观天"、"无所事事"四个成语来阐释自己心目中的文学，末了感叹道，到今天，中国的作家仍然关心的是粮食和房子问题，这就是当代中国文学最大的尴尬。"我们太紧张了，总是将文学和社会捆绑在一起。"文学真正该关注的是特别小的问题（细节）和特别大的问题（形而上/空间的/时间的）。曹先生强调说："中国文学要上去，必须认清楚一个问题：中国作家要将自己的双重身份分开：他们是知识分子，更是知识分子中的作家（当下存在着的，未来认识存在的）。"

三

学者曹文轩一直坚守并捍卫文学性，质疑所谓"大文化研究"。曹先生坚持文学有恒定基本面，不太欣赏"文学性是一种历史叙事"的相对主义说法。我对此也很认同。长期以来，曹先生坚守文学性的研究，似乎不那么新潮。因为，当下文学批评界，乃是大文化（或称泛文化）批评的天下。大文化批评对于被政治劫持的文学批评自然有其积极意义，然而在发挥出它的优势以后，弊端也正在日益显露。

> 我们目前所从事的所谓文学研究，基本上不是文学研究，而是文化研究，纯粹意义上的文学研究几乎已经不复存在。大多数研究，只不过是将神话学、社会学、政治学、历史学、伦理学的知识拿来解释文学的文本。在这里，文学文本只是一种社会档案，是与社会生活几乎等同的一些作为论据的材料而已。一些机巧的研究者，只不过是省去了到社会生活中寻觅研究对象的麻烦，而将文学文本当成社会生活走了一条捷径而已。②

《中国八十年代文学现象研究》、《二十世纪末中国文学现象研究》、《小说门》、《第二世界——对文学艺术的哲学解释》以及随笔《一根燃烧尽了的绳子》和《阅读是一种宗教》等书，曹先生无不以"学者与作家"的双栖身份，即糅合理性思考与审美观念、艺术眼光，对种种文学现象，作出了一种诗性的、独立的、有想象的理性解析。比如《二十世纪末中国文学现象研究》中所设置和解读的问题，如悲剧精神、回归故事、感觉崇尚、激情淡出、重说历史、语言至上、终极追问等，都是在回归文学自身的基础上解读的，富有真知灼见。现摘取第五章"感觉崇尚"一节中的片段文字：

> 凝视是一种宁静、成熟的观察的态度，它避免了感觉的空泛。目光的固执直切，使观察获得了深度。凝视使飘忽即逝、不着痕迹的物象在视野中得以定格，得以被仔细阅读，从而使无数从前未曾看到或看到未曾意识到可被文字叙述描写的物象变成了文学的形象。先凝视，后凝思，使一切物象的含义得到了破译。凝视时，是思想的停止，因此只能获得具体的、新鲜的，也具有审美意义的形式，而凝视之后，再有凝思跟上，这些物象便都有了意义。中国作家学会凝视与凝思，不能不算是一个进步。[3]

如果不是作家，一般学者是不会这样细微地感觉事物与感觉细微的事物的。曹文轩有着敏锐纤细的艺术直觉，再加上扎实的学问素养，这使得他的学术文字带有艺术悟性与灵性，像他这样的作家型学者，其实是很少的。这种切肤敏锐的感觉，同样体现在他的《小说门》之中，这些论著同样是凸现个性，渗透理趣，融通美感，体现了作者对文学是什么、文学需要什么这一类文学根本性问题的思考。他从小说创作的经验、虚构、时空一直谈到悬置、摇摆、风景、结构，可谓道尽了小说艺术创作的种种玄机。这样真正返回文学自身的著作风格独特，具有积极的建设性意义。《第二世界——对文学艺术的哲学解释》中，曹先生以思维论为线索，从感觉、语言、知识等多重维度对文学艺术构建的"第二世界"进行哲学阐释。他说："人不仅需要第一世界，还需要第二世界，而且人会创造'造物主'创造之外的第二世界。没有发现、没有表达、没有创造的生活是不值得过的生活，没有'第二世界'的人生，是不完满的人生。"而文学就是他的第二世界。

先前在 S 城时，曾经读到《曹文轩精选集》，读到其中的《"细瘦的洋烛"及其他》，这是从艺术性分析鲁迅先生的作品，吸引了我。当时，我眼睛一亮，从此就记住了曹文轩这个名字。作家曹文轩先生无疑具有独特的艺术感受能力，他往往从细部入手观察事物。后来阅读曹先生的著作，为他那种细致的、敏感的、清晰的感觉能力而惊叹。比如《阅读是一种宗教》中，这样的妙悟很多。他解读作家是从艺术性的维度切入，让人耳目一新。

在解读沈从文的小说《萧萧》、《三三》、《边城》时，曹先生从沈从文的文字里颇具智慧地拈出"婴儿状态"四字逼真而传神地概括了沈从文。他说：

> 婴儿状态是人的原生状态，它尚未被污浊的世俗所浸染，与那烂熟的成年状态相比，它更多一些朴质无华的天性，更多一些可爱的稚拙和迷人的纯情。当一个婴儿用了他清澈的目光看这个世界时，他必定要省略掉复杂、丑陋、仇恨、恶毒、心术、计谋、倾轧、尔虞我诈……而在目光里剩下的，只是一个蓝晶晶的世界，这个世界十分的清明，充满温馨。与如今的"现代主义"的文学作品（这路作品的全部心思是用在揭示与夸大世界的卑鄙与无耻、阴暗与凶残、肮脏与下作的）相比较，沈从文小说的婴儿状态便像一颗水晶在动人地闪烁着。④

在解读契诃夫的小说时，曹先生说：

> 我们在阅读契诃夫的作品时，总要不时地想到一个单词：耐心。
>
> 像契诃夫这样有耐心的作家，我以为是不多的。他在面对世界时，总要比我们多获得若干信息。我们与他相比，一个个都显得粗枝大叶。我们对世界的观察，总是显得有点不耐烦，只满足于一个大概的印象。世界在我们的视野中一滑而过，我们总是说不出太多的关于这个世界的细节。契诃夫的耐心是无限度的，因此契诃夫的世界，是一个被得到充分阅读的世界。而这份耐心的生成，同样与他的医生职业有关。⑤

在解读钱钟书的小说《围城》时，曹先生说：

> 《围城》最让我欣赏的还是它的微妙精神。我高看《围城》，很大程度上就是因为这一点。写小说的能把让人觉察到了却不能找到适当言辞表达的微妙情绪、微妙情感、微妙关系……一切微妙之处写出来，这是很需要功夫的。小说家的感应能力和深刻性达不到一定份上，是绝对写不出这一切的。⑥

在解读川端康成的小说时，曹先生说：

> 如果说西方的文学艺术发现了人，那么东方的文学艺术则发现了自然。都说文学艺术发现了人，这是人类历史了不得的进步，其实，文学艺术发现自然，才是更了不得的事情。从前的世界，把人看得太重，而把自然看得太轻，未必是明智、深刻的。作为东方美的代表之一，川端康成的突出贡献在于他将东方人的尤其是日本人的自然观完美地显示了出来。⑦

这些颇具灵悟的文字，无疑显示了他自己本人所具有的极为敏锐的感觉能力。曹先生批评 20 世纪 70 年代末以前的中国当代文学感觉麻木迟钝，严重缺乏感觉色彩，毫无生气，缺乏灵性、生动的世界，变得僵硬、死气沉沉。他对艺术感觉的如此在意，纯粹是因为他在写作过程中觉得它实在太重要了。可以这么说，关注文学艺术性（文学性）一直是他的核心。他在北大开设"小说的艺术"，侧重探讨文本内部的规律，比如形式、叙事、故事、意境、美感、节奏、修辞等，而文学的外部研究关注的则是政治、社会、伦理、历史、宗教等因素，这些对他来说不是不重要，而是必须建立文学性的基础上理解。

曹先生的文学论著，具有鲜明的创作论的色彩，他关注创作本身，立足作家作品，善于从社会的、历史的、哲学的、心理的、道德的、美学的等多个层面切入文学本体，凭借一个作家的敏锐感受和一个学者的理性思辨，挖掘文学深刻而丰富的意蕴，将抽象的论断融入生动的语言之中，赋予文学批评以形象的特点，同时又处处闪烁着理性思想的光芒。

　　造物主的设计几乎一律是悖论性质的：利弊相掺、善恶一道。这句话用在曹先生身上，同样适用。一个人的优点往往反过来会成为制约他的缺陷，曹文轩先生因在各种场合过分强调"唯美"，也招致人的批评，被人批为"矫情"。我总觉得曹先生拘泥于审美，削弱了思想的深度。童心的曹先生沉浸在童话和美的世界里，缺乏对丑恶有力的直面。深究原因，我觉得有两点：一是他感伤的性情，一是学院生活造成了他与苦难人间的疏远。两者结合，使得他的作品缺乏一种震撼人心的悲剧力量，无法与这个时代相应。

　　曹先生在散文《圣坛》里，述及自己喜欢留在大学工作的原因，"我实在害怕每天得付很多脑力去琢磨人际关系，害怕算计，更惧惮受暗箭袭击。那样活着，委实太累。我还很欣赏这里的节奏"。他自小生于水乡。水一定对他的人生观、审美情趣有着影响。多年以后，他在接受访谈采访时说："我与我的小说的长处与短处，大概都在水。因为水——河流之水而不是大海之水，我与我的作品，似乎缺少足够的冷峻与悲壮的气质，缺乏严峻的山一样的沉重。容易伤感，容易软弱，不能长久地仇恨。一个人没有仇恨，不能记仇，这对于创作是十分有害的，它影响到了他对人性的认识深度与作品的深度。仇恨是文学的力量，不能仇恨与不能爱一样是一件糟糕的事情。由仇恨而上升至人道主义的爱才是有分量的。我一直不满意我的悲悯情怀的重量。但，一个人做人做事都必须要限定自己。不能为了取消自己的短处而同时也牺牲了自己的长处。"

　　从上面两种原因分析入手，再来观察曹先生的文学观就可以理解了。首先，传统美与现代美。在《混乱时代的文学选择》一文中，曹先生指出，"中国当下文学在善与恶、美与丑、爱与恨之间严重失衡，只剩下了恶、丑与恨。诅咒人性、夸大人性之恶，世界别无其他，唯有怨毒"。曹先生所批评的现象显然存在，但是不能以偏概全，他给出的药方未必就好。问题是，需要怎样的爱？曹先生自己也不清楚。忽视了作家创作的复杂背景和历史语境，离开作家的生活和写作的现场，抽象地看待所有的写作，曹先生用"怨毒文学"来概括当代文学，并不准确。比如作家莫言，他的作品里也有对于荒诞现实的书写，有批评家认为他写得粗俗、暴力、淫荡、变态和残忍。在我看来，莫言是有创造性的。不同于以往传统文学对人物的塑造，莫言是在一种不纯粹、不完美的环境中来表现人性的美，他把丑恶和美丽的东西杂糅在一起，在一个很混沌的、很复杂的时空中展现人性。任何纯粹的、美好的东西都是在复杂的环境中出现的。莫言在一种复杂的语境中来展现中国文化和中国人的个性，这是有贡献的。他反映了生活，反对专制主义，对中国社会、对人性的弱点以及几百年的历史反省得很深刻，这是他文学作品表现出来的独创性。莫言的独创性就在于他的文体意识、独一无二的感觉描摹以及对历史、人性命运的洞察。而这些，不能仅仅就用"怨毒文学"来概括吧？

有批评家说，莫言作品中热衷描绘变态的行为，热衷暴露中国人的那种自私、残忍、兽性的一面，很不美感；但我认为，在传统表达方式已经到了精品多多、美感疲劳的现代，很多表达传统美感的作品，与其说在表达美感，不如说在美化生活，甚至在模仿传统而已。他们并没有深入到人类的内心，来表达人类真实的兽性、野蛮、非理性的思绪的。人类并不是我们所希望的那么可靠，而常常具有非理性的兽性一面，往往会在利益的交锋之时瞬间展现出来。这才是真实的一面。现代艺术的伟大，正是这么直面地表达人类内心深入的病态，才让我们看到了我们自己内心的肮脏。

曹先生显然只能接受传统意义上的美，无法接受怪异的现代美。他认为美的力量不亚于知识和思想，并夸大美的作用贬低思想。他提倡书写美感、雅致、情趣，抨击粗鄙、粗俗、肮脏、丑陋，这些可以作为一家观点。但是，问题出在对美感、雅致和情趣的理解上，我就和曹先生的观点有分歧了。但是可以肯定的是，美感绝对不是曹先生《天瓢》里营造的二十场雨，那样的美感，的确太矫情，太雕琢。沈从文也写美，这绝对不是为了美而美，为了艺术而艺术。不是没有人生冲突，不是没有社会批判，只不过在他的笔下，更突出生活在湘西这一特殊区域的人所具备的可爱性格。而曹先生笔下的湘西，失去了现实的摹本，抽空了真实的根基，成了纸造的自然。曹先生所宣扬的美与爱，缺少对具体历史语境的回应，处在暧昧不清的价值状态。没有具体归宿的爱，不过是童话故事里虚无缥缈的云，不过是空洞而中庸的口号而已。在生民无论形而上和形而下都存在痛苦的时代，曹先生不仅拒绝做一个知识分子类型的作家，而且连现实中的丑恶也不敢直面，他的精神格局大打折扣，自然所宣扬的美也是很苍白矫弱的。

现实意义上的自然不再是废名、沈从文、蒲宁和曹文轩先生笔下的风景了，不再是古典意义上的田园牧歌了，面对现实的复杂、混沌和险恶，我们当然不能选择沈从文、蒲宁和曹文轩，也许，鲁迅、余华和陀思妥耶夫斯基笔下的世界，才有可能接近这个世界的真相。沈从文和废名的诗情画意也许只能深埋在我们的内心。曹先生的审美趣味来自于书本，来自于知识，而非来自对现实生活的深切感受，更非来自对更广阔生活的切肤之痛，这是一种被知识规训了的狭窄的审美趣味，是一种文人肤浅的审美趣味，所以，也就丧失了对当下这个世界的丰富感受。非常唯美的语言，就像几十层的镂空象牙球，精巧之至，除去审美的愉悦，完全是无用之物。

曹先生也曾经提倡不仅要读小书还要读大书，这个大书不只是大地、月光、河流、太阳，更包括人间的苦难、不幸、不公和普通人的生、老、病、死。如果我们是培养抽象的审美和趣味而抽离了民间的苦辛和挣扎，那么很容易丧失对他人痛苦的感受，养成自我中心和一种病态的自恋。这样，"知识"和"审美"十分容易变成枷锁，切断与外界的整体联系。

其次，美与思想。曹先生的文字富有美感，可以看出他具有良好的艺术素质。他的文字属于沈从文、川端康成、屠格涅夫、废名、汪曾祺、卡尔维诺、博尔赫斯一路的，即便欣赏鲁迅，他欣赏的也是艺术家的鲁迅，对于鲁迅的大悲悯、大情怀的感受不够深入，从而造成隔膜。他在一篇文章中分析道，除《社戏》几篇，鲁迅的大部分小说是不以追求意境为目的的。从文学史来看，两者（美学价值与认识价值）兼而有之，相当困难，因为它们似乎是对立的。美似乎与深度相悖、相克，是无法统一的，尽管事实并不尽然，但人们感觉上认可了这一点。当下的中国作家虽然并未从理性上看出这一点，但他们已本能地觉察出这其中的奥妙，因此，在"深刻"二字为主要取向的当下，他们不得不将所有可能产生诗情画意的境界一律加以清除，而将目光停留在丑陋的物象之上。鲁迅与他们的区别是，鲁迅是有度的，而他们是无度的。鲁迅的笔下是丑，而他们的笔下是脏。丑不等于脏，这一点不用多说。

其实，鲁迅是多面而丰富的，虽然曹先生所说的更倾向于文学的认识价值，符合鲁迅本人的创作实际，倘若因此就给出鲁迅"为了这份认识价值，他宁愿冷淡甚至放弃美学价值"这样的结论，未免轻率。

最明显的一个例子就是鲁迅的《野草》，这是一部侧重探讨个体生命存在的文本，里面的美大放光彩，然而，这种美已经不是传统意义上的静美和优美了，而是壮美和崇高美。我认为，曹先生之所以有上面的看法，是因为他创造的美（静美和优美）与鲁迅创造的美（壮美和崇高美）是两种范畴，不能褒一贬一。两者（美感和思想）兼而有之，确实相当困难，但是，考察鲁迅的作品就可以知道，并非不能做到。请看鲁迅的笔下：

> 两岸的豆麦和河底的水草所发散出来的清香，夹杂在水气中扑面的吹来；月色便朦胧在这水气里，淡黑的起伏的连山，仿佛是踊跃的铁的兽脊似的，都远远的向船尾跑去了……

寥寥数笔，把风景点染出来，就像水墨画，用笔节省，有一种淡雅、简练的美。鲁迅的美学观具体表现为对立冲突之美、不和谐之美、力之美和恶之美。真正的"大美"应该能提升人的精神！文学应当走向生命、走向美，不应当走向概念、走向知识、走向工匠和小气，没有大的气象，就会走向轻飘飘的情调！同理，作家高行健的《灵山》，融合了鲁迅和沈从文文学传统的长处，将美与思想完好连接起来。反观曹文轩的作品，给我的印象，流露出太多的感伤情调，而无法超拔出来，其实陷入美的误区。

曹先生说，"深刻"只是西方小说的标准，而在中国自古以来只把"意境"（或者说情感）作为重要的维度。为什么曹先生一再坚持认为"美感与思想具有同等的力量"呢？显然，他自己过分追求美感，甚至有将美感凌驾于思想之上的趋势。这难道同样不是美学观的误区吗？其实，美感、思想、信仰三者同等重要，大凡大作家，无不对这些因素都有深刻浸润。就拿鲁迅来说，既是思想深刻的作家，也是美学大家，同时对于佛学研究体验很深，可是，鲁迅真正的过人之处，不是沉浸于美学世界的营造中，而是以他的作品无比深刻回应了那个时代。这也是同时代的沈从文、周作人和张爱玲所不及的，不承认这点就是眼界的问题。

最后，美为人而存在。曹先生在各种场合宣扬美的作用，他说，美的力量不亚于知识和思想。时间久了，有过度夸大美的作用的倾向。鲁迅先生早就说过，"美为人而存在"，他总是通过美感唤起人的觉醒和反抗。也就是说，生命大于美。说到赏玩美的余闲，鲁迅先生不是没有，更不缺少物质条件，在当时的作家中，他的收入仅次于畅销书作家张恨水，可是，他没有忘记还有更有价值的事情。先生出身于破落士大夫家庭，对底层人的爱刻骨铭心。

　　反观曹先生，出生在水乡，后来成为收入稳定的大学教授，最近几年成为大款作家，却对底层的苦难疏远了，在他看来，文学作品一旦触及社会问题就没有了永恒的价值，于是，整天谈美感谈艺术，而拒绝谈现实，原本深刻复杂的现实被曹先生只用"房子和粮食"简化了。任何时候，任何地点，人，只有人，才是最重要的。离开了人，抽象谈什么美感、文化和文明，就是硬拽着自己的头皮往上拔。

　　曹先生对于沈从文的理解比较深刻，对于鲁迅的精神世界却无法深入，对于萧红的认识，他用美学意义上的"木讷"来概括，也太肤浅了。曹先生的文字，过多的诗情画意，过多的审美观照，削弱了作品的思想深度。这样的文字太过柔美和宁静，却没有了力量。曹文轩先生生活在大都市，过着宁静而优雅的学者生活，"乡村情结"使他对乡村社会无意之间采取美化，而面对其中的苦难，采取了艺术的过滤和清除。曹先生推崇卡尔维诺，注重在形式上大做文章。卡尔维诺在形式上大做文章，是他与一般小说家的区别，他的一生都在追求形式上的创新，他要将自己的小说在形式上做得每一篇与每一篇不一样，每一篇的形式都是一个独创。在我看来，曹先生属于那种生存经验不足的学院型作家，匮乏生存经验，他只好在形式上大做文章，也就是卡尔维诺所说的"轻"。这一点沈从文就不同，他同样在大学任教，但有着丰富的生存经验，使得他所有的创作都有现实的摹本，而不是纯粹虚构。曹先生是无法创造一个"湘西"的。

　　最近读到曹文轩先生的一则文章，是关于俄罗斯大作家陀思妥耶夫斯基的。曹先生从"异常"入手剖析，分析他和"正常"作家托尔斯泰的区别。他下面一段话是值得认真思考的：

　　　　当陀氏被"不朽"、"意志"、"上帝"、"原罪"、"神"、"魔鬼状态"、"人"这样一些念头所纠缠时，中国的小说家们还在为"粮食"和"房子"操心，为下岗女工、通货膨胀、交通混乱、洪水暴涨、官僚腐败而焦愁，在想厂长之想、村长之想、小民之想。这之间的差别是不是也太大了一些？也许，陀氏走得太远、太虚无飘渺了，但中国的文学，难道就不显得太近、太实、太功利了吗？文学究竟在哪一种层面上运作？文学到底有无自己的特别使命？文学在形而下与形而上之间究竟如何抉择？陀氏即使不能给我们一个答案，也至少能给我们一些启示。油米酱醋柴，毁了我们的文学——即便是没有被毁掉，也使我们的文学陷于格调低下的困境而显出一副灰头土脸的样子。

应当说，曹文轩先生提出了一个很有意义的问题。但问题是，这是曹文轩所倡导的悲悯情怀所能拯救的吗？这是一个问题。"这种深刻性是以牺牲美感为代价的，这有意义吗？我现在害怕这种深刻。在我看来美带给灵魂的安宁要比深刻重要得多。"他说，再深刻的思想都会成为常识，甚至会衰老会死亡，只有美是永具魅力的。他甚至说，这个世界最强大的，最具震撼力与杀伤力的并不是思想，而是美。文学应当有捍卫人类精神健康和真正高贵内心的能力，并不是美就能起到这种作用。

一次，曹先生在讲课中提及，前来他的新居装饰房子的工人，不小心被玻璃割破了手指，鲜血顿时流淌出来，那工人随意用破布一缠就了事了。由此他说，中国人失去了唐宋时期对于美的细腻的感受。听后，我再也无法笑出来，沉思了好半天。我在想，曹先生在感叹这个民族失去美的感受力的时候，怎么就没有对于这个短工的心疼呢？人与人之间的距离怎么这么大呢？曹先生平时大谈的所谓悲悯情怀都到哪儿去了呢？美比生命更重要吗？这是一个严肃的问题。这就是曹先生，他永远都在那里大谈美感，可是，面对现实生活中的具体的个人，他缺乏同情和悲悯。一句话，他的美感对于一个正在生存线上挣扎的人来说，实在陌生，实在奢侈。

曹文轩先生过分夸大了美的力量。在我看来，文学不仅是一种方式，而且是一个开放性的面对外部世界的方式，它不应该回避非文学层面的东西。它需要用文学的方式来处理，来对待，来把它给情境化。仅仅用审美主义取代宗教，甚至迷信审美救世主义，那如何回应20世纪90年代以来是大众文化和世俗主义甚嚣尘上的当下时代？因此，审美一维在今天的现实语境中也许失效了。我觉得曹文轩缺乏一种苦难意识，人类正是通过"苦难"才意识到自己的存在，"苦难"是生存深化的确证，而也是生存不可超越的真实根底。苦难意识是人性的意识，是对生存的历史性的和深度性的洞察，这种个人生存的苦难处境，让他们超越了现实。曹文轩先生所宣扬的美也许能让人净化让人的心灵暂时安静下来，可是就人堕落的灵魂而言，美真的能拯救吗？如有可能，只有信仰才能拯救灵魂。

曹先生在说上述话的时候，忘记了陀氏的东正教的信仰背景，而只是孤立摘出"异常"这样一个概念透视陀氏，如果陀氏不是在信仰的冲突里探究上述精神问题，显然这是毫无意义的。我觉得需要指出的是陀氏的目的不是为了描写异常发现"异常"，他是想通过对"异常"的叙述和分析发现人的本性，探求人性的底线和人的秘密，甚至人与神之间的秘密。曹先生的长处在于艺术的文字，不在思想深度。对于陀氏和鲁迅这样的作家，仅从艺术方面来看是远远不够的。陀氏是一个宗教哲学家和思想家，曹先生无法理解，只能从所谓艺术角度来剖析了。曹先生懂得文学，可贵；但是，他缺少痛苦和博大的胸襟和灵魂，注定了他是一个一般意义上的作家。同理，余华虽然推崇卡夫卡，由于素养的限制，他无法理解卡夫卡。这正是余华与卡夫卡的差距所在。可是，曹先生放逐了信仰，只保留美了，拯救如何可能？一句话，曹先生提出了一个有价值的问题，而开出的药方未必管用。

中国文化追求的是天人合一的那种和谐状态，苦、受难在佛家看来是"执"，在道家看来是不善于趋利避害。总的来说，中国文化的儒道佛面对绝望的方式是静态的乐观的，所以鲁迅说中国（还有印度）的书是"僵尸的乐观"，他对静穆、适意、逍遥的远离苦难人生的"乐感文化"的批判是刻骨铭心的。我们这里的作家的灵魂经常处于麻木乃至白痴状态，文学作品里很少有约伯和伊凡式痛苦的人物。如我们的作家没有那种囚笼里悲苦的生命体验，就不会切身体会其他人的遭遇，其他人的悲喜。仅仅读书多，不会有一份宽容博大的同情与慈悲。

"文学的基本面"是不能丢的。一部小说中如果没有植入精妙的艺术构思，没有那么严密、典雅的语言，就会把小说写糟糕了。曹文轩先生认为在这方面做得非常好的人是他自己，显然他忘记了，一个仅靠"基本面"支撑起来的作家并不是优秀作家，他还要有对生活整体把握能力和深刻的思想。无论曹文轩先生还是相当多的中国作家都要直面这种难度。

注释：

① 曹文轩《追随永恒·乡村情结》，北京大学出版社 1998 年 1 月版，

65 页。

② 曹文轩《20 世纪末中国文学现象研究·序言》，北京大学出版社 2002 年版。

③ 曹文轩《20 世纪末中国文学现象研究·感觉崇尚》，北京大学出版社 2002 年版，156—157 页。

④ 曹文轩《阅读是一种宗教·回到"婴儿状态"》，安徽教育出版社 2011 年 3 月版，29 页。

⑤ 曹文轩《阅读是一种宗教·樱桃园的凋零》，安徽教育出版社 2011 年 3 月版，102 页。

⑥ 曹文轩《阅读是一种宗教·面对微妙》，安徽教育出版社 2011 年 3 月版，25 页。

⑦ 曹文轩《阅读是一种宗教·春花秋月杜鹃夏》，安徽教育出版社 2011 年 3 月版，96 页。

2012 年 3 月 4 日　苦寒斋

王博：思辨与生命

引子·印象

凤兮凤兮，何如德之衰也。

来世不可待，往世不可追也。

天下有道，圣人成焉；

天下无道，圣人生焉。

方今之时，仅免刑焉。

福轻乎羽，莫之知载；

祸重乎地，莫之知避。

已乎已乎，临人以德；

殆乎殆乎，画地而趋。

迷阳迷阳，无伤吾行；

吾行郤曲，无伤吾足。

……

2010年3月10日上午，王博带领学生朗诵了《庄子·人间世》最后一段。

他说："……这是庄子的哭声，庄子的眼泪……这是庄子面对无道的人间世唱出的一曲心灵的悲歌，也是和儒家进行的一场心灵对话。这首歌表达了对这个世界的绝望，失望和绝望是不一样的，失望是共有的一种情绪，绝望是对这个世界完全没有任何期待。庄子是绝望者，正是因为这种绝望才引出

145

庄子的生命选择——我不能抱着一个固定不变的想法进入世界，不是一根筋地对待世界……在庄子看来，这个世界是不确定的，也因此，你不能抱着一个计划来生活，一个不确定的世界，需要一种不确定的生活……"

这是本学期先秦哲学的第二讲，去年有幸聆听过中国哲学名著概论部分关于庄子的论述，觉得很不过瘾。今日再听王博对庄子生命哲学的解读，感觉一个鲜活的庄子被王博带了出来。2007年秋季以来，我开始在北大二教201听王博的《庄子》研究课。听王先生的课，从不觉得突兀和难解，他常从不经意处着手，侃侃而谈，娓娓道来，居然曲径通幽，攀蟾折桂，真是让人心生向往。由于听者众多，教室一换再换，最后换到二教102，人数多达300人以上，每次听课以前需要提前占座。

王博悟性极高，是一个具有哲学天赋的人。作为一个爱好文学的人，我总是从情感和审美进入对象。王博对生命的关怀，对存在困境的深刻洞察，都令我折服。他的庄子研究课，我几乎没有缺席一次。我觉得王博先生的话语表达方式十分独特，具有思想穿透力，感悟能力强，全然没有学院学者的枯涩。无论是《庄子》研究、道家哲学专题、中国哲学名著概论，还是名教与自然，王博的课程都呈现出来这样一种特点：跳出概念和逻辑的纯粹思辨，跳出文献的罗列，跳出门派的意见，跳出理论的预设，落脚点在于个体生命的安顿——也就是对生命和世界的理解上。王博对于庄子有一种同情的体贴，讲课爱用比喻，充满智慧的洞见，穿透纸背，入木三分，引领你去感受一个个复杂的生命历程。给我的感觉，他悟性极高，讲课是体悟式的，如行云流水，生动传神，诙谐幽默，时而让人发笑，时而让人沉思，听了他的课以后，我的精神和生命不知不觉就被激发出来了，对于鲁迅先生的追捧也不如往昔，并且开始进入冷静的思考。我恍然从《人间世》里的颜回蜕变成了庄子，其中隐约上升一种苦涩。

早在2007年首次来北大听课，幸运聆听王博的《庄子》哲学，我的心开始有细微的变化。鲁迅先生的心灵过分灰暗幽深、情绪过于激烈，那种近乎肉搏的反抗和精进足以让庄子唏嘘。鲁迅先生索性把一切"破"给人看，让人满目疮痍、灰心丧气。遗憾的是，之前我对鲁迅先生思想的黑暗面缺乏足够的精神把握，误中其"毒"。我深感先生智慧的强大，他的文字盛满了黑暗和寂寞，那些文字下面长眠着孤独的魂灵。在鲁迅先生的文字里，我多次读到纠结于其中的苦痛与自噬，一次次地将我逼向终极的拷问。如何接着鲁迅往下思考呢？这样漫长的追问让我苦闷而又焦灼。

偶尔北大旁听到王博的庄子哲学，陷入了对人生、生命和世界的重新思考。他以哲学的天赋、深刻的洞察力、清冷的生命关怀和独特的话语方式，深深安顿了我。仿佛觉得他的庄子研究是专门讲给我听似的。每次听他的课，我都提前，生怕错过。这样说有点自恋，实际上呢，对于真正经历了人间世苦难的我来说，这种滋味只有我个人才能体会。内心若没有足够的丰富与深刻，很难玩味其中的意涵。每次遇见王博的博士生，我总爱聊聊庄子。他的道家哲学研究不仅仅给我一个结果，而是还原了思考的整个过程，而这种还原，让我心痛不已。是什么打动了我的心灵？是对于生命的慈悲和苦难人间的悲悯。他启发我重新反观生命、反省自身、反思鲁迅、反思中国知识分子的命运，让我重新调整思路安顿自己，获得了继续在人间世存在的勇气。从某种意义上来说，他是我"第二次生命"的引路人，扮演着极其关键的角色，从他的庄子研究里，我顺利打通佛禅，开启"心"的觉悟。

在我的心目中，王博是个哲学天才。读了他的《庄子哲学》和《无奈与逍遥》以后，内心不止一次地问一个问题：他那深刻的洞察力到底从哪儿来的？他分明有着对于存在痛楚的感受，然而他仿佛没有痛感似的。四年多了，我断断续续地旁听，持续地思考，也逐渐有了自己的答案。下面我尝试从哲学的天赋、深刻的洞察力、清冷的生命关怀、思辨与生命和独特的话语方式五个方面来考察，简要谈谈个人对于王博的感想——

一、哲学的天赋

2007年4月初见王博，感觉他看起来不到40岁，当时我就误把他当成个书生。心里产生一个疑问：王博从学校到学校，能讲"活"庄子哲学吗？

接下来听了两周以后，我就改变了看法。他从《庄子·人间世》出发，带领我经历了人间世的无奈、大宗师的悲凉与渺小、应帝王的生命庄严、养生主的生命智慧、齐物论的高度以后，最后走向逍遥游。王博就像解牛的庖丁一样，刀刀见骨；又如丹青妙手一样，达观优游。

印象中做哲学研究的都是严肃、沉默、不苟言笑的儒雅老者。熟悉王博的学生都知道，他上课几乎不准备讲义。这当然不是说想到哪就讲到哪，他只是不喜欢那种照着稿子讲的感觉。有了稿子，即便不照着念，对活泼而当下的思考也会是个束缚。我最喜欢的就是，他对于庄子现实感和生活感的思考。王博"亦庄亦谐"，幽默、调侃、诙谐，奇谈怪论，还带点油滑，他能把深奥的哲学讲成通俗化、生活化，课堂氛围十分火爆！这是"哲学的生活方式"。讲课时，他也爱把现实生活素材拿过来借用一下。比如，对于君主的残暴，庄子是一再强调的，"回闻卫君，其年壮，其行独；轻用其国，而不见其过；轻用民死，死者以国量乎泽若蕉，民其无如矣"。所以庄子不愿去做官，因为他认为伴君如伴虎，只能"顺"。这时王博就调侃着说："如果是48岁还有盼头，金正恩才28岁……"学生哈哈大笑。

　　再比如，为什么选择《庄子·人间世》为开篇？他讲："这样能接近那个最真实而亲切的世界。这个是庄子的世界。因为，我们每一个人的世界是不一样的……这个世界是在那个世界的背景下产生的，所以一般的我对那个世界不感兴趣。为什么有的北大学生毕业后选择去了某个寺院，比如北京龙泉寺？为什么有的北大学生去了中南海？为什么有的北大学生去了中关村？龙泉寺——中南海——中关村，不同的选择背后有着不同的生命世界……我猜想，庄子曾经是这个世界上最大的'愤青'，虽然庄子最推崇的德性是'不动心'，就是完全没有任何的情绪，他非常喜欢讲的一个词是'无情'，这个'无情'不是冷酷无情，这个'无情'是化掉我们的情感，不要让喜怒哀乐和好恶来支配我们的情感。但是，我们可以反过来读，庄子拼命地告诉我们说'不动心'、'不动心'、'不动心'，说明他的心曾经跳得太厉害了。他拼命地说'无情'、'无情'、'无情'，说明他的'情'太多了。他的'情'不是男女之情和父子之情，他力图最大程度地摆脱这个世界。这个是他很难放下的心结。你虽然在中关村，你时刻惦记着中南海，即便你去了龙泉寺，可能也是一样的。"学生听后大笑。这种笑声背后让人陷入了反思。

　　带着自己人生阅历和生存经验来听王博讲庄子，无疑比一般在校的学生们丰富得多，这种旁听的滋味让我很是受用。学习研究中国哲学，内心要有足够的丰富与智慧，还要有对于文本解读的能力，再者任何道理、学问、知识、智慧，都是从你对世界和生活的感悟中得来的。王博对于世界、生命和生活，无疑具有出色的感悟与解读。这并非一般世俗意义上的所谓"世事洞明"和"人情练达"，而是一种对于世界和生命十分透彻的把握。作为上根利智之人，王博通常举一反三，用心体会和感知世界，提炼成他独特的思考方式。翻阅《庄子哲学》与《无奈与逍遥》，你几乎读不到他在那里高谈阔论一些悬空的道理，通篇谈的都是他个人对于世界和生命的体悟。那些篇章里，处处可见打动人的故事和精彩的哲理，磁石般地吸引着你，并带领你和他一起去做哲学的旅行。说王博有哲学的天赋，重要的一点就是他那独特的让人无法把握的思考方式。下面是王博在 2009 年一次庄子哲学的开场白，体会一下他是怎么理解哲学的：

　　什么人能学习哲学？什么人学哲学有感觉？经历悲伤和恐惧的人。什么时候人会恐惧？我曾梦见自己的胳膊因车祸而慢慢折断，但我不恐惧，因为已经发生。已经发生便不值得恐惧了，将要发生才恐惧，恐惧是不确定性和焦虑。哲学就是要面对一个不确定的世界，如果人生的未来能看清楚就无意义了。

　　哲学爱不确定性，敏感的人才能成为哲学家。我的一个朋友，换季时皮肤总要过敏，我要他治，他说老了就好了，好了就不再敏感了。过敏是病，过于敏感是疯子。林黛玉过于敏感，见了落花就要流泪，因此早夭了。哲学家类似疯子，但哲学家既敏感又有抗敏感的能力，此能力来自于理，明理者以理化情。情是敏感，无情不能敏感，明理使敏感不成为过敏。诗人的长处是敏感，缺点是太敏感，太敏感使人生活于悲剧中。

　　哲学家是失败者，哲学家又是从失败中站起来的人，因为他发现了另一个世界。为何有人高级有人低级？哲学有一个唯一的判断标准：你有无再造世界的能力。生活中会有宝玉、黛玉和大观园吗？不少索隐派学者说宝玉是曹雪芹，我认为他们太实、太笨，完全忽视另一个世界。生活中没有宝玉式的呆子和黛玉式的疯子，那个年代也不允许一个少年男子和一群少女住在一起，创造另一个世界使小说深刻而伟大。

　　孔子活着的时候是丧家狗，有人收留他也没有家的感觉，最后他在诗书礼乐中发现了另一个世界，创造出另一种人——君子。圣人出现正是为了塑造世界。庄子活着的时候也失败到底，他十分有才但一生穷困，连太太都抛弃他，但失败帮助庄子成长，帮庄子造就了另一个世界。庄子是精神病人，又是最好的精神医生，好的精神医生都是精神病人。庄子不满于无奈，他在无奈的废墟上建立逍遥，又用逍遥转化了无奈，化腐朽为神奇便是逍遥的过程。神奇的意义来自另一个世界，哲学都再造一个世界去提升这个世界。但不是所有人都有此能力，要有此能力需能化神奇为腐朽，穿透现实世界。

没有功夫的人，一上来就学王博，肯定误入歧途。他的上述讲话，提到学哲学的几个要素：一是敏感，二是化解敏感的能力，三是屠龙术（解构世界的能力），四是再造世界的能力。相比北大其他中国哲学的教授，做考据出身的王博，不仅对于生命和生活世界十分敏感，有着冷静的穿透与把握，而且对细节的把握十分出色，这种把握是心灵意义上的，不是冰冷的逻辑与推理。

王博说："不经过痛苦的人不会选择哲学，选择哲学的人无一不经受过他生命中的痛苦。"许多人，还有我，生活中都会遭遇各种各样的问题，尤其那些道德的嘴脸、虚伪的说教、人性的险恶，大家或许都会有迷茫、痛苦、郁闷和无奈，可是能深入思考的人，毕竟很少。最重要一点就是，有些人不会思考，打着思想的名义胡说八道，误导众生，这些值得警惕。人变得愚蠢的原因，有时不是智商太低、知识太少，可能正好相反：智商太高而滥用，知识太多而无用。哲学对于我而言，无疑具有一种自我疗伤的功能。

王博常说："哲学是一种生活方式，具体来说，是一种道家式的生活方式，或者说是一种庄子式的生活方式"。他在《庄子哲学》中说："我一直觉得，历史上存在过的思想，特别是具有伟大影响力的思想，它们一定是根植于人的心灵，是人的心灵的多方面的展现。因此，面对着心灵的历史，面对着那些丰富多彩的主张，读者心灵的参与就是一个基本的要求和前提。只有心灵才可以和另一个心灵沟通，仅仅靠眼睛、耳朵甚至脑子，都是不够的。"把书当做文字看的人，在王博看来只是个俗人。特别那些哲人们、圣贤们的书，是用他们的心血和生命写出来的。王博讲庄子，是把自己的生命融进去，用自己的心体会庄子的心，用自己的生命体会庄子的生命。我听课后回味，心有交集。谈到读书，王博强调"用心"。他说："千万不要把书看作是一个死的东西。书是有'心'的，书还有眼睛、鼻子，还有各种各样的东西。因为书背后是一个人，是一个生命。特别是那些哲人们、圣贤们，用他们的心血和生命写出来的书就更是如此了。"

王博是用心灵讲课，他说："哲学就是关于心灵的一个学问，在哲学家看来，生活很大程度上就是心灵的选择。"他说，一个人的外表是和他的心灵、思想相关的，简要的概括孔子与老子的话，一个温而厉，一个冷而慈；但是老子的"冷"与韩非和李斯是不同的，他只是把自己捂得严严实实。孔子与老子这两位中国古代思想史两大流派的领袖人物曾见过一次面，就在今河南洛阳，现在那里还有一尊"问礼像"，当时的场景就是一位长者对年轻人的教诲，主题就是"爱与宽容"。在《无奈与逍遥——庄子的心灵世界》之序中道："在我看来，庄子的哲学很显然地就是他给自己的生活提供的理由，就是他所塑造的一种心情……"

哲学是个什么东西？这是哲学家们一直无法给出确切答案的问题。回顾二十五年的关于哲学的经验，王博凝结为三句话：

第一句，哲学是一种生活方式。哲学不是抽象的概念，不是不着边际的言说，不是似乎和生活世界无关的一些符号或者逻辑，哲学就是生活世界本身。它关注的就是小到喜怒哀乐、中到功名利禄、大到生死存亡这些人生的问题。当然，由这些问题可以延伸到关于世界的思考，太极乾坤、道德天地，但它的根仍然是生活世界。所以不同的哲学直接就可以表现为不同的生活，孔子和孟子的生活显然不同于老子和庄子的，读者又很容易把这些不同和他们的哲学联系起来。

第二句，哲学是一种思，关于生活方式的思。所有人都生活着，但并不是所有人都思考着、反思着。百姓日用而不知，就是一种无思的生活。哲学家是一直在思的，有时他倡导无思，可无思也是思的结果。这种思不是纯粹的思，无内容的思，而是关于生活之思。中国哲学在我看来可以描述为生活和思之间的对话。哲学家不只是生活着，告诉别人一种好的生活，或者更适当的生活，他还必须给出理由。我为什么这样生活，我为什么推荐给你这样的而不是那样的生活？从这个角度来说，不同的哲学就是哲学家们给出的不同的生活理由。正是在给出理由的过程中，哲学无一例外地体现出了其思辨的特征。

第三句，哲学是一种心情，是经历了关于生活之思后所达到的一种心情。面对哲学却看不到心是谈不上对哲学有感觉的。面对儒家该感受到充实而温暖的春天般的心，面对道家该感受到虚静又清冷的秋天似的心。我一直很喜欢古代曾经有过的一个关于"哲"字的写法，上面是折，下面是心，哲学家不该是一个有口无心的人，更重要的，他应该而且必须是一个有心的人，用心来思考生活并且把生活约化为某种心情。

关于第二句"哲学是一种思"，王博以庄子哲学为例，深入阐释了他对哲学的理解。他认为，哲学就是生活与思的对话。哲学家把对话当成思想诞生的方式。庄子是个哲学家，庄子的哲学很显然地就是他给自己的生活提供的理由，就是他所塑造的一种心情。这种对话有三个层次：

其一，自己与世界的对话。《人间世》里庄子在思考人与世界的关系，让人体会到个体在政治权力面前的无奈与卑微。

其二，自己与他人的对话。庄子的思想以孔子为起点，为什么不选择商鞅和墨子？选择什么样的对手，体现了思想的高度。孔子入庄子法眼，正说明孔子是他心里的结（当你恨一个人的时候，你就被他俘虏了）。庄子提孔子多于老子，因为他与孔子找到更多的心灵沟通。先秦诸家的目的是让世界更清楚，庄子的问题是：这个世界真的那么清楚吗？你真可以为之下一个判断吗？《齐物论》告诉人一个道理：人没有足够的底气来判断这个世界，道通为一，归为混沌。庄子在对话中彰显自己对生命的理解。

其三，自己与自己的对话。人的本质是什么？是存在吗？过多强调它会忽略了其他很多生命的养态。庄子貌似和谐，实则挣扎，来自于他生命的紧张。庄子对于生命的理解高于法、墨，超出是非善恶。洞明与练达者不会是一个革命者，他强调改变的困难和几乎不可能，于是只能顺应。庄子一方面会自豪地说"独与天地精神相往来"，另一方面对世界卑微妥协。个体内部的对话，表现为心灵与形体的对话。到底有没有一个"我"，形体的"我"还是心灵的"我"？儒家力图贯通心灵与形体，身体被心灵所支配。庄子心灵与形体完全分裂，前者上天堂，后者入地狱。

《庄子》难读，是因为他以心为大炉熔铸着整个世界，人生和历史。你本身要有足够的智慧才能和他进行对话，而王博抓到了庄子精神的精髓，在他眼中庄子不仅是一种智慧和知识，更是一种对生命和生活方式的解释。王博告诫说千万不要以一副正人君子的样子去读《庄子》，他睿智解读庄子，正所谓"正邪两赋，把握生命基调"。普通人按照常规与规范把握这个世界，天才用心灵把握这个世界。王博属于天才。

王博所理解的哲学，一直是一个生活世界的理解和思考。他一直很拒绝一种特别普遍、抽象的哲学。那种哲学就像张艺谋或者陈凯歌导演的电影，除了宏大、华丽、壮观的场景什么也看不到，完全是空洞无物的东西。他觉得，哲学就其最初的目的而言，毫无疑问是对生活世界的理解和思考，也因此它必须去回应生活所提出的问题。哲学处理的是具体和特殊的问题，虽然有时它有一种普遍的形式在出现，告诉你一个道理，但是这个道理不是悬在天空中的道理，而定是处理生活世界中各种各样的紧张、冲突、张力或压力。我们感到压力了，我们感到被束缚了，于是我们去思考，这就是哲学。王博曾在2010年开设的先秦哲学课上，以孔子、庄子、墨子等呈现出的两种截然不同的生活姿态为例，与学生探讨了他对哲学的理解，讨论不同的天人之思如何成为不同生命姿态的基础和根据，并奠定了中国哲学作为生活之道的特色。在王博看来，孔子是士人群体代表，而庄子是典型的隐士。两者虽然生活方式截然不同，却有着心灵上的亲密关系。他用粉笔的两端来比喻孔子和庄子——己方消失，彼方也难以存在。一方面，庄子骄傲到"独与天地精神相往来"，而却能与孔子对话。另一方面，庄子代表了一种对世界的抗议与思考的思想，而孔子也曾发出过"道不行，乘桴浮于海"的类似感慨。因此，孔子是庄子生命中某一个瞬间的放大，而庄子占据着孔子生命中的一个小角。王博大处着眼抓精神主旨，中处着眼抓构思骨架（行文构架），小处着眼抓细节揣摩。此举颇有庄子之风。

有人说，哲学既不好"考"，更不好"学"。况且，哲学作为屠龙术，纯属无用之学，说不定拿了这个文凭找工作更难，甚至还要忍受别人的嘲弄。如果仅仅为了找工作，不妨去考热门专业。哲学需要人耗费十年、二十年甚至一辈子的精力，即便顿悟，估计那时也是白发苍苍，半人半鬼，过着远离人群清贫困苦的生活。可是对于我而言，哪怕是付出毕生精力能明白一些道理，我也觉得不虚度。某种意义上来说，学习哲学或许就是要做手握解牛刀的庖丁，面对需要解决的问题——即待解之牛，按照对象自身的规律办事。这样生活起来，就会像庖丁解牛一样游刃有余。哲学是有用、能用的，但只有在用中才能显示作用。

笔者在安徽南方城市的一所更不起眼的学校混了几年，其间经历过迷茫和空虚，体验过激越和躁动，感受过痛苦和焦虑，也拥有过释怀和淡然。回首过去，只是慨叹美好年华没能早遇名师，白白浪费光阴。一想到五年的时光都要抛洒给这座南方城市，一想到九年的时光都抛洒给 S 城，心中不免泛起一阵阵被抽空的失落感和无奈感。人生能有多少个十四年呢？除了感叹造化弄人以外，又能如何?!

二、深刻的洞察力

一个人是否有深刻的洞察力，我觉得很大程度上取决于他有无独特的精神视点和思维方式。精神视点的高低，决定了认识问题的深浅。用庄子的话来说，是"以道观之"还是"以物观之"。思维方式的独异与庸常，决定了认识对象路径的不同。"以道观之"是王博哲学思维的视角，从生活世界的切入是王博哲学思考的通常路径。两者相互支援，从而造就了王博的深度。下面以《庄子·人间世》为例，来剖析王博的洞察力。

《庄子·人间世》是庄子内七篇中最写实的一篇，以至于有学者质疑此篇是否出于庄子之手。然而，在王博看来正是这样一个沉重的庄子构成了庄子哲学的基础。所谓"人间世"，就是庄子所处身于其中的现实社会。庄子虽曾幻想着"逍遥"于"无何有之乡"，"彷徨乎广莫之野"（《逍遥游》），但是，庄子对苦难世界的冷峻审视和对人生悲剧的深刻体验，这才构成了庄子处世哲学所由以产生的客观前提。

孔子、墨子和孟子的共同处是相信苦难的根源是政治，因此希望从政治上解决问题。庄子与他们不同，庄子不以救苦的圣贤自命，不愿担当救世责任，也不认为从政治上可以救世。他只是孤身一人辗转于下层民众和社会边缘人中间。

在对庄子哲学思想的研究中，不少学者认为超现实的神秘的"道"是庄子的思考重心，但若离开了他对生命存在的深刻体察的现实关怀，他的精神自由岂不变得轻飘飘了？当庄子冷眼俯瞰这灰暗的"人间世"时，他感到生命的悲凉和心痛。为走出灰暗的"人间世"，庄子开始了漫长的哲学探寻。强烈的个体生命意识是庄子思想最鲜明的标志——如何安顿自己的生命，这是庄子思考的重点。

王博讲庄子，严格地限制在《庄子》的内七篇。他从《人间世》开始进入庄子的思想世界，以《逍遥游》结束，每一篇都是一个独立的章节，分别进行论述，更容易把读者带入庄子的天地中来，体现出自己独特的理解。王博从《人间世》讲起，用他的来说，采取的是"中路突破，两翼齐飞"的方法。为什么把《人间世》提到第一位来讲呢？他认为，一个人内心世界的形成来自于对外部世界的理解，是外部世界在人心上留下的痕迹。庄子在《人间世》中虚构了一个孔子和他的弟子颜回的对话，这是一个庄子所操纵的孔子，目的是为了和儒家进行对话。颜回向孔子剖白自己的灵魂时，孔子向他泼了一盆凉水。这里的命意十分明显，就是在一个乱世当中，儒家用道德来救世的道路是走不通的，用儒家的道德规范去游说冷酷的权力者，是完全走不通的。王博从《庄子·人间世》入手，旨在强调，任何道理、学问、知识、智慧，都是从世界、从人对世界的感悟中来的，这就是人生，这就是生命。《人间世》讨论的就是人和世界的关系，而这个世界就是一个政治权力的世界。这里可以看到权力的世界尔虞我诈，人与人之间钩心斗角，充满误解、陷阱和危险。在这个世界行走很艰难，但是又不能摆脱这个世界，这就是庄子所揭示的每个人的生存处境。据此，王先生说，和一般哲人们把政治秩序作为其思考的中心不同，庄子思考的主要是生命在乱世中的安顿。他不是不关心秩序，可是觉得这问题非他所能关怀，或者只有在安顿生命之后才能关怀，于是就选择放弃，或者说暂时地放弃。王博认为，从颜回、叶公子高、颜阖、两棵树到支离疏，其实是一个人。庄子透过不同的花样，表现的是一个人，一个生命的变化，这个生命就是庄子。庄子在向我们讲述着他自己的心灵体验——我是怎么从伟岸的孔丘变成支离疏的。是这个世界，任何时候都不要忽视这个世界。如果你忽视这个世界，你丢掉的很可能是你的生命（生活）。

如果没有这么一个沉痛的庄子，何来一个自由飘逸的庄子呢？庄子很达观、很逍遥、很飘逸，但不是无根的逍遥，他的体验是建立在对世界的通透的认识之上。所以，王博把《庄子·人间世》作为开篇，让我们先在人间世体会一下庄子的身心处境。许多人不理解这点，经常把庄子理解成一个消极无奈的遁世者。庄子并不像许多人说的那样活得很潇洒，相反是一个很累的人，因为他把什么都琢磨透了。庄子对于黑暗社会、腐朽政治进行抨击，表面上是用一种漠不关心的态度来看待生命，"知其不可奈何而安之若命，唯有德者能之"。

"先存诸己而后存诸人"是什么意思呢？就是先把自己搞定，安顿自己是重要的。连自我也搞不定，怎能搞定这个世界呢？如果不能保全自己，又何以救世呢？这就需要先把自己的心虚静下来，尤其要摒除掉好"名"、争"智"之心。这是思路的根本转变，在安顿别人之前先安顿自己，就是首要生存和活下去。安顿自己而不是拯救社会，是庄子思想区别于孔、墨、孟的显著特征。

王博认为，"存诸己"体现出的首先是对自己生命的重视，救世因此落在了生命之后，成为次要的东西。"'先存诸己而后存诸人'的原则，使得对己的关怀成为比救世更重要的考虑。"处于无道的社会，连孔圣人都无法救世，庄子如何还会再生救世之心？在一个虚伪扭曲的社会中，真善美是很难有生存的土壤的，那些恶人不会理解善良人的愿望，真人会被当做狂人，有道德和智慧的人更能引发和强化他们的倾轧和争斗之心。一般的读书人都追求学而优则仕，希望为社会所用。庄子并不是生来就是我们看到的庄子，他曾做过管漆园的小吏，说明他并不是生来就没有救世之心。庄子借楚国接舆之口说道："天下有道，圣人成焉。"

王博讲"乘物游心"时说："你必须承认这个世界是无奈的、是不得已的，你才可以逍遥啊，各位想想看，是不是这个道理？你如果较劲不承认，你说这个世界不是无奈的，不是不得已的，我要斗，与天斗、与地斗、与人斗、与自己斗，最后自己的头跟自己的脚斗，自己的身跟自己的心斗，斗得不是精神分裂就是自杀了。"想想"文革"那样的时代，想想疲于奔命身心憔悴的当下人，忽然觉得这个世界的人好疯狂。

庄子乃是以普通人的心态敏锐地感受和体验着现实人生，而非以哲学家或拯救者的姿态居高临下地俯瞰着现实世界，带有强烈的主体意识，这点似乎与禅宗相同。禅宗启示我们，成佛必须先从自救与救人做起，若要自救、救人，又必须先来认识人生，肯定人性，并将这一人性纵横地通达出去，而使自己成为一个悲天悯人而接近于完人的人（在人类之中除了成佛，不会有真正的完人），那离成佛，也就不会远了。活着，是庄子的哲学精髓。如果人人追求各自的心灵安适，这个世界也许会少了很多争斗，少了许多钩心斗角。

人是宇宙的全部奥秘。其实，大千世界，认识人本身是最难的。迄今为止，"人"仍然是个谜。认识世界的第一步就是认识你自己，只有我们真正认识了自己之后才能认识整个世界。而认识自己比认识整个世界要困难多了，给我们造成困惑的往往是我们自己。

几节课下来，王博如剥葱般，层层剔剥《庄子》内七篇之狂言大话，终于捕捉到里面的东西，即狂言大话包裹下的沉重和无奈。他的《庄子哲学》一书写道："庄子的根始终是扎在人间世界的，以《人间世》为枢机的话，我们就始终看到生命在世界中的挣扎。""几乎在每一篇中，我们都能听到庄子发自生命最深层的呐喊。"这是我第一次听人讲庄子的"呐喊"，之前只有鲁迅先生的书里面迸发着"呐喊"。

通过王博的解读，让我看到了庄子选择从救世到自救的心路历程。于是，救世变成全生，热血变成冷峻，豪情变成无奈，颜回变成楚狂人，剩下的只是和这个世界的虚与委蛇。王博先生讲课重在展开自己的思考过程，这点很像庄子的《人间世》：不是简简单单给出答案，而是详细描述整个思考过程，让读者跟随他尽情体验那种绝望的心情。对于一个对世界充满绝望的人来说，救世是他所能关注的问题吗？除了生命的安顿以外，这个世界的一切都是虚妄的。王博指出，在《人间世》中，我们发现庄子一直在给自己从世界的退却寻找着理由和根据。他不是不懂人间世，相反，庄子是个入世颇深的人。从颜回、叶公子高到颜阖，庄子让我们看到的都是个人在政治世界的无奈。

一些研究庄子的学者总是过分强调庄子很达观、很逍遥、很飘逸，但王博指出，庄子不是无根的没心没肺的逍遥，他的体验是建立在对世界的通透的认识之上——庄子逍遥的背后是无奈、凄凉、沉重，甚至痛苦。在王先生看来，庄子的心情可以说是始于无奈而终于逍遥，但终于还是没有摆脱无奈。

看不到无奈是肤浅的，而看不到逍遥是庸俗的。只看到无奈的人是沉重的，只看到逍遥的人是没心没肺的。正是在无奈与逍遥之间，在不得已和自在之间，生活的真相才向我们呈现，庄子哲学才体现出它的厚重与深刻。因此，王博把《人间世》提到第一章节来讲，从《庄子》内七篇来进入庄子的生命主轴和思想世界。这种选择背后的依据是什么？陈鼓应先生认为，王博把《人间世》提到第一位来讲，是因为知识分子有一种悲剧的使命感，在乱世当中，难免遭受到一种悲剧命运，具有悲剧的使命感和悲剧的命运的知识分子自处和自救之道就是在这个背景下提出的。

王博给我们构造了一个特别人间化的庄子，把庄子还原成生活在人间世的一个无奈的为了全生尽年而在"心之逍遥"和"形之委蛇"中彷徨的智者。他认为《庄子》内七篇以《人间世》为中心形成一个环，一方面是"心之逍遥"，另一方面是"形之委蛇"。"人间世"成了对庄子哲学的一个还原的基点，在此基础上对庄子思想的阐释和重构具有了最大的可信性和合理性。

庄子哲学思考的中心便是如何面对个体生命体所面对的困境：如何在荒诞和令人绝望的乱世远祸全身，如何在俗世的喧嚣中最大限度地提升自己，最终进入一种自在逍遥的境界。庄子的哲学很显然就是他给自己的生活提供的理由，就是他所塑造的一种心情。

王博的洞察力还表现在对于细节的把握上。他提醒人们读《庄子》的时候要注意细节：

> 庄子这个人，有时候在细节上做文章是做得很透的。庄子的那种聪明，有时候会体现在细节的安排里面，那种聪明有时候会体现在一种刻薄的气氛里面。
>
> 各位，我们可以感受一个细节，《人间世》这一篇。中间有讲"心斋"这一段。这是《论语》里面讲的。庄子就把这样一个细节给搬过来了，而且故意在"斋"上面拐了一个弯。故意通过颜回的"贫"，把这个"斋"字突出了一下。然后，进一步说："是祭祀之斋，非心斋也。"我讲的这个"斋"跟你的这个"斋"完全是两码事。所以，你看，拿过来借用一下，然后一闪就过去了，马上又转到正题。他讲"心斋"，就是后面讲的："若一志，无听之以耳而听之以心，无听之以心而听之以气。听止

于耳，心止于符。气也者，虚而待物者也。唯道集虚。虚者，心斋也。"

王博总是通过某个细节的解读，来提出颇具哲学意味的命题。

和儒家注重群体的概念正好相反，庄子的思想是强调个性、强调自然的。但是，在一个普遍漠视个体的群体文化氛围里，如何可能呢？儒家庸常化的伦理观，强调类的存在，导致了一个庞大而繁杂的伦理——人际关系体系，这就剥夺了个体自由追求幸福的权利。庄子就一直抗拒着这种群体，他认为在这种群体里个人的生命和个性湮没了。人不能离开群体而生活，庄子就是一个在群体里过个人化生活的人。王博认为，一个人如果不能体会到个体性，不能体会到这种孤独存在的话，他其实也是披着人的外衣的动物。在一个异化了的世界里，最大的悲哀在于不能跳出来，这就是庄子揭示的每个人的生存状态。也是受庄子的影响，王博认为，"做学问最重要的不是求真，而是求美。所谓美，就是一种均衡，一种对称，一种材料和方法的对称、前提和结论的对称，这就是美的。真是通过美而真的"。不错，哲学就是要求真的，但王先生受庄子影响比较大，不相信知识，更不相信有所谓常识意义上的真理。

王博对《齐物论》的评价最高，认为是庄子里面非常非常精彩的部分。读"辩无胜"中的"此亦一是非，彼亦一是非"时，王先生说："你看，庄子是怎样的一个心灵，才能说出这样的话？"他最喜欢庄子的下面几句："今子有大树，患其无用，何不树之于无何有之乡，广莫之野，彷徨乎无为其侧，逍遥乎寝卧其下，不夭斤斧，物无害者，无所可用，安所困苦哉？"什么是"无何有之乡，广莫之野"？王博说，这不是一个实际的物理世界，空荡荡的，它是心灵的一种境界，当我们把很多东西都销毁时，也就进入了这种境界。这样一个世界就是可以让生命得到安全的地方，同时也是精神可以自由成长的地方。

时下的文化界，悄然流行一种病，对待历史人物，站在当下建构起来的价值观肆意指点庄子，说什么庄子是"阿Q精神"、"滑头主义"、"混世哲学"、"虚无主义"、"宿命主义"、"犬儒"、"与公民社会不符合"等，有的打着超越的幌子来解构庄子，说什么"消极被动苟安"，肆意歪曲庄子，现在的读书人已经丧失了对于古人的敬畏。古人难道真比现代人愚笨？我看不见得。应该说，从社会和政治的角度观看，上述批评并非一点道理没有，可是也应看到，时下传统文化严重断裂，文化多元，庄子哲学对于个体心理结构和意识的影响几乎没有了，如果还要执意批判，实在是一种脱离历史和当下语境的盲目行为。更何况庄子哲学中所蕴藏的超越精神，已经逐渐为人认识。王博先生讲庄子，是带着"同情的了解"，没有那种居高临下，这点在我看来十分可贵。

我曾经在天涯网读过一个作者的观点，他批判庄子"是个伪道家真儒家，和老子完全相反。庄周的这套理论，就是儒法专制体系的必要的一环。这奴隶社会中，你如果不做脱离人类社会的原始人，就只有两个选择，奴隶主和奴隶。庄周选择的是后一种，只是听起来动听罢了。精神胜利法，阿Q。庄周对待现实的处理态度，就是颜回式的儒家。老子的对待现实是积极的"。我认真读过他的文章发现，他基本不懂庄子，还没有搞懂什么是寓言。在庄子的文章中，其中老子、孔子、颜回等人物，基本上是庄子拿他们来表达自己的意思和思想的人物符号而已。如今脱离历史语境胡乱批评的人，越来越多了，真是贻害无穷。许多人批判庄子思想说是"传统文化的糟粕"，这种对历史人物既缺乏同情又缺乏了解的批判依然愚蠢地进行，真是像吐不尽的狼奶，余毒未已。其实，即便没有深入了解过庄子，只要联系庄子所处的时代背景来解读庄子，结论就不一样。真正的问题不是学术，而是基本同情心的缺乏。对此，这里借用王博的话来反驳这些批判者：

> 世界真相是"我"、"你"、"他"的世界，就是公说公有理，婆说婆有理，春天有春天的道理，……冬天有冬天的道理，世界是一个"道理"存在的世界才是和谐的世界。但世界上有疯子，疯子是"我"的无限放大，用"我"涵盖整个世界。疯子是冥顽不化的。

今天我们再来认识庄子，必须要还原当时的语境。在一个混乱专制的社会里，庄子为人们设计了自处之道。庄子处在战国时期的宋国，而宋国是个君主专制国家，宋康王极其残暴。《山木》一篇中"处乎材与不材之间"就是庄子讲述在险恶的专制外境下，如何保身第一的问题。庄周哲学完全是一种极为个人化的生命哲学，他看透了权力对人的奴役，与权力保持距离。就个体生命而言，这种观点合乎情理，问题在于我们应该如何理解。庄子有一颗向往自由、自往超越的心灵，而我们失去了对于自由的想象。绝大多数人倾向于认为，人生的苦难来自于社会政治层面对人性的压抑，其实，他们忽略了一点，幸福首先取决于自己心灵的自由和良好的生活意识。无论外部环境多么恶劣，关键在于你拥有一颗什么样的心灵。

三、清冷的生命关怀

王博的学问，就是生命的学问。他的读书、教学、著书立说，也包括生活方式，都与世界、他人和自身呈现一种对话关系。在他看来，哲学可以称得上是一种关于心灵的学问，它是与生命息息相关的学问。以中国哲学为例，不管儒家或是道家，他们都有一种理解生命的情怀。他还在不同场合重复这样一种观点：

> 我希望把哲学的"哲"字改一下，把"口"变成"心"。这个字现在已经不用了，但在古代典籍里会发现这个字——上面是"折"，下面是"心"，与"哲"字相通。我希望把"哲"字改成上"折"下"心"，这样非常能反映出哲学的特点——它就是关于心灵的学问。

在郭象注《庄子》研究课上，王博曾就哲学研究重文献资料而缺乏生命意识的所谓"北大学派"提出质疑，他不同意"有一份材料说一分话"这种观点，认为靠心说话最重要，更重要的是生命、生活和生存的关怀。他引用玄学大家余敦康先生的话来说，不能饮酒的人怎能研究魏晋玄学呢？当时，我真想鼓掌。是的，正如王先生所说，一个专注哲学的人应"既有生命关怀，又有学理素养，并且积极参与社会实践，成为对中国社会有贡献的思想者"。

旁听哲学系（也包括中文系、历史系等）里一些教授的课，欠缺生命。在持续听了一段时间之后，我大约清楚了一点，这些人对哲学（文学）的研究，多为西方式的，就像研究人一样：把人的血肉都剔除，只剩下骨头，然后拿起骨头翻来覆去地研究。中国哲学追求生命境界，天人关系是中国哲学的基本问题，天人合一是中国哲学的基本精神。儒家特别是宋明儒家都有一种普遍的生命关怀，有一种普遍的宇宙关怀，他们对于自然界的万物充满了爱；因为万物与自家生命是息息相关的。道家的生命哲学是以"道"为最高准则，其对生命的特别关怀达到了本体论的高度。庄子从个体的生命出发，发现了一个超脱现世的内心世界，他提出以不同于俗世的观点审视和领悟个体与外物、个体与社会、个体与自我的关系，开辟了一条超越自然生命的生死，以理化情，并通过修心体道而逍遥的"精神超越的大道"。其人生哲学体现了超脱的智者对生命给予的终极关怀。人的生存决不仅仅是一个生物学的肉体。这就是中国哲学给我们的启示之一。那种西方思考式的、剥离生命关怀的哲学思考方式不可能适用于中国哲学的研究！王博克服了那种西方式的哲学研究思维模式，我在想这是否与他的文化自觉有关？

道家哲学中最重要的问题就是生命的问题。王博说："和一般哲人们把政治秩序作为其思考的中心不同，庄子思考的主要是生命在乱世中的安顿。"道家的精神气质，他认为有一种清冷严峻的感觉。他读道家的经典读起来有一种秋天的感觉，"一片冰心在玉壶"。他经常把道家与儒家对比来谈道家的"清冷"：

> 从儒家经典中我们可以读到他们的喜怒哀乐。而道家作品中不是没有喜怒哀乐，只是被遮蔽、掩盖了，玄之又玄是支配秋天的心所构成的情感——"愁"；这是我们读老庄时弥漫在心里的情绪，没有剧烈的笑或者哭，是一种无可奈何、不得已、哭笑不得的情感，我们在春天憧憬在秋天应该会收获果实，真正到了秋天的时候却发现无处可觅，油然而生的失落情绪迫使我们重新看待整个世界，重新审视人与人、人与世界的关系，反省春天时的想法。春与秋不仅仅是两个不同的季节，但它们是有关联的，可以说秋天是春天的成熟形态。
>
> 我们可以想起那个著名的比喻，当邻家失火的时候，要不要把你那无济于事的一桶水泼上去。孔子当然是要泼的，这不仅是一种姿态，而且是同情心的表达。他求的只是心安，而不一定是实际的结果。而庄子，当他知道泼水无济于事的时候，他会把水留给自己。庄子是冷峻的，冷地呼唤着"无情"。
>
> 儒家如威严的泰山，是坐；道家如冷峻的华山，是立；佛家则如嵩

山，是卧。儒家好比是春天，是一个充满阳光的有关理想和爱的季节；道家则好比是秋天，能够让人体会到生命与世界的矛盾，那种成功与无奈同在的感觉。因此，春天的心是温暖的，而秋天的心是凉的。佛教则超越了"季节"，它已经从四季中走了出来，也许每一个季节都是春天。正如无门禅师的一首诗偈所写："春有百花秋有月，夏有凉风冬有雪。若无闲事挂心头，便是人间好时节。"

　　而老庄的道家思想，却是另一个极端，"冷"，这个冷并非是对生命的不热爱，而是对世事的洞察，知其不可为就不为的冷静。

　　……

　　庄子，淡泊逍遥，只偏执着那淡淡的清冷。一片缟素，独逍遥于濯浊之外。清代学者吴文英在《庄子论略》里说，"庄子心眼极冷，心肠极热。眼冷，故是非不管；心肠热，故悲慨万端。虽知无用，而未能忘情，到底是热肠挂住；虽不能忘情，而终不下手，到底是冷眼看穿"。如何理解庄子的"清冷"？王博说："庄子是复杂的，他的心灵世界中有着无数的丘壑，父子之亲、君臣之义，功名利禄之网、是非善恶之结，世态炎凉、人情冷暖，该把它们如何地安顿或者打破呢？庄子又是简单的，所有的丘壑都被抹平，归于虚者心斋，归于无何有之乡，广莫之野。这种复杂和简单不只是庄子个人的，也是他人和世界的。"

　　庄子思考的主要是生命在乱世中的安顿。他不是不关心秩序，可是觉得这问题并非他所能关怀，活着是在安顿生命之后才能关怀，于是就选择放弃，或者说暂时地放弃。这种放弃的态度使他可以不必殚精竭虑地进入这个世界，从而可以与世界保持适当的距离。

　　庄子是一个深深受过政治伤害的人，但是他的政治经历并不多。只能说明庄子是个天才，他在心境上真正领悟了政治的残酷。从孔子到老子到庄子发生了一次思想转换，这就是从政治到生命的转型。对庄子而言，他最关心的问题是，我们可以选择怎样的生命，是否存在一个政治空间以外的生命的拓展，这种拓展也是对于"世界"的拓展。对于哲学家来说，一般有两个世界，一个是表象世界，一个是本质世界。对于庄子来说一个是有的世界，一个是无的世界，庄子关心后者，在无的世界中安顿生命。庄子的内七篇都是从生命出发，核心就是让人在这个变换纷扰的世界中摆脱束缚，获得自由。

王博就是以这个思路来理解和把握庄子哲学的，简要梳理一下他的阐释：

《逍遥游》：主题是人如何获得自由。方法就是放下一切，包括世界和自己。

《齐物论》：就是解构。就是对于这个世界的固有结构的完全打破。这个世界的任何差别在庄子都消失了。庄子能看到世界之初，因此万物的差别都消失了，因为是非尚未产生。问题：为什么要齐物？为了获得自由。只有对于万物都不在乎，才能获得自由。解构的目的就是生命的自由。

《养生主》：养生最重要的根本是什么？最重要的本质是一种世界观，如何把自己与世界之间的关系做一个安顿。以有涯随无涯，殆矣。生命是否可以建立在知识的基础之上？庄子认为知识不过是一个陷阱，是一个迷惑人生误导人生的陷阱。

《人间世》：就是在乎人与世界之间。我们如何理解人与世界的关系。

《德充符》：人被德所充满的样子。庄子非常重视德，道家又被称为道德家，庄子的德指的是在这个变换不定的世界中"不动心"，因为人即便动心了也无济于事。有德的状态就是心平如水。人的残疾不是身体层面的，而是精神上的无力。人的无力感的根本在于，生命短暂，但是人无力在这个世界上留下什么，人总是被迫服从于命运的安排。

《大宗师》：大宗师就是一个变化无常的世界。大宗师的目的就是破灭世人心目中的"导师"。什么样的人有资格成为世人的导师？庄子认为不存在这样的人，庄子比苏格拉底更彻底，庄子不以辩论而以自述的方式破灭了一切人格的精神崇拜。庄子唯一迷恋的就是虚无。

《应帝王》：在政治意义上，帝王只有一个。但是在生命的意义上，每个人都可以是帝王。后一种意义上的帝王就是让自己成为生命和世界的主宰，而不是奴役。它只是回到自己最初的状态，也就是混沌素朴的状态。"天地与我齐生，而万物与我为一。"

儒家的世界无法离开政治和礼，是一个伦理的世界。但是庄子的世界完全相反，抒发的是对生命的理解。

生命、生存、自由，这是排除了政治伦理世界之后的世界。这在整个中国思想史上都是另类的。因此我们永远不要站在伦理的角度去批评庄子。

总之，王博身上的冷思考颇具有道家的气质。比如，关于《红楼梦》。他认为是一个投入了个人全部心血和情感的毕生结晶，是一部不朽的名篇巨著，它记录的是"动心与不动心"、"入世与出世"的心路历程。"他（曹雪芹）并不是在写一部小说，他写的是自己对于世界、生命、情感与欲望等的理解。"整个小说中，石头的旅程刚好经历了三个阶段或者说三种状态的生命：石头（本质）——通灵宝玉（堕落）——石头（复归），这应该就是三生石的注脚。其实，石头的三种状态不过是两种：石头和通灵宝玉。它对应的乃是从这个世界解脱和陷溺在世界之中的心，也就是执著的心和不动的空心。从某一方面来说，整部《红楼梦》表现的是贾宝玉的解脱过程，即从执著到觉悟的过程。当《石头记》把石头看作是通灵宝玉本质的时候，他的主张就已经非常明显。人生的旅程应该就是从对世界的动心走向不动心，无论动心的对象是情、欲、财富、权力或者其他。

　　哲学是建立在人的心灵之上的学说，儒释道三家对待心的理解各有不同。王博认为：

　　　　构成孟子心之所主的，乃是仁义礼知等儒家所强调的德性。与孟子不同的是，庄子的不动心不是建立在心有所主的基础上，恰恰相反，其心虚静如无何有之乡，广莫之野。无所固执，则无适而非可，于是喜怒哀乐不入于灵府。

　　　　在思想史上，老子发现了无，并证明了无之于有的意义。但对于庄子而言，老子的无仍然是一种有，一种被称为无的有。老子的"无"太"有"了，"道"也太"实"了。的确，当把无看作是一种有（无形的有），把道也称作是一种"物"的时候，无与有、道与物之间的界限就变得暧昧不清。于是，我们看到庄子让无显得更无、道变得更虚的努力。他要的是更纯粹的无，只有认识到此纯粹的无才算是拥有了最高的智慧。《齐物论》极力避免人们把"未始有物"看作是一种实存的东西。

　　　　道家侧重从虚的方面来了解心，佛教则是彻底的空。但这并不妨碍人们把它们看作是相同的，特别是在对世界采取无心或者不动心的态度

165

上面。庄子在《逍遥游》中提出"至人无已，神人无功，圣人无名"，和世界保持一种被郭象称为"无心以顺有"的姿态。佛教在主张无心的同时，却连有也否定了。

与伯夷叔齐这样的避世隐士不同的是，让自己的"心"隐居起来才开创了齐物的哲学。庄子哲学对于接引佛教的传播是有重大意义的，禅宗说"担水砍柴，无非妙道"，意思是说，不必到山林里面去，在人群里面我也可以修行。郭象的《庄子》的注释，事实上是把庄子所保留的隐者和政治权力之间的界限彻底打破了。那么在郭象看来，山林和庙堂就变成了完全一样的东西，就是说最初的隐士所要逃到的地方，在郭象看来，几乎是可以和政治权力和谐地统一起来的。郭象有一个非常好的说法，他说圣人形体虽然在庙堂之上，但是他的心可以无异于在山林之中。我们知道山林和庙堂，原本是用来形容隐士和其他人、政治权力中的一些人的，他们本来之间是有界限的，特别是在庄子看来，山林和庙堂、权力之间有一个很严格的界限，可是到郭象这个地方，那个界限就没有了，已经完全被打破了。

庄子这种清冷的旁观和的内心的疏远，为后来人作麻醉剂，却不能解救问题。说到这里，我要说的是，如果你想找救世的，不要找姓庄的，你可以去找姓孔姓孟的。庄子很清楚一点，只要你生活在天地之间的话，你必须要面对君臣关系，正所谓"无所逃于天地之间"。庄子不回避人间世，相反他直面道德困境和生存困境这两个困境。王博对此有精彩的阐释：

　　庄子就把自己对于隐的追求，主要放在心上面了，庄子希望可以通过一种心的自己的独立的存在，一种心的自主，来显示出自己作为一个隐者和这个社会的区别。心却可以通过一定的功夫和修炼，达到某种境界，和世俗的人群、世俗的心灵不一样的东西。庄子通过这样一种心隐的方式，通过忘形给隐士的生活提供了一种新的类型，这种类型在《庄子》里有一个词，我们可以记住，叫"陆沉"。对于庄子来说，他所谓"陆沉"，有他一个特别的含义，陆就是陆地，他是生活在大地上，生活在人群里面，可是他又沉下去了，那么这个陆呢，他是就形体来说的，这个形体必须要生活在这个世界上，可是沉是对心来讲的，心灵可以和形体不同，可以在陆地上就沉下去，沉到哪里去呢？其实是绕一个圈子，沉到天上去了。所以说这种沉，对于庄子来说是一种提升，就好比《逍遥游》里讲的那种大鹏，大鹏展翅，可以扶摇而上九万里，这是一种提升。

现在要清楚一个问题：庄子到底是一个什么样的人？在北大哲学系听课时，我惊奇地发现，陈鼓应、王博、楼宇烈、杨立华、许抗生、朱良志、王中江、韩林合等诸位先生，看待庄子都有自己的角度。庄子是一个退后一步而活的魏晋人物？是曹雪芹的隔代知音？面对现实的困境，真能做到心如死灰般的"不动心"？庄子真能做"智者"的"镇痛剂"？庄子那种"无所逃于天地之间"的绝望隐约在鲁迅身上显现。在北京孤独的夜晚，捧读王博的《庄子哲学》和《无奈与逍遥》，眼前回想着 S 城九年的生活，觉得荆棘密布，同时又无限悲悯自己。几千年前，庄子在逍遥以前，曾经历了多少疼痛的挣扎与反抗？深入读了庄子以后，我感觉许多人误读了庄子，他们根本不理解庄子，他们无法体会那种逍遥遮蔽下的无奈与苦痛。王博说："庄子的心情可以说是始于无奈而终于逍遥，但终于还是没有摆脱开无奈。看不到无奈是肤浅的，而看不到逍遥是庸俗的。只看到无奈的人是沉重的，只看到逍遥的人是没心没肺的。正是在无奈和逍遥之间，在不得已和自在之间，生活的真相才向我们呈现，庄子哲学才体现出它的厚重和深刻。"是的，只有经历苦难险恶的人间世，才有此清冷的生命关怀吧？

四、思辨与生命

王博的哲学里，不仅有生命，也有思辨。没有生命的哲学是死气沉沉的，没有思辨的哲学是经不起解构的。关于思辨与生命之间的辩证关系，他有着这样的理解：

哲学我个人觉得是非常有趣的一个学科，而且哲学也确实关联着我们的生命本身。关联着我们对世界的理解。我们都很熟悉哲学的哲字，上面一个折，下面一个口，我更喜欢上面一个折，下面一个心，用心把口替代了，这个字是现在的哲学的本字，那个字有一个好处就是表现了哲学的特点，就是跟心相关的学问。对于生命的理解的话，很多人都说心灵是生命最本质的组成部分，心灵最大的功能是什么？是思考、是思辨。孟子曾经说心至关则思，思考是哲学这个学科的本性。一提哲学肯定会想到思考。古今中外都是如此。西方哲学就是一个思辨的历史。哲学最本质的精神并不是论证某种东西，重要的是思考、是批判。

另外，这种思辨它不是一个空洞的，不是说我是无目的的思辨。它一定有一个落脚点。比如很多人知道孔、孟、老、庄、儒家、道家、佛教，这些所谓的哲学，他们的关怀是什么？他们的关怀其实就是生命。以前在北宋的时候有一个非常著名的哲学家张载说"为天地立心、为生命立命、为往事既哲学"，这个一方面是社会关怀，另一方面是对社会的安顿。所以我说这种生命并不仅仅指完全自己的生命，这个生命包含着你的、他的，每一个人的生命。所以从这个意义上讲，哲学可以说有两个翅膀，这两个翅膀一边是思辨，一边是生命。也因此，如果最简单地说，哲学是一个关于心灵的学问，也是思辨和生命之间的对话。

哲学是一门关于心灵的学问。思辨与生命是哲学的一双翅膀，生命总指向思辨，而思辨总奠基在生命之上。王博说："我希望用生命的线牵挂住思辨的风筝。我们需要注意的是，有必要把学问与生命区分开来。学问旨在'明理'，是通过自己的思想与逻辑把一件事阐释清楚，把情怀或者主观感觉过多地投入到学术研究中，有可能使自己丧失做学问所需的平等对话的态度。"哲学是生命之道，是对天地的思考。思辨是哲学的品格之一。思辨有轻有重，与生命相关的思辨是沉重的，而其他的思辨则是快乐的。

关于儒家和道家，王博都有"思辨"。比如儒家，王博参照道家进行反思：

孔子所代表的儒家重仁爱，强调"二人一体"，并将仁爱之心推及世间万物，最终实现整个宇宙万物一体。而爱的方法则在于推己及人，所谓"己所不欲，勿施于人"，"己欲立而立人，己欲达而达人"。但道家却发现仁爱不能解决一切问题，产生了"子非鱼，安知鱼之乐"的诘问。于是认为，儒家的仁爱是从自身出发，未能设身处地地为他人考虑，过度强调可能会带来荒谬甚至悲剧。因而道家主张宽容，要"常宽容于物而不削于人"，主张"道法自然"，要根据事物自身运行的规律发展而不过多干涉。王博认为，道家"无为而无不为"的政治理念至今还有相当大的现实意义。

比如对于道家以及源于道家思想的隐士，王博也进行反思：

关于老子的"柔弱"，如何理解？柔弱不只是"术"，它同时也是道。四十章说："反者道之动，弱者道之用。天下万物生于有，有生于无。"老子发现了这个世界的一个隐秘的规则，那就是相反相成，有无相生。变化的过程往往不是一个直线，而是一个曲线。老子这部书首先是写给王侯们看的，他们当然是强者，也是当然的强者。对于强者而言，柔弱的态度更像是示弱，而不是真正的软弱。柔弱是强者的德行，而那些原本就很弱的人，也许他们应该努力使自己变得更强一些。

所谓的隐士不过是中国文化中扭曲人性的那一部分的反映。其实社会历来都如此，并不是说看到隐士们生活得多么清高、多么飘逸而认为其只是好的。但来源于隐士的道家思想影响中国历史进程数千年是极不正常的，但内缩的精神倾向对于国人毒害不轻，比如阿Q。
……

鲁迅也曾经批评老子道："老子书五千语，要在不撄人心；以不撄人心故，则必先自致槁木之心，立无为之治；以无为之为化社会，而世即于太平。其术善也。然奈何星气既凝，人类既出而后，无时无物，不禀杀机，进化或可停，而生物不能返本。"其实，那是他站在"立人"思想立场对传统文化的重估而已。现代人应该深入了解自己的传统了，不要没有了解，就在那里空洞地批判老子"愚民"。比如，有人抨击庄子消极，积极就一定有意义？消极就一定没有意义？大跃进是积极还是消极？鲁迅是积极还是消极？话不能这么干脆，那种拒绝有弹性思考的结论十分恶毒有害。

关于老子哲学，王博认为，在古代中国哲学传统中，从来没有一个哲学像老子那样突出百姓的权利和自主性，以及从此出发对君主权力的节制。这正是严复视老子哲学为民主治道的主要理由。儒家、法家等仍然是在征服和服从的结构中理解君主和百姓的关系，但老子却更倾向于君主和百姓的双主体结构。他解释说："自我节制的领域并不仅仅包括诸如欲望、财富、知识等，比较起来，更重要的是对爱的节制。我们已经在很大程度上习惯于把'仁'视为普世价值来加以接受。至于推己及人中的'推'，可能是一个把自己的心强加于人的过程：权力在爱的名义之下用自己的意志来改变他人，这不能不说是爱的悖论。说到底，仁爱仍然是个自我中心的体系，缺乏百姓主体性的向度。相对于刚性的'推'，老子更推崇的是柔性的'辅'。其间的根本区别在于，推是改变和塑造，而辅是如实地呈现。"

王博推崇道家，但是不拘泥于道家。在他看来，其实儒家是热泉，道家是冷泉，生活中两者相得益彰。儒家是"热爱"，道家是"冷爱"，儒家提倡"圈养"，道家提倡的是"散养"。"热爱"的温度太高了，会灼伤人。因此造成很多爱的悲剧。庄子提倡的"爱"是冷爱，是保持距离的爱，不要有融为一体的想法。庄子说：与其相濡以沫，相呴以湿，不如相忘于江湖。

对此，我很有认同：儒家提倡积极的入世，太"热"，像一团火，温暖了人。然而，过度强调则会陷入僵化和教条的怪圈。而老庄的道家思想，却是另一个极端，"冷"，这个冷并非是对生命的不热爱，而是对世事的洞察，知其不可为就不为的冷静。老庄读多了，会令人充满严重的虚无感，容易导致取消一切生命的意义。儒家和道家就像是两个极端，一冷一热。很多古文人往往在出世入世间转换自如，正是深受了儒道的影响啊。其实西方的历史也一样，当宗教情感太过炽盛的时候，就要文艺复兴，引导理性精神，回归世俗生活。但当人们相信理性可以解决一切的时候，叔本华、尼采就诞生了，要重估价值，积极倡导非理性的价值。当宗教开始没落的时候，克尔凯郭尔、陀思妥耶夫斯基指出"相信"的价值，替上帝代言信仰的力量。人类思想就是这么一个此消彼长的过程。

值得一提的是，当前某些研究中国哲学的学者，用西方哲学的概念来套中国哲学，陷入枯燥的理论思辨。陈鼓应先生曾说："我当年上大学，四年的时间都是以西方哲学为主，知识论、形而上学、伦理学，等等。你哪怕研究中国的哲学，也还是要学这些。读了四年西方哲学以后，我感觉到那些哲学跟我的生命不发生任何的关联。只是透过翻译了解他们是什么，只是一个对象。是主体跟客体之间的交流，本来可以变成主体跟主体的交流，但是到最后，他是他，我是我，没有主体化。虽然我很欣赏西方抽象概念的思考，理论体系的严密和逻辑思维的清晰。但是当我进入西方庞大的抽象性理论系统里，我发觉失去自我的主体性。从我大学接受西方哲学教育开始，就产生了两个很深刻的印象：第一，西方哲学体系的建构，其理论预设最后总要抬出上帝。第二，在西方哲学缺乏人文思想的学术空气中，总觉得生命找不到立足点，也无从建立个我的主体性。"这样做的结果，既丧失了生命关怀，也无从建立个我的主体性。

　　人们经常把哲学看成是一个很玄虚的东西，好像是讲天外的事情，跟我们自己没有关系。现在大学教授讲哲学，特别是讲西方哲学，很容易把哲学讲成是一个概念的世界。但是我们看生活的话，生活是逻辑吗？不是逻辑。生活从来不按逻辑来展开，你的思想也从来不按逻辑来展开。按逻辑生活的人，是一个机器人。真正的生命和生活，跟逻辑没有任何的关系。其实哲学就是一个跟生活与心灵密切相关的东西。王博有个精辟的观点就是："儒家是实心，儒家的心灵是实心的心灵，儒家的态度是实心。佛家是空心，道家是虚心。实心、空心、虚心，一个人有什么样的心灵就有什么样的世界。"

　　王博的授课也好，著作也好，都深深有他生命的烙印，同时也有他的追问、反思与批判。王博虽然以道家研究学者闻名，却不独以道家为用。他有个十分形象的说法："对于先秦诸子我认为各有各的好，这个主要是怎么看。讲个粗俗点的事来说，吃饭重要还是拉屎重要，这个基本上没法说，该吃饭时吃饭，该拉屎时拉屎。从一个人的一生来看，人在30岁以前要学墨家，学点技术；30到50，要学儒家，建功立业；50以后，学学道家和佛，超脱，把责任交给下一代。同样在每一个时期又要以一家为主以其他家为辅，这个功夫还是要拿捏好的。"

　　王博还用季节与诸子对应，"春夏秋冬、儒墨道法，不同的心灵，不同的季节，其实不同的心灵并不就是他们的，其实就是我们每个人的。儒家好比是春天，那是一个充满阳光的有关理想和爱的季节；道家好比是秋天，能够让人体会到生命与世界的矛盾，那种成功与无奈同在的感觉。因此，春天的心是温暖的，而秋天的心是凉的。至于佛教，我认为它已经超越了'季节'，它已经从四季中走了出来，也许每一个季节都是春天。正如无门禅师的一首诗偈所写：'春有百花秋有月，夏有凉风冬有雪。若无闲事挂心头，便是人间好时节'"。

在听王博课程之前，我的思考受鲁迅影响很深，鲁迅的国学根基是非常深的，我精神视野比较逼仄，老实说有点"执"。总体而言，对于中国传统文化持批判态度。这在一个文化多元的语境下，显然不圆融。记得有一次，台湾大学哲学系教授孙效智来北大讲座。我提了一个问题，大意是孙先生留学慕尼黑是西方哲学背景，信仰是基督教或是中国传统的儒释道。王博插话，说了一句："道通为一"。

王博论证了庄子哲学思想的形成，他把庄子还原成生活在人间世的一个无奈的为了全生尽年而在"心之逍遥"和"形之委蛇"中彷徨的智者，并以此为切口深入反思儒家思想。王先生认为，儒者身上有一种庄子身上没有的"人类情怀与政治冲动"，仁不仅是一种温度，也意味着被伤害，仁的精神是一种征服，是一种推己及人，将自己的心安在他人的身上。孔子与老子都关注政治世界，这是二者的共同点。这也是春秋战国时期的时代关注的重心。庄子所关心的问题是生命的世界与人的自由。

王博从思辨与生命的紧密关系切入来讲，以孔子和庄子为例，讨论不同的天人之思如何成为不同生命姿态的基础和根据，并奠定了中国哲学作为生活之道的特色。在王先生看来，孔子是士人群体代表，而庄子是典型的隐士。两者虽然生活方式截然不同，却有着心灵上的亲密关系。庄子代表了一种对世界的抗议与思考的思想，而孔子也曾发出过"道不行，乘桴浮于海"的类似感慨。因此，孔子是庄子生命中某一个瞬间的放大，而庄子占据着孔子生命中的一个小角。

王博的庄子研究启发我，在个体与政治权力世界充满紧张的世界，首先能否考虑安顿自己，自觉抑制"人类情怀与政治冲动"，还包括抑制鲁迅式的批判冲动和仁爱的冲动？如此才有可能全生。王先生主要是以生命的体验来体贴庄子哲学，但他始终不会脱离文本。这对于求道悟道的我来说，无疑是一种总体思路上的点拨。王先生是天才式的人物，他能够抓住一个很小的点，就把庄子的本意弄得很清楚。但是，聪明的他总是克制说教的冲动，同时又不会对学生脑里倾倒知识。

最让我记忆深刻的是一场主题为《混沌与宽容》的演讲中，引发了我对"思想启蒙"的深刻反思。王博引用源自道家思想的"混沌"阐释道：

> 在《庄子》整个内七篇的最后留给我们一个寓言，就是混沌的寓言。他带给我们三个神，其实是三种心情、三种生活态度、三种对世界的理解。"南海之帝为儵，北海之帝为忽，中央之帝为混沌。儵与忽时常相与遇于混沌之地，混沌待之甚善，儵与忽谋报混沌之德。"悲剧在这个时候就出现了，因为他们觉得可怜的混沌什么都没有，没有七窍，更重要的一点，他没有心，我们帮他找出来。七天之后当七窍具备的时候，当他的心思开始活动的时候，混沌死掉了。

> 在读这个寓言的时候，我们看到的是庄子的一声叹息，那种无奈和不得已。我不想被命名但是我不断被命名；我不想被开窍，但是不断地被启蒙。启蒙是什么？启蒙可能是把你从一种蒙昧状态带到另外一种蒙昧状态。当我们面对这个伟大的精神传统—— 道家，我要特别说，这也是我们民族的一个非常重要的传统。当我们看到混沌的时候，我们看到一种反思的力量，一种批判的力量。所以我们从混沌里面看到的是思考和批判，对某种秩序的思考和批判。

庄子的一声叹息，那种无奈和不得已，让我反观自身。王博对我的"点醒"，是潜移默化的，听他的课，我的心就像悬起来一样，生怕错过每一句话。这一切的一切，都来源于一个原因：我太想从 S 城里走出来了，这座城市对我的伤害以及鲁迅带给我的持续影响，简直成了一种"毒"，我需要解毒的"药"。可是，"药"在哪儿呢?! 在这样的追问下，我就像是一个"求乞者"。

对于我而言，王博的话就是化"毒"的"药"。比如他说的话：

> 更多的时候我们可以在一个很重要的精神传统里面看到这样一种混沌的主题，这个传统就是道家。我们这两天儒家讲得太多了，我们需要消毒，需要吃一点清醒剂，吃一点冷香丸。今天我们讲道家的传统，就

是冷香丸，就是泼一点点冷水。我们来看看这个传统，看看老子、庄子，以及不断地在老子、庄子的追随者那里出现的这样一种主题。

这句话分明在提醒我，我食鲁迅的太多了，我需要消毒，需要吃一点清醒剂，吃一点冷香丸。而这个"冷香丸"，可能是儒家的传统，道家和佛教的传统，也可能是儒道佛的传统，抑或是基督教的传统。我一直认为，鲁迅提出的问题，没有彻底解决。同样的主题，一直出现在我的生命里，等待着我的回答。让我遗憾的是，这样的主题在鲁迅的追随者那里，完全无解。鲁迅作为一个人的传统，确实难以被继承与超越。这让我反观鲁迅关于"启蒙"的思考。鲁迅先生在《呐喊·自序》中说过这么一段话：

> 我在年青时候也曾经做过许多梦，后来大半忘却了，但自己也并不以为可惜。所谓回忆者，虽说可以使人欢欣，有时也不免使人寂寞，使精神的丝缕还牵着已逝的寂寞的时光，又有什么意味呢，而我偏苦于不能全忘却，这不能全忘的一部分，到现在便成了《呐喊》的来由。
>
> ……
>
> 这寂寞又一天一天的长大起来，如大毒蛇，缠住了我的灵魂了。
>
> 然而我虽然自有无端的悲哀，却也并不愤懑，因为这经验使我反省，看见自己了：就是我决不是一个振臂一呼应者云集的英雄。
>
> ……
>
> 我懂得他的意思了，他们正办《新青年》，然而那时仿佛不特没有人来赞同，并且也还没有人来反对，我想，他们许是感到寂寞了，但是说：
>
> "假如一间铁屋子，是绝无窗户而万难破毁的，里面有许多熟睡的人们，不久都要闷死了，然而是从昏睡入死灭，并不感到就死的悲哀。现在你大嚷起来，惊起了较为清醒的几个人，使这不幸的少数者来受无可挽救的临终的苦楚，你倒以为对得起他们么？"
>
> "然而几个人既然起来，你不能说决没有毁坏这铁屋的希望。"
>
> 是的，我虽然自有我的确信，然而说到希望，却是不能抹杀的，因为希望是在于将来，决不能以我之必无的证明，来折服了他之所谓可有，于是我终于答应他也做文章了，这便是最初的一篇《狂人日记》。从此以

后，便一发而不可收，每写些小说模样的文章，以敷衍朋友们的嘱托，积久了就有了十余篇。

在我自己，本以为现在是已经并非一个切迫而不能已于言的人了，但或者也还未能忘怀于当日自己的寂寞的悲哀罢，所以有时候仍不免呐喊几声，聊以慰藉那在寂寞里奔驰的猛士，使他不惮于前驱。

至于自己，却也并不愿将自以为苦的寂寞，再来传染给也如我那年青时候似的正做着好梦的青年。

……

鲁迅后来又在《娜拉走后怎样》一文中写道：

娜拉或者也实在只有两条路：不是堕落，就是回来。因为如果是一匹小鸟，则笼子里固然不自由，而一出笼门，外面便又有鹰，有猫，以及别的什么东西之类；倘使已经关得麻痹了翅子，忘却了飞翔，也诚然是无路可以走。还有一条，就是饿死了，但饿死已经离开了生活，更无所谓问题，所以也不是什么路。

人生最苦痛的是梦醒了无路可以走。做梦的人是幸福的；倘没有看出可走的路，最要紧的是不要去惊醒他。

……

上面引用鲁迅的这几段话，都在说明一个问题，作为最早觉醒了的现代中国人，他曾经经受过很大的生活痛苦。再者，我们不能忽视的就是，其中对于"思想启蒙"的深刻反省。鲁迅一方面想做思想启蒙，另一方面又对于这样做的效果充满深刻的"怀疑"，这"怀疑"不是平空的，而是以自己的痛苦经历做支撑的，那就是"人生最苦痛的是梦醒了无路可以走。做梦的人是幸福的；倘没有看出可走的路，最要紧的是不要去惊醒他"。

在《呐喊·自序》中，鲁迅将中国比作一间铁屋子，里面的人都沉睡并快要死去了，这时候如果有人拼命把他们叫醒，那么在"万难破毁"的铁屋子里，下场还是死，只不过先前由沉睡而死灭，现在则是清醒着、痛苦着死去，后一种结局显然更加不堪。而在《而已集·答有恒先生》一书中，鲁迅又说自己用文章搅动了青年的心，乃是犯罪，因为先前青年们被凌辱，自己却不觉得，现在被唤醒了，仍然被凌辱，不过是在清醒状态下受凌辱，新添了尖锐的痛感，而凌辱者也因此可以欣赏那"较灵的痛苦"。在这种情况下，觉醒了的青年就好像被人活吃的"醉虾"，而他自己，就是"醉虾"的制造者。那意思，和关于娜拉的讲演正相同。

鲁迅说这些话，一半是怀疑新的思想启蒙运动，认为启蒙者如果只能叫醒沉睡的国人却不能为他们找到出路，还是不叫醒他们为好，免得叫他们无端经受"梦醒了无路可走"的更大的痛苦。在另一方面，也是怀疑他自己加入启蒙运动以来的成就。但鲁迅说这些话之前和之后并没有放弃启蒙运动，而是更加激烈地呐喊，更加急切地要把一切人都从梦中叫醒。郜元宝先生说，鲁迅这些话的主要用意，还是提醒人们，思想启蒙不能满足于第一步把人叫醒，还要和叫醒了的人一道去探索现实的出路。否则，停在第一步的启蒙运动非但没有价值，反而等于造孽。

庄子认为，这个世界是不真实的，实在的世界是真实的吗？喧闹的世界是真实的吗？都是"我"所造成的。"我"不是一个东西，不是一个物理性的存在，不是一个可以测量的状态，"我"是心的一种状态，与心有关的存在。而心却被形所支配，被各种各样的要求累死了。人不能让自己活得太累，不能让自己始终生活在那种充满张力的充满承担的生活里。过度地承担实际上是对自己生命的戕害。——对于鲁迅而言，正是如此。对于大多数的"小根之人"，更是如此。庄子把相对推向了极致，他看透了社会，追求的是一种完全的个我心性自由。

冯友兰先生认为，可以把各种不同的人生境界划分为四个等级。从最低的说起，它们是：自然境界，功利境界，道德境界，天地境界。自然境界是顺着人的本能或其社会的风俗习惯来做；功利境界就是一个人可能意识到他自己，为自己而做各种事，人人一样，你追我赶；道德境界，就是为社会的利益做各种事，或如儒家所说，他做事是为了"正其义不谋其利"，真正是有道德的人，他所做的都是符合严格的道德意义的道德行为；最后的天地境界，就是他不仅是社会的一员，同时还是宇宙的一员。他了解他所做的事的意义，自觉他正在做他所做的事。对照冯先生所说的"四种境界"，大约可以明白了，绝大多数人都处于自然境界或功利境界，少数人进入道德境界，能进入天地境界的人少之又少。鲁迅所推崇的"精神界战士"，实际上也只是一种理想中的人物，岂是凡夫俗子之辈随便能做来的呢？

诚如王博先生所说："这个世界上，能够挑起天下大任的永远只是少数人，就是圣人、圣王，绝大多数人都只是陪同人员。来到这个世界上，只是陪那些人走一遭。"

下面，我们从王博的思辨里尝试回归生命的混沌之中：

> 当每个人追逐名、追逐名分的时候，真正的世界被遮蔽了，真正的世界藏起来了，藏到桃花源，藏到很多敏感人的心里。于是这个时候，你再回头看混沌，看老子和庄子，你就能够体会到他们那种苦心孤诣。他们想带我们回家，世界之初、世界的开端。庄子在《齐物论》中说："古之人其知有所至矣，恶乎至？有以为未始有物者，至矣尽矣，不可以加矣。""未始有物"是什么？那是虚无，虚无并不是真的虚无，虚无是对这个世界不合理秩序的一种摧毁。"其次以为有物矣，而未始有封也"，没有封就是没有界限，没有界限的物就是老子所说的"有物混成"，那个混沌。好了，如果你回不到虚无，那就回到混沌吧。我们每天都在面对着混沌，只是不知道，因为最高的混沌不是别的，就是一种心情。所以，当你抗拒秩序的时候，抗拒某些由名分构成的秩序的时候，这个时候你就接近了混沌。

如果"启蒙"和"开窍"的结果就是"真正的世界被遮蔽了，真正的世界藏起来了"，我们就有必要反思"启蒙"和"开窍"，重新世界之初、世界的开端。也许就是在这个意义上，我们不再满足于学习当年的鲁迅批判老子和庄子。与20世纪80年代纷纷回顾"五四"、提倡"新启蒙"相反，可以说，90年代思想文化界的主流是对"五四"的反思和检讨。在这些反思中，最主要的是对其激进的反传统主义的批判。反思不是否定，而是更好的前进。而继承"五四"激进反传统思路的殷海光先生在晚年也终于重新认识到中国传统的价值，从而与曾经的论战对手徐复观握手言和。由此可见，今天我们应该可以超越"古今中西"之争了。中西方本是人为的东西，不可画地为牢。

道通为一，万物齐一。所谓"天地一指也，万物一马也"。

五、独特的话语方式

王博独特的话语方式，主要表现在两个方面：一是独特的书写方式，二是独特的话语方式。

独特的书写方式。王博有两本书，写的都是庄子。一是《庄子哲学》，另一本是《无奈与逍遥》。虽然是同一个庄子，但面孔已经有很大不同了。《无奈与逍遥》主要是对成功者们说的话，《庄子哲学》更像是一个内心的独白。《庄子哲学》的写作，不同于一般学术论文那种刻板、冷硬的印象，采取了一种独特的话语表达方式。陈鼓应先生说，"整本书写得最好的地方，就是他的表达方式，不像一般介绍《庄子》的书总是用一种概念化的、具有理论架构的写作方式。而庄子是一个诗人、文学家，他的哲学带着诗和文学的色彩，王博也是用一种流动性的语言来进入庄子的内心世界，在表达上行云流水，这方面是非常成功的。学哲学的人总是把一个东西过于理论化、概念化，就庄子的思想而言，就好比把它放到冰箱里，冰冻了以后再来切割，一个活生生的东西就这样被冰冻和肢解了，其他人写庄子都是用这种方式，而王博的这种表达方式是很贴切的。就内七篇来说，每一篇都是按照它们自身内部的思想结构层层分析，成功地把读者带入到庄子的内心世界。与一般用概念化、理论化的方式去切割庄子的著作相比，这本书的优点是显而易见的"。

阅读《庄子哲学》让我"怦然心动"，这本书所揭示出来的个体所处的生命困境深深刺痛了我的神经，让我再次陷入省思。王博在此书后记中写道，要审视地对待学术的"客观原则"，"面对着草木和瓦块，也许我们可以采取一种无情或者超然的态度。可是当我们面对着曾经有血有肉的生命，面对着源自于这个生命的鲜活的心灵时候，我们总是容易受到感动……只有心灵才可以和另一个心灵沟通，仅仅靠眼睛、耳朵甚至脑子都是不够的"。为什么对这句话产生共鸣？原因是之前我看了太多所谓忠实学术客观的冬烘论文，表面严密，思想贫乏，实则空洞，看似学术的文字下面，让我感到的却是生命的窒息。

独特的话语方式。主要表现在他行云流水一般的授课风格当中。王博讲课幽默诙谐，他指东打西，将庄子的话语方式（寓言、重言与卮言）熟练地操练出来，颇有庄子正言若邪的感觉。

王博的精彩话语很多，仅仅从下面零碎的话语中就可以体会他的精神魅力，摘录如下（根据笔记和录音）：

庄子是个极其敏感的人，有点忧郁，不能感受这个世界的阳光，他的心灵没有阳光，即便有阳光，也是透过沙尘暴的阳光。

庄子摒弃了救世，是历史上唯一把个人生存视为哲学根本的人，这是一个卑微的愿望。庄子的哲学是宅男的哲学，他不是一般的宅男。

遇到你不能改变的问题，你不在乎，这是庄子的人生态度。庄子永远是一个思考者和批判者，他是在为生命寻找一个根基。

庄子能用调心化解心中郁闷，只会用酒精来化解心中苦闷的人，是个俗人。

孔子不过是庄子手中皮影戏里的木偶，庄子借助木偶反省生命，生命被外物所操控，这外物也可以是心情、权力、金钱、美色、知识……孔子凑合算是木偶，墨子连木偶也不算。

庄子从一个热血沸腾的青年到一个自宫了的老气横秋的人，从试图拯救世界到说"饶了我吧，不要伤害我……"，由此完成了一个从孔子到自我的心路历程。

庄子不崇拜任何人，是一个名副其实的狂人，他没有导师，他认为只有大化流行的世界，才算人类的导师。庄子的狂则完全是在尺度之外的，他要颠覆世俗的价值，世俗的规矩以及世俗的生活。

孔子是庄子的前世，庄子曾经有过孔子的生活，不是在现实世界，至少也是在精神世界。

庄子与权力世界接触不多，怎么会有权力世界的描绘？比如《人间世》。庄子是《红楼梦》里的惜春，用冷眼旁观的方式看透出家。

庄子对山村动物熟悉，他的世界是一个植物园和动物园。

"先存诸己而后存诸人"是什么意思呢？就是先把自己搞定，安顿自己是重要的。连自我也搞不定，怎能搞定这个世界呢？这是思路的根本转变，在安顿别人之前先安顿自己，就是首要生存和活下去。

庄子本身处在这个世界之外，我们不要站在这个世界提问。很多人读庄子，用各种问题质问庄子，其实并不懂得庄子。庄子当然是不会让自己陷入到这样尴尬的处境中去的，他不会把自己和世界扭结在一起，事实上，他正是想通过这种吊诡的局面、极端的处境来突出权力世界的危险。

有人说庄子是阿 Q，阿 Q 会像庄子那样思考生命和存在吗？庄子关注生命和存在，是在特定的舞台上提出的，不能脱离背景，不能普遍化。

庄子主要处理人和世界的关系，也即心和物的关系。

"道"和"技"的区别，也即融化的知识和知识的区别。

庄子的思想是呈现和顺应，为什么顺应这个世界？就是为自己腾出一个更大的生存空间。

"吾丧我"——"我"被毁灭了，不是对我生命的毁灭，毁灭的是另一个"我"，即是阻挡我与世界融入的我。

庄子的世界是一个无障碍的世界，大化流行的世界，一切实在的东西都被虚化了，美丑、是非、善恶、爱恨，各种各样的都消失了，在这里没有什么牢靠的"我"，"我"被抛开，生命不属于你，一切一切都不属于你。

在这个无根的世界上，每一个人都想抓住什么。每一个人都抓住了一个自己，抓不住别人。《齐物论》讲的是虚和通的世界，读后让人感觉，一种想把世界抛开的豪气……

庄子是想从"每一个人的自己"中走出去，像道一样通，用至人无己、心斋、坐忘的方法开始，从毁灭"我"，对虚幻的"我"（那个精神偏执的"我"）进行毁灭。

《大宗师》完全是一个建立在坚强心之上的冷冰冰的世界——接近庄子，需要坚强的心，这个世界不可靠。冷冰冰就是这个世界的真相，如此，我们还能发展成执著的态度吗？有必要执著某个真理吗？

心把世界放开，就是"无何有之乡"。庄子认为这个世界是不确定的，不确定的世界需要不确定的生命。世界说大就大，说小就小，不能抱着一种想法。

在庄子看来，不是改变者生存，而是适者生存。即便在灰暗和悲凉之中，也没有改变游戏的心态。

……

透过这些吉光片羽的话语，就可以理解到庄子幽深的、阔大的、逍遥的精神世界。王博讲课风趣生动。他能用浅显明白的语言、生动形象的例子、活泼贴切的比喻，把深奥的哲学道理讲述得明白如话、沁人心脾。这种深入浅出的语言风格和生动活泼的课堂气氛，是与他对"庄子"的理解和研究分不开的。听王博的课，读王博的书，很受用，不仅仅是增加了知识，而且对世界、生命有了新的理解。更重要的一点，读点庄子，便于化解现代性带来的焦虑。

王博是怎样炼成的

按照佛学的观点，一切事情都是因缘合和而成——主观的自己，加上客观的因素，现在的努力，加上过去宿缘及未来的机遇。有的人生来就是穷人，也有的生来就是富豪，无非是各人遇到的因缘不同罢了，并不能证明这个人的本身，也不能注定他的一生。只要明白这个道理，珍惜因缘，抓住机遇，都能有所收获，或许都有可能。

我一直有这样一种看法，王博是天才。人才需要反复经历与体验才能把握世界，而天才仅仅依靠思辨就能达成。那么，王博究竟是怎样炼成的？我以为大概有如下两点：

主观因素。王博少年就有天分，15 岁考入北大哲学系。他的悟性超人，见解独特。对于这点，还可以再追溯到他的中学时代。可惜这点我所知不多。

客观因素。他从小到中学的家庭环境和成长环境。此外就是北大。北大湖光塔影，相映成趣；博雅未名，相得益彰。如此美妙的组合给学习和生活在这里的人们无数的浪漫与想象、灵感与启迪。北大是一个很适合成长的地方，积淀深厚的土壤里散发出自由和宽容的气息，给风格不同的青年们提供着展现各自才能的空间。《诗经》所说："鸢飞戾天，鱼跃于渊。"北大名师云集，比如冯友兰、张岱年、陈鼓应、朱伯崑、汤一介、许抗生、楼宇烈等先生，都对他的学术有影响。王博也就是在这里，实现了从形体到心灵的成长，为发展他的天才打下了良好的根基。

这里提下著名学者陈鼓应先生，他是王博的导师，又是研究道家的著名学者，自然对于王博的点拨很大。王博的庄子研究，既有对陈先生的承继，又有自己出色的发挥。

慧命的成长既需要自悟本性的显现，也需要先辈智慧的启发，两者交融才能更好观照自己的生命。

2013 年 4 月 19 日　苦寒斋

朱良志：生命的清供

一

十多年前，我在安徽芜湖读书的时候，就曾听过时任安徽师范大学文学院教授朱良志先生的讲座。那次，朱先生演讲的题目是《浅谈读书》，中间吟诵"半坞白云读不尽，一潭明月钓无痕"，至今忘记不得。

记忆之中，朱先生是个典型的南方人，瘦瘦的，相貌斯文，戴一副眼镜，引经据典，散发着南方文人的儒雅气质。

我向来厌恶小文人的自怜、幽怨和酸腐，然而对于真正的南方文人总是尊敬。朱先生是一位有性灵、有智慧、有境界的南方文人。朱先生是安徽人，安徽是出美学家的地方，从邓以蛰、朱光潜、宗白华，方东美，常任侠到曾繁仁，等等。先生才华横溢，生动有趣，充满妙悟，将文学、哲学与佛禅融为一体，是高人、逸人、真人。是的，不听朱先生的课绝对是哲学专业学生的一大损失！2010年，为了听朱先生讲庄子，我苦等了很久，十分落寞。因为他出差了，我从来没有这样渴望听一堂课。

最早读到朱先生的《中国艺术的生命精神》，当时就十分惊异，这样的文字出自教授之手。现在我手上的《生命清供——国画背后的世界》，其中文字已经化成一股灵性之泉，这是内在性灵长期的沉淀而成。朱先生让自己对生命思想与体验蕴藏在美学与艺术中，带领我们进入国画艺术世界，感受中国艺术的智慧与魅力。

安徽芜湖是闻名的鱼米之乡，一座有底蕴的滨江城市。我出生在安徽河南交界，虽是安徽人，却身处长江以北，内心极羡江南。在这里学习了短暂的五年时间，给我留下很深的印象。这座南方城市气候温和、土地肥沃、水网密布、雨量充沛，细雨清溪、平湖曲岸、小巷幽壑、斜桥画船、水轩莲塘、白墙灰瓦，大小镜湖，赭山公园，浩淼长江，处处洋溢着优美、秀美、柔美、逸美、静美的文人气息，孕育了不少文人和学者。想起这些，我眼前立刻浮现出江南的背影：一湾瘦水，枯枝残荷，波光水影之中，明月临水，冷、逸、空，禅境顿显。

朱先生在这所城市生活和学习多年，明显受到江南文化的影响，山水的灵气已经化到他生命里。朱先生20世纪80年代初师从"文心雕龙"大家祖保泉先生，治中国古代文论，其后主攻中国美学和艺术学，以"生命"意象为主体阐发中国文化、哲学与艺术。在我所接触的北大学者，以至国内学术界中，都是甚为稀有。当时陈慧敏老师见我如此喜欢朱先生，答应代我引荐一下。只可惜，几年后朱先生辞去文学院院长一职到了北大，而我也回到 S 城，中断了复习考研。如今，亲自聆听北大哲学系教授朱良志开讲中国美学名著选读，别有一些感受。而此刻，朱先生已经著作等身，陆续出版了系列著作，已经成长为一个美学大家。随后，买来他的专著仔细研读，他对于中国艺术的生命深入思考和澄明领悟，自觉继承宗白华生命美学和方东美生命哲学思想，他的空灵、雅静、性灵显示出来一种独特的生命气象，为我所爱。

而今，北大课堂有缘邂逅先生，已经过去了十年，学生时代结束后与世沉浮，在人间世里挣扎求存，经过了铁屋中的呐喊之后，心灵一度陷入沉寂，再也没有往昔诗的心境和明月的意蕴。聆听先生讲课，其间上升的只是对"一潭明月钓无痕"苦涩的回忆……

不知为什么，想起了鲁迅先生在《呐喊》自序中写到的，"所谓回忆者，虽说可以使人欢欣，有时也不免使人寂寞，使精神的丝缕还牵着已逝的寂寞的时光"。是的，回忆虽然是寂寞，但是也夹杂着心境转换的困难。在我，心灵里一直有一个精神缺口，它一直通向鲁迅，那是一个同样的 S 城，昏黄的高杆灯，深冬雪后的岑寂，更多的是梦醒过后的焦灼、荒寒和冷硬，生命的苦难、社会的黑暗和生命的虚无，压了过来，让我和一个已逝的老人捆绑一起，许多次恍若忘记了这一切，跟随悄然降临的黑夜一同沉下去，再沉下去……如今，心灵是否从对峙中的紧张解脱了出来？我不知道，恢复心灵的柔软需要多久，一年，三年，十年，或是更久？

朱先生让我忆起另外一个我，一个无相的我，那是一个安详虚静的影子，像深潭中的月影蛰伏在生命的内部，尾随着我，那才是无相的本我。默默沉吟着"一潭明月钓无痕"，仿佛从狭小的空间中走出来到庭院中，走到广阔的世界，在不经意之间，一个全新的宇宙向我敞开。先生曾云：

> 人之生，如陷于井中，四面湿壁，中间黑暗，井中之思，不免局促，暗中摸索，愈加苦艰，长天一望，如从暗室中伸出头来，透透空气，四面打量，原来天地如此宽广。井中的思维，缝隙里的思维，洞穴里的思维，那只能对人的真实生命造成限制，哪来真实的自我！

台上玩月，这是一种什么样的生命境界？宇宙就在你的手里，胸襟一无所系，与世界相优游，融到了世界中，化为一片云一缕风一片月。我在想，没有在台上玩过月的人，应该是多么可叹可怜啊。而朱先生，是少数体验到了这种境界的人。鲁迅先生无疑是一个不屑台上玩月的人，他的身影辗转于风沙和虎狼之间，难道他的愿望不就是为了一个安静的月夜吗？他成了夜的看护人，把身影留在暗夜，唯独自己不玩月。

有幸在北大聆听朱良志先生讲课，如沐春风。先生气质儒雅，谈吐风雅，讲课如行云流水，诗一样的语言，如苏东坡所言，"常行于所当行，常止于不可不止"，完全出于自然，吟诵诗句，张口就来，灵动飘逸，自然率真，整堂课下来，一气呵成，融生命体验和美的浸润为一体，让人忘我。醉心于朱先生的美学感悟之中，可以把一天的忙碌全抛到脑后，让你的思想在空灵中净化，让你的灵魂在美的世界中畅游。他的古典诗词修养极高，板书灵动、飘逸、秀雅、遒劲，刚柔相济，洋溢着书法的美感。

朱先生是对中国传统文化、中国哲学、中国美学有着精深学术功底的著名学者，开讲的美学经典有《周易》、《庄子》、《老子》、《坛经》、《人间词话》等。朱先生是那种甘愿"板凳要坐十年冷，文章不写一句空"的真正学者，从江南到北京，他执著于对美的探寻，从中国哲学、中国文化、中国艺术、中国文学中不断开掘生命的美。记得第一次聆听朱先生讲课，是在北大理教124，学生聚精会神，印象最深的是，先生即席吟诵一首诗，就此拉开序幕：

物是无量的，一朵小花开在深山中，所谓空谷幽兰，它不知道开在深山中，也不觉得自己渺小，它自有淡淡的幽香。像日本著名诗人松尾芭蕉的俳句："当我细细看，啊，一棵荠花，开在篱墙边。"在一个偏远的乡村小路上，在一处无人注意的篱笆墙边，诗人发现了一朵白色的野花，没有娇艳的颜色，没有引人注目的造型，没有诱人的香味，但却独自开放。一朵野花有存在的道理，也是一个圆满俱足的世界。

朱先生有深厚的国学功底，难能可贵的是，他有一颗诗人的心灵，近年以来他对中国艺术的研究可谓殚精竭虑，取得了让人瞩目的成绩。这次他以"一朵小花的意义"为题讨论中国美学，他说，中国美学与西方美学不同，有一套自己的概念，有自己独特的思路，有自己体验世界的方式，即从内心体证，融合于世界以内，与国人宇宙观、艺术观和人生观无法分开。朱先生关于中国美学、中国艺术和中国哲学的阐发，每次读来都让我思之再三，录于下面：

庄子美学以呼唤生命为其根本旨归，他所说的逍遥无待的境界，就是生命沉醉、生命升华、生命安顿意识的最高体现。

孔子所描绘的"仁"的境界，既是一个有益群体的现实境界，又是一个融天地人伦为一体的超越境界，此即为生命的家园。

道在不问，佛在不求，只要你放下心来，念念都是佛，青山自青山，白云自白云，一切都自在显现，当下圆成的生命，才是至高的圆满之境。

中国艺术的永恒魅力恰恰来自于它的生命常新的特质，它的昂然不朽的创造精神。它似同而实异，似是而实非，差异主要不是外在形式的变化，而是内在生命力的不同。

艺术家要有和世界交流的冲动，要有就"存在于"世界的悲欣，自己不是世界的无关者，画的不是别人的故事。要有丰富的体验，灵敏的触觉。用婴儿般清澈的眼神看世界，世界无处不清新；以悲欣同在的心灵体会世界……

"大巧若拙"的"拙"，并不是一种枯寂、枯槁、寂灭，而是对活力的恢复……它通过自身的衰朽，隐含着活力；通过自己的枯萎，隐含着一种生机；通过自己的丑陋，隐含着无边的美貌；通过荒怪，隐含着一种亲切。它唤起人们对生命活力的向往，它在生命的最低点，开始了一段新生命的里程。因为在中国哲学看来，稚拙才是巧妙，巧妙反成稚拙；平淡才是真实，繁华反而不可信任；生命的低点孕育着希望，而生命的极点，就是真正衰落的开始。生命是一个顿生顿灭的过程，灭即是生，寂即是活……

中国艺术追求活泼泼的生命精神的传达，但并不醉心于活泼泼的景物的描写，而更喜欢到枯朽、拙怪中去寻找生意的寄托物。中国画家知道，蓬勃的生命从葱茏中可以得到，从枯槁中也可以求得，且从枯槁中求得则更微妙，更能够体现出生命的倔强和无所不在，笔枯则秀，林枯则生，枯木点醒、疏通了画面，也给观者强烈的心理冲击力。

在中国艺术最幽微的处所，有一个水不流、花不开的世界，一个近于不动的寂寥宇宙。没有色彩，没有喧闹，甚至没有一片绿叶，没有一块游云，几乎将一切"活"意都榨去。然而，中国艺术家却要通过这个几近死寂的宇宙，寄寓他们独特的宇宙感、历史感和人生感。就像韦应物诗中所说："万物自生听，太空恒寂寥。还从静中起，却向静中消。"很多中国艺术家看来，在永恒寂寥的世界中，才会有真正的生机鼓吹。

朱先生在哲学、美学、文学、艺术等诸文化领域的多年深厚积累，使他的讲课和著作里，集哲理的思考、佛学的感悟、美学的浸润、文学的灵动和艺术的超越为一体，从不会让你丝毫感到枯窘和干涩。可以这么说，朱先生的心灵融化在了中国美学里。那次，朱先生在讲"四时之外"一节，让我们亲身感受他的心灵的流动：

人生短暂，转瞬即逝，如白驹过隙，似飞鸟过目，是风中的烛光，倏忽熄灭；是叶上的朝露，日出即晞；是茫茫天际飘来的一粒尘土，转眼不见；衰朽就在眼前，毁灭势所必然，世界留给人的是有限的此生和无限的沉寂，人生无可挽回地走向生命的终结。人与那个将自我生命推向终极的力量之间奋力回旋，这场力量悬殊的角逐最终以人的失败而告终，人的悲壮的企慕化为碎片在西风中萧瑟。

　　这哪儿是在讲课呢？分明是朱先生性灵的涌动，是从人本心里喷发出来的生命美学的感性呈现。随着他心灵的起伏，一个充满生命的有情趣的世界就展现在我们面前。朱先生的心灵属于诗，更属于禅境，他投入全部的生命与宇宙忘情相交，在心灵的律动中追寻着美，营构出庄禅的意境，以淡泊宁静的澄澈的心灵感悟自然、吟咏宇宙、赞颂生命，呈现了悠扬婉转秩动有条理的音乐节奏、蕴含生命哲理的灵境，从而也呈现了独特的朱先生式的生命美学的本质。与其说朱先生在讲课，还不如说课在讲他。从先生身上流淌出来的，正是中国文明的体温。哦，这才是中国的美学，而不是概念的堆积。

二

　　朱良志先生的诗思感悟，映现出他的心灵智慧。他从艺术之中寻找人生的智慧，在鲜活的生命体验中寻找理论的落脚点，使他的美学课笼上一种诗意的氛围，他在书中说：

　　一片山水就是一片心灵的境界，一片落叶里也包含着生命的感叹。让你反观自身寻求内在超越之路……

　　走在这样的香径上，上有树形婆娑，日光下彻照在小径的落花上，影影绰绰别有风味。时有暇落的花沾到衣上，又有淡淡的余香在身边相从，使人恍惚感觉到要去一片香国。

——《红叶不扫待知音》

人是在对彼岸世界的期望中活着，人的期望是提升性灵的重要动力源泉。生命就是一种等待，理想就是一种性灵的约会……人在漂泊中，就不可能不是待渡人，一根金色的芦苇，就是心中不灭的希望。

——《一根金色的芦苇》

芭蕉这样一种勃勃的生命，一阵秋风起，满目愁城现。昨日里，绿意盎然惹人爱，转眼间却是衰落纷披成枯景。如此绚烂之物，却是这样的脆弱。

芭蕉暗示着生命的脆弱，而画中主人手持酒杯望着远方，似乎要穿过脆弱，穿过短暂，穿过尘世的纷纷扰扰，穿过冬去春来、花开花落的时光隧道，任性灵飞翔。这幅画有一种沉着痛快的格调。

——《月影上芭蕉》

西湖的十里荷花，就是一片香世界，人们来到她的身旁，就会沐浴着一片香雾，载着荷花香气，随风往来氤氲，如在香界行。他们更不会忘记，到月光下的西湖弄影，驾着一叶小舟，泛泛中流，手弄澄明，目对岸上迷离的景色，耳听丝竹之声，月影天光与游船灯相融合，如同进入一片香梦中。

——《真水无香》

日本的枯山水妙在寂，中国的假山妙在活。枯山水和假山都不是真山水，枯山水是枯的，假山也是枯的。但中国人是要在枯中见活，日本人要在枯中见寂。在中国艺术家看来，坚硬的石头中孕育着无限的生机；而在日本庭院艺术家看来，一片沙海，几块石头，就是一个寂容的永恒。

——《枯山水和假山》

人们似乎是被强行拉上急速行驶的时间列车，目送粉窗外节节逝去的影像伸手去抓，两手空空，无从把握。人似乎总与黑暗中一种不明力在斗争，存在的总是残破，美好的总伴着幻灭，握有的又似乎没有。满目山河空念远，落花风雨更伤春，像李商隐、唐寅这些旷世才子面对着落红点点，面对着空荡荡的宇宙，他们又如何能保持内心的平静呢？

——《更持红烛赏残花》

生命是不可重复的。日往月来，冬往春来，生命似乎是往复回环、重重无尽的，其实重复只是表相。今月还是旧时月，今日月光已不同，今年花开似往年，今年花儿又相异。生命在往复回环之中变化。世间一切存在，生灭迁流，都无常住，刹那刹那，变化不已，本来没有，现在有了；现在有了，刹那间又无。天上浮云如白衣，须臾变化成苍狗。世无常态，世界上没有一事不被无常吞没，哪里有个恒定不变的所在。

——《一期一会》

朱先生的心灵是活泼泼的，是在用现代人的眼光，用诗意的心灵去融会传统，道出了中国文化和中国美学的内在精神和韵味。一张琴、一朵开在篱笆墙边的小花、一根金色的芦苇、一只飞鸟、一壶酒、一座佛雕、一幅字画、一座假山、一弯瘦溪、一个亭子，都在他的审美观照下，流溢着无穷的韵味。

去年听了朱先生的中国美学名著导读，精彩的观点很多，先生灵心慧质拈出"生命"来高扬中国艺术之精神，寻找中国文化、哲学、美学艺术生命精神的内在契合，正如有人说的一样，他"善感，是能悟入微茫惨淡之境的人，心到笔到，情深而文明，在他那里，永远没有不能驾驭文字的仓皇"，无论是理论阐发，还是即兴感悟，都可谓才华与悟性齐飞，显示出他在哲学、文学、文献和艺术诸领域均有良好的积淀和素养。

朱先生沉潜治学，温润如玉，谦谦有礼，而今学界哪里还有这等学识深厚却虚怀若谷之人，着实让我尊敬！下面是他的一则读书故事：

2006年寒冬，朱先生为了八大山人的研究，在江西南昌图书馆度过了一个春节。这已不是他第一次为了研究离家在异地过年了。大年初一，在江西图书馆空旷的阅览室里，只有朱老师一人在静静研悟古籍。外面是零度上下的气温，而图书馆所有的窗户全部被打开，只有图书管理员的办公室封闭门户内设有空调。朱先生被冻得瑟瑟发抖，但还是坚持阅卷。

　　先生需要看一本古籍，于是请求图书馆管理员代为调阅，待管理员把书拿来时，朱先生大吃一惊，原来管理员把全国仅存的善本图书放在买菜的篮子里拿上楼来，任楼道里和满屋呼呼的寒风吹得书哗啦哗啦地响，眼看已经古脆的书页就要残裂，朱老师心疼不已，又着实无可奈何。

　　朱先生——这个时代仅存的几颗嗜书如命的读书种子！

　　细读朱先生著作的读者不难发现，他平素对道禅哲学有较深的浸染。这或许是朱先生著作和演讲的迷人魅力所在，他继承了中国美学重体验、重生命超越的特质，慧眼观物，识见高远，从而没有被浩瀚的史料淹没。朱先生论人论画古意盎然，都是顺手拈来，看似信手一挥，却是功利深厚，皆是见性之论。

　　《石涛研究》一书中，朱良志先生以对石涛生平行实、禅道渊源等的大量考辨为基础，认为石涛的"一画"是一种高扬纯粹体验境界的大法，体现了强烈的南禅境界和深深的南国精神，尤其是南宗禅"一超直入"的"直观顿悟"精神，"念念不住"的"无念"思想，对他影响尤大。

　　《曲院风荷》一书"第九讲——慧剑"中，朱先生从佛禅的角度来切入讲"中国艺术的妙悟境界"，指出妙悟强调体验的直接性，强调亲证，强调个体真实的生命体验。朱先生指出，人自己给自己设置障碍，人的不自由是内在世界的迷妄所造成的。禅宗只相信自己的心灵，不过这个心灵不是是非之心，而是真实不二的心。禅宗在中土的发展，始终伴着对知识的反思，到了南宗禅确立之时，一切知识都在去除之列。此外，妙悟具有鲜明的排斥逻辑理性的倾向。中国哲学有一种观点强调，向内求，求的是智慧，智慧是人生命深层的力量，是人的自在的本性，智慧不同于知识。知识往往和人的真实生命的显现成反比例，理性是干扰人的真性的屏障。

《生命清供》一书"寒潭鹤影"一讲中，朱先生指出，倪云林画以高逸而著称，他不是画所看到的世界，也不是画他心中愤懑不平的"逸气"，他画的是他的哲学，画的是对世界的体会。在他看来，"此身已悟幻泡影"，他的思想中有浓厚的空幻感。他的心，不是随形而迁，而是随影而迁，他的画，就是他所悟出的世界的影。《金刚经》所说的"一切有为法，如梦幻泡影。如雾亦如电，应作如是观"，正是云林的寂寞的山水要诉说的。古人所谓"半坞白云耕不尽，一潭明月钓无痕"，于此有见也。

《中国美学十五讲》一书"第九讲——以小见大"中，朱先生指出，华严宗提出的"一即一切，一切即一"，一物即是圆满具足，每一物都有其圆满具足的自性，所以每一物都是一个大全。

关于八大山人，朱先生更是将其放在佛教禅宗的影响研究。朱先生在研究中发现，曹洞宗的思想直接影响了八大山人的绘画。比方说八大山人画中的眼睛，鸟、鱼的眼睛都很怪，过去研究都说这表现了对清人的愤怒，是冷眼。他的冷眼，其实是一双没有感情倾向的眼睛，眼睛是不看的，表达了一种没有爱憎的思想。八大山人的眼神，是无分别的眼神。曹洞宗对超越情感喜怒特别地重视。曹洞宗提出鸟道论，鸟道，其实就是讲性空的问题，像鸟在天上飞行，所谓鸟迹点高空、雁过不留痕，一切空空。八大山人善于画鸟，其实正受到这一思想的影响。

朱先生具有深厚的道禅哲学和儒家哲学的根基，他指出老子的"大制不割"、"贵食母"、庄子的"以物为量"、"天地有大美而不言"，禅宗的明心见性、由幻境入门等思想，都在克服理性活动对世界的割裂，规避人工秩序，返归自然之道。因此，他认为，自然是至高的美，中国美学和艺术这一独特的思想旨以自然为最高秩序，以天趣为最高的审美准则，从而返归自然本真。所以，真正的美是对美丑的超越；最高的巧是天巧，大巧若拙，是一种独立于人机心之外的自然本真状态；假的山却是真正的山，它体现了自然造化的内在精神；小小的盆中充满着"生香活态"、"生韵生情"。

中国艺术重在心灵体悟的认知方式。庄子哲学注重感性生命，重在心灵境界的拓展，逍遥于尘垢之外。道家与大乘佛学接轨，在成就中国艺术精神、培植纯粹审美心灵方面起到了极大作用。朱先生追寻一种淡泊名利、宁静致远的人生境界和冲淡平和的"禅"的艺术境界。先生以他淡泊宁静的优美灵魂，真挚超脱的人生态度而为世人所称道。这种灵魂蕴含着一种大境界，包含着生命意识、宇宙意识。先生认为，在《论语·先进》篇里曾皙说："暮春者，春服既成，冠者五六人，童子六七人，浴乎沂，舞雩，咏而归。"孔子说："吾与点也！"这是至高的"宇宙我"的境界。人感觉到在世界之间从容自在，万物皆备于我。这是心性的推展，是我与宇宙的契合。儒家强调的"宇宙我"是人在天地之间无所滞碍的感觉，"从心所欲不逾矩"，就是这样的境界。

从体验和灵性出发，朱先生对中国美学作诗意的阐发。《曲院风荷》中涵盖中国艺术理论中常见的十个主题：动静、形神、含蓄、小中见大、大巧若拙、虚实、荒寒境界、和谐思想、妙悟、写意传统等，分别以"看舞"、"听香"、"曲径"、"微花"、"枯树"、"空山"、"冷月"、"和风"、"慧剑"、"扁舟"等意象称名。《中国美学十五讲》主要以"生命超越"为主旨，从道、禅、儒、骚、气化哲学五个方面建构中国美学，在先生的阐发下，道家的冥然物化、自然优游的天全之美，禅宗的圆成自性、空灵静逸的宇宙人生，儒家的放旷高举的生命情怀，骚韵的唯美感伤、超迈烂漫的性灵绝响，吞吐氤氲、蓬勃贯通的气化宇宙，无不洋溢着中国美学独有的生命超越精神，散发着作者生命的体温，不是了无生趣的枯燥理论，没有学术八股的冬烘之气。先生的洞悟穿越了干瘪的罗列和枯燥的教条，呈现出来一种思绪，一种氛围，一种境界，一种生命情怀，无不让人在一种审美境界中提升自我。先生每每独具智慧地从禅宗以及老庄思想中拈出"妙悟"，启示你在寂寥中体会静穆的宇宙，追求生命的真实。没有执著的等待，挥之不去的惆怅，像一片落叶在飞，伴着一声无可奈何的叹息，沉浸如此凄清风景，自然能体会出先生所说的"徒劳的美"……

朱先生认为，庄子讲"天地有大美而不言"，老子讲"天下皆知美之为美，斯恶矣"，认为美丑的分别是没有意义的，因为美丑的标准是不确定的。它强调一个原则，那就是人所创造的东西必须要按照自然的原则去创造，那才是美的。

老子所说的大巧若拙并不意味着枯寂、枯槁、寂灭，而是对活力的恢复。大巧是最高的巧，拙，是不巧。大巧（拙）不是一般的巧，是"天巧"。一般的巧是凭借人工可以达到的，其实是真正的拙劣，是出自人机心的巧。机心即伪饰，伪饰则不自然，往往是对自然状态的破坏，也是对人和谐生命的破坏。庄子也不希望技术操纵人类，向往不被技术吞噬的美妙的心灵。庄子虚静心态的形成，实际上经历了无知、无欲、无物的过程。认定"道"的认识只能在心灵中体悟，突出了人的本体和人的生命价值，体悟过程是通过特殊的感知方式，展开主体的蓬勃生命，寻得宇宙精神和个体生命的大统一。

朱先生反复欣赏、玩味和浸润传统的枯槁之美，流连于那些枯木寒鸦和荒山瘦水，在丑中求美，在荒诞中求平常的道理，在枯朽中追求生命的意义，真是对美痴迷。先生喜欢沉潜在这样的东西中间，细细把玩生命，注重当下体验，心性超脱这种变化的世界，他发现，在枯朽中更能显示出生命的倔强，在生机中也能见出枯朽的内在活力；冷硬的石头，原来蕴含着这样生生不息的生命；一个枯石的世界，清冷的世界，却是一个活泼泼的世界。朱先生在枯木中看出了"春意"，在枯木中窥出了广大无边的生命精神，即活泼泼的生命精神。

朱先生认为，中国美学与中国哲学所关注的中心问题是相同的，就是回答人的存在问题，人的生命困境问题，它需要特殊的东西来解脱，从这困境中逃遁。人的心灵建立一个怎样的状态才能够涵括世界，融入世界，"我心即宇宙，宇宙即我心"，宇宙在我。

朱先生美学著作的显著特点就是摆脱了对西方美学的绝对依恋，他拒绝构造空的体系，开始走向一条真正属于自己的路径，即重视人、重视人的内在体验、重视人的生命存在本身。相比西方美学，这是一种非常细腻的美学体验，不以解构概念为追求，却把安顿生命作为重点。这种美学以个体生命为主体，强调反己内求，强调内在心性，讲"万物皆备于我"，这是一种心性的推展，而不是对物质的控制。先生认为，中国美学讲安顿心性，讲生命超越，讲内在的体验，要人从根本上解脱欲望、知识的束缚，摆脱那种对世界的撕裂感——像庄子所说的，天下尽殉，人是物质的奴役，就难有自由感，它也是对人美的体验的挤压。中国美学讲的这种体验，给人根源上的心灵安顿，解除人内在的矛盾，我觉得很有意思。在道禅哲学看来，停留在物质上的看法是不真实的，执著于表象上的理解是没有意义的。禅宗的大师说，时人看一朵花，如梦幻而已。中国美学是解决生命的问题，怎么安顿生命的存在。心灵的安顿是最终的依归，人来到世界最重要的问题是对存在本身的安顿。

有评论指出，朱良志先生对中国美学、中国艺术精神的揭示为当代美学研究打开了新的理论视角，丰富和深化了美学理论，深刻把握了中国艺术和美学的精髓，以哲人之灵思和诗人之妙笔为我们铺展出独具民族特色而又清香四溢的中国艺术世界。更确切地说，从生命的角度研究中国艺术和中国美学，是朱先生学术的重要特色。他认为，与重逻辑、重认知的西方哲学不同，中国哲学重了悟、重直觉，不强调外向求知，而强调反己内求，强调性灵的颐养、心灵的开悟，以此作为安顿生命之方式。中国哲学是一种生命哲学，它将宇宙和人生视为一大生命，一流动欢畅之大全体，生命之间彼摄互荡，浑然一体；人超越外在的物质世界，融入宇宙生命世界中，伸展自己的性灵，是中国哲学关心的中心，生命超越是中国哲学的核心。由此，朱先生指出，在这样的哲学背景下产生的美学，不是西方感性学或感觉学意义上的美学，而是生命超越之学；中国美学主要是生命体验和超越的学说，它是生命超越哲学的重要组成部分。

关于此一课题之研究，宗白华先生有开创之功，成就卓著。宗先生之后朱先生"接着讲"，十余年来一直致力于此一课题的研究，深入挖掘、系统阐发中国艺术的生命精神，初步建构了中国生命超越美学的理论体系。朱先生多年一以贯之的对中国画学研究，其较早的著作《中国艺术的生命精神》中，就绽放出独特的生命气象。没有深厚的国学功底，没有独特的艺术趣味，没有独特的艺术观念，没有长期的浸淫，要想出如此独特的生命感悟，这在美学趣味粗糙的当下，是绝对不可能的。也许，回归传统美学与艺术，不再是一句空话了。

三

2012 年，在一次有关八大山人为主题的演讲中，朱先生在回答我的一个问题时坦言，他研究艺术有安顿个人生命的需要。先生认为，哲学、诗、宗教、艺术，所关注的核心应该是人生困境的问题，所表达的主要内容就是人生困境的解脱。这也正是我爱朱先生著作的原因。

造成人异化的困境主要有两种原因：一是主观原因（社会文化和外物之影响），一是客观原因，人始终处在与时间的冲突之中。艺术与人的心灵境界最有关系。现代人把艺术当成媒介，能够对话交流，使我们能碰撞和面对困境。

诚如朱先生所说，人需要彼岸，一个理想的地方，一个能安顿生命的场所，哪怕是短暂的、虚幻的，这样的期望其实是人人皆有的。人是在对彼岸世界的期望中活着。人的期望是提升性灵的重要动力源泉。中国古代的艺术家面对污浊世界，他们或隐于山，或隐于市，和时代保持着相当的距离。他们以艺术方式安顿自己的灵魂，画面中传的缕缕清韵，表达的是和污浊世界抗争的心灵。

在某种意义上，艺术就是安顿人的生命。通过艺术，体验生命，显现生命，安顿生命，徜徉性灵的游戏。使人能够从这种不平衡的、绝望的、污浊的状态里超拔出来。艺术就是与功利相对的东西，就是优雅灵光闪现的东西。我们要回归传统，就是要重新安顿功利化带来的急躁和肤浅。

人生一世，除了具体的生活烦恼以外，还有一种"宇宙关怀"。中国艺术对生命有着独特的理解，它攫取宇宙盎然生意，借艺术之笔点画万物，提升性灵，追求自我与普遍生命的相融，从而在山光鸟性中表现出生命流转无限之趣，渡到精神的彼岸。

你可以从朱先生《生命清供》一书里，循着他的解读进入艺术家的内心世界：钱选借一叶扁舟秋江待渡，陈洪绶借书画释放狷介与狂放，恽南田借归飞的寒鸦表达"人生若寄"的人生哀伤，王维凭一溪寒水片片好雪体味生命的凄寒性灵的怡然，倪云林在无争、无斗、淡泊、自然、平和的心境中体验山静日长的感觉，马远躲掉欲望对性灵的吞噬苇岸泊舟寒江独钓，沈周、唐寅吟咏落花心灵永不凋谢，沈宣的潇湘夜雨空灵、平和、淡远、幽怨……朱先生以悠然清远之心去体悟，用心谛听生命的清音，以自我生命契合宇宙生命，心灵沐浴于一片灵光之中。他的演讲里，庄风禅韵，诗词文才，缕缕神意，悠悠玄思，一股盎然生意荡漾其间，直沁心脾。朱先生以诗意眼光观照自然，以艺术之心观照一草一木、山山水水，在他的眼里，八大山人天真嬉戏的小鸟，齐白石跃然欲出的虾趣，郑板桥竹画的凛凛清韵，吴昌硕笔走龙蛇的藤蔓，石涛的怪石，无不显现出鲜活的生命形态。

此外，朱先生对于那些怪诞的艺术家表示出了浓厚的兴趣。比如八大山人和石涛。从 2000 年年底开始的，近八年的时间里，朱先生流连在两位大师的作品和文献中，辗转于国内外近百家图书馆和博物馆，并且沿着石涛和八大山人的生活过程做过实地考察，既有很艰难的时刻，但总体来说是伴着清苦和快乐的过程。在这样喧嚣的时代，朱先生能坐得住冷板凳，舍得花费心血做学问，很是难得。

八大山人是冷中有热，石涛是热中带冷。两位画家有太多相同的地方：都是前朝遗民，都是朱元璋的后代，都曾经长时间地在寺院里，做过和尚，又都喜欢书法，喜欢诗，都是伟大的画家都有强烈的个性，有创造力，都有很高深的学问，对儒佛道三家都有研究，并将这变成自己的人生智慧。这两个人的交往真可以说是世界艺术上罕见的现象，所以朱先生在书中说，他们不是凭技巧去写字作画，而是凭智慧。石涛就说过："呕血十斗，不如啮雪一团。"为技巧呕心沥血，用尽心思，不如吞下一团雪——培养出一颗澄明高旷的心灵。

在中国艺术史研究中，八大山人（1626—1705）研究是个显学。

根据记载，1644 年明朝灭亡，清兵入关，到处残杀前朝后裔，23 岁的朱耷为逃命而避世山家，实际上过着一种亦僧亦道的生活。八大山人在很长时间里过着屈辱的生活，晚年他孑然一身，寄人篱下，潦倒于破庙败庵之中，在萧萧满目尘土的蜗居中聊以为生，常常是生存难以为继，可是这样的人生于斯世，他的画那样通灵透彻，他的书法如晋人一般清通高旷，他的笔墨是那样的洁净幽微。

八大山人的心灵境界吸引了朱先生，引领他深入探究。他说："八大山人对于我的吸引力，不仅在于他的绘画技巧的高超，更重要的在于其中折射出的一种人生态度，一种精神追求。人们习以为常的花木鸟鱼，在他的笔下被'陌生化'，表达了出人意表的精神。"几年八大山人的研读，给他留下一个抹不去的印象，就是一个生活在污泥中的人做着的艺术梦。朱先生想深入探究一个问题，在那样混乱的世界上，八大山人用什么方式自我超越？他是如何体会人世间的一些问题，如何面对生命中的困境，如何在这些困境中寻找答案？

朱先生在课堂之上为学生展示了多幅画作，一张张怪异晦涩的作品，其画笔墨简朴豪放、苍劲率意、构图简练、独具新意，不论大幅或小品，只画一鸟或一石，寥寥数笔，都有浑朴酣畅又明朗秀健的风神。八大山人的绘画是晦涩难懂的，尤其是其晚年的绘画。在他的画中，鸟不飞，鱼却飞到了天上；小鱼大于巨石，鹧鸪大如牛；猫如虎，鸟似鱼；鸭子与山融为一体，山就是鸭子；鱼、鸟从整体形象上是逼真的，眼睛却透出怪异的神情，等等。

包括国内的很多著名的研究专家，大都认为八大山人并不信奉佛学，他在佛门只是短暂的栖居。在这种观点支配下，八大山人早期作品中很多内容被解释为对佛学的厌倦，中年离开佛门被看成是实现了他的夙愿。他的很多作品被解释为抨击禅宗之作，于是他晚年归于道教就顺理成章了。这样一来，八大山人就是真正意义上的"画僧"了。

朱先生认为，事实情况正好相反。八大山人毕生是佛教的信徒，即使他中年后离开佛门，思想仍然没有脱离佛教，只不过他是在家的佛弟子。晚年的八大山人根本就没有进入道教之门，他不是一个道士，八大山人对佛的信心一生都没有改变。八大山人离开佛门之后，大约在 1684 年前后使用"八大山人"，一直到他去世。关于这个名号，以前有很多说法，其实，"八大山人"意思就是"八大山"中"人"。佛教理想世界的最高处是须弥山，须弥山周围有八大山，八大山是围绕着须弥山——也就是围绕着佛的最高世界的。八大山人通过这个名号要表达的意思是：我即使离开了佛门，但心仍然在佛国中，对佛的信心永远没有改变。

关于他画作中的"怪诞"，朱良志先生认为，八大山人绘画中的怪诞，不是偶尔的表现形式，而是晚年绘画的主要呈露方式；也不是他在精神不可控制情况下的胡乱涂抹，而是他精心创造的艺术世界。八大山人晚年绘画的荒诞倾向包含丰富的思想内涵，也是体现八大山人艺术魅力的重要方面；画中反映出他对人的生命意义思考的痕迹。这些怪诞之作叙述的一个个变化的故事，不是用来说明宇宙变动不居的事实，而是强调人执著于世界的不确定和无意义，世界的变化只是一个"幻相"，八大山人绘画中的怪诞表现，意在打破人们对表相世界的执著，关心世界背后的真实。

八大山人个性孤介，目光痴呆、深陷、内敛、忧郁，孤独感非常明显。他的书法显得虚空、冷逸，深受道家和禅宗影响。晚年绘画有大量的怪诞之作，折射出他对人生意义的思考。朱先生诠释道，八大山人跟人对话不方便，但他是一个渴望和别人一起交流的人。人在世界中，必须要交流。没有交流，人类是无法生存下去的。人是一个脆弱的动物，生命很短暂，瞬间就如秋风飞去。人的生命是天外偶然飘来的一片落叶。我们到这个世界获得了知识，有了用理性解释世界的能力，以为自己能够控制这个世界，实际上不是这样的。中国哲学与西方哲学最大的区别就是：西方是经济理性和知识的过程。从古希腊开始到文艺复兴以后，它的艺术一直在古典主义的光环中生活。而中国的文化从先秦时期就对知识产生了警觉，中国人不是反知识，但至少是对知识警觉。人的一生不仅仅是寻求知识的，人生境界的提取和内在无形的生命是最为重要的。人的一生为什么学东西？就是为了要使我们变得不仅仅有用，而且要有更高的眼光和境界。

八大山人用画给我提供了很大的启发。生命本质的孤独，人生的失意与冷寂，人与人理解的困难，生命如此脆弱，充满坎坷，强权践踏，人与人互相倾轧。人的脆弱的生命和短暂的时间，就注定生命本身伴着一种困境，更不要说人生过程中会遇到的种种窘迫的处境。生命的价值何在？如何超越困境安顿自己的生命？

朱先生以八大山人的一幅作品《巨石微花图》为例，在这幅画中，八大山人用自己特有的笔墨，单画石不够，还画了一朵在石缝中生长的小花。在严酷的环境中，这朵小花淡然开放，没有任何的惊慌，这种泰山压顶而心灵宁定的情境是八大山人最喜欢画的。一朵小花是一个不可辱没、不可凌视的生命，它自身就是一个圆满具足的世界。从中可以看到，八大山人在这里强调一个存在物，哪怕是卑微的小草小花，也有生命存在的理由。这种人与人之间的平等，我的生命与你的生命具有同等的价值，也是现代文明人应该具有的素质。

八大山人用画告诉我，一个存在物，哪怕是一个卑微的人，他也有生命存在的理由。人的生命尊严，是人生命存在的唯一理由。当然，也就拒绝朱先生所说的"苟且的生，委琐的生，奴隶般的生，蝇营狗苟的生"。当下是工商文明，市场经济，世界上充满了蝇营狗苟，充满了污秽，人在虚与委蛇中，丧失了真性。

八大山人很长时间里过着屈辱的生活，他戴着破帽，穿着长袍，衣服破了，鞋子破了，疯疯癫癫，在南昌街头，孑然一身，住在破庙败庵之中，常常是生存难以为继。在严酷的环境中，八大山人坚强地活了下来。你看，八大山人画的荷花，那幅画的画面上只有一枝菡萏，像一柄斧头，傲然挺立，那种傲气自尊，给人极深的印象。还有一幅《鱼鸟图》，幽深远阔，石兀然而立，鸟瞑然而卧，鱼睁着奇异的眼睛，水也不流，云也不飘，鱼也不游，一切都如同静止一般。透过八大山人的艺术，不是哀怜他的命运，而是在他的作品中发现其所寄寓的人生感慨。透过朱先生的解读，我抱着一种与八大山人息息相通的心去尝试理解他，越走近他，越觉得需要一种敬畏的心情。

八大山人艰难存活下来，艺术成了超越生命的表达方式。八大山人用画启发我，要直面人存在的困境，以个体的尊严活下来。是的，个人不能改变这个变化着的世界，可能的选择是超越。他通过弃世俗价值所拘束的"小我"，使自己从狭窄的局限性中超脱出来，成为与广大宇宙相通的"大我"。

朱先生认为，西方一些哲学家认为，中国长期的封建社会及其专制统治，中国文化对人的尊严强调不够，这种观点其实是一种曲解，中国传统文化十分强调人的存在，人的生命和存在的尊严，这就是中国哲学中所说的风骨。中国一切的艺术，都是为人生的。中国画是墨画，只有黑白两色，多以枯木、寒林、怪石、瘦水为题材，更喜欢表现萧瑟的冬天而不去关心春意盎然的季节，实际上，淡去那种色相，独存本真，表达的正是人对生命的欲望，突出的是对人的生命困境的思考，这是中国人对人思考的一个非常独特的角度，更强调通过人的内在修养、人的品行和境界的提升，来使人的生命、生活更有意义。

朱先生感叹道，人生活在世上，拘牵太多，唯有人内在的生命冲动，才是真实、宝贵的。没有这意兴，生命将失去颜色。八大山人其实正像他的这位禅门四世祖，一个被世界抛弃的人，在破败的天津桥上，看世界的闹剧，思考人生的意义。

为什么同样的问题，朱先生这样敏锐地捕捉并作出了深刻的洞察？听朱先生的演讲，我开始不再感觉孤独，不再只用知识和理性认识这个世界，而是向内观照。禅宗启发我，不立文字，教外别传，直指人心，见性成佛。慧能禅学认为，超越所要达到的目标内在于人们自心，而非纯粹地孤悬于现象界之外，而超越的实现依赖于人们内在的悟与修，通过自力而成就。超越的境界不是外在于现象，而是内在于现象世界之中，内在超越可以表述为即众生是佛、即烦恼是菩提、即无明是智慧、不舍生死而入涅槃、即自性而净土，等等。

2012 年 3 月 3 日　苦寒斋

叶曼：国学老人

一

2009 年 5 月某日，北大二教一个大教室，300 多人，座无虚席，人挤得满满的，前台和后面都站满了人，大家在安静地等待一位老人的出席，她就是从大洋彼岸的美国洛杉矶刚刚归国的北大校友——叶曼。大家期待着一位老人的到来。

晚上七点整，在一些人簇拥下，一辆轮椅缓缓驶进来，大家放眼望去，只见轮椅上端坐着一位和蔼慈祥的老人：面带笑容，戴着眼镜，穿一身中式布衣，精神矍铄，慈祥、亲切、温暖，全场气氛开始沸腾起来，她就是今年95 岁的胡适、三毛、林清玄都推崇的台湾女国学大师——叶曼居士。

70 年前她是北大法学院政、经、法三系唯一的女生，是胡适器重的女才子，南怀瑾盛赞的弟子，三毛、林清玄推崇的法师，是当今世界极少将儒、道、佛文化融会贯通的国学大师之一，在台湾是家喻户晓的人物。

没有聆听讲座之前，叶曼先生的海报介绍就吸引了我。她是一个怎样的人？有着怎样的智慧？是什么原因让她成为世界极少将儒、道、佛文化融会贯通的国学大师之一？

叶曼先生坐定，看起来一点也不像 95 岁，笑眯眯的，非常和气。她开口说："各位校友……"说话条理清楚，气质十分儒雅，话语幽默、健谈、智慧，不时让人捧腹大笑，随后让人不禁陷入沉思。

叶先生从传统文化的影响开始，畅谈了中国传统文化的渊源、流变及其对未来的影响。她从老子的《道德经》讲起，从中华传统文化在当今社会的价值，讲到时下的金融危机，从儒家的入世法到佛道的出世法，从中国古代的《周易》到现代的计算机，从"天人合一"到全球环境的恶化，从孟子的民本思想到现代民主……叶先生说，8岁时她看见人杀羊，内心充满挣扎与痛苦，不忍心用别人的生命来喂养自己的生命，从此一心向佛。她讲了一个故事，为了掠夺，人类互相厮杀，尸体遍布，一头狮子对另一头狮子纳闷地说："他们也不吃，怎么不停地杀呢？"学生听后，大笑。就是这样，一个个典故信手拈来，孔孟、老庄、释迦牟尼等圣贤形象无不栩栩如生呈现在听众面前，大家惊叹她的才情和智慧，更折服于那种慈悲与爱的能量。

叶先生回忆到几十年前在老北大求学的情景，那时国家贫弱，开始想学经世致用之学，于是转到经济系，然而只学会了记家用账，学以致用的很少，"不过有一样好处，就是北大的风气，而且北大的那些教授，我们非常享受。这些教授个个上课都挤满了人。北大很自由，你可以四年不上一堂课，照旧毕业，因为北大没有人点名。好教授就是满坑满谷，有时候觉得好像全北京的大学生都来听课了似的。不好的教授，冷的教授，若有一两个人听课，他照旧讲。不过北大说起来真正敢开课的，差不多都很红。像那时候胡适之先生的中国哲学史，尤其是钱穆的通史，一开课是好几百人。还没有讲义，不写黑板，参考书都没有。那时就一个长条的屋子，比现在这个屋子长50%，他穿着一条长袍，白底的黑布鞋，从这头讲到那头，也不管我们，他就跟说书一样，也不看书。那时我们觉得非常过瘾。好像所有北京的学生都去听他的通史"。

当谈及对胡适之等先生的课时，叶曼先生说："比起其他的教授，钱穆是最受欢迎的一个。因为他讲课，比如说这一个钟头，他没有一分钟停下来。既然没有参考书，也没有讲义，也不写黑板，得赶紧记笔记……胡适之先生长得很漂亮，个子不高，头很大，他也是穿长袍，永远很和气，笑笑的，你问他什么东西他都答复你。我还有印象深的是闻一多先生，他后来不幸被人家暗杀了。他讲楚辞、屈原、宋玉，年纪非常轻，讲的时候就真的好像屈原、宋玉活了似的，慷慨激昂，同时，又非常潇洒，像个诗人一样。另外还有一个陶希圣先生，他讲中国古代社会思想史，也是非常好。学问非常丰富。后来做外交部长的叶公超，我选他的英语正音。他开玩笑，把我们说的英文当笑话，然后给我们纠正。这些我的印象非常深。而我自己的经济系倒不是常去听。我们到旁的地方去听课，我们叫听蹭，看戏不花钱，听白戏，这叫听蹭。所以这些教授，原来就说去听听吧，后来觉得也不必考了，因为他太好听了，所以我们就说到那儿去听蹭。不过北大没有关系，你不上课也照样毕业，所以教师从来不点名。有的时候只有几个学生，老师照讲不误，甚至有一些学生听着听着不耐烦就走了。哪怕剩一两个学生，还是照旧讲，讲得还是那么津津有味。这是在北大特别的事情。"

北大这些大师级学者的课程，为她日后得以用深入浅出的方式，在世界各地介绍中国文化的精髓打下了深厚基础。

此后又陆续听了叶曼先生的《道德经》系列讲座，很是受用。她的魅力何在呢？我觉得，不仅仅是她博古通今，更主要是雍容优雅的风度、通达人生的智慧，深深感染着每一个学生，大家从她那里强烈地感受到了一种精神的力量。听听她的演讲：

在我们生之前，天有多长？地有多久？有人类多久？人类从哪儿来？天之上，地之下，空间到底有多久？谁生了天地？连祖先从哪儿来都不知道，怎敢称自己是"万物的灵长"？天的恩泽，地的供养，天地是长久的，人类仰仗他们生活，人永远不满足自己的长寿，人永远对现实要求太高，人不知道的东西太多了，对于宇宙完全无知，整天在那里高谈"平等"，请问：你为人类做了什么？我们第一个应该感激的是大自然。人类整天在破坏天地，不知回报，不知珍惜天地给予的一切，甚至糟蹋。没有天地，就没有生活的地方。最应该感激的，是天、地、君、亲、师。天地把你养大，你要知道报恩。肩不能挑担，五谷不分，所谓"知识分子"以何报答？常常反省自己，为了这个世界、人类、社会，自己到底做了什么？不要一开口就说"我要……"，是我欠世界，不是世界欠我，还得太少，取得太多！讨债的人，心情最恶劣。凡是人，凡是生物，都是很自私的。当大家都觉得应该的时候，人生就会十分痛苦。人之所以痛苦，就是不知道感激。

204

"人生犹如演戏，即使我是跑龙套的，也要跑好。"这是叶先生的一句话。90 多岁高龄的她还在讲台上下做着很多事情，在为报答众生而奔走。从八国联军时代一直到当下，叶先生经历非凡，眼界、境界也超乎常人，她清醒地认识到明佛法、国学的价值所在，所以才拼命来做这些，就是希望现在的年轻一代，传承人类的精神瑰宝。

95 岁的叶曼先生在北大演讲时曾说："我愿意死在讲台上，不愿意死在病床上……"此话一出，掌声热烈响起。

当下是一个流淌着物欲、普遍以自我为中心、过度张扬自我的时代，太多的人的确需要这样慈悲圆融的智者。这种力量逼着你叩问自己：我活着是为了什么？我应该怎么做？我做到了没有？

二

如此高龄的叶曼先生毅然回国为大家讲授国学、佛学、道家经典，这份用心也只有先生自己所能懂得了。回国以后，老先生在北京大学、长江商学院、朝阳区妇联、华旗资讯、北京湾基地、棕榈泉国际会所等地共举办 10 场讲学。

和南怀瑾先生一样，叶先生不仅精通儒、释、道及密宗，并有实修经历。先生以渊博的学识与融会儒、道、佛文化的大智慧，使整场演讲成为一次人文和思想的盛宴。在长达两个小时的演讲中，先生滔滔不绝，纵横古今，她的儒雅、博学、睿智，赢得了全场听众的阵阵掌声。

此后，叶曼先生在北大开讲《道德经》。这是一个系列讲座，每周六的晚上七点到九点，地点转到北大 101 大教室，可以容纳 600 多人，通常两三个小时的讲座之后，开始即席回答听众的问题，台下听众还不断递条子，请大师答疑解惑。叶先生都是神闲气定，没有疲惫之态。递上来的问题，有的简单易答，有的既宏观又费解，但叶先生都回答得实在，没有丝毫回避。

叶曼先生的讲座，紧紧围绕道经和德经展开。她认为，《道德经》的第一章是核心，讲道家哲学的本体论，有总括全书的作用，后面八十章都是解释第一章的。所以诸位要是能够理解第一章，就掌握全书的精髓了。在真正的哲学家那里，要讨论的就深刻得多，真正的哲学要谈的头一个问题就是本体是什么。我印象最深刻的，是叶先生对道经的阐发。

道在老子哲学思想里头，就是万物的本源，在哲学上属于"形而上"，跟"形而下"相对。《老子》上篇是讲道体，也就是本体论部分。"道"是什么呢？叶先生认为，"道"不是实实在在存在着的可以看到、可以触摸的事物，而是老子给众多事物共同性的概括和命名。他认为宇宙的本体是"形而上"的，然后从"道"引申出来才有世界万物。那么，"道"到底是一个什么样的东西呢？

> 老子基本论点是万物发端于道，亦归结于道。展开地说，道与宇宙万物构成两重关系：从发生学的角度看，道是宇宙万物的源头、始基，道生万物；从本体论的角度看，道与宇宙万物同在，道就在万物之中，构成万物存在的终极依据。

> 老子所说的"无"，不是零的意义上的无。把道称为"无"，并不意味着道就是一无所有的虚无。对于万物来说，道不是一个零，不能用西方人那种上帝凭空创造万物的眼光来曲解"无"。老子所说的"无"，内含着"有"。"无"其实就是无形的意思，其实就是指潜在的"有"。万物从哪里来？就出现于由潜在到显在、由无形到有形的发生过程之中。

以前，我对老庄没什么好感，大约深受鲁迅影响的缘故。鲁迅常常表现出对"文人"、"读书人"、"聪明人"、"智识者"的反感或厌恶，这些人有一个特征，即否定一种觉醒的人生，而维持一种无知无欲的初民状态。对文人的批评是鲁迅国民性思想的一个特殊环节。鲁迅对此感受很深，曾说当时不少知识分子其实是"庄生的私淑弟子"。他曾在《摩罗诗力说》里尖锐地指出："中国之治，理想在不撄"，"老子五千言，重在不撄人心；以不撄人心故，则必先自致槁木人心，立无为之治；以无为之为化社会，而世即于太平"。后来，他在《青年必读书》里又说："我看中国书时，总觉得就沉静下去，与实人生离开；读外国书——但除了印度——时，往往就与人生接触，想做点事。"应该说，鲁迅先生当时对中国文化，尤其是道家文化的深刻洞见与批判，以及其想通过文艺来"撄人心"，"搅动人的灵魂"，"让人心活起来"

的种种举措，对中国的新文化运动起到了"特别有价值"（陈独秀语）的作用。即使换作今天，也仍然有很高的参考价值。老庄哲学对人的异化现象的揭露，触及到了人的自由本质这样一个深刻的主题。尤其不能否认的是，老庄"安时而处顺，哀乐不能入"的逃遁哲学，成了后世的滑头主义和混世主义的精神支柱。

既然连鲁迅都这么说了，是否意味着老子哲学的"不撄人心"就仅仅是一种文化弊病呢？叶曼先生对此有新解：

> 老子的守弱思想对中国人影响非常之大。我们读读中国历史，中国被当时所谓的外族侵袭了多少次，可现在这些外族都没有了，都变成了中国人，我们把这些入侵的人都同化了。有人说这是鲁迅的阿Q精神。人家打了阿Q，他没有反抗之力，就说是"儿子打老子"，把自己受的屈辱抵消过去了。可从另一方面看，这就是中国人的韧性，这种韧性是非常之强的。诸位知道，中国人漂流海外，几乎遍布全世界，无论多偏僻的小城，多贫困的地方，他们都能在那生存。开始经营一个小小的馆子，含羞忍辱地谋生，然后慢慢发达起来。他们是怎么做的？韧性。韧性又是从哪里来的？这就是老子教我们的守弱、居下、谦卑。

正如叶先生所言，置身当下的文化语境之下，老子的思想，对于我们都有有益的启示。不应教条般地认为守弱、居下、谦卑等全是什么阿Q精神，某些时候，可能是一种无奈的生存智慧。可见，对于传统文化的批评，一定要置于一定的语境之下，不要绝对化了。

值得一说的是，叶先生讲《道德经》时，将儒、释、道学问结合起来讲，相互打通。儒释道三家学问，其实都强调主体的自觉。在个人修身养性方面，儒家讲谈正心诚意、修身齐家治国平天下，要一步一步来的。孔子说"毋意、毋必、毋固、毋我"，就是说不要主观臆测不要固执，自以为是，一定要灵活地、超越性地应付日常事情。老子也是主张先把自己管好，要修养自己的心性。佛教要"无边众生活缘度"，头一个要去的就是"我执"，然后还要去"法执"，不仅不执著于自我的见解，连佛法也不可视为僵化的律令而去坚持。度自己后去度众生。都是要让人先要真诚地对待自己，把自己的品行修养好了，行有余力，再去治理国家。治理完国家以后还要懂得功成身退。道理是一样的。今人就不是这样的，自己都没管理好就来指导别人。佛教中用莲花来比喻佛法，莲花出淤泥而不染，它是长在污泥中的，佛法也必须植根于民众。读儒家的书、道家的书，都有助于更深刻地理解和实践佛法。叶先生打通儒、释、道学问，精彩的演讲很多，现分享一些如下：

　　诸位，老子这种"无中生有"的思想跟佛家哪种思想很相似呢？《法华经》的精髓是"缘起性空"。"缘起性空"，意思是世界的本性是空的，因为各种缘才产生了万事万物，可是虽然缘起了，万事万物的本性依然还是空的。性空才能缘起，拿这个屋子来打比方，这间屋子必须是空的，才能往里头摆桌椅。但即使往里面摆了很多桌椅，这些东西也不属于屋子所有，迟早是要搬走的，等它搬走之后，屋子又是空的了。不过要注意的是，佛教中所讲的"空"并不是什么都没有，而是说因缘生的没有一个有自性，也就是"诸法不能自生，亦不能他生"。缘起也有各种不同的缘起，将来我们讲佛家故事的时候会谈到。

　　禅宗在归纳出"万法归一"之后，又提出了"一归何处"的问题。因为大乘佛学主张一切皆空，随立随扫，倘若有了"一"，那还不是空。从这个问题中，诸位就可以知道为什么会有"性空缘起"，"缘起性空"的思想了。宗教信仰则不需要追问这些，只要把所有东西都交给一，交给上帝就可以了，非常地轻松。比如说信教的人死了，牧师为他送葬，就会说这两句话："是上帝的归上帝，是泥土的归泥土。"因为人是上帝用泥土造的，上帝把自己的灵赋予了人，于是人就成了有灵性的动物。人死了之后，灵魂上了天，是上帝的归上帝；身体埋入土中，是泥土的归泥土。

作为修道之人，我始终信仰老子的一句话，那就是"为学日益，为道日损"。"为道日损"就是要把各种庞杂的主观和客观因素、现实与非现实因素的阻碍——剪除，减之又减、简而再简、约而再约、损之又损，渐渐地使"道"显露出来。寻道的过程是发现新规律并敢于摒弃世俗的过程，是复杂而艰辛的渐进过程，是舍与得的过程，是一个去华存朴的过程。世事茫茫终难料，花落花开自有时。

自古以来，无论学佛还是学仙的人，都没有不读书的。而读什么书最重要？应该把儒释道三大家的学问了解遍了，义理都弄通了，才能够深入地把握自己的文化。叶先生讲《道德经》，并非佛家的叛徒，不然的话，面对众生的各种提问，没有学问就会在各种问难面前捉襟见肘。历史上佛教徒懂得儒道经典，为《论语》、《老子》、《庄子》等书作注的有很多很多。佛教刚刚传入中国的时候，很多人都是用道家术语去翻译和解释佛典，称为"格义"。中国人之所以能接受大乘佛教，就是因为有道家的根基。东晋时候大名鼎鼎的慧远法师年轻时候就很精通老庄，他给人家讲佛经，有的地方别人不理解，他用老庄的思想来解释，别人就懂了。唐代玄奘法师还把《道德经》翻译成梵文，传到西域去。这两个法师都没有做错。正是因为这些精通各家学问的人加入佛教，翻译佛经，所以佛经文字才这么美。如果把自己的眼睛遮起来，不愿意看老庄孔孟的书，只是谈佛法是谈不通的，也很难让听众接受。只有把这三大家的学问都弄通了，能把它们融合在一起，才能像憨山那样理解各家学问的高低和差别。

叶先生融汇儒、释、道三家之学，呈现出一种独特的生命气象。这才是关乎生命的学问。梁启超认为，中国哲学以研究人类为出发点，最主要的是人之所以为人之道：怎样才算一个人？人与人相互有什么关系？中国哲学的主要功能就是指导人生、安顿价值，从来就没有成为神学的婢女。中国哲学已经融入大多数中国人的精神生活之中，它不仅仅是说法，而且也是做法，具有很强的实践性。

三

此后，我又利用各种途径听了叶先生的《心经》、《金刚经》、《楞严经》、《坛经》、《阿弥陀经》、《佛教的故事》等讲座或录音，之后我十分懊悔，先前居然用去了那么多的宝贵时间阅读了那么多糟粕书籍。

叶先生一字一句的讲解，每每让我能从佛经讲解里感悟出微言大义。虽然置身物质充裕的现代社会，但生活的实质一点也没有改变，面临的问题不是减少了而是更多了。这个时候，我向佛法求教人生和宇宙的终极智慧。

《坛经》透射出"当下见性"、直指人心的"空慧"之智。它并启发我，"自性"具有本自清净、本不生灭、本自具足、本无动摇、能生万法等"内在超越"的特点；《金刚经》里破除"四相"（人相、我相、寿者相和众生相）的智慧和普度苍生的大乘境界，散发出迷人的魅力；《楞严经》启示我，所有虚妄的存在都是"妄心"之执著所成，而此"妄心"则是一切众生"不知常住真心性净明体"而依真起妄的结果；《心经》则启示我"心无挂碍"，远离"颠倒梦想"；《阿弥陀经》里释迦牟尼在给弥勒说五恶、五痛、五烧时带给我灵魂的震撼……相对于浩瀚深邃的宇宙，每个人实在都是渺小的。但是，人毕竟不同世界上其他的生命与非生命存在，他有自觉自主的意识，是具有创造性的主体存在。如此丰盛的精神盛宴，简要做以下分享。

关于《心经》，叶先生说——

我们要学佛就是学这个觉。学这个觉，觉什么呢？就是明白这个心的本体是什么，明心见性，就明这个心，就见这个真如的本性。我们学佛就是这个目的，没有旁的目的。明心见性，明心的本体，见性的起用。所以说凡夫的妄心，我们每人都有。因为我们跟着外境走，被外面的六尘把我们盖得严严的，于是我们就看不到它了。所以我们的功夫主要是去尘垢，这就跟永嘉禅师的证道歌一样的，心是根，法是尘，两种犹如镜上痕。痕垢尽时光始现，心法双忘性即真。

关于《金刚经》，叶先生说——

《金刚经》上说："凡所有相，皆是虚妄，若见诸相非相，即见如来。"这个凡所有相，指的是我们现在眼前的幻相。所以《金刚经》上有六如：如梦、如幻、如露、如电、如阳焰、如芭蕉，这是说，所有的相，都是因缘和合而成的。我们若是把每一样东西加以分析，实在找不到它不可再分的实体。

叶先生启发我，能够了解心的起灭是由于烦恼，因为有烦恼，我们心有起灭，那么我们的本性就变成识了。我们执以为这个识就是性，这就是我，多少人就把这个识神当做本来人。不是的。那么所以当我们转智成识的时候无明一层层地盖起来，这个越盖尘埃越多越无明，于是我们那个非常明，人人都有的那个本性就遮起来了。于是我们跟着这个生灭心生起烦恼，生烦恼于是有报应，于是轮回不停。我们就这么生生死死在这个岸上轮回，六道里头不知道去了哪一道了。怎么到涅槃？就是说我们不但不执现在现相的有，我们也不执著非相的空，把空和有全都不执，这两个都不执了，然后我们才真正能够渡过生死烦恼的河流。

　　关于《楞严经》，叶先生说——

　　佛学认为，一切因果，世界微尘，因心成体。如来常说，诸法所生，唯心所现。这个心的功能对着外境，六根对着六尘，于是你起念头了。所以在伊甸园里把智慧果一吃，智慧果就是分别，所以亚当、夏娃一吃了智慧果就不得了了。只要分别心一起，是你的，还是我的，是我爱的，还是我恨的，取舍就来了。

　　叶先生启发我，智慧不从外来，修证也不是外来的。修证无所得，才知道修无所修，证无所证。我们没修没证以前不要说我本自具足，本自圆成。你本自具足，本自圆成，因为可惜你不会用。你不想开悟，一辈子把三藏十二部念得滚瓜烂熟毫无用处，不是你的东西，所以当我们修证了以后才了解了义。所谓了就是毕竟究竟的意思。

　　关于《坛经》，叶先生说——

　　生从何处来？死向何处去？无所从来，无所从去。六祖开悟后，曾以"何期自性本自具足，何期自性本无动摇，何期自性本自清净，何期自性能生万法"。前三句讲的是本体的实相，后一句讲的是"妙有"。这是六祖在重新体会了《金刚经》的"应无所住而生其心"后，所呈献五祖他的悟解。我们这个生命，原是真如本体的一部分显现，本无动摇，本无来去。

叶先生开示道，禅宗不是什么新发明，禅宗只是认识你父母未生前的本来面目。我们先不要学六祖，我们要先学神秀，要时时常拂拭，莫教惹尘埃。当你没有尘埃了，你才知道"菩提本无树，明镜亦非台。本来无一物，何处惹尘埃"，那个境界是超过的，不要越级，不要找速成。哦，我知道本来无一物何处惹尘埃了，没什么关系了，这一切都不存在，我随心所欲好了，不大可能的。禅宗说言语道断，心行迹灭，连分别心走的痕迹都没有了。因为心意都是分别妄想，所以文字都是葛藤，都是爬山虎这些东西老是攀缘。我们总说把你心中的葛藤去掉，都是攀缘在那儿想。

　　虽然文字浅显易懂，但是想把它讲明白和透彻却是比《楞严经》还难。禅宗更讲究的是"言语道断，心行迹灭"，叶曼先生的讲解，深入浅出。当年佛祖历经磨难最后在菩提树下证得世间万事万物本性自空，皆因各种因缘聚合而成。《金刚经》云："一切有为法，如梦幻泡影；如露亦如电，应作如是观。"世间无常，人生无常，情感无常，甚至连人的念头都在刹那变化。人一旦觉悟了就会放下欲望杂念，放下一切分别妄想。

　　佛说法四十五年都是叫人如何除掉妄想执著，不必求真，只须息妄，你要求真反而要走它路。求真是大妄想，其他各宗都是要把妄去掉，渐渐地怎么修，怎么除都是渐修，禅宗是顿悟。这两种方法是不同的。我悟了，不是世间的知行合一啦、理事无碍啦这种很小的东西。这个悟是体会，不是悟，真正的悟是翻天覆地。一般的悟我们只是把理事弄了而已，顿悟是超越理跟事的大体验。真正悟了以后的境界是什么？

　　当这个东西得到了以后，真正悟了以后，我们可以摆脱一切束缚，文字理论形式的束缚，真正大悟道的人，如黑漆桶一下垮掉了，我们都在这个桶子里，这个黑漆桶垮了以后才见到真张。真张是什么？所有的束缚都没有了，就放出人心里的活力。这个活力我们心里有个永远用不完的电池，电力强得不得了，永远不必充电，你不能想象它的神秘的力量。这个神秘的力量为什么不能显现出来？就是被我们的妄想执著障蔽了。被妄想执著障蔽了扭曲了，慢慢这个东西腐朽了，枯了凋谢了，或者运用不当，盲修瞎练，或者是以为身外有法，我们把手段当成佛法了。

叶先生常说学佛就得正修真证，要舍得放下。世事无常，富贵也好、名誉地位也好，只不过是过眼云烟。人生亦是无常，生命宝贵，当好好珍惜。叶先生说她不知道她的形寿哪一天会尽，她的兄弟姊妹都走在了她的前头，唯有她很乐观地活在当下，她说只要有一口气，她就要为大家讲课。愿力之大，我分明感受到了佛力的加持。我相信，她丰富的学问、知识、人生经验，她对空性的证悟，都对众生有很多启发和感悟，都能提升和净化众生的心智。

我明白了：佛法一点也不迷信，佛法是大智慧，六度波罗密中的布施、持戒、忍辱、精进、禅定都是工具，要的就是般若，这前五度就是戒我们的贪嗔痴。般若智慧对于化解众生的烦恼与苦痛，其中蕴含的巨大价值不言而喻。

四

叶曼，本名刘世纶，祖籍中国湖南省，1914 年生，北京大学毕业。

叶先生六岁开蒙，念的不是三字经、千字文，而是《左传》。当她九岁把《左传》读完，然后再开始续《孟子》、《论语》和古文。到了十岁，才开始进高小一年级。那时她不但否认吃素是因为信佛，而且，对于佛法、佛教有非常大的反感。"这种反感一直到我遇见南老师，听《楞严经》的时候才停止。父亲每次去三时学会听经，见了清净居士，总是先跪在地上向他顶礼。"自小耳濡目染，使她深深觉得对于传法的老师，应该非常、非常地恭敬。所以，后来当她看到有人对老师不恭敬时，就会很生气，觉得简直是不可饶恕的事情。

等到父亲过世以后，突然间，叶先生从一个不知天高地厚的大小姐生活，开始要肩负起很多麻烦的事——照料母亲和弟妹、料理债务、扶榇回北平、安葬、定居。当时弟弟妹妹们都小，她自己也还没有中学毕业，突然间，她长大了。毕业后，丈夫田先生进了外交部，她进了中国农民银行。珍珠港事变发生之后，她们被派往芝加哥做副领事，这是她第一次出国，从此再也没有见过家人。后来政府迁都南京，一直到迁都台北，都是在海外，国外一住就十三年。在这十三年中，走了很多国家，可以说那个生活就像转陀螺一样。

确切地说，叶曼先生与佛教真正的结缘，是在人到中年的这个时候。"算计一下，大约每三年大搬一次家。虽然又忙又累，但是周围的环境和气氛开始激发了思想，已经到了中年，却感到一事无成，看看孩子都逐渐长大，不由得感慨！"

她那时经受了一段内心的煎熬，"那么我这一辈子来干什么的？我死了以后没有我了，这世界上，这所有我现在身外的人跟物、财富、名利与我全不相干，所以这一下，我变得非常悲观，于是就整天问一个问题，我还会不会再回来？到底有没有灵魂这个东西？"

这种对生死问题的追问折磨着她的内心，逼迫着她去追索。在那时候，基督教非常时髦。每一次，在牧师讲道后，叶先生就问："某某牧师！对不起，我有一些问题，可能是犯禁忌的，非常不礼貌的，假如你能答复得了，我就立刻受洗。"她的问题是《创世纪》的记载：

1. 上帝为什么造亚当？

2. 造了亚当又为什么造夏娃？

3. 为什么又在伊甸园里，种有智慧树和生命树，却告诉他们："只有这两棵树上的果子不可以吃？"

4. 为什么又造了一条多嘴的蛇，让蛇去引诱了夏娃，再让夏娃去引诱亚当，违背上帝的意旨——偷吃禁果？

5. 上帝知不知道，这些事情都会发生？上帝假使不知道，上帝便不是全知。

6. 亚当、夏娃是他创造的，蛇也是他创造的，他们犯的罪，比起今天的人类所犯的罪，真是微不足道了，上帝能不能防范他们犯下罪过，上帝连他创造的都不能控制，那么，上帝就不是全能的。

7. 上帝既不是全知，又不是全能，而且，上帝也不太仁慈，即一般做父母的都会设法使孩子远离危险物，并且尽量加以防范，使孩子不会受到伤害，上帝造了危险东西，却不设防地放在那儿，难道上帝的爱，连世俗的父母都不如？怎么能说"上帝是最仁慈的呢？"

8. 亚当、夏娃也没有犯太大的错，他们只是违背上帝的命令，偷吃了智慧果，难道上帝这么嫉妒，这样心胸偏狭，只准他自己聪明，别人就不准有智慧？一有了智慧，就得驱逐出伊甸园？这上帝未免心胸太狭窄了，这样的上帝，叫我怎能信服？

这样差不多问了一年，也没人能答复她的回答。从此，就跟基督教绝缘了。

后来叶先生反思这段经历时说："我以前也常常这么想，佛门弟子为什么不能像其他基督徒一样，以救世主的姿态，打着'神爱世人'、'主就是光'的旗帜，吹洋鼓、打洋号地去弘法呢？后来，我对于佛法有点了解以后，知道'佛性'原来人人本自具足，这一颗如意珠，就在自己身边，非从人得，别人更是帮不上忙，只有靠自己。"

由于基督教无法解答她内心的困惑，在"生从何处来，死向何处去"这个问题的困惑下，叶先生也同时想从东方思想中寻求答案。正在彷徨苦闷的时候，北大的同学张起钧教授，认识了南怀瑾先生。叶先生第一次见到了南先生。

老师开口就问："你来找我做什么？"

我说："我想请教生死的问题。"

"什么生死问题？"

"我想知道生从何处来？死向何处去？"

"你从哪里学来这两句话？"

"这是人人都想要知道的。"

"你知道了，还不是得活下去？你知道了，还不是照旧地会死？"

"南先生，这其间可有分别，知道了以后，至少活着不会活得乱七八糟，死也不会死得糊里糊涂。"

南老师许久没有说话，转过头来，对张起钧教授说："这位太太倒是可以学学禅！"

那时候，她不懂得什么是禅。很惭愧！连"佛"是什么意思也不知道。

老师给她一本《禅海蠡测》。她花了一天一夜的工夫，生吞活剥地把这本书看完，再见老师。老师问："有什么疑问没有？"她说："没有。"

于是，老师就告诉她："我在一个地方讲经，是不对外公开的，在一个朋友的家里，你以后每个礼拜来听好了。"

后来，叶先生又求教于上师陈健民先生，追随到名师的她兢兢业业，刻苦钻研，把哲学，基督教、道教、佛教，都钻研了个遍。尤其是接触佛学之后，她的内心世界发生了翻天覆地的变化。

谈起学佛的心路历程，叶曼先生说："我吃长素，从八岁就吃素，但却不是为学佛而吃素。在北方，平常是不吃羊肉的，要到立秋以后，才能吃羊肉。因为，羊肉不能在热天的时候吃，立秋以后，北方天气就凉了，才可以吃补。我八岁那一年，我们全家去羊肉馆子贴秋膘。进门时看到有人牵着一只羊拉进后院，那头羊跪在门口'咩——咩——'地叫着，不肯进去。听起来羊的叫声跟哭声一样的悲惨，我当时心里就非常地难过。等到进了馆子，坐下来后，准备吃涮锅子，伙计将切得薄薄的羊肉，摆在桌子，鲜红耀眼，我一看，立刻想到刚才我看到的那头哭着的羊，心里的难过，真是无法形容。我怎样也吃不下去，从此以后，我就不再吃任何有生命的东西了。"

叶先生听的第一部经就是《楞严经》，不是《成唯识论》，也不是《阿弥陀经》，而是《楞严经》。"听了南先生主讲的《楞严经》，听到半部，感觉到家了，才明白古人的话'自从一读楞严后，不看人间糟粕书'。《楞严经》文字优美精炼，所谓字字珠玑，句句美玉，细细读之，往往会不忍释卷。其后，很快有所证悟，一夜之间任督二脉全部打通；其后多次参加南怀瑾先生主持的禅七，一次突然心如刀绞，大汗淋漓，觉得心口脉轮开始转动，接着喉部等多个部位的脉轮都转动起来。"

……

关于如何修行，叶先生开示说——

修行就从当下起，从你的起心动念、言行举止上去修，这是我认为的修行。拜佛念经是形式，最要紧是修神、修行为，当我们与家人、朋友、同事或者是社会相处时我们怎样把贪、嗔、痴、慢、疑、妒忌这六个恶念消灭，让它不再升起，这就是修行。修行只是减少不必要的烦恼，减少不必要的贪，三大毒里最厉害的就是贪，把这个贪去掉的话，你的嗔念就减少了，当贪嗔两个东西减少的话，愚痴就减少了，愚痴减少般若就增加啦！

　　佛家的修行，从闻思修入三摩地。你必须要多闻法，多看书，这才是闻。然后闻之后还要多想，自己不想的话，慢慢地会越变越笨。但是你专门自个胡思乱想，不去学古圣贤和现代人的思想的话，就会"思而不学则罔，学而不思则殆"，慢慢就越来越懒，然后你要思而不学，就会变成狂妄。

　　私下和叶先生接近，聆听教导，老先生侃侃而谈这几十年人生的痛苦和快乐。这位乐观的老人，早已把痛苦看作财富。对于生死之事，早已看淡。她说："我们既然不能对生与死自主，我们完全没有办法，对没有办法控制的生死，不必怕它，不必留恋，我时时可死，但是我步步求生。不要准备我自己还活一百年、两百年，不要这样。因为我要准备明天死，我必须把今天的事情做好。但是我没死之前，我一步步求生，往生的路子活。"

　　对于生命的意义，叶先生说："释迦牟尼讲的三世因果，因为我们肉眼看不到，我们就以为没有因果报应。人到死的时候，跟我们生的时候一样，你们小孩子出生的时候，什么也没带来，但是给他任何东西他就抓住，不停地把着执持，死的时候两手一摊，什么都带不走，生不带来，死不带去。万般将不去，唯有业随身……真正可以带走的，是我们这辈子所造的善业和恶业，跟着我们走。我们下辈子得什么结果，都看我们这辈子做了什么。这个短短一百年的生存时间，这个人身非常难得，好好地珍惜，好好地利用，好好地把它把握住。把握住记得，欲知过去因，现在受者是，欲知未来果，不必求神问卜，不必算卦，也不必求佛保佑，现在做什么，将来受什么。在生死之间，这个短短的一百年，对于整个宇宙来说，太短太短了，这个短短的生命，我们要好好地珍惜，要活得快活并且有意义，这样才不辜负生命的意义。"

　　当我问到如何修行，叶先生说："修心便是关键，人的心由于阿赖耶识的作用，堆满了妄想杂念；可是人的真如本性、般若智慧同样是这颗心在起作用，所以这就需要你转识的功夫！烦恼即菩提，但烦恼一起，心性就会被遮掩，离智慧、觉悟就远了。因此修心养性就不仅要放下妄念，而且要转妄成

217

真、转识成智，唯有如此才会步入般若的胜境。"先生的豁达是真正的大度，先生的存在是中国文化的大幸。

"无缘之慈是谓大慈，同体之悲是谓大悲。"叶曼先生那日在北大演讲时，曾经深情地念及，此话在我的心里长久共鸣。

2011 年 4 月 10 日　苦寒斋

刘小枫：拣尽寒枝不肯栖

一

　　熟悉刘小枫的人，都会浮现出这样的印象，"个子高大，长长的大红围巾，一副深度眼镜架在脸上，身上透着一股乡土的书卷气，灿烂中略带诡秘的笑"。这也是我在北大第一次听他讲卢梭时看到的。

　　刘小枫通过文本细读的方法，带领大家阅读《论科学与艺术》的"前言"部分，探讨卢梭的各种修辞和写作风格，结合卢梭的时代环境及其社会交往的情况，一层层地剥露这篇"前言"的双重修辞和隐微逻辑，从而揭示卢梭激进反启蒙的态度。他认为卢梭在此文中有双重修辞，其言说对象，分成两类，一类是当时的启蒙知识分子，一类是普通民众，且对两者都有嘲讽之意，需要仔细辨别文章段落的言说对象，以及言外之意，尤其需要注意前后观点不一的地方，那正是卢梭偷换言说对象的时候。

　　刘先生重点探讨了"公众"和"贤哲之士"的含义，将这些概念还原到当时的文化语境，借以解读卢梭的其他著作《忏悔录》、《一个孤独漫步者的梦想》之中的言论和思想。以文本为证据，刘先生指出卢梭"用写作来表演，用表演来写作"，卢梭对启蒙运动培养的"狂热的知识分子"以及由此产生的"知识人"展开了猛烈的抨击。以"公众"为敌，以"贤哲"为友，卢梭直追苏格拉底、柏拉图、色诺芬、蒙田等古圣先贤，渴望得到他们的肯定。这就旗帜鲜明地表达了卢梭攻击启蒙的态度。卢梭的论文究竟写给谁看？刘教授通过文本的解读，谨慎地猜想，卢梭当时主要的意图是劝说好友狄德罗等百科全书派作家，要审慎做学问，不要由读书人变成了"狂热者"。

219

2003 年，我是经鲁迅接触到刘小枫，再通过刘小枫接触到基督信仰的。此后，我又对陀思妥耶夫斯基、舍斯托夫、果戈理、克尔凯郭尔、朋霍费尔和奥古斯丁等产生了浓厚的兴趣。

最初读到刘小枫的《记恋冬妮娅》，一下就被文中的描写吸引了，"一开始我就暗自喜欢冬妮娅，她性格爽朗，性情温厚，爱念小说，有天香之质乌黑粗大的辫子，苗条娇小的身材，穿上一袭水兵式衣裙非常漂亮，是我心中第一个具体的轻盈、透明的美人儿形象"。之后是《苦难记忆》、《我们这一代的怕和爱》，因为对狭隘道德的厌恶，我为他文中那种原罪意识、苦难意识、忏悔意识击中！这些文字虽然发表在 20 世纪 80 年代末期和 90 年代初期，至今读来仍然震撼。

早在"五四"，蔡元培先生就提倡"美育代宗教"。由于宗教的淡漠，国人也缺乏感恩精神，在文学上便也就缺乏了那种足以与这个尘世相对称的温暖的关怀。曾有一段时间我认为，中国文学尤其是当代文学缺少三种东西，这三种东西的缺失是致命的。一是对人间苦难的悲悯，二是对艺术本体的追求，三是对彼岸境界的思考。中国作家的出路之一也许向内挖掘，向内超越，经过灵魂撕搏，自我较劲，自我解剖，将个体有限偶在融入无限的宇宙恒在。现在我仍然坚持文学的本源在人自身和他的灵魂，揭示冷峻的真相，传播爱和怜悯，展示灵魂的求索，指向永生盼望的彼岸。当代中国作家应该首先拯救自己的精神贫困，要把自己的"根"扎回到这片依然苦难深重的大地后，对于作家的使命，文学的责任，"写什么"和"怎么写"的问题，重新作出新的思考。但有一点要补充，要在对西方文学神性借力的同时，深入挖掘中国文学的传统智慧和民间艺术。比如庄禅——魏晋——沈从文——高行健，他们一脉相承地崇拜大自然的桃花源式的人类理想天国。尤其是高行健的《灵山》，把中国近现代文学推向一个前所未有的艺术层面和精神高度，把东方人的智慧（老庄、佛禅、玄学）融入世界，并有独一无二的魅力。相比鲁迅，高行健代表了另一文学路径。莫言的写作，吸收了民间艺术，但是在思想上难说深刻。至于中国文学的超验性缺失，这要进入我们文化的深处，我并不以为这就是个中国文学的死结。在一个没有形而上思考传统的民族里面去要求文学作品有形而上的追求，这有点勉强，而远离实际。我想，或者有些更深层次的更多民族性的东西在文字里面，在中国人思维的骨子里面。毕竟中国文学也在进步之中。

刘小枫的独特之处在于，他看到了人性的有限，当别人都寻找世俗资源来重建被"文革"破坏了的人心和文化的时候，唯有他转向彼岸的神性之维来拯救受伤的心灵。他一直在谈论爱、苦难与祷告、罪恶与忏悔、十字架与拯救、上帝和彼岸，抒发悲悯与拯救的感情体验。除了自己的写作之外，他在香港道风山基督教中心研究部组织编译、由香港道风山基督教丛林出版的"历代基督教思想学术文库"。自他之后，关于中国的精神文化中缺乏超验性的讨论，日益涌现。刘小枫工作的重要性正在渐渐显现出来。

20世纪80年代，刘小枫以一册《拯救与逍遥》为荒芜沉寂的文化界带来了强烈的冲击。刘小枫之所以引起这么大的关注，恐怕主要是由于他批判的力度与文笔犀利优雅，他思想的锋芒。迷恋刘小枫，理由是他的文辞或细腻、饱满、高贵，或辟透、严肃、高深，尤其是青年大学生，多半是被他这个好处俘获。他最初出版的几本随笔是《我们这一代的怕和爱》、《沉重的肉身》、《走向十字架上的真》，都是学界的流行书。特别是《走向十字架上的真》中《从绝望哲学到圣经哲学》一文，借谈论安德列耶夫、舍斯托夫、尼采、托尔斯泰、陀思妥耶夫斯基等，提出了一个十分尖锐的问题：个体存在的根基问题，即当个体面临存在的受苦、深渊、绝望、恐怖、荒诞和不幸时，是跟着希腊的智者们呢，还是跟着约伯和先知们？2003年那时，我沉浸于鲁迅式的绝望里，窥探了自己灵魂的无根基，又不愿意将个体价值耽沉于庄禅的逍遥，对此自然接受刘小枫。而且，他为我梳理清楚了信靠基督的障碍，指出，尼采对基督教的攻击，很大程度上指向柏拉图主义的基督教，是针对一种伦理的超自然主义。尼采始终未曾达到圣经的上帝信仰，没有接近福音书精神，而陀思妥耶夫斯基却达到了耶稣的信仰和福音书精神。

鲁迅借笔下的狂人控诉人的罪恶和历史的罪恶，停留在"原来如此"的惊恐里。希伯来文化语境中的基督，早在两千年前就直面"本来如此"的罪恶，他洞悉人的罪性与不幸，体恤人的蒙昧和软弱，用神性的力量拯救人性的罪恶。鲁迅洞察了人性内部的罪性，却苦于无法改造。陀思妥耶夫斯基经历过的苦难或许比鲁迅更多，陀氏的社会也许比鲁迅的社会更多荒谬和黑暗。起码鲁迅没有陀氏被处死前一分钟又被释放和被流放远地十年的经历。最有理由恨恶社会的陀氏反而走向了宽恕而非复仇，鲁迅特别不理解这一点，因为陀氏受东正教精神的影响，宣扬一种忍从精神，而且热爱受苦。自鲁迅以来的知识分子，是否需要这种基督信仰拯救深渊中的自己？这引起了我的兴趣。我深深认识到，从而更加坚信，科技的增长、社会的变革，最终都无法解决个人生存本质上的悲剧性。当今中国到处弥漫的爱欲与物欲，知识界流行不加反省的人类中心主义的虚骄、狂妄与自恋，以及随波逐流的社会表演与精神空洞，我们实在太需要一种高贵的精神。

后来，一些学者对于信仰问题的深切关注引起了我的注意。他们是何光沪、齐宏伟、邵健、摩罗、梁工、余杰、萧瀚、张文举、刘青汉等人，还有我在网络读到的章力凡、葛培理、华理克、以马内利修女、里程、夏维东、梁燕城、王晓华、薛华、李柏光、基甸、庄祖鲲、谢文郁、王怡、江登兴、老酷、英子、华姿……此后，经过内心的反复挣扎，终于在2007年信靠了基督。我经常读《圣经》，不断祷告，还收看了大量牧师的讲道证道信息，比如远志明、唐崇荣、张伯笠、刘彤、赵莉、江秀琴、李慕圣、范学德、杨义谦、曼德……特别是江秀琴牧师的《内在生命的建造》和唐崇荣牧师的《21世纪的问题和困惑》，尤其让我难以忘怀。站在基督信仰的角度，我开始反思某些狂妄、自负、冷漠、世故和傲慢的精英知识分子阶层。这一些人以将来能够成为"海归派"、官僚阶层、"民主斗士"、知识精英为荣，他们知道如何冷嘲热讽地批评社会，却不愿意出让自己任何的一点利益。事实已经无数次雄辩地证明，高等教育只能让人拥有渊博的知识，却未必能让他拥有高尚的灵魂。在人性面前，卑微和高尚都会集中出现在一个知识人身上。只有经过社会生活的历练，并且在神的话语的启示下，而不是生活在自己的象牙塔里，不是仅仅从西方教科书中获得力量，知识人才可能使自己的一点理念变得具体和深刻，变得丰满和世俗，才不至于使自己成为空洞的高调者，甚至最终成为社会大众的反对者。因为信靠基督的缘故，我也做一点基督教文化关联中的鲁迅思想的研究。从这个角度出发，我对欧美文学、俄罗斯文学和儿童文学产生了兴趣。几十年来，我们在外国文学的研究和教学中最大的缺点是片面性，特别是对欧美文学传统的认识有片面性。欧美文学的历史源出于两个主要的文学背景或传统，也就是希腊、罗马的古典传统和希伯来、基督教的中世纪传统。奥古斯丁的《忏悔录》、但丁的《神曲》和近代以来的弥尔顿、班扬、歌德、拜伦、雪莱、济慈、华兹华斯、骚塞、夏多布里昂、拉马丁、雅尼、雨果、诺瓦利斯、施莱格尔、霍夫曼、霍桑、莎士比亚、托尔斯泰、陀思妥耶夫斯基等大师们的创作，与《圣经》在思想内容和艺术形式上都有着千丝万缕的联系，有时甚至是非常紧密的联系。回顾这些，多少都要感谢刘小枫最初的文化工作。

从德意志浪漫派（《诗化哲学》）、基督教（《拯救与逍遥》和《走向十字架上的真》）、儒教（《儒教与民族国家》）到古典、现代文学（《沉重的肉身》）和社会学理论（《社会理论绪论》）、再到古典政治哲学（施特劳斯和斯密特），无论如何转换专业，不断地选择新的精神资源，但其内在的思路和问题意识却从来没有变过。这在《诗化哲学》中就已经显现了，即如何在世俗化的现代社会中涵养高贵精神，如何将自己的精神超拔出来，做一个有文化教养的、能抵御现代性浪潮冲击的对抗虚无主义和相对主义的精神贵族。而我们，就是在这种高贵的肯定中，主动去担当精神与文化的磨难，以守护汉语思想的心魂。当然回归古典精神，是重塑古典心性，超越对西方现代启蒙理想，也是对抗现代性的唯一手段。所以刘小枫最后走向故纸堆是必然的。刘小枫固守书斋，并没有感到孤寂难耐，颇有一点"拣尽寒枝不肯栖"的感觉。现在的刘小枫相较于 20 年前的刘小枫，已尊称儒家学者如廖平为圣人！已不再完全否认儒家了。真是彼一时也，此一时也。张汝伦先生说："选择从事学术文化工作，在今天是选择了与风车作战的堂·吉诃德的角色，似乎愚，然而高尚；没有希望，却代表希望。"从 20 世纪 80 年代到 90 年代，从文学、心理学、哲学、神学再到古典诗学，视野开阔，除了李泽厚以外，像刘小枫这样跨度广泛影响广泛的学者，确实不多。李泽厚的所谓主体性哲学就是高扬人的价值，强调人类主动地去选择和实践。而刘小枫是以诗化的、温情的现代性话语对中国人（首先是知识人）心性结构、生命感觉的潜移默化的影响，由此奠定中国社会现代转型的坚实的心理—伦理基础。之前，我在和一个朋友交流后，他说道："撼山易，撼刘小枫难；你可能学养胜之，但文才逊之；你可能轻视文采，但又没有他学问大。要文凭，他是博士，要机遇，他是拾遗补缺向中国介绍神学的集大成者，又赶上了八十年代的文化热，到了新世纪，政治哲学又玩得门儿清。我不是基督徒，但对此人，只有佩服两字。"由此可见，刘小枫对于当代学术的巨大影响。为什么刘小枫能打动那么多人呢？我觉得，他的每一本书，都审视着我们所赖以生存的汉语文化精神，都与现代人的痛苦的生存体验息息相关，都关怀现实的生存语境，犹如一道锐利的闪电照亮我们绝望的精神世界。或许，从刘小枫的精神轨迹发展来看，他想做"中国的施特劳斯"，暗中对苏格拉底—柏拉图哲学施割礼术，让哲学彻底拜倒在启示真理脚下。也或许，作为一个思想的行者，他会继续一直坚持着包扎带血的刀子，而袒露伤口于风雨的吹打之中甘愿受伤？

二

1982 年，刘小枫大学毕业，考上北京大学读研究生，专业是当时正风靡的美学。但美学作为专业，显然无法容纳他的兴趣，于是触类旁通，从美学转到了哲学。刘小枫回顾自己的读书生涯时说："舍勒令我尖锐、海德格尔使我沉迷、舍斯托夫让我感动、维特根斯坦给我明晰。"如果说大学本科四年是他打基础的几年，那么硕士研究生阶段的三年则是他在思想上雏形渐具的时期。1985 年，获哲学硕士学位后，他进入深圳大学中文系任教。他在这一年出版了第一部个人作品《诗化哲学》。

1988 年，由上海人民出版社出版了他的第二部个人专著《拯救与逍遥》，作为"文化：中国与世界"丛书之一。2000 年，三联出版社出版了此书的修订本，至今仍有许多人认为，这本书是他后来众多作品中最有价值的一本。据他自己在修订本的序言中说，这本书原来是由时任深圳大学中文系主任的乐黛云主编的"比较诗学"丛书中的一种。在"中西诗学比较"的葫芦里，他卖的其实是中西文化精神比较的药。其时，他已逐渐抛弃了一度曾十分喜欢的庄子哲学，而进入神学，基督神学对他思想的影响在这时已很强烈。但他并未能在当时盛行的"文化热"大潮中免俗，而是积极地参与了这一讨论。他在此书中提出的一个观点在当时令许多人感到十分震惊：中断中国文化传统。汪晖在写于1994 年的论文《当代中国思想状况与现代性问题》中称这部书是最能反映当时盛行的"韦伯命题"，即中国没能产生资本主义，是因为中国的文化传统不利于资本主义发育。直到今天，同样的论调仍然有人不时提起。

台湾大学教授傅佩荣称该书是"国人近作中罕见的力作"。香港报刊称该书"堪称中国知识界划时代之作"。金观涛称该书是"当今中国学术界最有创见、最值得重视的一部著作"。程亚林称该书"如清夜钟声，唤起人们思考"。可见此书出版后得到了海内外不少人士的推崇。20世纪80年代末，已对神学入迷的刘小枫远去瑞士，入读巴塞尔大学，念神学专业，并最终获得神学博士学位。他的博士论文后来以德文出版，题目是《身成位格》。可惜的是，这本书至今没有见到中译本。虽然刘小枫的学路、文风多变，但基督神学始终构成他思想中的一个主要线索，《身成位格》是他唯一一本神学专著，没有中译本，实在可惜。

梳理刘小枫的学术道路，可以清晰地看到，神学一直是他关注的核心之一。刘小枫不是通过《圣经》而是通过作家接触到基督信仰的。最先教他认识基督信仰的是陀思妥耶夫斯基、雨果的小说和舍斯托夫那篇尖锐的临终绝唱以及舍勒的价值现象学。他自称自己所得到的基督教思想立场远非正统的，而是拒绝了形而上学神学的现象学神学、舍勒、海德格尔。刘小枫最初作为"文化基督徒"进行研究与思考，在《走向十字架上的真》、《圣灵降临的叙事》等书展开传统文化与神学的对话，对汉语神学进行了探讨，开始影响更广泛的文化领域。这方面以《走向十字架上的真》为例作出说明。

这本书是在瑞士读大学期间，他为三联出版社的《读书》杂志撰写介绍当代西方重要神学思想家思想的文章的结集。该书是论述当代著名神学家的论文，讨论的神学家有舍斯托夫、卡尔·巴特、舍勒·布尔特曼、朋霍费尔、默茨、海德格尔、卡尔·拉纳、莫尔特曼、汉斯·昆、巴尔塔萨、薇依。刘小枫文笔细腻，对于神学思想的深入体察与透辟分析，无不是建立在对基督宗教及其精神的理解，他反驳了对于基督宗教及其精神的曲解与误解。在他的叙述里，我开始喜欢上了以头撞击历史理性主义大墙的舍斯托夫、用生命去分担上帝的苦与弱的朋霍费尔、把信仰引领至各个自由角落的薇依。《从绝望哲学到圣经哲学》一文，"舍斯托夫发现，柏拉图、亚里士多德和康德等西方哲学史上的伟大思想家们，大都在逃避或掩盖最为切实的问题，这些哲学家探究的东西，像一堵墙挡住了他们作为孤独个体的出路"。《上帝就是上帝》一文，刘小枫说："上帝之言和人言必须严加区分，否则后果将是灾难的。"他指出，"人找上帝时找到的终归只是人自己的存在和世界中的某种东西而已。这不仅是时代的警钟，更是关于人神关系的深刻论断。人确无需寻找上帝，而是听从上帝、迎候在基督事件之中向我们走来的上帝，迎候十字架的复活，而如此听从和迎接的唯一理由，如巴特所言，乃是上帝降临此世，在十字架上为人类惨死，把他的爱如此给了我们"。《人是祈祷的 X》一文，刘小枫认为，"舍勒以为，迄今为止的所有人学的失误在于企图在生命与上帝之间嵌入一个固定阶段——可以定义为本质的'人'。这一阶段照舍勒的见解纯属子虚乌有。人的定义恰恰在于人的不可定义性：人只是一个'之间'的在，一个方生方成的行为之在。人的定位只是这个生成着的 X，它自己限制自己，否定冲动意志，拒绝向本能生命所有违抗精神的冲动提供本能运动——对现实和本能因素回敬一个强有力的'否'，同时，它又能自己超越自己，能从时空和生命世界的彼岸出发，把一切变成自己的认识对象，赋予纯粹精神以生命力，把神性置入本能运动，促成生命向精神生成、精神向生命生成。人的定位的这个'零'，这个'无'成为身成位格的本质意向，即精神赋予生命以形式，生命赋予精神以力量，使唯一有能力让精神成活的生命冲动奉献于精神的动姿（Bewegung）。这显现为爱的本质意向，是一条由下而上奔涌的洪流，它使生命与精神之间不再存在一种能动的和敌对的对峙"。《神圣的相遇》一文，他认为，"每一个人在其本真的生存境遇中才能与上帝相遇，这是神圣的相遇。谈论上帝离开了个人的具体生存，就是抽象，人只有从内在的相遇出发才能谈论上帝"。刘小枫认真梳理了西方思想的两大根基，最终的至高真理有两个：一个是形而上学的理性的至高真理，一个是创造了人并赐福于人的神圣天主的真理。前一种真理是从明证的理性中去寻求，后一种真理则是从"不幸"中去寻求，更进一步说，前一种真理来自雅典智者，后一种真理则源于《圣经》中的先知们睁着眼站在存在的不幸前面向创世主求告时的眼泪。由于汉语思想界在谈论西方文化时，仅强调希腊理性即雅典精神，对西方文化的另一半犹太宗教即耶路撒冷精神不知其实，由此产生了许多误解、曲解。学界朋友有"误入歧途"之叹。然而我以为刘小枫与基督教的结缘，很大程度上是源于一种无根基的生存论困境，他是要从这无根的时代里寻出生存之根来。

刘小枫指出，人恰恰是人世灾难的根源。近代以来，欧洲的价值观念一直处于转型的挣扎之中，宗教改革、启蒙运动，法国大革命以及工业技术革命，催生出一种现代型伦理，传统的由希伯来启示宗教与希腊理性主义融合而成的基督教伦理观念屡遭分解，新型的市民——资本主义伦理观念统领时代意识，然而，自 19 世纪末以来，这种新型的伦理观又成了被告：使人成为非人的恰恰是人而不是神。可是，人们被谎言欺骗以后，就不再相信任何值得信靠的东西。历史理性主义的哲学人类学的自居神圣的口吻取消了人与上帝的本质差异，同时又在人之间来划分神圣与非神圣的历史差异。基督信仰不认同它。刘小枫的《沉重的肉身》以身体为体验场，以个体身体的亲在展开对幸福的自身想象。肉身为什么沉重？而沉重的肉身的深层含义就是指那个轻盈的灵魂已经不复存在，也即神义论被人义论所取代。刘小枫关心的问题首先是人的问题，不是什么基督教拯救中国，而且是少数作为个体的拥有高贵精神的人的问题。正如他所言："伦理问题，就是关于一个人的偶然生命的幸福以及如何获得幸福，都围绕着一个人如何处置自己的身体。"他一直在探讨对社会、对人类含着悲悯救赎的伦理问题：什么才是一个人偶然生命的幸福，应该如何追求这种幸福？在《生命中不能承受之轻》一文，刘小枫把一种蕴含个体在世态度的宗教伦理救赎的意识和情绪，沉淀在了灵与肉的交战中：对卡吉娅或阿蕾特的必然选择，代表的是人的身体与灵魂争夺支配权的必然冲突。"灵魂与肉身在此世互相寻找使生命变得沉重，如果它们不再互相寻找，生命就变轻。当肉身不再沉重，身体轻飘起来，灵魂也就再也寻不到自己的栖身之处。"不难看出，在刘小枫对宗教伦理中美好的认同中，救赎展现了它关注个人灵魂的独具魅力的宗教包容。

刘小枫以神学学者的眼光告诉我们：认信基督并不是离弃此岸的在世、转向彼岸的神性之维，基督的福音绝非否定此岸的在世，而是关切何以在世。承纳基督上帝的恩典、与受苦的上帝同在，不是成圣，而是成人。基督徒主动接受痛苦和折磨，但是绝非是藉此寻求入圣超凡之道。与上帝相遇，首先是个体的特定的境遇事件。基督徒的人生，也绝非不敢抉择自己的真实存在、逃避责任、任由环境处置人生的现世态度。现代人非常渴求稳靠感，这恰恰是人的内心深处浮躁无宁的表现，然而，人在此世所寻求的稳靠都是徒劳的。现代人与《圣经》的交谈将会使人们警醒到：必须摆脱追求功效和傲慢，面对有限的自我，转向超越于此世而临在此世的上帝。耶稣布道中的上帝具有超越时间有限的力量，他召唤我们，关怀每一个人，并现在就关怀着我。所以，信仰作为对与神圣之言的相遇的发生，"就是放弃人自己的稳靠，随时准备寻找仅仅在不可见的将来和上帝那里才会出现的稳靠"。正是在此意义上，基督信仰就是一场奇遇，正如没有奇遇，也就没有真正的信救和真实的爱，真实的信仰仅活在没有把握的决断中。奇遇的信仰才与基督性相遇。刘小枫认为西方精神的最高境界是受难的人类通过耶稣基督的上帝之爱得到拯救，人与亲临深渊的上帝重新和好，耶稣基督的上帝"在未来将改变一切，把人从罪恶、苦难和死亡中解救出来，把人类引向终极正义彻底的和平和永生的上帝……无论什么苦难和不幸都不能扼杀上帝在耶稣的受难中启示给我们的拯救之爱和希望……"

刘小枫所说的"拯救"，是正视苦难、弘扬爱心、迈向超越，即不断地超越苦难、罪恶与不义，最终获得拯救。刘小枫认为人在自己的悲惨处境中无力自救，只有依靠上帝的救恩，把救赎的温爱带到每一个苦难生灵的深处。在他看来基督教信仰根本否定人能够靠自己的力量修身养性、行善为义，人靠自己找不到终极的真理和生命的归属，只有上帝自己来找人，向人启示自己，人才能回归上帝，相信上帝救赎的人，可以重新找到生命的意义与价值的本源。刘小枫所谓的爱，虽与世俗的爱有联系，却在本质上截然不同，这是一种具有至上价值的绝对的爱，是包容了一切人和一切事物的至善。他认为个体生命通过荣显永恒的圣爱获得了自身最终的意义和价值。

刘小枫认为以"美育代宗教"的主张是肤浅的，"以'审美代替宗教'——当然是指代替基督宗教——的主张同样成问题。在此主张中，至多包含着一种人之生存的自我肯定、自我上升、自我沉醉的论点。然而，且不说这种审美主义已然掩盖了人之生存论上的悲剧性真实，它的自我上升的设定亦难达到希腊景观的高度。更不用说，从根本上讲，人之自我上升，倘若没有神圣存在先然的下降，是根本不可能的"。如果汉语思想对上帝的认识仍只停留于不动情的对神性本质的哲学思辨式的认识，而不是首先感受到上帝在十字架上的痛苦，那么，就不可能获得对上帝的恰切认识。面对汉语思想界百年以来的问题，是否可以尝试以一种所谓新的文化范式来解决矛盾呢？有一点需要指出的是，无论我们是否认同刘小枫，但不能无视他的努力和存在。

当然，对于刘小枫，不是没有批评的声音。邓晓芒先生就说："我很早就说过，他不是一个真正的基督徒，而是一个儒家士大夫。那时他还在道风山。他思想的糊涂不是一般的糊涂，早在他的《拯救与逍遥》中，就有大量的糊涂观念，只是因为他文笔太好，所以掩盖了他的毛病。"任剑涛先生访谈时说："他做学问的精神我是尊重的，但是我不同意他对中国问题的解码思路，因为个体安顿是个心性问题，是个人信仰问题，你没有办法以个人解释来解决社会制度的安排问题。"任先生还说不能同意刘小枫所说的研究神学只为解决灵魂安顿问题，"因为你是公众人物，除非你写的东西放在抽屉里，不发生任何公共影响，但这是不可能的，你的影响力那么大，做一个什么研究都可能影响一大帮年轻人，没有承担起相应的责任就是犬儒主义了"。我不认同刘小枫是"犬儒主义"或文化保守主义和学界二道贩子的说法，学者有自己影响社会的方法，不一定都要做空洞的"公共知识分子"吧？目前中国学术界缺少真正好的二道贩子，尤其是在一个据说思想家淡出和学问家凸显的时代。但是，从另一个方面也提醒刘小枫，在涉及政治或制度的问题上，发言要慎重。任先生提出社会制度的重要性，我也认同。只是，这与刘小枫的思路不一样。中国急需政治上的制度改良，显然柔弱的人文知识分子是没有能力掌握变革的手段——刘小枫的努力，等于是在通向现代化的进程中做一个心性层次上的铺垫，也很重要。刘小枫为基督信仰和文化传播作出的努力是有目共睹的，为无所归依的灵魂找到了丧失已久的家园。

李泽厚谈及刘小枫说："刘小枫是有他的一套理论的——他一个很大的问题是缺乏历史性。我认为现在很多理论，包括自由主义理论都缺乏历史性，好像一些原则是先验的、生来就这样的。我跟他们的一个基本区别是：我认为一切都是历史产生出来的，历史不是哪个人的，而是整个人类的历史。"李泽厚说刘小枫没有历史感，也是事实。有评论者认为，中国传统思想只要经过"创造性转化"，一定比基督教资源更有优势。对于这种专发扬自己国光的说法，我不以为然。在一个多元文化语境的时代，为什么就要排斥基督教资源呢？福音是用来救人的，而不是用来救国的。基督教信仰是否一定会与本土的文化保守形成对峙呢？我觉得，中国文化的儒、释、道与基督教文化两种精神资源，完全可以"和谐共处"。刘小枫也强调，他引入基督教资源不是为了救国的。刘小枫在个体信仰层面上发言无可挑剔，他没有要越界到政治领域，其实表明了他的深思。有人说，信仰基督教与崇尚自由相矛盾。而我个人所看到的、发生在我身边的情形是，信仰基督教新教的朋友，他们反而达到了一种超脱的、真正的自由状态。我乐意见到，基督徒在偏僻的乡间，在苦寒的高原，在矿井的深处，在一切被权力和利益忽略的人群中传播这一种心灵的慰藉。但如果把"救国"高举得高于"救己"，那么基督确实是无效的。基督否认地上的国。不过，任何"救国"的企图都无法救国，而只能祸国。无视个人，妄谈"救国"，是一种集体主义的疾病。所以，当代的个体自由主义者走向了基督，集体自由主义者走向了基督的反面。

信仰对我来说是一个沉重和还显遥远的领域，但我对心怀信仰的人和状态，都充满尊敬。我个人不认同余杰式的基督徒文风，所表现出的一副"居高临下"的"悲悯"之态。信仰是极个人的事情，没有必要到处显摆或者说卖弄，无论你多想向别人宣扬或者号召。唐德刚曾说，中国历史上的基本社会结构是以家族为单位的。祖先崇拜是这种社会结构的黏合剂。自清末以来，西学东渐，最后马克思主义成为社会的统治思想。随之而来，"文化大革命"将中国社会祖先崇拜的思想"一刀砍断"。1979 年后，马克思理论逐渐被质疑。这就在知识分子中形成一种缺乏主流的意识形态。基督教的教义就在这种情况下，不知不觉地开始渗透入中国知识分子的脑中。其实，从新儒家到新左派，无不像重新建立其中国知识分子层面的主流意识形态。究竟哪种意识形态会被广为传播从而重新树立起价值观的标准，现在还很难说。作为基督徒，我坚持政教分离的原则，对于把信仰和政治联系起来的任何努力都抱有戒心。杨小凯先生所提到的"自由的信仰——自由的个人——自由的秩序——自由的制度"这个观念之所以可能，也是在这个意义上说的。一切只能够倚赖自己，依赖于人对价值进行重估。人是一切价值的衡量尺度，是一切价值的创造者。

刘小枫认为，启蒙运动以后，信仰的个体性成了现代性的表征之一。他被一度说成是"文化基督徒"，并为此充满苦恼。但也有一些基督徒朋友认为，刘小枫更多关注知识，而不是信心，个人性的，而不是投身于教会的信仰。"我刚讲完'文化基督徒'的事，就遇到基督徒的激烈抨击：'文化基督徒'根本不是'基督徒'，甚至称'文化基督徒'也不可！随激烈抨击而来的是反基督徒阴冷的表态：你的观点太基督教，即便你装扮成'文化'的基督徒，还是基督徒，我们并不想与你为伍。……我发现自己不得不采取这样一种两面派立场：对于那些基督教徒，我得说自己不是基督教徒，对于反基督徒，我要说自己就是基督徒。"（《圣灵降临的叙事》第 83 页）"文化基督徒"

的主要标志是认信基督，但不受洗礼或归属某一教会，它超越教会或教派之上。可问题是，按照《圣经》教义和基督的教导，认信基督就要委身教会。刘小枫所关注的是基督信仰对个体生存和人文知识学的意义。所以说他的信仰就是个体性的嘛，在基督徒面前说他是非基督徒，在非基督徒面前他又说是基督徒干脆美其名曰"文化基督徒"。刘小枫认为，基督教进入中国的失败有三个原因：

第一，他们想与中国的传统思想融合。这就搞错了，一融合，身份就不明确了，就没有自己独立与独特的身份。所以天主教传教路线是错的。

第二，新教的唯信论有反文化的趋向，传入的时候他们不重视基督思想层面的发展，只重视社会层的宣教，随着殖民统治把西方的那一套技术层面的东西带进来。辜鸿铭说与传教士在一起，从未听见他们讲福音，只大谈特谈修铁路、办医院、办公司等，没有重视基督精神的层面。

第三，当然是因为中国传统，中国作为一个民族国家兴起，使得它自然对基督教产生抗拒心理。

我个人觉得，基督教要想更好融入中国，必须要跟中国传统中的儒、释、道三家展开深入对话，而不是高高在上标榜自己，盲目批判和排斥。如果这个工作做好了，从长远来看，从"文化基督徒"转到基督徒，也是必然的。

三

刘小枫早在 1988 年出版的《拯救与逍遥》，引起了学界广泛关注。

《拯救与逍遥》这本著作中，关心的问题是：如何面对 20 世纪的价值虚无主义？他考察了中西文化历史上的名人，中国被列为重要对比人物的是屈原、嵇康、陶渊明，曹雪芹及其"新人形象"，和鲁迅。刘小枫批评了新儒家的"体用不二"、"天人合一"，他认为"人人可以当圣贤"、"我心即佛"同样是人僭越了上帝——绝对的他者——的界线，天非上帝，理也非上帝。他认定只有神圣之爱才能实现对恶的抵抗、对苦难的慰藉。

如果放在 20 世纪 80 年代启蒙思想的整体中，中西二元的对比是当时知识界的主要研究和思维范式。对于有人批评刘小枫站在基督教的思想立场批判中国传统思想，他说："引言其实已经清楚表明，本书的目的是走向绝对的精神，而非西方或中国的精神。本书后半部分，主要批判无神论存在主义哲学。"刘小枫先生并不同意中西二元，在他看来，中西并无不同，这个中西大同的思想要延伸到他之后的研究中才能看得更清楚。对于他来说，这其实是一个双重批判，既是对中国传统文化的否定，也是对中西启蒙思想的批判。在这双重批判中，开辟的是通往上帝的路——基督教神学，这唯一的拯救之路。

现在看来这种一元化的思维确实存在一些问题。尽管刘小枫关于中国传统文化无法提供出一个超拔于大地之上的精神资源的论断是有道理的，但实际正如蒋庆先生所指出的，"《拯救与逍遥》一书站在基督教的立场上，用价值现象学的方法来研究、批判中国文化的新立场与新方法仍是一种旧传统"。在他看来，"这种'以西研中批中'的传统很成问题，因为追随这种传统的人不可能真正理解中国文化的真精神与真生命，相反，只能误解和歪曲中国文化。我们知道，在这种传统中，研究者与批判者总是站在中国文化之外，用自己一套既定的西方思想模式或观念体系来解析、评判、规范甚至硬套中国文化，凡是不符合自己思想模式或观念体系的就一概批判否定，凡是符合自己思想模式或观念体系的就一概颂扬推崇。结果往往下笔千百万言，说来说去只是在说自家，与中国文化的真精神与真生命毫无相干"。

刘小枫声称《拯救与逍遥》一书的目的就是要扫除一切伪价值，其《走向十字架上的真》一书认为，佛教或道家取消个体价值。而中国文化真如他所说是伪价值吗？对于中国文化也好，印度文化也好，西方文化也好，我觉得都要有谦卑虚己的态度。《圣经》上说："虚心的人有福了，因为天国是他们的。"刘小枫最初的问题，就是对自己的文化不谦卑。在上帝的眼光里，我们无一不是可怜的蝗虫。但人既然不能不存在着，又有自由意志，就不能不说话。各抒己见的争论是必须的，但同时应有荒唐感，不能将自己当做上帝来裁判一切。将一己之见独断化是无知和可笑的。尼采说他要嘲弄从来不嘲弄自己的大师。鲁迅亦然。鲁迅给人印象是很自负，这是一个天大的误解。其实他的过人之处，恰恰在于怀疑一切，在嘲弄着嘲弄自己的人们的同时（偏要在自以为是的高尚的头上拨一拨），同是更无情面地嘲弄他自己，引火煮自己的肉。其中有佛教的"无执"智慧给他的启示。如果刘小枫从来不怀疑自己，这本身就是最可怕的伪价值。路德说，承认自己是一个罪人是当教徒的前提，可见洞识到自己在本体论上的有限是多么的重要。基督教不厌其烦在强调"虚心"，因为人只要虚掉这些才可能进入罪感，人才可能仰望无限的上帝，才可能"有福了"。

作为重建中国社会政治秩序、人心秩序的一个资源，并不是基督教才最有效，儒教或佛教，也可以提供资源。刘小枫强调的是"独一真神"，他在《走向十字架上的真》里说得好："信仰核心的信息是个人灵魂的得救。最关键的就在于，你的整个生命的感觉会发生彻底的变化。他生活在这个世界，受了这个世界的各种各样的限制，但是他的精神以及他的得救不是属于这个世界的。"而这种真正的信仰，在中国文化自身里是没有的。刘小枫用基督教神学和价值现象学方法来批判中国文化传统，"让汉语承担人类的普世思想，而不是无能的民族怨恨"，正是他个人的抱负，由于他是从价值根基或说终极关怀这个信仰的角度来反驳中国文化传统，这就使中国文化这棵大树几乎连根拔起而轰然倒塌。有论者指出，只要承认中国传统文化无法提供出一个超拔于大地之上的精神资源（这也是屈原自杀、鲁迅绝望的原因），那么无论刘小枫对中国传统的批判有多简单，或者有多么不符合传统中国的学问方式，都不要紧。而基督教正提供了这个资源。现在看来，这种一元的文化论是有问题的，而这种问题集中表现在关于鲁迅的评价上。刘小枫声称《拯救与逍遥》一书的目的就是要扫除一切伪价值，只是在没有谦卑证悟生命之道的真义之前，而是外在地先用哲学思辨与批判，是无法辨别价值的真伪的。关于中国文化有无超验价值的问题，唐君毅、牟宗三、徐复观、张君劢四先生曾联合发表过一篇《中国文化宣言》，其中对中国文化无超验价值的看法进行了有力的驳斥，有兴趣的读者可自看。我这里单就刘小枫关于鲁迅的评价说说。现从刘小枫的《拯救与逍遥》（上海三联书店 2003 年 10 月第 4 次印刷）摘录出来一些论点：

> 鲁迅究竟站在什么立场指控中国传统精神？鲁迅如果仅仅站在贾宝玉思想的立场，被誉为深刻尖锐的儒家王道和礼教批判，不过重复了庄子的见解，为人津津乐道的国民性针砭，再现的不过魏晋狂士风范和宝玉"残忍僻之邪气"，算什么觉醒。（325 页）

鲁迅深刻的冷眼又是哪里来的呢？不就来自曹雪芹的新人的"觉醒"：看透了给无情的世界补情根本不可能？（328 页）

鲁迅的洞见是：既然恶是生命世界的事实，必须且应该称颂恶，不可相信、裨告神圣的东西，除了人的生命权利，一切价值都是虚假的，它们帮助历史的恶扼杀生命。（328 页）

鲁迅的时代充满混乱，疯狂、血腥，但这并非只是鲁迅才面临的历史事实，也是雨果、陀思妥耶夫斯基、托尔斯泰、卡夫卡、特拉克尔、艾略特、加缪所面临的历史事实。鲁迅的信念并非历史的恶强迫得来的，而是其个人气质及其所传承的精神传统的结果。（鲁迅所置身于其中的精神传统，从来就没有为他提供过对爱心、祈告寄予无限信赖的信念，没有陀思妥耶夫斯基的情怀和气质似乎可以理解。）为什么不应该问：在中国何以只会产生"硬骨头"的鲁迅精神，而不会产生"软骨头"的陀思妥耶夫斯基精神？（329 页）

鲁迅觉醒的冷眼犀利吗？看到现实的严酷，历史的荒唐甚至中国的国民性，并不需要特别犀利的目光。鲁迅的"觉醒"深刻吗？看到历史的恶必然会嘲笑人的良善愿望，有何深刻所在！难道以恶抗恶是人在现实恶中唯一可以依靠的伟大精神原则？觉醒的冷眼有什么了不起呢？难道清醒、理智地看透了一切，就算是了不起的精神？（330 页）

中国的恕道讲不报复，以德报怨、宽容，结果是纵容恶人，使恶人得救，又来作恶。要反抗恶就得变成恶，而且恶得彻底，这就是肩起黑暗的闸门。（336 页）

鲁迅改变的只是吃人的口实，屈从的却是吃人的事实。这是否就是"肩起黑暗的闸门"的实际含义？（337 页）

鲁迅精神的伟大，也在于他的自知之明，懂得所有的良善都是虚假，

而他自己为了肩起黑暗的闸门，灵魂越来越阴毒。（337页）

鲁迅说要救人，也许要救的是自己的灵魂的阴冷。可是，除了鬼魂的自我刻画、冷嘲和热讽，鲁迅找到别的东西来滋养灵魂。（338页）

传说鲁迅灵魂中的阴毒有其私人原因。如此"早熟"不过是心灵的一种自我毒害，它源于一种怨情情态，这种情态使人成为某种特定类型的价值盲并形成相应的价值判断。鲁迅的灵魂在怨恨中早熟，怨恨的毒素已经把人灵魂中一切美好的东西噬蚀净尽，空虚的灵魂除了鬼魂的自我刻画、冷嘲和热讽，还有向往别的什么高贵的精神，基于怨恨的人道精神的爱，也不过是朝所恨的对象打出去的一张牌。（339页）

鲁迅因批判国民性而成为国魂，这国魂是否就是他批判国民性的自身呢？如果不挪开鲁迅精神这道"黑暗的闸门"，中国精神有指望见到光的未来？（341页）

卡夫卡的绝望来自于这样的看法：在恶的势力绝对统治着的世界上，人性无能为力，因为人本身就是世界的恶的根源。人没有相信善的天性，人的生命本性的阴暗、冷漠、凶残、刻薄。《变形记》的结尾，萨姻沙的妹妹终于也放弃了对哥哥的爱，人的爱与同情经不住严酷的考验。卡夫卡的自知之明看来的确比鲁迅更深刻："从我生活的需求方面压根儿什么都没有带来，就我所知，和我与生俱来的仅仅是人类的普遍弱点。"（342页）

刘小枫站在基督信仰的立场批判鲁迅，触及根底，十分犀利。然而，仔细思考，并非没有漏洞。为了批判鲁迅无基督信仰，刘小枫直接把"文化恶魔"与现实中的道德相提并论，鲁迅"抗恶"自然就成了"以恶抗恶"的阴冷无赖的"黑暗的闸门"，并且怀疑鲁迅就是他所改过和批判的对象本身。为了批判鲁迅，刘小枫对鲁迅使用了"阴冷"、"残忍"、"自私"、"阴毒"、"怨恨的毒素"、"无赖"、"吃人"、"卑鄙龌龊"、"腐化堕落"、"黑暗闸门"等词汇，先验地将西方基督精神的传统设定为一种拯救的精神，而中国则是逍遥，将鲁迅和西式化逍遥等同于现代虚无主义的同路人。刘小枫在运用材料时，为了论证自己的理论预设，不惜将一个个驳杂多色的思想巨人单色化，尤其剔除不符合他的理论设想的材料。他恰恰忘记了，思想巨人之所以为思想巨人，是因为他们的思想具有原创性，在与传统的决裂中以及重新建构新体系的过程中，他们的思想驳杂不清而且有时相互矛盾，然而正是这些构成了他们思想的丰富性，尤其是对于狐狸型的思想家更是如此。现在呢，刘小枫恰恰相反，他将每一个思想家作为刺猬型也就是一元型的，以为他们的理论是圆融贯通的。将对思想巨人的不同认识一笔抹杀，似乎只有他才是得到了不传之密，其他的学者都是傻瓜。这对其他的学者来说也是极为不尊重的。记得某位学者说过，在思想巨人的断裂处，正蕴藏着无尽的理论生发点。我想这才是做学问的态度。刘小枫对于鲁迅的冷嘲热讽，曲解的地方太多。刘小枫消解了东方式的以鲁迅为代表的反抗的合理性，他也否认了在东西方的思想巨人中共存的对于反抗的合理性的体恤，以及对这种反抗可能带来的恶果的焦灼和不安。而将鲁迅称为西式化逍遥及现代虚无主义的同路人。他承认的只是陀思妥耶夫斯基式的软性的反抗或者说是回归。还有就是刘小枫将鲁迅借人物说出的言论，不代表鲁迅的真实看法，甚至恰恰是鲁迅最为反对的言论，强加到鲁迅身上，说这就是真实的鲁迅。《铸剑》中的那个黑衣人的言论就是鲁迅的看法吗？这很值得怀疑。而《希望》中的"我的心也曾充满过血腥的歌声：血和铁，火焰和毒，恢复和报仇"，是否就意味着鲁迅的心是阴冷的，他的血里面满含着毒药，他在毒害着后来者，他在宣扬以恶抗恶。这种种都是值得怀疑的。而刘小枫将这些都作为定论。也许在刘小枫看来，这正是鲁迅应该走向基督教，或至少走向善的起点。徐麟认为，在文化，只有把个体存在视为存在的最终形式的个人，才可能真正成为基督徒。因为只有在那种状态中，个人的精神归宿才会绝对孤独而成为存在的根本问题。而在鲁迅，他人可从来把个人存在视为最终目的。鲁迅为此而选择的个体存在方式，其实是一种他与历史对抗的方式。这确实是一条以恶抗恶的道路，并且他在与历史的对抗中，把自己也沉入了黑暗之中。但是，他对于民族的爱，以及为此所投入的激情关注，却是他的良知和个人存在的真正基础。正因为这样，所以他并不关心自我的拯救。刘小枫对于精神资源对人的安慰与支撑特别强调，在他看来，缺乏上帝支撑而坚持抗恶的鲁迅，是不可想象的恶人。也可以理解，像刘小枫这样只做学术引进逍遥气质的学者是很难了解鲁迅独特的生命哲学的。学者王乾坤认为，鲁迅要消除的，不是终极眷注这一维度，而是二元对立的形而上学"超脱"方式。鲁迅与尼采最大的相通首先是都不留情地、终生不怠地消解终极实体，指出这个实体对人的压抑和强制，并且都认为这种终极虚构来自于生命的衰败，并且造成生命衰败。从鲁迅那里看不出西方人本主义者对神学终极关怀的那种全然否定，他真正痛切的远不是神学禁欲主义，而是宗教对此世苦难的逃匿。这个眼光，鲁迅高于历史上的人本主义者。基督教对此世不负责任的或怯懦的逃匿，被今天的神学家们认为是偏离了"上帝之真"的末流。

19、20 世纪的西方面临上帝日益远去，人类丧失生命信仰而陷入生命困境。而在古老的东方，佛教、儒教所提供的现成价值系统也一样倒塌。每一个人都不得不开始创造自己的生命意义、为自己的生命立法，这样的重担自然落在中西方文化人身上。相比传统的基督信仰，鲁迅是作为现代信仰者出现的。现代信仰者一般认同这样的观点，人自己为自己立法，通过"自由的自律"，来向无限飞升，人由此就是"神圣的道德法则的主体"——鲁迅的"声发自心"显然与佛、道的理路与意象有关。鲁迅作为现代信仰者，我相信他能做到"自由的自律"，只是更多的普通人，可能只能依靠仰望上帝来救赎自己了。鲁迅本人就密切受到现代信仰者克尔凯郭尔和尼采等深刻影响，理解这点了，就不会像刘小枫站在基督教原教旨主义立场那样批判鲁迅了。克尔凯郭尔洞穿了官方基督教神圣价值谎言掩盖下的"价值"假象和虚无真相，从而转向注重个人精神体验与个人信仰行动的个体性基督信仰；尼采狂欢"上帝死了"之后呼唤"超人"的出现；海德格尔冷静探讨生存虚无的本源，并且继续提供深刻的超越虚无的生命之路；萨特用生命践履"自由选择"、"行动学说"，做"介入"、"批判"精神的人间斗士。学者彭小燕将鲁迅放在存在主义哲学的整体视野里考察作为现代信仰者的鲁迅，如何在一个苦难、黑暗、虚无的生存现实之中，穿越生存虚无，撞击社会黑暗，独立自由求索，创造生命意义和价值。（关于这点，可以参考彭小燕的著作。）笔者以为，刘小枫将基督信仰当成批判鲁迅的手段，这就有点绝对化了。

刘小枫还以陀思妥耶夫斯基和卡夫卡的名义来贬低鲁迅，其实是一种误读。为什么鲁迅不是陀氏呢？这是一个问题吗？同样，我们还可以问陀氏为什么不是鲁迅？用一种文化标准去代替另一种文化标准，本身就是缺乏同情的理解的态度。陀氏笔下的人物，除了像索尼娅那样以情动人的例外，所有"地下室人"、拉斯柯尔尼科夫、斯塔夫罗金、基里洛夫·伊凡等人都找不出足够的理由，信仰上帝存在，都显示出理论上的苍白。陀氏的作品已经雄辩地表明，从科学知识上，从认知理论上，从理论论辩上，恶魔已经彻底击败了上帝，上帝的存在仅仅是靠一种传统和人们的向善之心的纯粹信仰，而真理已经为恶魔所掌握。刘小枫仅仅把陀氏说成是梅思金、佐西马长佬、阿辽沙，而无视陀氏同时也是"地下室人"，拉斯柯尔尼科夫，斯塔夫罗金、基里洛夫、伊凡等恶魔，怎能真正理解陀氏呢？那种简单地把陀氏笔下的人物替代鲁迅作简单发挥的做法，根本不可取。高旭东对此有剥皮见骨的精彩批驳。他质疑刘小枫宣扬的基督教普世主义，对隐含其后的文化一元论调和高高在上的拯救心态予以揭批，指出刘小枫宣扬神学救赎的实质在于："刘小枫虽然自称运用的是什么'现象学'的方法，但是明眼人一看就知道，他是立场分明的价值论者。他虽然一口一个海德格尔，但是海德格尔的文化立场是现代的，尽管在海德格尔的 being（存在）这一概念中留有上帝的影子，而刘小枫的立场却是中世纪的。即使是那些对上帝死去之后而留下一片文化荒原留恋惋惜的西方文人，大都感叹西方的没落而发出无可奈何的悲鸣，哪里有像刘小枫这样的信心十足的要求人们专一信神的卫道士？从这个意义上说，刘小枫已经不大像个学人，而更像一个有着神学家面目的神甫。"

我的问题：知识分子经过了绝望后是否必然走向基督信仰的拯救？知识分子的绝望本身就是启蒙造成的恶果，真正的知识分子就不是绝望的姿态。刘小枫也好，某些鲁迅研究学者也好，不可能深入理解鲁迅的驳杂与丰富。至于鲁迅的"反抗绝望"，刘小枫则认为他这种看透了历史上所有价值的虚妄，对于历史和现实不断地反抗，只不过是一种找不到任何方向的"玩玩"的闹剧。总结一点，一种没有超验价值的文化，都在拒斥之外。恰恰是刘小枫，而不是鲁迅，他在《拯救与逍遥》一书的攻击话语充满了仇恨的情绪，散发着浓重的"保罗气"式教会气息，使作者的攻击从"神学行为"同样堕落为一种绑着的历史行为，而且与他所标榜的基督神完全相悖。刘小枫批判中国文化"神性思维"，攻击理性主义和无神论者，有可取之处，问题在于，他所使用的手段，同样是逻辑与理性，刘小枫以上帝的名义讨伐别人，将会导致什么后果呢？如果说"搞恶"的问题，那么首先要搞清楚的就应该是什么"恶"。但在这个问题上，上帝与人类至今仍未达成共识。刘小枫把导致基督教困境的根本原因，推卸给保罗或理性主义，把耶稣捆绑在工具理性的战车上，一面成圣爱原则和"勿以恶抗恶"，一面却用比鲁迅更鲁迅的话语暴力，仇视和攻击理性主义与其他宗教，以及转移的自身的慵懒、虚弱和内人焦虑。徐就此指出，这是试图把基督教重新变为对一批基督教宗教和思想审判的现代宗教裁判所。一种话语权力常常就意味着一种语言暴力，尽管刘小枫口口声声反对"以恶抗恶"，然而《拯救与逍遥》中那充满仇恨和暴力意味的言说方式，恰恰就是"以恶抗恶"的逻辑体现。正是在这一点上，刘小枫完全背叛了自己的主张及其标榜的耶稣主义。林贤治先生在写薇依的那篇文章中，就曾委婉地批评过刘小枫。其实刘氏及其门人与新左派一样，都不敢深入到"劳苦中国"，去了解，去帮助，去奉献，他们只是陷入到了自我虚幻的"拯救"里而不自拔。一个没有经历鲁迅式痛苦的书斋学者，一个喜欢在所谓爱或者担当恶的激情幻觉中自我陶醉和获得神圣和崇高感的人，他不愿意触及现实的东西，现实远非那么浪漫！

我们可以说鲁迅没有信靠基督或皈依佛教，但你不能说他与这两种超越方式没有保持一种亲密的张力关系。根据学者魏韶华的研究，可以知道，鲁迅的思想受到克尔凯郭尔、舍斯托夫、陀思妥耶夫斯基、易卜生、蒙克、梵高等的影响很深。鲁迅临死一年前，还购买了舍斯托夫的全部文集。鲁迅并不是从基督教知识背景切入克尔凯郭尔思想，而是从人文主义者的角度即"立人"思想出发。某种意义上来说，鲁迅只能以个体的身份亲证信仰，是历史的必然。引进基督教的神学价值观的任务，必然要落在了后学身上。至于鲁迅与佛教的联系，十分密切。我曾经从金纲先生那里得到一个鲁迅佛学藏书目录，这个目录让我大吃一惊，我先后请教专家，某位法师说鲁迅所藏佛学书几乎囊括了佛教三大体系（中观学、如来藏和唯识），他对于中观学和如来藏是关注的。这种关注就连出家人也未必读佛书像他这么多。这也难怪，鲁迅与佛教这个专题就连许多鲁迅研究专家也不敢碰。原因很简单，从事鲁迅研究的缺乏深厚的佛学素养。鲁迅研究已经进入了非要花费大工夫的时候了，否则难以摆脱琐碎和重复的命运。鲁迅的佛学素养很深，他有不绝望

（佛教说"回归本心"）的一面，可惜这点，鲁迅研究学者没进入而已。相比基督教的"外在超越"方式，佛禅等中国文化是"内在超越"方式。刘小枫以自己钟情的"外在超越"方式否认"内在超越"方式，显然是一种偏见。当然，按照有些学者的看法，"反抗绝望"的鲁迅最好信靠基督。而我觉得，鲁迅为什么就不能同时从佛教和基督教中吸取精神力量呢？中西文化内部各有一套平衡的机制，可是由于启蒙（现代性）的原因，这个平衡被打破了。当下，我们要在多元文化语境下融会贯通。正如高旭东所说，"我们应该倡导文化的多元化，尤其倡导多元文化之间的交流学习、彼此尊重、相互宽容，这样才会缔造在和平中发展的世界；而非像刘小枫那样，为了倡导中国人信从基督教，竭力排斥异教，将屈原、鲁迅等不信神的文学大师格杀勿论，置文化多元化的世界潮流于不顾，强调文化的一元主义、普世主义和绝对主义，以不宽容的姿态敌视异端"。

2012 年 10 月 5 日　苦寒斋

净慧法师：禅在当下

一

第一次结缘净慧法师，是在读了明海法师的《禅心三无》一书。

明海法师何许人？俗名姓肖，乃北京大学哲学系毕业的高材生。

他从 1989 年开始接触佛学，1992 年出家。他在书的前言自称："在这前后二十多年间，自己逐渐从一个三业放逸、狂妄自大、迷茫苦闷的青年转变成略明因果、改过迁善、献身三宝的修行比丘。这要感谢佛祖的恩德！感谢师父净慧长老的慈悲教化！"

让人好奇的，这位高材生的师父是哪位高僧？2007 年以后，我也初涉禅宗。带着好奇，找来净慧法师的《生活禅钥》。此书从什么是禅，到什么是达摩禅、四祖禅、六祖禅、如来禅、祖师禅，再到临济禅和赵州禅，分析精辟。

2010 年 10 月 23 日，净慧法师在北大开讲禅宗。内容分两大部分：禅，生活禅。

净慧法师首先提出"如何理解禅宗"的问题，接着从四个方面进行了十分简明的总结和阐释——禅心、禅悟、禅境、禅用。那日，北大英杰交流中心阳光大厅内座无虚席，前来听讲座的人很多，北京市龙泉寺、黄梅老祖寺前来的居士和僧人以及社会各界络绎不绝。这场面倒像是 20 世纪 80 年代的文学讲座。印象深刻的事是：北大演讲结束后，净慧法师被许多人簇拥着，徐徐走来：扬眉瞬目，举足动步，开言吐语，没有离道。一些居士纷纷就地扑通跪拜。法师上厕所小解，工作人员说：给净慧法师让让。法师说："人人平等，排队，排队。"一位 50 岁左右的女居士和净慧法师谈话时，手不停地摸着净慧法师的肩背。净慧法师说:"别摸,别摸!"当时的情景,让大家忍俊不禁,都舒心大笑!法师确实世法、出世法,圆融无碍!

净慧法师讲了将近两个多小时以后,开始答疑解惑。

法师认为,生活禅的四句口诀就是:将信仰落实于生活,将修行落实于当下,将佛法融化于世间,将个人融化于大众。"生"就是生命、生存、生活、生死。有了生命,第一步要求生存,第二步才有所谓生活,生死则是生命现象的全部,有生就意味着必然有死。总括而言,生活大体上有如下一些特征:生活是具体的,无需理论架构。生活禅的核心就是由生、活、禅这三者组成的。生活禅的宗旨是:要求将禅的无的精神、空的精神、突破与超越的精神融入到生活的每个当下,使生命与生活融为一体、打成一片。每一个实践生活禅的人,以"觉悟人生、奉献人生"的宗旨为依归。在生活中修行,在修行中生活,使生活的内容成为落实"觉悟人生、奉献人生"宗旨的具体实践。针对修行生活禅的人的迷失状态,而说觉悟人生;针对修行生活禅的人的自私的心理状态,而说奉献人生。从觉悟人生出发,以出离心为基础而修解脱道;从奉献人生出发,以菩提心、大悲心为基础而修菩萨道。对于在家修行者来说,可以悲智双运为愿景,直接修菩萨道。无论是修解脱道还是修菩萨道,都不能够离开日常生活,都要以生活为逆场。在生活中培养出离心、菩提心、大悲心,即世而出世,在尘而不染尘,行禅于当下,觉悟人生于当下,奉献人生于当下。在生活中培养专注、清明、绵密的觉照,以"信仰、因果、良心、道德"的八字方针为标准,不断优化自身素质,落实觉悟人生的要求。

二

2007年4月14日,我来北京前曾写下《从过客到灵山》一文,曾经引用高行健的长篇小说《灵山》里的文字:

小巷深处,他那"青藤书屋",一个不大的庭院,爬着几棵老藤,有那么间窗明几净的厅房,说是尚保留原来的格局,这么个清静的所在,

242

也还把他逼疯了。大抵这人世并不为世人而设，人却偏要生存。求生存而又要保存娘生真面目，不被杀又不肯被弄疯，就只有逃。这小城也不可多待，我赶紧逃了出来。

试想：一个热血正直青年如鲁迅那般肉搏空虚的暗夜，何异于孤羊投狼群呢？所以，人无法反抗这个发疯的社会，如果没有足够的精神解毒能力，很可能自己也一同疯狂。这样说呢，并不表明我已彻底走出了鲁迅式的痛苦和绝望，而是我置身这样的语境下，更加认清楚了人的有限和渺小。

前十年的时间，我从鲁迅那里认识到了人性的黑暗与社会的残酷，以后的时间里，我想接近对人生存本质的探讨，对于老庄和禅宗的兴趣与研究，以及中国传统哲学的研究就要开始了。从前，我之所以时时感觉痛苦，除了具体的生存环境以外，还在于我没有破除"我执"，只有心无外物，去迷见性，才能自由。"我执"是造成虚妄和痛苦的原因，在解除生存的紧张以外，我能做到不苛求，甚至不为外物所牵挂，也就距离逃离痛苦远了。庄子说，虚无恬淡，乃何天德。生命有限，流光苦短，每一个人的生命在我们的手中。我改变不了环境，环境也改变不了我，但是，我可以选择面对环境的态度。

虽然，那个时候我并不明白"娘生真面目"是什么。但是，我觉得，人被虚妄境界所转，就会痛苦。去北京以前，我多是在文学的范围里寻求慰安，荒漠一般的内心日趋干枯。北大听课后，我开始广泛接触哲学与宗教，一下子就被老庄的境界吸引住了。但是，某些身染市侩老庄气的学者让我厌恶。更主要的是，北大在给我知识视野的同时，也让我洞悉了某些知识人内心的空虚、无聊与颓唐，一样也是凡夫俗子，也被情、权、利、名缠绕，著名学府同样也是缺乏"诚和爱"（鲁迅语）的地方。几年之中，我隐约感受到了夹缝中知识人的两难处境，也似乎体会到了什么叫"分裂"。失望之余在找精神出路。知识人尚且如此，贩夫走卒们的如动物一般的苟且生活又怎能使我违心俯就呢？

说起与佛法的因缘，那是始自北大。2009年北大旁修佛教哲学期间，与一位法师结缘，终因根器不相应随顺了此因缘。道本无二，庄子也说"道通为一"，不过以众生的夙因和根器各不相同，方便说了许多法门来度化众生。虽然没有继续这段师徒因缘，但这个法师的素养给我印象深刻：温和、柔声、谦卑、礼貌、热情、耐心、细心……更主要的是，向我推荐了禅学大师——台湾圣严法师的著作，我读了圣严法师的文章，文字细腻，干脆简洁，很受教益，便觉得自己根器适合禅宗。唯一不足之处就是，书中对于如何修行似乎讲得不够精细。

我第一次去北京龙泉寺，久久地徘徊着，冥冥之中觉得与我有什么联系，但我却并不急着走进过那扇大门，就像史铁生面对着那个荒芜的地坛，颇有些宿命的味道。一进寺院，看到那雕梁画栋的门庭、庄严的佛像、清静的禅堂，内心顿感清凉。特别是见到一位僧人端坐在那里，巍巍堂堂、一尘不染的样子，一下子就吸引住了我。一位师父说："道由心生，你懂吗？回去看《坛经》，把它背下来，自己参参看……"一天，偶尔在北大物美超市内一书店购得一本《六祖坛经》。打开一看，慧能大师自然流露出的智慧，以及与弟子活泼的开示，深深吸引了我。经中的"菩提般若之智，世人本自有之，即缘心迷，不能自悟"，"佛是自性作，莫向身外求。自性迷，佛即众生；自性悟，众生是佛"等观点和老庄哲学颇有相似之处。《六祖坛经》是关于禅宗的，也是我看的第一本佛教方面的书，而且讲的是空性——自性空。经中的智慧，是我从未见到过的，十分契合我的心性。据说，六祖慧能大师千年肉身不坏，此种奇异现象也促使我对佛法进行深思。之前由于受到种种外在观念、境界的影响，从而淹没了内心的觉性，致使在飘忽不定的分别念中虚度时光，从未想到去内求心性的光明本性，这实在令人惋惜。特别是最近几年，时感人生无常，人心诡诈，身体羸弱，期间发生的一件事情更让我领受到"观身不净，观受是苦，观心无常，观法无我"的佛法深义，对于其中的"观受皆苦"体会更是深刻无比。此时研佛正是时候。2009 年，随北大国学社参访团一行到柏林禅寺参学，期间参访团随常住上殿、过堂，在晨钟暮鼓中体验禅宗道场的修行生活，提升自我的生命，顿觉身心放松，气息柔和。佛学对我的影响不仅有义理上的，让我懂得了诸法缘生性空的实相，更主要的是，让我学到了向内观照。渐渐地，我的内心也清明起来，觉得应将佛法作为自己生命的主流。心一旦觉醒，即便在深山古寺中伴随着青灯黄卷，也能耐得住寂寞。

虽然对于禅宗哲学研究之类的书籍也曾购买了不少，但结果却发现，不论是自己还是作者，都自觉或不自觉地以所谓批判眼光去分析佛教，而事实上，往往都是以一种狭隘的、充满偏见的目光去审视，误众生慧命，因此不可能获益。圣严法师的系列著作，曾经开启我的慧根。然而，圣严法师已经圆寂。闲暇时我便开始接触印光大师、弘一大师的文集等书籍，还有国内外一些法师讲经说法的资料。我对佛法有了更深一步的了解，对佛学空性的道理也有了一些认识。就这样，我开始接触起佛教和道教的典籍。正如憨山大师所言："修行容易遇师难，不遇明师总是闲；自作聪明空费力，盲修瞎炼也徒然。"我很害怕自己盲修瞎炼。一日读《虚云和尚开示录全编》，其中净慧法师在序言中这样写道：

某日夜晚放养息香时，忽睁眼见大光亮，如同白昼，见河中行船，上下远近皆悉了然。自知是参禅工夫纯熟的境界，置之不理。至第八七的第三晚六枝香开静时，护七师倒开水冲到手上，茶杯落地，一声破碎，使疑根顿断，如从梦醒，悟透禅关，因述二偈以记悟境：

杯子扑落地，响声明沥沥。

虚空粉碎也，狂心当下息。

烫着手，打碎杯，家破人亡语难开，

春到花香处处秀，山河大地是如来。

事后，我才得知净慧法师乃虚云大师亲传弟子。我因此向往于修行人的那种大悟的境界，为他们真实不虚、志愿行坚、尽除浮奢的执著精神深深打动。

我对佛学有了信心，也越发接受了。因此我对佛教的兴趣日渐浓厚起来。我相信，人的命是固定的，但运是可以改变的。相信做好事有好报，人一定要做好事，不能做坏事，冥冥之中上天在看着你我。而越研究道教教义，就越发觉得有必要真修实证。奈何自己障深慧浅，与所归依的师父根器不相应。

如何才能破得"我执"和"法执"?

2010年10月23日，幸有因缘聆听净慧法师讲座。此后于图书馆搜集了法师十多部佛禅大著，醍醐灌顶，我猛然开悟，末法众生，唯真证能救。净慧法师书中有这样一个例子：

> 我有一位弟子，一次不小心割破手指，他痛得倒吸一口凉气，自言自语地说："我执真强！"这给了我极大的启发。无论是肉体还是精神感到痛苦时，就对自己说这是我执，而不要把它当成什么大不了的事。这能帮助我们更轻松地面对、承受痛苦。

> 很多时候，我们倾向于把当下纯粹的苦受扩大，演绎成悲惨的故事，甚至是连续剧，掺杂进太多不相干的情节、评判和议论。我们在轮回中，因为错觉、误解，把因缘和合、念念生灭的东西执著为实有、常存，而感受各种痛苦。只有当证悟无我时，困扰我们无量劫的痛苦才会在当下消失。

这个例子听上去有些极端，不过在日常生活中，我们对很多事情的反应不是与这很相似么？比如我，最痛苦的时候苦思冥想，向人倾诉，和人讨论，反复剖析，内心涌现改造的冲动，这些我无助于减弱对外物的贪执，更无法解决自己的痛苦，烦恼无减反增。我就是这样把自己的攀缘心、分别念、错觉投射在物体上，执著改造外在环境，枉受痛苦。可叹的是，有不少人就曾和我一样。一般有点思想的人文学者，大都有"所知障"或"知见障"。这类人天生聪明，能举一反三，被自己原来的知识学问蒙蔽，产生先入为主的观念，然后，以这个观念的框架来批评、否定宗教，往往说的是一套，做的又是一套。不少研究佛学的学者，缺乏宗教情怀和宗教感知，多喜谈禅说佛，轻视学佛，不明因果，这是有问题的。知识、思想、文字、语言都是很难超越的执著，即使只是片刻超越都很困难。禅师都很厌恶炫耀知识，乃是因为知识有时会成为修行障碍。六祖慧能大师曾经在《坛经》中说，所谓不立文字，并非不用文字。不用文字就是不执著文字，但又不能离开文字。

我在思考一个问题：四周的很多人，包括一些大学教授，是否早已被某种惯性思维完全捆绑？到底有多少人被粗暴、简单的思维定式愚弄？到底有多少人被眼前的声、色、名、利一切假象蒙蔽？又有多少人能参"父母未生前的本来面目"这样的问题？佛陀才是我们这个世界真实面目的彻见者，凡夫依然沉浸在种种迷幻的主观臆造之中。人们在忙忙碌碌中，无暇顾及生命的本质问题，于不知不觉中就将生命消磨殆尽。我越发感到现实世界的虚幻，以及追求永恒觉性的必要。

开始学佛，不过粗通些义理，借此化解鲁迅带给自己的灼痛。而只注重义理上的钻研，整天就在名相里概念里兜圈子，好像到大海里数沙子一样。净慧法师的系列禅学著作一步到位，化繁为简，直截了当，顿超直入，让我大悟：有执皆苦，着相外求，就是凡夫；息念妄缘，破相显性，佛自现前，当体即佛。法师的开示皆从自性而出，所谓法无定法。禅宗有言曰："教外别传，不立文字，直指人心，见性成佛。"净慧法师深知禅不好讲，但若要入门，又不得不讲。

净慧法师是当代禅门大德，是中国现代禅门泰斗虚云老和尚的侍者及传法弟子。

法师的十多本禅学大著，都不离禅。到底禅是什么呢？法师说：

禅是一种境界，叫作"如人饮水，冷暖自知"。

禅是一种受用、一种体验，惟行者有，惟证者得。

禅是一种方法、一种手段，因人、因时、因地在起变化。

禅是一条道路，当机立断，直下承当，觉悟圆满。

禅是一种生活的艺术，超脱、自由、自在和潇洒。

禅是永恒的快乐，超越一切对立，脱离生死，不住涅槃。

……

中国禅宗的初祖菩提达摩、二祖慧可、三祖僧璨、四祖道信、五祖弘忍、六祖慧能，都是见性之人。这些祖师大德的开示，皆从自性流溢出来。如果了解了很多道理，与实践不相干，与行动不相干，学的道理越多，障碍就越是大。达摩祖师的禅法有四句话非常重要。这四句话就是："外息诸缘，内心无喘。心如墙壁，可以入道。""心如墙壁"，我们这个心就像一堵铜墙铁壁一样，没有任何缝隙，妄想无从生起。做到这样，就是妄想不起。眼前有种种的环境，内心有种种的杂念，怎么样能够使我们这个心像一堵墙壁一样？没有十年八年的工夫，要做到这一点，谈何容易呀？

净慧法师对禅宗作了直指心性的开示：灵山不远，彼岸非遥。禅宗顿教，直下承当。历代高僧大德、十方诸佛菩萨，都是从一个业障深重的凡夫开始修行。所谓转烦恼成菩提，转生死成涅槃，转识成智，就能转迷成悟。迷与悟、凡与圣、佛与众生，皆在一念之间。让我想起六祖开悟的因缘。六祖当年在山上砍柴时，听人诵《金刚经》"应无所住而生其心"，当下开悟，当即就去找五祖了。刚开始，在那里天天捣米。表面看着好像都在干活，实际上每个人都在磨炼自己的心性。最后五祖看时机到了，要把衣钵传给六祖慧能，就在半夜把所有的窗户堵上，用袈裟盖住给他讲《金刚经》。当讲到"应无所住而生其心"的时候，六祖恍然大悟：万法万物不离自性！当即作了个偈子："何期自性，本自清净；何期自性，本不生灭；何期自性，本自具足；何期自性，本无动摇；何期自性，能生万法。"历代祖师悟道，皆从平凡处做起。成佛从哪里开始？扫厕所、扫地、扫佛殿、照顾病人、拣地上烟头、擦干净香炉，帮助有困难的人，从这些地方开始。参加禅七，就要把几十年来养成的种种不合于道的生活习惯、思想观念放下来，于起心动念之间，觉照自己当下的心态是否能与道保持一致。

净慧法师参禅见性，主张"唯心净土，自性弥陀"，以承继传统为己任，复兴古刹，倡导农禅道风，弘扬禅法，悲深愿大，利济众生，传给了我一把启开心智之门的钥匙。从此，我的内心渐渐有了一道对付所有纷繁万象、芸芸百态、日常动用这些纷至沓来的幻象之良策：那就是不对境生心。他启发我，不要被虚妄境界所转。因为不认识到一切事物的本体，就容易本末倒置，舍本逐末。修行的根本，明心见性，找到这个根本了，就不会胡思乱想，找到这个根本了，就不会痴人说梦。所谓修行，法师认为即是修心，修心即是修性，修性也是修心，心性不一不二。禅宗的功夫以明心见性为目标，所谓：明自本心，见自本性。

我恍然有悟：妄本逐末，心著诸相，皆因证悟不了佛性。禅宗主张"直指人心，见性成佛"。什么是性？什么是心？心即是性，性即是心。离心无性，离性无心。能明白这个道理，你就立地成佛！《景德传灯录》中诸多公案，都是呵佛骂祖，痛斥一切对佛言祖语的执著，横扫一切佛见知见，充分发挥主体精神作用，以这种方式，要我们把自己的本来面目，把那个不思善、不思恶的本性挖掘出来。佛教的禅宗说"明心见性"，就是要我们明了心的虚妄性，不被它的变化所迷惑，从中进一步见到自己清净的一性和真正的生命。

净慧法师也是在发挥这个观点，根据这个观点来设立机关验证学人。

六祖慧能讲：一念迷，佛是众生；一念悟，众生是佛。顿悟是一念之间的事情。禅宗的心法本质可以归结为一句话：活在当下。当下的生活情境，当下的存在状态，当下的生命体验，既是我们要面对的境界，也正是我们去用功修行的地方。无论是修解脱道还是修菩萨道，都不能够离开日常生活，都要以生活为道场，即所谓"担水砍柴，无非妙道"。这种对于生命存在当下性的揭示，使禅不再只是古代语录和公案中玄妙的对话，或者是祖师们舍身求法、一夜开悟的传奇，而成为我们现代人可以亲身体会、亲自参与的自觉过程。

净慧法师启发说，修行人自己弃转习气，就是改变识蕴区的无明，通过实地修行，消除了人类在客观事物上所产生的习惯性错觉、主观臆造以及妄加分别，又体证到万法唯空。若能离诸名相，无有方所，本体自然觉悟，宇宙人生真谛现在目前，身心自然解脱。为人之道就是要常常观照自己的内心，时时起善念，不起恶念，做任何事都能尽心尽力，凡事才能成就。

要充分发挥自己的主观能动性，不要依赖他人，要靠自己的力量求解脱。只有发挥了自己的力量，我们才能真正改变自己的命运，创造自己的命运。禅宗觉得，包括佛所说的经典在内，一切的文字语言，对于真正发挥人的主体精神的作用来说，都是一种障碍。

三

笔者不敏，虽有苦心向道之心，然缺乏正见，误入歧途。遥想当年，不识般若慧深，尘劳福薄，仗着读了鲁迅的书，便跟在一些研究学者后面妄言什么"改造国民性"，甚至想学做什么"精神界战士"。回首过去，方知障深慧浅，苦上加苦。方今反观自心遂悟：只有守护住如来智慧德相才能证悟菩提。鲁迅先生行菩萨道，度众生，肩闸门，担诸苦，法布施，作狮子吼，不是上根利智之人，岂是凡夫能学来的？莫要说"改造国民性"，能将一颗妄心安住当下，又谈何容易？！苏轼曰："长恨此身非我有，何时忘却营营？"烦恼来了，做不得主；无名火上来了，控制不住；贪心起来了，随着跑；恨心来了，袖子一抢，想打人。能迅速改变吗？如果连这个都不好改变，那么"改造国民性"岂不是更难吗？达摩祖师在嵩山面壁九年，就为安心。古人动不动就十年、二十年、三十年、四十年，守一不移，就是安住此心，凝聚精气神。能做到外不攀缘，内心无喘，心如墙壁，看到诸法本质，随缘不变，又何其难也？凡夫如我，之所以痛苦，皆因心外求法，向外驰求，深受桎梏，不得圆满。

净慧法师曰：一切以修心为主，一切以开悟为主，一切以把握生命为主。禅宗的修学方法，就是创造生命奇迹的一个法门。我们总在关注外在的世界，却很少关注自己的生命，所以对自己的生命时时在出现奇迹——这一最亲切的事实却熟视无睹。

净慧法师对禅宗的公案很熟，特别是对赵州和尚的公案非常熟悉。他讲公案古来高僧大德的禅宗公案，信手拈来：

有人来参赵州，问：如何是佛法的真理？赵州和尚问他吃饭了没有，他说没有吃饭；赵州和尚说，快吃饭去。佛法的真理和没有吃饭、快吃饭去有什么关系？佛法的真理无非就告诉我们，你肚子饿了要吃饭。为什么呢？你要按照规律去做一切事情，这就是佛法的真理。还有一个和尚也来问他这个话：如何是佛法的真理？赵州和尚还是问：你吃饭了没有？他说：我已经吃完饭了。赵州和尚就说，洗钵去。吃了饭以后钵要洗干净，你不要只吃饭，不洗碗。只吃饭不洗碗是不对的，是违反常规的事情。

这则公案清楚地告诉我们这样一个事实：作为禅者的生活，它处处都流露着禅机，学人只要全身心地投入进去，处处都可以领悟到禅机，处处都可以实证禅的境界。同样重要的是，这则公案还告诉我们悟后的保任功夫是"但尽凡心，无别胜解"。生活中体验禅的关键所在是要保持一颗平常的心，所谓"平常心是道"。马祖道一说："无造作，无是非，无取舍，无断常，无凡无圣。"把一切对立的执著都扫除干净了，就是"平常心"。下面一则公案所包含的深刻内容，对怎样在生活中保持平常心或许会有所启发。

《禅堂夜话》一书，这是他集中的禅堂开示，是关于他老人家禅法最精要的表达，比较代表法师的禅法思想。文中写道：

四祖在《入道安心要方便法门》中提倡念佛禅，以念佛来管住此心、净化此心。念佛，本来是修习禅宗开悟法门的根本方法，后来净土宗把念佛同往生西方结合起来，把念佛与求得当下的开悟逐渐分离了，这个方法就成了求生西方极乐世界的一个方便。禅宗到后来又提出参"念佛是谁"，目的就是要把念佛这件事重新规定到开悟上来。能够悟到"念佛的是谁"，就是禅宗的方法，仅仅是念佛，不反问、不找出念佛的主人翁是谁，当生当世要得受用。所以从元朝、明朝、清朝、民国，一直到现在，禅宗提倡的修行方法叫做参话头，大部分是以"念佛是谁"作为一个话头，一种方便。这是我们中国的情况。

在日本、韩国以及欧美各国，修习禅宗不是用参"念佛是谁"这个方法，它是用的赵州和尚的"无"字公案，提倡参究"无"字。在用功夫的时候，不是在"无"字的意义上去理解它，而是把它当做一个疑问。这个疑问来自赵州和尚对学人提问的回答。学人问："狗子还有佛性也无？"狗子还有佛性没有呀？赵州和尚说："无。"就是在这个问题上产生疑情——一切众生都有佛性，为什么狗子没有佛性呢？赵州和尚为什么要这样回答？换句话说，我们每个人都有佛性，但都没有回归到佛性上，都是在佛性外面兜圈子，不能与佛性相合相应。人人都有佛性，我的佛性在哪里？这是一个十分紧迫的问题。佛讲一切众生都有佛性，我的佛性在哪里？不要在理论上兜圈子，不要在思维上兜圈子，要直截了当，不起第二念，直接参究这个问题。如果由此生起疑情，就能够把我们当下的狂心控制住。我们之所以不能与佛性相应，就是狂心在作怪。狂心是什么心，是刚才讲到的自私、贪欲、人我、是非之心。

"我的佛性在哪里？"在禅堂里面，所要解决的问题，就是要我们每个人找到自己的佛性，找到自己的本来面目。找到了自己的本来面目，那就叫做开悟。开悟了以后怎么办呢？开悟了以后还吃不吃饭、睡不睡觉呢？悟了还同未悟人，照样穿衣吃饭。那么开悟还要做什么呢？开悟以后，穿衣吃饭不会疑惑，举心动念不会疑惑，接张待李不会疑惑，做一切事情都与真理相应，无私无欲、无人无我、无是无非、无牵无挂。那就是开悟者的生活境界。

净慧法师在继承四祖使禅法简便弘扬原则的基础上，根据现代人的根性，提出了在"生活中修行，在修行中生活"的生活禅，将生活与禅打成一片，禅戒合一。他认为六祖师的三"无"（无念为宗，无相为体，无住为本），概括了佛法修证上的全部要领：

　　所谓"无念"，是"于念而无念"。在念上，在瞬息万变的心理活动上，是念而无念。我们的心体是清净的，所谓"心体离念"就是清净，就是自在，心体离念就是一种大解脱的状态。

　　所谓"无相"，是"于相而离相"。我们凡夫看一切事物，都是在相上计较分别。《金刚经》讲有四相："人相"、"我相"、"众生相"、"寿者相"。《金刚经》又说："凡所有相皆是虚妄；若见诸相非相，即见如来。"那就是"于相而离相"最好的诠释。在一切事物上能离于相，平等地看一切事物，我们就真正具有救人救世的大慈悲。

　　所谓"无住"，一切（有为）法的本质都是迁流不住。"无住"就是我们认识万事万物无常、无我的大智慧。

　　六祖这"三无"的思想，无念者大解脱，无相者大慈悲，无住者大智慧，这些修行的境界、修行的悟境，从哪里来呢？都是从回归当下这一念，在当下这一念上安身立命所产生的一种证量。这种证量的获得，必须是在放松放下、自由自在，这样一种轻松的环境下，才能够对一切诸法的实相有所悟入，才能使自己内心中的莲花舒展开来，发出芬芳的香味。

经过坐禅，把众生过去的无明、烦恼、习气一点点去掉，让本有的光明、智慧、功德显现出来。修行的根本诀窍、根本宗旨，就是回归到生命的当下。禅法是心法，以修心为主：

《坛经》记载：一次，慧能禅师寄寓在广州法性寺，晚上风起，吹动寺庙的旗幡，发出阵阵响声。对此，寺内两个和尚辩论，一个说是幡动，一个说是风动，争论不休。慧能见状说："既不是风动，也不是幡动，而是仁者心动啊！"

慧能这句经典的禅语直指人的心灵，意味着一切对于外界的执著都只是心的变现，一切妄念都只是心中之物。禅能帮助我们寻觅到心灵所失去的乐园。参禅最重要的方法是把握当下一念。当下一念，就是要回归到生命的当下。

修行，不是要在眼前的点点滴滴的奇特现象上去用心，要从根本上用心。关闭根门，守护正念，降伏心魔。一切众生不成菩萨，皆由客尘烦恼所误。《楞伽经》上说："大乘诸度门，诸佛心第一。"也就是说，在所有的法门当中，在十方诸佛所说的法要当中，都强调如何调心，如何制心，如何明心，在修行当中这是第一位的。所谓修行者，即是修心，修心即是修性，修性也是修心，心性不一不二。禅宗的功夫以明心见性为目标，所谓：明自本心，见自本性。性是体，心是用。明心用，见心体，这就是修行切要的功夫。所谓在心地上见功夫，就是要时刻觉悟此心、观照此心、安住此心。

为人之道就是要常常观照自己的内心，时时起善念，不起恶念，做任何事都能尽心尽力，凡事才能成就。修行唯一的一件事，就是要去除分别心，人我是非心，凡情圣解心，因为以上这些心念都是分别，都是病，都是二元，不是无。无的境界，既不是一，也不是二，它是圆满无缺的整体。在众生的心念中，止息那种分别心、计较心、执著心，快乐就在那一念。那一念就是快乐的源泉，把那一念丢掉了，要再想去找快乐，找不着了。

四

翻阅净慧法师十本禅学著作，深为他继承禅门古风、续佛慧命、开佛见知、培养众生慧命的功德感动。

沏一壶清茶，悠然独坐，抛开世事诸多烦扰，轻松阅读，品尝篇篇禅理故事，从中体味生活的真味，真是一种享受。

几年以前，我去过赵州柏林禅寺。喝过赵州茶后，随着法师轻敲木鱼，我慢慢地调息静坐，放松身心，刚进行禅坐时，甚是困难，没几分钟腿部便麻木难忍，后训练得多了，慢慢习惯了长时间静坐数息，也发现其种种妙处，再闻磬结束，总觉耳目明净，神清气爽。

凉风习习，体验寺庙之清静庄严，在凝固的夜色中送来阵阵清凉，想起一首禅诗："春有百花秋有月，夏有凉风冬有雪，若无闲事挂心头，便是人间好时节。"一个内心自由的人，心如虚空一样没有障碍，心如大海一样包容一切。在那种境界中，才真正能够体会到我们生命的奇迹。也只有这样的人，才有可能慈悲。

修禅，从生活上来讲，首先是要克服那种心粗气浮的习气毛病。净慧法师告诫我们：一定要从生活当中具体的要求着手。修行是一种生活。要把它当做是家常便饭，一刻都不能够离开，一刻都不能够放松。斋堂里吃饭，放碗筷，轻轻地放，不要有声响。修行不分禅堂内外。不会用功的人，坐在禅堂里同样也修不了，眼睛还是在东张西望，心里还是在打妄想，一点轻安都没有，一点受用都没有。在生活中修行，在修行中生活，这两句话，说得滚瓜烂熟，做起来却格格不入。修行就是修正自己身心行为的某些负面的东西。不是说在具体的言行之外还有什么可修的东西。修行的目的就是要使得身口意三业清净。三业清净的过程就是获得轻安的过程。有些真正的修行人，走路脚步很轻，说话声音很柔软、很低，与人交谈满脸笑容、满脸慈祥，和蔼可亲，一切言行举动都有禅者的风度，给人一种飘然若仙的感觉。大智慧的心、大慈悲的心的出现，绝对不是偶然的，它是挣脱了重重的烦恼和障碍、妄想和执著、分别和计度的证量和结果。只有把这些妨碍心灵解放的东西扫除干净，大智慧才能显现，大慈悲才能显现，生命的奇迹、心灵的奇迹才会出现。突破不了这个障碍，怎能有上求佛道、下化众生的这个心？

净慧法师回忆他的师父虚云老和尚的修行片段，给人启发：

老和尚走起路来，尽管他那样大年纪，穿的鞋并不是很跟脚，但是他走路鞋不会拖在地下响，不会有响声。脚总是能够抬起来。轻抬脚，轻放脚，不会使鞋拖得响。鞋在地上拖，一是有声音，一是鞋容易破损。最重要的还有一条，如果你脚下踩到蚂蚁的话，你的脚轻抬轻放，蚂蚁踩不死；要是鞋在地上拖一下，蚂蚁拖死了。所以举足下足，直接关系到爱护生命、培养慈悲心。

老和尚吃饭，每餐定量，不会这一餐多吃一点，下一餐少吃一点。

只要他身体健康，身体正常，进食都是定量的。进食定量对于身体健康有极大的帮助。因为我们的消化系统的功能，每天能够有多大的工作量，随着年龄的变化，消化系统的功能也在变化。所以每天适量地进食，绝对有利于身心健康，并不是说吃得越多就越好。因为吃得多并不一定能够完全吸收得了。吸收不了，徒然造成肠胃的负担，而且还会影响身体的健康。

从老和尚的身上，就可以看得出禅者的那种轻安自在的生活心态、生活艺术。

他作为一个老人，穿的衣服补了很多补丁，是百衲衣，但是全身上面干干净净，不会像有一些老人，吃饭把饭粒掉在身上，把菜汤滴在身上，胸前就好像是炸油条的人一样。虚云老和尚他不会。干干净净地，清清爽爽地，一件衲袄衬托那一把银须，真是仙风道骨、和蔼可亲。尽管老和尚每天很少有笑容，但是走到他身边还是如沐春风。

一个禅者的慈悲心，全从他整个身心世界、言谈举止中表现出来。他面部的表情，他的眼神，他的一言一行、一举一动，都充满着慈悲、充满着轻安、充满着禅悦法喜。所以我们学禅的人、修行的人，看到一些老和尚的像，就要仔细去观察，观察他的衣服怎么样，他的手的姿势怎么样，他的面部表情又是怎么样。从这些地方就可以看出禅者的内心世界，那就是我们学习的地方。

净慧法师在虚云老和尚身边朝夕不离有近三年时间。每天看到老和尚的生活起居，作息饮食，都是非常有规律。他每天洗脸的动作都是那个样，不会改变一点。每天洗脸都是那几把，都是那一点水，都是那一个固定的动作。而且用的是一个小脸盆，不会把水溅在地下。从那些很微细的地方，就可以看出一个禅者的生活艺术。每天早上起来第一件事是洗脸，洗完脸就打坐，每天都是那个样，生活规律不会乱，不会想做什么就做什么，生活好像是刻了板一样，每天必须有秩序地做那几件事情。

净慧法师说，在禅修中能慢慢体会到禅的四种相状：放下、调柔、轻安、喜悦。要从这四个方面来检验自己是否生活在禅的状态中。这种禅者的风度、禅者的轻安、禅者的喜悦，非一日之工夫可以修炼到的。凡夫众生心态浮躁，哪儿能有这样庄严的法相？

我注意到，净慧法师有不少开悟后写的禅诗。现录一首《别玉泉写怀》：

一

碎骨膺劳一老牛，丝丝霜发已盈头。
玉泉四载规模具，临别无言忆赵州。

二

风中残烛梦中身，愧对浮名误夙因。
好向深山埋朽骨，水边林下作闲人。

三

孤身直上紫云巅，万岭千峰草木鲜。
高卧死关天地外，余生如影亦如烟。

丁亥年正月十六日
（2007 年 3 月 5 日）

法师的诗句从自性流出来，不假思维，脱口而出，无分别智，乃真人真性情。

我在阅读净慧法师的这段日子里，也渐悟了：生命之流，以自心为源头，慢慢地学着转化，所谓转染成净、转迷成悟。流转也好，转化也好，一切从当下开始。广结众缘，随顺因缘，以菩提心面对一切人、一切事，以大悲心面对一切的苦难。一直继续做功夫，久而久之，就在每一念上，就生起了智慧观照。修行的路很长远，修行路上的考验会层出不穷，经常要用佛言祖语作指导。用佛言祖语作指导，就是以正见作指导。修行人一定要在具体的日常生活中一点一点地来落实这种清净庄严的佛菩萨的境界，在功夫上懈怠了，基础不牢固，抵挡不住烦恼习气。明心见性，了生脱死，自利利他，弘法利生。

2013 年 4 月 9 日　苦寒斋

陈鼓应：沉痛与逍遥

一

第一次听陈鼓应先生讲庄子，是在 2007 年，地点就在北大英杰交流中心。

空荡宽敞的大厅，座无虚席。放眼望去，一名老者，鬓发斑白，端坐台前，深度眼镜，形容儒雅，很有风度，双手比划着，语气沉缓，慢条斯理，大家凝神屏气，被他的演讲带入道家那个旷达的精神境界中去。

这位老者就是中国道家哲学主干说的倡导者、当代新道家的重要代表人物陈鼓应先生。

别的学者是在"讲"，陈先生对于庄老典籍很熟悉，随口就能背诵，而且是讲着讲着就"唱"起来了。谈起老庄时旁征博引，自然风趣，偶尔又会突然冒出几句尼采的话，语辞尖锐，激情洋溢。他从任公钓鱼、海河对话、鲁侯养鸟、濠上观鱼等几个寓言把《庄子》通篇串起来，在他那里，庄子给了我开阔的心境，与消极完全没有关系。听者从中可以感受到老先生淡泊、清贫、乐道背后那种源于对生命的真心热爱。他会从中引申出人生中的许多精妙幽微的道理，并驳斥那些认为"老庄消极虚无"的论调，从而为听者展现出庄子自由、广博、旷达的人文世界。

这样的演讲无疑最能打动我的心灵，就这样我被陈先生所营造的那个庄子的精神世界所俘虏。在我看来，大学讲中国哲学的教授就应该是这样的，而不是学问与生命两张皮。那种冷冰冰的学问似乎与心相距甚远。陈先生可爱的一面就在于，他的哲学不是书斋式的，而是融汇生命——庄子的哲学思想不仅是他学术研究的重要对象，也逐渐内化，成为他内心世界的一部分。

2007 年以后，我听陈先生的讲座越来越多。2011 年春季，也就是离开北大多年以后，陈先生再次给北大学生开设道家哲学研究。我认真听课，偶尔还会被陈先生提问，距离就更近了。陈先生是当代研究道家的著名学者，多年以前就曾拜读过先生所著《庄子今著今译》。没有想到的是，陈先生今年在北大重开道家原著选读，看来我福报不浅。陈先生七十多岁高龄，十分健谈，性情中人，形态举止，意气遒劲，激情飘逸，仙风道骨，常常说着说着，就唱了起来，自由发挥，他沉浸在老庄的境界里。

据闻，20 世纪 80 年代，陈先生就在北大校园，未名湖畔，和几名研究生走在忽明忽暗的月光下，或论庄子的"人间世"，或尼采的"超人"。那是一段怎样的时光？想想就动情。90 年代以来，市场经济的浪潮席卷中国，陈先生感叹说，现在的年轻人似乎缺乏"五四"时期青年人的气息，软绵绵的，像个文静女孩。有时候他看到有些同学到二楼上课都坐电梯，禁不住讽刺一番："同学，二楼都坐电梯?"他特别提出，要大声朗诵……于是，北大学生的感情被调动起来了：

北冥有鱼，其名为鲲，鲲之大，不知其几千里也。化而为鸟，其名为鹏，鹏之背，不知其几千里也。怒而飞，其翼若垂天之云……

陈先生背完这一段，阐释说："'大'是这一篇的纲，从鲲到鹏象征了人生的历程，有此理想，人的视界一下子开阔起来。当然，'潜龙勿用'，'飞龙在天'，从鲲到鹏的过程中，沉潜的功夫是很重要的。这对年轻人很有用，要做大事，先做细活，千里之行，始于足下嘛。"

接触庄子是最近几年的事，这是十分遗憾的事情！大学毕业我在 S 城工作以后，有段日子，茫然虚无，生活中也出现了挫折，十分苦闷。我在 S 城那么一个逼仄的环境里生活了多年，每天看到的都是一张张没有皮面的淫邪的笑容、被榨干了生气的麻木的脸、中魔了的神经，那时，读得最多的是鲁迅，而鲁迅又太激愤，先生身上的"摩罗诗人"气质让我碰壁，更加郁闷，心灵就格外痛苦。最主要的，不是不想读《庄子》，而是受到一些鲁迅研究学者错误的影响，对庄子哲学十分鄙夷，而且把他的哲学观点斥之为消极避世的哲学观点。后来生活中的磨砺越来越多，慢慢地就有了一种本能上的怀疑，不由感到，人生有时也有无法直面的时候，人是需要精神安慰的，这才发现庄子的生命哲学自有妙处。当儒学的修齐治平和鲁迅的金刚怒目没有施展的可能时，庄子的作用就显现了出来。陈先生可贵的是他的心境状态、精神状态大有庄子之风，想到哪里讲哪里，道家情怀让他在困境中保持了淡定悠远，这些都让我很受感染。老庄之学作为人生的两个基本经验，能使人回归质朴的内心，远离当下的俗气潮流。庄子的世界到底是什么样的？那是一个关于自由和想象的世界，那里有海、河、鱼、鸟、鲲鹏，那里有任公钓鱼、海河对话、鲁侯养鸟、濠上观鱼……

陈先生带我进入庄子心灵无所羁系的天地境界，领会《逍遥游》的主旨便是以开放的心灵从宇宙规模去展现人生的意义，借着大鹏的飞腾超越狭隘观点，带给人一种前所未见的新视野。庄子有很多寓言强调人的心要开放，不要封闭、狭隘，而且不要以自我为中心，不要武断、排他。读《庄子》，对自己认识世界、修炼内心有很大的帮助，引导自己在处世方面做到静默、朴素和超脱。进入庄子的世界，那个精神领域、思想空间是无限广大的。陈先生启发我去领悟庄子"游"的精神状态，保持独立、舒适、乐观的心态，使自己在将来的世界中能够"鲲鹏展翅"、"一飞冲天"！庄子的确能扩展我的心态，拓展生命的意涵，可以站在一个更高的层次上看待问题，我自己由此在思想上有了"脱胎换骨"的改变。

庄子的思想精髓，在于高扬人的精神境界，有助于提升生命的内涵和人生的境界。在庄子的世界里，人的情意与大自然连为一体，因而心神活动常反映出大自然的节奏。庄子哲学启示我们，摒弃小我，突破世俗价值的羁囚桎梏，而经由体认宇宙的广大，使自己的心思开广，以与构成他的最高的美好的宇宙合而为一。很多人认为老庄是消极的，庄子甚至说要放弃知识。陈先生认为这是一种误解，老庄其实很积极。庄子只是提醒你意识到人的有限性，强调用语言去沟通，求知识。庄子认为，在一个浮躁的世界里，要开阔视野，宽广眼界，把你的视野从平面带到另外的世界。

二

记忆最深刻的一次就是，2010 年 10 月 18 日晚七点，北大哲学系教研室一楼灯火通明，哲学系的师生聚集一起，聆听他讲演，大家被他的幽默与激情深深打动，不时传出笑声。开讲之前，陈先生长谈近一个小时，再次详细地回忆了台湾国民党白色恐怖戒严统治下知识分子处境的艰难以及自己研究道家哲学的心路历程。

或许人到晚年的缘故，陈先生讲课时每每提起早年的经历，记忆起过往的经历，老师方东美和殷海光和"台大哲学系事件"，这些连带着老庄的境界，已经化到了他的生命里。我听得出，那声音的激动，以及其中所蕴藏的历史沧桑和激越情怀。在谈话和交流中，那些潜藏的往事在倾诉中一一浮现，犹如昔日重来！他或许不知道，在他的讲述中，作为旁听者的我，内心曾经涌起过怎样的撞击。我深知，这已经是他 N 次反刍心灵历程了，一次又一次，成了压在他心上的坟！然而，我深深懂得，这位老人心境超脱的背后有着难言的沉重，而这沉重又促成了他对自由生命的超越，我十分看重这点。

要理解陈先生的学术研究，必须首先要回顾一下他走过的人生历程。首先吸引我的，是陈先生传奇的人生经历，他先在台湾大学求学、求职，数次被校方解聘（包括著名的"台大哲学系事件"），辗转两岸和海内外，而透过丰富的人生经历，让我得以深入他的内心世界。

陈鼓应一生命运多舛，学术之路也是充满坎坷。他 1935 年出生于福建长汀，幼年曾有过挨日本侵略者飞机轰炸的噩梦般的经历。1949 年，十来岁时随父母迁台，自后便置身在台湾白色恐怖的环境中。在台湾大学读书期间，师从方东美、殷海光，由此奠定了他的人生与学术的基本价值取向。中青年期间，自 20 世纪 60 年代至 70 年代末，他因言论而获罪于台湾当局，前后三次遭致不同大学解聘，学术工作的延宕，此中煎熬的日子，犹历历在目。20 世纪 80 年代中期，他在北京大学讲授老庄哲学，并受到过邓小平的接见。1997 年，陈先生得以重返台大任教，直至退休。退休之后，又被北大返聘。多年来，他奔走台海两岸及中美之间，一直致力于道家学术的研究与道家文化的弘扬，其主要著作《老子注释及评介》、《庄子今注今译》、《易传与道家思想》，其主编的学术集刊《道家文化研究》，对中国大陆恢复并振兴道家学术文化产生了广泛而深远的影响。

1966年暑假，陈鼓应先生在工作和生活上遭到突如其来的变动，主要原因是受到当局清算殷海光思想的牵连。这一年殷先生因抨击时政而遭台湾当局指示迫令停止授课，安全单位（即特务机关）顺势整肃"殷党"，于是，将他和刘福增、张尚德几个被视为殷门弟子一并清出校园。陈先生家无恒产，遇到这措手不及的事，竟弄得胃溃疡。现在犹依稀记得躺在沙发上一笔笔地书写《耶稣新画像》时的情景。成家不久，大孩子出生才周岁，生活上霎时跌入谷底，这时得东奔西走兼点课度日。20世纪60年代，台湾的知识分子噤若寒蝉，被称为"哑巴的一代"。70年代初，一批在战后成长的青年，终因保钓运动而打破沉默。

回顾上述的经历，透过20世纪60年代台湾当局白色恐怖的政治环境，不难理解陈鼓应先生何以批判与威权体制相互温存的儒学之道统，而对于他们的独断心态以及将儒家伦理绝对化的倾向，陈先生委实感到厌恶！在文化的角度，很多人以为陈先生是一味地反儒家，其实并不是。陈先生对儒家的意见就是"攻乎异端，斯害也已"，他不是真正和儒家较劲，而是批判集权。他觉得心灵要开放，儒家讲"天无二日"，庄子讲"十日并出"。纵观陈鼓应先生的学术之路，可以说就是追求自由之路。无论庄子式的逍遥无羁的自由、老子式的自然无为的自由，还是尼采式的创造的自由，总之自由是他的核心所在。陈先生说现在的年轻人似乎缺乏"五四"时期青年人的气息。20世纪70年代，蒋经国曾经单独会见过陈鼓应，陈鼓应说时他年少气盛，为心中理想主义楷模嵇康所激荡，胸中攒着殷海光的师承，一开口就言词激烈，直陈时弊，那次会面长达两个小时，陈鼓应侃侃而谈，蒋经国一直安静地听着，只是最后15分钟才说了些话，将他定性为"充其量不过是个自由主义者"。

陈鼓应先生在研究所就读时的指导教授是方东美老师，学术方向上，方先生对他的影响最深，而在对现实理想的坚持上，殷海光先生对他产生了终身难以磨灭的影响。陈先生以研究老庄哲学为终生精神依归，是与他向往、追求自由的人生态度分不开的。他由尼采到存在主义，又进入到庄子的世界，这条思路奠定了他一生做学问的基础。陈先生的生命一直存在着一种张力：

是当一名关心时政的知识分子，还是当一名固守书斋的学者？这是一个一直以来困扰着他的问题。他说："在我的人生历程中，自青年时代开始，由尼采的路途进入庄子的领域，此后，尼采的'冲创意志'、酒神精神和庄子的逍遥意境、齐物情怀，便在我的内心中长期进行异质性的对流。"陈先生从尼采和庄子发现了温良和理性之外另一个叛逆的自己——在矛盾中冲撞的自己，不甘愿和现实世界和解的自己。他曾经说，自己既喜欢尼采，又喜欢庄子，两个相冲突的奇妙而迥异的思想在他身上同时存在，而两种相冲突的心境又常在他身上交替出现。看到世事不平，陈鼓应先生身上的尼采之冲创意志会激发他的知识分子风骨，痛击世俗；而被残酷的现实击倒在地的时候，庄子那恬淡高远的心声，便成为他疗伤复原生活下去的最大精神支撑力。知识分子和学术工作者的双重身份，固有相辅相成的一面，但对他来说，代价却是惨重的。知识分子的风骨激励他追求自由民主，抨击专制集权、儒学之道统说和反基督教羊群式道德观，他的研究是应和实际人生的需要而提出的，他是有政治理想的知识分子。他年轻时追求自由，因"台大哲学系事件"，遭多所大学解聘，甚至十多年回台湾无门，被迫游走在美国和北京之间。到现在仍然如此，陈先生屡借谈老庄表达民主追求，谈着谈着便不自觉谈到殷海光先生，"五四"精神，自由民主运动，从蒋介石的白色恐怖时代谈到李登辉、陈水扁的拙劣政治表演；从雷震先生的《自由中国》杂志谈到现今台湾的金钱政治、黑金政治；从"新青年"谈到当代知识分子的责任心、功名意识，激情喷发，博得了掌声阵阵，难怪有人说他"火气"大。学者的身份又让他潜心于老庄的境界，寄沉痛于优游。纠缠于双重身份之中的陈先生，是一个矛盾的结合体。当年殷海光先生这样评价陈鼓应："他，像一个冷漠、灰色的小丘，在小丘底下却蕴藏着巨热的岩浆。岩浆在地下流奔，有时不可阻遏地要破壳而出，冲霄而起，还是被地面严霜冻结了，这小丘又归于寂静。"

年轻时的陈先生，对政治的复杂性缺乏足够的认识。这点，深受业师殷海光的影响。先生说："殷海光是'五四的儿子'，生于动荡的年代，殷先生一生追求'五四'时期的自由、民主等理念，但殷先生的理想跟现实碰撞，他很执著于民主，也非常坚强地反抗，这点我受殷先生影响很大。但殷先生也是嵇康型的人物，过于忧愤，他是被闷死、压抑死的。如果殷先生读了庄子可能不会闷死，可借道家释放内心的压抑。"这一点又让我再次想起鲁迅先生，他特别推崇嵇康，尤甚于阮籍。嵇康和阮籍都喜欢庄子，为什么嵇康会死而阮籍活着？这是因为，嵇康从庄子那里学到了"狂"，阮籍从庄子那里学到了另外一种东西，那就是"心莫若就"，也就是说对生命的安顿。鲁迅先生的早死，恐怕与他身上过多的嵇康气质有关吧？

我注意到陈先生最近些年的发言，能感受到他内心的不平以及时代留下的沧桑。每有机会，他总爱追忆那些不能忘记的过去，追忆先师、怀念故友、反思"民主"和"自由"、阐释道家的现代价值、反思基督教，十分真切。

他似乎与西方意义上的"自由主义者"不同。陈先生和李敖先生同一年出生、研究所时期两人又同寝共室过。他受殷海光先生的影响，在"五四精神"的鼓舞下，积极投身追求自由民主的运动。陈先生对于"民主"和"自由"的反思，读来让人痛心。陈先生反思说，那些口头上喊"民主"和"自由"的"知识分子"，一回到家庭就变成了专制者。听到这里，学生大笑。在某种意义上，陈鼓应这大半生走过的崎岖之路何尝不是时代的缩影呢？

由于受到当时台湾教育环境的影响，陈鼓应先生曾经把美国视为具正义感的民主国家，但到了美国之后，亲眼所见所闻之下，却发现现实的美国和他书本中读到或舆论所宣扬的不同，美国的霸权作风与学术商业化的倾向都使他开了眼界。于是，他开始反思美国的"民主"。在美国期间的所见所闻，使他的注意力渐渐从自由、民主扩大到了社群、民族的理念，从而对《庄子》的理解也随之转移到"归根"和"积厚之功"的层面上。而进入新世纪后，2001 年的"9·11"袭击事件导致了一场新的东征，在他的思想上也引起了很大的触动，使他更加看清霸强的自我中心和单边主义。由此推到《庄子》研究上，也使他更加注重多重视角、多重观点地去看待问题。当然，上述三个阶段不是割裂的，而是紧密联系的，只不过三者间有一个大概的分期罢了。最使他不解的是，美国竟然输送大量的坦克大炮去支持全球各处的独裁政权。中南美洲出现过好些受人民欢迎的新政府，但美国中央情报局却又旋即支持军方独裁者上台；亚洲各个极权统治，美国舆论仍称它们为"民主国家"。当然访美所见所思太多，这些只是使他开了眼界的显例而已。

回首过去，陈先生说："我并不觉得自己有什么了不起，只因为关心社会，说了一些真话，我们这一代人以追求自由、民主为理想，当年从概念参与到行动参与，源于对民主的追求与争取。"自 1997 年定居中国台湾至今，放眼当下的台湾，陈鼓应却感叹于当年许多有理想的党外人士已没有立足之地。他说："目前的台湾表面上好像很民主，但选举就是真的民主吗？台湾现在的民主是恶质化的民主，我过去的一些有理想的朋友都被选举文化挤掉了。目前社会上有太多政治上的痞子，真正有理想的一个个被驱逐出去。目前的情况是，社会上已经没有了是非黑白的界限。"面对台湾的种种，陈鼓应真是感慨万千："以前我们批评国民党时会咬牙切齿，目前的政治环境表面上好像比以前宽阔，其实比起以前还要狭窄，媒体被垄断，新闻娱乐化，有许多知识分子成为风派，忙着在名利场追逐。以前我们会发出不平之鸣，对不合理的现象提出意见，因为过去的社会还懂得分辨是非黑白，同时过去在位的人还有一定的风格或风度，但目前的社会已经失去是非判断，有良知的知识分子发声讲真话，还会被抹黑。"陈先生说："现实环境闭窄，学术空间宽广，生命有限，我希望有生之年能够多从事学术与思想的研究。"

陈先生认为，庄子是古代知识分子中第一个对于"自由"提出深刻思考的哲学家。他对先贤同道们在政治环境的压力下渴望思想自由、广开言论的结局感同身受。陈先生指出，庄子的"逍遥"并非在空想的高塔上乘凉，庄子的"逍遥"可说是寄沉痛于悠闲，其生命底层的愤激之情其实是波涛汹涌的。这种体认，多少包含对于知识分子悲剧心态的理解。

几千年来，中国有良知的知识分子面对现实时，都会遭遇"人生最苦痛的是梦醒了无路可走"（鲁迅语）的困境，即安于"方内"（担当社会责任），还是安于"方外"（安顿生命）呢？陈先生说，他既是学者，又是知识分子，这两种身份冲突之处让他代价惨重。他的身体里藏着"尼采"，有时候他突然会跑出来。

安于"方内"（担当社会责任），还是安于"方外"（安顿生命）呢？方内和方外在同一空间，关键在于生命对于这个世界的态度。怎样把方内变成方外？要用"齐物论"的观点来超越。齐物，即万物的平等。庄子从物性平等的立场，将人类从自我中心的局限性中提升出来，以开放的心灵观照万物，了解各物都有独特的意义内容。可以这么说，这种方外与方内之间的徘徊，造成了陈先生内心思想的复杂与痛苦。有人曾说鲁迅先生是中国最痛苦的文人，也有人说陈寅恪先生是中国最痛苦的学人，我要说，陈鼓应先生是最痛苦的学者。那些痛苦压抑积存在心底而不得宣泄，只能从他对庄子的解读中才能释放出来。可是，庄子真能帮助他解决痛苦吗？

陈先生内心的那种悲凉与魏晋文人互相呼应。知识分子纵然有不屈的风骨，面对精神困局，心灵格外敏感易触的他们又能如何？当下，中国的"知识分子"正遭受着前所未有的社会质疑：他们不再是社会的"良心"，"学术"也陷入了造假抄袭的丑闻……一面是逍遥乎物外、任天而游无穷的道家境界，一面是执著于物欲、浮躁而不自由的现代生活，作为一个不愿意依附任何政治环境的学者，面对台湾恶质化的民主，面对中国的现实，陈先生果真能丢开知识分子的社会责任获得庄子式的逍遥吗？当文人无路可走的时候，古时有庄子，而现在呢？我真的怀疑。我无法比先贤走得更远，这种无望的精神重复到底还要折磨我多久呢？

三

现在一提哲学研究，似乎就是文献资料，就是哲学概念和逻辑，这种剔除心灵和生命的所谓哲学研究，让人生畏。哲学本来与人生紧密联系，但是，经过近代以来经院研究的影响，变成了与人隔膜的研究，这不得不让人反思。可以这样说，关注个体和生命，是陈先生哲学研究的基点。

对于个体生命的关怀，是陈先生研究的一大特色。陈先生那么推崇道家，一切都源于他的漂泊，清贫，超脱，对生命的关怀。陈先生在台大哲学系学习时，最初接受了严密的逻辑和形而上学思想训练，他感到"在庞大而抽象的概念体系中迷失了自己"，感觉哲学"无法切入自我的生命"。一直到进入哲研所，认识尼采和庄子，才感觉到哲学对生命的无尽挑逗以及哲学里的诗意。

著名学者金克木说《老子》是同帝王讲哲学，《庄子》是同读书人讲哲学。很有道理。

陈先生认为，老子之学继承了史官的文化传统，推天道以明人事，故提出道的学说，以为其入世的依据。史官因其特殊的职业背景，对于社会政治有浓厚的兴趣，所以老子思想主要关心的是治道。老子将"道"提升为宇宙的本原和万物的本根，统摄天道与人道，从人间的规范探讨天地的法则与万物的根源。与老子相比，庄子明显地把注意力主要放在了治身即内圣的方面。他的治身，主要表现为对个人生命的关注。因为特殊的时代背景，又被迫采取"外其形骸"的主要养神、养心的选择，提出"心斋"、"坐忘"等以为其逍遥游世的内在依据。庄子珍视个体生命。在庄子看来，宇宙本是个生生不息的大生命，"天地并与"便是使个体生命流进天地的大生命之中。庄子的哲学可以说是一种境界的哲学，他所关注的是人的精神生命之扩展，在他看来，外在知识的探求只是用来安顿人的内在生命。庄子将老子"玄之又玄"的道内化为自由自在的心灵境界，从而使人性回归到自然的本身。在自然说方面，庄子更为深入地发挥了人的自由性与自在性。庄子启发我们，要把自己的思想视野弄得开阔一些。在《秋水》篇中，庄子借北海若之口如此说道："以道观之，物无贵贱；以物观之，自贵而相贱；以俗观之，贵贱不在己。"因此，从道的角度来看，我们要通权变达。相比老子，庄子更重视人内在的生命世界的状态。

总体而言，道家哲学是收、放哲学，教人如何在收放自如中达到平衡与和谐的状态，获得人生内在的生命力。认识到老庄的不同之处在于，庄子更加重视个体生命内心的和谐，证明了道家消极出世的观点是错误的，从老庄哲学中可以得到积极面对世界与人生的启发。传统上多认为，儒家讲人文，道家重自然，常把二者对立起来。为打破这一成见，陈鼓应近年来致力于挖掘、发扬道家文化中的人文主义精神。他认为道家的人文主义精神和儒家是互补的，并结合自己的人生阅历阐述了他感悟儒道互补关系的情况。

针对道家消极虚无的说法，陈先生认为，庄子的精神可归纳为一句话：类无一。在这个世界上，事物会有不同的形态，但任何个体的生命都只能留下宇宙大生命，在宇宙大生命中，任何个体都可以相互融合。庄子将其称为"相尊相运"，其意思是说，对待地位低的人，也要像对待高贵者那样去尊敬他。不同的意见、不同的内容应该互相包涵。推而广之，不同的民族、不同的民族文化都应该相互尊重、相互蕴含。

陈先生说，老子的思想并非教人不思进取、没有进攻性，而是让人们在社会交往中遵循谦和、冲虚、不争、给予的自我行为律则，但往往能像水一样因势而动、以柔克刚。这是教我们在现代社会竞争中要努力但不强求，以柔和坚韧的性格谋取成功。

陈先生从道家的角度，强调"万物齐一"，强调人与自然的和谐共处。近年来，特别是"9·11"袭击事件之后，我对庄子价值重估问题又有了一些新的思考，比如对"内圣外王之道"就有了一番新的理解。道家思想有两个重要的组成部分，一个治身，一个治国。治身，重要的是形与心、肉体和精神。老子讲"专气致柔"，而庄子讲"形全精复"，强调一个完美的人应该是身体康健、精神饱满的。相比老子，庄子更重视人内在的生命世界的状态。具体到艺术创作领域，庄子这种对"得其精"要"在其内"的强调难能可贵。

　　陈先生认为，老子思想中无处不蕴藏着现代可持续发展思想，尤其是生态文化意蕴。老子的"天人合一"强调人与自然的协调，"知常曰明"强调环境保护意识，"知和曰常"强调生态平衡观念，"知足寡欲"强调适度消费观念。

　　当下，美国金融危机导致全球性的连锁反应。对此，陈鼓应教授认为"最根本的还是文化问题"。陈鼓应说："所谓文化问题，还包含了制度性的问题。这一世纪以来，资本主义制度里的金融体制及其商品经济，逐渐地由人的脑海里渗透到了人的精神领域中。对于它所带来的种种弊端挽救乏力，也少有人作深层的反思。"庄子认为，制度是被人所牵引的，不是牵引人的，人是主体，制度是为人而设的。陈鼓应说，今天的美式生活方式，以消费刺激生产，使得人人过着负债的生活。一旦还债的能力和信任发生问题，将导致整个金融体系的崩解。"这种制度所形成的生活方式，归根结底还是与文化问题相关。"罗素曾在八十多年前提出要正视东方智慧的见解——"若不借鉴一向被我们轻视的东方智慧，我们的文明就没有指望了"——这也正是陈鼓应所要发出的声音。

　　陈先生认为，道家文化这一传统的生命力至少可以从三方面去了解，一是政治智慧（黄老），二是生活智慧（庄子），再是思辨智慧（老子）。他认为，在当前全球化的趋势中，庄子的视角主义以及破除自我中心的论点，对于当前东、西方异质文化对话的进行，具有宝贵的时代意义。道家的人文主义精神重视个性，尊重差别，提倡柔顺慈简，注重自由平等，反对干涉主宰和自我中心主义。他认为，这种精神不仅是我们个人修身处世的大智慧，也是借以反思当今世界文明冲突的重要文化资源。

　　陈先生认为，现象界和本体界之间的关系实是表象和实在的关系，而万物呈现在我们感官中的表象又是不确定的，所以我们仍需要追寻最本真的"道"或实在。陈先生指出，宇宙万物由"道"而生，"道"体恍惚不可随，但它作用于万物却表现出某种规律性。这种规律性就是老子文本中体现出的"祸福相依"、"有无相生"、"物极必反"的辩证思维："物生有两"，一切事物的存在都具有两个方面；"两两对反"，没有一个事物不是作为对方的"彼"而存在，也没有一个事物不是作为对方的"此"而存在；"曲则全，枉则直"，对立的双方是可以相互转换的。陈先生认为，对立思维能冲破自我为中心的独断，扩大人们的心智视野，这恰是中国文化为全世界留下的重要文化遗产，而对立双方相互转换的思维则能让人在困境中获取生存以至前进的动力。陈先生结合自己为追求自由民主而被大学三次解聘的经历，同听众分享了老庄哲学对自己的激励和抚慰，"祸福相依"，挫折也是指引人生之路的宝贵财富。

陈先生谈到道家哲学思维方式的四大特色：一是对反的思维方式，二是循环往复的思维方式，三是推天道以明人事的思维方式，四是天地人整体的思维方式。陈先生谈到最具庄子哲学精神的《齐物论》篇，对于人类文明的苦难特别具有现实意义。其一，反省自我中心主义。自我中心的单边主义思维，容易陷入独断的误区。人类一旦陷入自我中心，则以单边的思考，导致个体之间的冲突，到国族之间的冲突，到整体人类的衰败，这将造成整个地球的严重毁损。而庄子的齐物精神，则是以多边思考的开放性，主张多维视角、多重观点。其二，追求和谐的同通精神。庄子说："举莛与楹，厉与西施，恢恑憰怪，道通为一。"（《齐物论》）这段话蕴含两个层面的意思。首先，"恢恑憰怪"即是对于个体的张扬，从而到个别民族、文化的张扬。意思是尊重每个个体或群体之间的差别，而以齐物精神等同观之；"道通为一"则是说个体虽然千差万别，但在"道"的世界里却可以相互会通。所以这段话一方面肯定了个体的殊异性，另一方面又从同一性与共通性的角度，将个体殊相引向整全，而在"道"的整全世界里打通了万有存在的隔阂。这种齐物精神，要有多边的思考及开阔的心胸才能达到。

那次陈鼓应先生讲《〈庄子〉内篇的心学——开放的心灵与审美的心境》和《庄子人性论的真与美》。他认为，在春秋末期到战国中期那苦难的时代，战争频仍，政局动荡不安，人民长期陷于生死存亡的极限困境中。同时代的孟子和庄子对于"心"的议题的关注，反映了那个特定时代对如何安顿生命的迫切需求。古人认为心是精神活动的主体，因而可以说，对心的重视也就是对于生命的重视。孟、庄目击广大苦难人民的悲惨命运，而发出如此悲痛的呼声，反映着这样的时代意义：

第一，对于人类处境的反省。在那烽火不息的时代环境中，孟、庄借由心的议题发出了拯救苦难人群的呼声。

第二，在生命关怀的前提下，思考着整体人类精神生活的出路以及个体内在世界的展示。

第三，个体意识的觉醒，唤起价值主体的重建。由各自的学说出发，孟子着重在道德意识的发扬，庄子则关注于人类精神生活中的自由如何可能的问题，以及由此种自由精神所透露出的审美意识及艺术情怀。

陈先生由原典解读切入，阐述中国传统哲学的当代价值，反思现代生活的内在困境，覃思妙理，贯通古今。陈先生认为，从孔子、老子到孟子、庄子，有一个"心"的议题逐渐凸显的趋势。心是精神活动的主体，对心的重视也是对生命的重视。《庄子》内篇讲"无情"是说不要被情困住。庄子看心、看情都是两面的，有正有负。在内篇，讲是非之情、好恶之情常常把人捆绑住，所以要以理化情。但是外杂篇讲"任情"，任性命之情、安性命之情，"仁义其非人情乎?"仁义要建立在人性、人情的基础上。的确，没有了生命，就像一个人失去了灵魂。我在陈先生身上感受到的，不仅是学问，更是生命。

2011 年 4 月 6 日

孙郁：抵制粗糙

引子·印象

2010 年 4 月 2 日晚 7 点，孙郁先生来到北京大学，做题为"鲁迅眼里的美"的演讲，这是北大法学院"品味人文·聚焦社会"系列讲座第二场。

谈及鲁迅美学的特点，孙先生谈到两点：第一，鲁迅一直追求原始的、朗然的美，他喜爱充满生命感的美术作品，对于恬淡、静美的东西，他是排斥的。鲁迅正是在原始和质朴的民间艺术中寻找创造力，用以救活已经死气沉沉的中国文化。第二，鲁迅还喜欢忧郁的美。对比同一时期的其他作家，鲁迅的作品给人感觉明显的灰暗，甚至有人认为鲁迅的美学观是"病态的"。孙郁认为，鲁迅就是这样一个尘世的打量者，他带着伤痕，舔干了身上的血腥，直视着芸芸众生，看人们的生老病死、喜怒哀乐。

讲座的结尾，孙郁先生提醒大家："当然，在社会的发展过程中，不是所有人都应当选择鲁迅的审美观……每个人因为他自己的经历和经验以及知识结构和性情的不同，恐怕会有不同的选择……鲁迅觉得美的精神应当按照个人的选择进行，每一个人都不要成为他人，而要成为自己。……鲁迅的价值可能是提醒我们，不要背叛良知，不要遗忘黑暗，人只有坚守一个道德底线，一个精神底线，我们的心才能与苍天进行交流，与无数的灵魂进行交流，与真正的百姓进行交流。鲁迅的选择对我们的参照意义来说，的确是很大的，我们回望一百年，能像他那样给我们提供如此丰富话语的人，真的是太少了。"

对于孙郁先生上述观点，我深深赞同。关于鲁迅的美学特征，我则倾向于在一种张力之中解读他的"摩罗美学"。

一

曾读孙郁先生的《鲁迅与周作人》，就十分惊讶。心想：学术文章原来也可以这么写！他对于鲁迅和周作人心态的细腻把握，很有特点。那种细腻沉郁的文字流露出来一种寂涩的情感，仿佛静夜河边的微风，让人心动。孙先生的文字里，没有常见的八股气息，没有学院枯燥的辩论，没有抽象的概念，仿佛带领你去做一次心灵的遨游，引领你去谛听、去体味一个个复杂而又痛苦的灵魂。第一次读孙先生的文字，就深深被他敏锐的艺术感觉吸引住了，第一感觉就是鲜活。比如在《八道湾十一号》中写道：

> 在一个深冬里，我和一位友人造访了西城区的八道湾。那一天北京下着雪，四处是白白的。八道湾破破烂烂，已不复有当年的情景。它像一处废弃的旧宅，在雪中默默地睡着。那一刻我有了描述它的冲动。可是却又有着莫名的哀凉。这哀凉一直伴着我，似乎成了一道长影。我知道，在回溯历史的时候，人都不会怎么轻松。我们今天，也常常生活在前人的背影下。有什么办法呢？[①]

孙郁的文字风格和叙述语情深深地吸引了我，那种阅读快感，酣畅淋漓。行文之中那种历史的厚重，笔触之处流散的那些深沉的思辨。他的文字里仿佛散发着某种消逝已久的韵味，轻轻按摩着我焦灼的灵魂，文字背后对前人的虔诚与敬畏让我动情。当时我就有一种强烈的感觉，这样雅致俊秀的文字根本不会出于学院人之手，为什么呢？阅读中我常能够从他的文字之中嗅觉出那种作家的天赋。

后来我读到《百年苦梦：20世纪中国文人心态扫描》和《新旧之变》，再次印证了我的看法。《新旧之变》一书是自选集，让我得以欣赏孙先生年轻时候的文章，借此寻找答案。不看不知道，一看吓一跳。他26岁时写下的《读书笔记》和29岁时写下的《人之惑》，这些写于大学及硕士阶段的评论文字，已经开始锋芒初露。

荷马显示了人类幼年旺盛、热情、丰富的存在。但丁就不同了。他的心灵印满了时代所给他带来的种种不幸。他郁闷地感受到来自精神世界的无情的压抑。心灵与肉体的分离，心灵的自我折磨，宗教的无情束缚，使他的作品充满了异样的韵致。我欣赏荷马的灿烂无伪，却更喜欢但丁的阴冷与不安。后者是我们现代人的感受，我们何尝没有这样的苦痛与折磨。问题不是失去了乐园，而是我们在失去它后能否有求索的动力。但丁暗示了精神的这种可能，老舍先生就曾由此悟出了其间的美意。曾读过他谈但丁的文章，真的佩服不已。②

章永璘在这时丧失了人的高层结构的心理，几万年来人的进化突然在这残酷的客观环境的变异里，又返回了远古，真实的与非真实的主体世界出现了无序状态。正在章永璘极其痛苦而失落自我的时候，黄香久以女人特有的魅力和情感走进了他的世界。尽管她没有带来卿卿我我的爱的神韵，尽管这位饱受尘世风霜的妇女的心头还留着一丝生活的暗影，但她的降临，毕竟给章永璘这个几乎被毁掉人的本能的人，带来了曾丧失而又回归了的灵与肉的渴望。这是异性的吸引，这里没有相互的体贴，相互的理解，这只是维系在人的低层需要的欲念的碰撞。它不需要灵魂的导航，也没有罩在肉体上的文明的外衣。人在这一瞬间已消失了爱的深层的本质，唯一的只是性的外壳。③

回看孙先生学生时代的文章，就可以知道，他的文字一开始就直指心灵，感受深切，契入内在生命与情感。也就是说，他的独特，是天性使然。说句实话，我开始注意到孙郁，并不是他的思想，而是他文体的独特与心境的洒脱。就在最近，我在写作本文时，再次集中翻阅他的书，风格之独特，感情之沉郁，思想之丰富，不禁让我暗自吃惊。学界学者，都说理解鲁迅和周作人很难；其实就拿孙郁这代学者来说，理解起来真的就那么容易吗？先不说思想，就说文章里投射出来的丰富与驳杂的感情，又岂是我们这代没有经历"文革"之患的后辈所能轻易理解的呢？如果连孙郁先生这代人，尚且不能理解，又如何能理解鲁迅先生呢？为文也好，为人也罢，差距是存在着的。

二

有次，我和一个文学博士聊天，他问我对哪个鲁迅研究学者印象深刻。我思考了一下，回答说："在我看来，就心灵和情感的层次而言，孙郁已经达到了一个高度，而且，他兼具作家、学者与文学批评家三重角色，文笔在当下鲁迅研究学者里是最好的。"

先前我是主张为人生的"民间鲁迅"研究，后来读了孙郁的书，我觉得他有不少方面深合我心，比如不按论文的方式写作，文字没有学院气和八股气，富有生命意识，具有敏锐的艺术感觉。唯一让我感觉的是，孙郁的书苦难感稍嫌不够，文字略显雕琢，文人气太浓。当时，我读孙郁的书不够系统，虽然写了两篇小文，纯属妄议。2011 年 12 月，我终于搜罗并阅读了孙郁的十本书，这次感受与以往很不同了。一句话，孙郁的文字，识自本心，乃文字佳品。

读孙郁之作，最为佩服的是，他对于知识分子心态的剖析。他特别擅长从精神个性入手，探索精神文化现象。这是他的优点。《对话鲁迅》一书是他在孤独心境下所写的文字，用心体验鲁迅，将自身的矛盾、痛苦、纠结与疑惑一层层展开，紧贴文本，用"对话"沟通鲁迅，被遮蔽的主体一步步走向敞开。阅读这样的文字，我是欣喜的，也是惊异的。那种与生命无关的学院研究，应该到了要反思的时候了。谈到细腻的审美能力，就要看他在 2008 年出版的《鲁迅藏画录》了，这本书读来让我"揪心"。从艺术（美术）的角度切入，距离鲁迅先生的内心又近了一层。长期以来，学界将鲁迅潜意识看作一个思想家、学者和文学家，阐释过度，而对于艺术层面的鲁迅把握不够。孙先生敏锐的感受能力里，糅进了文学、哲学、绘画、音乐多种视角的观照，对鲁迅先生艺术心态的把握堪称独到。此书的出版再次表明，鲁迅研究到了高度综合的阶段，不仅仅是中文系教授的个人"地盘"了。

在《周作人左右》、《百年苦梦》、《鲁迅与胡适》等书里，孙先生对 20 世纪中国文人心态进行散点透视，互相参照。给我的感觉，他是在一个旋转的坐标里看问题，从不拘泥于一家一派，这不仅折射出过去时代读书人的精神侧面，而且提炼出了对今天有参照意味的元素，读来亲切。在当代鲁迅研究学者中，像他这样富有作家和诗人气质、带有敏锐艺术直觉的学者，并不多见，值得学界研究。这不由得让我有了追踪的兴趣。

2005年4月我第一次来北京，顺便去鲁迅博物馆拜访孙先生，那时他已经去日本访问了。我了解到，原来孙先生在这里做馆长兼顾研究鲁迅，心中不禁纳闷：既然孙先生也是一个体制内的规矩学者，难道是我猜错了？后来，我查阅了相关简历，得知孙先生20世纪80年代毕业于沈阳师院中文系，曾做过知青、文化馆馆员、记者，90年代初调到《北京日报》文艺部做副刊编辑达十年之久；70年代开始文学创作，80年代起转入文学批评和研究，长期从事鲁迅和现当代文学研究。哦，这才恍然大悟，孙先生虽然也做研究，但是，更多是做记者和编辑，而且从事过文学创作，怪不得他写得一手那样漂亮的文字呢。

孙郁首先是一个作家，其次才是学者和文学批评家。说他是作家，是因为有着敏锐的艺术眼光，语言很有自己的个性，没有学院的冬烘气。在我看来，大多数鲁迅研究者基本都是学院培养出来的，文字带有八股气，缺乏个性和野性的精神，而这种个性恰恰是被压抑的生命个体，这是一切创造的希望所在，这是与鲁迅"立人"思想所相悖的。与大多数鲁迅研究学者的做"论文"不同，他形成了自己一套独特的诗意的审美方式和智慧的表达方式，而且不断变换着话语的表达方式，能迅速感染人的情感。刚开始与一些人一样，孙先生也在摸索，"现在的许多人，包括大学教授在内，写文章都是一个模子，为什么呢？因为我们现在的表达没有个性，都是一样。鲁迅不是这样，鲁迅翻译那么多外国人的作品，他不是从形式上去考虑，他的表达方式是中国式的。鲁迅的这种语言非常有特点。我们作家如果不能在语言上找到自己的表达方式，那你的创作肯定是有问题的"。后来，随着阅历增加，开始逐渐有了思路。他说："原来做研究没感觉，最初看钱理群他们的东西，觉得太好了，我都不敢写，而且也找不到自己的语言。不过慢慢地也就开始了，1993年出了第一本关于鲁迅的书，而真正想到自己的表达方式，是到报社以后了。"孙郁这样描述《北京日报》的10年："编副刊一个月一两块版，很快干完了，也不像别的记者可以跑口，大量的时间，干吗呢？别的也干不了，无聊，时间总要填满。就看鲁迅。去报社的时候本想做当代文学批评，后来发现没什么可批评的，当代文学没意思。报纸有大量的来稿，也没意思，真不如看鲁迅。就当玩吧，但万万没想到又回了鲁博。"从1992年到2002年，他陆续出了《鲁迅与周作人》、《鲁迅与胡适》、《百年苦梦》等好几本书。到此，孙郁独特的文字风格，独特的表达方式，逐渐形成，鲁迅已经转化为他生命的一部分。

可是，只要看看绝大多数学者，名为研究鲁迅的，其思想与性情与鲁迅差距太远。先不说思想的深邃与否，单看那些规矩刻板的论文，就可以知道，这些都是鲁迅极力反对的，没有个性，千人一面。鲁迅的话语方式非常特别。如果不能在语言上找到自己的表达方式，那你的研究与创作肯定是有问题的。与学者钱理群、赵园、王乾坤、王富仁、王得厚和汪晖相比，难说孙郁在精神开掘上就高于同时代的学者。可是，用文字抵制精神粗糙，这是他的独特贡献。孙郁曾说："单一的文化形态发展到最后，无论是在审美还是思想层面上，都不再能滋生新的东西。只有在合力中，才能表现整个中国文化的总体性来。这合力中，就有一个是周作人和他的弟子们所表现的这样一种精神：非激进，研究纯粹的学理，希望在智慧、知识学识上，或者在文字上来表现作为……在审美层面上，呐喊与高喊口号容易，有悠远的情思与思幽的学养则非下一些工夫不可。在那个时代里，苦雨斋群落高低不一的文本抵制了精神的粗糙，表现出文字的高贵性。中国不缺愤怒的诗人，但是缺少这样的人。"这句话用在孙郁身上十分合适。孙先生整合了智慧、知识和学识，并且具有一种非凡的表达能力，实属难得。

2007年8月，北京电视台组织了一个BTV8悦读俱乐部，邀请的嘉宾有著名演员濮存昕，著名画家陈丹青，孙郁等人。作为某网站选出的"资深鲁迷"，我参与了活动，有幸和孙先生认识。第一次见孙郁，眼前这个东北大汉，一米八几的个儿，着实让我惊讶。当时给我的感觉与他的文字有些反差，高大、儒雅、随和、亲切、花白头发，这样的形象与鲁迅惨烈的灵魂和周作人的古雅情怀一时难以对接，更主要的是，我很不明白，在那样一个文化断裂精神粗糙的时代，孙先生何以写出那种带有旧式文人气息的文字呢？他的文脉抗拒正统，文字没有文人的雕琢与滥情，温和平实，灵光点点，让人过目难忘其中的情态、思想和智慧。为了更好解开这个答案，我买来了他的

《百年苦梦》、《鲁迅与胡适》、《远去的群落》、《鲁迅藏画录》等细读，仿佛受了一次灵魂的洗礼，在那些古雅文字的浸染下，我的心得到一丝抚慰。虽是学术文字，却更像是一种文学创作。可以这么说，孙先生创造了一种独特的文体，很有语感，从而让他规避开了学院的僵涩。在当今鲁迅研究学界，孙郁、林贤治和王晓明三位先生是文笔最好的，他们都会写文章，但是，林贤治和王晓明先生都太喜欢鲁迅，不免陷入"以鲁迅的是非为是非"的思维里，孙郁先生持论客观，互相参照，他对鲁迅和周作人两种典型的学者都喜欢。

三

偶然读到孙郁先生的《鲁迅与周作人》，那是在 10 年以前，书里的文字像静水深流的小河流淌不息，那种扑面而来的古雅韵味轻轻拂来。孙先生在这本书里的最大贡献是建立了一个有意味的参照和一种互证，突破了学术界"褒兄贬弟"或"褒弟贬兄"的研究模式，把周氏兄弟合为一体不褒不贬加以研究，写出了自己的生命体验。鲁迅先生张扬着生命的热力，在对苦难的抗争中，把生存意义指向了永恒；周作人恬静超然，默默地品尝着人生的苦涩，在忍受与自娱中，得到生存的快慰。鲁迅与周作人的精神分化出截然对立的两元世界：

一个是进取的，一个是隐退的；

一个是残酷的，一个是飘然的；

一个是动态的，一个是静谧的；

一个感叹中国的历史是吃人的历史，一个感叹天下最残酷的学问是历史；

一个抑郁、沉静、肃杀，一个沉稳、平和、散淡；

一个站在地狱的门口，不断向人间发出惨烈的吼声，一个仿佛书斋中的道人，苦苦咀嚼着人间涩果，把无奈化为轻淡的笑意；

一个幽默、风趣、严峻，一个温和、中庸、文雅；

一个清癯孤介，好讽刺，喜批评，一个微胖清高，参禅谈茶；

一个愤世嫉俗，一个超然冷静；

一个以斗士风采入世则要呐喊，要战斗，一个以学人姿态隐世，隐世自娱，平和，与世无争；

一个身系屈辱深挖国民性，一个沉入花鸟自娱自乐；

一个是呐喊彷徨的斗士，一个是苦雨斋中的中庸学者；

一个注重精神独立，一个喜爱随和折中；

一个站立在天边的旷野之中，一个超然于斗室之中；

一个倾心于施蒂纳的无政府个人主义，一个全心沉醉于克鲁泡特金；

一个侧重于行为的实践，一个注重知识的修养；

一个文章折射着焦灼的灵魂，一个文章散发着卷卷古书的香韵；

一个一针见血，一个古雅遒劲；

一个是肩负黑暗闸门的殉道者，一个是斗室寒斋坐禅参悟的隐者；

一个苦痛劳累，一个随和敦厚；

一个激扬、峻切，一个冷静、平实；

一个站着呐喊，一个躺着吃茶；

一个沉郁悲观，一个清澈闲雅；

一个以文字立人，一个以文字娱人；

一个在苦海荆丛中挣扎搏击，一个在苦雨斋下吃茶谈鬼；

一个阴郁悲慨，一个温和从容……

在众多的鲁迅研究学者之中，孙郁显得比较特别。他无意去建构一个规模与体系宏大的理论世界，只是把鲁迅和周作人作为一种文化和精神的参照。在我的感受里，孙先生不是没有鲁迅式的沉郁悲愤的精神气质，也不缺乏生命的强力和内心感情的激流。他曾说：

> 我读鲁迅与这些青年的通信，有时暗暗感到一种刺激，好像寒冷冰谷里的微火，照着肃杀的世界。他把仅有的火种，给了挣扎的孩子，将一丝丝光泽，罩在人的身上。而他和这些蠕活的孩子们发出的战叫又是何等的冷酷和惨烈！在四面昏睡的世上，还有这样的嘶喊，悠远的平静便被打破了。

鲁迅身上，也有传统士大夫把玩的那一面，可他从来不张扬，都是暗藏着、化到文字里，他的杂文，即使是金刚怒目的，也有细腻的趣味，非常好玩。现在的人写杂文哪做得到？

孙先生理解鲁迅生命内部那种彻骨的痛感，但他在鲁迅与周作人之间把握住了一种张力，这不是一种刻意的藏匿。他当然不只是做没有意义的对比，他在《鲁迅与周作人》一书中对比二周后指出：事实是，鲁迅也好，周作人也好，均是常态中国人生中的叛逆，不过一个趋于挣扎、搏击，另一个空手道般地隐于苦难的大泽，其形态虽不同，根底大致拴在一个基点上。

比较一下两人的见解，在对待事物本质的看法上，多接近之处，但在处理问题的态度却截然不同。孙先生指出了周作人不同于鲁迅的特点：

> 用无冲突的古典主义精神情趣代替对中国现代社会生活的人生态度，其结局必然陷入自我的否定之中。周作人的悲剧正是在这里。他的确缺少一种深沉的自我解剖精神和否定精神，陀思妥耶夫斯基式的心灵拷问与鲁迅式的内在角斗对他来说都是可怕的精神现象。①

周作人的世界，在某种意义上讲，是对鲁迅精神的一种补充。周氏兄弟的真正价值，是中国人的生存危机以及向这一危机挑战的两种不同的范本。

周氏兄弟拥有共同的思想出发点与归宿——在我看来，就是"立人思想"；他们又有不同的关注点，在"参照"中相互深化。而今天面对困境时不免陷入"我接近周树人，或我接近周作人"似的选择，我们的思维方式里隐约折射着周氏兄弟潜在的制约。实际上，单一价值观对人的精神成长是十分有害的，完全陷入鲁迅式的残酷的"反抗绝望"一般人难以做到，而沉溺于周作人式的醉心于玩古董、沉湎于抄古书的愉悦中又会让人消沉。

孙先生的文字不再只是鲁迅式的惨烈的拷问，忧郁与冷酷，而多了另外一个精神的参照——周作人式的性灵与智慧，那种温情、玄远、隽永、宁静、古典、余韵、萧寂，轻轻抚摩着我灵魂里的喧嚣与躁动。后来得以接触孙先生，感觉他身上隐约有一种现代知识分子稀缺的士大夫趣味，难怪他的文字有一种文人雅趣，这对于酷爱鲁迅峻急郁热缺乏精神缓冲的我，无疑是清新剂。

孙郁先生激情十足，情感充沛，才情张扬。如果没有作家的天赋，他如何能有生花妙笔呢？他一双眼睛亮而有神，透着灵气和书卷气，与他的言谈

278

举止是和谐的一体。搞学问是一种很紧张的智力活动，创作是一种很丰富的情感活动，这两方面成了他生命中不可缺少的一部分。孙郁自称受张中行影响很深，这对我倒是一种提醒。张中行一生喜欢谈个体，谈情感，凡人，绝不言圣道、民族主义、阶级学说。孙先生1995年时受张中行先生的影响研究周作人与罗素，他在精神层面上是张中行的知音，写文章十分讲究，往往论题切口很小，这点似乎是受潜意识的影响。

如果要理解鲁迅，不了解鲁迅同辈人是不行的。孙先生富有眼光地选择了"五四"新文化里几个最重要的知识分子——周作人、胡适和陈独秀，先后完成了《鲁迅与周作人》、《鲁迅与胡适》及《鲁迅与陈独秀》，通过解读他们可以了解不同知识背景和个性气质的知识分子，同时回应时代提出的问题。孙先生既喜欢鲁迅，也不排斥周作人。你看看他无论议论鲁迅传统中的王瑶、钱理群、邵燕祥、张承志，还是议论周作人传统中的废名、张中行、邓云乡、黄裳、舒芜、陈平原等，都进入很深，知人论世，很有见地。特别值得一提的是，除了研读鲁迅及整个"五四"时期的文人、作品，孙先生也不忘记发掘"五四"时期学者章太炎、梁启超、王国维、梁漱溟、钱钟书的现代价值，此外对当代很多文学作品也都很关注，他对于王小波、阎连科、莫言、王蒙、史铁生、王英琦、贾平凹等的品评，透过那些吉光片羽的感悟，你都可以读出真知灼见，可以看出他精神视野的开阔。这在一个据说生产专家的时代，十分难得。于是暗暗想，孙先生回到了东方式的感性思维，这要远比那些让人食之无味的评论文字好。而据说这样写文章，是不符合学术规范的。

孙先生知道该扬弃什么，该守住什么，他的文字挥洒自如，任心闲谈，以一颗诗人之心，去聆听、品味他的研究对象。先生的文字，是纯正的文人随笔，平实、冲淡、沉静、老到、书卷味浓，在冷静的叙述中潜藏着感情的暗流。像这样有体温感带着真性情的文字，真的是太少了。生命中不可缺少文化之性情，它是内心的需要，是对精神家园的焦灼渴望。孙先生以臻于炉火纯青的笔法，向你描述一个个远去的文化巨人的背影：章太炎、鲁迅、苏曼殊、陈寅恪、张爱玲、林徽因、钱钟书、沈从文、孙犁、张中行、孙福熙、孙伏园、章廷谦、李秉中、荆有麟、高长虹、李霁野、台静农、韦素园等。他对鲁迅和周作人传统的梳理，向我们敞开了一个饶有意味的精神空间。

孙先生认为，"（鲁迅研究）在语言学、叙事学等微观方面，是进步了。

但是在生命哲学上，并没有进步。现在学术越来越技术化、门类化，学者们越发成为熟练操作学术工具的工匠，而不是思想者，缺乏鲁迅的生命质感。鲁迅的回归，就是必然了"。作为一名鲁迅的读者，我深切感受到经院研究对鲁迅的伤害与遮蔽。孙先生的鲁迅研究是充满生命感受的，是一个生活在当下的学者与一个忧患灵魂的对话，它呈现出独特的精神气质和话语方式，既是独白，又是思考，它从一开始就直面当代文化语境，思考并回应1990年代以后文化界、思想界的诸多问题。幽雅的文字与思想的求索，就这样深入结合在了一起。

生命意识的欠缺，这是鲁迅研究中的一个重要问题。在当今学院体制下，学者那点灵性都被论文"规范"了。孙先生感慨地说："现在一说研究，就是大学和研究室，拿出正襟危坐的样子来，其实鲁迅的话语方式恰恰就是要颠覆当前大学的话语方式，我们是在用鲁迅最厌恶的方式来研究鲁迅。"孙先生不热衷那些生硬的大概念，没有学院派枯涩难懂和僵板的冬烘气，而是把外壳剥离，于温文尔雅中见风骨，于沉静内敛中见锋芒，只留下温情。更没有那种现代人俯视前人的傲慢心态。他是用心去书写，因此每每有新鲜的、带血肉的见解。今后的大学如果不改革，像孙郁先生这样充溢性情激情十足的精神探索者，很可能成为大学校园内即将消逝的风景。浩浩苍空，茫茫旷野，"前不见古人，后不见来者，念天地之悠悠，独怆然而涕下！"

四

孙郁先生的文章，字里行间弥漫着丝丝沉郁的气氛，瞬间直逼人心。

如果说钱理群先生有些峻急、郁热、极端，孙先生则是另外一类人，古雅、飘逸、沉稳、清俊、幽郁、灵性。钱先生内心总承受着沉重的东西，久久不能释怀，常常处于紧张状态；孙先生的气质让他化解了鲁迅生命的焦虑与挣扎，增添了周作人的恬静与超然。经过中年时期的精神探索以后，渐近晚年，他的文字进入化境，日趋清冷，无声的空漠，哀凉之雾遍布其间。他在《新旧之变》的前言里说："年轻时四处寻觅，圣徒般虔诚；中年后感伤不已，两手空空，不知如何是好；渐入老年，才知道世上虚妄者多多，回到自身才能找到问题。然而问题又接踵而至，不可胜数，于是又想虔诚地回到青年。然而已没有狂热的激情了。跟着别人跑不行，相信方法论也不行。到了自己想独立去说点什么的时候，反而发现竟无新意，不过是前人语录的陌生化的再现。这在我，是很大的痛苦。无话可说，或说了可有可无的话，那还不如沉默的好。我一直认为，叫唤的人，天际浅，而无语者，反而是大智慧的。历史上这样的人不知有多少，我们谁去注意他们呢？"

这种沉郁的感觉在 2009 年出版的《张中行别传》里再次得到印证。书中写道："张中行的文字，静静的，像冬夜悄然落地的雪，安宁里有些清冷，一切都是暗无声息的。记人记事，有古风，似六朝的短章，也夹带晚明小品的笔意，颇有苍凉的况味。当然，还有老子的盘诘、庄子的恣肆，以及周作人的平和与废名的幽玄。有时见到他不动声色地在街巷闲步，从容地在书房谈天说地的样子，就被那种超然的神色所打动。他那里是清寂的所在，如水边的小屋，在月光下亮着灯，照着四边的野趣。尘世的喧闹消失了，你可以听见自己的心跳。和这个老人对视的时候，心是静的，仿佛被水洗了一般。"除了延续一贯的才情以外，不同的是，其中的文字少了张扬，淡化了文人气，多了质朴，于平实与直白中见深意，对己身之苦和众生之苦有了苦楚之痛，读来尤其让我心神触动。这种文字，已经回归自性。《坛经》上说"菩提般若之智，世人本自有之"。此句犹如晴空鸣鼓，惊我魂魄。这是慧能首次登坛讲法的开场白。接着又讲到"一切般若智，皆从自性而生，不从外入，莫错用意"。启示人"本性是佛，离性无别佛"，"当知愚人智人，佛性本无差别，只缘迷悟不同"。"自性迷即是众生，自性觉即是佛"，只要"一念悟时，众生是佛"。可惜这样一个道理，很长一段时间，我竟浑然不知。孙先生渐入老年，才知道世上虚妄者多多，回到自身才能找到问题。其实，这是一种本心的觉悟。我曾暗想，经历苦难的他为什么没有皈依佛教或信仰上帝呢？孙先生不愿放弃自我的挣扎与搏击，就像周氏兄弟一样，相信个人的力量。孙先生这代人就是这样，既让人尊敬，又让人惋惜。而我，虽说没有孙先生那样的学识，可我过早体会到人生的悲苦，也多次体会到人的有限与不足。我的痛苦是，我愿意信仰，但是作为无神文化语境下成长起来的人，我自身的杂质太多，一时难以进入信仰。

而在一篇访谈文字里，孙先生说："……我的出身不好，我父亲是国民党起义投诚人员，后来被打成'反革命'，我们全家被下放到农村劳动改造，我是在农场长大的。我几乎是在一种绝望的心境下，读到鲁迅的著作。我知道自己并未从本质上把握了那些文字，但是，那种幽愤的情思，沉郁的人间情怀，给我触动很大，令我至今难忘。在先生深广的咏叹里，我感到一种深切的心灵呼应。我在学术上没有什么更高的建树，我给自己定位是鲁迅思想的普及者和传播者。"读到这段文字，很有触动。像孙先生这样在困境中的人，还有不少，一代又一代的学人，还有我这个曾经亲历过人间世苦难的 70 后人，都在一种绝望之中遭遇了鲁迅，多少年来，鲁迅先生以这样的方式支援着困境里的人，激励着他们自觉成己，苦度人生，也因此，人生焕发了生气。只有真正爱鲁迅的人，才会甘愿做一名"鲁迅思想的普及者和传播者"，这不同样是鲁迅精神吗？执著于不圆满的现在，和虚妄相抗争，在一种张力中思考鲁迅与古今、中西和现实之间的关系，这或许是鲁迅对于当下的思想意义，也是先生哲学意识中最迷人的地方，后人最应该汲取的东西。是拯救还是逍遥，是反抗还是超然，孙先生始终徘徊于周氏兄弟之间，久久流连。然而，历史终究有自己的宿命。孙先生冥冥之中悟透了天命，这是他这代人的大限。

在一些关于鲁迅和周作人的访谈文章里，孙郁总是慨叹自己的不足。他很少肯定自己，乃至我去信向他讨教，孙先生却说："我的文字都是一种印象的东西，不足为道。关于我写的传记，似乎也无价值。因为我是搞过新闻的，知道内中行情，自己的分量不够，您大可不必在此花费精力。写书，是因为在现实中无奈，有一点自我逃避。我小时受苦多，对'文革'深恶痛绝，现在还没有摆脱出来。所以，如果说有值得看的，不过是表达了一种心情。至于其他的，真的没有价值。无论学理还是审美，都很浅薄。"这自然是自谦之词。表达是一种思考，至少不总是回避。

孙先生这一代人受过许多苦，能活过来已经不易。后辈学人所处的生存环境已有很大改观，但难说就能超越他们。孙先生带着深沉的感情，不懈的挣扎与探索，寻找生命价值重建知识分子的人格，这份精神财富足以成为一种高度。我对孙先生的尊敬，其实有点这个因素。从孙先生的文字与精神世界里，我隐约觉得他的内质和孙犁、张中行、贾平凹都有些相似。他们在成长的过程中，都遭受过生命的压抑，这种压抑让他们得以靠近魏晋、晚明、六朝和周氏兄弟。孙犁直到死，都觉得自己不快活，是个多余的人。张中行和孙犁对天命都有种无奈感。贾平凹幽僻，颓废，自戕。他们的文字都有些清冷，超然。我推测，在骨子里，孙先生更倾向于周作人、废名、木心而不是鲁迅吧？这或许是文人的宿命。或许，晚年的孙先生继续沿着历史的惯性下坠，抑或不是。在对周氏兄弟长久的凝眸中，他自然获得了非凡的境界。

注释：

①孙郁《周作人和他的苦雨斋·八道湾十一号》，人民文学出版社，2003年7月第1版，7页。

②孙郁《新旧之变·读书笔记》，复旦大学出版社，2010年8月第1版，15页。

③孙郁《新旧之变·人之惑》，复旦大学出版社，2010年8月第1版，18页。

④孙郁《鲁迅与周作人》，河北人民出版社，1997年7月第1版，199页。

陈平原：压在纸背后的"人"

  2005年5月，我还在北大游学，那时居住香山。一位朋友问我，你听过陈平原的课没有？我说，没有。朋友说，他很有学问，不听就可惜了。

  带着好奇，我特地打听到陈平原的上课地点。走进教室，着实吓了一跳，黑压压的人群十分拥挤，连走廊也站满了听课的人。放眼望去，讲台上一位中年学者，相貌儒雅，讲课心无旁骛气定神闲，专心致志，<u>丝丝相扣</u>，口若悬河，思维敏捷，记忆力惊人，低回婉转，余音绕梁，台风很好，一气呵成，知识广博非一般年轻学者所能做到。这是我第一次听陈平原先生讲授中国现代文学史，大约是巴金。陈先生是广东人，说话带有方言，把1927年说成"一九饿七年"，印象很深。

  在北大，陈先生的课是深受学生欢迎的课程之一。在我北大旁听期间，陈先生开有三门课："百年中国文学研究"、"现代都市与文学"和"学术规范"。两课的开课方式不同，不完全讲授，也有讨论。陈先生的课，在北大很受欢迎。研究生的讨论课，有本科生来蹭座；限定本专业的课，赶不走跨专业的学生；选在小教室的课，不得不搬到大教室；教室里的位子提前被抢占一空，正点来的学生，便只好坐在窗台上、地板上。课下，偶尔亲近并向陈先生讨教问题，可以感受到他不仅有学人的性情，读书人的温润，也有普通人心境的洒脱。身为北大教授，他关注学者的独立人格、学术的规范与大学的命运；作为学者，他治学严谨，从小说史、学术史到教育史，根底深厚，不断开拓新的研究领域；他著文极具才情，尤重学术的趣味，写得一手好的学术随笔。同时，陈先生具有学者的"人间情怀"，乐做"北大边缘人"的知音，并为他们的书写序。

  记一次听课时，我曾问一名前来旁听的北师大学生，最喜欢的北大教授是谁，他说是陈平原。我问，为什么呢？他说，陈先生除了读书多、会做学问以外，还有就是身上那种特有的"文气"。说来有趣，我听陈先生的课主要是学习他传授的读书诀窍和某种治学思路，至于他的"文气"，我多少觉得有点腹诽。

一

最先知道陈平原的名字是读了余杰的文章。余杰在文章里把陈先生描写成了一位风流才子，今亲眼目睹，才知陈先生乃是一位平和温润的学者，与"风流才子"无关。后来读到他与钱理群、黄子平推出的《"二十世纪中国文学"三人谈》，虽然据说此文当年反响很大，然而感觉平淡。20世纪90年代他在《读书》上发表的两组文章"学术史研究随想"、"老北大的故事"也得到了广泛的关注。但这些文章除了有历史的价值以外，对我丝毫无法构成精神冲击力。陈先生是不错的文学史家，在现代文学研究界有着影响，但谈到思想冲击力还远远不够。一个人研究什么，跟学术能力有关，也跟个人的性格、才情、趣味等联系在一起。他的研究背后，其实潜藏着个人的阅历与志趣、理想与情怀。我无意苛评陈先生不做批判性知识分子，只要看看陈先生的履历就可以知道，他从来就没有成为独立批判知识分子这样的精神追求，他的本色是"爱书成癖"的"书生"，即便不置身20世纪90年代初那样的语境，他也照样会选择做平静书斋里的学者。

根据相关介绍，陈先生的父亲是汕头农校的语文教师，喜欢写诗和散文，买书藏书。在当时，这样的藏书算是很多的了，尤其是文学和史学，所以陈先生的趣味偏好于此，也是有渊源的。"文革"期间，学校关门，图书馆也关门了，幸亏父亲的那些藏书，让他那些年头并没有荒废。在一个多灾多难的时代语境里，能出一颗读书的种子也确实不容易。

陈先生给我的印象是一介书生，"爱书成癖"，天生就是一个爱读书的种子。他说："真正的读书种子就是将读书作为一种生活方式，而不是觊觎在书中获得一些现实的利益。"从潮汕农家到未名湖畔，从北大首批文学博士到博士生导师，数十年来书卷未曾释手，"读书是一种生活方式，唯愿一辈子读书"。

与北大教授钱理群的角色定位不同，陈先生不选择做批判型的启蒙知识分子，而是自觉的学者定位。这种定位自然与陈先生对学术的危机有深刻的自知有关。关于这种心境，陈平原后来曾有告白：90年代的前三个春天，对于中国学界来说，实在过于阴冷。尤其在北大"悲凉之雾，遍被华林"，受到严重挫伤的学生们，颇有废书长叹，就此"金盆洗手"的。作为教师，眼看那么多昔日的好学生一脸茫然地闲逛，或一头扎进"托福"，心里真不是滋味。可是"一脸茫然"的远不只是入世未深的青年学生，我之所以剖析章太炎"自立门户与径行独往"的学术风格，标榜"学者的人间情怀"，谈论"独上高楼"与"超越规则"，何尝不是在苦苦挣扎？

如果挑选几个与陈先生相关的词语，我想"书生"、"学术"、"学问"、"学者"应该是比较体贴陈先生思路的。而这种思路，又何尝不是一种挣扎呢？也许，我之前对陈先生有些苛评，对于这样一位以学问为乐趣的学者，还能要求什么呢？只要梳理一下陈平原十多年来的学术足迹，就容易看到，他从小说史到学术史，从学术史再到大学研究，虽几经转变，但变化中有一条不变的精神线索。这条精神线索就是追求学术的自觉、学者的独立人格与现代学统的建立，苦心矫正某种偏离学术独立的倾向，而这种退守书斋体现着某种独立姿态的守护，并不完全是消极保守吧？

在20世纪90年代初期，陈平原先生和他的同辈学人提出"学术史和学术规范"问题。这种问题的提出，是因为对身处的学术研究现状的"危机意识"敏锐的体认。陈先生在《学术史研究随想》中明确提出："不否认在这个时候谈论学术史研究，有对80年代中国学术'失范'纠偏的意图。"不满于20世纪80年代延续下来的学术研究思路，意识到危机的存在，是这一时期学人的共同意识，不同的只是所采取的"回应策略"。从20世纪80年代到20世纪90年代，人们已从更多地关注立场、主义发展到越来越关注一个个具体的问题，越来越放弃掉宏大叙事，而越来越务实理性地看待社会现实。陈先生的学术活动，也是凸显了具体的问题，这被学者陈思和说成是学者的"岗位意识"。

陈先生在《中国小说叙事模式的转变》（上海人民出版社1988年3月第1版）一书中引入了西方的叙事学理论，试图从叙事时间、叙事角度、叙事结构三个环节考察西方小说对中国小说现代化进程的启迪。该著以大量的第一手材料为基础，详细考察了中国小说叙事模式在清末民初 30 年间、即 1898 年至 1927 年间不易为人说清可事实上却是意义深远的转变。《千古文人侠客梦》（百花文艺出版社 2009 年 4 月 1 日版）中，陈先生从类型学的视角对武侠小说的探究，研究了千古文人侠客梦、唐宋豪侠小说、清代侠义小说、20 世纪武侠小说等问题，并分析了仗剑行侠、快意恩仇、笑傲江湖、浪迹天涯等武侠观念，赋予了这一传统文学分类中的通俗小说类型以全新的文化阐释。之后，陈先生又转而去做学术史研究，以《中国现代学术之建立——以章太炎、胡适为中心》（北京大学出版社 1998 年版），陈先生描绘的学术史，着重凸显的乃是章太炎、胡适、鲁迅等"革命家"、"思想家"的"学者"身份。《文学史的形成与建构》一书（广西教育出版社 1999 年 3 月版），是陈先生七八年间关于文学史与学术史部分文章厚积薄发的论文集的结集，也基本代表了陈先生的学风和文风。与此同时，兼治教育史——大学史，于是又陆续出版了《老北大的故事》、《北大精神及其他》、《中国大学十讲》，他将北大和北大精神，借助老北大的人物和故事呈现出来，他津津乐道于老北大"不可救药的自由散漫"，温故教授们个性风采的趣事轶闻，欣赏老北大人的"独立"和"自由"，从中可以看出他自己的志趣和情怀。陈先生的学术格局还表现在跨越文类的研究上，他"用三十多万字的篇幅，描述两千年来'散文'、'小说'两大文类在中国的演进"，把古今分别处于不同等级而在历史进程中位置又有所调换的散文、小说放在一起描述，于是成就一部《中国散文小说史》（上海人民出版社 2004 年 9 月版）当他再把对中国散文的"宏大叙事"落到实处时，又有了贯通"千年文脉"的选本《中国散文选》（百花文艺出版社 2000 年 9 月版）。

《从文人之文到学者之文》（明清散文研究）（生活·读书·新知三联书店 2005 年 2 月 1 日版）一书借助明清十八家文章，呈现三百年间中国散文发展的大致脉络。在陈先生看来，自周作人、林语堂始，直到当下仍为一般人推崇的晚明小品，乃典型的"文人之文"，独抒性灵，轻巧而倩丽，而不太被看好的清代文章，则大都属于"学者之文"，注重典制，朴实但大气。陈先生最为拜服的文章不是才气纵横的"文人之文"，而是庄重闳雅的"学者之文"。对李贽、陈继儒、袁宏道、张岱等人的"文人之文"，陈先生在真心赞叹的同时也是颇有微词的。比如对李贽的文章，陈先生赞美其"率性而行、天真烂漫"、"别出手眼"、"发千古之覆"，但也批评其"语调夸张"、"耸人耳目"、"逞才使气，钻牛角尖，甚至变成一种'表演'"。《从文人之文到学者之文》一书，将品文和论人两相结合，如魏晋六朝的文章鉴别和人物品藻，文字舒徐自然，开阖间态度分明，褒贬俱现。陈先生是"文"、"学"兼修的典范，近年来，他的著述和文章也越来越体现出"文"、"学"兼修的品质。他认为文章的质量流品和学问的深浅真假是不可分割的整体，"文"与"学"的会通是"述学文字"的最高要求。

此外他的学术兴趣还有20世纪中国文学、在图像与文字之间等。对此治学过程中的"跳跃"，陈先生自己解释说："一方面是自觉学术尚未成熟，总想多试几套拳路几种枪法，不愿就此摆摊卖药，另一方面也因天性好强，老跟自己过不去，总觉还能往前挪半步，不想就此打住。""一旦我自觉已经征服某一课题时，很可能就会中断思路，另起炉灶，或者干脆悄然引退。"此种表白显示的是作为学术大家的胆识和自信。

陈平原先生开学术风气，但不为专业所限，研究课题一直在变。在当今社会分工趋细，人文研究也越来越专门的时候，陈先生出经入史，不断"越界"，而且凡他涉足的领域都有所收获，确实不易。陈先生提到章太炎把文人分为通人、学者和文士三类，显然，陈平原是企望做一个通人的，即"有专业但不为专业所限，能文辞但不以文辞为高，甚至兼及古今之变家国兴亡"。以《文学史的形成与建构》为例，有关文学史、小说史的专业文章是书中的重头戏，但陈先生"不为专业所限"，他要谈考古学、教育学、文化学，处处显露着一种大家气象。由此可见，陈先生目前的学术格局和学术"野心"，乃是"通人"。陈先生的专业是文学，但除了做专业文章之外，还谈文化学、教育学、史学甚至考古学。特别是他在表述中显示出来的对史料的钩沉、稽考的史学功夫也真了不得。如此种种，我想既得益于其导师王瑶先生的影响，也得益于他的研究对象——章太炎、鲁迅、胡适、蔡元培等人。多年的沉潜把玩，精神气质交融自不必说，而这些大学者的学识渊博和功力深厚，也会滋养研究者自己的。

二

多年来，陈先生一直保持着学术研究和随笔两种文体的严格区分，自认在专业治学基础上，有些人生感慨和社会思考能通过小品文字略为宣泄，借此保持一种人间情怀。

除了专业著述之外，陈平原先生也写大量的文化评论，他曾说"作为学者，当然主要以专精的学术著述贡献于社会；撰写文化评论，在于我，主要是保持'人间情怀'的特殊途径"。陈先生在《学人》创刊号的后记中宣称："几年来，孜孜以求，不想惊世骇俗，但愿能'理得'而'心安'，与其临渊慕鱼或痛骂鱼不上钩，不如退而结网。"可见，他的"人间情怀"是因治学的"余裕"而产生的，这些独立评论，使学问保有鲜活的气息，散发生命的热度，然而，又不僭越学者的本分。

每读陈先生的论著和随笔，都深深折服于其渊博、机敏、透辟。我喜欢陈先生的学者散文，体现了文学、哲理、文化与宗教的兼容，而对其学术著述，没有多大专业兴趣。手上有三本陈先生的书，一是《学者的人间情怀》、《当年游侠人》和《千古文人侠客梦》。陈先生的学者散文，文字很好，视野开阔兼容，放在当下，按照常理，已经很难得了。我还是觉得似乎缺少什么。学者散文兼顾文才与学养，缺乏其中一样，就不会妙趣横生。陈先生的学者散文，似乎扬"学"抑"文"，缺少才情，对于哲学、宗教与文化似乎缺乏义理的深究。尽管这样，我还是觉得要留意陈先生的文章，这是因为，其一陈先生是中文系的"通人"，其二陈先生会做学问。随意提几篇陈先生的散文，比如《何必青灯古佛旁》、《现代中国的"魏晋风度"与"六朝散文"》、《古典散文的现代阐释》、《晚明小品论略》等，陈先生的功力可以窥见一斑。

作为学者，陈先生著文深具才情，且"文不奄质"，他能文辞但不以文辞为高，辞采文章的背后还有学识、有修养。他主张"政学分途"，因此下笔为文有两副笔墨：一是专业著述，一是散文随笔。前者属于"正襟危坐"而写就的学术论文，虽严守学问的界限可读来并不枯燥无味。陈先生认为"学术著作并非'观点'加'材料'，同样必须讲究'修辞'"。他所治之学本就新旧杂陈，中西合璧，高明之处便是能把"明白如话的自家论述"、"佶屈聱牙的古人文章"、"还有作为参照系的曲里拐弯的欧化语"协调在一起，容纳于合适的文体中，特具一种清新的气象，这本身便是功力的体现。相比那些严谨的学术文章，我想陈老师的第二副笔墨——散文随笔可能拥有更多的读者。这些借以"调节心境和文气"的小品，是作者在述学之余给自己所留的品味人生的"一扇窗口"。话题不拘一格，文体也不拘一格，记师友，忆故人，谈读书，"散淡而有文化意蕴"、"篇幅短小且注重个人品味"。直面当代中国时，更是"有洞见，不媚俗，能裁断"，而行文则平正通达。

很有意味的是，陈先生侧重关注"学问家"的鲁迅。陈先生关注的是一种"文人趣味"，比如鲁迅。他在《"爱书成癖"乃书生本色》一文就引用中岛长文的话指出：

> 鲁迅是战士，是学者，是思想家，但也有"文人趣味"。比如花木兴味、笔墨情趣、购书籍、藏拓片、编笺谱、赏绣像，还有钞古书、自称"毛边党"等，都不是为了完成某个学术课题，而是性情的自然流露，故沉湎其中。在这一点上，主张"不读或少读中国书"的鲁迅，有其"书生本色"。
>
> 现在谈鲁迅，更多关注其"上下求索"与"横眉冷对"，很少深究其孜孜不倦、其乐无穷的读书生活。不就是"读书"吗，太一般了，缺乏戏剧性，不够伟大。记得鲁迅说过，"伟大也要有人懂"。某种意义上，任何一个伟大人物，瞬间爆发出来的巨大生命力，是以平淡无奇的"日积月累"为根基的。

陈先生在《"不能"与"不为"》一文中指出：

> 可见在一批老朋友心目中，鲁迅的学术成就起码不比其文学创作逊色。只是经过半个世纪的风雨洗涤，思想家和文学家的鲁迅如日中天，而学问家的鲁迅则相对暗淡多了。这与现代中国人对文学的推崇和对学术的轻视有关，也与鲁迅的研究计划没能真正完成，完整著述甚少有关。相对于同时代的大学问家如王国维等，鲁迅对学术的"忠诚"显然不够。

上海十年鲁迅很少顾及学术研究，但他在现代中国学术史上的贡献仍然不可低估。

陈先生对"学术"始终抱尊崇敬重的态度，自然有其积极意义。然而假如没有"教书"这一职业，或者学校不设"文学史"这一课程，要那么多的文学史著述干吗？鲁迅说"我的《中国小说史略》，是先因为要教书糊口，这才陆续编成的"，这话一点不假。

2009 年春季的某天上午，是陈先生"中国文学研究百年"的第六讲，讲题是"作为文学史家的鲁迅"。他在讲课中重现了"学者"鲁迅的风采。至于"学者"究竟是什么样的，陈先生自己也无法表达清楚，他也认为鲁迅是自知边缘的学者，于是最后给了一个矛盾的结论，"虽然有几年执教大学的经历，可鲁迅一直处于学界的边缘。支持学生运动，鼓励'好事之徒'，颠覆现有的体制及权威，再加上对处于中心地位的'名人学者'的冷嘲热讽，鲁迅注定很难与'学界主流'取得共识或携手合作。这一点鲁迅丝毫也不后悔，甚至可以说有意追求这一'反主流'的效果"。

是做"学者"还是做思想家、文学家，鲁迅先生已经用行动作出了选择，这本不再是什么问题。关键在于陈平原先生重构鲁迅"学者"形象的背后，暗含了 20 世纪 90 年代知识分子向学人转换这一历史事件本身。陈先生在 90 年代所重构的"学者"鲁迅不再关注启蒙与论战，不再直面淋漓的鲜血，甚至不再关注大众的悲欢、人世的欺瞒。在陈先生那里，"反抗绝望"的鲁迅躲进了平静的书斋，成了平静的学者，他在古小说的钩沉中，享受着学问的乐趣，不再思考人生和社会的大问题。

陈先生早在 1993 年 5 期《读书》杂志上发表《学者的人间情怀》，文中指出，从政、述学、文化批判（或者政治家、学者、舆论家）这三条路都能走，很难区分正负高低，只不过各人性格、才情、机遇不同，选择的路向不一样而已。他不无批评地说，至今仍有好些坚持"前进"的朋友，似乎对"高升"者和"退隐"者评价过苛。陈先生提出几个假设：一、在实际生活中，有可能做到学术归学术，政治归政治；二、作为学者，可以关心也可以不关心政治；三、学者之关心政治，主要体现一种人间情怀而不是社会责任。

大约就是在这同一篇文章中，陈先生公开提倡"为学术而学术"的"学者的人格"，他把自己与从政和文化批判分开，定位在"述学"（学者）的岗位上：

> 我赞成有一批学者"不问政治"，埋头从事自己感兴趣的专业研究，其学术成果才可能支撑起整个相对贫弱的思想文化界。学者以治学为第一天职，可以介入、也可以不介入现实政治论争。应该提倡这么一种观念：允许并尊重那些钻进象牙塔的纯粹书生的选择。

在谈到为什么保持一种人间情怀时，陈先生基于如下考虑：

> 首先，作为专门学者，对现实政治斗争采取关注而非直接介入的态度。并非过分爱惜自己的羽毛，而是承认政治运作的复杂性。说白了，不是去当"国师"……读书人倘若过高估计自己在政治生活中的位置，除非不问政，否则开口即露导师心态。那很容易流于为抗议而抗议，或者语不惊人死不休。
>
> 其次，万一我议政，那也只不过是保持古代读书人以天下为己任的精神，是道德自我完善的需要，而不是社会交给的"责任"……那种以"社会的良心"、"大众的代言人"自居的读书人，我以为近乎自作多情。带着这种信念谈政治，老期待着登高一呼应者景从的社会效果，最终只能被群众情绪所裹挟。
>
> 再次，"明星学者"的专业特长在政治活动中往往毫无用处——这是两种不同的游戏，没必要硬给自己戴高帽。因此，读书人应学会在社会生活中作为普通人凭良知和道德"表态"，而不过分追求"发言"的姿态和效果。若如是，则幸甚。

陈先生就这样一步步后撤，从政治、文化批判一直退到书斋里，从先师王瑶的大襟怀里一直退，直到把自己彻底变成一个纯粹的学者。应该说，陈先生此文在20世纪90年代初特殊的语境里有深刻的意义，而且即便现在看来，对那些以"社会的良心"、"大众的代言人"自居的读书人的虚妄精英主义意识也不失是一味反思的良药。可是，问题并没有那么简单，此文发表已过 17 年了，如今再来审视此文就可以知道，越来越多的读书人退居书斋之内以求"心"的平和，知识界日渐从批判知识分子的立场后退，甚至以此为借口放弃操守，这是多么惊心的灵魂大崩溃啊！

陈平原先生的学问，非我水平所能一一评价。仅凭个人阅读感受而言，我最喜欢他的随笔杂感，比如《当年游侠人》和《学者的人间情怀》里的少数文章，那里有少许个人体验和想法；而他的学术论文，只喜欢极少数文章，比如《现代中国的"魏晋风度"与"六朝散文"》，其余论文多的是理论推演和学术材料，少的是证悟，实在无法引起我的兴趣。陈先生以"学者"形象面世，他大谈学术的独立，追求做一个"大学者"，而不是做知识分子。这种选择，其实蕴含着略显消极的"自我定位"：已经没有能力介入现实，甚至也不愿意介入现实，于是就放弃冲击精神的高度，嘲弄和消解"五四"以来知识分子那种沉重的社会责任。只是在消解了责任以后，如何承受生命之轻呢？他甚至特别反感学者做学问借题发挥，认为那不是学者的责任。应该承认，在大学课堂上，确实有某些学者学问做不好又爱乱发言的现象；可是，这与那种真正的生命关怀和知识分子的社会责任，应该区别开来。

时至今日，陈先生在广州演讲时批评目前的中国大学"越来越像官场"，公开反对一流学者当校长，不知道在这个时候，陈先生还依旧一厢情愿注重"学术"吗？这种纯粹书斋学者的选择，也许在当下中国永远是个泡影。皮之不存，毛将焉附？即便学问做得再有趣，而不把学问与人生结合起来，其意义仅仅局限于狭隘的专业本身，而对于实际的人生没有什么意义。我总觉得，陈先生倡导的"为学术而学术"的学院派研究，论学与现实的疏离，显得太过平实而保守。

当下用不着消解知识分子这种沉重的责任，"知识分子"们便主动卸任寻求阉割了。旷新年先生的话不幸成了注脚：

> 严（严家炎）老师谢（谢冕）老师的时代和蔡元培时代的那个北大比较起来当然已是衰世，但那已经是我所能够看得到的最好风景了。他们的时代有点像曾国藩的时代，道与术、道德与文章还未彻底分裂。接下来的年代，李泽厚所谓"思想淡出，学术突显"，不仅一开始就落入了第二义；而且天天都有李鸿章时代那种"割地赔款"的失败感。再下来

就是王气消沉、唯余霸道的袁世凯时代了。然而，正是这样无才无德的时代，像袁世凯那样想称王称帝者正多多。这是人类的悲哀，也是人性的喜剧。接着，我们转眼很快就要进入孔某某的时代，也就是群雄征逐、有枪便是草头王的张大帅（作霖）时代了。

面对当今社会诸多弊端，值此精神乱象弥漫之际，已是北大中文系主任的陈平原有何感想，他还有心情谈"学者的人间情怀"吗？该是多么的奢侈啊！

对此，学者萨义德就曾尖锐地指出，他们并不能称之为真正的知识分子，而只能说是专业化的知识分子，或者说得严厉一点，是一种典型的犬儒主义。他们"很可能成为关在小房间里的文学教授，有着安稳的收入，却没有兴趣与课堂外的世界打交道"。在他们身上，自古以来薪火相传的知识分子传统并没有得到延续，而是无情地中断了；知识分子的社会影响也因此日渐式微，其本身也沦落为芸芸众生中的一员，不再具有任何有异于常人的特质。如今的北大，缺乏这样的知识分子：对现实的痛感体验，对中国思想界现状的清醒认识，用焦灼的灵魂去孜孜不倦地追求真理，不知疲倦，执著探索，拒绝安逸，拒绝蜕变，拒绝拷贝，永远在流浪。这样的知识分子意味着流亡，流亡意味着边缘，边缘意味着独立和质疑。一个能够独立思考的知识分子拒绝附和从属，永远不让似是而非的事物或约定俗成的观念带着走。

孙郁先生曾经说过，陈平原身上隐约有周作人的影子。这对我倒是一种提醒，周作人和陈平原都是生性平和、具有传统文人气息的人。可是仔细探究，两人并不相同。

周作人先生放弃了启蒙者那种肆意妄谈"高谈阔论"的姿态以后，回归传统文化，非常看重对心灵的养护，晚年逐渐向往平和敦厚稳重的隐士生活。周作人作文重视生活趣味，即寄闲情雅兴于身边微小事物，倾注感情，让其成为实实在在的生活。他也有民俗趣味，对神话、童话、民歌、民谣、风俗、故事都有兴趣。他把生活趣味称为雅趣，打上了浓重的士大夫文人印记。他不仅时时回忆、讲述种种悠闲的生活，更将这种悠闲的生活加以审美的情趣。"我们与日用必需的东西以外，必须还有一点无用的游戏与享乐，生活才觉得有意思。我们看夕阳，看秋河，看花，听雨，闻香，喝不求解渴的酒，吃不求饱的点心，都是生活上必要的虽然是无用的装点，而且是愈精炼愈好。"他在《喝茶》中写道："喝茶当于瓦屋纸窗之下，清泉绿茶，用素雅的陶瓷茶具，同二三人共饮，得半日之闲，可抵十年的尘梦。"他在"出世"与"入世"之间徘徊，放弃了早期"同情下层人民向往社会主义"为特征的人道主义，保留了"尊重个性独立与自由"的个人本位主义思想，最后终于有了"自己的园地"。1928 年他宣称要"闭门读书"，使思想界一片哗然。后来他在《十字街头的塔》中再一次表明心志："最好还是坐在角楼上，喝过两斤黄酒，望着马路吆喝几声以出胸中闷声，不高兴时便关上楼窗临写自己的九成宫，多么自由而且写意。"他本来生性平和，放弃了浮躁凌厉斗争气息，反而使他轻松了许多。他竭力使自己沉浸在"雨天"般阴沉的清冷境地，陷入怀旧的情思之中，在那里他找到了心仪已久的理智与平和。这样他仿佛又找到了失落已久的自我。但是闭门读书也不过是周作人的理想而已。他毕竟生活在乱世之中，他自己也并非要真的不问世事，他是"街之子"，就连建安身立命之所也要建在十字街头。如果说周作人先生有了"自己的园地"而无法摆脱社会与现实制约的话，陈平原先生则是丧失了"自己的园地"，只要读读他的随笔杂感《书生意气》里的文字就会明显感受出来，那里面已经没有了传统意义上读书人的审美的情趣和悠闲的生活，充其量不过是琐屑的描述以及学术的话语碎片，这种所谓的"人间情怀"已经抽空了性灵的遨游，彻底被"学问"压榨干净了，没有了古朴的气韵。如果继续按照这种学院体制化的路数走下去，陈先生不久就会成为即将消逝的风景，最终成为压在纸背后的"人"！

三

现代文学专业的开山鼻祖兼掌门大师王瑶先生有几个私淑弟子，钱理群激情，赵园灵悟，吴福辉细腻，陈平原文气，温儒敏整严，各有特色。就我的感觉而言，陈平原先生非"有思想的学问家"（如章太炎），非"有学问的文人"（如周作人），非"有思想的文学家"（如鲁迅），也非"有情怀的学者"（如王瑶）。

论起学问，陈平原先生局限于文学领域，对于哲学、宗教、历史、艺术无法跨越，即便文学领域，也局限于近代、现代和当代文学；论起思想，陈先生缺乏敏锐的洞察力和细密的分析力，无论知人、论世、治学，鲜有深刻独创的见解；论起才能，缺乏独特的生命体验、细腻的审美能力和幽情意趣；论起情怀，陈先生缺乏业师王瑶身上担当的精神和鲜明的个性。陈平原先生的长处在于读书多，能把学问做得如此有兴趣，对于材料的掌握比较全面，有明确的学术史意识，对于课题潜力、研究思路以及学术潮流格外敏感，加上师出名校和个人勤奋，自然能在治学上出成果。陈平原先生主要的建树是文学史的研究，是一个比较优秀的文学史家。然而，在我看来，陈平原太过学问化和知识化了，缺乏确切的社会、人生问题意识，与现实往往隔靴搔痒。

有了上述定位以后，我听陈先生的课就有了路数。那次，陈先生在课上大谈在现有学术体制下学术训练的必要，他说北大的学生不屑于规则性的东西，大部分很有才华，然而缺乏实际训练。陈先生早在 2005 年所作《从中大到北大》一文中指出："相对来说，北大学生确实眼界开阔，气度宏大……但读书做学问，不只需要思维活跃，能够眼观八路耳听四方，还得肯下死功夫，一步一个脚印地攀登……遗憾的是，不少人误把眼光（实际上借来的）当学养，不屑于'枯燥无味'的基础训练。结果是，热闹有余，而沉潜不足，说的远比做的漂亮。"北大的学生进入牛津大学、剑桥大学和哈佛大学的，刚进去是天才少年，最后毕业变成问题少年。为什么呢？陈先生反思道，做学问太有才气的不行，太笨的也不行。北大的学生不缺乏才华、想象力和境界，缺乏的是学术规则的训练。四年下来，北大学生中优秀的比任何高校都优秀，差的比任何高校都差，差距很大。北大的好处在于，给天才留下空间。所以，在这接下来的日子，陈先生着力训练学生怎么从事学术研究，大到如何选择角度、资料收集、引文、注释、参考书目、学术道德，小到台风、演讲、语气等，陈先生一一细心指出，他告诫学生不要没学会行就学飞，要学会听、学会学、学会表演，要先进入学术境界再发挥。我感觉这是一门针对性很强的课程，陈先生无疑是一个好老师，他分析人物鞭辟入里，特别是他的《从文人之文到学者之文——明清散文研究》，无疑是这方面的代表文章。

有论者这样评价，陈平原先生的研究格局和气象，已经无法用现代文学甚至无法用中文系来限量。相比于专家，他可以称为通人；相比于名家，他可以称为大家。他第一个提出走出现代文学、走出"五四"，把研究向前推进到晚清，抽掉了近代、现代文学之间的屏障。他和其他学者提出的"二十世纪中国文学"的学理概念和研究范畴，更把近代、现代、当代文学三个专业的问题，糅合为一体。

陈先生在文学史研究方面的建树已为众人关注，这里就不提了。读了他的一些随笔杂感后，觉得他只是满足于做个"学者"，情感上并不亲近他。比如《当年游侠人》一书，写了康有为、章太炎、王瑶、金克木、程千帆等人，这些人物都是"有学问的文人"，陈先生虽看好"生命体验与学术研究"的结盟，然而文中掺杂着太多的史料，往往不见灵动的真性情，过于沉重拘谨，好像被什么给压抑住了一样。像鲁迅、林语堂、周作人那样兼容才学又把文章写得妙趣横生的大家气象，已经在陈先生这里省去了，只剩下了"学问"。我越来越感觉到，现代的学科分野，晦涩的学术语言，导致学者与现实生活剥离开来，那种研究者的真性情以及不可多得的生命体验最终消失。正如陈先生所说："没有长须飘拂的冯友兰，没有美学散步的宗白华，没有妙语连珠的吴组缃，没有口衔烟斗旁若无人的王瑶，未名湖边肯定显得寂寞多了。"

要成为大学者，并非仅仅关注学术，而是背后的人。"人"是一切关系的总和，人是目的。从中国传统的儒、释、道文化，再到西方的基督教文化，都贯穿着一个关注的中心，那就是——一个大写的尊贵的"人"！如果离开了对于"人"的关照，学问有什么意义？文学研究应该关注有血有肉有情感的当事人的内心。王瑶先生当年提出文学研究的中心是"人"，这个"人"是有环境的，是个性特殊的个人，他还有一个内心世界。关心人，关心个人，关心人的内心，这是文学研究的三个坐标，这就是文学研究所应该关心的问题。钱理群先生也有这样一个研究思路：对任何一个社会重大问题的关注，不太执著于事件本身，而是关注事件当中的人，关心他们的命运，关心他们的精神世界是怎么样的。从这里切入，就是文学。读了陈平原先生的一些文章后，觉得他只是满足于做个"学者"，虽然他声称追求那种"人间情怀"，实际上并非如此。

多年来，陈平原先生一直保持着学术著述和散文随笔两种文体的严格区分，自称在专业治学基础上，有些人生感慨和社会思考能通过小品文字略为宣泄，借此保持一种"人间情怀"。然而，他的随笔里的文字太散漫太琐碎了。陈先生以自己的方式追求着人生、关注着社会，所谓"读书、写书之外，他以览胜、访古为乐。是时：或春日，听群鸟低唱；或夏日，观红日喷薄；或秋日，踏风中落叶；或冬日，观星河浩茫"。由此可以看出，他身上显现出来周作人的影子越来越深了。

陈平原先生说："在政治与学术之间，注重学术；在官学与私学之间，弘扬私学；在俗文化与雅文化之间，坚持雅文化。三句大白话中，隐含着一代读书人艰辛的选择。"他集中在《学者的人间情怀》一文里表达了他的观点，他关注的是"学术"，即便关心现实问题，也仅仅出于"人间情怀"，并对学者"越位"强烈的入世心态进行嘲讽。他认为这一百年来中国学术发展的最大障碍是没有人愿意且能够"脱离实际，闭门读书"。这一点中外学者的命运极不一样。在已经充分专业化的西方社会，知识分子追求学术的文化批评功能。而在中国，肯定专业化趋势，严格区分政治与学术，才有可能摆脱"借学术谈政治"的趋势。但是，陈先生没有必要矫枉过正。

林贤治先生曾这样评论"学者"：他们最大的资本是拥有知识，或称学问；是大量书籍，尤其是经典和教条的嚼食者。所谓著述，基本上是来自书本的枯燥的排泄物。他们常常以精英自居，远离俗众的日常生活，甚至社会的重大事件而自以为超越。在学界，据说"学术规范"是必须恪守的，"价值中立"是最高原则。因此，他们动辄标榜"客观"，"公正"，不偏不倚，总之特殊得很，普通人是不容易做的。对于陈平原，我只是觉得他有学问，如此而已。学者对现实社会的介入是自然的，正常的而且是必要的。那是他们的使命。不必非要揪着头发将自己拔离地球一样，使自己远离当代的社会环境，置自身的环境于不顾。学术在中国没有自己独立的位置，但是任何自由都是争取来的，不是靠乞求获取的。早在"五四"时期，陈独秀、胡适、鲁迅、钱玄同、梁启超、梁漱溟、张君劢，他们的学术著作，都不怎么太"纯正"，原来都可以稳当地做一流学者，居然做起了从学术眼光看来简直一文不值的时评、小说和杂感去了。他们深知学术的界限，假如学术一旦妨碍了对真理，对自由，以及人的权利的追求，那么，他们就会随时扔掉它，恰如扔掉一只脏手套！

学者有两类，一类是有专业知识的学者，一类是在专业知识基础上有思想创造的学者。前者在中国已经过剩，只能勉强称为"知道分子"。"知道分子"的特征就是经常爱在自己的文章中炫耀那些大师的名字，给自己贫瘠的思想插上无数好看的羽毛，论文中充斥了许多废话，犄角旮旯地掉出袋子，一弄就一大堆旁征博引，把自己的真情性、智慧、才华消耗到琐碎的"学问"之中，某某这样说，某某那样说，最无聊的是，某些研究文字，恨不得大师的一口唾沫都要看出微言大义，附庸风雅到这种地步，真是奇观。知识分子不是"知道分子"，他拥有自己独立自治的精神空间，有自己坚定的价值立场。他不是随波逐流式的产物，不是跟随在大众后面人云亦云，而是引领大众穿越现实的表层，认识到现实存在的真相和本质，反思存在的不足，揭示问题的根源。一些知识分子之所以越来越淡漠自身的公共属性，终日地沉迷于各自的专业领域，关键就在于，他们自觉地割裂了专业化使命与伦理化使命之间的互动关系。

必须承认，我们的知识分子大多数只是满足于成为"知道分子"，满足于自我专业上的表演性。陈平原与钱理群当然不再是"知道分子"，他们开始想着创造，但是十分艰难。同是北大教授，总体上在我看来，陈平原与钱理群是两种不同类型的学人，他们身上有周作人和鲁迅的隐性影子。陈平原是温和严谨的学者，钱理群身上则多精神探索者的气息，后者更为我所爱。一直以来，钱理群先生把文学史的研究与历史、文化、思想紧密联系在一起，从而去揭示人的生存困境并不断去追寻和开掘，具有哲学和思想意义上的心灵探索和启蒙主义色彩，因而其独特的研究也就具有超出文学史研究意义之外的哲学内涵和思想价值。自钱理群先生以后，我很怀疑，那种带有野性生命气息的人是否还会再出现？

相比王瑶先生，作为学生的钱理群和陈平原的某些不足就明显了。钱理群有生命的冲创感，延续了"五四"时代精神，也有精神探求的野气，就是缺乏厚重的中国哲学、历史与宗教素养，缺乏业师身上的魏晋文人风骨，少了一些"真性情"，显得峻急。陈平原专注于学问，有书卷气，比较从容，但是缺乏生命气息，缺乏现代知识分子的气质。私下想，钱理群和陈平原能中和一下就好了。他们的研究都受过王瑶先生的影响，有着良好的学术素养。然而，不容忽视的是，研究的学院化现象越来越严重。现在的学者让人头疼的就是学院化了，能冲出学院化藩篱的学者不多，大家仿佛被什么捆住了手脚。北京大学里还能否出现特立独行、学问与情趣兼备的大师？今天再有王国维、钱穆、钱钟书、金克木、沈从文、陈丹青，真的难以进入大学了。

　　2009 年 4 月 24 日，北大中文系举办"'五四'与中国现当代文学"国际学术研讨会，笔者在现场看到，那些现当代文学专业的研究生，一个个都是那么温顺和听话，不由忧虑。学问如何是一回事，他们没有了那种特立独行的精神气质，当然不是说为人处世方面很张狂就好，而是说生命的强力已经被层层包裹了。2005 年春季，我在听鲁迅研究课时，曾经和一个北大中文系的文学博士交流，最后他感叹一声，居然说了如下这样的话："不写论文怎么会有职称？没有职称怎么做教授？不做教授怎么会有好的待遇呢？"余杰曾经愤激地说道："饭碗就是那种毁灭人的创造力、想象力，吞噬人的自尊、自信，却又让人活下去的东西。金饭碗、铁饭碗、泥饭碗，饭碗的不同，也就是人的不同。"这个时代少有个性学者，叹息青年学者阅历单薄。连北大中文系的文学博士每天都在想着为职称积攒论文，我终于明白了一点，为什么那么多文章没有生命的挣扎和"人"的声音了。我不禁想大喊，整天吵着做学问，今天也做学问，明天也做学问，大学成了职业培训班，人呢？人呢？！

方立天：佛学人生

一

2010 年 10 月 29 日上午，方立天先生现身北大虚云讲座，开讲《中国佛教思想的现代意义》。

方先生头发花白，今年七十二岁高龄，浓浓的眉毛也染霜尘，镜片后的一双眼睛依然坚定有神，严肃中透着和蔼。如今，方先生已经从事佛学研究四十余载，勤奋不怠。他说："只有常勤精进，百倍用功，才能天道酬勤，有所收获。"

方先生在演讲中阐释了中国佛学思想的特质，即重自力、重解脱、重入世。儒道二教，重生命的快乐与痛苦，而佛教重生命苦痛以及寻求解脱的方法；儒教重今生，道教重长生，佛教则重生死；儒家重人本，道家重自然，而佛教则重解脱，以达到更高层次、更加理想的生存状态。方先生认为，中国固有的哲学与思维方式决定了中国佛教学者的文化取向、学术取向、思维取向和价值取向。同时，中国佛教哲学又在终极关怀、果报、心性、直觉等诸多方面充实与丰富了中国哲学思想，并融入中国传统哲学之中，成为中国传统哲学的重要组成部分。

在学术界也流传着一段佳话，那就是方立天老师"端着一杯水，背着一个学生书包，和大学生一起按时泡图书馆"的故事。谈到做学问的态度，方先生曾经向人提及三个方面：

"'修辞立其诚'，这是恩师冯友兰、张岱年对我最大的影响。人要诚实、真实，名实、言行、表里三方面都要一致，做学问不能哗众取宠，'务正学以言，无曲学以阿世'！"

"要'静心专一'，杂念很多，不容易看好书，浮躁写不出好东西，要甘于寂寞，坐冷板凳。"方先生说，"人大教师中，也许我是在图书馆呆的时间最长的，我现在连手机都不会用，就是希望能够专心致志！"

"要'好学深思，心知其意'，这也是张岱年先生非常强调的，'好学'和'深思'是方法，'知其意'是目的。体会书中意蕴很重要。如在研究佛教典籍时，就要想佛家为什么要提出这样的问题，为什么要如此论述。一句话：读书要玩味！"

谈到生活态度，方先生说："儒释道三家的思想在我身上都能体现出来！"他表示，中国传统文化对自己安身立命和人生价值取向的影响很大，"我的工作、事业取儒家的态度——刚健有为，自强不息；生活上、名利观上则受道家、佛家思想的影响——顺其自然，淡然处之"。

"但我并不信仰宗教，也不反对宗教。"他补充说，"我把自己的任务限定为从学术的角度研究宗教，力图以实事求是的态度叙述和评价宗教的复杂现象，肯定在我看来应该肯定的东西，否定在我看来应该否定的东西。"很多佛教法师看了方先生的文章，认为"虽然有批判佛教的地方，但都是讲道理的，没有谩骂"。

方先生曾经告诫说："做这门学问，关注点要落实到现实上来。除此以外，还要注意使学问与心情、身体作良性的互动。学问做好了，身体、心情自然会愉悦舒畅；反过来，身体心情好了，精力就会更加充沛，可以作出更大的学问。人生苦短，抓紧时间做事固然重要，但也要调适好身心……"

方先生说："研究中国佛学思想的基本特质和精神是研究其思想精华的前提。因此拟用三对比较，来揭示佛学之特质与精神。"与其他世界性宗教（基督教、伊斯兰教）比较，佛教与之不同主要体现在以下三个方面：第一，创世说和缘起论的差别；第二，无神论、多神论与一神论的差别；第三，自力与他力的差异。与中国儒、道思想的比较，佛教与之不同，主要表现为以下三点：第一，重痛苦与重快乐的不同；第二，重生死与重今生、长生的不同；第三，重解脱与重人本、重自然的区别。

在阐述佛教的智慧时，方先生说："当前来说，我认为有六个概念、六个范畴是佛教最重要的智慧集中点：第一个是缘起；第二个是因果；第三个是平等；第四个是慈悲；第五个是中道；第六个是圆融。在我看来，这是当前佛教最可以贡献社会的六个范畴。"他并就佛学思想的现代意义，对于人类的三大问题人与自然，人与自我，人与人作出分析：佛教的无我观即"无我执、无我见、无我爱、无我慢等"，对于化解人与自我的矛盾颇有意义。佛教所讲的我执是指执著我为实有，即对于自我的执著。我见是执著有实我的虚妄见解。我爱是对自我的爱执，也即我贪。我慢是指以自我为中心的傲慢心态。由我执必然带来我见、我爱和我慢。佛教认为我执是万恶之源，烦恼之本，主张无我，无我执。佛教解脱观的实质是生命意义的超越，精神境界的提升。这种对超越和提升的追求，使人能以长远的终极的眼光客观而冷静地反思人生的历程、审视自身的缺陷，并不断地努力规范自己，提高境界；也有助于在个人心理上产生安顿、抚慰、调节、支撑、激励等诸多功能，从而缓解甚至消弭人的种种无奈、焦虑、烦躁、悲伤和痛苦。

要挣脱因果链，跳出三界外，不在五行中，就必须修行。佛教人生哲学的修持方法，以戒、定、慧为三大纲领。戒主要有五戒：不杀生、不偷盗、不妄语、不邪淫、不饮酒。定指禅定：集中思想，精神高度集中，可以产生智慧。慧指智慧：对人生、宁宙的本质有透达的了解。

通过修行，可以达到佛教的终极理想。佛教的终极理想是涅槃，是超越生死烦恼的圆满宁静的心理状态。小乘佛教以证得灰身灭智的阿罗汉果为最高修持目标，而大乘佛教则以证得实相涅槃为最高目标。禅宗进一步将这种教义发展，提出了世间即涅槃、生死即涅槃的主张。

方先生说："研究佛教久了，就会潜移默化，在气质性情上得到升华。"学问方面，儒、释、道兼容并研，传统与现代广取博收，已达圆融之境；人格的博大深邃，自性的流露，脱落一切雕饰，彰显出生命的本真。

方立天，著名中国哲学研究学者、佛学家，著述丰厚，六卷本的《方立天文集》加上90多万字的《中国佛教哲学要义》，再加上没有收入文集的诸多其他文章，令人感佩。

方先生1933年3月出生于浙东山青水秀景色宜人的农村，"幼年时，我沉静少言，不贪玩耍，喜好读书"。高中时就很喜欢哲学，1956年的秋季，他幸运地考取了北京大学哲学系。这是我人生旅途中的一大转折。北大美丽的校园、雄厚的师资力量和丰富的藏书，使他感到只有奋发上进，才能无愧地面对这一切。那时，北大哲学系有中外哲学史界一流的师资，冯友兰、汤用彤、张岱年、任继愈和郑昕、洪谦、任华等都是哲学史界的泰斗，能最大限度地满足他的求知欲。一度令他兴奋不已的是，"冯友兰先生虽已年过花甲，还登台执教。先生深入浅出的讲授艺术、严密的逻辑论证，使我们受益匪浅；他幽默的讲课风格，至今仍历历在目。遗憾的是，好景不长，由于政治运动，冯先生的课被迫停了下来。为了获得中国哲学史的整体概念，我还是自学了冯先生的全部讲义。当时我是班上中国哲学史课程的课代表，与冯先生的接触较多，自然，我对先生对待学术问题的态度、治学方法，乃至精神气象，也更多了一层了解。这时，我也到历史系听选修课程，听了二年张政等教授主讲的中国通史。此外，还自学了中国文学史等课程。当时一有空，我就扎到文史楼阅览室看书。至今我仍有到图书馆看书的习惯，可能与这一段经历有点关系。在北大的五年，实际上课的时间大概也只有二年半。现在回想起来，稍感欣慰的是，我没有虚度这一段宝贵的时间。北大的学习，为我以后从事中国哲学史的研究工作打下了初步的基础"。从北大毕业后，他就来到中国人民大学哲学系中国哲学史教研室工作，从此就开始了佛学研究之旅。

方先生与佛学研究有三点因缘：传统影响、理性选择和个性爱好。他在《佛学研究的人生体悟》一文中讲：

> 一是传统影响。浙江一直是一个佛教大省，佛教的禅宗、天台宗等在民间影响很大。我母亲就信仰佛教，我就读的那个小学和一座庙相连，上完课我们就跑到庙里去玩，去看佛像。我的几个哥哥姐姐都不到成年就走了，母亲希望观音菩萨保佑我活下来，就说我是观音菩萨生的，并把我的小名"观生"贴在关公像后面，这把我和佛教的感情拉得很近，好像我和观音菩萨、关公老爷都有一种特殊关系似的。这很可能是影响我研究佛教的一个内在基础性的原因。
>
> 二是理性选择。进入北京大学以后，在对中国哲学的了解当中，对中国佛教也有了一点了解。认识到佛教内容很丰富，和中国文化、中国哲学的关系密切，很值得我们研究。
>
> 三是个性爱好。我比较喜欢研究、思考冷门的问题，不太喜欢研究大家都研究的、都有兴趣的东西。佛教当时当然是不被大家重视的一个

学科。我就想，别人不研究我就去研究。只要克服了困难，就会取得学术研究的成果。

研究佛学，没有相关的知识背景与宗教感知似乎总有些隔膜。为此，方先生于1962年到中国佛学院进修了八个月，期间虚心地向法尊、正果、明真、观空诸位法师，以及周叔迦副院长、虞愚教授等学习佛教的历史、理论、典籍。周叔迦副院长还亲自为他拟定阅读书目，嘱他定期报告阅读的心得。他后来回忆：

我悄悄地去实地转了一圈，感觉这是人间的另一世界——庙宇庄严，环境幽静，教室整洁，藏书丰富，学员学习刻苦，修持严谨。我回校后向系里领导作了汇报，系里同意我去旁听。

在佛学院进修的时间虽然不长，但收获不少，一是对佛教的基本历史、基本理路、基本思想有了一个初步的了解。二是了解到佛门法师的生活，了解到他们都是道德高尚、有追求、有信仰的人，而且也了解到佛教内容很庞大，学问很深。从佛学院回到学校以后，就开始了佛学研究。几十年来，方先生在如下几个方面取得了成绩：佛教思想家的个案研究；中国佛教典籍的整理、校点、注释、今译；中国佛教文化的探索；中国佛教哲学思想的系统研究。

50年以来的中国佛学研究，方先生感触最深的人生体悟有三条：

第一个感悟，50年来学习研究中国佛学，使我懂得佛教是有益于提高觉悟和培育道德的学术体系。佛教主要有两个特点：一是追求真理，一是提升道德。第一个是对宇宙人生有正确的认识，对宇宙人生的真相、实相要有真实的把握；第二个是对自己的道德人格素质要努力有所提升。

第二个感悟，要有坐冷板凳的精神。因为研究佛教要有定力。佛教不是那么好研究的，它需要坐下来学习、思考、体会和反复琢磨。坐冷板凳的过程是甘于寂寞的过程，外界物质利益对自己的诱惑要淡然面对。

第三个感悟，是好学深思，独立思考，自由思想。治学成败关键是你有没有独立思考的精神，自由思想的精神。中国禅宗思想中，有"小疑小悟，大疑大悟"，提倡怀疑精神，提倡思考，这是很重要的。

阅读方先生，这是一个跟随先生探索真理、追求真理的求真过程，也是一个体悟智慧、增长智慧的求智过程，更是一个直觉内心、抚慰内心的求安过程。先生的著作使我拓展视野、启迪智慧，提升境界。

二

对于佛教最初的关注，主要来源于我对人生问题的探求。我对佛教态度的一个特点，就是利用佛教的观念对人生进行理智的思索，在深刻的反省中，求得心灵的解脱与清静。

荒寒的现实使我屡屡碰壁，备感人生的苦闷，从而产生了强烈的厌世情绪与出离心，近年试图自杀即是这种情绪的极度反映。从佛教的角度上说，对人生是苦的感受乃初心向道的最好机缘，我就是在这种情况下开始接触佛教的。曾有一段时间，我求于基督教，心灵得到安慰，然而基督给我爱与盼望，但仍没有透彻的解脱。读了圣严法师特别是弘一法师的著作后，猛然觉得，像我这类人其实是很适合出家的。我自幼喜欢清静独处，爱思考人生问题，只是无缘亲近佛门。

2007 年来到北京接触佛学后，才觉得有大欢喜、大智慧、大悲心。方先生的佛学研究，走的主要是探索义理之路，即研求经义、探究名理。他最初研究佛教代表人物，比如道安、支遁、慧远、道生、萧衍、法显、菩提达摩等人，清晰地展示了魏晋南北朝时期佛教中国化的历史轨迹与思想风采。透过这些，可以理解观照现实的济世情怀。这个时候，自然引起了我的关注。

方立天先生认为，佛教哲学思想，包含人生哲学、自然哲学和认识论三大部分，内容丰富多样，归结起来，主要是价值观念和思维方式两个方面，也就是说，价值观念和思维方式是佛教哲学的核心内容。佛教虽派别众多，源远流长，但以下几个基本命题是各派基本上都承认的，在佛教文化史上起了主要作用，具有最普遍、最重要的意义。

因果报应：佛教思想的理论基石是缘起论，即认为一切事物都是由原因和条件和合而生起的结果，因产生果，有因必有果。人生也是这样，是一种因果关系的体现，受因果报应律的支配。人生根据自身的行为，在过去、现在、未来三世中轮回流转、永无终期。

人生是苦：从缘起论和因果律的理论出发，人生生死流转不止，是莫大的痛苦。人生无常，不能自我主宰，毫无自由。人的生老病死的自然变化过程就是苦。人间世界犹如火宅、一苦海，芸芸众生，囚陷于熊熊火宅之中，备受煎熬；沉沦在茫茫苦海之内，饱尝苦难。

一切皆空：小乘佛教主张"人空"，大乘佛教进一步主张"法空"，即不仅人是空的，一切客观事物也是空的。大千世界、森罗万象，都是因缘和合而起，都无自性、无实体，是毕竟空无的。把事物视为实有，是一种妄执，是错误的。

出世解脱：由于一切因缘和合的事物都是无常的，人生是苦，一切皆空，应舍弃一切执著，达到寂灭境界，以求证得解脱。这种出世解脱，称为"涅槃寂静"，是人生摆脱苦难的唯一出路，也是最高的理想境界。

上述四个命题中，一切皆空是对事物的观察、看法，属于事实判断，其他三个命题是对事物的价值观，属于价值判断。而一切皆空，不仅是与人生是苦相辅相成的，而且是为追求出世解脱的理想境界作论证的。可见，价值观是佛教哲学文化的根本问题。佛教的上述价值观是佛教思想根本特征之所在。

佛教的归宿在彼岸，主要是如何成佛。但佛教针对的对象是现实众生，依然体现出强烈的生命关怀。在我看来，佛教的生命关怀表现在如下几个方面：

第一，生命起源和构成。佛教认为宇宙间的一切都是因缘和合而成的，任何事物都不能单独存在，都不具有独立的意义。缘起理论认为人的身体是暂时的，而且不具有实体意义，所以不能执著于"我"，不能把人身看成真实的。

第二，生命过程。佛教认为，整个生命过程都是痛苦的。为此，提出了十二因缘说和六道轮回说，找到了人生痛苦的根源——"无明"，即人对于佛法的无知和种种不正确的意识活动，认为人的生命是由于无明造业所导致的。

第三，生命价值。佛教对于生命的价值判断有两个层面：一是在存在意义上，一是在本真意义上。就存有的意义而言，佛教认为，生命就是一种痛苦。这种痛苦并不是专指精神或者情感上的痛苦，而泛指一种精神上的逼迫性，即烦恼。本真意义上，佛教主张"借假修真"，获得解脱。

第四，生命归宿。进入佛国净土是佛教徒理想的人生归宿。净土的种类很多，因为大乘佛教主张多佛说，每一佛占一净土，从而有很多净土，著名的如弥勒佛净土，琉璃净土，西方净土等。这里没有人与人之间的冲突和斗争，也没有尘世间的种种痛苦和烦恼，而且阿弥陀佛及诸菩萨对众生进行教化，通过修行，将来肯定能成就佛果。

佛教哲学思想的又一重要方面是思维方式。佛教哲学思维方式是佛教用以观察、认知和体证人生和一切事物的方法与形式，对于如何认识事物以及得出结论，都有着极为重要的意义。方先生认为，佛教的思维方式多种多样，有分析思维、逻辑思维、形象思维和直觉思维等，但其中最为重要的是直觉思维。佛教直觉思维又有众多的具体形式，但其中又以般若现观和禅悟最为重要。

般若现观：现观，是大乘佛教的直观和直觉兼备的思维方式，它具有直接性、整体性、契合性、不可说性的特征，以体悟宇宙万物的性空幻有，进而达到寂灭清静的理想境界为目的。现观作为一种思维定式被广泛提倡和运用，对于佛教信仰和佛教修持有着重大的意义。

禅悟：所谓禅悟，虽然禅宗各派创造了众多的形式，具体主张各不相同，但是其实质是提倡心净自悟，即心即佛，无论是机锋、棒喝，还是呵祖骂佛，都是为了寻求心灵的自我解脱。在禅宗人看来，人人都有佛性，人人的本性是清净的、不昧的，排除妄念、直显心性、返本归原，就是佛。禅悟，就是一种内心体验，一种直觉反思。

后来方先生专文梳理和探讨佛教的直觉思维方式，他在《中国佛教直觉思维重要词语略说》一文作了更为细致的分析：

一、观。

观是佛教智慧的观照作用，是一种冥想，也即直观，直觉。相对而言，在多种观法中，中国佛教比较重视内观，即以内省来观照。内观实是观照内观者自身，是自观自心的本性。

二、照。

与观紧密相联的是照。照即照鉴，照见。中国佛教则把最高真理、终极本体"真如"和主体的心联系起来，说真如也有观照万物的妙用。禅宗人尤为重视照在禅修中的功用，如曹洞宗就提倡默照禅。默，静默专心打坐。照，以智慧照见自身的清净心性。这是强调通过兀兀坐定，无念无想，专注于默然静照，以洞见清净本性，契合最高真理。

三、证。

修持主体直接觉知、体悟真理称为证。证是主体冥合真理而有所觉悟，也称作证入、证悟、证会、证契等，这些术语意义都相同。又，证是一种主体自身的体验，还有自证、亲证、内证之称。

四、悟。

与迷对称，悟是指从迷惑、迷妄、迷失、迷误的状态中解脱出来，觉悟到佛的最高真理。

佛教哲学的价值观念和思维方式，作为佛教文化体系的核心内容，最集中地表现了佛教文化的基本精神和独特风貌。这些最值得借鉴。

佛学中蕴藏着丰富的辩证法思想。原始佛学是佛学的母体，原始佛学理论中的因果论和"迁流"观，蕴含着辩证思维的内容，对后世佛学影响极大；中观佛学是佛学的集大成者，其核心思想空观论、八不说和二谛说，闪烁着智慧的光芒，思辨性很强；中国佛学以"法界缘起"说和"顿悟"说为代表，它们继承了印度佛学善于思辨的传统，开辟了自己的新天地。中国佛教学者经常使用与直觉含义相类似的重要术语大致有观、照、证、悟等，厘清这些术语的涵义，对中国佛教的直觉思维方式方法的界定有重要的意义。佛的思维方式跟我们一般的思维方式不同，是通过排斥而肯定，通过否定来呈现事物的真相，通过不是这个，不是那个，然后就是那样来认识事物，与儒家注重现实的思维很不一样。佛学的否定性思维通过对"空"或"无"的强调而实现，它是对"成见"、对一切既有理论的否定，是对概念拜物教的否定。否定性思维在佛学中也占有重要地位，可以说带有"本体性"特点。比如，"无我"是对主体和自我中心主义的否定，"无相"是对物与现象的否定，"无言"是对语言的否定。对已有的认知做减法运算，走出虚妄的"自我"的陷阱，还世界以本来面目；把人从各种遮蔽中解放出来，归还给他自己，从而使人重新居有自身，恢复自己意识的完整性，不再囿于片面的、有限的、受限制的、自我中心的存在中的自我，成了"随处做主，立处皆真"的自由人。

有学者说，方立天的佛学研究已经建立了自己的思想体系。此言不假。他认为中国佛教哲学的思想体系可以分解为人生论、宇宙论、实践论、伦理学和认识论等几个部分。这是方先生著作颇有见解的部分，我对于这些自然很有兴趣。

方立天《试论中国佛教哲学体系》一文作了深刻阐述——

中国佛教哲学的中心问题是人生解脱论，是关于把握生命方式的学说。人生问题的解决是与周围环境相关的，由此又兼论及了宇宙问题。对于人生和宇宙又有一个认识方式问题，也就是主体如何实践以达到解脱的方式问题。因此，中国佛教哲学体系大体上可以从人生论哲学、宇宙论哲学和认识论哲学三大方面去考察和阐述，而这三大方面又各自包含了丰富的思想元素。比如人生论哲学，中国佛教学者在所著作品中系统地阐发了人生法则、灵与肉的关系、人的本性、人的道德规范和人的理想境界等问题，对印度佛教人生哲学作出了巨大的发展，这些新思想的内容极为丰富，方先生将其要点可以归结为因果报应论、神不灭论、心性学说、伦理道德观念、人格理想、最高境界。其中心性学说，最为他所关注。

佛教追求人生解脱，最终归结为心的转化和超越，所以，最为重视心的作用。"心"是指与物色相对而言的人的精神、意识。中国佛教学者对于心大体上有三种看法：真心、妄心、真妄和合心。多数佛教学者认为"万法归于一心"，有的甚至把真心视为人类和万物的本原。宋代以来的佛教学者还把心作为儒道佛三教合一的理论基石，提出三教同心说。"性"，指人的本性、本质。中国佛教学者既有把心与性等同，认心为性的；也有把心与性加以区别的；还有通常是把心性作为一个概念，指心的本性而言的。和对心的看法相应，中国佛教学者对性有善净、觉、恶染、迷和善恶相混几种基本看法，但多数学者主张人的本性是善的，也就是所谓佛性。佛性问题可以说是中国佛教心性论的核心和主题，不同学者就何谓佛性、佛性是本有还是后天而有、佛性与情欲、妄念的关系等问题，阐发了种种学说，极大地开发了人类对自我本性的认识。中国佛教还就无情识的草木瓦石是否有佛性问题展开了持久的论辩，表现出中国佛教哲学的某种特定走向。

关于宇宙论哲学。中国佛教学者对于宇宙万物是怎样生起的，万物是怎样生灭变化的，万物本身有没有终极本体，本体与现象关系怎样等问题，都作了创造性的论述，内容丰富而深刻。方先生将其归纳为三个方面：

（1）宇宙结构论。
（2）宇宙现象论。
（3）宇宙本体论。

方东美先生曾认为，华严哲学可视为集中国佛学思想发展之大成，并将华严宗哲学视为中国大乘佛家哲学智慧的典型代表。此言很有道理。就宇宙而论，华严宗哲学消除二元对立，阐明诸差别境界一体俱化、理事圆融。华严宗这一套宇宙论，可以分解为"法界缘起"、"法界三观"、"十玄门"、"六相圆融"诸要义，其中包含着"相摄原理"、"互依原理"、"周遍含容原理"（另一种说法是"彼是相需"、"相摄互涵"、"周遍含容"、"一体周匝"诸原理）。华严宗的基本思想——"理事圆融"学说，反映了哲学思维中的一种"广大和谐性"，是中国大乘佛家哲学智慧的典型体现。理解佛教宇宙论哲学，对于理解佛学很有帮助。

三

现代人有诸多焦虑不安，主要原因是由于，肩上背得太多，手里提得太重，心中填得太满，一言以蔽之，太执著。

禅宗的根本精神是什么？这是研究禅宗首先遇到的重大问题。方立天先生从总体上把握，即"直指人心，不立文字；成就理想，不离现实；继承传统，不断创新"。

什么是中国禅宗的禅？方先生认为，中国禅宗的禅是一种文化理想，一种追求人生理想境界的独特修持方法，或者说是一种生命哲学、生活艺术、心灵超越法。什么是禅宗精神？回答是超越精神。超越是禅宗思想的本质，超越现实矛盾、生命痛苦，追求思想解放、心灵自由，是禅宗追求的理想目标，它如一条红线贯穿于整个禅宗思想体系之中。如何评价禅宗？禅宗的修持方法、生活态度、终极关怀、超脱情怀，对于人的心灵世界、精神生活是有不可否认的正面意义的。在历史上，它对破产农民和失意士大夫、知识分子起到一定的思想解放作用，吸引了大批破产农民聚集山林，过着农禅并重的生活，同时，也深受一些思想家、文学家、艺术家的欢迎和赞赏，从而推动了思想文化的发展。

方先生认为，研究禅宗，必须着重研究禅宗的心性思想。心性是禅宗禅理的基础、禅修的枢纽和禅境的极致，心性论是禅宗思想的核心。与一些学者视角不同，方先生着重在"直指人心，不立文字"这一点上体证禅宗：

> 禅宗把自心视为人的自我本质，认为苦乐、得失、真妄、迷悟都在自心，人生的堕落、毁灭、辉煌、解脱都决定于自心。自心，从实质上说是本真之心，也称本心、真心，也就是佛性、真性。"自心"是众生得以禅修成佛的出发点和根据，是禅宗的理论基石。禅宗也以"自心"为禅修的枢纽，提倡径直指向人心，发明本心，发见真性，以体认心灵的原本状态，顿悟成就佛果。也就是说，禅修是心性的修持。禅宗还把禅修的目的、追求境界、成就佛果落实在自心上，强调佛从心生，自心创

造成就佛，自心就是佛。

方先生对于禅宗作为"佛心宗"的特点，分析十分独到。禅宗追求真实、自然、自由、超越、开悟、解脱的修心之道。禅宗把人心看作是万物产生的根源，是为了强调佛性在人性中，只要能认识自我意识这个本体，就是认识了佛性，也即完成了成佛的功夫。所以，慧能说："万法尽在自心，何不从心中顿见真如。"他提出成佛的道路是向内心寻觅，"菩提只向心觅，何劳向外求玄？听说依此修行，西方只在眼前"。"一切般若知，皆从自性而生，不从外入。"如《坛经》中一再地说，"顿见真如本性"，"各自观心，自见本性"，"若识自性，一悟即至佛地"。"心生，种种法生；心灭，种种法灭。""诸法在自性中，佛性也在自性中。"六祖慧能认为，现实世界的一切，都依存于心。心即佛，只要认识本心，即可成佛，所谓"见性成佛"。"自性迷，佛即众生；自性悟，众生即佛。"禅宗讲求的是"悟"，万物于己都是"空"，重视人的心灵感受。可见禅宗的"悟道"全靠个体心灵的感受、体验才有可能，依靠语言文字这些普遍外在的东西是不行的，这种感悟要靠自己的亲身体会，个体独特的直觉方式去获得，这就使得悟道成了一种不依靠外在师传、偶像而强调自悟、自觉、自解。《坛经》里讲悟需要的是认识本性，即自性。自性清净，不识是迷，能识即悟，要达到能识需用般若。总之自性清净的心是根本，它能生万法，能孕万物，能化迷为悟，是成佛的基本所在。

四

阅读方立天的著作，让人能亲切直接感悟佛教的义理和文化精神，也更深刻地理解了佛教与中国人生活方式、文化心理、精神世界、人生境界的玄妙关联。他曾说过："中国化的佛教哲学深受中国固有的传统思维的影响，甚至大量吸取儒、道两家的哲学思想，表现为更加重视圆融、顿悟，强调返归本性，主张在现实生活中求得精神解脱。"方先生研究佛教立足中国人的现实需要和精神需求，去探索中国佛教文化、思想、哲学以及与中国儒、道思想的融合汇通。这方面的见解，颇为深刻。

反观现代社会中人与自然、人与社会、人类自身面临的诸多问题，方先生提出了他的"药方"：中华文化有三大传统，即儒家的人本主义、道家的自然主义、佛家的解脱主义，对于救治当下社会弊端都有所启示。儒家思想以"人"为本，侧重于从"人"的角度来观照人生、社会和自然，重视人的生命意义与价值，宣扬以道德为人生的最高价值。道家则以"自然"为本位，侧重于从"自然"出发来观照人生、社会和宇宙，强调自然是人生的根本，主张顺应自然，回归自然。佛教以"解脱"为本位，宣扬众生要通过修持，以求从迷惑、烦恼、痛苦和生死轮回中解脱出来，进入大自由大自在的"涅槃"理想境界。佛教作为外来的、与儒、道异质的文化，在经过彼此冲突、相互融合后，约在公元4、5世纪的东晋时代，融入了中华传统文化之中。此后，中华文化形成儒、道、佛三大脉络，三家（传统说法称为三教）共同构成为中华传统文化的主体。儒、道、佛三家的中心关怀和根本宗旨，都在于教人如何做人，如何实现理想人格，可以说都是生命哲学学说。

　　当年，鲁迅先生曾经在"立人"的文化立场上批判道家。可他那关注的立足点只是人的社会价值，不是自然价值。方先生认为，个人的自然价值不同于社会价值，是指对自然界的作用而言，即个人的言行能推动人与自然的和谐共生，促进人与自然的协调发展，有益于自然生态的积极平衡，就有自然价值。反之，损害、破坏自然生态，就不仅没有自然价值，而且必将危及人类自身的生存条件与空间。他指出，中国古代儒、道哲学家重视"究天人之际"，其重心即人与自然的关系。这是把人与自然的关系视为相辅相成的关系，以人与自然的协调和谐，也就是利用自然、改造自然、顺应自然、保护自然的统一为最高理想；既不同于"人类中心论"，也有别于"自然中心论"。方先生特地指出，道家和佛教高度肯定人的自然价值，具有崇高的自然责任感，是以其宇宙哲学理论为基础的。其重要观点有三：

　　　　其一是万物一体说。道家从道的观点来看万物，认为万物是齐同的。庄子说："天地与我并生，而万物与我为一。"（《庄子·齐物论》）天地万物都和我们同生于"道"，都同为一体。人与万物是一个有机的整体，人并不是独立于自然界之外的，人类是自然界的一部分，自然界也是人类生存的基础。

其二是因果报说。佛教提出"缘起论"的宇宙观，认为宇宙一切事物都是由于互相依赖的条件或原因而形成的。也就是说，一切事物都是因果关系的存在，离开因果关系就不存在任何事物。佛教确立宇宙万物都受因果法则支配的原则，并在此基础上进一步提出人的善因必产生乐果，恶因必产生苦果的果报论。

其三是生命平等说。佛教宣扬"众生平等"说，认为神、人、一般动物都是平等的，彼此只是迷妄和觉悟以及两者程度不同的差异。佛教徒的不杀生、放生、护生、素食等，就是佛教环境伦理实践的具体表现。

中国哲学，尤其道家哲学特别重视自然，这点不同于西方哲学。庄子认为人的本性就是人的自然性。"性者，生之质也"（《桑庚楚》）是说自然之性是禀生之本。庄子用这个寓言告诉人们，按照人类文明的标准去改变事物的自然本性，是愚蠢而有害的。自然，就是真实。"真者，所以受于天也，自然不可易也。故圣人法天贵真，不拘于俗。愚者反此。"（《渔父》）庄子认为，人的自然性情是质朴纯真，无知无欲，与禽兽为伍，寒而衣，饥而食，一切都顺其自然，这就是人的质朴之性。

对于先秦哲学的内容，方立天在《先秦哲学：中国古代睿智之光》一文就从究天人之际、"群居和一"（"仁者爱人"、"五伦"、"十义"、"知礼以立"、以"和"为贵、"自强不息"等）展开精彩论述。特别就先秦哲学辩证思维的主要内涵即整体思维、变易思维、对待思维与中庸思维，作出剖析：

整体思维——先秦时代儒、道、名、阴阳诸家都强调整体观点，认为宇宙是一个整体，人和物也都各是一个整体。整体由互相联系的各部分组成，而要了解各部分，又必须了解整体，从整体的视角去把握部分的实质。

变易思维——先秦哲学各流派都认为宇宙间没有不变的事物，自然和社会都处于不断变化的过程之中。孔子、老子、庄子和《周易大传》都有此观点。

对待思维——先秦哲学还通过对待观点来阐述事物变化的根源和规律。所谓对待观点，就是认为任何事物都包含互相对立的两个方面，而对立的两个方面又是相互依存、相互转化的。《周易大传》、《老子》、《孙子兵法》、《韩非子学》都包含有丰富的对待观点。

中庸思维——中庸的含义主要是强调适度，把握事物的度，认为凡事都有一个限度，超过限度和达不到限度，即过和不及，都不合乎事物的标准；其间尤为强调勿太过，即凡事都不要过度，以免适得其反。中庸思维有助于事物发展的稳定性、连续性，但对事物的变革则是一种障碍。

正如方先生所言，先秦哲学重整体思维。中国的整体思维从"阴阳"之类的对称衍生出中庸、兼顾、联系的二元结构，自战国起，二元结构又发展到"五行"之类的多元结构，最终形成了具有中国特色的整体思维。中国人善于发现事物的对应、对称、对立，并从对立中把握统一，从统一中把握对立，求得整体的动态平衡，以和谐、统一为最终目标。

中国思维方式的最大特点是整体，而西方思维方式的显著特点是分析，用哲学语言来说中国是合二为一，西方是一分为二。中国传统哲学追求的是人与自然的和谐，天人合一是最高境界。正如老子所言："道生一，一生二，二生三，三生万物。"无论是儒家的自然人化还是道家的人自然化，都是把人和自然视为一脉相承的有机整体，这都是整体思维方式的体现。而西方人着重去探索万物的本源，认为人与自然始终处于永恒的矛盾对立之中。笛卡尔明确地提出把主体和客体对立起来，以"主客二分"作为哲学的主导原则，这正是分析型思维方式的集中体现。他主张把主客体、现象本质分离对立起来，对这个二元世界作深入的分析研究。

五

梁启超在《清代学术概论》中提到："晚清所谓新学家者，殆无一不与佛学有关系，稍有根器者，则必逃而入于佛。"他们之中其一为主张佛教救世一脉，它的代表为章太炎、康有为、谭嗣同、梁启超、杨度和蔡元培等人。这种理想在辛亥革命失败之后即宣告破灭。其二为居士佛学一脉。这一系自龚自珍、魏源始，杨文会到欧阳竟无，而由吕澂等人承其余绪。其三为僧伽学者一脉。以太虚领导的武昌佛学院为主干，后由印顺、演培、圣严法师等继承学统。其四则是学院专家学者一脉。比如梁漱溟、胡适、汤用彤、熊十力。这些是以北京大学为最主要的阵地。就当世的佛学专家学者而言，如季羡林、金克木、韩镜清、任继愈、楼宇烈、方立天、杨曾文等，便都与北大有着极深的渊源。其五为文人佛学一脉。比如鲁迅、许地山、周作人、废名、丰子恺等。

鲁迅并不认同佛教救世的主张，与居士佛学、僧伽学者和学院学者也不一样，他是为了研究人生问题而切入佛学的，带有鲜明的个人证悟色彩。他虽是文人，但又与传统文人有所不同。这种态度，在近代佛教救亡论甚嚣尘上的环境中，确有独到之处，表现出一个学者应有的冷静与公允。佛法谈缘起。法必应机，孤缘不起，所以禅门有"梵天祈请"的公案，说的是释尊悟道，虽悲悯众生，仍须有梵天祈请之机，弘法才得殊胜。而诸经也都有应机主，《金刚经》是解空的须菩提所问，《维摩诘经》就须有智慧文殊的问疾。鲁迅所提出的"立人"思想，尤其所写系列文章，都是应机写的，跟一般文人、学者不一样。你看鲁迅一边批礼教、批老庄、批和尚道士、批传统文人和巧滑知识人，又一边称颂那些古代民族的脊梁（如玄奘、法显），鼓励青年人"该做事做事，该发光发光"。禅宗讲随破随立，随立随破，杀活同时。鲁迅就是。你再看《野草》，处处可以感受到佛的大觉大慧，静体一切，顿悟空性，直接契入那个真如的世界。

笔者选取的"鲁迅与佛教"课题研究，具有跨学科性的特点，需要佛学、禅学、文学的积累与眼光，要融通佛学与文学的关联，难度较大。自然要一边读经学习，一边阅读相关研究资料。方立天、楼宇烈、杨曾文是中国内地三大佛教学者，三人都为我关注。特别是方先生，长期从事中国佛教、禅宗的研究，颇有见解，每读其著作或文章，都有收获。

迄今为止，学术界出版了各种佛教研究著作和鲁迅研究著作，在很多方面取得了可喜的成果。这些著作，对鲁迅与传统佛教经典关系的研究还注意得不够，出现了有学者所说的"搞佛学的人不懂鲁迅，搞鲁迅的人不懂佛学"的现象。对佛教（禅宗）对鲁迅到底产生了怎样具体的影响，尚没有深入的论述，学术杂志上这方面的单篇论文不是没有，而是切入角度太浅，无从把握鲁迅深厚的佛学功力。如果不了解佛教（禅宗）思想对鲁迅思想和思维方式的影响，便既不能参透鲁迅"多疑尖刻"的思维方式，更不能理解鲁迅用文学形象对佛教禅悟体验进行表述的散文诗等作品。因此，笔者在这方面作扎扎实实的努力，以纠正将鲁迅与佛教（禅宗）传统经典割裂的倾向，澄清笼罩在鲁迅研究之上的层层雾障，为鲁迅研究奠定坚固的理性基础。因此，笔者采取的方法，是理性与悟性并重，既要入乎其中，行直觉感悟，以心印心；又要出乎其外，进行理论反思，冷静审察。辟出理性与悟性并重的新思路、新视域，力图比现有的研究者看得更远、更细、更全面。方先生的系列研究著作，无不给我启示。

从中国哲学的视角研究中国佛教哲学及其影响，是方立天的主要思路。他曾在文集《自序》中说：我在研究中最着意的，一是在中国哲学史发展的思想历史背景下，探究佛教哲学是怎样调整内容，怎样中国化的，追寻中国佛教哲学形成、演变、发展的轨迹；二是总结佛教哲学对中国固有哲学的刺激、推动和影响，彰显中国佛教哲学在中国哲学中的重要地位，进而有助于丰富中国哲学史课程的教学内容，以推进中国哲学史学科的建设。方立天说："六卷本文集，是笔者个人在佛教与哲学领域学术研究的重要纪录，体现了笔者在漫长治学征途中跋涉的历史足迹，也反映了笔者近半个世纪来的平生志业。"

佛学的出发点和归宿点是偏重于个人解脱，以追求成就阿罗汉为究竟的小乘佛学，或是致力于众生的解脱，以成佛为目的的大乘佛学，都在寻求着人生的"真实"。他们"以为人生的意义是苦，人生的理想在于断除现实生活所带来的种种痛苦，以求得解脱。这是一种独特的价值判断，独特的人生观"。在佛教哲学发展的历史过程中，佛教徒由探求人生的真义，逐渐扩展到追索宇宙的实相，形成了富有特色的佛教世界观。

佛教哲学可以说是一种人生哲学。比如：世界是如何生起的？如何构成的？世间万象本身应如何分析？一切现象的本性应作何解说？现象与本体是什么关系？心与物又是什么关系？等等。佛教都给予了深刻的回答。这也是佛教的迷人之处。方立天的著作，着重剖析了这些问题。比如缘起论。缘起论是佛教理论的基石和核心。所谓缘起，即人生和宇宙事象都是多种原因和条件因缘和合而生起的。缘起论着重论述的是现象界的生起、因由和次第，以及本体和现象的复杂关系，包含了宇宙生成论和本体论的双重内容，而这双重内容又是和认识论密切交织在一起的，也是为佛教的宗教实践作论证的。方立天对于缘起论的分析，没有停留在表层，一方面指出"缘起论的实质就是事物间的因果关系的理论"，进而分析了佛教所谓"四缘"、"六因"、"十因"、"五果"等的含义。另一方面，又从小乘到大乘，从印度到中国，追溯历史上次第出现的原始佛教的"业感缘起"论、中观学派的"中道缘起"论、瑜伽行派的"自性缘起"论、密教的"六大缘起"论、《大乘起信论》的"真如缘起"论，乃至天台宗的"性具实相"论、华严宗的"法界缘起"论和禅宗的"自心顿现"论，把逻辑分析与历史分析结合起来，从动态的角度，深入比较其前后的异同和发展，研究这多种缘起论的个性和共性。

从鲁迅藏书目录来看，可以知道佛教对鲁迅生命哲学的影响是深刻的，特别是佛教哲学的价值观念和思维方式，对于鲁迅影响更深。首先从大乘中观学说切入来简要谈谈对鲁迅的看法。龙树在《中论·观四谛品》中给"中道"下了一个定义：

众因缘生法，
我说即是空，
亦为是假名，
亦是中道义。

偈文简括地表述了中观学派的缘起理论，表述了因缘、空、假名和中道四者的内在关联：因缘是出发点，由此而表现为空和假名，也合而表现为中道。就此缘起法的含义来说，有两方面：一是空，这个空是以言说出现的，存在于认识之中的，所以说"我说"；二是假名，假，假设，即用语言文字表示，是名言，是假立之名。事物虽然从认识上说是空，但是表述千差万别的事物的概念是有的。假名是有，但又不是实有。空和假名是同一缘起法的两个方面，是密切地相互联系的，因为是空才有假设，因为是假设才是空。这

319

样在看法上就要既不执著有（实有），也不执著空（虚无的空）。这样看待缘起现象，就是中道观。

方先生说："……还有佛教也给中国古人提供思维方式，就是思考问题的定式，怎么看问题，特别是中道思想。佛教的中观学说，主张看问题不能看一面，要看两面。正的、反的；生的一面，灭的一面；来的一面，去的一面；同一的一面，相异的一面；断的一面，常的一面；好的一面，不好的一面，你都要看到。这是从缘起性空那个道理指出来的，两个方面，它不是单边主义了。它就是要求你两边看问题，全面看问题。"鲁迅先生曾云：绝望之为虚妄，正与希望相同。什么意思呢？以我的理解，应该是希望和绝望都是相对的，可以转化的，因而它们也是虚妄的；绝望之中有希望，而希望之中也往往潜伏着绝望。他描写这样一幅图景：在充满血腥的歌声中，血和铁，火焰和毒，恢复和报仇交织在一起，而在这其中，唯有希望，希望，用这希望的盾，抗拒那空虚中的暗夜的袭击，虽然盾的后面也依然是空虚中的暗夜。他从绝望中洞见到希望，却又不耽溺于浅薄的希望，他引用了裴多菲的诗歌，对虚妄的希望进行嘲笑：希望是什么？是娼妓；她对谁都蛊惑，将一切都奉献；待你牺牲了极多的宝贝，你的青春，她就弃掉你。最后，鲁迅宣言：我只得由我来肉搏这空虚中的暗夜了，纵使寻不到身外的青春，也总得自己来一掷我身中的迟暮。那时的鲁迅，即使他相信黑夜是虚妄的，而希望还会有。如果不理解这点，就无法理解他在《过客》中所表达的"反抗绝望"的意涵。熟悉大乘中观学说的鲁迅，一定能明白既不执著有（实有、希望），也不执著空（虚无的空，绝望）。这样看待缘起现象，就是中道观。大乘空宗又强调，空绝不离开有，空并非虚无。诸法虽然自性空，但是由因缘条件产生的非实在的现象即"假有"（幻有）是存在的。性空与假有不能分离，两者是诸法的一体两面。又如《中论》卷四的名句"众因缘生法，我说即是无（空），亦为是假名，亦是中道义"。既是对构成诸法的恒久的实体的否定，也是对由因缘条件和合而成的无常变化的非实在的假有现象的肯定。

此外，我在这里提下鲁迅独特的思维方式与佛教直觉思维方式之联系。如方先生上文中剖析的，佛教观、照、证、悟等直觉思维方式，对于启发鲁迅由妄转悟、体悟真理起到很大作用，让他得以转化痛苦和绝望情绪继续决绝前行。可惜这点，至今仍然有众多鲁迅研究学者不得要领。有意思的是，

320

某些学者动辄说鲁迅"虚无"、"多疑"、"阴冷"，更有基督信仰说鲁迅没信仰，潜意识不过是说鲁迅没有信仰基督，这其实都是对鲁迅的精神隔膜。

六

对于佛学研究，尽管方先生也说，"同情了解，谨慎对待，认真揭示其失误与流弊，力求做到辩证分析。我在论述中，极力排除主观好恶，淡化情感色彩，努力多作客观平实的叙述，并且着重挖掘其特殊的价值和贡献"。但是，最初方先生也在不自觉地站在所谓"马克思唯物主义"的立场研究佛教。我最近在阅读方立天先生文章时，发现了如下的文字：

> 佛教把宇宙万有分解为色和心，即物质和精神两大部分，是有其合理性的。佛教把精神现象和心理活动又分为情感、情欲、理智、思维、记忆、意志等多方面，也有其合理的内容。佛教学者具有心理学的眼光，侧重于细致地刻画和分析人的心理活动，其成果是古代宗教心理学的一项宝贵财富，值得认真地批判继承。但是，佛教哲学，古代印度哲学也是如此，在思维方法上的一项重大的普遍性缺陷是，把物理现象和心理现象都称为"法"，平列看待，这正是易于导致唯心主义的一个重要途径。事实上，佛教愈来愈突出心识的地位和作用，以致认为一切物质现象都是心识的变现，最终完全陷入了唯心主义。（《佛教哲学》第134—135页）

方先生认为，"事实上，佛教愈来愈突出心识的地位和作用，以致认为一切物质现象都是心识的变现，最终完全陷入了唯心主义"。研究佛教，如果不站在佛教的立场上，就会有"批判"的色彩。以下是我的浅见：

首先，佛教对世界万法的概括，并不是说不存在，如果不存在，那佛教认识什么？佛教只是说万法皆为因缘和合而生，无自性，故空。但空并不等于无。其次，佛教认为即使是对这个因缘和合的万法的认识，亦是依赖了人的识，离识无境。就像不同像素的相机拍摄出的效果有万千差别，难道那个被拍物是不同的吗？但同一个东西为什么会有不同的认知呢？这就是识在起作用，故佛教说"万法唯识"。对于佛教的问题，宜站在佛教的立场与思维方式上思考，就会好理解一些。对于佛学的体会，一人一个看法，所确立的视角不同，所以结论才有异，这也从另一方面证明了"万法唯识"的意义！

自古以来，知识分子、社会上层人士和下层平民学佛，前者重视义理，后者偏于修行。鲁迅先生曾说："我对于佛教先有一种偏见，以为坚苦的小乘倒是佛教，待到饮酒食肉的阔人富翁，只要吃一餐素，便可以称为居士，算为信徒。虽然美其名曰大乘，流播广远，然而这教却因为容易信奉，因而变为浮滑，或者竟等于零了。"他又说："释迦牟尼出世以后，割肉喂鹰，投身饲虎的是小乘，渺渺茫茫地说教的倒是大乘……"这当然不能断定是鲁迅对"大乘"的否定，他主要是对那些假"大乘"之名的投机者、无特操者进行辛辣的抨击和否定。鲁迅推崇"小乘"，是和他一贯注重严格的道德自律相联系的。小乘佛教是以严格的道德自律而著称的，它认为只有通过个体的苦修苦行才能脱离苦海，因此，它要求信徒们必须不断地进行自我反省，并严格律己，以期达到"净心"。随着佛学研究的深入，这个问题就需要解决了。比如说，方先生一面研究佛教，另一面又批判佛教。从根本上来说，这是佛教所指的"所知障"。一些研究佛教的学者，面对浩瀚的佛教智慧，用一套理论进行分析，佛教度众生于苦难的大智慧就这样蜕变成了一种枯燥的理论。比如禅宗这种素朴、简易的风格，后来一些禅师与士大夫交往而愈来愈偏离了原来的思想轨道。有些佛教学者执著于佛经中印度佛教繁琐复杂的名相概念及其教义，又提出了一大堆新的深奥艰涩的学术名词，并加以种种的组合和研究，使本来面向社会，旨在为社会各阶层，特别是下层民众提供精神依托场所的佛教，变成了只有少数专家才能弄懂的冷僻的学问。

我觉得学习佛教，不是仅仅学一点知识，而是要学会怎样去运用这些知识，要有一个智慧的问题。我们现在一般人的认识都从识开始，识的特点就是有分辨，有了分辨以后我们才有了这样的知识、那样的知识，结果我们反而被知识拘束了。知识是一种静止的东西，很严肃的东西。可是你怎么样去运用这些知识，有的时候是你自己的一种经验，一种领悟。去运用这些知识，这就是智慧。东方人强调智慧。近代西方人流行的一句话是："知识就是力量"，这个观点其实坑害了很多人。按照东方文化来讲，我们应该说"智慧才

322

是力量"。智慧就是能够发现知识、掌握知识、运用知识。所以智慧本身和知识还不一样，从宗教的角度来讲还有一个精神性的问题，就是人心灵的一种需求，这个也是跟智慧相关的。知识增加了并不能让你的心灵得到安宁，要有了智慧才可以。

现在有的人要么把中观说得很抽象、很玄虚，要么把唯识说得非常繁琐。所以越学，名相的纠缠越多。其实还需要很多实修的东西，也就是体会。有很多东西没有体会过，是说不出来的，或者有时候有体会也说不出来。别人的体会你不能够了解，也不能够体会，所以有时候是需要沟通，需要一个亲身的经历，才能够了解很多东西。

不少知识分子学佛，或者一些僧人学佛，陷入名相，学了很久，看了很多书还不一定知道，学了几年有的也不一定清楚，甚至有可能会越学越乱。某些佛教学者，迷恋于所谓佛教里的哲学或学问，无法出来。我刚开始看佛书的时候，就佩服佛教的总摄性很强。比如说，贪、嗔、痴，三个字，把世间的万事万物万相，心理状态都描述出来了。然后什么"眼耳鼻舌身意"，"色声香味触法"，还有五欲，用很简单的字，把整个社会很多现象总摄起来。可是，看了几年，缺乏有人指导，烦恼似乎不减反增，为什么呢？其实，这是知识学佛者的通病，以为可以不从诵经、念佛、持咒、坐禅、忏悔等基本点入手下工夫，稍遇问题依旧烦恼。

为什么大乘佛教中的瑜伽行派，传播到中国到后来信众越来越少了呢？这就说明一个问题，佛教学者要有学的同时也要有修、有证才能契合佛教精神。六祖慧能教导弟子们在学习经教时不执著、不拘泥于文字，而是要突破语言文字的拘蔽，努力去把握语言文字后面所蕴含的真理，无疑体现了革新的精神。禅宗的佛教平民化方向始自慧能，此前的禅宗，包括神秀一系的禅宗，多弘传于北方贵族阶层，大抵上是属于贵族化的佛教。慧能又针对以义理思辨淹没了感性体悟的传统，以自悟体证取而代之。他强调"诸佛妙理，非关文字"。反对佛教义学宗派执著文字，不求悟解的倾向。他还综合世俗信仰而推重宣传"离一切诸相"、文句简单的《金刚经》，为不识字或文化低的广大平民摆脱繁琐名相的思想束缚，运用单刀直入求得开悟的禅修法门提供经典依据。是慧能的高足南岳怀让继承慧能的思想，认为"一切法皆从心生"，佛从心生，心即是佛。禅宗强调不立文字，教外别传，直指人心，见性成佛，也就是以自悟、顿悟为修持方式，成佛与否，只在悟与不悟之间。修持人不用坐禅，不必读经，也不须拜佛，只要排除妄念，保持心性清净，体悟本有自性，当即进入佛地。这为广大平民提供了一种适应其心理需求和传统习惯，而又简便易行的修持方式。禅宗认为行住坐卧都蕴含禅道，日常生活都充满禅味，修行者要在现实生活中，时时处处从中体悟禅意，显现自性，成就正果。

"破执"是佛教独有的。抛开繁琐名相简而言之，佛教的"四法印"都为了破执。从早期的上座部佛教，传承几千年，直到今天，佛教可以有诸多形式上的变化，但唯独在"破执"上，一以贯之，从不曾异化。能破"我执"者，便是阿罗汉；能破"法执"者，便是菩萨。不能破执者，便是迷情凡夫。学佛更是一样，千万不能越学越执著，有些人不学佛的时候很有文化，一学佛反倒没有文化了，变得过分迷信，执著于佛教名相。根本问题是要能够进得去，出得来，也不能被佛教名相所困。真正把佛理掌握住，而不仅仅是佛教仪规和各种神秘现象。所谓"假名施设，随立随扫"。从佛法根本精神来看，任何研究一旦背离"破执"，就是南辕北辙。《大智度论》云："佛法大海，信为能入，智为能度。"窃以为，面对智慧的佛法，还是要有敬畏。否则，难得入窥庙堂。如今，当下大学的佛教研究学者是到了应该认真思考这个问题的时候了。

2013 年 4 月 27 日　苦寒斋

周学农："空"也是"空"

一

禅的宗旨是"直指人心，见性成佛"，直截了当解决人生的问题。心中有禅的人，是个什么样的呢？我想，他应该是一个明心见性破除"我执"的人。周学农先生就是这样一种人，他那清瘦的脑袋里装满了般若智慧仿佛永远没有烦恼。

周学农，1968年10月5日出生。哲学博士，北大哲学系副教授。佛教学者。

周先生清瘦骨奇，气宇清朗，专治佛学和禅宗，用语诙谐，很受学生欢迎。据闻，周学农先生是哲学系的"四小天王"，粉丝无数，逸事良多。我在北大旁听期间，分别听了他开设的《六祖坛经》、中国佛教史、佛教原著选读。中国佛教史课很受欢迎，属于全校通选，旁听生众多。

记得，周先生去年讲隋唐佛教，印象最深的是对三教关系的阐述，他举了傅奕和韩愈两个例子，谈到儒家和道家对佛家的批判，讲得十分生动。他把玄奘说成是中国佛教史上最著名的"海龟"，说他翻译的佛经著作忠实于原著，并指出这点不如鸠摩罗什的翻译有趣。周先生说，武则天做女皇帝时曾借助了佛教资源作为舆论准备，并说她与神秀和慧能的关系很好，将佛教与政治的关系分析得十分透彻。

周学农先生授课的地点多集中在理教和二教，他的《坛经》专题，我经常光顾。特别是在2007年下半年，那时候还没有从精神的苦痛之中走出来，许多问题一直纠结着我。我爱向周先生问一些问题。我说，慧能是否受到老庄的影响？鲁迅为什么批庄禅？庄子是否逃避现实？末了，我叹口气说，他们都不能互相代替。周先生笑曰："是呀，他们也不能代替你呀！"接着，他举了一个著名的禅宗公案：

有一香客，在路上走着走着，突然天下起了大雨。

于是，这人就躲到屋檐下躲雨，恰好看见观音撑着雨伞在前面雨中走着。

于是他立刻向观音请求道："观音菩萨，普度一下众生吧，带我一段如何？"

"我在雨里，你在檐下，而檐下无雨，你不需要我度。"观音说。

这人立刻跳出檐下，站在雨中："现在我也在雨中了，该度我了吧？"

观音说："你在雨中，我也在雨中，你要想度，不必找我，请自找伞去！"

说完观音便走了，留下这个郁闷而无话可说的人，站在原地。

第二天，他正在庙里，看到有个观音模样的女人也在拜。"请问，你是观音吗？"

那人答道："我正是观音。"

他就纳闷了："那你在拜谁啊？"

"我在拜南海观世音。"

"你为什么要拜自己呢？"

观音笑道："所谓求人不如求己也。"

听了这个故事，我恍然大悟。原来，观音菩萨也要求己。凡事还是要依靠自己。在雨中，自己有伞，就可以不被雨淋。如在暗夜之中，自己有灯，就会破除黑暗，照见要走的路途。针对我提出的问题，周先生并不直接回答，总是从最根本问题着手，重在点醒。这点与楼宇烈先生很像，先生重在启悟，深得禅宗精髓。

再次听他讲禅宗，又有了新的体会。禅佛的核心在于解脱，核心是"不立文字，教外别传，直指人心，见性成佛"。周先生提示，心性本清净，不过被各种无知的妄想弄脏了。现实中的心情被尘埃染脏，但是，脏不是本性。

326

比如黑板，虽然用粉笔把它涂抹上白色，黑板却不因此变成白板。他说：禅宗是非常简易，非常朴素的，不是说你认识很多字，有很多文化，懂很多道理，才能去听去看，谁都可以，在中国禅宗史上，有个人叫做慧能，他是第六代祖师，不认字，比大家还差一些，但是他留下的语言，在中国认为他说的话跟佛说的话是一样的，所以呢被称做经。第一，信仰，第二，禅的世界，对于宗教来说，信仰是一个非常重要的问题，你要信仰他，把他作为唯一正确的真理，作为你生命的指导，这叫做信仰。信仰对于佛教来讲：第一，佛，你要信仰这个佛是发现了人生的真理，他是我们唯一的导师，只有他是我们的导师，只有他能够指导我们。第二，法，佛教讲的真理就是唯一的真理。第三，僧，僧是集团的称呼，不是一个人。禅宗对于信仰这个问题，有非常不同的看法，你要了解到所有这些现象，这些形象都是虚幻不真实的，你就找到什么是佛了。学农师对《坛经》的领悟，十分精彩：

佛不在庙里，佛不在书上，佛也不在古代，佛在你的心里。

慧能强调空是"包容"，不是说什么都没有。

《坛经》中的空虚主要强调能包藏万物，性如虚空。

禅理是透过文字，在于言外之意，语言在不同的环境里则有不同的理解。

不停留于字面的意思，在于探索要义。

禅的状态不在于身不动心不动，而关键在于动的过程中不要执著不要粘滞。

外修觅佛，未悟自性，即是小根之人。

禅就是找到已经有的（即智慧），发现本性就是发现智慧。

刹那之间突然开悟，开悟的原来还是自己的心。

认识自心，体悟自性，能自己成就佛道。

慧能很具有主体性，对人性，引经据典，目的让人开悟，使用经典具有灵活性，与经师不一样。

你就是自己的善知识，求自己。别人启发你的前提，"自悟"；别人拯救你的前提，"自救"。

禅宗的第一要义是信自己，老师并不会给你智慧，而是你自己从自己身上发现被蒙蔽的智慧。这个世上没有人能拯救别人，有慧根的人就是能够从自己身上发现智慧的人。

学禅要破执。要放下。放下并不是什么也不干，而是持平常心，做本分事，成自由人。

放不下就再放，实在放不下，就拿着吧，但是你也带不走，最后会被迫放下的。

为什么要"破执"？因为实践万象一切都是空。空并不是不存在，而是不真实。因为一切都是变动不居的，哲学家说人不可能两次踏进同一条河流，按禅宗的观点，连一次也不可能踏进。

其实最重要的是一个人的人生只是也只能是他自己的。

禅里有什么？一颗心，一具皮囊，一个世界。

我想即使一个人什么事情也没有做成，他的人生也不是没有意义的。史上的那些高僧成就了什么事业呢？他们的人生没有意义么？

话说回来，我很讨厌"人生的意义"这种说法，这个短语一旦出现，就有两个前提预设：一个是人生必须有意义，由此引申，其实就是说人是为了人生之外的东西而活着的，这是一个绝大的讽刺，当若干亿年后人类都不复存在的时候，你为之奋斗的"人生意义"，不管是金钱，地位，荣誉，事业，爱情，都在哪里呢？

一个人的人生只对他自己有意义，那些悲伤和欢乐，那些焦虑和痛苦，你可能被感动，但你永远无法体会。既然你无法体会另一个人的欢乐和痛苦，你有什么资格去对他的行为乃至他的人生评头论足呢？

（基督徒）信仰的是一神教，中国人信仰的是多神的东西，本来就不同，凭什么说你的就是宗教，而我的不是？

有时候私下真的怀疑，周先生前世是否做过和尚？阅读了很多禅宗公案，觉得周先生很像里面的禅僧。后来，我特地查阅了他当年的博士论文。原来，当年先生是研究太虚大师"人间佛教"的，怪不得这么"入世"。但是，如果因此就断定他很"入世"，你也错了。在博士论文里，周先生从"出世"、"入世"这两个概念入手，对人间佛教进行分析，指出对人间佛教并没有放弃出世解脱的根本立场，而所谓"出世"与"入世"之间的对立，只是佛教传入中国后，在与儒家思想的交涉中产生的一种现象。这种见解，在他的课堂上不时迸发出来。有一次，我私下笑问，克林顿总统来北大立刻促成了多年没人过问的南路修好，要是慧能大师来到北大呢？周先生笑答，慧能如果来访，校方会让他去搞后勤。还有一次，周先生说，弘忍想要海选一个接班人，结果大家都不出来，变成了慧能和神秀PK。

周学农被人亲切称作"农哥"，虽然内有经书满腹，外有粉丝无数，然而毫无教授习气，始终平易近人，深厚的学养与"农哥"的风范完美结合！

有次我问他，极乐世界是什么？学农先生说，极乐世界里无山、无水、无丘陵，十分平坦。所有的东西都不是一般建筑，用杂宝拼凑而成，没有女人，没有地狱、饿鬼和畜生，那个世界非常好，没有痛苦，只有快乐，类似"高级佛学院"。

某日佛经导读课，周先生早早讲完，一看时间尚多，便道："不如我给你们讲故事吧。话说，我（即周）年轻时最好读《聊斋》，特别向往那种书生正深夜苦读，某个女鬼或狐精就飘进来了的情景。于是，租了个房子，每晚孤身夜读至深夜，等啊等啊，如是良久，终于有一天，门开了，有个女鬼飘进来了！我那个激动啊！仔细一看：唉，是个中老年女鬼。那女鬼看出我很失望，就说：你别这样，要过来的不是我，我是帮女儿看路来的……"

讲完这个故事，全场皆寒。这时，发生了一件事情——三教教室那风吹雨朽的破门，"吱"一声开了……一位美眉探头进来（估计是找位子上自习的），发现里面在上课，就又关上门出去了。

大家沉默三秒钟，终于撑不住，全场笑翻。另有两则传说是：

1. 一次佛教史课，有学生交期末作业，一张白纸而已。交时目光如炬，镇定自若曰："一切是空，故交白纸。"学农师曰："一切皆空，原应不交。"有意思的是，周带的研究生接二连三出家了。事后，北大哲学系一位老师开玩笑说，眼下就业很难，不过有一个办法可以保证吸引社会各界都来关注你，那就是出家当和尚，包准新闻媒体可以报道，学生大笑。

2. 某学期禅宗专题课，"农哥"布置大家做文章一篇，充作期末考察。一学生给老师发来一幅图画以充作业。"农哥"回信三个字："收到了。"哪知同学学禅不到家，过了几天不能放下，给老师复信："周老师，不知道我的作业行不行?""农哥"答道："不问则可，问则写。"

在中国传统思想中，儒佛道皆重"人"，儒家入世，道家忘世，佛家出世。在中国传统人生理论中，道禅的人生旨趣最为贴近。

当初释迦牟尼，可是经过累世修行，在雪山打坐六年，最后一刻，方才在启明星和菩提树下，颇为自信说了一句："大地众生皆有佛性!"说来说去，无非就是"平常心是道"、"道在日用之间"。禅宗在主体与现实世界之间建立了一种密切的联系，其基调是主体顺从现实世界。

可以用九个字来评价周先生：平常心，本分事，自在人。

周先生不帅也不风趣，穿着带格子的衣服，上课以前总是提前来到教室，先调试好电脑，上完课后骑着自行车在校园里走，样子淡泊。他讲课的文字，被称作"农哥语录"，广为传播，现摘抄几句，感受一下他的魅力：

1. 苦、集、灭、道就是佛教的四项基本原则，翻译成白话就是：一切是痛苦的，痛苦是有原因的，找到原因是可以消灭它的，消灭是有方法的。

2. 燃灯佛、释迦佛、弥勒佛，分别代表佛教里的第一代领导核心、第二代领导核心、第三代领导核心。

3. 你的作业，要以"真面目示人"，而且无论分数好坏，都是"自作自受"。

4. 我们这门课要的是思考与研究问题与现象的人，而不是许许多多"会考试会战斗的人"。

5. 本科的四年要懂得给自己造一个留白的生活，拿来认真读几本书。书读到最后，消于无形，全在变化气质。

6. 少上课，多看书!

7. "至于分数，大可'无所执著'、'一切随缘'。因为'认真读书、思考，本事本不在此'，姑且'战术上重视之，战略上藐视之'。分数这个东西，生不带来死不带去。正是'浪费在此'。"

8."我现在站在这里跟你们讲授佛教道义是不是你认为它是对的，就是'皈依'，我们不妨打个比方：一个人走在细细的钢丝上，你赞叹'哇，太厉害了！'这是'皈依'吗？不是。"

你要说：""请你把我抱过去吧'。"皈依，是一种无条件的信任。

禅佛的理想在于解脱，核心是"不立文字，教外别传，直指人心，见性成佛"。佛教认为，心性本清净。但是，被各种无知的妄想弄脏了。现实中的心情被尘埃染脏，但是，脏不是文字的本性。比如黑板，虽然用粉笔把它涂抹上白色，黑板却不因此变成白板。所谓信佛，就让自己觉悟自己修行。学农师曰：

在这种"见自性清净，自修自作法身，自行佛行，自成佛道"的立场上，慧能还对当时流行的净土信仰进行了一些批评，提出"迷人念佛生彼，悟者自净其心"。慧能认为，净土并不在于东方或者西方，关键是人的自心是否清净，只要心清净了，就是净土现前。另外，"若欲修行，在家亦得，不由在寺"，不一定非要出家为僧，在家也可以完成"自净其意"的修行。

慧能启示我们，寻佛的理解不一样，信仰也不一样，最终要相信自己的本性。要认识本性不为现实所改变，尘埃不是真实的。佛就在人的心里，佛的三身就在人的心里。不要到处去追逐，不要寄托在外在的偶像，不要整天问别人的事，这样才能找到真实的自己，这就叫成佛。修行和成佛不是不断索取，而是不断发掘自己的智慧。智慧不在外面，而在人的心里。

周学农授课的魅力在于，引导学生独立思考问题，充分尊重学生的主体性，让他们自己作出判断。2008年和2009年我再次听他讲《坛经》，加上开始有计划地阅读佛教经典，又有了新的体会。

学界一般认为，慧能禅学的特点，是把佛学由外在信仰转到内在心性的追求上。然而，只要稍微了解中国佛学（主要指如来藏系）的发展线索，就可以知道，慧能和上述各家佛学的不同之处，即不以"理"为"体"为"性"，而主要以"觉"为"体"为"性"。慧能真正拆除了佛教信仰的外在性、彼岸性与被动性，而真正把它变为人本身之内的信念和一种自觉追求。"迷人念佛生彼，悟者自净其心。"如今，我已经借助慧能和庄子实现了思考的根本调整。《坛经》关注人生，肯定人本身的价值，这种修心见性，顿悟成佛的人生价值观，利于我树立个人主体意识，摆脱对外依赖。

在S城的日子里，我对人性的全然败坏有了深刻体会，十分痛苦。那里的人为生存袭扰，为恶所控制，险象环生，人人自困，就把希望寄托在S城以外的"知识分子"身上，仍然十分失望，人其实非常可怜，非常有限，以前许多我敬重的所谓"名流"，不过是一座纸糊的假山，带着深重的遗憾，又回到自身，这时我最先邂逅了慧能大师。"菩提般若之智，世人本自有之"。此句犹如晴空惊雷。此乃慧能首次登坛讲法的开场白。接着又讲到"一切般若智，皆从自性而生，不从外人，莫错用意"。启示人"本性是佛，离性无别佛"，"当知愚人智人，佛性本无差别，只缘迷悟不同"。"自性迷即是众生，自性觉即是佛"，只要"一念悟时，众生是佛"。

人，是靠不住的，也绝非另一人的依傍和踏脚石。慧能帮助我认识到了自己的心性，这就回到了自己。以后，我也许会信靠基督，也许皈依佛门，也许相信鲁迅"反抗绝望"的精神力量，也许什么都不靠。因为，我深深知道，能拯救自己的最终只能是自己。灵山在哪儿？灵山就在我的心里。最高的觉悟、最广阔的自由不在外面，它就体现在现实的人心之中。一旦为外在事相所迷惑和遮蔽，清净之心就起妄念执著，这就便是人生痛苦、焦虑的根源。

归根结底，人是一个焦点，"外无一物能建立，皆是本心生万种法"，整个世界都存在于人的自心自性之中。所以，认识事物、社会及整个世界，只需认识自心自性。由此可见，从本源及与世界的关系上认识人的本质，是《坛经》的世界本体论，其核心是：人的心性中存在着整个世界。

《坛经》认为：人的心性即佛性，它自在自由，凡夫是佛。人的心性具有"自清净"、"无生灭"、"自具足"、"无动摇"、"能生万法"的本然性。人性即是佛性，凡夫即佛；人佛性平等，众生是佛。

慧能帮助我发现了自己，帮助我回到"此在"，破除执著，特别破除我对鲁迅多年以来的执著，不被外物纠缠。所谓"无念为宗，无相为体，无住为本"。它启示我开启生命的智慧，回归精神的家园，找到迷失的自我。

二

所谓"空"是中国佛教非常吸引人的一个概念。在早期释迦牟尼那个时代，"空"的思想有没有呢？它不是一个处于核心的重要地位的观念。随着大乘佛教的发展，经典又陆陆续续产生出来，向东方传播，中国产生了很大影响。这种影响有一个因缘，中国思想界风气的转化。道安说："以斯邦人庄老教行，与方等经兼忘相似，故因风易行也。"为什么讲"空"的思想在中国流行起来呢？周学农指出，与玄学和格义有关。

魏晋时期，玄学成为学术文化的主流。佛学与玄学合流形成般若学，这是佛教中国化的一个新阶段。佛教大乘理论与玄学有许多相似之处。道安说："以斯邦人庄老教行，与方等经兼忘相似，故因风易行也。"这里所谓"庄老教行"既指玄学。玄学探讨的中心问题是"本末"和"有无"。所谓与"方等经兼忘相似"，反映了道安把"空"观和玄学本论相比附等同的看法。初期传译佛典，人们常常使用中土固有概念翻译佛教名相。如东汉安世高以"无"译"空"，以"无为"译"涅槃"等。般若学与玄学的相似之处，表现最为明显的是对"无"和"空"的解释。玄学认为"无"就是"道"，是世界万物的本原和本体。般若学的"空"观认为，宇宙的一切现象都归结为空，空即一切。可见玄学的"无"与般若学的"空"在对世界本质的解释上有异曲同工之妙。但是佛教"空"是"因缘生"的意思，和老庄那里能够作为万物本源的"无"是有本质区别的。依附于玄理使佛教在中国得以迅速发展。

我们经常说"四大皆空"，那么"空"到底是什么意思呢？首先大家要记住，"空"的概念本身是多层次的、多角度的。它在印度有它发展的历史。佛教经典里讲"空"有二十几种，学农先生讲了四种"空"：

> "空"最早的含义就是"无常无我"。"我"痛苦，"我"的存在是一个有限的烦恼的存在。"我"没有主宰，不能够决定，是不能自由的。

"空"的第二个含义，叫"如幻如化"。般若经上说："无所从来，亦无所从去，亦无所住。"我们看现实中的事物，不知道它从哪儿来的，不知道它往哪儿去，现在它也不停留，一切是"如幻如化"。《金刚经》上说："一切有为法，如梦幻泡影，如露亦如电，应作如是观。"六个比喻，梦、幻、泡、影、露、电。所有现实中的事物，不管物质现象和精神现象，都是这样，像梦一样，像幻术一样，像水泡一样，像影子一样，像露水一样，像闪电一样，不知道从哪儿来，不知道往哪儿去，现在也不停留，这叫作"如幻如化"。闲事中的事物，都是不真的。

"空"的第三个含义，"本性是空"。经上说"色即是空，非色灭空，色性是空"。意思是，所有的存在事物它本来就是"空"，并不是要等到这个"色"消灭以后才说它是"空"。它本性就是"空"。

"空"的第四个含义，"空也是空"。（大笑）经上说："一切法空，是空亦空。"这个"空"，本身也是"空"。用"空"来消灭一切烦恼，害怕你执著于"空"。用"空"解决烦恼，如果执著于"空"，"空"就成了我新的烦恼。

经过学农先生这么一番开导，我恍然悟"空"。"空"到几层，就能悟到几层。能做到我法两空，确实不易。说来说去，一切所见所知所识，皆为"相"。我们"眼耳鼻舌身意"所对应的"色身香味触法"，皆为"相"。我先前所执著的文学、感情、现实环境和鲁迅，皆为"相"。唯识宗讲离"识"无境，破了执著的主体"我"，再破了执著的客体"境"，就没有烦恼了。研究鲁迅，不过借鲁迅之眼观照世界，那是鲁迅眼见的世界，它曾经那么强烈地影响过，其实它也不过是看问题的一种角度。如今，也该把它"空"掉了。

此后，我逐渐明白了。佛教的一大特色"破相显性"，其主要方法就是"假名施设，随立随扫"。执著于概念A是无明，为了破除概念A，必须先立一个更高层次的概念B，当B把A破了之后，B也得放下，否则执著于B也是无明。尘埃破除之后，明镜也应该放下；明镜都没有了，何处惹尘埃呢？就像脏衣服洗干净之后，跟新衣服比一下，没有分别。所谓清净染污都是对比而言，没有分别了，染污就没有了，清净当然也没有了。如果执著于任何概念，就会有分别心，只要有分别心在，就没有证悟。证悟是要超越任何概念的。

之前，我曾有过基督信仰的经历。佛教因倡导以观照空理、证悟空性而趋入涅槃之门，号称"空门"。佛教认为人的痛苦与人对事物的错误认识有关。主张事物因缘而起，万事万法（诸法）皆因缘起亦随缘散，没有常住不变（诸行无常）的本质。所谓"因缘和合"。"因"是原因，"缘"是条件，"因缘合，诸法即生"。大乘空宗对"空"的解释则大致可以归结到一句话上——"色即是空，空即是色"。它并不否认现象也即"色"的存在，只不过它将"色"与"空"的关系归结为现象与本性的关系，"色"是现象，"空"是本性，本性上"色"是"空"的，"空"不脱离世界一切，"空"即是一切，所以说"色即如空，空即如色"。所谓"一切有为法，如梦幻泡影，如露亦如电，应作如是观"。大乘有宗的"空"观则与大乘空宗"空是本性"的"空"观不同。而是认为，"性"在本质上是"有"不是"空"，大乘有宗并且认为这种"性"就是"佛性"。佛学是一门实证的学说，哪一级别，都可得到实证，对于"空"的理解也会更深入。若能把握"空"的积极意义，达观豁然，以缓解人生的痛苦，充实人生的意义，完善人生的品格，就有了新的境界。

三

周学农曾说："禅宗让你信仰的是清净的本性，每一个人都要相信你自己的真实本性，这就叫做信仰。好的本性是不可能被现实所污染，禅宗讲的是让你信仰你的心，不是让信仰现实中的心，信仰你新的本性，信仰你真实的本性，这就是禅的立场。真实的本性不但不会被现实所改变，反过来会指引你，带着你改变你的现实。"

记得 2007 年，周先生的佛学课上，我经常遇到一个 17 岁的学生，她是一个出家人，眉眼颇清秀，法名叫新月。

她从浙江一个寺院来北大这里进修佛学，很小时候就已经出家，从此落尽青丝，只有青灯古佛夜夜诵经相伴青春。

我望着她，竟然有些自以为是的心疼。

我们投缘地聊了好久，最后，我小心翼翼地问她："你才 17 岁，从未享

335

受世间繁荣幸福，就这样寡然无味地度过一生，不觉得可惜吗?"

她粲然一笑，合十说道:"施主，我们是两个世界的人，你我所谓的幸福截然不同。在我看来，沉迷在俗世留恋于俗务，无清净之心才是最大的可惜。"

我无言以对。子非鱼焉知鱼之乐，在清寒的表象中拥有一颗睿智而清净的心，拥有自己的本心，也许很多人过得要比我们想象中还要快乐。

……

新月法师信的是自己的真实本性，而我至今还活在心外。人的痛苦，莫过心外求解脱。"佛性"乃自家宝藏，缺少的是觉悟。

释迦牟尼世尊于菩提树下睹明星悟道之际，世尊云:"奇哉奇哉，一切众生，皆具如来智慧德相，但因妄想执著，不能证得，若离妄想，一切智，自然智，即得现前。"

> 六祖慧能初见五祖弘忍时，曾有如下一段问答。
>
> 弘忍问:你是哪里人? 来这里做什么?
>
> 慧能答:弟子是岭南人，来到这里，想求"作佛"!
>
> 弘忍说:你是岭南人，哪里能做"作佛"!
>
> 慧能说:人有南北之分，"佛性"并无南北之分，弟子身与和尚身虽然不一样，"佛性"却并没有什么两样!

世尊说众生皆具如来智慧德相，这智慧德相是什么呢? 原来智慧德相，就是万德万能的佛性。《坛经》说得十分明白:人性即是佛性，它自在而且自由，人具此心，本来是佛。

佛性又称真性，自性，常住佛性，妙真如性，真如实相等。名称虽然不同，实际上是一个东西。它就是我们各人原具的本性。这种本性，本来就具足万德万能。它灵明洞彻，湛寂常恒，在圣不增，在凡不减，与佛无二，但由于无始以来，被妄想执著掩蔽了本体，使具足的德能不能显现。这好比一面光明的镜子，蒙上了尘垢，盖没了镜体固有的光明。不过镜面虽蒙尘垢，而其原具的光明并未损减，一旦揩去尘垢，光明依然可以显现。

学农师说:"让你心里永远亮着一盏灯，这个灯就是智慧，智慧就是四项基本原则，智慧是对人生对世界的一种洞察、立场、观点、方法。不是一种计谋，不是一种知识。是生活的一种态度，它影响你整个的生活。"

人的本性也是如此，本性原来灵明洞彻，万德万能，但因妄想执著，以致起惑造集，轮回六道。这种妄想执著又称无明，无明梵语尾弥，意思是指闇钝之心。闇钝之心并非指我人的肉团心，而是指我人感受、思维、分别、认识，对境攀缘的妄心。

之后，有一次，寒冬的深夜，为了求道，我去江西云居山拜访心空禅师。

我滔滔不绝地说了半天我的禅境与见解，我的经验与体会，我的……

心空禅师跏趺坐在禅椅上，始终微笑地看着我。待我说完，期待着他的认可、评点。

他却说："你听……"

我凝神屏息地听着。

但什么也没有，整个寺院一片深沉的静谧。

在我一脸茫然与迷惑时，心空禅师轻轻的、充满赞叹和喜悦的声音说："宁静的声音真美！"

在独处时，这句振聋发聩的棒喝时常在我心里回荡。

是的，一切唯心造。古印度人深信，一个人真实本性的平静，以及他生活中的快乐，和他所处的地点、财富、权力并没有直接的关系，而是由心境决定的。感受、思维、分别、认识，就是对境攀缘的妄心。一切都是妄心作怪。

学农师认为："禅不在于你身体不动，禅也不在于你的心不动，在于你的心不要执著，为什么我有这么多麻烦呢？因为你有个欲望，所以你有所行动，因为你有行动，就带来结果，结果就带来痛苦。因为你没有智慧，因为你只看到了它的假象，没有看到它的真实，这还要讲智慧，佛教认为我们一切的事物都是变化的，这个东西是变化的，这个东西是骗人的，像梦一样，像幻影一样，一下就过去了，凡是变化的就是不真实的，这是一个基础。真实的东西是变化的，佛教从来不否认一切事物的存在，佛教从来不否认现实世界的存在，它否认现实世界的真实，不否认它的存在性，否认它的真实性。我们为什么有这么多麻烦呢？佛教认为我们被这些变化的事物所迷惑，你看不到这些真实的本性，你看到的是一些假象。"

在倾听内心宁静的声音的同时，内心真实的声音也会随之流淌出来。有时我们无法接受自己或别人，总希望改变，无法忍受缺陷的存在，包括生理上和性格上的，力图改变它。结果发现自己活得很累，无法与自己和谐相处，心灵一次次地被扭曲，甚而产生自虐心理。

慧能大师在五祖弘忍处得到衣钵，为了躲避同门迫害及弘扬佛法，来到南海。

当时广州法性寺印宗禅师正在开讲《涅槃经》，慧能大师决定在法性寺停留数日，以便听闻法师讲经。

这一天，寺前因为法师讲经而竖起了幡旗。有两位和尚见到广场中飘扬的幡旗，便开始议论起来。其中一人说："是幡动。"

另一人则说："不，是风动。"

结果两人就此争论不休。

这时，慧能大师便开口说道："不是幡动，也不是风动，是你们俩人的心在动。"

一听到慧能大师的话，争论不休的俩人立刻恍然大悟。

心若在动，风、幡、烦恼、欲望都在动；心若静，风、幡、烦恼、欲望都在静。心中本无风与幡，何来动静之分呢？正所谓心性使然。一个人的心可以使一个人成为魔鬼，也可以使一个人成为圣人。人的心可以静若处子，也可以动若脱兔，全在自己的一念之间。

经上说："一念善心起，诸事皆吉祥；一念恶心起，种种灾难生。"又云："一念嗔心起，百万障门开。"唐朝怀信禅师也在《释门自镜录》中说："但起一念善心，恶律仪即断。"心中的一念，是善是恶，都决定了自己烦恼或菩提，是在地狱或在天堂。刹那的善心，是不贪求、不望报，是无私的慈悲、爱心、善良。而刹那的恶心，虽是微不足道的小恶，但足以让自己沉沦，堕入地狱，成为恶魔。

降魔先降心，心伏则群魔退。降伏恶魔的人首先要降伏自己心中的恶魔——邪念，这样，外界的所有恶魔——诱惑——都会自然地败退而去。因为，外来的种种恶念和诱惑，如果没有心魔这个内应，就不会攻破心灵的城堡。

不幸往往源于自己，烦恼往往源于比较，痛苦往往源于不知足。心好一切都好，心美一切都美，心快乐一切都快乐，心幸福一切都幸福！

学农师讲到禅宗时，用"平常心"、"承当"、"放下"、"不执著"简单而又准确地概括了禅宗精要。他把慧能的禅法，大致概括为两个方面：

第一，通过向信徒授"无相戒"，强调一切众生本来具有清净无染的佛性和般若智慧，这是一切皈依和修行的基础。所谓修行，不过是摆脱各种虚妄心念的干扰，使原本具有的智慧显现出来罢了。在这个意义上，"一念心开"，就可以直接进入佛陀的境界，实现"顿悟"。

第二，慧能十分强调般若行，主张"无念为宗，无相为体，无住为本"。禅定并不是枯坐修净，而是要求修行者在自然无为的日常生活当中，远离内外执著，不生爱憎取舍之心，"一切时中，念念不愚，常行智慧"，这样就可以消灭无明妄念，"见性成佛道"。

最近，我一直学坐禅。长期修佛参禅，易养成对内省察的好习惯，至少能做到破除自我膨胀的"我执"之心。什么事情都把我放在第一位，根本就不考虑他人，这就是烦恼产生的根本所在。如果把"我"处理掉了，就能证圣果了。下面是我《〈坛经〉心悟》一书中的一点心得：

1. 认识世界的第一步，就是认识你自己

2. 禅悟不是整个人像木头一样枯坐着，而是一种宁静的状态

3. 人的最高境就是回归自然，回归本性

4. 人生的快乐，就在于我们要有一颗平常心

5. 人应该尽力克制自己过度的欲望，平淡一些

6. 真正的"放下"，才能从生活的桎梏之中解脱出来

7. 这个"空"并不是什么都没有，而是胸襟广大、淡泊安宁的"空"

8. 一个干净的社会，人的心是柔软、纯洁、晶莹的

9. 放下一切不该去追逐的东西，就是正直的心性自由

10. 用心感受生活，天堂和地狱同时就在你的内心

11. 寻找失落"自我"的最好办法，就是感悟自我、充实自我、完善自我

12. 什么时候你把自己遗忘了，那样你才能重新得到自己

13. 看开就能放下，看透就能自在

14. 想要拼命抓住一切，往往什么都无法抓到

15. 归根结底，最放不下的是那个"我"

16. 人生无常，我们所能做的就是活在当下

17. 保持一种孩童式的无忧、单纯、快乐的心境，就能找到那失落已久的灵性

18. 用肉眼看人，得到的是这个表象的世界；用禅眼观物，则能洞察宇宙万物的本质

19. 不要长久地停留在某种空虚或伤痛的情绪之上，尝试转移一下

20. 人生的意义就蕴藏在无数琐屑的日常生活里，没有脱离生活的意义

21. 人为什么有烦恼？为什么有痛苦？因为"我执"

22. 当一个人能放下一切的时候，那么他已经是佛了

23. 放下了仇恨，就等于斩断散播黑暗情绪的源头

24. 以平常心生活，心灵在不知不觉中获得顿悟和净化

25. 人生是苦海，能度自己的只能是自己

26. 人生的痛苦和悲哀，皆由心造

27. 在黑暗面前，本心是明灯

28. 用感恩的心来看世界，用省察的心来观自己

29. 经常遗忘自我，才能从更高的层次审视和认识自己

30. 每一个人的心灵深处，都有一盏光明的灯

31. 人生最大的敌人不是别人，而是自我

32. 人的心是很不稳定的，经常容易受到引诱

33. 与其盲目模仿别人，不如专注自己的事情

34. 与其抱怨这个社会的黑暗，不如作温暖的灯火照亮别人

35. 快乐源于内心的宁静与俭约

36. 世界原本不属于你，因此你用不着抛弃，要抛弃的是一切执著

37. 痛苦源于生命，痛苦源于活着

38. 用一颗善意的眼来看世界，便会充满爱、怜悯和包容

39. 你自以为攻击了别人，其实受伤的是自己

40. 宽恕别人，也给自己留个回旋的余地

41. 随缘，心中就不会有障碍

42. 以感恩的心态对待人生，才会真正快乐

43. 剥去蒙在心中的尘垢，才能看到自己原本清静的本心

44. 一切的痛苦的源头只源于自身，你就是你的地狱

45. 像孩童一般来感受这个世界，摒弃根深蒂固的不平常心

46. 真正体验到佛禅真谛的人，往往是平凡的、平常的、谦卑的

47. 心如明镜，不为消逝的事物所烦恼，就能安然自在

48. 能保持一颗平等不乱的真心，佛性当下就会开显

49. 心清万物静，心不留则影不留，一切皆"空"

50. 追求着、痛苦着，得到着，也失落着

51. 人在灯亮，人死灯灭

52. 最需要拯救的人是自己，能够拯救自己的人仍然是自己

53. 禅道不在高深处，就在平平淡淡的生活琐事之中

54. 产生痛苦的根本原因，是想自己想得太多

55. 重新认识自我，倾听来自心灵深处的声音

56. 一味地忙碌奔波，我们的一生可能黯淡无光

57. 真正的快乐来自于发现真实的自我，保持心灵的宁静

58. 决定一个人心情的，不在于环境，而在于心境

59. 人生最大的快乐，并不是你得到什么，而在于你放下什么

60. 当你松开紧握的双手，世界就在你手中了

61. 贴近自然、领悟本原、追求简单，内心自然轻松

62. 千万别为一种目的折磨自己，真切地热爱生命

63. 人要摆脱贫穷，更要寻找快乐

64. 幸福不由外在物质决定，而在于由心灵决定

　　周先生说，佛教有一个基本判断：人生是痛苦的。那么怎么办呢？就要用智慧找到它的原因，然后从根本上把这个问题解决掉，达到解脱的境界——"涅槃"。所谓"离苦得乐"，大概就是这么一个轮廓。其实，天下的

道理是相互通着的，看了《坛经》以后，又仔细看了苏格拉底的《斐多篇》，关于王阳明的《此心光明》，夏完淳的《含笑归太虚》，弘一大师的《悲欣交集》，看明白了，内心也就逐渐强大了。

《坛经》，是第一部、也是唯一一部由中国人写的佛经。中国和尚语录称之为"经"的，唯一的就是这部《坛经》。

在英国伦敦大不列颠国家图书馆广场，矗立着世界十大思想家的塑像，其中就有代表东方思想的先哲——孔子、老子和慧能，并列为"东方三圣人"。慧能那首著名的偈语"菩提本无树，明镜亦非台。本来无一物，何处惹尘埃"，足见流传广泛。

唐贞观十二年（638），慧能出生，幼年丧父，家境贫困，卖柴维持生计，养活母亲。家境陡落，生活艰辛，使慧能经受磨炼，独特的人生阅历，也使他早熟。他天赋聪颖，忍性坚强，悟性高超。有一天慧能在集市卖柴，闻客店有人诵宣"无住"思想的《金刚经》，颇有领会，发心信仰佛教。咸亨（670）初，慧能安顿好母亲后，即北上湖北黄梅，投奔皈依弘忍禅师。此时的他对世事无常、人生痛苦有着深切的体验，从而对佛经思想生发了共鸣，以致离家遁入佛门。史载，慧能听从师父弘忍"为说《金刚经》，至'应无所住而生其心'，慧能言下大悟：一切万法不离自性"（《六祖大师法宝坛经·行由品第一》）他对所听的经文有独到领悟，并善于吸纳和改造为自我的东西。值得尊敬的是，他身上有一种稀缺的平民品质，对民间的文化心理和信仰特点有着深切体察，提出了不同于神秀的禅修主张。经上记载：为了躲避追杀，慧能为此藏入深山十五六年，混迹于猎人队中，这一点我有疑问，如此长久的隐居时间，他的心性会不会被粗野和暴力扭曲？这无疑需要大智慧、大悲悯、大愿力，凡夫恐怕早就疯狂了。

学农师认为，禅在你一切的时候，不管你行、住、坐、卧要干什么，长行，直心，让你的心永远保持直，诚信，没有那么分别和计较，这就叫做直心，让你的心抛除掉多余的分别与计较，让你的心保持一个自然的状态。世界是根据你的心来呈显的，心决定了你怎样看待世界，也决定了这个世界怎么样向你呈现，决定你生活的方法。要有自信，要有承担，要有智慧，要有平常心，要做本分事，成自在人，你就能够摆脱烦恼。佛教不一定是拿来信的，你可以拿他作为生活的一种参考。佛教是关于人生历程的一种观点，一种解决的方法。

《坛经》转换了印度佛教戒、定、慧的外在修行程序，将皈依外在的佛、法、僧转向内心的"识自本心"的顿悟活动，强调人要在日常生活中修心自救，顿悟成佛，所谓"行、住、坐、卧，担水劈柴，无非妙道"，不需要离群索居，逃离现实，生活就是道场，行、住、坐、卧处处是道，也就在很大程度上肯定了现实人生的价值，肯定了主体性和自由品质，启发人们通过内心的体验和生命的感悟，获得自我超越、心智平和和心灵安。同时，它把传统佛教对涅槃的追求——对死后灵魂转世的追求转变为对现实内心的回归，也就把彼岸世界转移到了现实世界。这就极大地高扬了人的生命主体的地位，使其人生价值观具有了现实的积极意义。这就是《坛经》的永久价值。

神秀云：身是菩提树，心如明镜台，时时勤拂拭，勿使惹尘埃。修行和成佛不是不断索取，而是不断发掘自己的智慧。智慧不在外面，而在人的心里。

慧能云：菩提本无树，明镜亦非台，本来无一物，何处惹尘埃。他启示我们，最终要相信自己的本性。要认识本性不为现实所改变，尘埃不是真实的。佛就在人的心里，佛的三身就在人的心里。不要到处去追逐，不要寄托在外在的偶像，不要整天问别人的事，这样才能找到真实的自己，这就叫成佛。

慧能所说的明镜比喻人心的本性，是清净的；尘埃比喻烦恼、痛苦、邪见等，现实中人的心是被尘埃所染污的。佛教认为，人的本性是清净的，而且是不变的；它可以被尘埃所覆盖，但是不会被尘埃所改变，所以人可以从烦恼中解脱。自性本来清净，客尘所染，莲花可以出淤泥，是因为莲花是莲花，淤泥是淤泥。

悟禅的"顿"、"渐"两派，虽然只有一字之差，却反映了两种不同的思维方式。渐派是"藉教悟宗"，以经典教义为依据，通过"渐修"来验证佛的存在。而顿派则是"教外别传"，以直觉体验来直指人心，见性成佛。渐派悟禅的方式是凝心入定，背境观心；而顿派则是随心所欲，随缘自在。渐派否定现实存在，诱导人们"息灭妄念"，去追求彼岸世界的解脱；而顿派则主张"平常心是道"启示人们面对现实，肯定人生。因此"顿"、"渐"两派虽一字之差，却反映了两种不同的观察、认识世界的方式。

禅佛的核心在于解脱，核心是"不立文字，教外别传，直指人心，见性成佛"。

禅是什么？

禅是沉思冥想。

禅是沉思冥想得来的对变幻无常的人生的彻悟。

禅是什么？

禅是自自然然地生活，自自然然地死去。

禅是活着时以平常心，做平常事，"不出魔界，而入佛界"，"不离烦恼，而证涅槃"。而死去无非复归于自然。无论活着和死去，总都是与天地万物为一体。

禅是什么？

沉思冥想是方法。彻悟是目的。一切都让它自自然然，是彻悟的结果，是彻悟得来的大道。

佛祖拈花，迦叶微笑。拈花，暗示的是这个悟，这个道。微笑，领会的是这个悟，这个道。达摩西来，面壁九年，得到的也是这个悟，这个道。

这一种悟，这一颗悟了的心，这一个悟得的道，是不染尘埃的，是无尘的。

神秀所代表的北宗禅，想以时时勤拂拭去求得无尘。

慧能所代表的南宗禅，想以无需拂拭去保持一颗悟了的心的无尘。

只要一颗心无尘，"担水砍柴，无非妙道"，"事君事父，亦莫非妙道……"道亦无尘。

禅，结果竟是禅的自我否定。惟则禅师曾说，他参禅学道一二十年，最后是悟得"参禅学道是错用心，成佛作祖是错用心"，人生大可"吃粥吃饭过，听风听雨眠"。禅似乎成了懒人哲学。

禅还有另一种自我否定。喝佛骂祖，甚至扬言要杀佛杀祖。而且禅僧还居然大可"出入四五百条花柳巷"，游逛"二三千座管弦楼"。禅似乎成了狂人哲学。

在我看来，禅可以是勤拂拭以求无尘的禅。"诸恶莫作，众善奉行"，自觉地去做各种好事。

禅可以是无需拂拭而无尘的禅。"即心即佛"，"即佛即心"，"在凡不减，在圣不增"，"住烦恼而不乱，居禅定而不寂"，很自然地不做坏事而只做好事。

一颗无尘的心，一个无尘的道，岂会沾染血腥与罪恶。

什么是禅呢？日本著名禅学大师铃木大拙说："禅是大海，是空气，是高山，是雷鸣与闪电，是春花，是夏日，是冬雪。不，它是这一切之上，它就是人。"在禅学家的眼里，一花一世界，一叶一乾坤。出大千世界是"心"的幻影，是"空"的。

禅家以无为本，把天地、万物、人生往往看成幻影，看成空无，现实世界是一个无边的苦海，贫贱固然不幸福，富贵也无幸福可言，因为二者都摆脱不了轮回之苦，只有大彻大悟，摆脱人间声色货利等各种幻影，才能达到摆脱轮回，进入涅槃，永享"天堂之乐"的境界。

2012 年 5 月 10 日　苦寒斋

徐小跃：儒道佛与人生

一

2011 年 4 月 9 日至 10 日，徐小跃为北大企业家班进行的授课，让我得以有缘聆听。

徐小跃，男，1958 年 6 月 20 日生，安徽人。南京大学哲学系、宗教学系教授和系主任。

徐先生的课，旁征博引，纵横捭阖，娓娓道来，激情澎湃，博古引今，张弛有度，气场十足。下面摘录几句精彩的句子：

> 居善地，心善渊，与善仁，寓善信。
>
> 国学观乎"心性"、"生命"、"人生"，一句话："观乎人文。"
>
> 管理就是玩人，玩人就是玩人性，对于人性了解最透彻的是韩非。
>
> 什么是文化竞争？主要是考量企业家的心性之清浊、心胸之宽容、心智之高下、心术之良莠。
>
> "我"分为"自然我、社会我、为心我"的三个境界。国学是为了达到属于你的那个境界，是"大我"、"本我"、"真我"。所有这些都可以汇作佛教的一个概念——本来面目。国学就是帮助人不断超越"自然我"、"社会我"，达到"为心我"的境界。

时下，在中国大陆所盛行的"国学热"，中国传统文化热，大家都耳熟能详。那么，什么是国学？徐小跃认为：

国学最基础、最核心的当是思想。而思想又包括两个方面，一是价值取向，一是思维方式。我今天主要与大家谈的是中国传统文化的价值取向，因为这个问题与人生问题联系得更加紧密些。作为思想文化的国学，主要有三家构成：一为儒家，一为道家，一为佛家。中国古代把这三家合称为"三教"。古人对"三教"非常重视，素有"天有三光：日月星；人有三教：儒道佛"之说。

中国古代先贤圣哲们最关注的是与每个人息息相关的社会人生。作为思想文化的"国学"始终一贯地观乎"心性"、"生命"、"人生"，一句话，"观乎人文"。

中国圣贤最关注的是与每个人息息相关的社会人生。古人云："思以其道易天下。"就是说，中国古人思考着用他们的思想观念，即"道"来改变天下。说白了，他们建立学说，提出思想的目的乃是：改变天下、和谐社会、净化人心、安顿生命。由此决定了中国传统文化对一个问题非常重视，那就是人文。

那么，什么叫人文呢？《周易》说："文明以止，人文也。"就是说，止于文明的就是人文。那么，什么叫止呢？就是说人之为人应当知道该做什么，不该做什么，所谓"当其所为，不当其所为"。由此可见，人文是一个关乎人的本质、人之根性的问题。用一句哲学话来说，这是一个使人作为人并能够成为人的问题。中国古人认为作为一个真正的人，你要懂得"止"在一个地方。

中国传统文化明确要求人们要"止于至善"，所以才有了四书之一的《大学》开头的那几句名言："大学之道，在明明德，在亲民，在止于至善。"当然，人的身份不同，具体所"止"又是不一样的，但其方向皆是善也。还是《大学》中的话："为人君，止于仁。为人臣，止于敬。为人子，止于孝。为人父，止于慈。与国人交，止于信。"意思是，作为领导就应当对下属仁爱，作为下属就应当对领导恭敬，作为子女就应当对父母孝敬，作为人父就应当对子女慈爱，人与人交往就应当相互诚信。

徐小跃认为，传统文化的断裂缺失体现在两方面，一是爱的断裂，二是天人合德的断裂。"在这个问题中，要呼唤和弘扬中国的优秀文化传统和优良的道德传统，最关键的是判定什么样的文化传统才是优秀的。在我看来，优

347

秀的传统文化要求关注自然、人心和社会的发展，处理好人与自然、人与社会、人与人、人与自我的关系，只有解决人性根本和来源的问题才能真正弘扬传统文化。"他通过对儒、道、佛三家的对比分析后得出：中国传统文化的思维方式是"天人合一"，中华文明是一种强调关系构建的偶性文明。今天的和谐社会和科学发展，其渊源就是中国传统文化中的和谐文明、偶性文明。关于传统思想的现代价值，他说："对人性以及人的存在方式的追问，一直是中国传统文化的价值取向。老子在这方面，则又显得更为透彻。老子在其超越道论观照下的自然人性论对治现代人的疾病显得那样的必要和有效。私欲膨胀、人欲横流、争名夺利已成为现代人迷失本性的一个重要特征。老子以其反向的智慧，告诫人们要见素抱朴，少私寡欲，上善若水，水善利万物而不争，夫唯不争，故无尤……"

相比长期对西方文化的美化和对传统文化的批判，我们对于自己的文化误解太深，真是积重难返。其实，中国传统文化重"明心性"的价值取向和主"一天人"的思维方式皆是以"无神"为其本质特征的。无神论最终指向的乃是——"真善美"。现代人有太多的目的论的传统，仿佛离开了神，什么都办不成一样。中华文明源于对忧患意识的关注。《周易》中有一句名言，叫"观乎天文以察时变，观乎人文以化成天下"，体现出中国人文传统、人文精神的终极目标是为了改变天下、和谐社会、完善人生。中国传统文化的价值取向就是"社会人生"。

二

我经常思索的一个问题就是：人性究竟是性善还是性恶？还有一个鲁迅式的问题始终纠缠着我，那就是鲁迅和许寿裳 1902 年在一起经常讨论的三个问题：第一个问题是怎样才是理想的人性，第二个问题是中国国民性中最缺乏的是什么，第三个问题是病根何在。徐小跃让我再次回首这个问题。

徐小跃指出，诸子之中韩非对人性的认识最深刻。什么是人性呢？人性有两大特征：一是人性本恶（自私，趋利避害），一是人性畏威（懦弱，害怕强权）。抓住这两点就抓住了人性百分之九十九的特点，剩下的百分之一是人异于禽兽的根性——就是人独有的良善和爱。如果人性只有恶，离开了善，那么这个社会就难以继续维系。那么什么是人之为人的"根性"呢？

这一问题在儒家那里尤其得到重视。孟子有句名言："人之所以异于禽兽者几希。"所谓"几希"就是一点点，微乎其微。在孟子看来，人与禽兽动物的区别就是一点点。通俗地说，人与禽兽差别不大。有关现代科学研究表明，人与动物之间的一致性竟达到99.99%，只有0.01%不一样。0.01%还不是"几希"吗？现在的问题是，这一"几希"究竟是什么？儒家六经之一的《礼记·曲礼上》说："鹦鹉能言，不离飞鸟；猩猩能言，不离禽兽。今人而无礼，虽能言，不亦禽兽之心乎？"即是说，鹦鹉会说话，但究其本性，它还是飞鸟，猩猩也会说话，但是究其本性，它还是禽兽，如一个人不知礼，不行礼的话，即便你能说会道，那也与禽兽无别。前引荀子所论已知，人不同于禽兽的地方绝不在"知"，而是在"义"。

我们每个人都有"几希"，但由于受到后天的污染，或由于不善于保存，作为人最宝贵的这一"几希"就会丢失。如何对待"良心"，又将君子与一般人区分开来？孟子说："君子所以遍异于人者，以其存心也。"于是乎，"存心养性"，"尽心知性"遂成为儒家思想的旨归。孟子直言："学问之道无他，求其放心而已矣。"

听后震惊，半天无言。关注当下，心存善心和良知，确实不容易啊！古人不是不知道人性本恶，他们苦苦所追寻的就是更根本的"存在"支撑啊！反复思考徐先生所说的"人和动物其实有99.99%的相似，只有0.01%的不同，这不同就体现在人的良心和人文关怀上"，我不由得暗想：这么深刻的道理，为什么以前没有深思呢？现在社会并非人人都向善，面对社会丑恶现象，怎么办呢？诚如他说的："邪恶和丑陋之事固然有之，但我们的良善之心不能动摇，世界是永远不会完善的世界，但是我们要尽自己的力量去改变世界，净化世界。"

随后赶紧再细读韩非、孔孟和荀子的书，补充关于人性的课。韩非是荀子的学生，荀子主张人性本恶，韩非主张人性恶比荀子更加鲜明彻底。韩非天资聪颖、观察深刻、思想敏锐，长期浸淫在权力斗争的中心，熟谙官场的尔虞我诈、勾心斗角，对官场特别是宫廷的丑恶看得入木三分，目光所及尽是邀功取宠、弑君篡位之徒，许多人把所有的聪明和机巧全用在了权力斗争之上，官吏们为保护自己，打倒对手，躲过风头，积蓄力量，卷土重来，手段之恶劣无所不用其极，压迫得人性的负面无限膨胀。《韩非子·备内》说："医善吮人之伤，含人之血，非骨肉之亲也，利所加也。故舆人成舆，则欲人之富贵；匠人成棺，则欲人之夭死也。非舆人仁而匠人贼也，人不贵则舆不售，人不死则棺不买。情非憎人也，利在人之死也。"既然人性本恶，那么就只有接受其恶的本性，唯其如此，才合乎天意。所以韩非认为，人性是自然而成的，所以现行政治政策就必须以人的本性为依据，要因循它，而不是对它加以否定。韩非抓住人们为求生存而普遍存在的趋利避害心理，提出："凡治天下，必因人情。人情者，有好恶，故赏罚可用；赏罚可用，则禁令可立而治道具矣。"人性恶，这是韩非对于他周围世界长期深入观察的结论。问题是包括韩非的导师荀子在内，都被那个特定历史时期中人性的负面表现遮住了视线，将人性的实然同时看成了人性的本然、应然甚至必然。因此，凡是深爱韩非的，一定要拿孔孟子消毒。

　　S城生活所遭遇到的瓶颈，很重要一点就是来源于对人性恶认识很肤浅，脑子里基本上还是"人性本善"。其实，孔孟并非不知道人性有多恶，在他们看来，恶就是善的匮乏。儒家的正心诚意、修身养性、存理复性、格物致知正是要人们发现、培植、扩充人性中的"良性"的一面，从而成贤成圣。而我天真地以为"人性本善"，我对别人好别人就对我好，真是太简单了。此后我为自己的肤浅与轻信，吃了不少苦头，不得不直面一个终极性问题：人性之恶是无法回避的。那么究竟如何面对？后来读了《圣经》以后，我几乎不假思索地就接受了"原罪"的观点。摩罗曾有文章说，将人类放在宇宙间整个存在体系和地球生物圈中进行研究，这种研究思路和模式是非常重要的，它可以帮助我们充分意识到人性的复杂性，还可以避免对于人类提出过分的道德期待。作家张爱玲认为，人就是这样冷酷的、肮脏复杂的、不可理喻的现实的一部分。或者说，现实不仅是外部世界的真实，也是人性的真实，导致人物失败与挫折的不但是外来的苦难，更是人的与生俱来的情欲。在我看来，仇恨和嫉妒是人性中的劣根，它隐藏在人性的深处，一旦触及便会迅速地膨胀，控制人的思想。人性的黑暗，或许只有神来拯救了。

吃了那么多苦，收获的就是人性的认识。某种意义上，每个人都是一个潘多拉魔盒。庄子看透的不仅是世事，更有人情。人身上的各种弱点和毛病，如谄媚、阴险、狡诈、贪婪、自私自利等，无一不被他看在眼里。明白这么多，并不能改变人性。但是，洞察人性的恶，至少减少被伤害。生在这个复杂的社会环境中，一个人不懂得掌控人性，是难以生存的。

综合上述观点，我更倾向于何怀宏先生的观点。何先生认为，没有"天生或命定"的善人和恶人。作为人的"天性"，仅有向善、向恶的可能性或潜存因素或善端、恶端。因为，若完全没有这两种可能性或潜存因素，我们很难解释善人和恶人的出现。对此，我欣然赞同。倘若认为"人没有天生的行善、作恶的可能"，则只能将恶人、善人的出现，完全归结为"环境"作用的结果。我在 S 城生活所遭遇的人性恶，应该多是环境诱发的结果，在一个专制而非民主的环境里，通风报信、落井下石、两面三刀复杂现象的背后都有环境的因素。从整体而言，中国文化持"人性善"，西方的基督教文化持"人性恶"。了解这些，就可以避免对人性产生过分悲观和过分乐观两种极端的看法。

三

徐小跃对于儒道佛为代表的中国文化认识深刻，他概括道：

人既要有儒家"乐观"的精神，也要有道家"达观"的心境，还要有释家"冷观"的智慧。这"三观"体现了多重性的生活方式，亦反映了儒释道互补的特性。儒道佛皆以"修身"为本。儒家探寻的是人性之源，呼唤仁爱，宣扬忠恕之道；道家探寻的是宇宙之根，呼唤慈柔，强调为与不为；佛教探寻的是诸法之象，呼唤慈悲，核心便是"空"字。

儒家谈的"修身齐家治国平天下"，以及"格物致知正心诚意"都是指向社会和人生。道家谈"性命双修"，就是去修人的人性、人的自然之性和人的生命，而达到一种真人、天人、至人的境界，它还指向人生。佛家讲"法身慧命"，讲挖掘、呈现"佛性"，就是把人性最光辉的部分呈现出来。佛教上讲明心见性，心就是佛，佛就是心，这个"心"就是人的根性的存在。中国文化向来把人与人、人与社会、人与自然、人与自身（即灵与肉）的关系的平衡与和谐作为最高的追求目标。许多前辈学者讲中华文明是一种强调和谐关系的偶性文明。

徐小跃对于儒道佛三家的功用及其特质，作出如下论述：

> 一曰不治儒家就不能"入世"（经世、治世、济世），它强调的是一种"有为"的精神，因而具有"现实"的特点。
>
> 二曰不治道家就不能"超世"（避世、忘世），它强调的是一种"无为"的精神，因而具有"超现实"的特点。
>
> 三曰不治佛家就不能"出世"，它强调的是一种"空无"的精神，因而具有"非现实"的特点。

总之，人世有为、超世无为、出世空无分别体现了儒道佛三家文化的各自特征。古之人谓儒治世，道治身，佛治心。儒是粮食，道是璧玉，佛是黄金。古人云：天有三光：日月星；人有三教：儒道佛。儒是牡丹，道是菊，佛是莲。儒家"在意"，道家"适意"，佛家"不在意"。儒家"修齐治平"，道家"性命双修"，佛家"法身慧命"。儒道佛教我们恢复生命的本真。儒道佛三家思想本旨要归皆是人，都重心性之学、生命之学、人生之学。儒之仁爱，道之慈柔，佛之慈悲，表征都是一个爱的精神，所"止"之境皆为"至善"。儒道佛三家思想本旨要归皆是人，都重心性之学，生命之学，人生之学，所"止"之境皆为"至善"。

所以，从这个意义上，他经常讲一个观点：儒道佛三家所宣扬的学说可以被称为"止学"。然而，三家又是通过他们不同的方向或方式来阐扬其各自的价值观和人生观。儒是牡丹，道是菊，佛是莲。在儒家高唱"极高明而道中庸"，道家高唱"夫虽在庙堂之上，然心无异于山林之中也"，佛家高唱"既在孤峰顶上，又在红尘浪里"的声响中，"以出世的心做入世事情"遂形成中国人共同的向往和追求。人既要有"乐观"的精神，也要有"达观"的心境，还要有"冷观"的智慧。这"三观"体现了多重性的生活方式，亦反映了儒释道互补的特性。尽管儒道佛三家在其长期的历史发展中有着不同的形态，但他们都有其体现各家思想本质的内容，或者说皆有其自身的核心价值体系。

在徐小跃看来，"仁信敬诚礼义廉耻"构成儒家核心价值体系。"道德自然无为处下"构成道家核心价值体系。"中道慈悲苦集灭道"构成佛家核心价值体系。儒家是通过"仁爱"之道，道家是通过"自然"之道，佛家是通过"慈悲"之道，以实现社会、人生的和谐与完善。他的讲授，主要想把中国传统的文化智慧呈现出来，用先贤的哲思来弹拨我们的心弦，提高我们的精神境界，净化我们的心灵世界，提升我们的生命层次。是的，听了徐先生的概括，我也觉得，古代先贤圣哲们最关注的是与每个人息息相关的社会人生。作为思想文化的"国学"始终一贯地观乎"心性"、"生命"、"人生"，一句话，"观乎人文"。要吸取国学中的人生智慧，并非简单地"学以致用"，而是要把自己内化到中国传统文化脉络当中去，拒绝数字时代单向思维的改塑。国人的灵魂是有多重性的，儒道佛从多个方面、不同层次地影响着国人的生活。净化我们的心灵世界，使每个人过上符合人性的生活，传统可以给我们启示。

后来陆续翻阅了徐小跃的系列文章，发现他对儒道佛三家的现代意义多有思考。

儒家以提倡人文主义精神著称，又具体通过下列三个方面得以体现。其一，人的价值，人的主体性问题（人的真正价值在于"他"的道德性）。其二，人与人的关系问题（以一个"仁"字来表示）。其三，人与自然万物的关系问题（天地自然作为人性本善的超越的价值源头）。

道家以提倡自然主义精神著称，其中包括：其一，老庄的社会批判思想。其二，老庄之道论，这里的"道"不是对象化了的"道"，而对象性的存在即表明是一种区分性的有限的存在了。其三，老子的"为君之道"（领导术）。

佛家以提倡解脱主义精神著称。佛教一言以蔽之："空。"所谓"空"是指缘起性空，佛教认为世界万物都是众多原因和条件构成的。因缘和合，它们要强调的是一切万有和存在都有其内在和外在的原因、条件。也就是说，一切存在的"有生无灭"皆是彼此相联。经云"此有故彼有，此有故彼生；此无故彼无，此灭故彼灭"，此之谓也。所以结论是：万物因为缘起，所以性空。如果我们到此为止，似乎并未能全面地揭示出佛教之空的内涵。他认为，玩味"和合"二字实为问题关键。也就是说，应从"众多"与"动变"两性中去理解"和合"的意蕴。而佛教正是具体通过"无自性"与"无有不变性"两个命题展开了此意。

离开原因和条件就没有独立的存在。佛教由此派生出三大法则：诸行无常，诸法无我，涅槃寂静。构成的条件是时刻变化的，所以要诸行无常。"诸法无我"就是没有一个绝缘的实体存在。世界万物包括上帝、神都是因其他条件而产生的，都是因缘和合而成。但是人们不明白这个道理，所以产生很多烦恼。徐小跃以《心经》来阐释"空"。他说："佛陀的本怀，是教人离苦得乐。"佛陀所教的"空"是促进健康生活、幸福生活的方式。佛教的宇宙观及价值观在于感恩、报恩的精神，并举例说明何为真正的幸福感。他认为，幸福密码简单地说就是"知足常乐"，也就是两千五百年前释迦牟尼佛所提倡的"清净、无为、无欲"的思想。

总之，儒家积极探寻的是人性之源，道家的伦理精要是"慈柔"之德，佛家着力探寻的是宇宙之根。儒道佛三家分别通过"社会"（人生）、"自然"（人身）、"涅槃"（人死）三极的设定来构建他们的思想体系，来展示他们各自的世界图景。儒家乃"游文于六经之中，留意于仁义之际"。道家乃"历记成败存亡祸福古今之道"。佛家乃言空说假，力主离苦得乐。儒道佛三家思想之终的是要揭示人性中光辉的一面，使人们获得符合人性的对待生活方式，以凸显人生的意义和价值。

2011 年 6 月 9 日　北京

高远东：以鲁迅为方法

一

在北大文史楼前，可以看见两株树：一株是白桦树，另一株也是白桦树。春夏之际，这里枝繁叶茂；秋冬之际，树叶凋零，就可以望见外露的两只鸟窝。不知为什么，每当走到这里时，总会情不自禁地停一下，想起高远东在这里讲授那个光着上身摇着扇子周树人的情形，仰望白桦树上方短暂而湛蓝的天空，低头沉思一下浮世的悲哀。

哦，时间过得真快，距离第一次听高先生讲鲁迅已经过去四年了。而恰好我离开 S 城来北京也是四年了，期间的绝大多数时间，都是在北大度过的。从当时狂热的追捧鲁迅和陀思妥耶夫斯基，到现在倾心庄老、慧能、王阳明、佛陀和基督，我的生命也经历着冰火两重天的变化。那时，听高先生的周作人问题研究课，先生的讲演抑扬顿挫，铿锵有力。下课后出来，就看见他在白桦树下面的一排自行车前停下，慢慢打开那辆陈旧的自行车，然后慢慢地走。我们并排走着，已是深秋了，脚下是枯黄的树叶……大约是 2009 年 4 月15 日，高先生在给留学生讲完沈从文以后，无奈因颈椎病加重而被迫停课，这是长期伏案工作长时间低头过度而导致的，需要好好休息。经过了将近一年的休养之后，2010 年 3 月 9 日下午，高先生再次走进北大课堂，上身穿黑衣，紫褐色围巾，步履有些蹒跚，我心里一惊，原来先生的病尚未痊愈就急着赶来上课了……

第一次听高远东讲鲁迅，是在 2005 年 5 月初的某天。那时我刚从 S 城里逃出来，游居香山。每次到北大听课都要坐上半天车，莽莽撞撞的，像个文学青年，对鲁迅也是尚在认识之中。那时高先生大约是在北大理教一间教室讲鲁迅，光线昏暗。当时我是中间插入听课，一时不连贯，居然没进入先生的情境里。课余之时，向高先生请教问题，竟然又把他当做了另一位研究鲁迅的学者高旭东，实在唐突。当时高先生居然也没在意。此后我了解到了高先生的一点情况，开始尝试进入他的思想世界。作为一名研究鲁迅的学者，高先生自然知道人生无处可隐，因为鲁迅先生的精神已经化为他的骨骼，然而我感觉他的内心隐约留有老庄和周作人的影子和血肉，当然，这只是我的猜想罢了。有一点可以确认的是，高先生的这种自我定位也绝非一时的权宜之计，而是暗含了他对现实的洞察。他在《现代如何"拿来"——鲁迅的思想与文学论集》一书的后记里已有提示，那就是他不愿"正事不做，整日默默，扮酷唬人"，再说之前他早已经觉悟到了对于他生命的至关重要的一点，早在2000年高远东写的随笔《读鲁迅》中就有如下的文字：

> 为了真正读懂鲁迅，读通鲁迅，我曾在西三条故居前的一间平房居守了四年：白天看鲁迅编刊物，晚上体会《野草》中"奇怪而高的天空"，或逗弄常常从花圃中奔突而出、善于蜷缩的刺猬——记得它的祖先在鲁迅日记中就出现过——，不过终于还是明白了，接近鲁迅的"圣迹"与接近鲁迅的心灵其实没有什么关系。后来我调到大学，在课堂上也道听途说地讲讲鲁迅，学着为人"师"，为人"父"，为人"人"，结果把学生全讲跑了。我因此醒悟鲁迅其实是不可学的，也因此更满足于书房内的阅读。是的，对于鲁迅，我确信只要自己读、自己想、自己接受、自己解释就够了，既毋须什么指导，甚至也毋须交流的。

上面这段短话，让我得以窥测高远东先前的一些思想余绪。许多人，包括我，对鲁迅先生的追捧，多来源于一种困境的暗示，从先生那里寻找精神的支援，可是，无意之中忽视了将先生当做"窃火煮肉"的精神火炬，并以此来反思自己在生活、为人、思想方面与鲁迅先生的实际差距，造成精神隔膜甚至误读。

在北京工作期间，我每年也去鲁迅故居拜谒，也曾于傍晚时分体验那"奇怪而高的天空"，无奈斯人已去，尘封已久，只是徒增添了几分落寞。高先生的这种心境，我也略微体验到了一些——也许只有落寞的人，才能体会那颗同样落寞的心。

薛涌先生这样回忆当年大学期间的高远东，"我至今耳边还常常响起同屋高远东在熄灯前朗诵古诗的声音。他的口味非常纯正，最常读的是《诗经》、乐府、古诗十九首、阮籍、李白、杜甫、王维，等等。有些诗我一时品味不出来，听他一读，就有感觉了"。孙郁先生回忆说："二十多年前我和高远东在一个研究室工作。那时候人们喜欢清谈，各类沙龙十分活跃，可是几乎都找不到他的影子。他的文章不多，一个人躲着读《周易》、鲁迅、金庸之类的书。偶和同事见面，语惊四座，神秘的玄学一直罩着他。"

高远东在成为现在的这个高远东之前，原来是这个样子的。我隐隐约约地嗅出了某种自己所熟悉的精神气息，这是一个文学者的高远东，这样一个高远东如今已难以从他的文章中搜寻，只是作为某种知识背景出现在他的文章、讲课和学生的私下谈话里。无疑相比思想者的高远东，我更喜欢文学者的高远东，这是我的情感和趣味决定的，更是我的宿命。有时不免想，高先生对我的问题每每点中症结，肯定有那个文学者的高远东在暗暗起作用吧？

高远东和某些研究鲁迅的学者不同的是，他不以鲁迅精神的传承者自居，自认做不了"知识分子"，又不愿意陷入以"学者情怀"自娱自欺的说辞，面对如此困境，他有着清醒的认知。他的文章很少，专著也是很多年后才出的，教学多年，还只是一名副教授，然而他在日本鲁迅研究界颇具影响力。有一次，日本立命馆大学教授宇野木洋先生来北大访问，交流时特别提到他在1995年发表的一篇重要论文《未完成的现代性》。那时他正在上课。韩毓海先生让学生赶紧和他联系，说有个日本学者要见他。可是，他在北大和国内学界，竟然是这样的低调。这种低调不是他刻意做作的结果，而是长期保持的一种学人风度。每当下课的时候，高先生总是恬静地聆听别人的谈话，耐心地倾听学生——讲那些枯燥的学术话题，从不将自己凌驾于学生之上，他和学生的关系很近，是同行眼里认真踏实的学者，学生眼中宽厚的师长和朋友，很可能也是这个时代少数保持知识分子节操的人。高先生身上体现了传统道德和现代精神的有机融合，儒家的仁、道家的无为、周作人的冲淡以及鲁迅的真切在他身上贯通了起来。他似乎离所有的人都很远，但是又很近，他对学生的关爱是很自然的，是一种人格的流露。他的从容和节制不仅是由他的自我长期沉淀决定的，也是由心灵和精神决定的。他是个内心世界极其深邃的人。他的心灵聚成一个波光潋滟的大湖，这个湖是他的精神家园。

二

有人说高远东是"新道家"，也有人说他是"学问家"，这些都有道理，然而又都不是。究其本质，在我看来，高远东实际上具有思想家的精神气质。他精谨缜密，思想圆融，对鲁迅和周作人思想的整体把握，特别是他对鲁迅与先秦儒、墨、道三家思想的参悟，都是深刻的。也正因为受此影响，我不再满足于以鲁迅的是非为是非，下决心在北大哲学系、宗教学系补习国学和宗教。

记忆最深的一次是2008年5月6日这节鲁迅研究课上，高远东请来了交响乐家王西麟现场用音乐来演绎鲁迅的作品。王先生经历坎坷，富有激情，他分别放了三首自己谱写的纪念鲁迅的音乐：黑衣人歌里，古老、蛮荒、神秘、恐怖；《过客》的配乐，凄风冷雨，毛骨悚然；第五交响曲，深情、愤懑。欣赏王先生的音乐，时时感受到一种抗争和冲突，特别是《铸剑》中的那种殊死搏斗的精神。由此可见，高先生并非"新道家"，他也推崇鲁迅先生身上的那种生命的强力。他的研究充满思想的洞见，他用心血做学问，求知、求真、求实，对社会、文化、历史、人生、生命、个体有着穿越义理层面的深沉凝视，不是学院派的研究所能概括的。他的研究有着现实的问题意识，他是从个人经验出发的，但解决问题的方式是学术的。他的文章很少，却十分耐读。钱理群先生这样评论高先生的研究："具有高度的学术自觉，对当下中国的社会问题和学术界的前沿问题都有敏锐的把握，能够把社会思想问题转化为具体的学术问题，进行有距离的学术思考、精细的学理辨析和深度的理论探讨。"高远东先生的现实关怀是内化在自己的学术研究里面，是一张皮而不是两张皮。他的现实关怀不是外在于学术研究的，而是一而二、二而一的关系。这种有机融合是学院派研究的特点和长处。他善于将社会现实问题转化为学术问题，他是我心目中的学院派。在我的记忆里，高先生很沉默，话不多，有些沉郁，语速慢，针对我提出的问题，他从来没有用"是"或

"非"来简单回答，而是习惯将现实的问题和思想文化问题快速转换成一个学术问题，渐次在他的课堂上讲出来。他用学者特有的严谨、客观、科学来对待，处处存疑，事事查证，深入发掘，缜密思考，用他的话来说，就是"拨草寻蛇"，直逼问题的真相，细心还原真相发现的论证过程。

在我看来，北大中文系研究鲁迅的老一辈学者当推钱理群先生，年轻一辈学者中高远东算是一位踏实严谨的学者。与中文系一些"名师"的课相比，高先生的鲁迅研究课显得有些冷落，没有那种常见的喧嚣，他的课是让人冷静思考问题解决问题的，而不是布道场或跑马场。如果你静心倾听缓缓进入他的思想世界，你一定会有可喜的收获。幸运的是，我就是这样一个精神受益者。高先生的课每年都在变，他精心设计的讨论，也让我收获不浅：

讨论一：王德威《从"头"谈起——鲁迅、沈从文与砍头》
讨论二：刘禾《语际书写》《跨语际书写》中对"国民性话语"的质疑
讨论三：张旭东《杂文的自觉》
讨论四：钱理群《"鲁迅左翼"传统》

由于个人性情和所置身环境的原因，我是从个体生命体验这一角度去感受鲁迅的，获得的当然是一个心灵意义上的鲁迅。我从情感和生命的层面进入鲁迅，然而，鲁迅是丰富而又复杂的精神存在，由于学养和个体的局限，这种角度让我靠近鲁迅的同时也无意中简化了鲁迅——以"我"为主无意中可能把一些原本不属于鲁迅的思想加附到鲁迅身上去，在这样的背景下，高远东的"以鲁迅为方法"的研究正好给了我有益的启示：不要被蛊惑，用自己的眼光独立思考，不仅从生命和情感的层次体验鲁迅，更要从思想的层面来理解鲁迅，既有情感的耽溺也有理性的辨析，结合两者才能更好地靠近鲁迅深邃的精神世界。

旁听过高先生的鲁迅研究，深感先生为人温朴，治学严谨。他跟那些热衷云山雾罩的所谓研究相比，大概属于肯在基本功用心的研究者。这种质朴无华、大智若愚的研究，我口慕心追。思想者高远东最显著的特点就是，以鲁迅为方法，在这个自由主义和新左派的分裂充满吊诡的困境中，从鲁迅的精神资源里寻找支援，并以鲁迅的启示为基点，展开有关现代性问题的思考。

1. 从"主体性"到"相互主体性"

鲁迅前期的思想都深藏于那几篇文言论文里，能读懂读透这几篇论文的不多，因为这些论文复杂、艰深。研究鲁迅的著作颇多，无奈鲁迅研究界的聪明人太多，大家都忙着做流行话题去了，能剖析鲁迅思想深层结构的论者却太少。高先生在深入分析了鲁迅早期思想中的"立人"思想和"立国"问题以后，由"主体性"的建立为基点，颇具智慧地提出了"相互主体性"的思想。

针对国人缺乏理性，面对西方，发不出自己声音，鲁迅抨击那种缺乏主体性的态度，强调尊重个性，张扬精神；同时，针对国内鼓吹侵略崇拜强国的"皂隶之心"，鲁迅同样批判，提出"相互主体性"来消除这种主奴关系。高远东先生通过对鲁迅前期文言文《破恶声论》的解读，认为鲁迅以"反诸己"的"自省"来抵抗"尚侵略"的"兽性"／"奴子之性"，其中隐含着鲁迅回应中国/亚洲之"现代"的重要方法，也就是："兽性"和"奴子之性"实际正是殖民/帝国主义——中国"佳兵之士"的意识形态——根性的一体之两面：当它处于强势地位时，所张扬的乃是"兽性"；当处于弱势地位时，所表现的则是"奴子之性"，二者都是主从关系的产物，是 19 世纪的西欧文明和亚洲旧传统的问题之所在。那么，怎样才能消灭"兽性"和"奴子之性"，从主从关系中走出呢？鲁迅的答案是，本着"人不乐为皂隶"之心、作将心比心、"反诸己"的"自省"（《破恶声论》最后一句为："乌乎，吾华土亦一受侵略之国也，而不自省也乎！"）：不尚侵略者何？曰反诸己也，兽性者之敌也。

为什么"反诸己"的"自省"能成为"兽性者之敌"呢？我想其道理在于，所谓"反诸己"的"自省"，意味着主体进入与他人、与异己者的关系再返回自身而产生的某种觉悟，它虽然与前述"自觉"、"主观"一样仍为内在的活动，但由于必须在与他人、与异己者的关系中落实和体会"人不乐为皂隶"之心，其反侵略、反奴役、反殖民的取向也就必然不能是单向的，而必然是双向的和开放的。它不仅针对着"兽性者"，而且主要针对着由"兽性者"和"奴子之性"者共同结成的主从关系。主体只有在"反诸己"的"自省"——再"自觉"之中，才能通过关系中的互动，使自己得到真正的锤炼

360

和改造，由单一关系的存在而发展为一种相互关系的平等存在。

鲁迅先生很早就发现中国人身上同时具有奴性和暴君性两重性格。他们遇见狼是羊，遇见羊又成了狼。鲁迅先生是一位充分张扬自身主体性的现代知识分子，既不愿做狼，更不愿做任人宰割的羔羊。鲁迅先生主张的是"主体间性"，即"相互主体性"，也就是人与人之间的主体性是相互制约的，张扬一个人的主体性不能削弱别人的主体性。这么深刻而简单的道理，怎么就从来没有人明确认同呢？鲁迅先生除了金刚怒目的一面之外，他还立足于传统之内，对传统的消解，然后思考传统文化的转变。鲁迅先生是现代士大夫，他有自己追求的道，那就是"立人"。

高先生指出，在这里，鲁迅不仅思考人与社会、国家的关系，而且思考社会、国家与人的关系，而且思考国家与国家的关系——在应该如何克制和消灭"兽性"和"奴子之性"的脉络中，鲁迅完全超越社会达尔文主义的逻辑，把"主观"、"自觉"发展为"反诸己"的"自省"，把"立人"的主体化构造发展为包括"群之大觉"、"立国"在内的"相互主体性"格局，从而给出了一种迥异于19世纪西方殖民/帝国主义的世界观和文明观。

高远东在讲课时指出，鲁迅思考问题的基点和当时最优秀的中国人不同，起点更高。鲁迅消除主奴关系的路径，不作单向度的思考，而是在相互关系中思考"立人"问题，而是把"立人"推向相互关系中，这种思考居于当时亚洲思想家的前列。所以，鲁迅不是只简单地批判别人，也批判自己。简单地说，就是自己是人，也要把别人当成人，而不是奴隶。从"主体性"到"相互主体性"，不仅强调"个"的觉醒，也有对被压迫阶层苦难的感同身受的同情，这才构成完整性的自我。而更多效法鲁迅批判精神的后来所谓"启蒙思想者"，沦落于主从关系的轮回之中而不自知，这样误解鲁迅批判精神的人还少吗？高远东先生认为，从"主体性"到"相互主体性"的构图是《破恶声论》重要的理论贡献。而我认为，这是高先生的过人之处，当20世纪80年代末许多人热衷于扯起启蒙大旗的时候，他却看到了其中的问题。正是沿袭这一思路，高先生在《契约、理性与权威主义——反思"五四"启蒙主义的几个视角》一文反省现代性，他惊人发现了"五四"启蒙的权威主义倾向，其隐含了一种企图操纵和控制人的精神的倾向，他提出了启蒙者对于被启蒙对象的精神侵略和控制的问题。也是在这个意义上，高先生在《自由与权威的失衡——高长虹与鲁迅冲突的思想原因一解》一文中继续挖掘这个问题，"作为'五四'思想的承受者，高长虹的反'五四'思想在现代思想史上是相当独特的。由反权威而至于拒绝任何外部的思想影响，其思路可能植根于对权威主义启蒙隐含的精神侵略倾向的警惕"。

长期以来，流行一种文化的怪论，即鲁迅的思想长于破坏没有什么正面价值，鲁迅思想有专制的倾向，谢泳先生就说"鲁迅被专制利用"，原因应在鲁迅自身等，即便连鲁迅研究界也有人这么说，更有甚者有人主张超越所谓鲁迅思想的局限等，高先生从鲁迅早期的五篇文言论文寻找依据，提出了"相互主体性"思想。有了这种思想，鲁迅的启蒙能够克制启蒙者的滥权和侵略性，不再是控制、利用、专制和独裁，想必那些歪曲鲁迅的人也该认真反思自己的认知了。

2. 鲁迅思想的"原点"

关于鲁迅思想的"原点"，学界多有争论。日本学者竹内好在《鲁迅思想的形成》一章，把鲁迅文学自觉的产生定在了他在北京蛰居的"绍兴会馆"时期——用竹内好的话说是"鲁迅的骨骼"形成在他发表《狂人日记》之前居住在北京的所谓"蛰伏期"。这时鲁迅还没开始文学生活，而埋头于一间闹鬼的房子中"钞古碑"，"呐喊"还没成为"呐喊"，只让人感到正在酝酿着呐喊的凝重的沉默。竹内好问道：

> 我想象，鲁迅是否在这沉默中抓到了对他的一生来说都具有决定性意义，可以称作回心的那种东西。我想象不出鲁迅的骨骼会在别的时期里形成。他此后的思想趋向，都是有迹可寻的，但成为其根干的鲁迅本身，一种生命的、原理的鲁迅，却只能认为是形成在这个时期的黑暗里。

读他的文章，肯定会碰到影子般的东西。这影子总是在同一个地方。虽然影子本身并不存在，但光在那里产生，也消失在那里，因此也就有那么一点黑暗通过这产生与消失暗示着它的存在。倘若漫不经心，一读而过，注意不到也就罢了，然而一旦发现，就会难以忘怀。就像骷髅舞动在华丽的舞场，到了最后骷髅会比其他一切更被认作是实体。鲁迅就背负这样一个影子，度过了他的一生。我把他叫做赎罪的文学家就是这个意思。而他获得罪的自觉

362

的时机，似乎也只能认为是在这个在他的生平传记里的不明了的时期。

高远东认为竹内好对鲁迅文学的独立性缺乏足够的认识，他把鲁迅文学原点定于北京蛰居的"绍兴会馆"时期的做法是简化了鲁迅，而鲁迅的文学原点即"原鲁迅"早在留日期间已经形成。高先生在讲鲁迅文学的原点时，曾经画图说明，他把鲁迅简要分成三块：其一是爱国、启蒙和革命的一块，其二是个人精神生命的一块，也就是竹内好所说的"回心"、"罪的自觉"、"无"、"黑暗"等，其三是后期的十年。此图详细说明了竹内好对鲁迅丰富性的简化与遮蔽。高先生对竹内好曲解鲁迅文学发生原因进行了分析：

竹内好通过鲁迅来对日本近代主义进行批判，进行其关于近代文学主体的价值构图，这种构图是借助把鲁迅分割为启蒙者和文学者、爱国者和孤独个人等的对峙，再强调文学者、个人等对立项乃是鲁迅的根本和出发点来实现的。由于鲁迅的思想和文学有多重身份复合的特征，是所谓"文学家、思想家、革命家"的三合一；竹内好不得不面对其"实体"的多样性和复杂性，除了那个符合其价值理想的孤独个人的文学者鲁迅，他的鲁迅构图还必须容纳爱国者的、启蒙者的——跟近代以来中国民族命运发生关联的"民族魂"的那个鲁迅，怎么办？竹内好自有高招，他是通过一种特别的方式——所谓矛盾的"同义反复的解释结构"（子安宣邦语）来解决的，像鲁迅文学中启蒙者和文学者的关系，就被表述为"文学者鲁迅无限地生出启蒙者鲁迅的终极之场"，鲁迅的政治性，也被解释为一种文学性的"反政治的政治性"。由此可知，鲁迅的文学体现了第三世界的现代性，这种现代性强调思想、知识、权力、启蒙、政治、救亡等，它与西方意义上的现代性不同。西方不强调文学以外的现代性，强调文学和艺术的独立性。

其实，如高先生指出的竹内好对鲁迅文学发生原因曲解一样，国内鲁迅学界不少学者干得不都是这种事情吗？他们只取鲁迅思想的一点而不提其他一些，这种对鲁迅思想简化的情形一直存在着，不少海外学者，以西方现代文学标准来评价非西方现代文学，夏志清、夏济安、竹内好、李欧梵、汪晖、王晓明、吴俊等都存在这种问题，通过否认鲁迅与政治的结合关系，肯定鲁迅作品的文学价值，忽略了鲁迅先生复杂的一面，这是有问题的，值得我们认真思考。

3. 两个庄子

记得两年以前，我曾就鲁迅为什么批判庄子向高先生请教过。

这是因为，我在阅读国内学者关于鲁迅和庄子关系的比较研究时，他们不约而同地选择了鲁迅式的批判立场。在 S 城工作生活时，由于深受鲁迅的影响，而遭遇现实的困境，那时我又匮乏国学修养，没有信仰基督也未接触佛学，心灵整天处于空荡惶惑之中，偶尔读庄子的书以求自我安顿，可是读了李泽厚先生对庄子的批判，便心生纳闷：这么一个与世无争的人鲁迅先生为什么也要批判呢？难道大家都像鲁迅先生一样路就走通了吗？

带着这样的疑问，2007 年我来到北大哲学系听陈鼓应和王博两位先生讲庄子，两位先生当然站在庄子生命哲学的立场否认鲁迅对庄子的批评。结果出现了一种情况，中文系教授不认为鲁迅先生不懂庄子，哲学系教授认为鲁迅先生读不透庄子，真是"此亦一是非，彼亦一是非"，这个问题更加深了。为了弄清楚这个问题，我先后请教了多名学者，其中有王博、陈鼓应、朱良志、常森、高远东，其中高先生的回答最有意思，他说鲁迅笔下的庄子是个道士的形象，我百思不得其解。后来看到高先生的《论鲁迅对道家的拒绝——以〈故事新编〉的相关小说为中心》一文后才恍然大悟，这个问题被他详细地解释清楚了。关于鲁迅《起死》中的庄子，高先生特别指出：

> 庄子——这个道家学派的二号人物被刻意改写为一个道士、彻底"漫画化"了。这让我不得不再次对比日本鲁迅学者木山英雄所说的两个庄子：一个是《汉文学史纲要》等学术著作涉及的作为历史人物存在的庄子，那个"其文则汪洋辟阖，仪态万方，晚周诸子之作，莫能先也"以及"蔑诗礼，贵虚无，尤以文辞，陵轹诸子"的"超世抗俗"的先秦哲人；一个则是作为共时现实参与社会文化进程、与中国国民劣根性有着深刻因果关系、堪称现代"伪士"鼻祖的负面思想形象。

问题到了这里，似乎我对鲁迅为什么要批庄子的原因应该清楚了。但是，鲁迅先生为什么要对庄子思想的积极方面视而不见，偏偏揪住其消极方面大做文章呢？这是问题的核心，我一直对此思考。高先生的分析让我折服，他以为，这可能与两个问题有关：

一是与鲁迅先生对道家思想——尤其是庄子思想的负面作用持独特看法有关，这可以解释鲁迅先生为什么会那么重视庄子思想的消极作用。尤其是道教迷信，作为道家思想的庸俗化和宗教形态，它以民众的信仰为通道，以感性蛊惑为诉求，潜移默化地影响和塑造着中国人的生活态度，与普通中国人的精神发生着联系……后来，他更把现代中国人的种种问题——诸如阿Q之"精神胜利法"、方玄绰之"差不多"说、"无是非观"、"无特操"的"伪士"现象、"把一切当成戏剧"看的"看客"现象、游戏人生的人生态度等，都与道家思想的副作用联系起来思考……因此，《起死》中鲁迅对"庄子"的拒绝实际上只是对道士（方士）思想的拒绝，对"庄子"哲学的批判实际上只是对道士（方士）思想的批判。鲁迅笔下的庄子只是一个被功能化了的、被世俗利用的思想形象而已，既非真实客观的学术性形象，更非忠于古代典籍的历史化形象。

高先生作出了很有见地的联想，"但我想，它也许只是鲁迅对庄子区隔的成功而已：他在区分了庄子的思想事实与世俗利用的同时，是否在心中还保留了一个'去毒'后的庄子呢？这个庄子隐藏在鲁迅的文章辞藻中，流露在鲁迅的超越性和执著性相扭结的精神气质中……"

一是鲁迅先生曾深入"虚无"及"无为"这一曾困扰过庄子的问题，并以自己的痛苦体验和思考，作出了不同于庄子的回答，这可以解释鲁迅留日时期的"立人"构图中为什么会无视庄子思想的积极作用。在具体可感的情感、生命领域，鲁迅的"虚无"感是跟他的"绝望感"、"彷徨感"这些关涉行动的情绪相联系的，他在努力求证"绝望之为虚妄，正与希望相同"的同时，其行动的"无为"、无意义却在加深着他的"绝望"和"彷徨"。是安于"虚无"还是走出"虚无"？是停于"绝望"还是反抗"绝望"？正是执著于人得"走出"、得"反抗"、得不断行动——不仅作为思想主体而且作为行动主体而行动的观念本身，使鲁迅最终有别于庄子。

高先生对于老庄与鲁迅关系比较分析，是我读过的最好的文章，有时静下心来，这使我不止一次发出疑问，如果高先生不是"新道家"，他为什么如此体贴老庄的思想？那份情感的喜爱与沉耽非方内之人所能感受到的。

以上仅举三个例子来说明高远东是一个思想者，实际上有许多精彩的思考，只有深入听课才能获得。自北大听课以来，小处不必言说，我最大的收获是接受了高先生的建议，那时见我视野尚未打开，知识结构尚存在缺陷，先生高屋建瓴地提出了"中和"之法，他建议让我去哲学系听听课，如今四年已过，我也渐渐从先前鲁迅先生的笼罩里走了出来，回顾过去，颇多感慨。如今自知个人渺小，当年的浮躁之气，也逐渐消融，哦，我终于可以平静下来，满足于自己读鲁迅，不再寻导师指导自己，也许此后再也不会跑到绍兴或鲁迅博物馆去寻什么先生的"圣迹"了……

高远东惜墨如金，著书一部，名《现代如何"拿来"——鲁迅的思想与文学论集》。该书写作横跨时间很久，足见先生精谨缜密追求真理。书中认真解决了几个颇为重要的问题，比如鲁迅对于儒、墨、道三家的批判与承担，鲁迅与中国现代性问题，鲁迅的"自由"观问题，鲁迅思想中"相互主体性"意识的历史发掘，鲁迅的小说及其他。高先生从鲁迅、丸山昇们的存在里，得出教益和启示："在当代中国，我们需要自由主义，但也需要提升、完善自由主义；我们需要左翼思想，但更需要深化、发展左翼思想，而鲁迅、丸山昇们的存在，就可同时在两个方面和两个方向给我们以教益和启示。"

作为思想者，高远东是严肃的。他在本书的后记里说："实在惭愧，本论集算我的'书'了，却总觉得不如仍旧把它抹杀为好：一是因为我自己仍旧没弄清楚这个问题，即，真理如果不被说出，是否它就不存在？思想如果不表达出来，是否就等于子虚乌有？我总是恍惚觉得，即使全体人类消灭，宇宙的天道也会一仍旧轨，支配着它的运动。真理即使始终埋没，依然会在自然和人类社会发挥其决定性的作用和影响。思想即使没表达出来，或许会以语言之外的其他形式自行说话也说不定。何况自己所写，只是一己之得的'意见'，不仅够不着'真理'的级别，连次一级的'学问'的边儿也还差得远呢！此外，庄子说过，'大道默默，小道切切'——既然切切者为小道，纵是自己连微小道、细毛道都不及，但何妨也装个大道的样子，正事不作，整日默默，扮酷唬人呢？算计下来，这样做其实也并不吃亏。"从悟道的角度看，很多鲁迅研究学者确实没有开悟。连鲁迅悟道否还没弄明白，更不用说超越鲁迅——仅仅能够理解一些，也许已经十分不错了。看看那些催促高先生出书的善良人们，真不知说什么为好。或许是躁郁时代的一种悲哀吧。

之前，读过高远东2000年所写的随笔《读鲁迅》，从中可以感受到他的才情与思辨。依笔者在北大旁听的感受，高先生的精彩见解还有不少，可惜除了这本专著以外，没有留下更多文字。一般而言，中文系出身的人写文章才情有余思辨不足，高先生显然不属于此列。我想：高远东这样严谨的学者，如果多写些学术随笔，肯定精彩。遗憾的同时，也多了几分同情之了解。或许，能用言说表达的东西实在太局限了。鲁迅先生曾说："当我沉默的时候，我觉得充实。"思想如果不表达出来，并不等于子虚乌有。真理从来是奢侈品，将奢侈品变为公共财产就会沦于滑稽。回看自己先前的文字，虽不能说悔其少作，但并无留恋之意。可惜以前的文字，痕迹抹杀不了。经常提醒自己净心为要，逐步隐去。但是，至少目前还不能做到"隐去"，索性就"假名施舍，随扫随立"。

2011年3月2日　苦寒斋

林谷芳：生命的归零

一、儒·释·道

2009 年 8 月 27 日下午，北大国学社湖畔会议室，我们静候一位禅者的到来。

小雨微润，天色渐渐晦暗下来。透过湖畔茶舍的窗向外看去，如烟似雾。内心默念着《心经》，不由得生出几分虔敬心来。凡夫如我，心心念念的，不过是心的起伏而已。

大约 1 点 50 分，林先生的身影出现在了会议室门口。顺眼看去，一位老者，满头银发，布履白衣，清癯如鹤，淡淡笑容，儒雅睿智。人如其言，清澈淡定，一席话下来，听者心静清凉。我得以有此机缘，从近距离观察一个台湾的文化人。他身上折散出来的禅者的智慧，让我反观大陆文化人。

林谷芳先生，台湾新竹人，1950 年生。台湾著名禅者、音乐家、中国音乐评述者、大学教授、琵琶演奏家、文化甚至政治评论人。

报载，从 1988 年开始，林先生到过大陆 200 多次。第一次到大陆，他就用 35 天跑了 11 个省市。为何乐此不疲呢？"我要把以前读的关于中国的书，在那块土地上做一个完整的印证。""大陆是一个参不完的'大公案'，我要去参，一直参。"对于"恢复汉服"、"推广读经"等大陆当前一些热门现象，林先生认为，"所谓'恢复汉服'，把中国想得太简单了。我认为，在文化复兴中，不是拿哪一个朝代的衣服出来，那就有点泥古不化了。我们应该要回到中国人的美感当中去，去选择民族的服装，不能把中国文化做小了。"谈到传统，林先生认为，今天读经的范围要扩大，不能只读儒家，更不能只读儒家某一类型的典籍。再者，经典是前人的生命智慧，读经在态度上"要跟前人有生命的对应"。如果不是用这种态度读经，会把世界窄化了。

林先生是台湾著名的禅者和艺术家，这次的题目不是佛法禅宗，而是《中华传统文化的铁三角——儒释道的均衡发展》。

儒、释、道是中国文化的"铁三角"，儒家的社会性、道家的美学性与佛家的宗教性构成中国人整个的生命。在林先生看来，"绝对的老庄会出问题，绝对的儒家也会出问题，中国为什么在四五千年的历史进程中一直不断，恰好是因为有儒家和老庄。因此可进可退，可有可无。历史中有影响力或者让人心向往之的文人，总会有儒释道三家，不是纯然一家的，如果纯然一家会无趣，或者让人觉得超越到狂妄让人无法接受"。

"儒和道提供了两种不同的路。儒家的安稳在于一种社会的秩序性，比如我们养孩子，指望他将来孝顺，大多数是庶民阶层，而一些知识分子艺术家则在老庄里寻求一种解脱和解放。"

"我们要描述一个中国传统文人，可以用儒、释、道三家的角度评判。比如说南怀瑾，他对这三家涉猎得比较平均；新儒家徐复观，你就会发现他儒家这一条线很长，佛家一点点，道家等于零；我这个人佛家比较长，道家次之，儒家占很小。这是一个横三角，从中可以看出儒、释、道三家对中国人生命情性的影响。另外一个竖三角是指唐五代之后杰出的文人都有一个先儒、再道、后佛的历程，年轻时学儒家处世，中年时懂得虚懂得退，慢慢走入道家，晚年时找到生命的皈依，了悟生死，走入佛家。从早期的王安石、苏东坡、司马光一直到明代这些文人都是如此。"

首先谈儒家。林先生认为，儒家是中国文化的人间性发展的集大成者。他说："其所有事物都是在日常生活中来运作、来关照、来完成的，这也是儒家精髓所在，就是人与人之间的关系，它形成了一套体系，规范了中国最少三千年的行为，这些行为、规范尽管在各个朝代有一些小小的变异，但是一直是延续下来的。儒家根本就是在生活里实践，是一个社会性的学问。"

"人间性的文化有好处也有局限，好处是什么呢？好处就是'万事不离人情'，离人情用现在来讲叫概念的异化，我们把一些在学问上寻得的概念极致异化奉献为规律，千万记得人情，人情是可试、可触、可感受到的东西，这才是人的根本。譬如说我是讲教禅习禅的人，一个圣者跟一般人没有什么大的分别，做一个人，行、坐、卧，吃喝拉撒，是对待事情的态度跟你不同，一旦抽离这个生活就有异化的可能。人间性好处使得任何东西不会出现理论的异化，其实理论的异化在大陆也存在，为什么有十年浩劫，一定程度也是理论的异化。"

其次谈道家。林先生认为，道家是为儒家那个比较紧绷、比较庄严的生命找到一种比较松散、闲适的出口。他说："中国人的从容绝大多数跟道家有关，而且道家在这里还不止是对生命的安顿、退路、从容，道家对中国的美学可以说做了一个最根底的基础。庄老告退，山水方知，中国的山水是中国的自然哲学，是因为老庄而存在的。当老庄的思想被大家深化到自己生命之中，中国的山水之诗、山水画才有发展的基础。以中国美术来说，我们把山水拿掉，坦白讲剩下无几，山水一直是大众的。如果儒家对我们的社会性，作为一个社会性规律的话，那么道家就对中国生命的美学性起了最大的作用。"

道家认为，人的烦恼，是因为我们把自己看得太重，所以把自己的主观欲望扩充，于是我们不仅跟大自然产生冲突，我们还跟人群、别人产生冲突，就因为这个"我"是你的一个烦恼之源，如果把这个"我"消灭，告诉你一个最直接的方法就是道法自然。

再次谈佛家。人间性是中国文化的一个特质，这个文化非常富于弹性，使这个社会非常富于人情，使整个文化不至于因为理论、因为信仰而异化。也因为这样，在中国历史中没有宗教战争。因为中国人很实际，它的局限就是它的生命在超越性上会略显不足。生命有很多的问题不是一个人为秩序性的社会可以解决的，人为的秩序性有它价值的存在，但是做一个生命的存在必然要面临这个问题，这些问题要寻找到一种答案，一种安顿。当一个生命往可触摸的方向走的时候，遇到障碍就无法解脱。

剖析儒家文化"人间性"的不足之后，林先生指出，"佛家的传入中国在这里补足了中国文化上面一个缺憾，就是佛家的宗教性让中国人在这个生命的终极问题上面得到一种安顿、得到一种解决、得到一种寄托，这里面谈到因果，或者谈到生命中因为有我而产生的烦恼，当你心理上的烦恼，或者实际上的因果有一套说法，中国的藏传佛教跟南传有所不同，就是因为一定程度的人间性，为人间性补了超越的一面，它自己也超越化了，'南朝四百八十寺'，显现一种对文化、对艺术的想象，一种意象显然跟我们想象印度的寺院乃至于西藏的寺院是不一样的，就是中国化，一定程度上受到了儒家、道家的影响，但是补足了中国文化在这上面的不足，最少提供了一种答案"。

关于儒、释、道。林先生认为，中国文化是一个神圣性与世俗性不分的文化。这与西方文化中的"上帝的归上帝，凯撒的归凯撒"不同，各有自己运作的法则。

"儒家当然是中国文化的一个根本，但是这个丰富的文化不能只以儒家来概括。中国的经典被翻译成外文最多的不是《论语》，而是《老子》，西方人在认知中国文化特质的时候，除了《论语》和孔子以外，他们更加感觉尊敬的可能还是老子或者是老庄，甚至于大乘佛学，所以一旦我们把孔子做成文化全部的时候，我们一方面可能在发扬某些文化中的特质，另一方面也可能使我们对传统文化的认知产生一种偏差，产生一个偏狭化，甚至产生一种失衡，目前的局面就是如此。中国文化有它非常丰富的整体。因此今天我才会在这个地方，直接用儒释道三家来谈。"

谈及儒、释、道三家的作用时，林先生说："佛家虽然是东汉的时候传入中国，到南北朝的时候才开始进入中国，所谓的儒家的社会性、道家的美学性和佛家的宗教性才形成中国人解决人生三个层次问题的功能角色。而这样的功能角色，这样的分摊是非常重要的。当我们谈到文化问题，谈到生命问题，认为文化是解决生命所发展出来的所有的手段，人类学通常从三个层面来研究它，第一个层次，是人与人，因为人是群居的动物，人如果没有创造这个文化，我们就无以面对我们所处的环境，一个社会组织，就是人与人的关系。第二个层次，是人与自然的关系，因为一个生长在草原和一个生长在高山发展出来的文化不一样的，人再怎么狂妄自大，自然其实决定你的一大半。第三个层次，人与超自然的关系，就是人对于自己生命的归属，人跟宇宙之间的关联，人跟信仰体系之间的关联，也凸显了一个生命的根本需要。生命有这三个根本需要的时候，中国文化恰好有儒、释、道三家来承担，儒家处理了人与人的关系，道家处理了我们人与自然的关系，佛家处理了人与超自然之间的关系。"

林谷芳先生的到来，瞬间给了我一种欣喜。林先生对于儒、释、道三家文化的解读，让我耳目一新。林先生启发我，作为个体，必须在社会连接里面感受自己（儒家）；但它如果没有道家这种自然的折射和纵浪大化之间的安顿，那么不仅生命没有安顿，即便面对现前的人世，你都会陷入无法自拔的困顿。它并不是居在斗室里自怜自艾的忧愤，而是在江河之中、上善若水之中化解这些恩怨。对于传统文化的功用，我不再如先前仅仅拿西方文化贬抑自己的文化，也不再仅仅认为只有基督信仰才具有超越性。深入认识自己的文化，对于如何处理人与人、人与自然和人与超自然，无疑具有现实意义。

林谷芳谈文化的重建、生命安顿，让人觉得法本亲切，道不远人！中国文化对世界的影响中，禅宗和道家是很重要的，二者虽然有中国的风格，取自于中国文化土壤，但面对生命的问题是具有普世性的，比如人和自然的关系，人如何安顿自我等。儒家则表现为具体的社会性和民族性。因此，禅宗和道家是中华文化可供西方"他者"参考的，"我们可以让西方尊敬的是我们的生命哲学"。他从老庄哲学里提炼了"为学日益，为道日损"、"夫生也有涯，知也无涯，以有涯随无涯，殆矣"，提倡"生命面对面的学问"。确实如他所说，"能回归生命主体来观照事物，这学问也才称得上真学问"，特别是禅宗也讲求"如实的感受"。林谷芳曾在长沙的两岸文化论坛中，以"三家均衡"与"生命体践"谈台湾在中华文化弘传上的生命特质，当时曾引起与会者热烈回响，认为正可济大陆之偏，这正是当下问题的契合之道。回到共同的文化母体，由此就可以看清两岸文化人的互补性，也才能共同来发挥作用。

二、心灵的安顿

2007年，为了心灵困境的安顿，我曾苦苦寻求并信靠基督信仰。然而，半年多的聚会与祷告，似乎并没让我彻底更新生命。这个时候，我不由纳闷了：这个宇宙间的独一真神固然能抚慰我内心的痛苦，可是似乎不能契合我的心性。更主要的是，我无法说服自己信服"道成肉身"。虽然，我一直读《圣经》，困惑并没有彻底解决。我在想，能否有其他的方式让我得到真理？真理的表现形式只有一种吗？由于北大国学社同学的推荐，我读了台湾禅者林谷芳的书。

林谷芳先生在《如实生活如是禅》一书中说："宗教都有一套对生命的诠

释，这个诠释也不是凭空掉下来的，它总有证验、总有论理，问题是你跟它相契否？而这相契在人生的安顿、境界的对应上是否有效？"就拿林先生来说，天生有宗教人格。而大多数人，则是因为一些特殊的因缘与契机，转向皈依宗教。我大约属于后一种，与基督信仰似乎不太相契。当然，并非说明这一信仰就不好。

后来，我读到林谷芳的《千峰映月》。书中认为，中国人的生命困境、心灵牢笼，并不需要用西方的精神舶来品来化解，它自有一种中国式的解决方式。禅宗作为佛教中最重要的一支流派，是中国传统文化中独具魅力和神韵的一道风景，它成为许多古代中国人的人生哲学和心灵归宿，在当今社会，在中国人面对人生藩篱时，禅依然能够引领我们发现从容淡定的生命境界，为生命找寻到真正的解脱。这种见解让我重新反观自己的文化传统。

之后，我陆续阅读了大量佛学书籍，又在北大修了楼宇烈和周学农两位先生的佛教（禅宗）专题研究。仿佛转眼之间，就有种"一朝忽觉梦惊醒，半世浮沉雨打萍"的感觉。我所苦苦探求的真相，原来一直深埋于自己的母体文化里，而竟然没有引起我的重视，十分惭愧。由于近年来学习国学，笔者略有心得，现做点分享。

所谓儒家的社会性，或者说"人间性"，确实是儒家的特质。

儒家的思想概括起来就是四个字：敦礼明伦。敦，即敦厚，敦礼就是看重礼、重视礼，把礼看做是社会构成的根本。儒家文化的礼就是在探讨究竟要有一个怎样的社会秩序。除此之外，还要明伦。就是每个人要明确自己的身份，按照自己身份该做的去做，这也就是我们常讲的尽伦尽职。礼最后落实到每个人身上，就是要求我们每个人都能够认识到自己在这个社会的整体里是一个什么样身份的人，就是"明伦"。儒家建立礼的秩序使每个人都能够明白自己在这个社会上是一个什么样的身份，属于哪一类的。

要有一个自我的认识，自我的定位，然后按照自己的身份去规范自己的言论、行动。所以，要理解儒家，就无法离开日常生活来观照。

儒家重人伦日用，更多地关注现世，其宗教精神自然就薄弱。由于缺乏对形而上问题的关注，虽有宋明理学援佛入儒构建了儒家形而上学体系，但与当时传入的各种西方哲学相比在学理上仍有很大不足，儒学面临着重建哲学体系的任务，就必须吸收儒家以外的思想，并加以融会贯通，在新的基础上张大儒家精神。现代新儒家建构哲学体系大致有两条理路：其一，吸收、改造佛学；其二，吸收、改造西方哲学。其中第一条理路更具影响力，熊十力和马一浮就深入探究过。熊十力先生就是近代哲学家中融合儒佛思想的代表人物。他吸收了佛学特别对唯识学进行改造，眼光深邃。在某种程度上，佛家唯识学乃中国近代哲学之母。唯识学以其严密的逻辑性、强大的思辨性备受学界重视，在很大程度上与传入中国的西方哲学有很多相通之处，如梁启超认为康德哲学近似佛学，章太炎将唯识学与柏拉图、康德、黑格尔、叔本华哲学做过很多比较研究，因而近代中国出现了以佛学会通中西哲学的倾向。

所谓道家的美学性。

道家认为，自然不言为美，不用知识去判断世界本原的真实性。当然这并不意味着美是完全回到内心，自适其性。这样的思想显然是有偏颇的。美是一种创造。完全强调内在的东西，认为美没有任何标准，放弃一切努力，放弃创造，那显然是不行的。道家的内在心性的安顿，也是平衡儒家而来，并不是认为美没有任何标准。道家，特别是庄子，其关注的主要是个体生命的安顿。安顿心性，体验自性，解脱欲望，超越知识，解除矛盾。朱良志先生指出，中国人强调反己内求，强调内在心性，讲"万物皆备于我"，这是一种心性的推展，而不是对物质的控制。

所谓佛家的宗教性。

佛教认为，世界上的一切事物都是因缘和合而生，诸法无常无我。无论真相、假相、幻相，总归只是一相，它们处于永无止息的流变之中，刹那间变现、刹那间生灭，变动不居而无恒性，故曰无常，任何事物都只是条件和要素的聚合，而且是暂时的聚合，根本不存在一个与其相相对应的实体，故曰无我。这就是世界的真实，也是生命的真实。因此，生命不是一种实体，而是一种相、一种要素的聚合、一种过程。佛教讲的不存在不是指绝对虚无，而是说不真实。把这种不真实的假相当做是真相，就是所谓的幻相和妄相。人生在世，草木一秋，变幻莫测。世俗社会所执著的一切，都如同镜花水月。

关于生命价值，中国儒家认为生命是一种自然现象，其价值在于生命所蕴含、体现的一种道德精神。道家追求的超越不是对有限生命的超越，而是对死亡的超越，追求全真保性，表面洒脱与自由的背后，是对"天下尽殉"

的悲哀与无奈。佛教对于生死实现了绝对的超越，既不执著于生，也不执著于死，而是任生任死。在佛教看来，任何生命都免不了一死，但死的只是肉体而不是灵魂。形灭而神不灭。

所谓儒、释、道三家。

相互补充，相互配合。古人说，以儒治国，以道治身，以佛治心，就是说用儒家的思想治国，用道家的思想养身，用佛教的思想治人心。佛教天台宗人孤山智圆提出"修身以儒，治心以释"，认为儒佛相为表里，可以互补，到晚年他甚至宣称自己的思想"以宗儒为本"！其实，三家都可以用于治国、治身和治心。中国文化就是生命、生活和生存的一种智慧，而不是一些简单的知识。

其实，从中国文化的特色来看，"世俗"也并非全是缺点。就禅宗而言，本质也是不离人伦日用的。禅宗把不离世间求出世间，"即世间求解脱"，不离世间法而行出世间法的理论做了论证和实践。这里有一个禅宗公案：

> 唐朝时，有两位僧人从远方来到赵州，向赵州禅师请教参禅。
>
> 赵州禅师问其中的一个："你以前来过吗？"
>
> 那个人回答："没有来过。"
>
> 赵州禅师说："吃茶去！"
>
> 赵州禅师转向另一个僧人，问："你来过吗？"
>
> 这个僧人说："我曾经来过。"
>
> 赵州禅师说："吃茶去！"
>
> 这时，引领那两个僧人到赵州禅师身边来的监院（寺院的管理者之一）好奇地问："禅师，怎么来过的你让他吃茶去，未曾来过的你也让他吃茶去呢？"
>
> 赵州禅师称呼了监院的名字，监院答应了一声，赵州禅师说："吃茶去！"

一句"吃茶去"，一碗"赵州茶"，代表着赵州禅师的禅心。

禅的修证，在于体验和实证。语言表达无法与体验相比。参禅和吃茶一样，是冷是暖，是苦是甜，禅的滋味，别人说出的，终究不是自己的体悟。

所以，万语与千言，不如"吃茶去"三字。

对于赵州禅师来说，日常的生活就是禅法，吃饭睡觉都是修禅；对于那位初学者来说，吃饭就是吃饭，睡觉就是睡觉，他领悟不到其中的真味。

佛教的主旨是关注人内心的力量和遮蔽，激发人自身的力量去发现，去寻求觉悟，它的根本精神在于基于内心的缘起法则。发现、拯救、觉悟，这一升华修行过程完全作用于内心，这是它独有的特点。佛教重内观，人之心便是一个世界，它要令人改造这个世界。这不就是成佛在世间吗？这样一种活在当下的精神，能说是消极吗？

由于中西文化的根本精神和思维特点存在着极大的差异，因而，套用这种研究方法整理或诠释出来的中国传统文化，有时离其原来的意蕴相去甚远。表面上看，中西文化这两极好像极端对立，其实不然。就人的生活和生命本身的意义来讲，这两极之间应该有一种张力，平衡把握得好的时候，应该看到，没有一种完美的文化体系。当下我们研究国学，就是要融汇中西，超越分别，超越批判。

三、生命的归零

邂逅林谷芳，是在 2010 年 5 月 16 日晚上 9 点，地点在北大二教 309。

这次，林谷芳演讲的内容与禅艺术、禅修行有关。

作为一名现代的禅修行者，林先生每出现在一个地方，总会给躁郁的人带来一丝清凉。

在林先生看来，我们不停地给人生做加法，才造成了生命不可负荷之重。当追逐成为一种习惯，生命需要停歇。做减法，就是在修禅。他有时候把禅定义为生命的减法。减法就是有一个归零，看自己要的是什么？看自己的生命状态、自己的身心状态是什么？

林谷芳先生提出四种归零：

第一，阶段性归零。

我们做一件事情，努力一个阶段要忘记它，心理学上所谓的高原期，就是有一个阶段你怎么学都不会有增长。例如：曾经有一个画家怎么画都无法突破，于是扔掉画笔出去游历；二三年之后，一挥笔就上了一个层次。这个方法对生命的学习非常重要。

第二，人生的归零。

生命是一个类似抛物线的曲线，有人可能三十岁之前是在学习过程，三四十岁到五十岁左右可能在创业，五十岁后就要变成减法。你的曲线要往下，所以你如果继续负担那些东西就会造成你生命不可承受之重。所以孔子才会讲"三十而立、四十而不惑、五十而知天命、六十而耳顺"。

第三，当下的归零（随时可以归零）。

禅有这么一个公案：一个人掉下了悬崖，在千钧一发中攀住了树藤；他想往上爬，又看见树上有只山鼠正在啃食他攀附的树藤；他想往下跳，又看见树下有只老虎张着大嘴正在等着他；而就在这上下不得、进退维谷之际，无意间却瞥见旁边树叶有一粒红橙橙、娇艳欲滴的山果，很自然或不知怎么，他伸手摘下了那颗山果放进了嘴里。"啊！好甜呀！"所以我们常常讲，前念已去、后念未来之际的当下，你是自由的。就像工作上犯了错误，上司要批评、责备你，从你自己的座位到上司面前的时候，常常会紧张，甚至快要崩溃了；其实你大可以在被批评之前都还是如常的，还是快乐的！

第四，绝对的归零。

所有后天的或与生俱来的，无名欲望怎么打破了以后，完全做一个自由的人。归零有彻底也有相对的。绝对的归零是如禅者打破无始无明、俱生我执、得到彻底透脱的归零，对一般人当然有他的困难。

前面三个我们任何人都做得到。生命总是它的一个可以负担的重量，所以就必须在减法的基础上"慢活"跟"乐活"。减法的这种简单却是跟生命有深刻的关联，你不会丧失自我，不会有过多的负担，你跟人群的关系其实也都存在。我们在一个社会的漩涡里，价值绝大多数都是别人赋予的，而且还会变，我想能够认清这个事实，就能理清什么东西对我们真的有价值。

如林先生所说："人从出生，就一直在学习，也就是都在过加法的人生。人的上半生尽管学了许多的知识、生命态度与社会价值，但这些后来也形成了我们生命中大的负担，因此在下半段的人生里，还更得力行减法才可。"也因此，扩展自由是生命最大的价值。

损，或生命的减法，不是要人虚无，而在让人回归，让人有空间可以行生命之观照，如此，人才能役物而不役于物，就能转境而不为境转。

减，是因为加法是天生的惯性，但一加再加，生命就被裹在层层的假相中，能翻转这惯性，舍掉这假相，该立在何处就明明白白。所以，为道看似在追寻一个超越的境界，根底的，它就是个立命之学。

是的，为学日益，不是坏事。人类从蒙昧至文明，就是"日益"的功劳，个人自童稚到成长，靠着启蒙建立自我，也是这日日增益的加法，但一味地加，正应了庄子的另一句话："夫生也有涯，知也无涯，以有涯随无涯，殆矣！"

林先生启发我，回归生命主体来观照事物，这学问也才称得上真学问。老庄的"为学日益，为道日损"不无哲理。的确，我们太需要一种融化知识的"知识"。这样的"知识"其实就是"道"，而不是"技"。不可否认的是，许多的知识、生命态度与社会价值，在帮助我们建立自己的时候，也无意之间桎梏了自己。更让人担忧的是，许多伪知识伤害了自己，瘫痪了自己的判断力。没有知识或文化，固然有所欠缺。可是，人为知识或文化所桎梏，也是缠累。

林先生常念"何须待零落，然后始知空"，用一个不执著的态度，来看待世间美好的一切。他说，每个人的生命都是一个抛物线。年轻时候，很多事物没有尝试过，总有憧憬、梦幻、理想，难免会有加法，但是当世事的历练之后，必然会在减法上下工夫。孔子讲"三十而立，四十而不惑"，立的时候还是加法，不惑就有减法，可到了五十而知天命、六十而耳顺，整个人都放下了。

如何在一个生命的无常之中，透过当下的安顿，打破这个无常？林谷芳说："人的有限，正因生命缠绕太多的葛藤，禅的归零，却让生活充满无限的可能。禅不在远，就在当下。"林谷芳化解我内心的疑虑。通过与生命结合，禅的感悟，我们才会从焦虑的人格中得到解放。

林先生有一双禅眼。禅眼观物，从容淡定。禅者不假外求，当下安然。禅者认为，生命是一场加法与减法的观照。禅者的活法是减法，解除生命外在的累赘。禅者不是逃避来自现实的困境，是用更积极的态度来解决生命中的不安然问题。

为什么林先生的人与文让我觉得如此亲切？我觉得重要一点就是，他关注的是生命的智慧。我觉察到，知识不能解决生命的问题，有时反而是遮蔽。林先生启发我，要学会在日常生活中静观的方法，不能以心逐物，令我浮躁之心顿扫。他说："我自己虽然被称为学者，生命的学问是全体的学问，学业里的知识是没有办法解决生命问题的，这里我可以很负责任地讲这句话。我是大学教授，跟大家谈谈所知障的问题，他的所知，因为太专业了，反而构成他生命的一种障碍，那么抽象概念的意义，本来就不能解决实际、可触可摸的学问。""有时候的确生命体践得像握你的手一样，就是禅所讲的，如人饮水，冷暖自知。"

作为一名禅者，林先生以出世间法观照世间法，往往点中要害。谈及爱情，林先生说："爱情要回到人的本性去看，人是一个有机体，如果把某些情感、行为用某些想法概念附在上面，是人的迷失。感情有它的面相，特质，就像人类有它的精神层面，也有吃喝拉撒一样，永远有一个对应。也因此每一个人的爱情都不一样，并不因为所谓的不纯粹，就减损了它的价值，就像人不可能有一种人叫纯粹的人。"

作为一个禅者，林先生也投身社会和文化的讨论。谈及于丹走红现象，林先生说："十几年前，台湾的作家林清玄也写过类似的作品。有一次我曾和台湾佛光山道场出版社的总编辑提到这个问题，我说，我不反对这种浅的东西，因为文化的生态应该有不同的层次才丰富。就像我去年来时，大陆红的还是易中天，但今年来就是于丹了。林清玄在书里告诉人们要简单过日子，他却用台币5000万买了房子，一个月交的贷款就是30万。当时，我对那个总编辑说，你们出他的书，难道不心虚吗？我说我不是教条，但我觉得总要有点内外的统一性。林清玄的写作，和一个文学家的写作不一样，一个文学家尽可以想象，因为他写的不是自己，而是想象。但你今天既然谈的是你自己，你的人格就已经被投射，和作品合而为一了，你不能只享有尊荣，而同样要付出代价，这是必然的。回到于丹的事情，如果她谈的都是孔子说的，跟自己无关的话，她当然可以如此作为，但她说的是自己读《庄子》的心得，那和她签书签十几小时的行为，就形成了一种自我矛盾，自我颠覆。这不需要做解释。"

可以这么说，这种"内外不一"的现象，尤其在大陆文化界十分严重。于丹（余秋雨、孔庆东等）是大众文化明星，当然也是他们提倡学说（比如于丹讲庄子，余秋雨大谈文化，孔庆东讲鲁迅）的实践者，其个人道德行为与术业密切相关，须臾不可分。

四、"药毒同性"

"药毒同性"的说法是林谷芳先生反复提到的。第一次听到这句，我的心"揪"了一下。比如他在不同的演讲场合，不断提到"药毒同性"：

> 我们要有一个临界点的智慧，就是禅对任何事情都认为是"药毒同性"的。比如砒霜，分量用对了叫药，用错了就叫毒；所以很多事情过了那个临界点，就好转成坏、坏转成好。我们从小接受的教育和整个社会告诉我们的都是生命的加法，学这学那，要这要那。加法原本是好的，人生下来一无所知，透过学习和积累才能成长；但问题是加法最后变成人的累赘，甚至我们会无谓地追求各种无名的冲动。"有时候我把禅定义为生命的减法。这个社会为我们订了很多标准：什么是成功？什么是幸福？别人的成功不见得就是我的成功，而同样的事情放在一个人身上是幸福的，放在另一个人的身上就是痛苦的。减法就是有一个归零，看自己要的是什么？看自己的生命状态、自己的身心状态是什么？"

"药毒同性"深刻之处在于什么呢？正如林谷芳所说的："禅的基本态度是尊重个案，不会妄下断言，只会看其所行所言。"不拘泥于任何成规、理念、知识或结论，见证于自己的感悟和情怀，它更多的需要我们自己在生活中慢慢地去观察和领悟的。正所谓"如人饮水，冷暖自知"。就像林先生开示的，重要的似乎也不是得到什么知识或结论，而是一种心灵的碰撞，在碰撞中互相感受，互相沟通。所以，很多时候，光读书是不够的，还应该读人，人书互参，或者能接近他的本相。林先生告诉我们，在禅的智慧里，人都是具体的，人的行为也是具体的，禅的智慧不认为有一把万能钥匙，可以开所有人的锁，总是一把钥匙开一把锁。而且，这把能开你的锁的钥匙，也不是禅为你预备好的，还要靠你自己去试。就比如民国的那一批人来说吧，每个人的家庭背景、性格、心态和日后的教育、人文氛围不同，所走的路也不尽相同。鲁迅走向了与世搏击，梁漱溟由佛入儒，周作人恬静中庸，沈从文神往于田园牧歌，李叔同皈依了佛教，林语堂横跨中西……无论选择何种学说作为依归，并不重要。我觉得，学说是为解决人生问题的。我自己也是一个问题中人，不断在问题中生活，鲁迅也好，存在主义也好，佛学也好，基督教也好，道家禅宗也好，儒学也好，西方的理论也好，都是为了解决我的问题。我不想拘泥于任何理论或学说。其实，鲁迅也是这样。这也是禅者的基本态度。

我深深认同林先生在《如实生活如是禅》书中所说的："生命的迷失往往在于，我们都想求先知给予一个具体答案。"而这样的答案是没有的。它启发我们，禅能够使我们的心理、肢体、生活、生命惯性得到一种彻底解放。比如吧，有的人适合基督信仰，他愿意信靠神格化的外在力量；有的人适合佛教禅宗，通过顿悟空性而开悟；有的人喜欢儒家；有的人喜欢道家；有的人喜欢艺术；有的人喜欢文学……众生的根器不一样，有不同的切入，也很正常，同样的东西适合你，未必就适合他。比如鲁迅，有人只看到了他身上的"战士"的一面，有人只看到了他身上的"学者"的一面，有人只看到了他身上的"思想者"的一面，难道你就说他是鲁迅精神的继承者吗？再比如庄子，有人就看到他身上的"逍遥"的一面，却不知他也有"沉痛"的一面。"药毒同性"告诉我们，我们所看到的只能是很有限的，而不是"整全"的。这就提醒注意一个深刻的道理，用适当了是"药"，用不恰当就是"毒"。我在学习成长过程中，曾经迷信过一些"偶像"化的东西，比如文学、宪政、知识分子、鲁迅、存在主义、基督教、自由主义、新左派等，我穿越其中，误中其"毒"。是的，当追逐成为一种习惯，生命需要停歇。所谓"心攀境有"，其实是一种"执著"，而破除"我执"是思想者必须要经历的过程。放下，不是消极的逃遁，而是更好地去承担。林谷芳推崇真正的安顿是"万花丛中过，片叶不沾身"。虽不能至，心却向往。

是的，想用外在力量拯救自己，想用纯粹量化分析的方法切入生命，只能让精义尽失！林谷芳说：如实生活在当下，处处可修禅，把心放下，安顿心灵，随处安然。禅宗强调自性自悟，所以说"如人饮水，冷暖自知"。修行离开自体，其实就只是个形容词而已，没有实际的生命超越意义。但另一方面，除了个体、自悟以外，佛法还讲缘起，跟外缘的关联，这究极意义，是体得没有离开众生的解脱。而现实上，丛林也有方便，因为有同参、有规范，且不必为稻粱谋。当然团体修也常形成迷障，从禅的角度来看，有团体就有保护层，你就无法两刃相交，所以有利有弊。

我所认识的基督徒，一提佛教绝大多数就都排斥。他们斥佛教（儒、释、道）为"人本主义"，不是"神本主义"，进而认为"人"是有限败坏的，不可能自己拯救自己。其实在我看来，用"人文主义"概括儒、释、道恰当一些。"人文"的概念要比"人本"宽泛。林谷芳强调法无定法，他教的禅修学生里面，既有东方宗教的学生，也有天主教徒，或者基督徒。他认为用什么方式面对和解决生命最根本的困境，这个是最重要的。不一定要学禅才会开悟，有的人适合学佛，而有的人学基督教更有效。他说："我们承认不同的宗教在生死的掌握上有不同的切入，这种不同的切入固定有它的会同点，也有它一些相互冲突的地方，都有可能，但是我只能说，在这里我们不需要预存一个形式的观念或者一个概念，来束缚住我们跟宗教之间的关系……"更重要的是，林谷芳以现代禅者的智慧，点拨开悟。他在《如实生活如是禅》一书中，谈及佛教与基督教的区别，也很精彩。林先生说：

> 佛家的因果论跟宿命论不同，它的任何因果里都有主因、有助缘，生命在这中间随时可加入很多东西，运就改了。
>
> 对上帝的这种理解，是一种皈依以后的结果。基督徒把一切都归诸上帝，这种感受，如人饮水，冷暖自知。作为外人，也可以理解。但那样的经验如若随时扩大到别人身上，就会有危机、盲点在。如同我们有些人信佛，一厢情愿地认为，只要烧香拜佛，命运就好了。那你想想佛菩萨是不是好自私——信我的，命就好；不信我的，命就差了，从这样一个与上帝、与佛的关系角度契入道，总是有局限的。
>
> 终极上，你当然可以把上帝和法看成是同一件事，只是在人的意念里，就存在着是否该有人格形象的分歧。佛教喜欢讲法尔本然，即法就是这个样子，但不会立一个法背后的造物主。西方人认为一个有序的世界，总会有一个作因。而宇宙既然是有序的，当然有宇宙根本的作因，这个作因就叫上帝，只是他们把上帝人格化了。因此面对命运时，有些

人就直接认为，我信上帝得永生。但是，我信上帝又做坏事会怎样呢？是否也得永生？或者既然做坏事就不叫真信上帝？对此，不同的教派也在做自己的思考。比如新教里的加尔文教派，是一种带些神秘主义味道的教派。他们就认为，上帝既然是全知全能的，又怎能是我们有限的智慧所能测度的呢？所以信上帝得永生，也仍是人的一种揣度。以有限的智慧测度上帝，是人类的僭越。他们因此认为自己必须体现出某些德行出来，不仅让自己也让别人感到上帝已进入你的心中。于是，你会发现，历史上的新教徒生活非常自律，是摒除了某些物欲来勤奋劳动的，为的是什么——彰显上帝的存在。

这对于正处于基督与佛陀之间徘徊的我，无疑是一种点拨。基督信仰与佛教禅宗，只是超越路径不同，不应以"分别心"看待。楼宇烈先生就曾说："各种人文学说的最高理想状态都是对现象自我的超越，这是相同的。但各种学说达到超越的方式和道路却不相同。我认为，这条条道路都通真理，通过哲学、宗教、艺术、道德修养等都能超越自我。基督教有一种向外超越的倾向，主张启示真理、原罪、救赎等。禅宗则是向内超越，要求自己认识自己是怎么回事。有些基督教信仰者不太能相信自我超越的可能性，不太能体会'尽心、知性、知天'和自性自度等境界。今天我们学习禅宗的超越自我的态度，就是要做到悲智双运，自觉觉人，自度度人。"

宗教是关于人生命最根本问题的解决。生命的学问是整体的学问。谈到生命最根本的困境，林谷芳认为："当然从不同的角度会出现一个思维和观照的重点，问题不同，答案就不同，从宗教来看，它看到这样一个生命问题，基本上无论你是公侯将相，你是贩夫走卒，你生在富贵之家或者贫寒之处，你必然要面对。我们有两个问题是不能决定的，一个是我们怎么生出来，生不是我们决定的，尤其不是任何人能够决定的，生出来就是投胎，想回去也来不及了，死也是如此，你也许可以决定什么时候死，但是如何决定你以怎样的样式死，在什么时候死，乃至于哪个时候不死，这些都不是我们决定的，这点上，我们所有人是平等的。如果这些问题没有观照，您要不就是一个享乐主义者，要不然就是一个虚无主义者，要不然就是浑浑噩噩终其一生的人。我们非常多的生命，即便没有从意识上观照这个问题的存在，实际上，在他的行为里面，是注意或者是重视了这个问题的存在，而以这样的方式来生活，所以我们相信，我们做某些事情，会有它的理性存在。所以生死是一个可见、可触摸、我们共同的关键问题。"

最近几年以来，阅历渐多，读书也多，困惑不减反增。到底是为什么呢？细细反观当时困惑，主要原因之一在于对知识和外部权威的迷信。障碍不消，智慧不显。济义玄禅师说过一段禅门奇语："逢佛杀佛，逢罗汉杀罗汉，逢父母杀父母，逢亲眷杀亲眷，始得解脱，不与物拘，透脱自在。"他实际想表达的，就是推翻一切权威，去除一切世俗执著。简单来说，就是我们不该过分相信一门"信仰"，不管它有多么神圣。"杀佛"，其实就是"杀我"，是去除我执的第一步。这么做就意味着要摆脱不切实际的想象，摆脱膜拜的幻觉和偏见，但这恰恰是个人最难做到的。

五、"以用显体"

无论冬夏，林先生时常往返两岸，修禅、讲禅、游历、著述，他执著于从传统文化中寻找当代中国人安身立命的智慧，也企望两岸回归共同的文化母体，弘扬中国人令西方尊敬的生命哲学。他有着雅静与沉淀，静气凝神地说："无论冬夏都穿单衣，是我这些年习禅的结果。平常人的身大于心，而修行人的心大于身。习禅，让我的心影响到身。"

阅读一下林先生近些年的著作，比如《千峰映月——中国人生命中的禅与诗》、《一个禅者眼中的男女》、《十年去来——一个台湾人眼中的大陆文化》、《画禅》、《禅·两刃相交》、《如实生活如是禅》，你可以感受到一个现代禅者的生命智慧。禅宗和道家何以能安顿林谷芳先生的生命呢？我们或许可以从书中获得答案。

林先生在《千峰映月》一书中，精彩的譬喻，让人顿悟：

> 道人与凡夫之别，正在于俗人是一波才动万波随，道人则满船空载月明归……

禅诗咏自然，不只是田园生活的回归，不只是隐者生涯的直抒，更根柢的，是在时间轮转中体会万事万物的韵律……

参禅是剑刃上行，冰棱上走，一有依恋，就难得透脱，非得云山海月尽皆抛却，否则即无"随缘作主，即事而真"的可能。

世人迷妄，所以万事在难易上计较，更无法面对死生，道人体得缘起，所以一切本然，道别的对象竟是苎溪之水，就像它必归大海般，我今归山。

世间的两难，在禅宗其实都属余事，两头俱截断，无心应自然……

林谷芳在《如实生活如是禅》一书中提到："吃饭，一胃之纳；睡觉，一卧之榻"——再有钱，吃再多也就一个胃，却还要追求无限的食欲；原来在一个小房间里睡得舒舒服服，现在有了五间十间的大房子，每天还为了要换哪一张床而烦恼。

禅者的生活，是最简单的生活。林先生整个的生命散发出一种自在、洒脱、安然、灵动、悠游的道气，令世人生出羡慕和向往之心。他踱步而来，一袭布衣，一双布鞋，满头白发，宛若一团清雾，让人顷刻间神清气爽。有人评价说，"林谷芳的气质，内外通透"。据闻，白岩松曾做过林谷芳的访谈，他说："以禅者而言，终年一身布衣，也是一种执著。"

一个对禅感兴趣的人想参禅的话，要经历哪几步过程？林先生认为：

我想开始应该接触尽可能多的禅门故事，先不用想那么多，可以把这些当成有趣的故事来读，当这些故事跟你有相应的时候，你已经初步踏入禅境了。第二步，你必须对禅有一个根本的了解，有几本书对禅有比较全面的介绍，第一本是南怀瑾的《禅海蠡测》，第二本是我自己的《禅·两刃相交》，这里面牵涉到实际的修行。如果不涉及实际的修行，铃木大拙的书可以读一些。学曹洞禅也可以读铃木俊隆写的书。第三步就是要实际的修行。实修有很多方法，要锻炼心志、打破惯性等，这里是有一套训练方法的，不能空口说大话。第四步，在这些基础之上你可以去读灯录，像《五灯会元》、《景德传灯录》等，如果跳过修持这一关直接去读你是不会读懂的。

关于修持，林先生认为：修行的意义在于如何把你的身心转换到更高的层次。修行是化抽象的哲理为具体的证悟。禅修持有两种重要的方式，一个是打坐，一个就是参话头。人们可以根据个性的不同选择不同的方法。如果把话头禅与默照禅二选其一去实修，然后再阅读历代灯录，很多讯息就会出来了。

很多人谈禅，说得高深莫测。林先生则用"以用显体"开示大家。

他讲了一则禅宗公案：

> 马祖与百丈一起散步，头顶有一群野鸭飞过。
>
> 马祖问：那是什么？
>
> 百丈不假思索地回答：是一群野鸭子。
>
> 马祖问：飞到哪里去了？
>
> 百丈答：飞过去了。
>
> 马祖用力捏了一下百丈的鼻子说：不是在这里吗？你怎可说飞过去了？

林先生解释道，这则公案的意思是：人不能追逐概念、外物，应该回归到本心的直觉去看待万事万物，而不是跟风跑。禅是实证的学问，而不是说理的学问。"以用显体"不是"以体显用"，从这一点可以看出禅的道理是无形无相的，而它的体证绝对是有形有相的，因此可以勘验一个人的语言、行为是否合乎禅意。禅其实是生命的归零，而且是彻底的归零。我们之所以能力受限、认知受限，是因为我们受限于习气惯性，所以我们面临的最大挑战就是解放自我。比如，"磨砖不能成镜，坐禅岂能成佛"？这里不是说坐禅是错的，但机械的坐禅会陷入一种形式当中，很多人说禅宗是不坐禅的，这是极大的误解，但坐过头了就要打断。禅看似是摸不着边际的东西，其实就在打破你的惯性，如果你以为虚无的东西就叫禅，那是错的。

凡夫以心逐物，心没有一刻是停的，无论是学者，还是老百姓，都如此，没有内心安静的时刻。从禅来讲，这其实一定程度上是妄心的追逐。

林先生用这个禅宗公案启发我学会"透"，用禅透过公案、透过话语、透过各种的行为，从你的惯性中跳脱出来，那些原来不成问题的变成了问题，你就会开始观照自己，观照活在惯性里浑浑噩噩的"我"，观照某些权威，回到自己生命的本质，很多答案出现。

禅能够使我们的心理、肢体、生活、生命惯性得到一种彻底解放。林先生启发人在此反思、观照，而在参悟中会发现"无一物中有尽禅，有花有月有楼台"，原来是我们习惯于已看到的事物而把自己框住了。所以禅是透过活泼手段把原有的习见、惯性打破。看似是把一切都放掉了，却"无一物中无尽藏，有花有月有楼台"。

作为一个悟道者，林先生提醒，就是要通过不断重复一些微不足道的动作，我们的思想才能脱离对过去和未来的不切实际的空想，活在当下，我们的洞察力才能磨炼得像刀一样锋利。要让夫妻生活有滋有味，要求我们"不要以不以为然的眼光、感情和想法来对待平常的事物"。当你碰到一件普通的事物时，不要轻视它，而是要把它也视作一件珍品，给予它同样细致和体贴的对待。

2013 年 2 月 1 日

明贤法师：释迦太子的启示

一

从初进北大修《坛经》专题读佛经算起，接触佛法已经有四年多时间了。中间疑惑过，也顿悟过，佛法始终伴随着我的思考，让我在面对人生与现实生活时，内心越来越充实了！

自从 2007 年加入北大禅学社，我便追随这个社团，与社内同学一起开始参学佛法的旅程。期间聆听过很多学者大家的谈禅论道，其丰富内涵至今回味无穷。然而让我真正开始沐浴于佛法甘霖，源自 2011 年——《中观见与道德经》讲习，与开启我智慧的一位当代僧人——明贤法师。法师借中观见以逐句诠释《道德经》，借助佛教智慧，复兴道、儒两家文化道统，尤其让我印象深刻。

2006 年，中国内地一名僧人与台湾慧在法师并肩西行，历尽艰辛，重走玄奘大师当年西行取经道路，历时半年，于时年 11 月 26 日到达西行终点那烂陀寺，将一路携带的玄奘大师塑像、《六祖坛经》及禅门五家法卷，回传给了印度那烂陀寺，圆满完成"重走玄奘大师西行路"的国际宗教交流任务。这位闻名的中国佛教使者，就是明贤法师。

我第一次关注明贤法师就因为这则新闻。明贤法师，1973 年出生于湖北武汉，12 岁上初中，见到佛教浅易读本，开始信佛、吃素。18 岁发心到江西云居山真如寺出家，做净人半载，打冬禅七。次年夏于弥光老和尚座下剃度，获赐法名明贤。明贤法师 20 岁在江西云居山真如寺一诚老人座下受比丘戒，学习汉、藏、南传佛教，专研教造像及中观。

我 2011 年 4 月 24 日第一次聆听明贤法师讲《中观见与道德经》，虽然先前不了解，但试听之下，禁不住惊叹于法师对佛教教理体系、各宗主张、教理与实修关系等诸多问题所作的精详辨述，实乃闻所未闻。深自庆幸之余，自发将录音拟成文稿以便深研。

法师经史合参，拈提古今，贯通中印，旁征博引，以经论及正理，完整揭示了由凡夫亲证佛果的全过程，这是一次跨越时空的凡圣对话；一次精确诠释实修与教理互动关系，严密辨析内外道、大小乘、了不了义见地的佛教学术法筵；一次汉、藏、巴利三语系佛法的亲密握手；一次不同佛教体系见行对校的梳理；一次走向未来的佛教信仰思辨；一次当代文化学人参礼佛陀圆满智慧的旅程。法师寓修于学，抉择要义，析破现实疑难，启迪生活智慧。济济一堂的授课现场，我们时而仰面深省，时而哄然大笑，时而奋笔疾书，时而迫切披寻，每节课都获致不曾预料的收益与法喜。课下大家共同讨论，言及个人学习成果，一言一句，都是那么真诚与发自肺腑。

此后有幸跟随北大禅学社一行来到北海禅院，得以亲近禅门，磨炼身心。北海禅院有着汉传佛教的生活模式，好条件，有着藏传佛教的碧草蓝天和白云，这是修行环境。当地虽然地处偏僻高原，经济条件落后，参学很受裨益，过得很充实，觉得自己还是与禅宗缘分更深，愈发亲近禅宗。瑟瑟冷风中，双手捧着油灯，靠近佛心，体悟禅境，虽然没有脱离生死烦恼，却可以远离过多的妄想和执著。曾经以为真正的活着是在别处，有一种现代人"客寄"的感觉，其实在哪里也还是一样。心中有禅，心中不离佛，佛就在心中。《坛经》说"凡愚不了自性，不识身中净土，愿东愿西"，也许有这个意思。不知为何，近来越来越有一种感觉，特别感到业障深重，障深慧浅。这种情况下，来禅修营，已经是很大的法缘，很大的福报。

我们虽然是凡夫，但人人都有求道的资格。

慧能大师告诉过我们，每个人都有佛心，都能成佛，之所以很多人成不了佛，只因为这个佛心被尘世的污染给迷住了，而只要认清这些迷妄，就连最愚笨的人也可以成佛。只有证悟空性的智慧，才能圆满真正力量——慈悲。时刻清醒自己的头脑，从自我的"我"幻梦中解脱出来，在"无我"的思想指导之下，观察整个世界，从而能探索整个世界，进而与世界合为一体。

再次见明贤法师，是在北海禅院。法师为我们筹备了整洁焕新的打坐垫子、毯子和披风等。法师特别慈悲，每天晚上吃完晚饭之后，都会牺牲自己的休息时间给我们讲开示，回答我们修行中的各种问题，有时候还给我们讲他自己参学游历的故事。只要我们还想听，法师就会一直讲下去。法师照顾我们每个人的身体，对工人也非常慈悲，心思很细。

心安与否在打坐时很容易从表情和身体动作看出，合上双目，感觉胡乱思想。法师引导我们坐禅，自然，端正，调整坐姿，万缘放下。重视调五事：调身、调心、调息、调睡眠、调饮食，把这些都一一地调整到恰当的状态。我很快就领悟了：这一切都是外在的，不是心力之所致。环境至多只是缘，如果心里有无明烦恼之躁动，那也照样不能有所心安。

那次，我对明贤法师说："法师啊，北海禅院确实是修行的好地方，就是有些远啊！"

法师笑曰："这里远什么呢？圣严法师去美国没觉得远，星云长老去非洲没觉得远，我们就是来一个海北州，这算远吗？再说了，现在不是汽车就是火车，就是飞机，你的旅程能有几个小时的辛苦？这算远吗？但如果是这点辛苦能换得来一个安顿，能换得来一份清静，或者一支清静香，你终身的信仰都有信念，都有信心啊！这个信仰基础就打下来了。这哪是远呢？在道业的方面，这里很近，近在咫尺，就在你的眼皮底下，或者说，就在你的蒲团上。功夫怎样，这才是最关键的。"

我有惭愧，无言以对。

明贤法师又开示说："人的修行和信仰总得以自己能够明悟心地，那才是真正的着落，那才是目标。"

接下来的日子，经过禅堂用功，我慢慢地坐下来，身心逐渐宁静起来。开始出现一些情况，坐在那里，见光，见花，觉得身体空荡荡的，或者觉得自己在升腾，或者自己缩得特别特别小，或者是身体无限地放大。

我请教明贤法师，这是什么原因。

明贤法师说："《楞严经》说：'不起执著，名善境界。若生执著，即落群邪。'意思是说，我们这些情况出现，你要是觉得好奇，你喜欢执著它，并且一坐里有，下一坐没有，那你就盼着它，那你就落入群邪，群魔上身了。但你如果是淡然处之，有亦可，无亦可，不起任何的分别之念，这样你就名为善境界，这就算是你的进展了。"

我尝试着把这些境界放下来，自然身心安稳，眼前似清风明月，绿草和风，一片空旷的大境界啊，真美！

修行关键在于什么？明贤法师说，融入环境，用心修行。解除障碍的用心，要将这块修行的天空和土地，当成自己修行的助缘。这样看待便没有心理隔碍，修行自然进步。

经过融入环境，用心禅修，我感到自然安定，不会太浮躁。一般有五六天的禅修基础，心就慢慢开始回收，不会太散乱，应能比较平静、安宁。平时总睁着眼东张西望，总向外看，这个习惯一般经过几天的调节便开始改变：心安宁，目光便开始回收，习惯于沿鼻梁向下看。打坐时，眼睛便不会像以前一样翻来翻去，不会双目垂帘时，眼睛还眨来眨去，一定要睁着眼睛四处张望。

那次北海禅院之旅，时间匆忙，意犹未尽。通过禅修的磨炼，从心理到身体，心态纯熟了很多。这纯熟一定程度上就是解脱——解脱平日很多烦恼和一些生理上的纠结。

明贤法师曾说，提不起就放下。人生无常，要用最大的心思、最大的努力，放下人我是非的执著，来获得生命的自由！

参禅用功最终要解决什么问题？

明贤法师开示说，从般若的角度来讲，修行要解决的是实有执著的各种邪见。因为，诸法无我，一切皆空，这是般若所主张的正见。修行方法，当然就是达到正见的方式。从如来藏的角度讲，我们的最终结果，是要把自性光明给现证出来。

二

2008 年 12 月 20 日晚，北大禅学社礼请明贤法师，于北大五四阶梯教室，为禅学社同学作题为"生存与信仰——看释迦太子这一生"的讲座，近三百人的教室座无虚席。法师以幽默而严谨的语言，向大家介绍了佛教创始人释迦牟尼的一生及对当代人生存与信仰状态的启示。讲座结束后，我还在久久思考。

在开讲时，明贤法师说——

为什么要接这个副标题？因为在当今的社会，我们的生存和信仰状态往往不太理想。有时候我们觉得迷茫，觉得太忙、太累、太烦躁或者太痛苦，让自己觉得一些人生问题缺乏参照：拿环境作参照吗？环境总在变；拿人作参照吗？总有些事让自己怀疑人的信誉。那怎么办？

佛教创始人释迦牟尼成佛之前曾是一位太子，名字叫做悉达多。他曾经是王子，他把一生服务于自己的信仰。认真看释迦牟尼佛这一生，或许能在人生方向上找到一些新的启示与诀窍。

为了寻找自己的人生道路，释迦牟尼佛吃了很多苦。最有名的，我们知道是"六年苦行"。

他有六年在雪山里，每天只食一麻一粟，衣不蔽体。住在山里，一麻一粟那么丁点儿东西，他一天就够了。最后，释迦牟尼佛饿得骨瘦如柴，用后来禅师的话说就是"饿得两眼发黑"，但他仍然在坚持。

不过，我们可以从这发现一个问题。因为有很多的情况，我们要从他的经历上来看，从他的故事中寻找信仰经验。释迦牟尼佛当年吃最大苦头的这件事，我们值得思考。他花整整六年的时间在雪山里，从没出来过。那段时间他在寻找正确的信仰，而不是在考虑"我成佛了以后如何去弘法"。

这是个需要关注的问题：寻找方向，胜过了对未来事业、名誉、成就这些问题的思考。

而且，走在一个什么样的方向，走在一个什么样的群体中，他花了那么长时间吃苦去选择，这也是我们要学和看的。

纵观释迦牟尼佛一生的经历，我觉得，现代人的生存与信仰需要参考古代智者。

作为当代社会的普通人，我们了解，人世间有太过强大的各种外缘（外境）力量，但它又太过无常，总在变化。我们基本自己控制不了，也很难左右它的发展。

因为外境的这些力量过于强大，我们的生活自然就有些被动了。生存和信仰，是人类在不能驾驭的外部世界面前，为自己生命作出的一个最恰当安排。

但是这种安排，不管我们目前学过多少知识，生活的路线还是要自己一步步走。走这种生活的路线，我们还是要参考历史上的一些智者，仅仅依靠自己的智慧，真的是很难去把握。

明贤法师接着又讲了释迦太子受胎、释迦太子出生、无常，尤其印象深刻的是关于贪、嗔、痴的阐释：

第一个名词是"贪"。这是对我们心的一个称呼：贪心。我们现在谈话，常说某人"很贪"、"贪心很大"、"贪欲很炽盛"，这个"贪"字其实是佛教名词。什么是真正的贪呢？准确定义就是执著于顺境。执著顺境就是贪心。顺境可以有，但可以不执著。执著了，这个贪的烦恼就出现了。

第二个名词是"嗔"。执著于逆境就是嗔心。我们有很多不顺的时候，比如大家毕业了要去工作，不愉快了，这就是逆境。对于逆境，我们执著吗？如果把它当回事，我们就生起了嗔心；但要不把它当回事，还真的是很难。这要看我们怎样确定道的位置。

比如，现在金融危机来了，股票忽然蒸发了，自己以前的钱突然没了，这是逆境吧？逆境我们怎么办？我们把它当不当回事？执不执著于它？执著于这件事情，嗔心就出来了。如果金融危机有六个月，我们就执著了六个月，嗔心就生了六个月——我们有六个月让自己的心变成嗔心。

第三个名词是"痴"。不辨贪嗔，这就是愚痴。是贪还是嗔，我们弄不清楚，不太明白，这是一个痴的状态。

这种阐释无疑开启了我，对于破解烦恼指出了原因。现在距佛陀生活的时代已有两千余年，然而佛学对于个体生命的价值与启示并未随着时代的更替而减少，佛教文化给我们带来的生命体悟，也融入生活的点点滴滴。佛教不会强迫人离开世俗的生活，却可以远离过多的妄想和执著。能够接触到禅学中蕴含的智慧，我感觉自己是幸运的——虽然这种接触曾是毫无章法的，但我依旧感受到了它带给自己的这些惊喜。正如一位禅师所说："'心灵寄托'源于对一切的迷惘无助，空虚无聊，而信仰是积极进取，正视人生无回避，乃至甘为信仰与他人献身，败不气馁，苦不畏缩，反成为其他信念羸弱者的依靠。所以，信仰不纯是'心灵寄托'。"

我们生而为人，来到这个世间，生我们、养我们的父母家庭，还有影响我们的社会，还有促成我们成长的各种因缘条件，好人坏人的接触，工作繁忙，辛苦烦躁，不安懈怠，各种情况都在同时发生着。那么我们内心里面的贪、嗔、痴烦恼的这些问题，多数时候是没有机缘，没有闲暇，没有空间去解决。

无常的心绪很难确定你所谓百分之百稳定的价值观啊、人生观啊，甚至于对于外在环境的理解、判断都无法确定。这个说得有道理，你信这个；那个说得有道理，你信那个。不是现代很多人把心思放在了以西方的物质生活、工业文明、信息文明，这不是占据了我们心里很大的一个空间吗？就是因为它很强势，我们也就自然而然地接受了它。不过，不管你接受的是什么，终有一天啊，你如果心没有安顿下来，你还是不满足，它没有解决问题。

我们的问题，最重大的有五方面，拿佛经来说叫做："贪、嗔、痴、慢、疑。"贪心、嗔恨心、痴的心态、傲慢的我慢心、疑心疑烦恼。"贪、嗔、痴、慢、疑"这五种烦恼，简而言之三种：贪、嗔、痴。

明贤法师认为，工业文明，生存条件的优越化，因而忽略心灵问题的建设。当代人类对自我生命的关怀，程度是非常肤浅的，其中一个重要的原因是人们认为外在环境与内在的个体生命不是一体、关系不大或没有关系。因此，由于我们的生命缺乏关怀，而生命关怀成为必须认真对待的问题。在高度物质文明发展的现代社会，我们仍然还是要古调重弹。熄灭贪嗔痴，勤修戒定慧，这个才是使得我们生命获得安顿的良方！禅修的方法，是利用我们现前的条件，最大限度让我们的烦恼熄灭，清净心现前的实修方法。

"夫天地者，万物之逆旅，光阴者，百代之过客。"这是李太白的诗，真是浮生如梦，短短数十载，人生短暂，不过尴尬的"客寄"而已。不如索性安住在客寄当中。真正的皈依即是真正的回心转意，从不断地向别处游走的意气归转于安住，哪怕住于漂泊本身。安在自己心里，安一个家到心里去。

三

知识人学佛，大都喜欢究义理，总想从经上获真受用。鲁迅先生购买的佛经和佛书，十分惊人，他也在佛学上花费过精力，然从他的文字和晚年心境来看，似乎还有无量烦恼没有彻底解脱。为什么呢？我觉得，不从真修入手，却以生灭心揣摩佛经真实义，往往愈推愈远，难以契入。所以知识人（文人）学佛，应多从事相入手，每日念佛、止观并运、定慧等持，就会心不贪恋，意不颠倒，随佛往生。此时看经阅教，自然心明眼亮，默契于心。

对治"我"的偏执，是一大难点。凡夫总是深陷于执著与妄想之中。就因为执著，遂产生"我相"。有了"我相"，紧接着衍生"人相"、"众生相"、"寿者相"，这四相交织成为一个以自我为中心的空间。"自我意识"的扩展，便制造出人与人之间的距离、对立，烦恼、痛苦因此接踵而至。

芸芸众生，一念无明，遮掩自性，困惑造业，由业受苦，终至不能自拔。人，往往就因为看不清世间万事万物的真相，于是境界来临，受到业力阻扰时，往往不去寻求症结所在，反而想以逃避的方法来解决，更是增添苦恼。因此，如果能够认知：对我们不好的人（或逆境），可能是成就我们；在逆境中打开自己的心结，不正是自性的升华吗？如何安住心性无所住？

执著心是痛苦的渊薮。《佛说八大人觉经》上说："心是恶源，形为罪薮。"为什么这么说呢？没有修行的凡夫，心是恶的，时时处处执著、分别、无明，所以心是罪恶的来源。然而，心又可分为佛心、罪恶的心两种。我们的本性是真实的、永恒的，是慈悲喜舍的；而凡夫的心却永远在变化，虚妄不实的。佛经上说："心包太虚，量周沙界。"心原本是等同虚空，没有束缚，只因妄想执著，造成局限，而引起痛苦。因此，我们要从不断的观照中来修正我们的心，回复到我们生命本来的面目。在佛教的名词，"识"就是执著心、分别心、烦恼心、对立心、颠倒心、无明的心。那么，这个"智"就是清净心、智慧心、平等心、彻底解脱的心、大般若心、大自在心、大无畏心、无所求心、无所住心，这是"智"。所谓"转识成智"，就是将妄心转为真心。想要转识成智，一定要照见五蕴皆空。《金刚经》说：菩萨无我相、无人相、无众生相、无寿者相，凡所有相，都是虚妄。《华严经》说："心、佛、众生三无差别。"这里所说的"心"就是一切众生的心，是佛心，也是我们所有人的心。换句话说，这个"心"是凡夫心，也是智慧心，所以诸佛菩萨及一切众生的心都是相同的。又如《六祖坛经》说："前念迷即凡夫，后念悟即佛。"如果心迷了，是凡夫；悟了，即是诸佛。因此，"心"是佛教非常重视的根本基础。如果要得智慧，那就要把产生"自我"的"识"转成"智"，放下对自我价值判断的执著，却不是什么都不要了。

明贤法师开示说，若论及中国现有的宗派与修行法门，最直观的是禅宗。禅宗是最适合现代人根基修行的法门。因为禅就是来解决这个的，它是综合了佛教的所有的修行方法里面的最精华部分，然后停留在解决你心的问题的这个点上，单刀直入地来解决。贪心是什么，就当下解除贪心对你的约束。嗔心是什么，就来当下解除嗔心对你的影响。能够解决这些问题，那是我们现代这个心里面一剂最必要的清凉药。但是也有一点要注意，不能让禅离开了般若。般若是佛法的核心。般若的最大特质，让人来确立基础的世界观，对现象界来建立认识。后世的禅并没有脱离开般若。比如说禅门所谈的郁郁黄花，无非祖意；青山翠竹，都是真如。这些话语啊，实际上都是般若精神的发挥。从早先的初祖达摩祖师使用《楞伽经》来印心这个公案看来，初祖那里，般若就十分重要。它提的不二法门是空性见和如来藏的不二。显然地，不光重视般若，而且要把人的直接导向根本性的本质的般若，导向那个部分。明贤法师说："因为般若强调万有诸法是性空，你要证达性空，所以要用禅。如果你不相信这个，连空性的常识都没有，或者不能接受，那参禅，参的过程是一个常识和努力方向背道而驰的事情，怎么参得下去？闭上眼睛，你在走向空性；睁开眼睛，你走向实有。你仍然是一个两极分化的大社会，在心里不打仗吗？"

佛陀自是知道众生的根器，设立许多善巧方便法门，目的就是接引懦弱众生。比如修净土法门，它要让罪重的众生、烦恼的众生、对自力解脱没有自信的懦弱众生，有了皈依处，进而追求解脱的信愿，净土他力教，即是为了要接引他们而开演出来。之前，我迷恋禅宗法门，觉得靠自力即可解脱。现在回顾，方觉只靠自力拯救也有局限。因为有段时间，我看佛书读经，烦恼不减反增。这时我不得不深入反思，问题出在哪儿？究其原因，方法有错。经过反思，我重新接着做：

第一，现阶段重点诵经，大力"消业"（诵经、念佛、持咒、忏悔、禅定），其余佛书或佛经，一律全部停止下来，不再"研究"。专持佛名，认知自己是业障凡夫，不仰仗佛力，断无得解脱，所以必须专持佛名，念念无间，蒙佛接引。

第二，正确方法观照自身诸苦，正视自身也是造作诸苦的一分子，不推卸责任，直面困境恶世，实现"心"之觉醒，历事炼心，迅速摆脱恶力牵引之惯性，即便身处共恶业中，也要发心建立"善别业"，实现善力牵引，走出逆境。

第三，正精进，不随自己的习气、恶力、意愿，随兴去修，最终证悟菩提。以"出世间法"来指导"世间法"，大力回向，用智慧将"自利"与"利他"互相结合，将修行落实于生活当中。

2013 年 5 月 20 日　苦寒斋

吴晓东：文学性的坚守

一

吴晓东温文尔雅，是孙玉石先生的高徒，承传着业师潜心细腻的治学风格，无论是治中国现代文学还是西方文学都颇具功力。2007年第一次听吴先生讲沈从文，是在北大理教一间教室。

在北大课堂上，我得以近距离打量吴晓东，不错，他就是我喜欢的那类读书人。怎么形容他呢？吴晓东温润、沉静、深沉、温柔、宽厚、忧伤、清澈。在他的课堂上，我静静地感受他心灵的流淌，那里有鲁迅的张扬、周作人的中庸、沈从文的凄婉、废名的诗意、萧红的荒凉、郁达夫的苦闷、冰心的清丽、海子的孤独、顾城的纯真……吴晓东讲课融会艺术感受和审美体验，他在讲课中默默而谦卑地去贴近着作品里的心灵，细细地品赏，慢慢地思考，你能从他那里感受到文学和艺术的气息，那是一种累积多年的艺术和心灵上的情感，能激起你内心深处的情感波澜，给你带去朴素、爱、温暖、高贵、平静、深沉、温柔、宽厚、忧伤的力量，有一种"温柔的力量"在其中缱绻……

听着吴晓东的课，有时我仿佛回到了十年以前那些无忧无虑的日子，那是在江南，细雨蒙蒙的日子，古朴的巷子，青石板的路，一个读书人慢悠悠无目的地走，同样爱读郁达夫，爱读川端康成，依然记得看完电影《伊豆的舞女》，回来又读这篇小说，后来"头脑变成一泓清水，滴滴答答地流出来，以后什么都没留下，只感觉甜蜜的愉快"。有多少次，我都很惊异这种感觉，一种记忆能让我陷入其中这么长时间。毕业后，我在一个鬼打墙一样的环境里遭遇了鲁迅，从此灵魂再无宁日。有人说，文学的魅力在于能够让你保持一颗年轻的透明而柔软的心。然而，我总怀疑，文学在我这里代表着忧郁、敏感、晦暗、凄惨、黑夜、搏斗、痉挛、屹立、峭拔，那颗透明而柔软的心呢？造物主给了我这颗敏感的心，却注定让我经受煎熬。吴晓东的课让我安静了下来，我可以无须思考什么，只需以心感心。在一个众声喧哗的时代，这样澄明的心境实在是一种奢侈。

吴晓东说，沈从文的笔下是忧郁的，"一切充满了善，然而到处是不凑巧。既然是不凑巧，因之素朴的善终难免产生悲剧"。吴先生举了很多例子，如数家珍一般地讲多位文学大家关于美的忧愁和伤感的描述。

2007年，在讲沈从文的经历时，吴晓东连连感叹沈从文和卞之琳没能成为连襟，是现代文学史上的一大憾事。学生大笑。他讲起沈从文追求张兆和的事儿，称其为"黑美人"，当时沈从文热追张兆和时曾写下许多情书，张兆和将书信带到苏州，不幸被日本炸毁。讲到此时，吴晓东再次感叹不能一睹情书而加以学习了。学生又笑了。2008年，吴晓东又在大学语文里讲沈从文一节，他精心准备了课的提纲，请看：

一、沈从文的地位

二、《边城》世界

三、"水"

四、"常"与"变"

五、吊脚楼

怎样理解沈从文笔下描绘的这个田园牧歌的世界呢？吴晓东列举了王德威、李锐、汪曾祺、金介甫、福克纳、鲁迅等人的观点，一步步将分析引向深入。这就是北大中文系，即便一堂普通的大学语文课，也要比一般大学中文系的信息含量远远丰富得多，这里讲究的是占据分析问题的制高点。一般大学中文系四年下来，可能就懂得一些文学常识，北大中文系本科生的水平可能就超越了一般大学中文系的硕士甚至博士。这就是中国教育，占有的平台不一样，日后的命运当然就不一样。

有次吴晓东讲沈从文，其中提到，赵园认为沈从文写的情爱与现代性爱无关，是一种典型的男性中心主义，是落后的生产方式对人性的限制，表现出沈从文的民主思想不彻底，价值和审美是分裂的。"是否有统一的文化、价值判断标准？"赵园是从现代文明和现代性立场反观湘西，这种角度和立场是否有效？是否适用？是否是强加在湘西文明上的？是否应该从湘西自己的文化价值和生存标准中考察湘西？有没有更正确、合理的生存方式？用现代文明来否定湘西的乡土世界时，现代文化本身会不会也有问题，需要质疑和反思？对于这个问题，曾经有一个在北大中文系进修的湘西老师进行反驳，他说赵园不了解那里的生活方式。

针对赵园和湘西老师的观点，北大中文系的学生纷纷发表自己的看法。有学生认为，道德观点必须与生产方式、文化传统相适应，道德和文明二律背反，现代性只是一个过程，不是结果。湘西人有自己的生命形式，有自己的道德观念和价值判断，不能用西方某些狭隘的自由主义普世价值来规划湘西人的生活，更不能把西方文化来推广。没有统一的文化和价值标准，每一种文明都有缺点和漏洞；没有理想的文明形态，西方文明只是强势的价值判断，应该以一种包容的眼光来观照湘西文化。一个学生质疑普世价值，她问，什么才是普世价值？中国能否找到自己的普世价值？

有学生认为，应该用双重标准讨论湘西。她认为，沈从文笔下只有美没有丑，而把审美和现实混淆。既然是现代社会，就要讲一个人的生存权利，她从沈从文的小说里读出了"心惊的残酷"，而这不能仅仅被说成"淡淡的悲哀"。她认为，生命高于审美，只有美没有丑是荒谬的，川端康成和芥川龙之介就是个例子。文学不只是纯文学，文学孤立到只是文学的地步还是文学吗？文学与其他学科（哲学、宗教、历史、伦理）只能互相包容。她指出，族群的自负、文化的自负使审美的意义更为复杂，如何评价审美？这是一个问题，再者，文化相对主义会不会成为文化虚无主义？

赵园的文章写于文化启蒙的20世纪80年代，她带有某种目的，从女性主义的标准出发，站在现代文明的角度进行反思，追求主体性，但是，并不能给予主体性定位。或许，正像一位学生说的，湘西人追求的许多矛盾很难达到共融和解，文学存在的意义或许就是呈现历史悖论本身吧?!

记得2008年4月2日上午，吴晓东讲闲话风的散文世界。此次讲课之前，他在黑板上写下了一个讨论题目："为什么五四时期小品文成就最大？"

400

针对这一题目，北大中文系的学生纷纷发言。这些学生认为："五四"时期是一个风云激荡个性解放的时代，触发小品文和杂文写作的机遇特别多，作家们继承了明清时代小品文的写作传统，又具有"五四"的批判理性精神，适合写小品文。文学成就大的时代，往往是王纲解纽的时代，"五四"就是这样一个时代。在北大中文系听课，我尤其喜欢这种讨论的课，可以感受到其中闪烁的智慧的火花，那是不死的火焰。比如，在讨论郁达夫小说《春风沉醉的晚上》中"知识分子与下层民工的感情"这一问题时，不少女生发表了自己的看法。她们分别从经济地位、阶级意识、性别意识、身份等角度剖析了感情的困境，犀利地指出，"我"和被抛出土地的陈二妹，没有结合的可能。原因是，郁达夫需要的只是才子佳人式的爱情，由于身份和地位的悬殊，知识分子不可能爱上下层民工。男女主人公只是生活遭遇的认同，女工只是他寄托的形象。"我"只是一个"漂泊者"的形象，无法与下层女工陈二妹产生认同。几个北大中文系的女生，站在女性主义者的角度，指出郁达夫把女性当做灵魂拯救者是对女性的误读，是对女性病态的依恋。她们还一针见血地批判了存在于作家身上的那种知识分子优越感和自我中心主义。从她们的发言来看，女性的独立意识得到强化。我觉得北大中文系学生的素质应该是不错的。在对一些问题的看法上，他们不仅是有把握细节的能力，而且具有穿透现象看本质的理性思考能力。

　　吴晓东有一次讲的是冰心的作品，他在黑板上出了一个讨论题："冰心作品中抑山扬海的文化心理是什么？"发言的女生认为，中国传统文化里的山，是一种孤立、封闭和狭窄的意境，象征着专制和皇权；西方文化语境里的海，是自由、开放和博大的象征。冰心在山海的比较之后肯定有着一种文化判断存在，暗含作家对庄严、圣洁和大气的欧洲海洋文化的向往，是一种生命来源的回归。她们觉得文化比较视野内含着非此即彼二元对立式的思维，会扼杀对山与海的复杂化情感体验。这次发言的女生照例很多，也很精彩，相比之下，男生的发言既少又不能切中要害，不禁让我感觉到北大中文系有种"阴盛阳衰"的感觉。

　　最早听吴先生讲周作人，让我对"闲适"有了新的体悟。以前，只是觉得周作人造作和脱离实际，甚至排斥他的文字。经过世事的历练，特别是人过三十以后，觉得性格过于峻切并不是一件好事，才慢慢有了一点忙里偷闲的想法。

周作人是一个典型的东方智者，追求中庸和平和的处世之道，有时显得太聪明，讲究生活的艺术化和精细化，有一种中国古代士大夫知识分子的情趣，这点与乃兄鲁迅斩钉截铁的话语方式不同。鲁迅更多关注的是社会、人生、国家、政治和存在，周作人就不同了，他赏夕阳、观秋河、听雨、闻香，沐一身苦雨。时下的中国人的生活越来越粗鄙庸俗，有谁还会侧卧在乌篷船里听打篷的雨声？没有了人生的乐趣，却偏偏苦苦地要活着。周作人哀叹道："可怜现在的中国生活，却是极端地干燥粗鄙，别的不说，我在北京彷徨十年，终未曾吃到好点心。"没有向上的妄心，消除了贪婪，一切就淡泊了。

置身于充满痛苦、狭窄、窒息而又像牢笼一般的世俗功利社会，往往觉得生活的无奈，纯真的心常常被扭曲，可是换一种视角看世界，情况往往不常。同样是看水里的游鱼，一个觉悟的人对水里的生活采取截然不同的态度。

往往是，人的年龄大了，渐渐地麻木了，沦为物质性的存在，越来越粗鄙，趋于理性化，凡事都要算计了，什么羞恶之心、辞让之心、是非之心、恻隐之心都没有了，人性恶得一塌糊涂，动物性十足，唯独丧失了人之所以为人的人性。

二

最早知道吴晓东，是在《读书》杂志上读了他的《S会馆时期的鲁迅》一文，其中有一段：

我常常会疑惑，鲁迅在如此漫长的一段时光中除了钞古碑，还究竟在想些什么？当他摇着蒲扇，坐在院中，从槐树的罅隙瞩望天空的时候，他的思想一定是渺远和深邃的。这大概是鲁迅一生中唯一一段能够静心思索的光阴。如果能够复现他的内心的求索与挣扎的痕迹，该是一件诱人的事情。然而这个世纪的思想者当时究竟在想些什么，在鲁迅的日记中找不到，在他当时的往来书信中也找不到。鲁迅的多数传记触及这一段生涯的时候，也每每一略而过。

此文呈现了一个潜心思索者的形象。我想，能对世纪初一个思想者挣扎轨迹进行苦苦探索的人，应该是那种长于深思性格内敛的读书人吧？于是，那个时候，我就猜想，吴晓东先生应该是那种纯净的思者。于是，就买来他的《镜花水月的世界》、《从卡夫卡到昆德拉——二十世纪的小说与小说家》、《漫读经典》等，还在国家图书馆查阅了他的博士论文《象征主义与中国现代文学》，原来他是孙玉石先生的学生，孙先生是研究现代诗歌的，注重"诗美"。

我仔细看吴晓东的书扉页上的照片，戴着眼镜，文雅，羞涩，一副标准学者相，仿佛是一个沉浸于自己精神世界的思考者一样。阅读吴先生对鲁迅、废名、张爱玲、普鲁斯特、昆德拉、博尔赫斯等大师的细读文字，你会发现文学评论原来也可以这样精彩。吴先生不以思想深刻与文笔犀利闻世，而以细腻沉潜见长。在《漫读经典》、《从卡夫卡到昆德拉》和《阳光与苦难》等书里，也在他的课堂上，他缓缓地为你打开文本，于是你可以看到：古槐树下潜心思索的鲁迅，如何返回内心深处苦苦挣扎；在废名的乡土记忆里，他嗅到一丝淡淡的忧郁与悲哀；在何其芳的《画梦录》里，他触摸到了内心的柔软；透过张爱玲的私语，他体验到了一个孤独女子的感性世界……吴先生解读卡夫卡的寓言，福克纳的时间哲学，加缪的反抗哲学，昆德拉的存在之思，尤其是对于废名《桥》的诗学解读，你都可以觉察他的艺术感受、敏感与直觉力，领略文学作品的精微与美妙，这是回归文学本性的研究，自然与那些摆弄理论与概念的学术智力游戏完全不同。

学者王风说他是颗读书的种子，这话说得实在。从那一刻起，我就喜欢上了他。不为什么，就为他身上鲜明的文学气质，因为我也曾经有这种文学气。于是，凡是吴先生的课程，只要有时间我都愿意蹭课，2007年听沈从文研究，2008年听中国现代文学史，2009年春听大学语文，2009年秋听现代小说研究。

从20世纪80年代初到90年代初，从北大中文系本科、硕士、博士到留校任教，吴先生在北大度过了将近二十年，期间亲身感受了80年代那种文学的黄金氛围。那是一个纯真、简单、冥想的时代，今天的人难能感受到那种气息。《阳光与苦难》中那些"关涉到诸如流浪、梦想、感性、反叛、失落、苦难、拯救、激情等等范畴更带有八十年代的文化和历史语境特征"的文字，无不印证了他走过的那些路。

　　吴晓东的博士论文《象征主义与中国现代文学》和学术随笔《漫读经典》、《从卡夫卡到昆德拉》，凸现了一个学者扎实厚重的学养和细腻流畅的文笔。阅读他对鲁迅、周作人、沈从文、废名、萧红、海子、顾城、卡夫卡、普鲁斯特、昆德拉、博尔赫斯等大家的细读文字，你会发现在他的笔下，学问不再是枯燥乏味的名词术语，而是一种诗意的叙述，他的文学评论散发着迷人的魅力。比如，关于顾城，吴先生这样说道："在诗的王国中，顾城是个心地纯真的孩子，一个热爱童话和传说并永远生活在童话世界里的幻想家，一个总是'以心来观看'的注视者，一个赤脚在大地、原野、河流中的小王子。当他歌唱的时候，他是个谦卑、虔诚、自然的忧伤而宁静的歌手。他的歌声中没有仇恨，没有铁也没有血，没有呐喊和抗争。这并不是因为它没有受过欺骗、侮辱，损害和苦难，他经受过，然而他想到的始终是爱，是忧伤，是善良和赞美：用露水抚慰伤痕，把圣洁当作阳光。"

　　根据我的观察，吴晓东是一个非常认真的北大教授。每次上课以前，总是提前10分钟，把课前工作准备充足。不管是上沈从文研究、现代小说研究这样的研究生课，还是上中国现代文学史这样本科生的课，抑或是上大学语文这样的通选课，他都一丝不苟。每次讲课内容不一样，吴先生都是以一个专业研究者的眼光对待，对本领域研究状况十分熟悉，旁征博引，互为参照，围绕主题，条理清晰，不讲废话，而且课上精心准备讨论题让学生参与，也安排学生发言，自己详加点评，所以说，吴先生的课是一个开放的精神空间。课堂上的吴先生温雅亲和，有着质朴、单纯的生命状态。

三

　　类似吴晓东这样生动的课，北大中文系近年少有了，都是与思想和文化有关的专题研究，高深莫测。我在旁听期间，只偶尔听过中国现代文学名著研究，很不过瘾。

　　如今的大学文学研究过于西化概念化，文学研究已经转化为文化研究，对文学本身的关注越来越少。吴晓东非常关注文学的艺术性，并在这方面花费了许多时间进行了研究。他很爱文学，在为北大《我们》杂志的发刊词中这样说："归根到底，文学是一项孤独而脆弱的个体的事业。……对文学充满挚爱的校园作者所可能具有的最好的信念，即是把文学首先视为个体拯救的事业，并进而期盼通过拯救个体而最终走上一条拯救'我们'的道路。"

吴晓东一直有一个疑虑，他在《我们需要怎样的文学教育》中说：

　　这些年来，大学里的文学教育随着学院化和体制化过程的日益加剧而越来越有走向"知识论"和"制度化"的倾向。我们往往更喜欢相信一系列本土的尤其是西方的宏大理论体系，喜欢建构一个个的知识论视野，但是文学中固有的智慧、感性、经验、个性、想象力、道德感、原创力、审美意识、生命理想、生存世界却都可能在我们所建构的知识体系和学院化的制度中日渐丧失。于是我们的课堂上往往充斥着干燥的说教，充斥着抽干了文学感性的空洞"话语"。正如在大学教育问题上投入了更多思考的薛毅所说："文学教育在文学之上，建立了一套顽固、强大的阐释体系。它刻板、教条、贫乏、单一，它把我们与文学的联系隔开了，它取代了文学，在我们这个精神已经极度匮乏的社会里发挥着使其更为匮乏的作用。"

　　我们今天所迫切需要的文学教育是那种回归文学本体的教育，是充分张扬文学性的教育。我们首先应该思索的是文学的本性究竟是什么。文学更适宜于处理的是人类关于生活世界的原初的、感性的经验图景，是生活的原初境遇……文学史教学首先迫切需要解决的是更本体的问题，即我们所理解的文学究竟是什么？我们需要怎样的文学教育？我们需要文学做什么？同时还有更重要的一点，是我们应该重拾对于文学的信心，重拾对于文学家的信任。文学如果说有所谓的永恒的价值，当正在于此，在于对永久性的精神的重建。

吴晓东上述话语鲜明透彻地指出了大学文学教育的反文学的本质，读来让人深思。想想读到的那种苍白、干瘪、枯燥的所谓论文，你就能体会出什么滋味了，一句话，当今文学研究和文学教育越来越脱离文学本体了。众多的文学研究专家习惯了用理论的工具刀来解剖作品，结果造成支离破碎。仅仅懂得技巧，不过是工匠而已。

2009 年秋季，吴晓东先生开设"中国现代小说选讲"。他简要勾勒了 20 世纪 90 年代以来小说的研究视野，介绍了小说理论的个人性脉络。他引用温儒敏先生的观点，道出困扰现代文学研究的几个问题，即"边缘化"、"汉学心态"、"思想史热"现象、"泛文化"研究，以及"现代性"的过度阐释，等等。后来，我特地查阅了温先生的文章。温先生谈及文学研究中的"思想史热"时说，其实他对所谓"纯文学"并不欣赏，特别是当今文坛在市场化推进下日益陷于媚俗、玩世、虚无的泥潭，所谓"纯文学"的呼唤容易给人以小市民犬儒主义的错觉。我也并非主张现代文学研究可以脱离思想、政治、文化等"非文学因素"的考察，更无意非此即彼，把文学史与思想史对立起来。我只是提醒认真反思当今文学研究中的偏至现象。这种偏至在改变着现当代文学的学科格局，带来某些负面的东西。现当代文学研究领域的确出现了某些不太正常的情况。许多文学研究的文章其实"文学味"很少，满眼都是思想史与文化研究的概念。而到一些大学的中文系，感觉就如同是在哲学系、历史系或者社会学系，学生最热情谈论的不再是文学，而是政治、哲学、文化甚至经济学。每年的文学博士硕士论文，也大都往思想史靠拢，即使有一点文学，也成了填充思想史的材料。现当代文学学科正在受到"思想史热"潮流的冲击，逐渐失去它立足的根基。

温儒敏的上述看法，我深有同感。就在北大中文系，只要稍微听听韩毓海、戴锦华、张颐武、陈晓明的课程，就会感觉像是走错了课堂，仿佛进入了北大哲学系一样。即便像孔庆东这样热衷研究文学性的，也时不时传出"不懂政治的文学是有害的"的观点。我这里绝对没有否定"非文学因素"的意思，相反我也不认同曹文轩先生把文学过分拘泥于"审美"的做法。那些开口"现代性"闭嘴"后现代"的文学研究者，倒不如北大哲学系何怀宏先生，他开设的"文学与伦理"，奇妙地将文学、伦理和信仰联系在了一起。鉴于中文系现当代文学研究中的"空洞化"的问题，我觉得也只能靠学生自己的努力，在文、史、哲三大学科自主听课补充。

吴晓东有次讲《意念与心象——废名小说〈桥〉的诗学研读》时认为，在废名这里，怎样传达世界确乎远比世界是怎样的更有意味，"渲染这故事的手法"是他的核心性的问题。从语言和手法的角度切入《桥》的世界，可能会渐渐展示出一个现代文学中尚未充分触及的视野。吴先生用"心象小说"来概括《桥》，并从"意念化"、"虚象与虚境"的诗学角度解读作品。这不同于从诗化和散文化小说的层面来界定《桥》。吴先生说，废名的《桥》在文本形式和结构层面形成了两个世界，一是物象世界，一是观念世界。这两个世界均有诗学意义上的审美自足性，彼此之间又存在着一种张力，这不是情节故事带来的紧张，而是一种语言自身的紧张，是能指和所指的紧张关系。《桥》的魅力可能正生成于这能指和所指以及具象和观念两个世界之间的内在张力本身。然而，吴先生也说，"心象"（"心"、"象"，都是古典文论中的重要概念）的范畴是否有效，还需要进一步的论证。它毕竟是一个尚未经典化的概念，甚至在古典文论体系中也很难找到它的位置。

听完吴晓东的讲解，我想，从"文学性"的角度解读废名是否会有所局限呢？众所周知，废名小说透露出来的禅道"悟性思维投影"十分浓重。废名性情温穆，不喜交往，滞溺禅道，对于佛教唯识学很有研究，尤喜打坐，入定体验，据学者凌宇说，他还教过沈从文打坐。他在小说创作中则以直观了悟、清净无为的方式去观照、把握世界与人生，在他净化了的"乡土"世界里，代之以由灵性化的自然、自然化的人生交织出来的"一切农村寂静的美"与"平凡的人性美"。他小说的意境静谧、淡雅而饶有情致，呈现了一个怡情养性、澄心净虑的所在。所以，将《桥》置于禅宗的背景下分析，比较切题。禅宗认为，认为一切事物都是"真如"的显现，但却不能用理性思维、逻辑思维来表达，语言和概念是无能为力的，保有神秘的直觉——顿悟才能把握到它的存在。

吴晓东更喜欢用的概念是文学性。什么是文学性？就是"使文学成为文学的东西"。吴先生讲现代主义小说时用了"小说诗学"这个词，关涉的是"文学的全部内在的理论"。通常研究的是小说的内在构成方式，尤其是小说的叙事、结构、形式究竟是怎样生成的。传统的小说研究往往侧重于对小说内容的研究，如主题、时代背景、人物类型等，着重点在小说写了什么，并且进一步追问小说的社会文化根源，但很少关注小说中的这一切是怎样被小说家写出来的。而诗学更倾向于追问"怎样"的问题，或者追问"怎么会这样"。这并不是说忽略了对小说中的内容、意识形态和文化哲学方面的重视，而是强调意识形态和社会文化等外在因素是怎样落实和具体反映在小说形式

407

层面的。文学既然是一种方式，是一个开放性的面对外部世界的方式，它不应该回避非文学层面的东西。吴先生关注文学性并不意味着忽视非文学的元素，而是以用文学的方式来思考很多问题，用文学的方式把很多问题重新再找回来，重新恢复到文学的视野中来。

吴晓东举例说，昆德拉的小说，比如《生命中不能承受之轻》，很多人觉得它把历史论文、哲学思考，比如关于尼采的永劫回归的理论都引入了，而且小说的一开始思考的就是尼采的永劫回归的问题，人们说这不是从哲学开始的吗？在小说中思考哲学问题会不会损伤文学的东西？但是没有，至少在《生命中不能承受之轻》这样的小说中，哲学思考没有给小说带来丝毫损伤，原因在哪里呢？就是昆德拉赋予了小说以哲学思考。

吴晓东用"小说诗学"这个词研究小说，表面研究的是技术问题，可是，这不是剥离非文学因素的技术，不是不关注审美判断和终极问题。同样是研究卡夫卡，不同于《从卡夫卡到昆德拉》中那种研究方式，吴先生之前曾经写过一篇《作为预言书的〈城堡〉》，其中有如下关于《城堡》主题意蕴的分析：

> 从神学立场出发，有研究者认为"城堡"是神和神的恩典的象征，K所追求的是最高的和绝对的拯救；也有研究者认为卡夫卡用城堡来比喻"神"，而K的种种行径都是对既成秩序的反抗，想证明神是不存在的。持心理学观点的研究者认为，城堡客观上并不存在，它是K的自我意识的外在折射，是K内在真实的外在反映。从存在主义角度出发，有学者认为，城堡是荒诞世界的一种形式，是现代人的危机，K被任意摆布而不能自主，他的一切努力都是徒劳的，从而代表了人类的生存状态。社会学的观点则认为城堡中官僚主义严重，效率极低，城堡里的官员既无能又腐败，彼此之间充满矛盾，代表着崩溃前夕的奥匈帝国的官僚主义作风，同时又是作者对法西斯统治的预感，表现了现代集权统治的症状。马克思主义文艺观则认为，K的恐惧来自个人与物化了的外在世界之间的矛盾，小说将个人的恐惧感普遍化，将个人的困境作为历史和人类的普遍困境。而从形而上学的观点看，K努力追求和探索的，是深层的不可知的秘密，他在寻找生命的终极意义。实证主义研究者则详细考证作

者生平，以此说明作品产生的背景，指出《城堡》中的人物、事件同卡夫卡身处的时代、社会、家庭、交往、工作、旅游、疾病、婚事、个性等有密切的关系（参见谢莹莹《Kafkaesque——卡夫卡的作品与现实》，《外国文学》1996 年第 1 期第 44 页）。

目前对于现代、后现代主义文学，无论在研究上还是在学习上，都存在着一种生吞活剥的现象。吴先生并非那种把目光仅仅盯在艺术表现手法上"食洋不化"的研究者，他有着深切的问题意识。吴先生一直在进行一种坚守文学性的研究，他在《从卡夫卡到昆德拉》中说成为一个好的小说家越来越难了："他必须找到属于自己的小说规范和美学，找到自己的形式。……20 世纪的大师则劝告初学者：模仿是没有出息的，模仿注定了没有出生就已经死亡，你必须把所有的大师踩在脚下，闯出自己的一条新路。"他的忧虑和期望都隐含在自己的研究里。

中文系应该围绕"审美"展开，一个中文系毕业的学生应该比其他专业的学生心灵更敏感、感情更丰富、人格更健全，如果达不到这个目的，中文系是失败的。在北大中文系听课的日子里，我觉得中文系离文学是越来越遥远。根据我听课的感受，北大中文系现当代文学方面的老师大致可分为两大类：一类是文化研究派，比如陈平原、高远东、韩毓海、李扬、陈晓明、张颐武；另一类是审美派，比如曹文轩、吴晓东、商金林、孔庆东、姜涛、邵燕君、温儒敏等。"文化研究派"通常宏大，更有甚者拿着西方理论胡扯，"审美派"中的学者有点太拘泥于审美，显得缺乏思想的底气。钱理群和王风，似乎兼顾文化和审美。个人觉得，兼顾两者的研究才是真正好的。

一个学者，最基本的功底不是掌握了多少学术史的知识，不是开口"张三怎么说的"，闭口"李四怎么说的"，而是你对材料基本的价值判断，是对外部世界鲜活的感受能力。可惜的是，这种感受能力在一些人那里消失了。张口要么概念词语满天飞，要么没有自己的观点老是重复别人的观点，弄得自己像个鹦鹉。一个讲文学史的没有自己的"文学史观"，一个讲现当代文学的没有自己的"文学观"，一个讲鲁迅的没有自己的"鲁迅观"，这样的学者还能讲好课吗？现当代文学这一学科研究，是到了该下硬功夫突破的时候了。

谈到思想，我觉得哲学系毕业出来的学生应该有点思想。至于中文系，

应该以审美为基础，文学是在美的层面上来讨论问题的，投入地阅读，感性地阅读，通过文本细读揭示文学性的东西，不是知识性的东西，更不是一套自以为是的理论。

2011 年 5 月 2 日　苦寒斋

李超杰：为什么会有恶

在北大听课的日子，我不时抱怨人文学科脱离现实人生，经院研究已经逐渐蜕变成一种书斋内的学术研究。李超杰先生"哲学与人生"这门课程解决了哲学脱离实际人生的问题，他满足了我的精神期待。

李超杰的开场白是：哲学与人生到底有什么关联？他有条不紊地阐述，让我缓缓进入哲学的世界。李先生说，哲学（特别是西方哲学）与宗教和艺术不同，它是以"概念"和逻辑的方式进入"究极智慧"的学问，而艺术通过感性形象表现究极实在；宗教通过"信仰"接近究极实在；哲学则通过"理性"接近究极实在。谈到哲学的用处，李超杰说"无用之用，众用所基"。哲学可以提高人的精神境界，可以为人带来理智的快乐。谈到哲学与个人气质，李先生更倾向于詹姆斯的观点。詹姆斯认为，哲学和哲学家的个人气质有密切关联。既然哲学体系都和哲学家的个人气质相关，对于我们来说，选择什么样的哲学体系就不是完全任意的。费希特说："一个人选择什么样的哲学，取决于他是一个什么样的人。因为哲学体系不是一个可以任人们随意抛弃或者接受的日常用品，相反，哲学通过把握了它的人的灵魂而充满生气。""哲学史上众多的哲学体系为我们提供了充分的选择空间。无论你属于何种气质类型，相信哲学的宝库中总有一款适合你。当然，个人的气质不应该成为扩展自己视野的障碍。"谈到学习（西方）哲学（史）的方法时，李先生否认中国没有哲学的看法，他说：

至于东方（主要是中国和印度）到底有没有哲学，关键是看怎样理解"哲学"。在西方传统中，以逻辑的、概念的方式探讨"究极问题"是哲学的主要任务和特征。如果用这样的标准来衡量，那么，东方智慧则不具有明显的哲学特征。问题是，在对"究极问题"的追问中，除了信仰的（宗教）和

概念的、逻辑的（西方哲学）途径之外，还有没有其他的可能性？回答是肯定的。东方智慧所体现的就是这样一种非信仰性、非概念性的"究极关怀"（ultimate concern）。我们说东方智慧是非信仰性的，不是说东方人没有信仰，而是说东方人没有一个"外在超越"的"上帝"或"神"；我们说东方智慧是非概念、非逻辑的，也不是说东方人不使用概念或者不讲逻辑，而是说东方人更善于诗意地"暗示"，而疏于概念上的明晰性和逻辑上的论证。富于暗示而疏于明晰，甚至可以说是中国文化特别是其哲学与艺术的最高追求。东西方两种不同的"路径"形成了两种不同的文化传统。比如，西方哲学在逻辑学、形而上学和知识论方面多有建树，而东方智慧则在个人修为和道德实践方面更胜一筹……两种不同的"智慧"带来了很多不同的"后果"。比如，西方哲学那种概念的、逻辑的方式强调"主客二分"，强调"知识就是力量"，从而导致了近代以来的科学繁荣，同时也最终造成了人与自然的隔膜；而东方哲学这种非概念的方式则强调"天人合一"，强调"自然无为"，从而极大地提高了人的心灵境界，成就了人与自然的和谐相处，同时也部分地导致了近代以来科学的落后。两种智慧以及两种文化传统绝无优劣高低之分，应当相互借鉴、相互包容。近代以来，中国有越来越多的有识之士主张学习"西学"，"五四运动"更是提出了向西方学习"民主与科学"的口号；越来越多的西方现当代哲学家也表现出向东方靠拢的倾向。所以，在学习（西方）哲学的时候，我们要善于在东西方的这种比较中把握（西方）哲学的基本特征。

至于是按哲学还是按宗教生活，李超杰认为，主要取决于一个人的气质。如果你是一个爱刨根问底的人，爱讲道理的人，你就通过哲学的途径。否则，你就可以采取宗教的形式。中国没有宗教传统，国人信仰并不容易。一个人可以不信宗教，但不能没有宗教精神和宗教情感。李超杰说，中国仍然处于前现代社会，仍然要向西方社会学习。中国的"天人合一"是原始的，西方是后现代主义的"天人合一"，是通过物质极大丰富发展的"天人合一"。

李超杰精心选题，构思了十多次课：

1. 什么是哲学
2. 人生的意义
3. 世界的本质

4. 自我的觉醒

5. 真理的追求

6. 善恶的分野

7. 美的向往

8. 课堂讨论

9. 爱的奥秘

10. 正义的诉求

11. 欲望和痛苦

12. 爱欲与升华

13. 上帝的信仰

14. 死亡哲学

15. 自由的真谛

16. 上帝存在吗

17. 为什么会有恶

仅仅从李超杰授课的大纲中，就可以吊足我的胃口。要知道上述哲学问题，都是我渴望深入探讨的。其中，对于某些问题，我自己早就探索过。比如"人生的意义"一章里讨论意义的问题，李先生从人生有意义（柏拉图主义、基督教、鲍桑葵和进步的乌托邦）和人生无意义（尼采、加缪）切入阐述，给我印象很深。由于推崇鲁迅和尼采，我向李先生详细请教了尼采哲学，他或许洞察了我的困惑。李先生饶有意味地说了下面的话："（相比鲁迅和尼采）大部分人都是普通人，当'悲剧英雄'和'荒诞英雄'不好玩，太累；所以，还是需要一个意义的。"听到这里，我大悟。既然"超人"是尼采理想中人，既然"精神界战士"是鲁迅理想中人，那么我所能做的，就是回归自我，拒绝模仿，这对于我倒也是一种解脱。

盘点对我影响很大的两位作家，无疑当数鲁迅和陀思妥耶夫斯基。盘点我最喜欢的一部长篇小说，无疑当数《卡拉马佐夫兄弟》。

我曾于 2008 年 4 月 12 日在知名思想论坛上发表关于《卡拉马佐夫兄弟》的导读，题目叫《神学语境之下的"人"》。结果，该帖讨论十分红火。

《卡拉马佐夫兄弟》围绕老头费奥多尔·卡拉马佐夫与他的三个儿子德米

特里、伊凡、阿辽沙以及私生子斯梅尔加科夫之间的纠葛展开，核心环节是费奥多尔的被杀。父亲费奥多尔荒淫、放荡、吝啬、自私，长子德米特里有很多恶习，憎恨父亲。次子伊凡喜欢思考，是个无神论者，伊凡身上体现出的思想是最复杂的，也可能更接近作者本人。三儿子阿辽沙是一个典型的正面人物，当过修士，是个虔诚的教徒，但勾画得不是很丰满。斯梅尔加科夫是老头与疯女人所生，患有癫痫症。三个儿子是思考哲学的三种路径。

我最为欣赏的是无神论者伊凡——他的痛苦攫取了我的魂灵，这样的人物在中国文学里看不到。

在《卡拉马佐夫兄弟》一书中，伊凡列举了许多儿童无辜地遭受苦难的事例，作为他"不能接受上帝所创造的这个世界"的根据。他描述了异族侵略者虐杀儿童、地主驱使群狗把农奴的孩子撕成碎块等种种暴行，并谴责那个宽恕凶手、与凶手拥抱的母亲。伊凡的论据是如此有力，以致作家的理想化身阿辽沙在回答伊凡的问题——该不该枪毙凶手时，情不自禁地说："枪毙！"作家后来承认，与伊凡的独白相比，佐西马长老临死前反渎神的谈话显得苍白无力。他不止一次地指出这部作品"否定上帝的强大力量"，指出第五卷《赞成与反对》是全书的高潮。这些情况充分表明，在陀思妥耶夫斯基的内心斗争中，痛苦、怀疑、反抗的思想与宗教救赎的冲突多么激烈。《罪与罚》中的索尼娅，《白痴》中的梅诗金公爵和《卡拉马佐夫兄弟》的佐西马长老与阿辽沙等，这些人物分属于陀思妥耶夫斯基笔下的各类人物形象，凭着基督的爱的精神与宗教道德感，无论什么类型的人都可以在苦难中获得拯救。陀氏小说中这些善的人物形象，在俄罗斯文学和欧美文学里常见，但是在中国的文学传统里，这样具有善的力量的人物非常少。鲁迅先生看得非常清楚，所以他试图突破，但是效果不太好。

伊凡提出的问题一直纠结着我：既然有上帝存在，那么世上为什么有那么多邪恶呢？在生活中，我们经常会看到，有些人做了很多好事，却没有得到相应的善报；有些人做了很多坏事，却没有受到恶报。于是许多人就认为："善有善报、恶有恶报"只是一种心理安慰、精神鸦片。因果报应真的不存在吗？佛学的观点认为，不管是什么样的业，并不是造了马上就会成熟。佛教里也专门讲了，我们所造的业要成熟，需要一定的时间。有些业力会现世现报；有些业力在下一辈子才感受；有些业力要再过好几世才现前。所以，因果并不是那么简单的，它是非常复杂的一个概念，必须通过系统的学习才能了达。

这其实是一个关于神义论的问题：即对神的正义的思考，如何将人世中存在的苦难和罪恶与上帝的全知、全能、至善相容的问题。小说通过发生在卡拉马佐夫家族的一起谋杀案，讨论了宗教与科学之间的关系。陀氏不再把上帝当成外在的存在，而是把上帝作为人的道德的至高点。小说中多次出现了宗教与科学的冲突，大家知道文艺复兴以来教会逐渐衰落下去，科学很快兴盛起来。但陀氏以来的现代神学并不否认现代科学的理性、自由，但是拒绝向这些观念投降，坚持耶稣道成肉身的唯一性和"位格生成"的绝对意义，通过这个"神人"事件，完成人性的充分体现，实现人世道德的制约。

吴飞的宗教哲学导论，关于《卡拉马佐夫兄弟》的有三讲。《宗教大法官》、《伊凡的梦魇》让我心动，感觉精彩。其中，最重要一点就是神义论。但当时，吴飞讲过以后，我还是没有完全弄懂。李超杰将这个问题详细解剖了。

《旧约》中的《约伯记》是关于神义论问题的经典文本。神义论是基督教思想的核心问题。自哲学产生以来，恶的问题就一直是哲学家关注的主题。我们这里要讨论的恶，基于这样的背景：既然神被认为是至善，为什么会有恶？基督教产生以后，这个问题变得日益突出。上帝被认为是全知、全能、全善的，上帝是否知道恶的存在？如果不知道，他就不是全知的；如果他知道也愿意加以制止却做不到，他就不是全能的；如果他能够而又不加以制止，他就不是全善的。于是，就出现了以回答这些问题为己任的宗教理论——"神正论"或"神义论"（Theodicy）。Theodicy来自两个希腊词：Theo（神）和dike（正义），意思是：针对世界上存在的罪恶现象，论证上帝的至善和正义。在西方历史上，柏拉图最早提出了"神正论"的问题。

他的思路是：明确区分善的事物与恶的事物，进而明确区分善的原因和恶的原因。在《理想国》中，柏拉图借苏格拉底之口说："神既然是善者，它也就不会是一切事物的原因——像许多人所说的那样。对人类来说，神只是少数几种事物的原因，而不是多数事物的原因。我们人世上好的事物比坏的事物少得多，而好事物的原因只能是神。至于坏事物的原因，我们必须到别处去找，不能在神那儿找。"下面主要介绍奥古斯丁和莱布尼茨的神正论：

第一，奥古斯丁神正论。

自青年时代开始，恶的问题就一直困扰着奥古斯丁，他之所以一度信奉摩尼教，也是因为该教提出了一套和恶有关的宇宙论。在皈依基督教的过程中，他也一直追问这样的问题："恶原来在哪里？从哪里来的？怎样钻进来的？恶的根、恶的种子在哪里？……既然美善的天主创造了一切美善，恶又从哪里来呢？当然受造物的善，次于至善的天主，但造物者与受造物都是善的，则恶确从哪里来的呢？是否创造时，用了坏的质料，给予定型组织时，还遗留着不可能转化为善的部分？但这为了什么？既然天主是全能，为何不能把它整个转变过来，不遗留丝毫的恶？"奥古斯丁的神正论表明：上帝是至善的，恶源于人的自由意志，与上帝无关；恶的存在不仅不影响上帝的伟大，而且更能彰显上帝的至善。

1. 上帝是"造物主"，因而是至善；从根本上说，受造物也是善的。奥古斯丁明确区分"善"和"至善"。上帝是至善，所以不能朽坏；受造物是"善"，所以可以朽坏，"如果没有丝毫'善'的成分，便也没有可以朽坏之处。因为朽坏是一种损害，假使不与善为敌，则亦不成其为害了"。

2. 恶不是实体，而是虚无，是善的缺乏。奥古斯丁曾经信仰的摩尼教认为，恶和善同样源始。皈依后的奥古斯丁则认为，善才是本真源始的，是实体；而恶不是本来就有的和天然的，它只是善的缺乏或从善的堕落。

3. 恶源于人对自由意志的滥用，源于人的堕落。最早的恶源于人基于自身意志的"原罪"。上帝在造人时赋予人自由意志，这个意志既可以被用来向善，也可以被用来向恶。当然，向善的意志即善良意志是合乎上帝本性的意志。邪恶的意志当然不来自于上帝，而是来自于人自身。

4. 我们对于"善"、"恶"的评判，往往着眼于人，如果从整个宇宙的角度观之，则很多所谓的"恶"都有自己的价值和自己的"善"。"这样看来，我们所感知到的很多恶，其实是我们的有限性造成的。"

5. 退一步讲，就算有些事物从其自身看来是恶的，这种恶也并非毫无意义，作为善的陪衬，恶可以愈加彰显善。

在宗教哲学的历史上，奥古斯丁的"神正论"被尊为经典。后来出现的各种形式的"神正论"都或多或少投下了奥古斯丁的影子。

第二，莱布尼茨的神正论。

在近代西方哲学中，莱布尼茨的"神正论"占有重要地位。事实上，"神正论"或"神义论"这个词就是由他首创的。1710 年，莱布尼茨以法文出版了《神义论》一书，该书的全名是：《神义论——关于上帝的慈善、人的自由与恶的来源》。用他自己的话说，该书的主题是："为什么所有一切都取决于他（指上帝），他如何参与创造物的一切行动，他怎么会如果他愿意不间断地创造着创造物，尽管如此却又不是罪的创造者。"

1. 上帝是全知、全能和全善的，不可能是恶的原因。

伦理的恶，责任不在上帝，而在人，因为它是人的自由意志的产物。"创造物应独自承担责任，他的局限性或者最初不完美是它的邪恶之源，他的邪恶意志是不幸之唯一原因。""形体的恶是人破坏道德秩序和形体秩序而产生的恶果，这种恶说到底也是源于人的自由意志，而不是源于上帝。"

2. 上帝没有创造恶，也没有要求恶，但他容许恶。

上帝在造人时给了人自由意志，鉴于他是全知的，即对他的一切行为后果乃至细节都了如指掌，所以，他能够预见人用自由意志去犯罪的可能性，但上帝还是赋予人自由意志，这并不能表明上帝是恶之源，只是表明上帝为了更大的善宁可容忍恶。

3. 从有限观点看来的恶，从无限观点看来却可能是善。

莱布尼茨强调，形而上的和形体的恶都可以成为达到更大的善的手段，但道德的善却无论如何不会具有手段的性质，因为不可以为了致善而行恶。恶的存在可以彰显善，从而使整个世界显得更加和谐美好。

4. 上帝在一切可能的世界中选择了最好的世界。

莱布尼茨认为，尽管这个世界存在着邪恶和不幸，因而它也许不是一切可想象的世界中最好的世界，但它却是一切可能的世界中最好的世界（the best possible world）。"上帝选择了一切可能的世界中之最完美的世界，他容许与此相联系的恶，这是他的智慧所规定的，并不妨碍这个世界从总体上是他可能选择的最好的世界。"

什么是神义论？吴飞也曾说过：

《旧约》中的《约伯记》是关于神义论问题的经典文本。神义论是基督教思想的核心问题。神义论，theodicy，即对神的正义的思考，如何将人世中存

417

在的苦难和罪恶与上帝的全知、万能、至善相容（神的正义与现实世界格格不入）？莱布尼茨第一次将这个问题定义成为"神义论"（《单子论》只是神义论的导言）。神义论问题是贯穿《卡拉马佐夫兄弟》的核心问题，即生活在充满罪恶的尘世间，如何获得拯救？

谈到启蒙时代的宇宙体系与神义论问题，他说过：

神义论问题来自传统基督教中"存在的巨链"的说法，在这个体系中，世间所有的存在物以巨链的形式存在，上帝是最高的存在，尘土是最低的，天使仅次于上帝，人仅次于天使，动物又次于人，植物次于动物——这一巨链构成了现代西方科学理解的基础，放之于时间之中，便是进化论；中间若是缺了一节，是不可以的。那么必然要有一个过渡环节：人和上帝之间存在天使，这是按照理性排列的（莱布尼茨的神义论与预定和谐）。每个存在物虽然都是不完美的，但是都在自己的位置上，所以整个世界是和谐的；上帝为什么要造这样一个世界，会不会有更完美的？莱布尼茨回答：不会，因为这个世界本身是和谐的，只是身处其中的你看不见，就如同在战场上，一个士兵是看不出战争的胜利——全局的和谐。蒲柏（英国诗人）的《人论》（长诗）中写道："凡是存在的都是合理的。"

尤其是《卡拉马佐夫兄弟》一书中"宗教大法官"一段，阿辽沙与伊凡在酒馆的震撼灵魂的相遇和长谈。他们首先谈到生活，伊凡说对生活的渴求是卡拉马佐夫家的特征，阿辽沙赞同说，应当首先爱生活，而不管什么逻辑。然后他们就开始谈到上帝的问题。伊凡说俄国的青年现在一心一意地讨论永恒的问题，全宇宙的问题，那些不信上帝的就讲改造全人类，讲社会主义与无政府主义，然而这是同一问题的两面，说他也愿意承认上帝，却不能接受上帝创造的世界——人生活在其中的世界，不能接受其中到处可以见到的罪恶和苦难，尤其是加于孩子的罪恶和苦难。有许多苦难是人为制造的，人不知怎样才能做到真正爱自己，这就又把谈话从上帝引回到了人，引到了人性的深处，但仍然始终不离上帝，面对上帝！伊凡感觉这样一个人的生活世界和过程就建立在荒诞上面，而且他不愿接受最终的和谐来抵消这过程的荒诞和苦难。这里讲的是神义论问题。

伊凡对阿辽沙说过这么一句话：我接受上帝，但不接受他创造的世界，我可以爱很远的人，但我不能爱身边的人。从这个话我们大概可以了解到，伊凡还是有爱心的，对上帝还是接受的，但是他所有的爱和信仰，都是指向一个抽象的层面，就是说，只有当所有正面的东西都退缩成一种非常抽象的存在时，他才可以信仰，可以爱，一进入具体、眼前的范围，所有正面的东西都没有了。也正在他说这个话的那一章里，他跟父亲、阿辽沙和斯梅尔加科夫在饭桌上谈论俄罗斯人的信仰。他说所有的俄罗斯人都已经没有信仰了，斯梅尔加科夫却说，还是有一两个人有信仰的，这时老父亲就拍桌子，说，这就是俄罗斯人信仰的特点——什么都不信了，却又信那么一点点，而这一点点是在非常远的地方，身边是都没有了，但远处可能会有。如果把伊凡的那种退缩到抽象层面的爱和信仰，跟老卡拉马佐夫所说的俄罗斯人的信仰的特点——总相信还有百分之一，我们姑且这样概括——放在一起来看，我们会得出怎样的结论？伊凡似乎是坚决否认永生、否认道德约束的，可是，我们明明看到了他对卡佳的爱，那个爱非常真实，作家花了很多的笔墨来写的。他和斯梅尔加科夫最后的那场对话的时候，他非常愤怒，这个愤怒又从哪儿来？而且，斯梅尔加科夫还说，所有的人当中，你最像你的父亲。这个又怎么来解释呢？

伊凡是沉默的，他的理性强于感性。他怀疑上帝的存在，但他绝不是把上帝打翻在地，为所欲为的狂徒，他是个痛苦的思想者。在我看来他是个道德感很强的人（比如叛逆那一节，他也无法忍受无辜的孩子所受的苦难），然而正是他这种强烈的道德感和强大的理性，使他离真正的爱越来越远，使他无法理解那种"太阳升起，照着义人，也照着罪人"的爱。

真爱总是与痛苦相联。在小说中，陀氏有意把笔下的人物置于一种万劫不复炼狱般的境地。在他看来，痛苦是心灵净化所必需的。伊凡让我们明白，只有对超验世界怀有发自内心的敬畏，才能找到自己的幸福之源。

伊凡是无神论者，不相信上帝。他推论出来的是：当现在的人已经不再有灵魂不死的信念的时候，他也就可以不受任何道德束缚，想干什么就干什么，无论怎么干都是可以的。他把"人人可以为所欲为"作为自己的处世原则。从这一原则出发，他对父兄之间的矛盾听之任之，把他们比作两条相互撕咬的毒蛇。斯梅尔加科夫认为，伊凡经常说的"既然无所谓善恶，就什么事都可以做"是对他杀卡拉马佐夫的暗示，伊凡在最后关头离开小城是对他杀人的默认，是他的合谋者。伊凡一直否认意识到自己心里的黑暗，他在极度矛盾的心理斗争中精神崩溃。

佐西马长老对伊凡的回答：

人世的真理，就是宗教大法官描述的一切。永恒的真理，是道成肉身的位格生成。按照尘世的真理和人性，一个人是不会为了其他人被钉死的，但是这个就是发生了。上帝并不是一个外在存在，而是人的一种道德至高点（在约伯身上也实现了）。耶稣之死和复活是不可能的（在道德上做了人不可能做的事），上帝的存在也是不可能的。但是在人世间实现这不可能的境界，是对尘世的拒绝与超越，这是对宗教大法官的另一种说法。

佐西马本来是一个普通的军官，追求女人，争风吃醋，好勇斗狠，激起决斗。头天晚上打了阿法纳西两个耳光，早晨起来，看见太阳和小鸟，感到万物都在赞美上帝（心灵干净，忘记昨晚的不快），心中忽然有了可耻和卑劣的感觉，有良心发现。这个感觉是怎样产生的？是要去杀人吗？这导致了佐西马的深切忏悔。凭什么配让一个同是上帝的形象和样式的人来伺候我呢？《创世纪》中说：我们要照着我们的形象，按我们的样式造人。这句经文，是基督教文明理解人性和人的尊严的基础，因为所有人都是按照上帝的形象造的，所以所有人在上帝面前都是平等的。每个人在所有人面前，对所有人都是有罪的。基督教的原罪观，一旦认识到自己罪孽深重（对所有都有罪），就承担起所有人的罪；如同耶稣，就会立刻出现天堂，把自己当做罪人，像耶稣基督那样谦卑，原谅别人，就可以把自己从罪恶中解救出来，不仅承认自己的罪，而且承担别人的罪，这就是尘世的真理与永恒真理的相遇，是神义论。对现代人最大的威胁，并不是魔鬼，而是虚无和无聊（没有价值感；对魔鬼的投降；良心发现之后，是上天堂还是下地狱，只在一念之间；魔鬼清楚什么是真正的好、善，只是从反面来表现这一点），彼此隔绝，并不是被魔鬼诱惑，而是陷入麻烦的空虚状态，走出彼此隔绝的状态（对尘世真理的否定），可能上天堂，也可能下地狱，宗教大法官和其他接近魔鬼的人，比空虚者距离天堂更近。

2011 年 4 月 5 日　苦寒斋

行者：追寻弘一大师的足迹

一

杭州，虎跑寺。

2011 年春季。天朗气清，惠风和畅。湖波香染，令人怡然。

我盘桓而上，一路行走，细雨新绿，空旷怡然，爽朗心境。潺潺流水有声，远处空寂无人，好一个清凉世界！逃脱世俗缠累，仿佛了悟一切。

当年，弘一法师（1880—1942）于这座寺院出家后，又来到灵隐寺受戒。

微风吹过，柳叶婆娑，鸟鸣阵阵，当一颗心真正闲散下来，心境自然就空了出来。

漫步湖畔，我沿着法师的足迹，亦步亦趋，走过他一生经行的路，真有一种浮生如梦的感觉。西湖的美景无数，我无暇顾及，虽不是遁入空门之人，人间诸相，浮世悲欢，我也阅尽。想到大师最终含笑西去留下的那句"悲欣交集"，忽然明白诸相变幻的佛理。

夕影亭上看烟波水面，世事恍若流水，浮生若梦，西湖的笙歌艳舞，如今也已烟消云散。一生不过一瞬，能留住的又有多少？生命只是一个轮回的过程，生命的真谛是什么呢？岁月荏苒，如梦似幻，人生一世，只在呼吸之间。在我们的生命中，与我们相关的一切……西湖四季的春花秋月，时空的日夜交替，社会的过去现在未来，生命的生老病死，等等等等，我们生命所感受到的一切，哪一样不正是如此昭示着轮回呢？而这个轮回过程的解脱之路又何在呢？人世如无边的苦海，众生如无依的落海者，在生、老、病、死、怨憎会、爱别离的循环之中，一切世间的荣枯，都逃不过无常的宿命，如果

421

不趁早认知这个事实，凡夫依旧会陷在黑白颠倒、主客易位、本末混淆的生命困境中，所以，应该早早了悟。

李叔同在艺术征途上如日中天时，又从绚烂的人生归于平淡，立意埋名遁世，过着芒鞋藜杖的艰苦生活。本人相信法师出家，是发菩提心真为生死自行化他觉行圆满，更是一个全新的超越虚幻轮回、开拓生命真实价值的过程。只有对"无常"体悟越深，才越能深刻地感恩佛法、契入修行、解脱轮回。人的生活，可以分作三层：一是物质生活，二是精神生活，三是灵魂生活。物质生活就是衣食；精神生活就是学术文艺；灵魂生活就是宗教。李叔同不见了，世上多了参悟生命的弘一法师。

二

为什么好好的却跑到杭州追寻弘一法师的生命足迹呢？这一切都来源于一个叫行者的年轻人2010年3月28日在北大所做的题为《追寻弘一大师的足迹》的演讲。

2009年11月，行者师兄因深慕弘一大师的品格和著作，曾经追寻弘一大师的生平足迹，行走全国四十余处，其间对于弘一大师的出生地、求学时期、艺文大家时期、教育家时期、出家地、讲经时期、闭关地和涅槃之地，都有较为深入的行路读书。并且在杭州，随缘效仿弘一大师的闭关体验，在普陀山漫游，在鼓浪屿上听潮……

行者师兄是个白领，生活在现代都市，他外表文静，穿着汉服，仿佛没有人间的俗气，像所有的年轻人一样轻狂、叛逆、特立独行和冲动，也有着死死不肯放手的执著历程。然而与其他人不一样的是，他选择用流浪的方式靠近生命的本真。行者跟你我一样是普通人，他只是坚持做他发自内心最喜欢做的事情，这很难很难，但他的经历告诉我们，这是成长必需的一个过程，他做到了。据他讲，他足迹遍布过大半个中国，还有尼泊尔、越南、澳门等地。他那时长期吃各地便宜的小饭馆里的快餐充饥，甚至是简便的白饭，饿极了时偷吃别人门前橘子树上的小橘子和庙里供奉的水果来果腹，还有沼泽地树叶和无人区的野果。在途中，他交各种各样的朋友，喝各地各种的酒，四处奔波，四处逃离。他到处走，也做各种的工作谋生，睡过街头、坟墓边、废弃的工厂、客栈、夜晚的森林……他工作的地方有个十六七岁的小女孩怀孕后自己到厕所生产，最后经理把她开除了。他去找经理据理力争，希望把女孩留下，结果经理奚落道："你以为你是救世主吗?!""我那时才开始真正了解这个世界。"行者说："当时我一直思索，为什么这个世界是这个样子?为什么我们活得这么苦?"

"离开南方后，我去了青海，想一直走，走遍全国。那时我开始认为文化中的真善美可以改变人。必须要有真正的文明的教化，才能够改变这个社会。但后来我到了北京，见了几个有名的前辈诗人和作家，我发觉自己的想法并不十分可行。为什么? 因为他们也还解决不了自己人生的诸多问题，只是专注于那种所谓的文化成就。但那却并不是我想要的。我流浪了那么多年，吃了那么多苦，只是想重新回到内心的纯净，并找到人生中美好的价值，与更多的人分享。自立立人，并非只为博取一些孤独的江湖虚名。"

2006 年，这个年轻的诗人离开北京，来到石家庄的一个村子，自学哲学和社会学，决定要再度找到人生的意义。在这个过程中，他踯躅了大半年，依然未能找到解决问题的方法，直到后来意外地读到一本关于佛学的书，他忽然意识到中国传统文化的博大。2007 年，他借住在太湖边的一个寺院。一边吹奏尺八，学习中国传统文化，一边跟着寺院里的僧人上早晚课。寺院中的老法师给他取了一个法名"妙德"。

他将自己的名字改成了"行者"，从此便用了这个名字，作为自己的志向。他把先前写过的数百首诗，只删剩下了四句："天地山水，疗我伤痕，给我音风，渡我隐忍。"他的生活极其简朴，住处只有书、尺八、古琴、床、两三盆的植物，几乎不需要其他任何的东西。他办尺八的演奏会和讲演，拒绝商业赞助，做主持人则从不问薪酬，终日闭门在房子里读书、写作、练习尺八。

陌生的朋友给他汇钱，他交过房租后，依据数年中读过的弘一大师著作，决意去行走弘一大师生平的重要足迹，借以继续积淀和检验自己。于是，在北京住了不到一年的时间，他又离开了北京，用了一个多月时间，行遍五省四十余地，直到在厦门某山寺路边的一块碑刻上，看到一幅弘一大师的书法："种种恶逆境界，尽情看作真实受益之处。"这句话让他心有所悟，为他的人生再度指明了一个更为博大的方向。

他和许多人一样，也在思考和追问人生的意义。他和不同的朋友交流了一个问题，即"在每个人的一生中，你能改变什么?!"他这样说：

于我自己，我只是流转在大地上的孤独一人。故乡是出生的地方，我的生命再度开始，在世事中修养自己，这才是真实的目的。而非人生如戏，我在人群中随波逐流，洋洋自得或屈从于生存，在幻梦中晃荡一辈子。

然而，仅仅这样还是不够的。一个行者，若只关注自己，不能关怀别人，并在改变自己和他人的过程和结果中体现自己的人生价值，那么，即使人生是一场旅程，这场旅行的意义在哪里呢? 倘若没有自立立人的志向，或作孤高、或作癫狂地和这个社会对抗，他的生命于人又有什么真实的用处。

我对一个朋友说，不同的人有不同的身份，不同的立场，继而有着不同的思维，不同的抉择。你能改变什么? 当你做好了自己该做的事情时，你首先改变了自己。当自己发生变化时，身边的环境和人，也会随着变化。到了那个时候，你就已经抵达了你的目的。

当你遇到一些难以接受的事情，若是不能全部去改变它，就要择其善而从之，先去做你力所能及的。不必毫无意义地指责社会或者他人，持续地做没有实际意义的行为。也不要在发泄式的情绪中，不但未能增加善的存在，减少恶的滋生，反而容易让自己成为一个虚无的说教者。于人于己皆无益处。

所以，你所想改变的，所能改变的，依然是唯有做好了自己，才能真正地从根源上解决一切。就如身教更胜言教。当你成就了自己，也帮助到了别人，自然会有更多的人向你请益。因为在这个信息发达的时代里，其实大部分人都能了解，我们缺乏的不是道理，也不是智慧的书籍，而是真正做到了那些道理的人。

那么，从改变我们自己开始改变我们的世界。这种最为积极的方式，也许就是当下的我们所最有必要做好的事情之一。

行者师兄把旅游分为三类，风景游、人文游、"心游"。他说，"心游"又称心灵行游者。即在所有游历的地方随遇而安，无论顺境还是逆境，将每一次的行走都看做是一次生命的终与始。并在行游或人生的过程中，找到自己恒定的信念和方向。不但知行合一，而且自利利他，借此以体悟和完善自己的心灵与品格。十年的行游生涯后，当我真正地领悟到生命的价值在于成就自己，更在于和他人互为成就，将美好的东西分享给他者，才是最大的快乐时，常对希望追随我的朋友说，人生最美好的路途不是周游四海，而是完善自己。这种旅行法，推及他人，是目前世界各地行游者中的凤毛麟角。譬如我极慕的庄子、唐朝的玄奘大师、一行禅师、民国的高鹤年。但亦不仅限于极致之处，凡是有志于"心游"的人，如大多数的人皆为普通人，普通人完善自身，可以为好人。好人继续完善自身，可以为君子。君子继续完善自身，可以为圣贤。但只在行途中有所进益的"心游"行持者，不论当下的心行高低，都可以称之为"心游"者。

感谢行者师兄的分享。听完讲座，仔细梳理弘一大师的人生足迹，再次深深感受到弘一大师的人格魅力，亦感悟良多……弘一大师的生平经历了六个阶段：天津（出生地）——上海（学习文艺的地方）——日本（留学）——杭州（出家地）——浙江、福建（云游生涯）——泉州（涅槃之地）……弘一大师出生在天津一个望族，父亲是大善人，他自幼跟随天津名士学习文化典籍，少年时期就隐约有大家风范。二十六岁那年是最快乐的，此后不断被人生的忧愁悲哀笼罩。于是，三十九岁那年剃度出家。

转眼我也到了这个年龄，这些年我经历了太多的挣扎，直到遇见了我的师父，内心才静了下来。2007年以来，我数次去过杭州孤山拜祭林和靖、马一浮、苏曼殊这三位古今卓著的名士，尔后像我心中向往的弘一大师一样，致力于自己的内心修养。此后，我四处搜集弘一大师的著作，认真细读。

1942年，弘一法师六十三岁时患上第三场大病。他谢绝医药，有条不紊地作最后的交代，以了却尘缘。8月29日下午5时，弘一法师向侍者妙莲交代五件事，其中第五件事是这样说的：

待七日后再封龛门，然后焚化。遗骸分为两坛，一送承天寺普同塔，一送开元寺普同塔。在未装龛以前，不须移动，仍随旧安卧床上。如已装入龛，即须移居承天寺。去时将常用之小碗四个带去，填龛四脚，盛满以水，以免蚂蚁嗅味走上，致焚化时损害蚂蚁生命，应须谨慎。再则，既送化身窑后，汝须逐日将填龛小碗之水加满，为恐水干后，又引起蚂蚁嗅味上来故。

1942年九月初四晚上八时，弘一法师在温陵养老院晚晴室圆寂，右胁而卧，神态甚是安详。

人的生命其实很渺小，宇宙浩瀚无垠，地球以外还有太阳系、银河系、河外星系、总星系等，地球只是宇宙沧海中的一粟。我们所追逐的名、利、权、色，就是海市蜃楼。海市蜃楼就是一种美丽的幻象，它会让你痴迷以至疯狂地追寻，最终空无所获，甚至有可能在沙漠中迷失自己。大多数人是活在自己的心外，为什么总是要在执意寻求后才幡然醒悟呢？

突然之间，我感觉自己有些像行者师兄一样，"在种种无常的世事中，做到了一个个既定的理想。终在穷其根源之时，探寻人生的终极真理，成长为一名不断超越自心的行者"。在浮华躁动的当下，西藏一直是我心目中向往的神圣地方。或许有那么一天，我流浪西藏。我渴望着有朝一日成为像行者那样的人，成为一名自然主义的诗人和一名依止于宗教的奥义修持者。那种流浪者的孤独体验，那种与大自然融为一体的感受，那种在比较极端的环境下对一切本质问题的思索与拷问……那种辽远空阔、自由淳朴的世界对我的吸引是致命的，那才是真实的生命本身。都市生活对人的侵蚀总是让我们避之不及。繁忙和信息冗杂的生活把我们的心变得钝了，人和人的关系变得比较钝，所以说，选择远离都市的流浪，其实是一种面向童年与古老生活的复归。

这样一个行者，胜过无数文化"名流"，更接近生命的本真。正如他所说："做好自己，不要看外面发生什么。拒绝流行、潮流的。拒绝丧失品德和价值的。如果你以为自制是束缚，自由是放任……如果你轻易被他人的言行影响甚至改变言行，你已经失去了你自己。在这个时代中，毫无信念的特立独行，只会是肤浅，毫无坚守的跟从，也只会是愚蠢。难能可贵的是那些修养自己的人，身处浊世，愿我们都努力向着更好的境地，闹时炼心，静时养心，坐时守心，行时验心，言时省心，动时制心。"

追寻弘一法师的足迹，我感觉每个人都是自己生命中的行者。我尤其欣赏行者师兄身上的那种自律背后的大生命的自由。渴望真的有那么一天，在减轻了生存的压力以后，我流浪远方——远离城市到乡村，重新恢复那颗敏感、敏锐、柔弱、充满温暖的心，这颗心在我长大的过程之中覆满灰尘。

三

1918年李叔同三十九岁盛年突然出家，不仅当时就成了社会上议论的话题，即便是现今，也依然成为人们探讨的对象。由于大师本人未直接谈论自己出家的主观原因，因此，围绕大师的出家，众说纷纭。

人们谈起弘一法师，更多的人感兴趣的可能还是他出家的原因，即是什么使一个风流才子抛弃掉尘世繁华而投身于青灯古佛之中呢？从弘一法师的研究来看，学界认定他出家的原因大致有如下几种观点：破产说、失恋说、人生三层楼说、屈子自沉说、罪孽深重说、解脱病苦说。无论前人今人，如何评说李叔同出家缘由，并非没有道理。

在佛教的观念里，一切现象都是因缘和合而成的。所以每种现象的产生，都需要许多"缘"。因缘为"因"与"缘"之并称。因，指造成生活结果的直接内在原因；缘，指外来相助的间接原因。简而言之，即产生结果的一切原因总称为因缘。一切万物皆由因缘之聚散而有生灭，即：缘起缘灭。任何现象都是依一定的因（起根本、内在作用的条件）、缘（起辅助、外在作用的条件）的集合而生起、而变化、而消灭。一言概之，一切现象都是特定条件的暂时集合，就像车子是由各种零件组合而成一样，又像三捆芦苇互相支撑而得以牢固，若去其一，余二则倒，若去其二，余一则倒。

"清癯如鹤，语音如银铃"是日本商人内山完造第一次见到弘一大师的印象。从李叔同到弘一法师，由一个凡夫历经了人生繁华的风流才子转变为一代佛法大家，在表面上看来似乎是一个偶然，然而，当我们透过这些表面现象，便不难看出隐藏在其中因缘和合的必然性。我大致地分析研究了有关资料，认为促成他出家的原因很多，既有自身的主"因"，也有"缘"，而最根本的原因还在于他自己的"因"。我们来看看弘一大师在自述《我在西湖出家的经过》中所说的：

杭州这个地方，实堪称为佛地，因为那边寺庙之多，约有两千余所，可想见杭州佛法之盛了。（杭州浓厚的佛教氛围，是最大的外"缘"）

在钱塘门外，靠西湖边有一所小茶馆，名"景春园"，我常常一个人出门，独自到景春园的楼上去吃茶。当民国初年的时候，西湖那边的情形，完全与现在两样。那时候还有城墙及很多柳树，都是很好看的。除了春秋两季的香会之外，西湖边的人总是很少，而钱塘门外，更是冷静了。在景春园的楼下，有许多的茶客，都是那些摇船抬轿的劳动者居多。而在楼上吃茶的就只有我一个人了。所以我常常一个人在上面吃茶，同时还凭栏看看西湖的风景。（喜静，独处，淡然，道佛一家，是主"因"）

曾有一次，学校里有一位名人来演讲。那时，我和夏丏尊居士两人，却出门躲避而到湖心亭上去吃茶了。当时夏丏尊曾对我说："像我们这种人，出家做和尚倒是很好的。"那时候我听到这句话，就觉得很有意思，这可以说是我后来出家的一个远因了。（内在向善、淡泊的心性是主"因"）

到了民国五年的夏天，我因为看到日本杂志中，有说及关于断食方法的，谓断食可以治疗各种疾病。当时我就起了一种好奇心，想来断食一下。因为我那个时候患有神经衰弱症，若实行断食后，或者可以痊愈亦未可知。要行断食时，须于寒冷的季候方宜，所以我便预定十一月来作断食的时间。至于断食的地点呢？总须先想一想，考虑一下，似觉总要有个很幽静的地方才好。当时我就和西泠印社的叶品三君来商量，结果他说在西湖附近的地方，有一所虎跑寺，可作为断食的地点。那么，我就问他，既要到虎跑寺去，总要有人来介绍才对，究竟要请谁呢？他说有一位丁辅之，是虎跑寺的大护法，可以请他去说一说。于是他便写信请丁辅之代介绍了。因为从前那个时候的虎跑，不是像现在这样热闹的，而是游客很少，且是个十分冷静的地方啊。若用来作为我断食的地点，可以说是最相宜的了。（夏丏尊居士、丁辅之是偶然的助"缘"）

我以前虽然从五岁时，即时常和出家人见面，时常看见出家人到我的家里念经及拜忏。而于十二三岁时，也曾学了放焰口。可是并没有和有道的出家人住在一起，同时也不知道寺院中的内容是怎样，以及出家人的生活又是如何。这回到虎跑寺去住，看到他们那种生活，却很欢喜而且羡慕起来了……这一次，我之到虎跑寺去断食，可以说是我出家的近因了。及到民国六年的下半年，我就发心吃素了。（小时候家庭就受到佛教氛围熏染，以及倾心佛教的生活方式，这些是远

428

的助"缘")

因为多年没有到杭州去了。西湖边上的马路、洋房也渐渐修筑得很多，而汽车也一天比一天地增加。回想到我以前在西湖边上居住时，那种闲静幽雅的生活，真是如同隔世，现在只能托之于梦想了。（向往闲静幽雅的生活，是主"因"）

有评论说弘一法师出家的原因是"破产说、失恋说、人生三层楼说、屈子自沉说"，自然有其道理。可在我看来，如果真的出家若要离开主"因"和外"缘"，恐怕出不成。关于这点，只要对照夏丏尊居士就可以明白。李叔同的出家不能简单地斥之为消极遁世或用神秘的宿命论观点一味地捧为菩萨化身，而应实事求是地作具体的分析，去寻找只属于李叔同的独特的出家原因。我觉得从佛教的观点来观照，或许更契合。接下来我便从主"因"和外"缘"切入来剖析一下大师为什么出家。

李叔同的父亲李筱楼是晚清进士，任过吏部主事。清光绪六年（1880年）仲秋，已近古稀之年的李筱楼喜从天降，他的第五房姨太太替他生了个健康可爱的男孩，王氏这年才二十岁。李叔同五岁那年，父亲撒手而去，他在母亲和兄长的抚育下成长。他六岁时开始读书，八岁时就读唐诗，十岁读《孟子》，十二岁便习训诂、读《尔雅》、《说文解字》等，十五岁读《左传》。其父李筱楼当过吏部主事，后辞官经商，先后创办了"桐达"等几家钱铺，挣得偌大一份家业，被人称为"桐达李家"。尤其难能可贵的是，他乐善好施，设立义塾提供免费教育，创立"备济社"，专事贩恤贫寒孤寡之人，施舍衣食棺木，有"李善人"的口碑。李筱楼晚年喜好内典佛经，尤其耽爱禅。很显然，他的言传身教对儿辈尤其是李叔同影响极大。

李叔同的父亲晚年礼佛，常常请僧人到家中诵经和拜忏。1884年，李筱楼患病不起，而临去世的时候，更是延请高僧，在病榻前反复诵念《金刚经》，整个丧事期间，按照老人的嘱咐，逐日分班诵经，送他往西天。五岁的李叔同不仅看到了佛事全过程，并生发兴趣，"见僧之举动，均可爱敬，天真启发，以后即屡偕其侄辈，效放焰口施食之戏，而自据上座，为大和尚焉"。父亲去世时的安详形象更是给了他深刻的形象。这些都对他成年以后领悟佛

429

法奠定了感性基础。于佛教仪轨及佛教知识，童年时代的李叔同就不陌生，而于父亲的乐善好施的仁爱情怀和对儒家道德规范的虔诚尊奉等也记忆特深。李叔同童年时代与少年时代所学习、接受的主要是儒学与佛教，并以儒学为主，佛教为辅。早在少年时代，深受佛教熏染，就有"慧根"。在少年时代，李叔同"即有无常苦空之感"，至"母段，益觉四大非我，身为苦本"而诵出"人生犹似西山日，富贵终如草上霜"之句。他在年纪幼小时，即对人生无常、时光飞逝具有深切的体会，而这并非什么具有负面价值的消极心理特征。之后，内心疑惑日增，他开始研习宋元性理之学即所谓程朱理学。但性理之学是纯主观的，并不能解决他面临的现实问题和内心的疑惑，遂转学道教，案头常置《道藏》，不时研读，作断食试验。但是道教学说没有为他探索人生究理提供答案，也未能给他感化世人指点迷津。于是他便转而学佛，从佛学中去寻求解答。他还常常没头没脑地"自知世寿不永"、"强有十年生期"，故而要"赶紧发心修行"。

1911年李家经营盐业失败，家庭破产，百万家资荡然无存。随后，又因政局动荡、金融混乱，仅剩的桐达银号亦随之倒闭，李叔同名下的万元也随之漂流而去。苦闷之余，光绪二十三年十二月，李、俞二户殷商联姻，成为轰动天津的新闻。面对他的结发妻子俞氏，他难以掩饰内心无爱的尴尬、空虚、寂寞和痛苦。新婚燕尔，他并无喜悦之感，因为他并不爱这个姑娘，纯是为了慰藉母亲的凄苦心灵而结婚的。不久以后，生母去世。李叔同天性纯孝，丧母之痛乃是其人生至痛。二十六岁那年，他心中再无牵挂，遂决意告别故里，留学东瀛。留日期间，李叔同考入当时美术界的最高学府，经名师指点专攻西洋油画。同时又在音乐学校学习钢琴和作曲理论，还跟随名家研究新剧的演技，而后一举成为中国现代话剧第一人，中国西洋油画第一人，中国钢琴音乐和艺术教育第一人。也是在日本，他和日籍女子结婚，度过了人生短暂的美好情爱生活。回国以后便赶上辛亥革命，虽则提倡教育亢奋救国，然而几经挣扎后便放弃了。按电影《一轮明月》里的台词说，他觉得"灵魂的解脱才是首要的"。这个时候，他由艺术而转入宗教也在顺理成章的暗暗转化之中。

李叔同历经帝制、民国、外侮侵略、军阀混战，各方今日为亲，明日为仇，战乱频仍，民不聊生，外面扰攘，心不能安。他领悟能力超过一般人。

"庶出"身份和幼年丧父的经历，确曾在他的心灵上烙下生命脆弱、人生短暂的深刻印象，以后他在自己的诗文中也时时流露出"无常意识"。从李叔同的生平来看，他的出家和他的人生领悟有着密切的联系。在三十多年的人生漂泊中，世事的无常、人生的短暂、人世间的功名利禄、恩爱情长、得失成败均为他看穿。再加上时局动乱、民不聊生的社会现实，面对众生之苦与己身之苦，又怎忍看着众生流离失所，苟活偷生呢？尘世的困惑和生命的虚幻使李叔同只好寄身于佛门净地，以求精神上的暂时安定。苦闷的灵魂别无出路，他唯有去寻找宗教的精神抚慰。

凡在艺术上能有造诣之人，往往有着比常人更丰富的内心情感。然而在乱世，这份敏感和丰富，虽不害人却能折磨一个人纯净的内心。作为至情至性之人，李叔同内心的痛苦谁人能知？也只能从《落花》等那些诗词中感受了：

纷，纷，纷，纷，纷，纷……
惟落花委地无言兮，化作泥尘；
寂，寂，寂，寂，寂，寂……
何春光长逝不归兮，永绝消息。
忆春风之日暄，芬菲菲以争妍；
既乘荣以发秀，倏节易而时迁。
春残，览落红之辞枝兮，伤花事其阑珊；
已矣！春秋其代序以递嬗兮，俯念迟暮。

荣枯不须臾，盛衰有常数；
人生之浮华若朝露兮，泉壤兴衰；
朱华易消歇，青春不再来。

李叔同年轻时身材修长、颜容清秀，满腹斯文、潇洒落拓，是一个人见人爱的俊逸才子。读读他早期写的诗《遇风愁不成寐》、《感时》、《金缕曲》，蕴含着浓郁的忧患意识；《幽居》、《幽人》、《悲秋》、《长逝》、《天风》、《落花》等歌诗，散发着厌倦尘世纷扰之意。这些看似"消极"的诗歌是否是他

431

生命意识的觉醒呢？他风流洒脱的外表下有一颗忧郁的心，在尘世无人知晓。世人眼中的繁华，在他的眼里只是辛酸。目睹家败国破，他无力拯救。在他眼中，每个奔走的人，都是为了活命的蝼蚁。他是一个心性敏感感情丰富的人，从小就同情"下等人"，甚至爱及小动物。他去日本留学时，曾特地拍了电报来问家里养的猫平安否。在圆寂前，再三叮嘱弟子把他的遗体装龛时，在龛的四个脚下各垫上一个碗，碗中装水，以免蚂蚁虫子爬上遗体后在火化时被无辜烧死。李叔同沉默寡言，离群索居，避世绝俗，孤芳自赏，对佛、佛徒的敬慕与寺院生活艳羡，慈悲众生与佛门慈悲的灵犀相通，确属事实。加上当时政局黑暗，社会腐败，救国无望，内心悟空，潜移默化，就渐渐有皈依的心态了。

许多事情，看似复杂的表象之下都有着深刻的内因。有些人，比如夏丏尊居士，对于佛的向往不过说说而已，他向叔同发了一通牢骚"这样做居士究竟不彻底，索性做了和尚，倒爽快"之后，并不会认真付出行动。李叔同不是这样的，他有着极其可贵的品格，就是"认真"。让夏丏尊没有想到的是，恰恰这句愤激之言恰恰成了李叔同出家的助缘，果真"彻底"出家了。

回到学校的时候，也就是1917年的下半年，他开始吃素。到冬天的时候，他请了许多经，如《普贤行愿品》、《楞严经》、《大乘起信论》等，在自己的房里也供起佛像来，如地藏菩萨、观世音菩萨等，天天烧香。放年假的时候，他没有回家，而是在虎跑寺过的年。

1918年正月，他在虎跑寺拜一位老和尚为师。农历二月初五是李叔同母亲的忌日，他提前两天到虎跑诵了三天的《地藏经》，为母亲祈祷。这个时候，他还在学校任教，却已经决定出家了，所以，在五月底，他把自己课程的考试提前，赶回虎跑寺。这次，他开始穿出家人的衣裳，准备第二年剃度。夏丏尊看他没有出家，却穿出家人的衣裳，就说："既住在寺里面，并且穿了出家人的衣裳，而不即出家，那是没有什么意思的，所以还是赶紧剃度好。"暑假后，夏居士就想去看他，由于父亲病了，到半个月以后才到虎跑寺去。相见时吃了一惊，已见李叔同剃去短须，头皮光光，着起海青，赫然是个和尚了！他笑说：

"昨天受剃度的。日子很好，恰巧是大势至菩萨生日。"

"不是说暂时作居士，在这里住住修行，不出家的吗？"

"这也是你的意思，你说索性作了和尚……"

马一浮提倡佛法，自己却只是居士，且用佛法来理解儒学，也常常说，信佛不一定要出家。事实上，民国时期的许多名士都有读经的习惯，却并不出家。李叔同最终在1918年农历七月十三日剃度，落发为僧。

出家二三年后，1920年6月，李叔同欲往新城贝山掩关，杭州的朋友们在银洞巷虎跑寺下院为其饯行。席间，弘一法师指着夏丏尊对大家说："我的出家，大半由于这位夏居士的助缘，此恩永不能忘！"

大师志向高远离欲舍俗，道心坚固。道心与信心不同，它是出家人与在家人最重要的区别。如果只有信心而没有道心，则走在家居士的道路也可以，但走出家之路就很困难。凡事认真、凡事皆欲身体力行的精神亦是他异于常人之处。当他决定做某件事时，总把全身心的精力、兴趣、爱好完全彻底地投进去，所以做什么像什么，进什么领域，总能在该领域取得卓越的成就。在浊为名流，在艺为大家，在教为名师，在佛为高僧。俞平伯也如是说"李先生的确做一样像一样；少年时做公子，像个翩翩公子；中年时做名士，像个风流名士；做话剧，像个演员；学油画，像个美术家；学钢琴，像个音乐家；办报刊，像个编者；当教员，像个老师；做和尚，像个高僧"。1912年秋，李叔同在杭州任教时，强调用"美感教育"感化学生，所谓"以美感教育，完成其道德"。一次，一学生失物，疑为某生所窃而无实据。舍监夏丏尊愧疚求教，李叔同认真地为他出一主意："你若出一布告，说作贼者速来自首。如三日内无自首者，足见舍监诚信未孚，誓一死以殉教育。果能这样，一定可以感动人，一定会有人来自首——这话须说得诚实，三日后如没有人自首，真非自杀不可。"此语足见他对感化教育的信念。在当时，李先生的人格和学问统制了我们的感情，折服了我们的心。他从来不骂人，从来不责备人，态度谦恭，同出家后完全一样。然而个个学生真心地怕他，真心地学习他，真心地崇拜他。所以丰子恺说："他是实行人格感化的一位大教育家，我敢说自有学校以来，自有教师以来，未有盛于李先生也。"感化博爱群生，普及物类，与他早年抱负和认真态度是一贯的。这种胸怀与"慈悲为怀，普度众生"的佛法亲缘甚近，他日严谨律己空门修行是很合情理的了。

弘一法师出家时谈及自己在俗时的性情曾向寂山法师坦承"……弟子在家时，实是一个书呆子，未曾用意于世故人情，故一言一动与常人大异"。他并不是一个无"情"的人，只是他以众生为有情，以悲悯为大爱，他的胸怀是更勇敢、更博爱、更宽阔。他悲悯整个尘世，把每一片落叶都当做是哀婉的悼词。弘一法师是活在人世的悲悯的佛。他不是一个追逐尘世间营营的人，他更向往"廓而忘言，华枝春满，天心月圆"的境界。说到底，李叔同是一个纯粹的艺术家和僧人，始终保持着一个纯粹知识分子和高僧大德所应有和特有的品性。张爱玲说："不要认为我是个高傲的人，我从来不是的——至少，在弘一法师寺院围墙的外面，我是如此的谦卑。"梁实秋、林语堂说，李叔同的演讲稿与处世格言一字千金，值得所有人慢慢阅读，慢慢体味，用一生的时间静静领悟。

反观鲁迅，他比弘一法师小一岁，可谓不折不扣的同代人。两人在年龄、家庭、教育、才华等有不少相似之处，然而由于家世、性格、地理环境和人文环境的不同，终于沿着不同的道路走向各自的归宿。可在生命的终极制高点上，两位精神现象各异的大师却又同归于一。鲁迅是非常之人，智慧异常，非常自负，然而他对于弘一法师十分尊敬，因能得到大师的书法而欣喜。

弘一大师在《人生之最后》中道，"见此讲稿，悲欣交集，遂放下身心，屏弃医药，努力念佛。并扶病起，礼大悲忏，吭声唱诵，长跪经时，勇猛精进，超胜常人"。想起鲁迅临终前的绝笔遗言，别是一番滋味。1936年，鲁迅在上海逝世。生前，他立下遗言：

一、不能因为丧事收任何一文钱，但朋友的，不在此例。

二、赶快收敛，埋掉，拉倒。

三、不要做任何关于纪念的事。

四、忘掉我，管自己的生活。倘不，那就是真糊涂。

五、孩子长大，倘无才能，可寻点小事情过活，万不可去做空头文学家或美术家。

六、别人应许给你的事物，不可当真。

七、损着别人的牙眼，却反对报复，主张宽容的人，万勿与他接近。

心力交瘁的鲁迅，念念不忘这些，足以说明他对人性的绝望。这是一个被人性劣根深深伤害的人，即便他有天才，也无法让自己学会原谅，最终没能解脱痛苦，这让为他送行的也感到不好意思。

四

弘一大师曾对他的依止师寂山住持说"弟子出家，非谋衣食，纯为了生死大事"，而"生死大事"的解脱实际上便是对人生哲理的探求。为僧并不是消极避世，解脱尘世的业报苦海，而是为了完成自己的夙愿，即普度众生脱离苦海。他把财产、子孙、名利看成是身外之物，把学术文艺也看成是暂时的美景，甚而认为自己的身体也是虚幻的存在，不肯做本能的奴隶，要追究灵魂的来源、宇宙的根本。

因此，他出家修梵行后，弃绝人间的一切享受，时时提醒自己要在"名闻利养"之外"勇猛精进"地钻研佛经，茹苦自励地修行，在24年的僧侣生涯中先后八次闭关静修。立志从"空"上立脚，而向"不空"努力。用他自己的话说空者是无我，不空者是救世之事业。

佛陀临终有遗言，佛灭度后，以戒为师。戒的重要性不言而喻，人需要有所不为的，倘若没有这些藩篱，胡来一通，是很容易堕入恶习之中的。弘一法师最令人钦佩的是，他在自南宋以来戒律松弛了一千多年后，能够重新中兴律宗，为后人树立起一个可以学习的典范。这种精神和这番毅力，都是十分难能可贵的。

法师出身富宦之家，年轻时过着十分富裕的生活，但遁入空门后，深究佛门戒律，赤脚芒鞋，孑然一担，云游四方。他律己至严，治学至勤，操行至苦，一心一意地研习戒律，一切都按照佛制，从自身的行持做起。法师持律严谨的态度从一些日常小事中就能看出，一领衲衣，二时斋饭，少欲知足，从不浪费。弘一法师自杭州西湖虎跑定慧寺出家后，于同年9月在灵隐寺受具足戒，既然发心学戒，便立志"实践"，一餐一食皆修行。每日只食二次，第一次大约在上午六时左右；第二次是上午十一时，且每餐只用一道菜。法师对饮食的要求非常简单，从不浪费。在漳州时，随身只带一床单薄棉被和留有补丁的蚊帐，一把破雨伞、几件衣服及一叠经书。每天仅吃几小碗稀饭。居七宝寺时，与法师交往甚密的施家子弟轮流给法师送饭供奉，大师吃完饭后，还要用舌头把碗内舔干净，表示爱惜劳动果实。1941 年，他在晋江福林寺住十个月，总是披衲粥菜度日，每天只用两餐，午后不进食，只饮白水。晨昏均于古寺旁小溪边盥洗。生活琐事，件件自理，其清苦精神，令人敬佩。大师入山初期，便学头陀苦行，僧衲简朴，赤脚草履，持律甚严，"大师于日间自定有阅读、讲律和礼诵等常课，绝不浪费时间。到天将薄暮，则持珠念佛，经行散步，入晚即就褪寝，绝少点灯，颇有占德怜蛾不点灯的遗风。律中规定穿不过三衣，食不过午时，他都业守不越，这是所以戒贪奢之妄念"。大师常将别人送他的夹衫厚袄转赠他人。其弟子刘质平谈道："先师五十诞辰时，余细数其蚊帐破洞，有用布补，有用纸糊，坚请更换，不许，为僧二十五载，所穿僧服，寥寥数套而已。"姜丹书在《追忆弘一大师》中提到，"上人有一件百衲衣，计有二百二十四个补丁，皆亲手自补"。

大师出家后秉承大乘教义，他不以"自度"为满足，而是积极"度人"：他既以自己的人格力量去感染周围的僧俗，又到处游方弘律讲法，还与学生丰子恺、刘质平等合作，编写《护生画集》、《清凉歌集》，并在日寇侵华、民族危急的关头号召僧俗各界"救国"，作出以身殉教的大无畏举动。他的行为在东南地区有效地改变了佛教在世人心目中的印象，影响至为深远。1929 年由丰子恺作画，他题词，李园净选材并编辑的《护生画集》，由上海佛学书局出版。全书诗书画合一，"以人道主义为宗趣，以画说法"，提倡护生，反对杀生。弘一大师在卷首书写题赞："普度众生，承斯功德；同发菩提，往生乐园"，表明了人与自然和谐相处的理念。《护生画集》在国内外影响广泛。此后，丰子恺又作《护生画续集》，直至《护生画六集》，以祝弘一法师百岁诞辰。在作《护生画三集》时，弘一大师已圆寂，可见师徒二人的情谊和大师的人格魅力。大师常将《华严经》编成《华严集联三百》，通俗易记，并书写成条幅分送僧俗各友好，广传其佛教思想，真可谓不遗余力。

弘一大师发愿研习戒律，先是阅读和研习佛教经典，通过研习有感于当时佛门德行日衰之现状，深感不弘律不足以严峻佛门，不弘律教事业难以兴盛。因此，经过艰辛的努力，他著成了《四分律比丘戒相表记》、《南山律在家备览》、《四分律行事钞资持记扶桑集释》、《南山律苑文集》、《南山律宗书目提要》等；创办南山律学苑，又创办闽南佛教养正院，培养了大量青年僧才。他对佛律的发扬光大，使湮没七百年而不为世人所闻的南山律教得以重兴，佛教界因此学律之风日盛，人人以学律为荣，而大师也因此被中国佛教界尊为"南山律宗第十一代祖师"。大师的佛学思想体系，是以华严为境，四分律为行，导归净土为果的，形成了融净土、戒律、华严于一炉的思想格局。他尤其重视生灵离世前的念佛，强调"一念"的作用，主张为即将离世的人实行助念，这是当代佛教临终关怀的源头，已为后人所效法。

佛教各宗派中，弘一大师只重视律与净土，具体说乃是持律以修净土。他也讲《心经》、也写抄《华严经》，便谓其兼宏华严与禅，其实不然。因为他对华严所知所取有限，于华严学并未深入，故于古人所重之法界观、十玄门、五教均不在意。他为什么重净土而轻华严天台与禅宗？台湾学者龚鹏程认为，"是因法师于修行，重他律而不重自律。但法师之行为只能说是律己甚严，而这律己之律，却非自律的，不由心来，乃由法来"。与其律学相关，弘一法师佛学思想另一特殊处，在于他重有不重空。"弘一之所以重有甚于空，是因重视佛教的人间性，强调积极、利生。"这是很有道理的。弘一大师曾在《佛法非说空以灭人世》一文说：

> 常人因佛经中说"五蕴皆空"、"无常苦空"等，因疑佛法只一味说空。若信佛法者多，将来人世必因之而消灭。此说不然。
>
> 大乘佛法，皆说空及不空两方面。虽有专说空时，其实亦含有不空之义。故须兼说空与不空两方面，其义乃为完足。
>
> 何谓空及不空。空者是无我，不空者是救世之事业。虽知无我，而能努力作救世之事业，故空而不空。虽努力作救世之事业，而决不执著有我，故不空而空。如是真实了解，乃能以无我之伟大精神，而作种种之事业无有障碍也。

此外，弘一大师在《佛法大意》中说："佛法以大菩提心为主。菩提心者，即是利益众生之心。故信佛法者，须常抱积极之大悲心，发救济一切众生之大愿，努力作利益众生之种种慈善事业，乃不愧为佛教徒之名称。若专修净土法门者，尤应先发大菩提心。否则他人谓佛法是消极的、厌世的、送死的。若发此心者，自无此误会。至于作慈善事业，尤要。既为佛教徒，即应努力作利益社会之种种事业。乃能令他人了解佛教是救世的、积极的，不起误会。""不空"即被大师视为属于救世事业部分。

最近几年，对弘一法师的关注多了起来。有关大师的许多拍品未拍先热，其中弘一法师的书法作品更是引起了诸多收藏家的热切关注。弘一大师自出家后，诸艺皆疏，唯恐耽误自己修行。他援佛入书，创作出一种宁静、淡泊、空灵的新书风，给崇尚雄强、刚健、劲厉之美的近代书坛带入了一股新鲜空气。观其书法和诗词，于精神深处获得一种超乎自然的智慧，骨子里冰清玉洁，全身爽快，大有脱胎换骨之感。

晚年的他虽已走入空门，但他仍离不开艺术，他借助艺术的手段把禅境延伸到艺境，又借禅的玄机妙理把艺境提高到佛境。大师以书写佛教内容条幅，分赠他人，用以传教。他的书法风格也一改年少意气风发时的刻意求和锋芒毕露，代之以圆润含蓄、疏朗瘦长的笔体，给人以大巧若拙、浑然天成的感觉，展现的是种平淡、恬静、冲逸的美，给人一种宁静、空灵之美，展现了一个大彻大悟、无欲无求、心安神定的佛陀世界。他晚年的书法削繁就简，结体瘦长，章法疏阔，给人一种清寒、悲凉之感，尤其是用笔清晰圆润，藏锋含蓄，用墨淡雅，结体疏朗，书写速度均匀，圆转处不求势，停笔处不见着力点，没有一点烟火之气，给人一种极静之美。鲁迅、郭沫若等现代文化名人以得到大师一幅字为无上荣耀。他的成功在于把书法的视觉形式和自身的文化内涵融为一体。书法对他来说只是一种工具，一种传递人生信念的工具，以书法为工具引导人们进入一种较高的思想层面。弘一大师把人、艺、道三者如此和谐地统一在一起，达到书法的上乘境界——大我之境，可以说，书法已变为他生命的化身、人格的完善与文化哲学思想的自然契合。佛曰："众生皆苦"，大师以其大智慧、大慈悲、大觉悟重入"苦海"，度世度人度己。

2013 年 1 月 24 日

陈晓明：另一种匮乏

一

再次聆听陈晓明讲课，是在北大二教。彼时是 2010 年 3 月 16 日上午。

这次讲阿城的《棋王》。陈先生平头、戴眼镜，平和中带着智慧。这次的心情要比前次略微好些，渐渐能随他的解读进入文本。但在十分钟以后，就听到"正如德里达所说……"，一种理论的晕眩又上升了。

此前，曾于 2008 年春听陈晓明的"当代小说文本分析"课，而另外一门课"现代性理论导读"，曾于 2007 年旁听过几次。必须承认，我当时的感觉很不好，甚至有些抵触情绪。不禁十分纳闷，好好的小说怎么竟然被陈先生讲成这种样子？究竟是在讲西方哲学理论还是小说分析？听听陈晓明的课，"现代性理论导读"就不提了，就说"当代小说文本分析"吧，陈晓明翻来覆去拿伯林、德里达、福柯、哈贝马斯、海德格尔等西方思想家的理论碎片来说事儿，谈到一个作家时，就德里达怎么说，福柯如何讲，整堂课下来，云山雾罩，给人的感觉就是，如果你不把上述哲学家的著作都读完，你就不知道如何来欣赏理解小说。敢情这文学作品，不是一般人所能欣赏的。这就奇怪了，这里暂且不说普通文学爱好者，就拿一个文学研究者来对待，不禁也有疑问：除了借助西方的理论资源来分析文本以外，难道就不能借鉴中国传统文学理论资源建立自己分析文本的眼光吗？面对一个个丰富复杂的小说文本，仅仅凭借宏大理论体系或某些词语就可以一路砍过去吗？我的观点是相反的，用西方理论资源来分析中国的文学作品，如果不建立起自己的文学批评主体性，其结果就只能解构自己的文学。

陈晓明自称在当下中国文学批评界很另类，是作家马原所认可的 20 世纪 80 年代最懂文学批评的几个人之一。对此，北大的学生是如何看待的呢？在讲阿城的小说《棋王》之前，中文系学生私下和他交流，说听不懂他的讲课，认为他讲小说讲得过于复杂。我也是这么看，无论你想表达什么思想、情感，你总想让人能接受、能理解、能看懂不是！？当代文学研究的荒谬性在于所谓评论家总是能找出一大堆理论化的赞词去歌颂一部作品，你看了不知所云，只知道评论家在赞美；然后看了作品，就知道多么不靠谱了。作为读者，我最起码有权利问一句，陈先生是在做哲学还是文学研究？如果有足够的自信，干脆就申请去北大哲学系做兼职教授。而陈晓明不以为然，他说这门课的宗旨：一是用文本里的修辞、理论来打开文本，试图和人交流；二是文本有无限的可能性，文学是无边存在的自由物，怎么读都可以，没有什么常规。陈晓明这样定位自己这门课——"本课程的文本分析已经与传统的鉴赏式批评不同，更注重在文学审美感受的基础上，融合新的理论话语入文本，重建文学文本的阐释空间。"

　　陈晓明的"当代小说文本分析"总共十五讲，涉及的大都是当红作家，我大致读了其中的文字，感觉多是从文化、政治、历史、哲学的角度来解读小说的，而且理论资源基本来自西方。由此可以看出，陈晓明关注的重点不再是文学，而是那些理论碎片，他已经把文学批评变作智力和想象力的活动了，这是文学的悲哀，是理论的胜利。陈晓明的很多文字总是这么煞有介事、概念先行。看着费劲，而且这样的文字也面目可憎，似乎是从英文直接翻译过来似的，能不能用点流畅朴实的文字简单、准确表达你的意思呢？到底还能不能说点别的呢？陈先生是博导，用各种理论和大师的话来吓唬人，也许这样的文字是写给博士们看的。文学批评不应依赖理论预设，而应有自己独特的洞见。好的批评文章总是在质朴的行文中蕴藏着洞见，并保持着一个学者应有的立场，而不是拿着一个德里达一路砍过去。

　　尽管如此，陈晓明对一些文本的分析，还是很精彩的，这是不能否认的。比如他这样阐释王小波小说《我的阴阳两界》里的主人翁，"王二是一个永远的局外人，正直善良却随遇而安，总是被现实否定，但他从不采取激烈反抗行动，而是另辟蹊径，走自己的孤独封闭之路，与主流社会隔绝。无所作为却自得其乐的局外人，一个永远的他者……他的自由不再是萨特式的人通过战斗或抵抗夺取来的自由，也不是个人回到自我意识深处所体验的自由，他的自由就是随遇而安的状态，没有目的，也没有顽强的自我意识。这一切都因为世界本来是荒诞的，值不得与之血战到底"。王小波的消极主义具有王二式的独特性，这种特性被充分阐释了出来。

比如格非的小说《褐色鸟群》，陈先生指出了小说的真相和世界的真相："格非用这样的手法谋杀了传统小说，他复活了小说的另一种可能性，那就是在谋杀真相中去激活生存历史中无数的真相，不可能的真相，那是生活破碎的时刻，是真相破碎的时刻。连真相都破碎了，历史也因此消失了，还有什么比这样的生活更令人惊异呢？这就是本雅明所说，历史寓言了。历史碎片式的飞翔，不再去拼贴完整的生活，而是激发更多的隐秘和更不可能的真相。"

陈晓明对小说某些细节的把握，十分到位。关于刘震云小说《一句顶一万句》：

> 小说的主要人物，杨百顺，后来叫杨摩西，再后来叫吴摩西——这个人物的生活史就是改名史。小说开篇不久就写杨百顺在少年时期喜欢听罗长礼"喊丧"。那是乡土中国葬礼仪式上的独特声调，罗长礼本来做醋，但他不好好做醋却喜欢喊丧，远近闻名，谁家做丧事，都请他喊丧。小说这样写道：罗长礼仰着脖子一声长喊：
>
> "有客到啦，孝子就位啦——"
>
> 白花花的孝子伏了一地，开始号哭。哭声中，罗长礼又喊：
>
> "请后鲁邱的客奠啦——"
>
> 同时又喊：
>
> "张班枣的客往前请啊——"
>
> 这或许是小说中一个不起眼的细节，众多的故事中的一个小片段，但这是少年杨百顺最重要的经验，他一直想成为一个"喊丧"的人，事与愿违。后来在他丢失养女巧玲躺在黄河边上的路边，他回想起他的一生做过无数职业都与"喊丧"无关。从做豆腐起，到杀猪，到染布，到信主破竹子，到沿街挑水，到去县衙门种菜，再到卖馒头……他都未能成就自己"喊丧"的梦想。到上部"出延津记"结尾时，路人问他叫什

么名字，他想来想去，自己原来叫杨百顺，后来改叫杨摩西，又改叫吴摩西，"但细想起来，吴摩西从杨家庄走到现在，和罗长礼关系最大"。他回答说："大哥，我没有杀过人，你就叫我罗长礼吧。"杨百顺变来变去，他的本质还是罗长礼，还是一个"喊丧"的人。

当然，"喊丧"显得太过悲戚，这与中国乡土叙事惯常有的乡愁般的情调大异其趣。经典的乡村浪漫情调，被恶作剧般地改变为"喊丧"。这显然并不是刘震云一人所为，三年前，贾平凹就让他的《秦腔》中的主人公白雪后来一直在丧葬上唱秦腔哭丧；而阎连科在《受活》中声称要在墓地写作，那个柳鹰雀就在他为列宁准备的水晶棺材下早早地刻写上了"柳鹰雀之墓"，此前，阎连科的《坚硬如水》就让一对革命造反派情侣在墓地里交媾，随后，他的《风雅颂》里的杨科找到所谓的"诗经古城"废墟，要在那里建立最后的家园。这几位或许不具有全面的代表性，但他们代表着当今中国最激进的乡土叙事，甚至是中国当代最激进的叙事。在21世纪，令人想不到的是，最前卫先锋的激进叙事是发生在乡土叙事领域，他们以"喊丧"的姿态与声调开始写作。

应该说，这种对于细节的把握来源于生活的感受。然而，这样精彩的分析并不是很多。绝大多数，陈晓明对文学作品文本的细读和精读，是自以为是，天马行空，自说自话，甚至毫无节制地夸夸其谈。文学批评在他那里被当成是西方理论的附庸和二手货，到处充斥着时髦的理论术语，给读者的阅读制造了不必要的障碍。尽管这样，我还是欣赏陈晓明文学批评文字里所具有的一种风格：能进入文学世界的那种敏感和想象力，以及批评话语的独特风格和意味。

二

最初引起我关注的是《无边的挑战》一书，我也是通过此书知道陈晓明这个人的。

那时候我很喜欢余华的小说，余华的小说以关注人性与苦难著称，在他眼里人大多是欲望和暴力的俘虏，是酗血者，是冷漠的看客，是人性恶的代言人。他的许多小说，像大家比较熟悉的《现实一种》、《一九八六年》、《世事如烟》、《活着》等，都密集而刺目地铺陈人间的苦难，诸如《在细雨中呼喊》中极度贫穷的家庭、不负责任而凶狠无赖的父亲、孤苦的祖父、屈辱的母亲、经常的打骂、被冷落歧视，然后是像猫一样被送走，又像狗一样跑回来……这就是生存的弃绝之境了，它也是生存之绝境，在绝境中生存与成长，这是对成长残酷而极端的表现。由于他的小说刻画的都是普通人在生活中本真的精神状态和生存状态，因而特别能吸引我。特别是《在细雨中呼喊》，除了苦难意识以外，还有弥漫于其间的个体的孤独意识。陈晓明从"弃绝"经验的角度来剖析余华这部小说，认为这部作品最突出之处就在于，余华把汉语小说中少有的"弃绝"经验表现得异常充分，从而触及人类生存世相中最深刻的创伤。对于余华来说，重写少年儿童的故事并非是在写作"儿童文学"，而是重建一种极端个人化的叙述视角，它隐含着反抗既定语言秩序的感觉方式和语言表达方式。这种阐释读来一新：

　　余华的特殊之处在于他并没有简单去罗列那些"弃绝的"生活世相，而是去刻画孤立无援的儿童生活的弃绝感。追忆童年生活采用的第一人称视角，给"内心独白"打开一个广阔无边的天地。一个被排斥出家庭生活的儿童，向人们呈示了他奇异而丰富的内心感受，那些生活事件无一不是在童稚奇妙的目光注视下暴露出它们的特殊含义。被家庭成员排斥的孤独感过早地吞噬了纯粹天真的儿童心理，强烈地渴望同情的心理与被无情驱逐的现实构成的冲突，使"我"的生存陷入一系列徒劳无益的绝望挣扎之中，而"呼喊"则是生活含义的全部概括或最高象喻：那就是孤独无助的弃绝境遇，没有回应的绝境。

　　陈晓明接着又考察了关于弃绝的文学谱系。他指出，"实际上，'弃绝'作为对一种存在状况的揭示，在中国现代文学中曾经得到过深刻广泛的表现。鲁迅就是现代描写弃绝者的形象的一个卓越代表作家。只要读读他的《野草》就可领悟到那其中流宕的弃绝情绪。鲁迅写出这些人处在无依无靠的绝境中的状况，那些甚至被剥夺了在孤独中体验自我的那种精神意识。这样的弃绝

443

也是一种独特的麻木的弃绝。鲁迅本身的骨子里也具有一种弃绝意识，那是一种对历史和社会的不留情，那是一种决然，也不给自己留有余地，始终身处绝境中，意识到要承担不可能的责任"。

这个时期的陈晓明，充沛的精力与敏感的艺术感觉交织一起，写了一些不错的评论文字。尤其让我触动的是，比如该书第七章第一节，内容是讨论先锋文学苦难意识的残酷化。陈晓明的剖析更为精彩，他对艾略特、卡夫卡、萨特、加缪深邃的苦难意识进行了分析后指出：

> 只有直面"苦难意识"，才领会到存在的深度。当"人"在中国的黄土地上步履艰难蹒跚而行，当代中国文学屈于自身的思想水准和各种现实压力还难以确立"苦难意识"。

陈晓明指出，所有这些"残酷"都是从叙事方法转换而间接产生的：马原的"残酷"是他叙事圈套的副产品；洪峰的"残酷"是他亵渎的副产品；而苏童的"残酷"则是他的诗性的副产品；只有余华的"残酷"是直接从他那特有的冷漠叙述里赤裸裸显示出来的。余华残酷地抓到那些残酷的事实，然后不动声色，冷漠而细致地叙述……然而在中国先锋作家笔下，可以随意掬起一把生活的碎片，在正午的阳光下玩赏那一圈圈的紫色光芒。他们那种冷漠的超距叙述，一方面当然来自他们游戏人生的实验态度；另一方面也要归结于现实的生活失却了苦难的悲剧素质。人类的苦难历程随同文学的永恒的深度精神的终结而完结，人生不再悲壮也不特别有意义，文学不再关心生活世界的价值，也不关心自身的意义，它把生活击碎然后把玩碎片，它不"残酷"才奇怪呢。

按照常理来说，陈晓明此时的文学批评文字已经到了一定的高度，再接下来就应该进入意义建构的层面了，关心思想的价值，也关心人和人在世界中的处境，不再把理论揉碎然后把玩碎片。但是类似上面精彩的文字，在陈晓明后来的批评文字中越来越少。

在《动刀与现代美学的断裂》一讲，陈晓明却对苦难与暴力进行把玩，大谈什么"动刀与现代性叙事的紧张"，却对现代性叙事依赖暴力的原因缺少有效的解读和更为深广的精神视野，这就不得不回头审视陈晓明的"理论结构"了。

对于概念和理论的迷恋，陈晓明丝毫不掩饰，他曾这样回忆说：

我在二十多岁时读那套汉译学术名著收获很大，其中黑格尔是基础，现在学生不读黑格尔，不知道学术的根基在何处。我后来又读了斯宾格勒的《西方的没落》，思想与心灵为之一震：还有这样的奇书！罗素的《西方哲学史》也是我最爱读的书，经常还会重读。当然，后来我读了德里达，1980年代末期做博士论文就做德里达。读了德里达，就可以更全面深入地反省西学的传统，也可以更有自己对学理的那种思想方式。

我在年轻时下过苦功，从十八九岁，我就发狠读书，只有一门心思在读书上，我与那些搞评论或搞当代的同行略有不同，我有一段时间浸淫于西方思想史中，并未急着写评论，而是读了书后，做了理论后，才转过来做当代。

陈晓明的最可贵之处在于，他的理论思维和表述充满了激情、才华甚至灵感和快感。在宏大的叙述层面上，交织着清晰的理路；在雄强的辩论过程中，又表现出优雅的控制。20年来，陈晓明不倦地挥舞着从西方文学理论前沿拿来的新理论利器，和先锋派以来的作家一起书写着中国当代文学的历史。和一般学子不同的是，他的文章，文风生涩，所用"前卫"的术语，带着某种诡异的味道。陈晓明的当代文学批评是下了工夫的，而且应该承认，有不少论述是非常富有才情和洞见的。他是当下中国屈指可数的能把西方最新文学理论跟中国当下文学创作高度结合起来、加以剖析论述的学者。可以看到，陈晓明另辟蹊径的手法，从现代性的调度切入文本来反观当代文学，在某种程度上开启了中国当代文学批评的新空间。他放弃了过去极其强调的宏大叙事，他要打开的是作家的内心空间。他的现代性落实在这一层面。就此而言，他的文学批评有其地位。

然而，在我看来，理论已经过剩，甚至到了理论可以繁殖理论的地步。如果没有敏锐的艺术感觉，如果没有深挚的个人记忆和情感冲动，没有具有生命蕴涵，难以想象可以写出具有可靠艺术品质的文学批评文章。如果仅仅满足于贩卖洋人理论故弄玄虚地生造一些冷词，除了获得一种理论上的优越感外，还有什么呢？不过是另一种匮乏而已。

确实，在文学批评里要表达一种观念并不难，难的是不能把批评变成观念的附属物，不能把批评变成概念的传声筒。如今一再标榜"中国立场"的陈晓明回顾自己先前的主张，是否陷入了一种尴尬与盲目？

陈晓明的那一套学院派的文学理论研究，过分强调理论自足性，已经陷入理论的枯窘之中了。他的一些文学批评文章里，理论依据自身的文化目标，对创作提出各种肢解，以他不自量力的理论妄想对文学创作实践强行切入，不去顾及作者的反抗、拒绝与厌恶，它以饱满的"主观精神"对文学写作进行全新的阐释，给文学实践的历史重新编码，使之成为批评的知识谱系，成为批评重建自身的理论话语的无穷资源。这样一来，除了被解构出来的碎片以外，读者被理论深深遮蔽了，文学性的东西被瓦解了。陈晓明试图把文学理论和文学评论都写出独特的个人感觉，对文学作品文本进行再创造，而这与文学已经没有什么关系了。鲁迅有没有思想？估计没有人怀疑了吧。你何时看见他像"后主"操弄着一套理论术语拼命炫耀自己那点可怜的资源？可在我看来鲁迅这种思想最可贵，思想是一个人用理性对这个世界的最直感的把握。体系就是用文字去消磨思想，把思想变成废话连篇。

坦率地说，我不太喜欢陈晓明近年以来的文学批评。很多年前他一直是做理论的，他的硕士论文写的是结构主义和现象学混合的东西，和文学距离尚远。陈晓明说："从我个人的角度来说，我始终比较喜欢西方的哲学理论。我曾经在我的一本书里有点自吹，说我21岁就读康德、黑格尔的书而若有所悟，确实是从汉译学术名著那套书读下来的。后来有机会到国外去，看到国内找不到的书，有时候也到他们的学校听课，我觉得还是很受教育的。"可以看出，陈晓明先生对于文学的兴趣远不如哲学理论，也难怪他的批评文字写得那样晦涩了。

网络上曾经看过陈晓明为当代文学专业硕士、博士研究生推荐的阅读参考书目，看完大惊，基本都是西方理论家的，诸如什么德里达、杰姆逊、马尔库塞、哈贝马斯、列奥塔、福柯、雷蒙·威廉姆斯……我在想，一个北大中文系的研究生读完并消化这些理论，至少也需要三年以上吧？这样艰深的理论弄懂以后，他就果真可以以之为工具来解剖所有作品了吗？据我所知，读研究生的，大多是抱着西方的理论恶吃，再加上忙着英语，恐怕用力在文学作品细读的时间不会太多。读这样的书，感觉真有点被人牵着鼻子走疲于奔命的感觉。先读作品，广泛涉猎作品后，再来形成自己的观点，然后再来读相关的理论书籍，否则，就变成伪学术了。对于北大中文系研究生来说，这仍然不过时。

再来细阅陈晓明这个书目，首先文学有自己的属性，文学不是哲学、历史、政治、文化等的附庸，尽管文学不能脱离它们独立存在。文学作为语言的艺术，有自己专门的特质，解读小说的方式不能仅仅凭借那些空洞的理论吧？为什么关注文学本体方面的书那么少呢？如果成天和理论亲热，而忽视对文本审美细读，狂热追逐理论，岂不是空中楼阁吗？这样培养出来的文学研究人才必定是千人一面。

诚然，学中文的人应该条理清晰、思考全面深刻，不仅要关注"文学"，也要关注文化、历史、宗教、哲学等，即便读西方理论，为什么对西方20世纪前经典哲学、文学作品涉及偏少（特别是基督教）？不懂基督教文化的人果真能读懂西方思想家吗？为什么不开出中国古代的文学理论以及哲学和美学著作呢？

其次，读过一篇陈晓明关于质疑吴炫先生的文章，该文却暴露了陈先生本人的问题。陈先生总是徘徊于古代和西方之间的尴尬境地，就是不能穿越他们建立当代中国的文艺理论和文艺批评，长此以往恐怕容易造成原创性东西的丧失。这点似乎不如吴炫的《中国当代文化批判》和《中国当代文学批判》有意思，虽然不是成熟的体系，至少是理论的深入探讨。

陈晓明是研究西方文艺理论的，理论体系和批评话语都是西方那一套，而对这种话语本身缺乏警觉。西方的现代后现代文论是生长在西方的历史文化中的，西方这些学术大师的理论建树是根植于他们对自己文化的扎实掌握和深刻分析之上的，这样的理论对研究生来说是否合适？

当下不是一个谈艺术的时代，而是谈文化的时代，学界流行的所谓文学研究，基本上不是文学研究，而是文化研究，纯粹意义上的文学研究几乎已经不复存在。多数研究，只不过是将宗教学、神话学、社会学、政治学、历史学、伦理学的知识拿来解释文学的文本。在这里，文学文本只是一种社会档案，是与社会生活几乎等同的一些作为论据的材料而已。一些机巧的研究者，只不过是省去了到社会生活中寻觅研究对象的麻烦，而将文学文本当成社会生活走了一条捷径而已。这种研究严重败坏了人的文学感觉，让人对文学产生距离。

针对这种现象，同样是北大中文系教授的曹文轩一针见血指出，"大文化批评"的铺天盖地席卷而来，使纯粹意义上的文学研究已经几乎不复存在。大多数研究，只不过是将文学的文本拿来面前为神话学、社会学、政治学、历史学、伦理学以及各种主义作注解而已。

中国当代文学批评中西方思想的大面积浸润，也让曹文轩感到忧虑。他对学院标榜的所谓的强调客观、价值中立，强调引注等制度不以为然，他对于所谓的学术规范进行了反思，"有各种各样的学术，有各种各样行文模式。你提到的这个学术规范到底把我们的学术规定在哪一个模式上？假如是规定在某一个模式上，那我就要问，为什么？鲁迅的《中国小说史略》不是一种学术？我说是，那又是什么样的？福柯他们强调引文没错，他们已经是大学教育出来的。学院制度在西方其实一直遭到一部分人的反抗，像福柯他们。我们把福柯这些人拉到学院制里面来了。我们没有继承福柯的精华，也没有继承德里达的，只是继承了一套学院制度。福柯他们其实是反对学院制度的。但是我们现在又试图用学院制度式的东西来表达他们的思想，这是一个非常有意思的事情，这个问题可以当一篇论文来做"。

曹文轩的言说并不是杞人忧天，只要翻开文学评论杂志，读读其中的文字，你便会发现，缺乏艺术素质，生搬硬套西方理论穿凿中国文学的做法是多么的触目惊心，先前是别、车、杜，现在又是德里达、福柯、罗兰·巴特、杰姆逊、海德格尔、罗伯-格里耶、马尔库塞。国人依然没有自己的语言。用今天时髦的话讲，叫"失语状态"。这样做的结果只能丧失文学感觉，沦为理论的奴隶。这也是我越来越对大学中文系疏远的主要原因，在各种新奇理论的切割之下，文学的韵味没有了，只剩余一把把锋利的手术刀。我深感这种技术化、格式化的理论资源的运用对一个人的艺术感悟能力的破坏。而北京大学中文系的某些教授却沉浸在各种理论的建构中，或许在他们看来，纯粹从事文学内部研究不够有学问。只是，我有一个疑问：牺牲了文学性再谈所谓学问，还有意义吗？也是在这样的背景下，我在看一些本科论文时感觉不错，再到读部分硕士论文和博士论文，简直让人难受。叹息呀，一批又一批的研究生就这样做学问，而他们又培养一批同样的学生。也正因为有了这个判断，我干脆将旁听精力转到北大哲学系、宗教学系上，在那里我有人文的浸润和灵魂的沉淀。

后来，陈先生终于意识到了自己严重西化甚至食洋不化的恶果。

有一次，陈晓明和杜维明对话。杜维明提出，西方学者都有"知识谱系"，但中国当代学者是没有"知识谱系"的。"这句话是很刺激我的。我觉得我从21岁的时候开始读康德、黑格尔，一直到今年我还出了一本关于德里达的书，我非常清楚我做这项研究面对的知识谱系是什么，但作为中国的学者，我又确实不知道怎么从老子、孔子再到马克思、福柯和德里达来建构一个协调而清晰的知识谱系。因为知识谱系的不清晰，我们的立场和方法也并不明确。""也就是我们永远无法给出中国当代文学的价值准则，因为，依凭西方的文学价值尺度，中国的文学永远只是二流货色。但谁来依凭西方的尺度呢？是我们吗？我们为什么只有这一种尺度呢？是否有可能，有意外，汉语言文学的尺度会有一点例外呢？"此时，陈晓明再也无法顾及他经营了多年的西方"知识谱系"，来了个漂亮的大转身，转而主张"中国的立场"和"中国的方法"了。也正因此，王彬彬说陈晓明最没资格谈"中国的立场"。

三

综上所述，只因陷于"失语状态"，治学向来严谨的陈晓明近来屡发惊骇之语。

不信，各位来看看陈晓明令人瞠目结舌的定论——

我以为把今天的中国文学放在60年的当代文学史框架里来看，它可以说是达到了过去未曾有的高度。

莫言把卡夫卡中国本土化了，并超越了卡夫卡。

韩寒、郭敬明预示着"后文学"时代的到来。

如果汉语文学有高原，张炜的《你在高原》就是高原，汉语文学有脊梁，《你在高原》就是脊梁。

特别像刘震云这样有相当的思想深度的中国作家来说，旧有意识形态体系已经难以支持文学观念及具体的创作方法，这使他这样的依然怀有重建文学帝国梦想的人陷入困境。

80年代后期，苏童写下《1934年的逃亡》、《飞越我的枫杨树故乡》、《罂粟之家》，无疑是当代小说中最精彩的篇章。尤其是《罂粟之家》，可以推为百年来中国中篇小说的首屈一指的作品之一。

作为一个大师他（贾平凹）不能呼叫。他要把怨恨全部转化为一个怪诞的动作，大师，真正的大师只要一个动作就行了，这个动作看似不经意，看似无所谓，然而，一个动作就可以表露全部的内心隐忧，表露全部的怨气和仇恨。点到为止啊，这就是高人一筹的动作。这个动作我们在等待贾平凹做出，这不是什么高难度的动作，但是一个非同凡响的动作。

阎连科已经无可争议地成为当代最有内爆力的作家，他的力量来自他始终不渝地走自己的路，义无反顾地走到极限，走到终结，走到墓地。一百多年前马克思热衷于引述的但丁的话：这里是地狱的入口处，这里没有任何犹豫。

对于当代中国文坛来说，麦家的写作无疑属于独特的路数。这个人的存在已经变得不可忽视，他那么顽强、绝对而倔强。他的写作诡秘、幽暗、神奇，深不可测，到处潜伏着玄机，让人透不过气来。麦家给当代中国文学提示的，是一种坚韧的书写样式，一种真正的另类的，也是最虔诚的写作。

不管从哪方面说，张艺谋都是当代最卓越的文化英雄。在批评界的一片责骂声中，在观众一片大叫上当的悲愤声中，《英雄》创造了中国电影的票房奇迹，张艺谋点钞票的声音压倒了这些"噪音"。骂不倒的张艺谋，他已经是一个顶天立地的汉子。《十面埋伏》则是一个童话，它完全是以超历史的方式表达一个纯粹的爱情故事。

......

上面的发言，十分吸引大众的眼球。陈晓明的文章中随处出现一些大词，诸如"高度"、"最"、"超越"、"时代"、"脊梁"、"相当的思想深度"、"首屈一指"、"大师"、"无疑"、"卓越"、"文化英雄"、"纯粹"等，读者在他的文字看不到当代文学的真相。这些判词，确实动人心弦，听上去怎么有些像脑白金的广告呢？这种对作家的评论言之凿凿，颇有盖棺论定的架势。

不负责任的文学批评最严重的危害，是遮蔽了文学的真相，让读者不能清楚知道作品好坏，这对整个文学发展都是损害，也是对读者的损害。今天活跃于当今文坛的所谓"文学批评家"，在我看来，除了玩弄一套术语和与作家互相唱和以外，有几个是在做批评之事？真正没几个，绝大部分都是在清谈，在玩弄批评，只不过西方理论不再是清谈与玩弄的时髦对象，而摇身变成玩弄"中国立场"了，其他的与魏晋玄学家有多少不同？没有什么新鲜刺激的东西了。但是，他们清谈也罢，玩弄也好，这本是所谓"文学批评家"应有的权利，没什么！但他们不能一副碰不得的样子，一碰就摆"批评家"架子。可惜就搞研究这行来说，言多必失！纵观陈晓明近年来的批评文字，确实有乱夸滥捧的嫌疑。对于一个作家的评价，绝对不是只看作品的销售量和作家的知名度，而更应该注重作品本身的文学价值、社会价值以及作家本身的道德素质等。

稍微细心的读者不难发现，陈晓明吹捧的基本都是当红作家或艺术家，从不见他费时费力赞美一个艰辛的未名作家。有一次课上，陈晓明讲到王小波生前曾求他推荐自己的作品，结果他居然把此事忘记了。想想也能理解，没名没利的事，谁愿意去付出呢？王小波遇见这样的批评家，海子遇见那些诗歌界的诗人，真是活该去死啊。你看看当今所谓的批评家，如叮着白蛆虫的苍蝇一样吸附在所谓当红作家身上。在我看来，陈晓明义无反顾转向商业

451

取俗，就已经暴露出他的精神动向，这种批评尤其缺乏独立知识分子的可贵品格。某些文学批评家义无反顾站在当红作家的一边，无论什么作品，都是一律好好好。在全球化的时代，跨国资本控制着世界体系，而改变的希望与可能在哪里，对于中国尤其是底层来说，是否有一个新的契机？在这种情境下，知识分子该做些什么？文学该做些什么？文学批评家该做些什么？如果考察一下现实，我们就可以更清晰地看到，那么多精英学者、尤其是经济学家是那么毫无顾忌地站到了权势者的一边，无论是国有企业改制，还是房地产问题，都在睁着眼说瞎话，在"忽悠"全国人民，他们的"独立性"和学术的客观公正又在哪里？又有谁站在底层的立场上，表达出了他们的心声？

有意思的是，陈晓明似乎有时是很矛盾的。比如，一面说"贾平凹是一个大作家，且具有鲜明的本土特色，与莫言旗鼓相当。要说典型的本土或汉语言特色，贾首屈一指"。一面又说"贾的小说格局略显小气，过分迷恋中国古籍文化，对美文的痴迷，有时骗了别人，也会经常诓了自己。贾应该有更为独特而深刻的气象，这还需要小说中有大势"。

谈到莫言，一面说"莫言的小说更有劲道，他携带的是远程核弹头，杀伤力更大。传统文化、地域特色、人性的怪异、历史的异化、民族认同……莫言的小说可以找到当代国际学界最热门的所有的主题，既是现代性的表达，又充满后现代的蛊惑人心的意味。20 年过去了，莫言的写作依然旺盛，笔力狂放，就说是随心所欲，我行我素也不为过。那些语词、情感、戏谑、快乐，就像他家乡的红高粱一样，始终那么茂盛！"一面又说"莫言当然也有不少毛病，他有时太没有节制，虽然笔法放荡和狂怪是他的优势，但有时过头了就显得油滑和粗糙。像他这样的大作家应该适当考虑节制的问题。有所不为才能有更大作为。另外，莫言的思想也嫌单一，他太依赖他的乡土经验和记忆，以及他的才气。他的小说本身是反智性的，这无可厚非；但他应该有更强大的智性才能反得彻底，并反出他的自己的思想力量"。

既然陈晓明认为欲推荐莫言和贾平凹两位获诺贝尔文学奖，为什么对于其中的问题视而不见？陈晓明自己也认为"莫言的思想也嫌单一"，为什么当顾彬批评莫言没有思想陈晓明一下就跳出来指责顾彬没有发言权呢？难道陈晓明没有明白顾彬所指的是莫言没有诺奖作家应具有的深刻思想吗？更有意思的，陈晓明一方面说雪漠是一个被低估的作家，另一方面又说当代一些作家被严重高估，不知道被严重高估的作家里是否有自己所追捧的当红作家？有时我对于陈晓明的参照系持怀疑态度。作为一个有社会责任感的文学批评家，陈晓明必须摒弃兜售概念的毛病，将自己的学术语言转化为易被读者接受的信息，通过媒体将其有效地传播出去。在全球化语境下，在中西冲突中，究竟应当怎样重建中国学术的文化身份？鲁迅已经给了我们答案。

如果说先前陈晓明对于中国当代文学缺乏信心，那么现在他来个大转身。而最让人吃惊的就是下面这句，"中国文学处在它最好的时候……"陈晓明为他的"高度说"列举了四个论据。下面逐一批判：

其一，"有能力处理历史遗产并对当下现实进行批判"。难道"五四"时期的鲁迅、沈从文、萧红、钱钟书等作家不具备对现实进行批判的能力吗？有人总试图把莫言与鲁迅相提，只要读了莫言的小说，你就会知道他与鲁迅在精神境界方面的差距，当然，他敏锐的汉语感觉是出色的。

其二，"有能力以汉语的形式展开叙事；能够穿透现实、穿透文化、穿透坚硬的现代美学"。就拿莫言、刘震云、贾平凹、阎连科这些陈晓明推崇的当红作家来说，能否真正穿透现实就不说了，仅仅就拿他们的古典文化功底来讲，谁能比过鲁迅、沈从文、钱钟书？失去古代文化根基的作家怎能谈到穿透文化呢？就拿贾平凹来说，确实可以写一些非现代非现实的非古董的文学，但其中所透露出来的恶俗的文化气息让人印象很深刻。

其三，"有能力以如此独异的方式进入乡土中国本真的文化与人性深处，以如此独异的方式进入汉语自身的写作"，这句话中的两个"如此独异"只是陈晓明先生的论断而已。

其四，"有能力概括深广的小说艺术"，"深广"的尺度是什么？中国尺度？西方尺度？世界尺度？此话十分含糊。（上文引"陈四点"见2009年11月7日《羊城晚报》）

肖鹰一针见血指出，陈晓明本来长期是服膺德里达的解构学说的，但现在站在"前所未有的高度"上的陈晓明的"立场"，显然不是德里达的，而是黑格尔的。陈晓明的立场转换了半天，虽然高调标榜"中国的立场"，实际上还是没有跳出"西方"这个魔阵，只不过是从德里达到黑格尔完成了一次有惊无险的"水平蹦极"。

陈晓明的吹捧性的定论，让我等对文学的意义产生疑问。明眼读者一看，就可以读出《檀香刑》里充斥了暴力、反抗、热情、变态，这样的趣味难道就是中国文学的趣味？批评家李建军称刘震云与贾平凹、莫言都是"真善美感受贫弱症"患者，他无奈地叹道："唉！真是没有办法：一双缺乏爱意的眼睛看不到美好的光彩，正像一颗冷漠的心感受不到善良的热力。"还有莫言最近出的小说《生死疲劳》，结尾实在糟糕，明眼人一看就知道技巧圆熟了，思想性很差。明明这样二流的作家硬是被北大学者们吹捧上天，问题出在哪里？在李建军看来，这是一种病，是批评的软骨病。写作的基本精神是爱，基本态度是同情，尤其是对底层人和陷入悲惨境地的不幸者的同情。这是判断伟大的文学的尺度，为什么这样的常识就不被尊重呢？真正好的作品，与灵魂和存在的状态有关。贾平凹和莫言无疑都是很勤奋的作家，但是却始终在二流和三流作家之间徘徊，这是他们和一些当代作家无法抗拒的命运。更让人可悲的是，贾平凹和莫言不是没有意识到这种命运，而是意识到了，从不敢去正视。

实际上，当今不少在生活上"资本化"和"权贵化"的中国作家，不仅不能出精品，反而以趋炎附势和吹捧媚俗败坏中国文学的历史盛名。在中国社会经济进一步的发展，中国文化日益国际化的 21 世纪初，中国作家群体的精神和人格极度萎缩。贾平凹和莫言也曾写出了较好的乡土作品。前者的《腊月·正月》、《黑氏》和后者的《透明的红萝卜》等前期作品，今天读来，仍然是优美动人的。但是，他们的后期作品，代表如前者的《废都》、《秦腔》和后者的《檀香刑》、《生死疲劳》，以"大腕玩文学"的心态，将写作变成了宣泄和游戏、怨毒、阴暗、畸趣和彻底的变态人格的玩意儿。他们不仅羞辱文学，也羞辱人性。然而，正是这样的写作，被大腕批评家们叫好，并且标榜为"前所未有的高度"。阎连科富有社会责任感和批判精神，过于看重写作技巧和叙事方法，使其对生活的关注不深入、对人物把握不细致，作品中精神的倾注不能成为一种整体的力量；另一方面，他们的文化视野非常局限，对叙述的题材缺少历史透视力量和文化提升力量，在对现实人生的阴暗、丑恶的揭露批判中，不能同时展示人性的美好和理想的愿景。

著名当代文学史专家、北大中文系教授洪子诚，对于当代文学的发展状况，他的判断非常严谨，并不轻易给出定论。"目前的状况，很难评价。我自己也判断不出究竟是非常好，还是非常不好。我倾向于认为，这个状态就是一个普通的、正常的状态。"如何评价当代小说创作呢？他说："王安忆、莫言、余华、贾平凹、韩少功、阎连科、迟子建、毕飞宇都不错，都有不少好作品。当然，不是说他们的所有作品都有一样的水准。比如贾平凹的《秦腔》，细部上写得很不错，但是，从长篇的整体来说，确实存在很大的问题。有些批评家认为这种整体结构的破碎正好反映了现实的状况，我不太同意这样的看法。另外，顾彬批评当代作家写作太容易，这点我很赞同。当然，作家愿意一年写一个甚至几个长篇，那是他的权利。"相比《秦腔》刚一出来就被评论界盲目追捧的现象，洪先生表现了一个学者应有的严谨。鲁迅当年不曾写过一部长篇小说，并非他写不出，而是不成熟的时候他保持了必要的节制。当红的一些作家每年都会写一个甚至几个长篇，似乎一年不出小说，就害怕被市场抛弃似的，结果造成数量上升质量下滑的局面。相比小说创作，中国当代的诗歌创作难得。洪先生说："现在评价文学，谈论文学，诗歌往往被排除在外。小说，特别是长篇小说成为谈论文学的全部。这是很不正常的。缺乏诗歌的文学是有重大欠缺、跛脚的文学。在我们这里，作家协会成了小说家协会。80年代以来，有不少诗人写得很好，如大家熟悉的多多等，如海子、西川、王家新、于坚、肖开愚、翟永明……"洪先生说，他很同意北大吴晓东老师一篇文章里的这段话："中国的上百年的新诗恐怕没有达到20世纪西方大诗人如瓦雷里、庞德那样的成就，也匮缺里尔克、艾略特那种深刻的思想，但是中国诗歌中的心灵和情感力量却始终慰藉着整个20世纪，也将会慰藉未来的中国读者。在充满艰辛和苦难的20世纪，如果没有这些诗歌，将会加重人们心灵的贫瘠与干涸。"

　　其实，就是陈晓明本人，有时也对当红作家的不足作出反思。20世纪80年代中期以来，陈晓明一直为中国先锋文学殚精竭虑。多年以后，他反思说：

　　　　其实，就是今天看来，先锋文学为后起的文学成熟准备了成熟而优秀的语言和一切精湛的小说技巧。一个作家，没有先锋文学的营养，可能就不会成为一个优秀的作家。无论这种营养是脱胎于先锋文学还是习得于先锋文学，我觉得都是非常必要的。我今天还跟一个作家聊起这件事，作家承认，没有先锋文学，中国文学，至少在他本人的写作，可能还处于一种学步的阶段。先锋文学培养了人们的胆识与敏锐。这是那个时代丰厚的遗产与对后世的馈赠。

但是，先锋文学也暴露出一些问题，他们偏执于一己的表达方式，陷入写作游戏之中，似乎过于形式主义了，现在看来，确实是非常浅薄的。针对这个问题，陈晓明也指出：

> 确实，形式主义并不是先锋派的全部内容。因为汉语小说从未有过激进的形式主义实验，所以八十年代后期的形式主义有其可贵之处。但形式主义如何与对当下生活的穿透结合起来，则显得是更强大的挑战，先锋派作家实在没有解决好这个问题，现在的文学语境也不提供这种可能性。文学说到底还是与时代的文化氛围相关，与作家的自觉精神相关。

> ……但超过鲁迅之说我可能不敢苟同。但你使用的是"超过鲁迅那个时代"的说法，从整体上来说，我以为可以这样说。还是作家的主体精神没有批判性，这种批判性不是简单地表达道德上的义愤，而应该有更博大的人文思想，乃至于信仰，和对正义的追寻。

> 历史祛魅之后道路应该是后现代的重建，但在当代文学中我还未看到中国作家可以掌握很恰当的后现代话语。像土耳其的帕慕克《我的名字叫红》，那是一本相当精彩的作品，可以把历史写得如此富有后现代性，视点的变换如此大胆，对一种文化和心灵的解剖如此深刻精当，令人惊异。中国作家的小说艺术含量太低，甚至技术含量太低，还无法给出步入后现代的那种艺术风格。

读到这里，我很是激动。因为，在我看来，当代作家和批评家都要有一种清醒。不要以为某个作家获得了诺贝尔文学奖，似乎一下就能"一俊遮百丑"了。客观地说，中国作家整体还欠努力。别的不说，单就一点来说，看看我们的当红作家莫言、贾平凹、阎连科、刘震云、张炜、李锐等，有谁可以说自己作品有那种"博大的人文思想，乃至于信仰，和对正义的追寻"？不要说超越鲁迅，有谁可以说自己的知识结构和精神结构比鲁迅更丰富更驳杂呢？答案只有一个，那就是：没有。也正因为此，我认为陈晓明对当红作家过度拔高了。在讲余华的《一九八六年》时，陈晓明还提到，中国当代的一些作家会开头，不会结尾。他分别列举了莫言的《生死疲劳》、贾平凹的《秦腔》和余华的《兄弟》，都存在这个问题。他以卡夫卡的《在流放地》为例，最后以都回到有很多人群的地方，实在是妙。我以为多解剖问题总比乱捧当红作家有意义。这样的问题要多找。

　　"文学说到底还是与时代的文化氛围相关，与作家的自觉精神相关。"早在 1993—1995 年上海学者发起的"人文精神"大讨论中，这一讨论涉及传统、道德、职责等诸多层面，但始终以"知识分子"问题为核心，其中心问题在于面对剧烈的社会转型，知识分子该如何自救，如何确立自己的位置，进而探讨如何在社会中实现自己的价值，或者说如何在社会中发挥自己的作用。当时，以王蒙、张颐武、陈晓明为代表的学者，则以"后学"的思想资源与知识背景，对"人文精神"进行了去中心化的"解构"。2007 年，旷新年先生的《疯人三书》系列文章，探讨的也是精神恶化的问题，应该引起高度重视。尤其要对当红作家莫言、贾平凹、阎连科、刘震云、张炜、王安忆、李锐等身上所暴露出的共性问题进行集中研究。比如要多反思莫言的"思想单一"和贾平凹"视野狭窄"，这些都是共性问题。贾平凹近年来的长篇小说创作，的确给人以肮脏、庸俗、粗鲁、淫秽之感。贾平凹曾一度刻意追求"文化寻根"，一路向着怪异和邪狎的恶趣发展。此后，伴随着困惑、迷惘、无奈、绝望失去创造能力。不能因为贾平凹高产就说明是大家。20 世纪 90 年初，上海就有学者说："文学的危机暴露了当代中国人文精神的危机，标志着几代人精神素质的持续恶化。"如今，更为严重。"下半身写作"、"美眉写作"、"美男写作"、"我是流氓"写作、"窥私"写作、"我爱美元"写作、"渴望堕落"写作、"讴歌帝王"写作、"迷信暴力"写作无所不在，太多的文学批评家成了文学阿谀家，成了文学真精神的杀手。在一切都泛政治化的疯狂年代，人们内心深处所思所想的，仍然不过是"饮食男女"。

四

一次，陈晓明补课讲王小波，他说下课后还要赶飞机去广州做讲座，顺便说了一句话：

> 北大这里真有灵气，白丁香开了，是别的地方没有的。鲜花如此美好，春天那么短暂！当你拼命奋斗得到一切时，才发觉这一切对你已无任何意义。只有青春是最重要的，如果可以，我愿拿全部东西来换。长大了，才知个人创造的一切都没意义。孔子说知天命，也就是说一切都完蛋了。

从陈晓明无意的一句感叹声中，暴露出了一个问题，即学术研究意义问题，也就是说，相当多的现当代文学研究者没有信仰。如果仅仅是为了物质追求，路子很多，大可不必做什么研究。搞学术的主要动机，应该是吃饭之外的问题。学术最大的意义就在于它能给人带来快乐，给人以生命的意义和价值。文学的意义是什么？个人以为就是文学能启示价值是准宗教。

钱理群曾经说过："搞学术首先要承担的是自己对得起自己，你的自我生命能不能在学术研究中得到自我创造、自我更新，是否有意义、有价值。不要太在乎别人怎么评价，更重要的是学术研究跟我的生命有什么关系：它是外在于我的生命的还是内在于我的生命的？在学术中得到生命的价值与意义，这是更重要的问题。"可惜的是，从陈晓明先生的系列充塞着术语的批评文字里，我感受不到意义和价值，也感受不到这种文字与他的自我生命有什么重要的关联，或者干脆说，学术对他而言就是一种吃饭工具？有时不免怀疑，整天说着"德里达"、"后叙事"、"福柯"、"现代性"一类的术语，这些术语真的就能内在于他的生命吗？陈晓明追问说，他所选讲作家的作品中都充满痛苦、绝望、荒诞，为什么还要读这样的作品，还有意义吗？现代主义艺术都承受着这个时代人类和历史的困境，可以说，艺术家都是失败的又是对失败主义的战胜。艺术家一生都承受着折磨和痛苦，比如艾略特、波德莱尔、

458

卡夫卡、乔伊斯、纳博科夫、王小波等。

在讲余华时，提到一些问题：只有用暴力这种方式来唤起全部历史？穿越暴力能抵达家和温情吗？谁能经历这样的生命的虚无呢？中文系的研究生纷纷结合这一问题，进行了讨论。我觉得他们都是试图从文本内部寻找解释，而丝毫没有从最核心的问题解释。陈晓明提出了这一问题，却没有给出合理的答案。我认为，对于余华的小说，不必太多关注刑罚、暴力、苦难等外部遭遇带来的精神创伤，余华是想通过对暴力和外部遭遇的书写来探寻缓解的方式，但是，他看到的只是绝望。在无神的中国文化语境中，亲情的弃绝就是最后的弃绝，只能让人感到难以承受的生命虚无。在基督教文化语境下，有一个拯救的上帝来抚慰人的痛苦。但是，在中国文化的语境下，无法向外超越，只有内求于己，疯子的自戕不正是内求思维的隐喻吗？

在当今时代，什么样的小说会是好的小说？《我的名字叫红》的启示性意味是什么？很想听到北大中文系的学生对这个问题的讨论，可惜他们不是不喜欢这本书，就是浮皮潦草读看法，总觉得没说到点子上。如果能在课堂上将奈保尔、库切、帕慕克和高行健联系在一起讨论，该多么好啊！可惜，即便在北大中文系，也不愿意在难题上下工夫。

陈晓明在讲帕慕克的《我的名字叫红》时，他说，最近以来越来越爱解读死和绝境，对文化和命运的思考方式，越来越悲观，或许是受德里达的缘故。他叹道，当代的一些作家李锐、苏童、莫言都在挑战当今小说的高度，但是为什么难有大家出现？他认为，中国文学都是一些没有上过大学的作家所贡献出来的，这些特殊年代里成长出来的作家，学养很差，这方面与卡夫卡、博尔赫斯、马尔克斯、帕慕克和库切相差很远。比如帕慕克，陈晓明说他的知识、才华和想象力像各种流淌的水汇聚一处形成一个波光荡漾的大湖，将强大的文化衰败与精细的艺术感觉结合起来，写得如此之平静，以至于他和李欧梵激动得不知用什么语言来表达。陈晓明说，当代哲学和文化处于僵死和昏迷状态，如何向死而生，是小说、宗教和艺术所要面对的。我想，如果陈晓明不真正接触佛教或基督教，恐怕很难明白什么是向死而生。

一次，陈晓明讲"动刀与现代性美学的撕裂"。通过对杨映川《不能掉头》、陈应松《马斯岭的血案》、胡学文《一棵树的生长方式》、张昱《生存的意味》和莫言《檀香刑》等小说的分析，他认为当代作家在"刀"上建构起现代性的美学原则，潜藏着一种仇恨，"刀"的出现是对政治伦理化真空的填补。

我认为，"刀"是中国作家面对"生存困境"和"精神困境"时双重焦虑的投射。面对双重困境，当代作家无法提供有效的缓解方式，只能退回暴力崇拜。中国作家与一些西方作家的根本差异就是心灵境界的差异，而不是艺术技巧的差异。中国作家遗忘了心灵存在，走路时十分迷茫。中国作家的小说过于追求生活，能把一个故事写得有头有尾，而外国作家，比如米兰·昆德拉，虽然也写情节，却把关注点放在精神层面的思考上。只需稍稍留意一下《檀香刑》（莫言）、《羊的门》（李佩甫）、《英格利士》（王刚）、《秦腔》（贾平凹）等当下评论界叫好的作品，我们便会发现，它们那一贯平庸甚至可以说是低俗的境界，依然十分严重。它们对于丑陋、凶恶以及卑鄙等种种人类作为的热衷描写，继续在不知不觉中迎合大众的无意识趣味。"批判理性"和"怀疑主义"意识严重透支着我们的现实，它对美好现实的无视加剧了虚无主义情绪的泛滥。这种状况在中国文坛始终处于扩张的趋势之中。

北大中文系 2007 级的研究生徐刚不认同我的看法，他指出西方国家没有经过中国上百年的屈辱，面对社会问题时只能采取原初的暴力方式。

造成书写美和善之方面能力欠缺的原因，我认为原因有三：这首先与中国的文学传统有关；其次，与"五四"以来盛行的"批判理性"有关；第三，更重要与转型时期价值重建的艰难有关，与不少作家丧失了爱的能力有关，对丑与恶了解得太多，对美和善又探索得太少。

上述文学作品出现的问题，涉及作家本身个体的精神出路问题，完全无视、回避现实的苦难和危机，不仅充分反映出这个民族精神想象力与精神创造力的极度匮乏，而且也显示了民族精神深处的病症。凡是伟大的文学，必然与探索宗教信仰问题有深刻的关系。在今天文化危机极其深重的时刻，人文知识分子至少应当为全社会彰显一道伦理底线。我们的境遇、我们当下的这种生存状态"逼迫"我们为精神自由寻找一种出路。引入以信仰为核心的精神资源，参与转型后的建构，也是一种必然。

中国的当代革命文学建构在仇恨之上，这种建构已在 20 世纪 90 年代崩溃，今天如何重新建构？从《圣经》、奥古斯丁、帕斯卡尔、克尔凯郭尔、舍斯托夫一直强调启示和理性的对立，这种对立唯有在信仰中调和。精神的维度，或者说信仰的维度，在我们的文学传统里十分匮乏，能否引入这种维度？舍斯托夫在他的《雅典与耶路撒冷》中谴责了自古以来的理性主义。在他看来理性主义是对必然性的屈膝投降。理性主义教导我们服从必然，并装出一副对此心满意足的样子。因为我们无法改变必然，"无法使已经发生的事变成未曾发生的事"，所以斯宾诺莎说："不要哭泣和诅咒。"舍斯托夫建议：我们应该从我们的意识中消灭必然，并投身于上帝。上帝就是任性、自由和对必然性的否认。在上帝的怀抱里我们可以自由地哭泣和诅咒，也可以相信苏格拉底并没有被雅典人毒死。舍斯托夫没有解决这个问题："我们为什么需要上帝？"

一个复杂的民族，需要复杂的文学。当下中国的作家能否从政治、社会、尘世、油米酱醋柴等的局限里突围出来，进入到一种心灵和信仰的维度上来观照？油米酱醋柴问题，或者说馒头问题，至今仍然困扰我们，从这些局限里突围不是很简单的事，这是一种思维方式的转变。能否吸收陀思妥耶夫斯基的《卡拉马佐夫兄弟》中"多声部"的手法来表达对当下处于复杂转型期中国的思考？这个问题不解决，很难说当代文学能有新局面。今天，同异域那些优秀的作家相比，我们缺少的不是写作的技术，而是写作的境界。爱与同情在当代中国文学语境之中的持久匮乏，已经说明了只有善意才可能唤醒善意这样一个常识。当下中国大众审美口味日益严重的粗鄙化倾向，与文学病态的美学趣味有关。一个缺乏美好人物形象的文学传统，不能说是正常的文学传统。在那次课程的讨论上，北大中文系研究生丛治辰、张辉、徐刚等发表了看法，可惜的是都不能把这个话题引向深入，为什么？值得思考的是文学专业学生的切入方式和知识结构。

不仅是陈晓明这样的文学教授没有信仰，从理论到理论。当代许多中国作家也没有信仰，他们在作品里与人物和情节一同浮沉。特别是20世纪90年代初以来，在消费社会的功利主义、实用主义和世俗化的冲击下，不少作家对沉沦于世俗中的小人物的麻木采取了"零度情感"，而没有对其的生存状态进行超越性的观审，反而表现出了一种无奈乃至欣赏的态度，刻意回避或消解人生的社会意义，拒绝发掘人物生存状态后的时代内涵。这些小说不但回避任何崇高的美学，深刻的思想，而且缺乏基本的理性精神和道德关怀，文字中充满了无聊的琐事，丑恶的人性表演，将小说的思想性和艺术性降低到了小说发展历史的最低点。陈先生是研究中国当代先锋派小说的，应该知道，以残雪、余华、马原、苏童、格非、孙甘露等为代表的先锋派作家，无不受卡夫卡、博尔赫斯和以罗伯-格里耶为代表的法国新小说派的影响，对语言的过分推崇，对叙述的极端迷恋，将传统的文学关注"写什么"转向了"怎么写"，而拒绝对于中国社会现实和历史文化、人的生存境遇、人的意义作出探询。小说丧失灵魂维度，本能充满了人的躯壳，个体生命完全陷入世俗的生存无意义之中。正如贺雄飞所说，中国当代文学正在与时代、与历史脱节，与人类的整体经验及核心价值脱节，与宽广的、开放的文化视野脱节，与真实、丰富的想象力和活跃而磅礴的创造力脱节，与文学本身的人性、诗性与神性脱节，与人类的崇高精神脱节，尤其是与底层人民脱节，甚至与我们母语涵养了几千年的天良、天赋、天性脱节。那么，中国当代文学还剩下什么？还能给我们带来什么？也许是杞人忧天了，我以为太多的伪作家和伪文学批评家正在合力，以集体的无德性、无操守、无精神，由表及里地完成着对文学常识、文学精神、文学品格、文学伦理的瓦解、异化和颠覆。尤其是那些被批评家、文学编辑、教授、媒体、光环宠坏了的大作家，饱食终日，用低俗的文字书写着物欲和肉体堕落的灵魂，拿着党和国家的工资、纳税人的血汗，书写变态个体对这个世界拒绝救赎的仇恨、沦丧、绝望。文坛，成了文学丑态的表演场。为什么陈晓明在课堂上讲课的时候不把重点放在对后者的重视上呢？这不能不说明在哲学和信仰方面的严重欠缺。

2013 年 5 月 22 日修订　苦寒斋

孔庆东："我执"和"法执"

引子·印象

2008年5月13日上午，孔庆东北大二教开讲鲁迅。一眼望去，一中年男人站在讲台之前，大约四十多岁，身穿灰色衬衫，高个子，体格魁梧，大脑袋，微胖，小眼睛，笑起来眯着眼憨态可掬的样子，一下让我想起老家小镇上那个卖烧饼的黑脸汉子。

孔庆东此次开讲"文学性"。尤其让我印象深刻的是，他对于鲁迅小说《孤独者》逐字逐句的细读，耐人寻味。

孔庆东这次课没有"跑题很远"，但是，回想2009年4月的某次讲课就不一样了。

有次是讲鲁迅的小说，属于全校通选课。教室是在理教，照例人多得难以挤进，水泄不通，异常红火。上课开始，一番开场白之后，已经过去了15分钟，然后话题一转，他说：这几年北大渐渐成为一个景点，时常看见导游小姐举着牌子带领旅游团来此参观，弄得学校像个菜市场吵吵嚷嚷……那天，我看见一个老师模样的人带领一帮学生来到未名湖，然后手一指，说，同学们，你们知道老舍先生吗？学生齐声回答：知道。老师问，知道老舍怎么自杀的吗？他就是从这个湖里跳进去的，记住了吧。学生们齐声回答，记住了。孔庆东最后说，当时真恨不得把那老师踹进那个湖里。学生们哄堂大笑。讲完这个故事后，第一堂基本没有剩余什么时间了。接下来，开始讲小说，孔庆东又扯上什么韩战、毛泽东、朝鲜、武侠小说等，可以这么说，关于小说方面的几乎没有讲多少。从那以后，我就很少去他的课堂了，除了人多以外，收获很小。"孔醉侠"的课堂每次都要挤爆，大约都是通选课的原因。据我观察，去听课的大多都是奔着"孔醉侠"的名声去的，多是爱看热闹的"看客"，有时实在没有别的值得听的课，我就抱着好奇的心理去孔庆东的课堂充当"看客"，结果乘兴而去，败兴而归。为什么？为了吸引学生的眼球，孔庆东的课通常扯得太远。

这一次，孔庆东没有穿长马褂，看上去有着农民的憨厚与淳朴，此人自比"北大醉侠"，此乃江湖中人，孔子第73代嫡系传人。可是给我的感觉像个阴阳老道，会独门暗器。为什么有这样的感觉呢？因为，孔庆东的文字世界里，个个会武功，人人懂江湖。

"江湖"

无论你是否认同孔庆东，但不可否认的是，他讲课幽默，能"忽悠"住学生，让人体会文学与武侠的乐趣。个人最看重的则是他评价武侠小说的文字，比如《笑书神侠》和《醉眼看金庸》，对于江湖人物的点评很是精彩：

> 江湖路是一条不归路。不同的人，由于遭遇的不同，选择的江湖道路会有不同。在弱肉强食的江湖，能全身而退者，是真正的强者与智者。而更多的人，是背负着无法逃避的仇怨、声名、爱欲、嫉恨，在刀光剑影下过活。有过得洒脱的，有沉重的。在江湖这个大熔炉中，很少人能真正左右自己。前者的代表是令狐冲，后者是林平之。
>
> 如果令狐冲是一个精神的贵族的话，那么，林平之则是一个忧郁但同样贪婪的乞丐。他的忧郁一如他那黑色的灵魂。而他的对复仇快感的贪婪已经彻底吞噬了自己的灵魂。两人的境遇是不一样的，一个是进出自如，一个是无路可退。但是，他们看到的是同样的江湖，一个残酷的江湖。

不同的是，由于遭遇的不同，选择的江湖道路会有不同。孔庆东所选择的江湖道路与同门师兄旷新年看似一样，都是所谓"左派"，然因性格、成长环境和个人定位不同，当然就呈现不同的道路。不同于令狐冲的精神贵族气质，当然也不是林平之的忧郁与贪婪，而是用精神贵族气质来包装自己的贪婪，有点韦小宝似的无赖性格。总之，不是武林正派，却身藏独门暗器。可惜的是，"孔和尚"、"北大醉侠"的标签再好，混江湖久了，难免沾惹是非，酒肉躯壳肉体凡胎又怎能做到"逢佛杀佛，逢祖杀祖"呢？

翻阅孔庆东的书，可以感受到，他的确有才华。他的文字没有常见的学院八股气息，对于现实具有洞穿力的观察，生动活泼。比如有篇叫《试谈沈从文的自卑情结》的文章：

> 沈从文写的都市，实际并没有构成一个世界，这一点无论和茅盾还是老舍都不能相比，但是他有自己的特点，就是从不写地位比自己低下或与自己相当的人，他专门写那些地位比他高的人。他主要写教授、大学生、绅士、小职员这四种基本人物。这几类人物都是沈从文精神上的直接压迫者。教授代表着文化的制高点，是学问的顶峰，也正是沈从文潜意识中梦寐以求的目标。然而在沈从文与教授之间，却高耸着文化的阶梯，把他们隔为极弱与极强的两端。弱者希望自己变成强者，往往会对强者产生一种挑战的情绪，他把自己的自卑心理转化成为一个超越的欲望。

通过这个角度来看他的作品，不敢说很有意义，但起码是很有"意思"。心理学的方法比起社会学的方法当然要视野狭窄，难免有捉襟见肘的"唯心"论断。但这对于沈从文这样的关心个体生命远过于社会意义的作家来说，也许更能找出他的世界性。

就专业而言，孔先生是专治现代文学研究的，然而我通读了他的《正说鲁迅》以后，感觉没有什么特别建树，或许所谓的学术根本对他就没有什么吸引力。或许面对浩瀚的鲁迅研究成果，特别还有钱理群先生这样的优秀学者，孔先生自感没有什么可以建树的，甚至他感到绝望，于是就想到用通俗的方法讲一个让大众都接受的鲁迅，于是就去了《百家讲坛》讲鲁迅。其实，无论是钱理群先生那样的"圣化"鲁迅，还是孔庆东先生的"俗化"鲁迅，多少都是值得反思的。鲁迅不需要到处"发扬"，只需要静静地面对这个祛魅的时代就可以了。让鲁迅热起来，并非好事。

孔庆东最有"价值"的书，《千杯不醉》、《北大往事》、《47楼207》、《井底飞天》、《金庸侠语》等，以幽默调侃的语言、叛逆超俗的姿态表达着心中的孤愤和质疑，才气与傲气、理气与文气融为一体，十分迎合大众的阅读习惯，为人宣泄情绪提供便捷，因而这类书颇有读者。我好奇的还是与北大教授有关的文章，比如《千杯不醉》一书，写钱理群的四篇，写陈平原的两篇，写严家炎的一篇，虽说都是讴歌导师的文字，也不觉得肉麻，倒也有真情流露。其中《我看钱理群》一文中写道：

> 钱理群的姿态是崇尚独立思考，一切从自我出发，真诚，不受羁勒。但是，纯粹的"独立思考"是不存在的。我们日常所强调的"独立思考"是指不受权威引导，不随波逐流，而不是绝对的空无依傍。钱理群有时天真地以为自己是一个"纯粹"的知识分子，忘了任何人都是不自觉地代表一定的社会利益群体的。他以为自己代表的是大多数和历史的正义，但有时情况很复杂，会变化。钱理群强调既不做权势的帮忙与帮闲，也不做金钱的帮忙与帮闲，也不做大众的帮忙与帮闲，但你毕竟"非忙即闲"地生活着，你的发言客观上一定是对某些人有利、对某些人不利。不清楚地意识到这些，一味"真诚"和"自由"着，就有可能引起错误的掌声，甚至发生亲痛仇快的事情。

有道是，最了解钱理群的，还是他的学生。孔庆东当然不会"纯粹"到要做什么"知识分子"，那多么累啊，他早已自觉地把自己与一定的社会利益群体挂钩，而且早在念博士阶段，就将自己出卖给金钱了。钱理群所谓知识分子的"启蒙姿态"与自我挣扎，不过是孔庆东眼里的"非忙即闲"。做不成启蒙知识分子了，那就玩点幽默，既能娱乐观众，又能博得名声，票子也不少赚，谈点极左言论，没有什么风险，又能确保"政治正确"，岂不快活？相比孔庆东，钱理群活得就太精神化不那么幽默了。

其实，在我看来，孔庆东压根儿就没有把做一名学者作为自己的追求，就像他的导师钱理群、严家炎一样，个个肃穆严谨，那清苦的生活他忍受不了。撇开个人好恶，我觉得孔庆东不是正统知识分子一脉。从《无赖者事竟成》一文，或许可以找到一点理由：

> 韦小宝这人千不好，万不好，但有一条是值得我们学习的，那就是，对美好事物顽强的进取心。
>
> 韦小宝偏偏具有鲁迅所说的那种"纠缠如毒蛇，执著如怨鬼"的坚韧不拔的精神。他坦白地表明自己的心迹，利用一切机会来达到目的。虽然经常是不择手段，令人不耻亦鄙，但事实却是，他成功了。这不禁令我们深思，为什么那些正人君子、英雄才子，往往在爱情上、在事业上不能成功，为什么韦小宝一举娶了七个如花似玉的夫人，为什么那么些流氓无赖一统天下，称孤道寡。金庸这支笔，未必是真的在赞扬韦小宝，而是在探讨一种"正人君子"所缺乏的东西。《书剑恩仇录》中的第一英雄陈家洛失去了霍青桐，又失去了喀丝丽。该爱的不敢爱，能争取的不争取。难道我们民族的那点锐气、那点朝气、那点血气，已经仅仅存在于市井之间了吗？礼失而求诸野。让我们从韦小宝的毒誓中获得一些启迪。做人，有一些决断；活着，有一些担待！

在一些书中，比如《生活的勇气》里，孔庆东也不掩饰他对政治的"关心"，也可以感觉到他不自觉和权力"调情"。其实，从他的发言里，也可以感知他迎合世俗、热衷政治、学养欠缺、没有修养、激进焦躁，虽然文章写得通俗有趣，可以解闷，但千万别当真。

孔庆东深通"江湖"，看看他的自我简介，"主要武功秘笈有《超越雅俗》、《谁主沉浮》、《47 楼 207》等专著"，还有诸如什么"北大醉侠"，"北大的马克·吐温"甚至"继钱钟书以来真正的幽默"、"继鲁迅以来的思想深邃"之誉，要知道天真的孩子很容易被这些北大教授蛊惑。孔先生无疑很有生活的智慧，敛财有方，在北大策划起"天价作文写作班"，开个博客要收费。一边领着天价"青春写作之旅"遨游北大，一边在媒体高声哭穷。最有意思的，他特别爱研究鲁迅的稿费收入。现在人们都说我们是一个娱乐大国，连教授讲课都娱乐了。在以研究严肃学问著称的北大，孔先生的一大贡献就是将学术娱乐化了。孔先生的"成功"之处在于，他拥有几套话语系统：学术话语、江湖话语、官场话语、文学话语。

孔庆东拥有许多粉丝，他的课又有娱乐功能，用武侠小说吸引年轻人，他知道学生喜欢什么，厌倦什么。孔先生的演讲坦诚亲和，有独到的见解，尽管是片面的深刻，幽默辛辣的个性，生动形象的语言，流畅，机智，幽默，发常人所不发的议论。这也是学院体制造就的，如果真有大师级别的，谁会盲目追捧他呢？孔先生和张颐武一样，懂得利用媒体宣传自己，都是"媒体学者"。另外一位，韩毓海先生，在校外兼职很多，很像"社会活动家"。

　　我对孔庆东唯一的认同就是，他拒绝盲目跟随西方文艺理论研究文学，并对此坚决批评。他说：在二十世纪中国文学的研究中，十余年来，方法论的意义被强调得深入人心。一旦采用某种比较"新"的方法——包括切入角度、理论模式、主题词汇，就可以产生成批的研究著述，这种披着西方学术市场雅外套的学术媚俗行为对于职业化的中国学者具有极大的诱惑力。许多博士硕士不读文学作品，甚至连《水浒传》和《子夜》也没通读一遍，专读海外文化理论和汉学著作。写论文时，再去将有关作品"细读"一遍。然而，没有"粗读"作为基础的"细读"是十分可疑和可鄙的。它好比是放着正常的肉眼不用，非要戴上八千度的近视镜去看书，结果给他看出一大堆新东西，只是这些新东西与书之所以为书没有关系。

　　孔庆东指出："技术操作对于学术研究的意义自然是相当重要的，这一点不容否认，只是它必须建立在普通美学接受的基础上。把这句话细读下去，就是说，做学者必须建立在做普通人的基础上。""当今中国的人文学科研究，理论和方法都过剩得需要大批量销毁了。花里胡哨的东西对人也不是没有一点好处，但它们是不可能持久的，做学问和做人的那些普普通通的道理，却需要我们哪怕是假正经也要正经地恪守下去的。铁肩担了道义，妙手才著得文章，不然妙手再多又有何用。千手观音的价值不在它有婀娜的千手，而在它是济世的观音。"

"我执"

　　如果孔庆东不在课堂上泛泛谈论政治，就不会跑题太远，稍微扣住文学的话题，还是很喜欢他的。让我担忧的是，孔先生蛊惑了一批粉丝，在他们的心灵撒播不好的种子。孔先生的本职是中文，学术素养不够也就罢了，在自己的业务内骗骗人就算了，他还爱跑到公共领域社会领域和政治领域去发表看法，又没有起码的法律上的政治学和历史学的修养，对他根本不熟悉的问题指手画脚。他外行话说得也太多了，自然就有人批评了。

最近，我读了孔庆东的随笔《生活的勇气》。那里面充满着一个躁动的灵魂，关心的多与世俗政治有关。在一则文章中，一边说某位部长送他诗集，一边说部长的诗歌艺术上不高，不能因为是领导就恭维。这样的人不去外交部，真是可惜了他的才华。孔先生那篇记录自己去外交部讲课的文章，充分暴露了他的"王者师心态"。孔先生留在北大，岂不辜负了自己的才华？

作为一个健全的人文主义者，而不是职业政治家，最好在他的谈话和文章里尽量少掺杂一些道听途说而来的政治逸闻轶事，自觉承认政治的复杂性，保持个人思想的独立。知识者介入社会责任的途径有很多种，最好要有自己的专业园地。那种在大学课堂热衷于大谈政治的所谓"不搞政治的政治家"，我觉得确实有些一厢情愿。现在的学科分工很细，对政治感兴趣可以去国际关系学院，对外交感兴趣可以去外交学院，想当官就去政府管理学院，如果一定要联系政治与文学，倒也不为过，可开设"文学与政治"，专题深入剖白自己的见解，何必在一个讲授鲁迅小说的课堂上兜售自己的政治观点呢？

我认同陈平原先生所说的，这不过是想当"国师"而已。国中学人多有"经世济用"之抱负，这种情结在北京大学由来已久。陈先生指出，"借学术评论政治"，损害的是学术。读书人很少满足于单纯的"清议"，都梦想着治国平天下的理想的实现。功利之徒是不必提了，尤其是自诩要"兼济天下"的读书人，其志固然可嘉，却实在要当心陷阱。读书人从政不是不可以，切忌"犹抱琵琶半遮面"，曲线救国的路线，那样必然一事无成。陈先生尖锐地指出，"社会的良心"、"大众的代言人"自居的读书人，近乎自作多情。

带着这种信念谈政治，老期待着登高一呼应者景从的社会效果，最终只能被群众情绪所裹挟。应该提倡这么一种观念：允许并尊重那些钻进象牙塔的纯粹书生的选择。读书人应学会在社会生活中作为普通人凭良知和道德"表态"，而不过分追求"发言"的姿态和效果。若如是，则幸甚。

教书的不好好教书，整天在课堂上指点江山，这是典型的角色错位。"厨师不看菜谱，研究上兵法了！"赵本山这句话其实是在告诉我们，这个时代是典型的角色错乱。各人不安其位，经常越过本行指点别的领域。孔先生虽然"妙语连珠"经常把学生逗得东倒西歪，但是，只要你仔细品味，他的话根本没有什么含金量。这些苦心经营插科打诨的"妙语"掺杂着"左"的情绪，无声地熏习着那些不谙世事的学生。随着这些种子越积越多，就会形成质变。知识分子的死结，就是当"国师"。是有这么一些人，做的是学术，梦想着天子召见去当"国师"。总觉得自己有雄才大略，现在教书是委屈了自己，可能是李白的诗读得太多了。但是支撑着李白和李白们活着的就是那帝王师，为苍生一展胸怀的梦想。遥想几千年前，庄子早就看透彻了那个结局——不过做一只死乌龟而已。

孔先生的一些随笔爱以鲁迅为由头，大谈鲁迅的生活智慧。比如《鲁迅的生活智慧》：

> 鲁迅很重视钱，绝不假装清高。有个书商骗了我和余杰、摩罗等人的钱，我们跟他交涉，他却对我们说：你们知识分子怎么这么庸俗、这么爱钱啊？你们是灵魂工作者啊！我不听他的欺哄，就学习鲁迅，一定要跟他算账。

孔先生对于鲁迅的思想不见得顶礼膜拜，进行深入研究，弄出来一本《正说鲁迅》，里面充满硬伤，却老是对鲁迅的收入颇感兴趣，他深情地说，许多人觉得鲁迅生活贫困潦倒，其实鲁迅的收入很高，每月光固定收入就有300大洋，相当于今天的两三万元，此外还有稿费等收入。鲁迅具有很高的生活格调，他懂得如何生活、如何提高生活的质量。

孔先生谈鲁迅的"金钱观"实际为自己找理由，你爱钱就去爱钱，偏偏拉扯上鲁迅干什么？最讨厌当他在为自己谋私利的时候，老拿鲁迅装饰自己。老是跟鲁迅比收入，怎么不比谁的贡献大呢？我欣赏这样一种评论鲁迅的话语："他懂得避祸保全却不龟缩苟活，他善于经营生机却不促狭卑琐，他迎来送往却不敷衍虚伪，他嬉笑怒骂却不玩世油滑，他善于发现你闻所未闻的真相，也善于推翻你司空见惯的常理，他的智慧最朴实，最平俗，也最雅致，最实用，最真切，也最深沉。"这绝对不是孔庆东能学来的境界。

有一段时间，孔先生在自己博客里"哭穷"，并为自己的权益辩护。按照道理，一个知识分子为自己的生存利益辩护，可以理解。但是，孔先生"哭穷"的背后是什么呢？在这个连芙蓉姐姐都跻身百万富婆的时代，孔先生当然不甘于做一个清贫的学院里的知识人，他耐不住那份寂寞，耻于自己没有开上豪华汽车住上豪宅没拥有巨额存款，这是一种流行的功利的浮躁病，恰恰违背知识分子的价值观。鲁迅认为，人首先要生存，其次要温饱，最后才是发展。鲁迅为个体的利益争取权利，并不是像孔先生一样头挤着去追名逐利，并为情、钱、权、运所困，心灵境界如此，让人震惊！

多年来，我们被自己的"文化英雄"角色所迷惑，被"代言人"的悲壮情怀所感动，因此内心极度缺乏"支援资源"。在巨大的反差面前才产生失落感。现实是不可逆转的。在这样一个时代里，不做新的"时代英雄"，就必然要做一个"殉道者"，此外，大概是别无选择的。这一心态的生成，源于知识分子对自己扮演的"角色"投入太多，误解太多。多年来，他们以"民众导师"自居，以"开启民智"为己任。在行使话语权力的过程中，不自觉地认为这一切都是真的。行使话语权力给人带来的是一种快乐的"满足感"。因此那时的知识分子大有一种"文化英雄"之感。但现实社会的发展无情地摧毁了这一感觉，他们的话语失去了听众，失去了想象的回应，当然也失去了鲜花与掌声，于是又把自己装扮成了"文化难民"。这一失落反证了"文化英雄"是作为一种姿态具有极大的虚幻性。其实，自20世纪以来，知识分子多处于边缘地带，但他们似乎并没有走出虚幻，没有走出自己的误解，他们固执地坚持判断性的错误——现实对他们太不公道了。这类知识分子有一种潜在的矛盾，即表面的激烈与内心的保守。换句话说，他们的人生运作有极大的功利性，因此其抱怨和不平有很大的"失意"色彩。他们既没有西方知识分子的"为精神而精神"、"为艺术而艺术"的宗教情怀，也没有纯粹的理想主义者的愿意做"最终价值的守护人"的勇气。功利性使他们不可避免地进入了"世俗"层面，甚至脆弱得连起码的自尊也没有了。

《百家讲坛》栏目请孔先生来讲鲁迅，能告诉我们一个真实的鲁迅吗？孔先生在电视上面讲鲁迅，只图快活，胡侃神聊，"硬伤"触目惊心，被人指出300处病误。说孔先生不懂鲁迅，恐怕说不过去。一个堂堂的北大中文系研究鲁迅的教授焉能不知鲁迅？只是可惜的是，这位自称"北大醉侠"的孔教授，却把鲁迅笔下的两个著名文学人物阿Q和祥林嫂的命运给弄错了。"北大醉侠"居然站在讲台上谈什么用语文的功夫来鉴赏鲁迅。

看了孔先生关于鲁迅研究的大作，感觉他写得确实通俗好读。但是，孔先生很有可能与鲁迅的精神世界是隔膜的，对于鲁迅"承担痛苦与反抗虚无"的生命哲学，无法靠近。孔先生读书写作不过是为了炫技和媚俗的需要，不是完全服从生命的内在需要。学术研究，首先是自我生命的承担。让孔先生承受鲁迅式追问的惨烈，艰辛，沉重和创痛，是根本做不到的，这样虚假的灵魂怎么能承担知识分子的社会关怀和精神创造之重任呢？所谓创造，说到底是灵魂意义上的锻打和升华。鲁迅一直强调独立个体，这样的个体需要强韧的灵魂，孔先生善于在《鲁迅全集》里寻章摘句，却从没有真正把鲁迅作为反省自己的镜子，连鲁迅当年窃火煮肉和抉心自食的自我拷问的丝毫勇气都没有了，鲁迅不过是他引用的符号而已，在他论述鲁迅的文字下面躺着一个精明智慧的自我。老北大的校训是"兼容并包，思想自由"，但是，不是什么都可以包容的。

我感觉类似孔先生这样的，落脚点关注的是"术"而不是"道"。脱离"道"来谈"术"，就成了操练利器的打手，成为滑头，或者鹰犬，及鹦鹉。当年那本《47楼207》居然被余杰称为"继钱钟书以来真正的幽默"，简直是昏倒。的确，道与术、道德与文章彻底分裂是这个时代的典型精神特征。孔先生的出现，绝对不是偶然的。其实，这是我们上百年文化命运天灾人祸的总报应。陈丹青先生说："今日的所谓人文艺术学科，只是国家教育事业的摆设与点缀，竞起高楼的艺术学院，说破了，只是众人的饭碗。惭愧，我也正在混这碗饭吃，我该时常提醒自己：何必认真。"

人，作为碳基化合物，都是生活在欲望中的，这是人的先天的弱点。认清自己的欲望，明白自己为什么活着，再好一点就是尽可能地给自己设计一条较好的路。但是，是否能自我反省取决于他个人的精神深度。我觉得孔先生应该很难有这个反思自己的能力和习惯。

对于某类人而言，生命是用来折腾的，不折腾一番，怕是无法开悟。大乘佛学中观派主张破相显性，唯识宗主张转识成智，都是启发人脱去臭皮囊开启智慧。《金刚经》特别启发凡俗众生要破"四相"，即我相、人相、众生相、寿者相。这四种相简称曰四相。我相，是四相的总称。众生在五蕴和合的生命体上，执有一个常恒不变的自我，以此因缘，在日常生活中，总有一种强烈的自我感，来支配着我们的思维和行动。人相，我们的生命体以人的形式出现，称曰人相。因为有了我，这就出现了人与人的界限、种族与种族的界限、国家与国家的界限。这就造成了人类社会不能和谐，不断引发战争。人又以万物之灵自居，觉得自己高于其他一切动物，以人为中心，觉得其他一切动物，都是为了人类生存方便而生存的，因而就不能平等地对待一切。众生相，生命体的构成，是由五蕴的假合。依此众缘聚成生命体，称曰众生。众生随着业力的不同，众生相也可谓千差万别。寿者相，有情随着业力所招感的一期生命，从生到死这个过程，称曰寿者。人既然生到这个世界，他就希望永恒，永远都不死，尤其是功成名就的人，当他钱财地位都有了，他们简直不愿意死去，像古代帝王委托道士寻求长生不死之术，以求得长寿。

孔庆东老爱执著"醉侠"、"孔和尚"、"老衲"的假名里，获得虚幻的满足。佛教认为，痛苦与邪恶都是无知的结果，而无知的实质即在于对"自我"眷恋（我执）。若不断除对"我"的执著，如何证悟？

四相同是我相。我相是一切烦恼生起的根本。五蕴无我，众生却偏偏执有我。由有我故，产生种种烦恼。为了我故，造种种业。佛经中讲无我相，就是要彻底打破我执，切断痛苦根源；又凡夫执我故，唯能自利，甚至损他利己。孔庆东有一次在课上曰："我现在考虑的不是如何增加知名度的问题，而是如何减少知名度的问题。"多么的"低调"啊！"低调"得非但不识四相皆空，而且执妄成真，放不下四相，压根儿也不想放。佛家有言，一副臭皮囊，有什么好执著的？！

"法执"

听孔庆东的课，常常能感觉到他的"可爱"。他好像总以工人阶级后代，以革命"左派"自居。关键是孔先生所信奉的那套学说害了他，让他缺少了观察和思考的能力。孔先生就是一个哈哈镜，在他的镜子里，这个世界和他的影像都是变形的。

我觉得他学一点佛法就不会这样了，是他的头脑里根深蒂固的引为坐标的一些东西出了问题。在他成长的时候，被一些错误的知识灌输了。说起他来，其实思想是一个大杂烩。没有掌握正确的知识和真理，造成了他的偏狭。没有正确的自我认识，造成了他敢说，在这个愚民遍地的国度，他又这么无畏。北大出了这么一个他，就像皇宫里出了一个韦小宝。

从孔庆东热衷武侠小说就看得出，他的文字沉浸在江湖的厮杀之中。我其实有个看法，就是我们中国男人，长不大的太多了。孔先生的精神、气质、趣味，都带有"左"的排他性。个人的才情要与时代的要求配合默契，孔先生不具备。孔先生是在一个比较低的层面上生活着，思考着。我觉得他缺少自我反思的能力。他不习惯，也不会回过头来，把自己当做一个客体来看待一下。思考一下他一直坚信的理论到底是不是真理，他思考的那些规则到底是不是需要改动一下，他的思想坐标缺少一点什么。他的思想是封闭的，排他的，狭隘的。孔先生是真的把自己那套当成真理了，我觉得。所以说，以我对孔庆东仅有的了解看，孔庆东还有一点追求真理的愿望，遗憾的是他没有得到真理。

孔庆东认为，所谓"丛林法则"是"帝国主义列强"留下的。他的脑子里还是"文革"那一套，有着鲜明的"敌人意识"。摩罗先生《达尔文谎言让我恍然大悟》里一段话我一直不认同，但是，用于解释孔庆东十分有效，请看："我终于明白，学者并不关心全部事实，他只是揭示一些事实，而刻意遮蔽另一些事实，究竟揭示什么、遮蔽什么，全看他和他的群体的利益所需。我终于明白，学者并不关心真理本身，他只是编织一套说辞，为他和他的群体的利益的正当性提供真理性的解释，并用同样一套说辞，对其他群体的利益、尊严、权利的正当性进行否定。他所服务的这个群体可以是一个家族，可以是一个阶级，可以是一个地区，可以是一个行业，可以是一个国家，也可以是一个黑社会组织，或任何其他政治经济组织，还可以是一个种族。"

孔庆东和余杰有一个共同点，就是喜欢鲁迅却在认知能力上与鲁迅差距太远，有抽象的激情，丝毫不去调控这种激情，他们任由这种激情放射，他们希望别人和他们一样燃烧。相比哲学系，中文系的某些教授，完全就是失根的墙头草，不补充宗教、文化、社会、政治等人文知识，偏偏这些人又喜欢制造舆论，拼命追求发言的姿态，唯恐别人遗忘了他们，结果胡乱发言，造成学品的失落。是佛经、圣经和庄子帮助了我，让我早觉悟了，开始自觉抵制这些人的蛊惑。苏格拉底有句名言，我除了知道自己无知以外，对其他的我是一无所知。我觉得对于孔庆东先生还有不少"知识分子"来说，正好相反。

当年，鲁迅先生曾经沉痛地自责，说自己不过是在制造人肉宴席上的"醉虾"。鲁迅曾在自我解剖时说，自己是制作醉虾的帮凶。醉虾是什么呢？就是遭到迫害的觉醒的青年。由于先生让青年觉醒了，反而使折磨他们的人获得更大的快感。因此，先生"终于觉得无话可说"。一般人能够唤醒青年已经沾沾自喜，俨然青年的领袖，比如钱理群、孔庆东、余杰、摩罗，还包括活跃在网络上的"范跑跑"等，共同特征就是爱当导师，喜欢启蒙青年学生，以权威自居，从来不去深入反省自己，即便反省自己，也是走过场而已。他们是唤醒了青年，还是蛊惑了人心？他们实在太缺乏鲁迅的沉痛与清醒了。打着思想的名义胡说八道，满足的只是一己的叫嚣与宣泄。

而能看到"醉虾"之灾并感到无比沉痛的则只有鲁迅先生一人。鲁迅看这个世界实在太透彻了，于是在一些问题上屡屡落得"无话可说"。跟鲁迅那个时代不同，在今天这个时代，却是人人都有发言权，至少在网络上是这样，电视台、电台也从早到晚都是谈话节目。而鲁迅在今天，可能依然会感到无话可说，因为既然所有人都在声嘶力竭，同时并不听旁人的声音，那么他的呐喊估计也会被淹没吧。

什么是"醉虾"？意为：脑子昏昏，却能弹跳，这是老饕对"醉虾"的基本要求，因此，只要社会依然在封闭信息、阻拦交流，依然在禁锢思想、摘除异端，你就依然还是被泡在厨房的大酒缸里，与清溪和绿野隔得很远。当然，时代不同，这"封闭"和"禁锢"的手法也就不同。旗号可以改，内容可以换，只要还能用种种机械狭隘、非此即彼的思路套住你，就不难继续把你送上权势者的席面。你不是很厌恶"黑"么？那好，我就给你"白"，所有的都是"白"，直灌得你除了"白"以外，什么都看不见，只要裹着白布的，你一概跟着走：你似乎是远离了"黑"，却依旧昏昏懵懵，不辨东西，还是一枚虾！孔先生这样的"醉虾"，不知道能培养多少同样的小"醉虾"？

2012 年 1 月 3 日　苦寒斋

附　录

学习是一种修行

　　海南大学读者乔刚问：于老师您好！我刚刚读完您的那本《北大偷学记》，我是中文系的，对您在北大这段经历很好奇，您是就去听这些名家讲座还是和北大的学生一起上课呢？现在大学上的感觉很迷茫啊，感觉好多课听的没啥意思，就经常去图书馆借书回来看。您能给我推荐一些书吗？我爱好文学和思想，现在读书没啥选择性。

　　于仲达：2005 年，一个偶然的原因，我结识了一个思想爱好者，他住在北京香山，曾经在北大旁听过，于是我就去旁听了。2007 年，我来北京发展，业余开始正式旁听。其实北大一直就有旁听的传统，自己进去以后才发现，除了自己，在北大和清华还有其他旁听生，也都十分努力。我上《圣经》哲学研究课时，30 多个学生中的一大半都是旁听生，只有不到 5 人是正式选课的学生。这没什么奇怪。我在北大上的所有课程都出于自己的兴趣，这是在为日后从事研究和写作汲取营养。

　　北大旁听生，在我观察大致有如下几种类型：一种是北大本校不同院系的旁听者；二是北大周围兄弟院校的旁听者，比如我就经常碰到中国社会科学院、中国人民大学、清华大学等前来旁听的学生；三是为了考研和自考的旁听者；四是游学者，为了自己的兴趣，或为研究某些问题，或为学习文学创作，或为补充知识，这些人旁听时间长短不一。我大约属于这一类。北大最让我感兴趣的是，教授们一般不是照本宣科，讲的都是思想文化，而且是自己的思考，这些让我受益匪浅，引发了很多思考。关于北大旁听问题，另文有回答。

关于读书，不好给人胡乱开书单的。这很忌讳。我觉得读书的目的之一，除了欣赏以外，在自能变化气质。果能此道也，虽愚必明，虽柔必强。我主张为人生而读书。要将读书与变化气质和研究人生问题结合起来，要结合生活来体会。如果您要尝试独立思考，我的建议是，要谨慎。因为，人都有一种非常强的自觉意识。这样的人我在网络中见得很多，动辄"我认为"、"我觉得"，自我非常强大，这种强大不是真正的强大，真正的强大必须经过思辨。但是，一般人没有思辨能力，尤其是刚入大学校门的学生。所以，我建议从经典入手。北大的本科生刚开始都要开设经典导读，中西的经典是源头，必须要返回源头开始。要带着尊重和敬畏去阅读，倒空自己，消融"我"。举个例子，一提庄子，就有人说消极，什么是消极？什么又是积极？消极的就一定不好？积极的就一定好吗？"大跃进"是积极还是消极？这与过去用"唯物"、"唯心"解释问题一个样，这样思考问题很糟糕。有人用"辩证法"来观庄子，基本上是以前教科书上很害人的概念。庄子是在论形而上学之"道"，所以我们也应在同样的层次，而不应在经验的识度理解庄子的"不谴是非"，他不至于糊涂地认为在经验生活中没有是非、好坏之分，比如用洗脚水来煮饭。经验生活中的对立面统一与转化之类，不是了不得的贡献。大众只是在这个层面讲老庄，是末流，是未闻大道。训练这个眼光很难，因为我们在长期的洞穴中，习惯了经验眼光。得道者寥寥即为此。我感觉自己的思维方式被模式化和经验化了，应该用佛教或庄子的方法理解佛教和庄子。

再举个例子，一提鲁迅，就说他是一个谁也不宽恕的"斗士"，似乎鲁迅成了刀枪不入的蜘蛛侠，很有问题。北大教授杨立华对这个问题就特别指出，"会思考"跟"不会思考"，根本区别就是在于是否有节制性，能不能把自己的思想约束在适度的范围内。真正的学者，"学"和"思"之间是有一个过渡的。我们首先是学，教育实际上传承的是"学"，而不是创造性的"思"。所以教学方面，他注重的是"学"，尤其是对本科生。2005年他就说过：基本上不鼓励学生自由思考。如果连知识基础都没有掌握，凭什么思考？最多也就是胡思乱想。这个世界杀人最多的是思想，思想一旦错了杀起人来不得了。

所以孟子讲"正人心，息邪说"，讲得多郑重啊，言论思想发生错误，那可不是一个小事！对一个小孩子一上来就先鼓励他自由思想，他有什么资格自由思想啊？现在这个时代有很多荒谬的、完全未经推敲或者经不起任何推敲的观点充斥其中。所以杨先生在课堂上的一个基本思路就是，告诉学生真正的大哲学家在面对他的时代困境的时候、面对人生基本问题的时候，他是怎么思考的？他调动哪些资源来思考？他思考以后的结果是什么？把所有的学养调动起来的时候其实就是思考，而思考的前提往往就是"审慎"。

杨先生的提议，我十分认同。目下这个时代，歧说遍地，连许多学者也打着思想的名义胡说八道，贻害社会。特别是有知识的人，你的思考是建立在你的知识背景上的，不是游谈无根。大学生的特点就是特别自我，要注意先建立一个基本的知识结构，需要从"学"再过渡到"思"。很多人最终论述的观点可能是我们不能接受的，但是整个论证过程中他所调动的思想资源，他的思考能力，他解决问题的方式，这些东西都能给我们带来丰富的启发。这个要注意。

关于读书，就要从经典读起，比如儒、释、道、基督教的经典。如果是文学青年还喜欢思想，又实在觉得经典难以进入，就应该从有思想的作家的东西开始读。如：托尔斯泰、罗曼·罗兰、茨威格、卢梭、罗素、萨特这些人。国内的作家鲁迅、沈从文、诗人海子、北岛、顾城、穆旦、昌耀等。刚开始进入文学的，唯美的东西不能少读，少了下笔会显得文字生涩，太学院化就很糟糕。因此，最好读读川端康成、莎士比亚、屠格涅夫、契诃夫、泰戈尔、郁达夫、梭罗、歌德等这些语言大家的东西尽量多读。基本经典当然不可缺少，比如《论语》、《道德经》、《庄子》、《心经》和《圣经》，不一定有精力，但必须明白这些是根源性代表经典。能帮助建立个人世界观和方法论。古希腊罗马中国先秦诸子百家当代西方思潮代表作不可不下工夫读。读书有三个注意：

一、名人传记。这种东西翻得越多越好。

二、选好版本。傅雷翻译的书最好都读，同题的别人翻译的就算了。

三、故事技巧。故事技巧是叙述的最大关口。练描写文字不难，中学生都能写得很有模样，但好的叙述文字连起来就困难了。但叙述文字是语言表达准确度的关键。故事技巧有助于练习叙述语言。关于语言，也是个重要问题。初学者最好读读《古文观止》和古代诗词。总之，既要注意文学性，也要兼顾思想。下面顺便提提我喜欢的书：

一、《论语》——中国人做人处事的经典著作。人是社会性的动物，他的思维、认知一定与环境、阅历有关。如有可能最好读读《曾国藩全集》，人要进入社会，首先要做的就是修炼自己。

二、《鲁迅全集》——鲁迅是中国唯一具有深刻思想的大作家。顺便推荐读读张承志的随笔，富有张力。

三、《圣经》——滋养灵魂拯救苦难的智慧宝典。

四、《庄子》——中国文人的心灵圣经。

五、《坛经》——佛学是人类的高级智慧，能有因缘的话，大乘佛学类经典都可以读。

六、《卡拉马佐夫兄弟》——陀思妥耶夫斯基所有小说，其实都可以读。他是位具有思想深度和天才的大作家。

七、《李泽厚十年集》——李泽厚建立了主体性哲学，同时推崇鲁迅。

八、《拯救与逍遥》、《走向十字架上的真》——刘小枫文笔十分优美，虽对鲁迅的认识有误，但引入了基督信仰资源。

荐阅文史类刊物：《书屋》、《书城》、《天涯》、《读书》、《万象》、《东方》、《随笔》、《国家地理》。

山东师大读者王嫣问：您好！今年三月读过你的书。我大学毕业后参加工作，对自己的工作状态很不满意，曾经考研，也想去北大旁听，可是家人却催促我快结婚。我该怎么办呢？如何面对父母，面对我的人生？

于仲达：说句实话，您的问题我无法回答。因为，我并不觉得自己目前所走的路就是成功的。我也经历过您那种考研的苦痛以及在单位上班的失落、郁闷与无聊。现在我想起了 1925 年 3 月 11 日鲁迅给许广平的回信中坦率地说过的话："假使我真有指导青年的本领——无论指导得错不错——我决不藏匿起来，但可惜我连自己也没有指南针，对现在还是乱闯。"我属于鲁迅所说的"乱闯的人"，一个索性乱闯的人斗胆跟你聊聊：

人的一生，都在选择与顺应之间。在旷新年先生的看来，按照与环境的不同关系，可以将人分为四类：有些人是顺从环境的，有些人是反抗环境的，有些人是改造环境的，有些人是创造环境的。大部分人都是属于第一类，有一小部分属于第二类。第一类人是常人，第二类人是斗士甚至烈士，第三类人是政治家，第四类人是隐士。我自己属于第四类。可是，在最初工作的几年时间里，我富有正义感，充满理想色彩，当然，现在隐匿了理想色彩。由于对社会认识的浅陋，我的文章多有愤激，让人错误认为我致力于做"知识分子"，当然也可以说是优点。其实，我性格的主流还是第四类。因为人在年轻的时候，多少总是正直的，总是有冲动、有理想、向善的。我觉得大多数人都是常人。常人的一个特征就是，就是很大程度上顺应生活。我对于生活，既不是顺应，也非反抗。不知道你属于哪类呢？

　　老子曰："知人者智也，自知者明也。"人对自我的认识是个不断的过程，需要经过社会化的过程，你才能真正知道自己真正追求什么。我有一个观察，尤其在当下中国，一个人三十岁以后，要么是平庸（不是贬义），要么就转向恶，就开始变成一个社会的帮凶，进入这个机器。有一段时间，我陷入无限的悲凉之中，我做事情全是用我的血汗钱，没有人帮我。在中国生活，永远都是生存第一，你不要奢望别人能帮你，我看到的很多现象，背后全是资源的掠夺与瓜分，人人相争，可以泯灭很多东西。

　　你信中提到的就业与考研（理想），确实属于比较具体问题。对此，我有过煎熬。理想每个人都有，但当你改变太难或付出过大时就要想了。鲁迅有个学生叫李秉中，在军队当官，想辞职不干了，写信征求鲁迅意见。鲁迅反对，认为饭碗可以跟理想分开。鲁迅回信说："人不能不吃饭，因此即不能不做事……我看在中国谋生，将日难一日也。所以只得混混。"连鲁迅也有"混混"的时候，况且你我？所以要低调一些。不要把二者决然分开，一味追求理想，不顾生活实际，那就可能成为"幼稚"青年了。我在网络上遇见一些"思想者"，刚开始批判社会不公大谈所谓对社会的担当，几年过去了，这类人绝大多数都已经变得投机、暮气、怨毒和混世，能继续坚持思考做事的，基本没有。更为可恶的人，某些人打着"思想"的名义乱说，缺乏自知之明，不安于认真读经典，今天看别人这样说，他就鹦鹉一般跟着，明天他又变了，你不知道他基本的思想主张是什么，其实连基础知识都不具备，还冒充"思想者"，精明极了。鲁迅先生早有预言——我看中国有许多智识分子，嘴里用各种学说和道理，来粉饰自己的行为，其实却只顾自己一个的便利和舒服，凡有被他遇见的，都用作生活的材料，一路吃过去，像白蚁一样，而遗留下来的，却只是一条排泄的粪。社会上这样的东西一多，社会是要糟的。

离开了现实，唱高调煽情的人，基本上都是巧言令色的。我们的古人，比如孔子，就有一种高贵的中正平和之气，遭受那么多苦难，你读读《论语》，他何曾乱放批判社会的空话？煽情的人，是最无情的。年轻时我没有警惕，总认为这种人很正义，可是阅历增长了，一眼就看穿了。这种人我见得多了。当然，这并不是说我敌视美好的事物，而是觉得美好的事物总要落在现实里，否则如昙花一现而已。

我大学毕业后曾经工作了几年，理想与现实的碰壁，一度让我郁闷，终于无法长期忍受，于2007年停职来到北京寻求发展。一边就业，一边北大学习，精神视野宽阔了，从生活到境界，提高不少。必须要提出的是，如果一定坚持考研究生，一方面专业准备充分，另一方面也要对前进过程中遇见的难题做好充分准备，不要过于理想。

鲁迅早就言及生存的重要，他曾经在小说《伤逝》里借助爱情探讨社会，对我们启发仍然很大。陈丹青曾经告诫青年说："我对年轻人只有两个要求，一个要求是饭碗第一，一定要自立，不要不现实。年轻人大学毕业以后，你其实面临很现实的一个处境，你的饭碗最重要了，不要把饭碗砸了；第二个要求就是在这个前提下，尽量不要受这个社会坏的影响。因为人在年轻的时候，多少总是正直的，总是有冲动、有理想、向善的。三十岁以后，要么是平庸，要么就转向恶，就开始变成一个社会的帮凶，进入这个机器。"按照我的体验，作为一个有追求的人，要有长期的准备，要做坚韧的理想主义者，因为在当下中国，让你无法预料的困难有许多。我们现在的情况是比信仰缺失更糟糕，既没有很好的福利制度，又缺乏信仰，整个社会道德滑坡，人心很坏。

还有，我鼓励你考研学习，可是你不要太相信学校。学校只是让你度过青春期的时间。第二个真正教你的未必是学校，更不是教学大纲，而是周围的好学生，但更重要的一是来自校外的资讯，在网络上，在图书馆，在书店，在美术馆，在画廊，信息远远多于教学大纲能够给你的，所以聪明的孩子自然就会受到影响。

我认为大学以及研究生的作用没有想象的那么大，你必须走出校门。我也去北大学习几年，但更多是靠自学。

你看了我的信，别怪我给你降温，也只有降温之后的理性思索，才是你要面对的。最后，我仍然鼓励你积极生活，阳光快乐。

邦本网编辑桑木木问：于仲达先生：您好！我们是邦本网，前几日在网上知晓了您的一本著作《北大偷学记——一个民间学人的北大三年》，遂生兴趣，希望就此对您做个专访。在北大旁听这件事本身是很有趣的，我们相信，您在北大旁听的三年一定有很多故事发生，这些故事是很多人有兴趣知道的，而这些故事未能在书中披露，未免遗憾。我们列出的问题有：

1. S城指？

于仲达：S城实际就指我所出生的皖西北某个小城市，也可以称为广义上的中国的某个地方。它既是我的生身之地，也是我苦难的发源地，更是我审视现实苦难和人的生存境地的参照。有点像鲁迅笔下的S城和未庄。

2. 什么时候开始、结束在北大旁听的？

于仲达：2007年春夏正式开始旁听，一直到现在，陆陆续续，已经有几年了。以后根据时间，根据需要，我还会去旁听，还会选择中国人民大学和清华大学旁听。

3. 有什么事情引发或者说启发了自己去北大旁听？去听课的目的有哪些？

于仲达：2005年，那时呆在S城十分苦闷。一个偶然的机缘，我认识了一个网友，他住在北京香山塔后面，我先去那里，他之前去北大旁听过，我也就顺便去北大中文系旁听，当时没什么特别印象。

听课的目的，一是解决我在S城遭遇的问题，安顿生命，超越自我；二是想在生存问题上找到突破。S城这个地方，人性黑暗，工作疲乏单调，收入不高，十分无聊。我想离开这个地方。

4. 旁听之前，自己的人生状态如何？

于仲达：旁听之前，自己的人生状态十分糟糕，仿佛进入了物质和精神的双重困境。这种压抑的心境都集中收录在《暗夜里的过客》（日记，抽屉里，未出版）。曾经在知名论坛和天涯论坛发表，引起关注和热烈讨论。

这些文字集中展示了我真实的生存与思考。我十分看重这些文字，但是至今还没出版。我真心渴望有出版社出它。

5. 正式去听课之前做了哪些事情、准备？

于仲达：没有刻意准备什么，一切都是自发的。

这里有两点值得一提：第一，我阅读了大量文学作品，打下了一些关于文学的基础，对于鲁迅也有自己的心得；第二，写下了《暗夜里的过客》，记录了底层社会的生活。毫不避讳，赤裸裸把自己的经历和灵魂，写了出来。写出了人性被慢慢折磨，被毁灭的过程。一个民族，只有内省才能伟大；一个人，只有内省才能卓越。对比西方，中国人向来缺乏忏悔的文化传统。我一直觉得，"文革"并没有离我们远去。只要有社会还有漏洞，它还会席卷而来。是中国文化缺少一种"悲悯情怀"和"忏悔意识"，不敢直面自己的灵魂，不敢把自己的内心展示给世人。我们敢于批判社会阴暗面，敢于痛骂政府和官员，却没有勇气面对自己真实的灵魂，不敢说真话，害怕将自己卑劣的另一面，暴露在世人人前。说一套，做一套，成为当下中国从庙堂到江湖都蔓延的道德病灶。缺失内省精神和忏悔意识，也是导致当下中国乱象丛生、恶行不断的文化病根。

6. 第一次听课的过程怎样，内心怎样？

于仲达：第一次听北大中文系教授陈平原先生的课，是讲巴金。陈先生是研究晚清文学的专家。他知识面很广，讲课娴熟，烂熟于心，口音略带广味儿。至于内心，还是很震撼的。这种场面，这种气场，三流大学根本感受不到。

暨南大学读者祥伟问：2011 年 4 月，我去北大复试与您相遇并能在未名湖畔聆听仲达兄一席卓有见识的讲谈，十分的幸运，万分感谢！您对知识的纯粹强烈的渴求、对生命的悲悯、对真理的追求，言谈中透出的对学术的热情、执著深深地感染了我，心底油然生出无限的敬佩，对于一个站在学术之门外探望的学生来说这是一种极大的鼓励，谢谢您！

作为一名民间学人，您身上有一种许多所谓专家学者不具备的真正的人间情怀，相信您一定可以找到打通文、哲、史，建立您所期望的具有主体生命意识的思想之路。这里想问一下，您觉得哪些北大教授对您最有影响？在北大学习最大的收获是什么？您眼中的北大学生是什么样的？

于仲达：谢谢您的厚爱与鼓励，回忆和您畅谈的情形十分愉快！其实，在您的身上有我喜欢的诸多精神品质：坚韧、勤奋、正直、博学、善良。

北大学习的几年时间里，我深深陶醉在北大深厚的文化氛围里。在我看来，北大是一个很好的思想平台，你可以在里面自由熏陶，自由听课，深入思考，渐渐的，你的精神状态的内在就被激发了出来。以前和不少人的看法一样，我也在不自觉地拿"五四"时期的北大批评"北大失精神"。应该说，是有一些道理的。每个时代都有自己要直面的问题，"五四"时期的北大承担了民族兴亡的责任，让知识分子大放光彩，然而，凡事要务实理性地思考，考虑到北大如今的处境，我觉得就有些苛求北大教授了。如果盯着别人的缺点，你很难进步；如果抱着"窃火煮肉"的心态学习，你就会获益匪浅。

应该说，凡是我能坚持听课的教授对我多少都有些影响。至于对我个人影响比较大的，如果一定举出例子，我这里随意提几位：

高远东：他以鲁迅为方法，关注鲁迅与先秦文化的联系，在我最初思考转型的时候开启了我。以后我就去哲学系、宗教学系等听课。

吴玉萍：她讲基督教与中国文化，提倡在多元语境下不断观照自我。

对我的直接影响就是：在鲁迅、儒、释、道、基督教多种资源的激荡之下，不断反观自身，照亮幽暗的存在。她的切入角度都让我深受启发。她让我意识到，如果要想更深入地思考，必须要在知识结构上完善自己。此后，我重点就在哲学系、宗教学系、历史系听课。她的善良和热情，记忆犹深。特此献上感激！

杨立华：他让我喜欢上了孔子——一种朴素而又温暖的生活方式，仿佛就近在咫尺。每当心情苦闷的时候，不自觉放一段杨先生的讲课录音，生活虽然艰辛但多么美好。杨先生是在用感性力量影响坚硬的人心，这种力量不可小看。我坚信：再多一些历练和时间的沉淀，他必成大器。我由衷敬佩杨先生这样忠实自己文化信念的文化人！

王博：他以哲学的天赋、深刻的洞察力、清冷的生命关怀和独特的话语方式，安顿了焦灼疼痛的我。我觉得王先生的庄子研究是专门讲给我听的。每次听他的课，我都提前一个小时，生怕错过，这样说有点自恋。实际上呢，对于真正经历过人间世苦难的我来说，这种滋味只有我个人才能体会。内心若没有足够的丰富与深刻，很难玩味其中的意涵。

王博的道家哲学研究不仅仅给我一个结果，而是还原了思考的整个过程，而这种还原，让我心痛不已。是什么打动了我的心灵？是对于生命的慈悲和苦难人间的悲悯。王先生启示我重新反观生命、反省自身、反思鲁迅、反思中国知识分子的命运，让我重新调整思路安顿自己，获得了继续在人间世存在的勇气。某种意义上来说，王博先生是我"第二次生命"的引路人，扮演着极其关键的角色，从他的庄子研究里，我顺利打通佛禅，开启"心"的觉悟。

王博是哲学天才，天才不可模仿。可是，在我看来，人仅仅靠天才难以持久。我推崇鲁迅所说的："古人曰：不读书便成愚人，那自然是不错的，然而这世界却正由愚人造成，聪明人决不能支持世界。"学习天才，把握不好就容易变成"聪明人"。学习庄子的，要注意这点。

朱良志：朱先生是天才，浑然天成，只可品味，无法学来。他融合文学、美学、哲学与佛学，道禅哲学已经化为他的血肉，特别是他的八大山人研究，深深安顿了我内心的孤独。个体面对荒诞苦难的世界，依然坚守个体的尊严。在鲁迅以外，我发现了八大山人。他同样有个体的尊严——个体的尊严有时也未必都像鲁迅那样"激烈"。

楼宇烈：楼宇烈先生在佛学和中国哲学上有很深的造诣，尤其晚年以来的一些思考，对于建立中国文化的主体性，大有裨益。先生圆融的智慧破除了我思维上的迷雾，为我学习中国哲学与佛学提出了具体思路和方法。

温金玉：2013年春季我去中国人民大学听课，有幸与温师结缘。温师幽默、精彩的讲课以及厚道、慈悲的人品，都让我记忆犹新。温师身上具有可贵的平民知识分子的精神品质，他的佛教哲学帮我建立正知正见。特此献上感激！

我的师父：她对于佛教、基督教和道教都有深入研究。她在细微处点拨我，让我开悟。尤其是，她在我最初从基督信仰转向佛学的时候，推荐我看圣严法师文集，我开始系统审视生命、自我消融、自我拯救，基督信仰的"有"和佛教的"空"在我生命深处整合起来，再加上庄禅的灵悟，我的生命有了觉性的观照，这是我自己的救赎之路。惭愧的是，因与师父根器不相应，只好随顺因缘。所谓生命因缘而起，聚散无常！

上述几位先生对我的影响，必将伴随我整个的生命。感谢诸师。

在北大教授群体里，有一些独异的学者，给我印象很深。先从北大哲学系的先生开始，何怀宏先生厚重深思；陈鼓应先生颇具道家风骨，激情飘逸；吴飞先生、李猛先生深邃；杨立华先生为现代儒者，醒觉担当；王博先生，哲学天才，幽默诙谐；张学智先生平和中正，具有悠然之气；楼宇烈先生一身古风，参透禅境；朱良志先生，才华与悟性齐飞；余敦康先生潇洒飘逸，玄味十足；陈廷忠先生博爱；周学农先生语透禅机，颇似高僧；李四龙先生机智诙谐，浑身透脱；张祥龙先生中西合璧，传承远古；再说北大中文系的先生，李零先生特立独行，钱理群先生激越回荡，高远东先生精谨缜密，王风先生隐逸沉潜，吴晓东先生温文尔雅，钱志熙先生淡定悠远，常森先生诗情充沛；再说北大历史系的先生，阎步克先生的渊博，罗志田先生的学识；北大东语系王邦维先生的佛学研究旁征博引、贯通中西、妙语连珠、风趣幽默……

就听课内容而言，楼宇烈先生的佛教哲学专题和中国哲学专题，王博先生的庄子研究、先秦哲学和中国哲学名著概论，陈鼓应先生的道家哲学原著研究，余敦康先生的魏晋玄学，王中江先生的先秦哲学研究、近代中国哲学，杨立华先生的中国哲学史（上、下）和《四书》精读，周学农先生的中国佛教史、《坛经》专题和《肇论》，姚卫群先生的印度佛教史和《中论》研究，李四龙先生的《华严经》专题，张学智先生的中国哲学史、宋明理学和阳明心学，张祥龙先生的中西哲学比较，李超杰先生的哲学与人生、西方现代哲学，朱良志先生的中国美学专题，李猛先生的中西伦理学比较，何怀宏先生的文学与伦理，吴飞先生的宗教学导论、奥古斯丁《上帝之城》研究，吴玉萍女士的基督教与中国文化、《圣经导读》、路加福音专题研究，钟志邦先生的信仰与理性，陈廷忠先生的《圣经》研究，高远东先生的鲁迅研究、周作人问题研究，李零先生的《论语》专题，黄子平先生的鲁迅研究、王风先生的周氏兄弟研究，吴晓东先生的沈从文研究、中国现代小说研究，曹文轩先生的文学的艺术问题、小说的艺术，常森先生的先秦诸子十讲，陈晓明先生的当代小说经典文本分析，陈平原先生的百年中国文学研究，朱青生先生的艺术史，阎步克先生的中国古代史等，廖可斌先生的中国古代文化，任晓红先生的禅与中国园林。此外，中国人民大学哲学系、宗教学系的温金玉先生的佛教哲学、宋志明先生的中国哲学原著研读、孙毅先生的基督教原典，都让我有收获。

除了北大教授讲课以外，一些在北大开设讲座的学者和名家也给我不少启示。莫尔特曼（Jurgen Moltmann）先生讲"时代危机中的生命文化"，叶曼先生的《道德经》系列讲座，净慧法师讲"生活禅"，杨曾文教授讲"苏东坡与禅僧的交游讲座"，台湾大学哲学系主任孙效智先生的生命教育，台湾李志夫先生讲印度部派佛教，方立天先生的中国佛教哲学，王邦维先生主讲的"天下之中"与"日中无影"，汤一介先生主讲"儒学中的普遍价值问题"，明贤法师讲"生存与信仰"，恒实法师讲佛教与科学，徐小跃先生讲"儒释道与中国传统文化"，台湾心道法师主讲禅宗的智慧，郭耀华先生讲《金刚经》，潘宗光先生讲解《心经》，单中谦先生讲"庄子与金融"，鲍鹏山先生讲孔子，汪晖先生讲"东西之间的西藏问题"，梁文道先生讲"知识分子的关怀"，孙郁先生讲"鲁迅的美学"，还有一些著名作家的讲座，以及北大国学社、北大禅学社、北大宗教哲学研究会、北大五四文学社的系列活动都丰富了我的视野。

从实际听课，课堂讨论问题，到实际接触交流，北大教授给我的感觉是这样的：一是学识渊博，专业的治学精神，高度自觉的学术追求，有情怀有襟怀，不会游谈无根，这是少数优秀学者；一是专家，这类学者最多，都在某一领域有所研究，深浅不一；一是为了学术而学术，学术是职业，没有独特的建树，既无激情也无热情，这类有一些；还有一些学者，也做学术，可是为的是学术背后的利益与虚幻的光环，扮酷唬人，思想浅陋，没有觉悟，却自认"导师"，误导众生。从对待人的态度而言，北大教授里既有慈悲、宽容、善良的，也有冷漠、冷淡、势利的。众生百态，让人大开眼界。

北大学生给我的感觉是这样的：一是思想比较独立，有才华有激情，大都有自己的一套见解，不人云亦云；二是有理想，比较单纯，内心很执著很有毅力，较少功利主义的色彩；三是某些北大学生存在思想不圆融，缺乏历练，任性、傲慢却又缺乏竞争。从小在学校里面被灌输的教育是要成为国家的栋梁，要做大事，成为社会瞩目的精英，具有完美主义情结，只知天下之大而不知天下之小，害怕承受失败的结局，他们不知道什么的生活是幸福的，一旦遭遇挫折心理失去平衡，不知道如何安抚内心的冲动与创伤，个别极端的甚至走向理智消沉激情湮灭。这样极端张扬的性格在"五四"时期是时代的领军人物，但是在一个注重实际的和平年代，弄不好很有可能沦为庸人。也就是说，虽然思想和智力上有明显优势，往往不屑做小事情，批判意识过浓，太过自我，藐视普通人，很难适应恶劣的生存环境，拒绝调整自己看待社会的视角。

北大学生不好一概而论，因人而论，比较合适。北大毕业的学生优秀的出类拔萃，平庸的沦为庸人，反差太大。北大人是多元的，谁也不敢说自己就是代表北大，深入基层体察社会的北大人同样也不少见。

北大学习最大的收获是什么？如果用一句话概括就是：我感觉在精神上真正立了自己，回归到清静的本心，恢复了心灵的柔软，走出了S城，中和了鲁迅先生对我的影响。

具体一点来说，以前我太爱文学，从而局限了自己的思考。通过学习国学和历史，了解中国传统文化，也更能了解我们的社会，看问题更全面了，自身自然得到提升。与一流学者——尤其是有思想家气质的学者"结缘"，是一种提高自己趣味与境界的"捷径"。与北大教授零距离靠近，无疑提升了我的精神视野。不仅仅增加了知识，而且对自我、他人、世界、生命、信仰有了新的理解。我在S城学的是"技"，而这个是"道"。我在北大学国学以后，之后心态变得平和多了，做事情不再浮躁，在现实生活中也有了操控自己的定力。雨果临终前有句遗言是：人生便是白天与黑夜的抗争！我深深明白，生活并不全是抗争。只有在一种张力之中，生命的价值才会有很大的展现！

北大诸师深入浅出的讲课艺术，特别是先生们开阔的精神视野、切入问题的方式、严密的逻辑论述，都让我受益匪浅。也是在此期间，我养成了良好的读书和思考习惯，方东美、冯友兰、汤用彤、熊十力、张岱年、汤一介等学术大家的书，为我钟爱。

海南大学读者"荒漠甘泉"问：您的经历和思考十分丰富，能大致回顾您十多年来的思考过程吗？我对这种思考的过程很有兴趣。

于仲达：我十多年来的思考过程，大致分为七个阶段：

第一，沉浸于个体纯粹唯美的体验

中学和大学，爱好文学，17 岁开始发表诗歌。大学期间喜欢阅读文学作品和文学期刊，对于作家曹雪芹、郁达夫、川端康成、沈从文、顾城十分喜欢，并和同学创办江南诗社，创作并研究"后朦胧诗歌"。

第二，人间世的苦难和鲁迅的持续影响

1998 年学校毕业，在皖北 S 城工作九年。目睹社会黑暗和人性堕落，唯美体验破碎，情感幻灭，深感人生苦痛和悲辛，对于人性怀有大悲悯，开始关注社会和人性，心灵处于愤激、紧张、对峙和反抗之中，对于人性的看法首次陷入悲观，对人间世的感受十分痛切（苦难、痛苦、绝望、罪感、轮回，接触鲁迅和基督信仰）。

由于深受鲁迅的持续影响，在生命哲学上反抗荒诞承担虚无，拷问自己，逼迫自己精神成年，斩杀先前柔弱的自己。直面人生的残酷和人性的丑恶，在"失败"之中自觉，丢弃幻想，反抗"绝望"，重在"立己"，关注个体的尊严、价值和独立。这一时期喜欢的作家有加缪等存在主义作家。

第三，佛教禅宗的影响

长期处于一种充满张力的精神承担里，深感人的形与心的分裂，寻求解脱和缓解方式，久而久之，缺乏新的精神资源，身陷入困境，于是走向虚无。美好的世界在哪儿呢？不断叩问和追问，苦痛之极。

2007 年的这个时候接触慧能《坛经》，消解苦难，回到本心，深入反思，陷入两灵交战。但是，稍后终于不能忍受"空"，决定从禅宗走出，内心淡定了一些，决定离开 S 城，前去北京。三年以后——2010 年皈依台湾法师，我修正了自己对于佛学"空性"的错误理解，阅读佛学经典，猛然大悟，似乎找到了迷失的心灵家园。

第四，寻找救赎

2008 年在北京参加一个聚会，企图把内心的痛苦在神那里得到释放。但是，在佛学和基督信仰之间仍然徘徊。这个时候已经从对鲁迅的研读重点转

489

入对陀思妥耶夫斯基的迷狂，现在我面对鲁迅思想中的疼痛、焦灼、对抗、紧张、黑暗、不宽恕，已经有了一个清醒的认识。还包括对于具有基督信仰背景作家的研读，开始对于狂热的"右派"、"左派"、伪精英知识分子以及精英知识分子本身产生反思，对于人性的看法再度陷入悲观，同时渴望通过信仰拯救自己，然而不是有效的。

2010年顿悟佛学"空性"，领悟"性空幻有"，焦灼的心灵终于逐渐清静下来。借助佛学的启示，再阅读《圣经》，猛然对神的爱体会深了。奇哉怪哉！

第五，重建自己的精神价值体系

2007年至2011年进入北京大学中文系、哲学系和宗教学系旁听学习，人间世的苦难同时让我靠近了鲁迅、庄子、佛陀和基督。

有一个发现，鲁迅先生对于中国文化内在的超越性和永恒性，缺乏足够的认识。当然，也可以说这不是先生着重关注的，他只是在质疑传统文化方面填补了空白。

深入认识儒、佛（禅宗）、道为代表的中国文化，开始在精神废墟重建自己的精神自信。在鲁迅、儒、释、道传统、基督信仰等多种精神资源里不断反思自己和圆融自己。

2009年开始形成自己独立的人生和价值观：从肯定建立自我开始，然后提升自我，到达消融自我。

第六，寻找精神的最终的归宿

有一种有意思的文化现象：某些基督徒不通佛教批判佛教，某些佛教徒不通基督信仰批判基督教。然而，在我看来，两者都是有局限性的。佛法可以让人清心，基督可以给我刚正。我认为大乘佛学（包括庄老）和基督信仰是我最终的归宿。

第七，对于经世思想的重视

随着时间的流逝和阅历的增长，特别是北大几年多的学习经历，自己思想渐渐开始圆融。体验过生活的琐碎和自己的卑微，我对于自己先前的凌厉、浮躁和虚空开始反思和省察，也对所谓学者、"知识分子"和底层人开始反思，更对鲁迅开始反思。在多种精神资源的观照下，我对于人性有了一个客观的态度，不再拔高或贬低，人性的卑微和高尚可能同时存在于一个底层人和一个"知识分子"身上。在这样的背景下，不再一厢情愿对人提出任何精神期待，而是平静地消融自我，回归自我，做一个真实的哪怕是不那么高大的自我。

《左传》曾提出了为人处世的最高标准，即"立德、立功、立言"，并称"此之谓不朽"。对照这个标准，我不得不承认自己做得很差，甚至颠倒了过来。但是，我不把自己的文章看作"立言"，而是对于对自我的审视和鞭策（不包括批判社会性言论）。

钱理群、余杰、摩罗等人的书最初曾给了我自足的勇气和激情，对于困境里建立自我起到很大作用，他们普遍受到鲁迅的积极影响，致力于批判专制，承担知识分子的使命，这些都是有正面意义的。可是，我也从他们身上洞察到了某种虚妄的精英主义，尤其缺乏圆融智慧，扩张自我，过于看重个人与理性的力量，掩饰自我的渺小、软弱与痛苦，结果走向反面。突出表现在文风上就是抽象的激情、标新立异、自相矛盾、主体固化，用佛教的话来说就是陷入"我执"和"法执"之中。就连钱理群在北大一次讲座中，他本人也感叹自己精神太精神化不幽默，可见这是一个值得解决的问题。鲁迅先生是一个具有自我认知能力的人，并且在提升自我的同时消融了自己。他们身上所表现出来的局限性，开始显露出来，为我警惕。

真正强大的人，是内心强大的人，或许并不是那些表面张扬的所谓"知识精英"，而是那种紧贴大地行走埋头苦干的人。知识分子中有不少品性好的，但也不乏败类。片面强调知识的作用而无生命的圆融与悲智，是有问题的，很容易损心伤性。

我开始厌恶那些虚张声势凌空蹈虚的诳言和致命的自负，这是单一价值蛊惑出来的精神病症，也是严酷社会对人造成的精神创伤，它让人不能平和从容，丧失感受生命的悠然之气。人一旦自我膨胀到唯我独尊的时候就是独夫，就是失去智慧的残废者，其结局就是疯狂。人有非分之想，就很容易自卑或自大。自卑者常常被私欲杂念禁锢而失去自我。而自大的人把自己膨胀到足以凌驾他人，爱夸耀自己，爱批评别人，听不进别人的意见。这样的觉悟让我洞穿了虚妄和荒谬，在这段日子，我读佛学、《圣经》、孔子、庄子、老子、司马迁，从鲁迅先生的影响里渐渐走了出来。

从做小事着手，连接自己和社会，增强在复杂局面下处理现实问题的能力，培养健康的心智，增强自己的内力。特别留意那些经世的学问和挖掘民间智慧，跳出纯粹文人、"知识分子"和学者的思路，有计划地读一批人物传记。其中包括毛泽东、张居正、曾国藩、王阳明等，留意历史。在此以外，在研读国学经典之余，留心一些中外企业家的传记，特别关注草根精英，留心他们打拼创业的精神，并因此受益匪浅。以出世间法指导世间法，历事炼心，学习在不圆满的世间承担生命赋予的责任。

后　记

20 年了，每到这一天，我总觉得有些寒意，这是来自心底骨髓的寒意。

20 年前的今天，皖北 S 城火葬场的院内。

红砖堆垒起来的烟囱，高高矗立在阴霾的天空下，迎着微风，蹿出一股浓浓的黑烟，在深秋的寒意里，逐渐飘散，消逝。

我呆呆地仰望着它，感觉死亡是那么的近。文学作品里的人生那么美好，而这烟囱如此丑陋。

前一天下午，听到父亲死讯的消息传来，当时我还在小镇补习课上为了命运而冲刺。在小镇通往县城的柏油路上，路边草丛传来蝈蝈的叫声，已经是深秋了，农人还在忙碌。弟弟一路上哭着。到了医院病房，父亲的脸已经被白布蒙上。亲人哭成一片，火纸的黑焰像蝴蝶乱飞。我没有哭。我平静得不像他的儿子，甚至不像一个孩子。回顾过去，我明白了那是我第一次明白无常。

对于死亡，在那年纪，我已知道死亡来临时，什么也做不了，唯有接受……担心死亡是没有用的。重要的是，直至死亡来临的时候，要活得充实，要把有限的精力花费在自己最想追求的事业上。

作为镇长的儿子，我清醒地知道自己以后的命运——冥冥中早就在等待着一种模糊而又清晰的可怕的东西。那种依靠父辈余荫而生活的想法从没有在我脑子里闪现过，我甚至感到一种庆幸，父亲去世以后，终于轮到我主宰自己命运的时候了。

我在太平间里，一夜没有合眼，听母亲和父亲的朋友谈论以后生活的艰难，寒气一点一点侵袭了我的全身。

我忽然觉得，父亲死了，这是解脱。人活着实在不容易，普通人为衣食操劳。像父亲这样的人，除了生存的问题以外，还要为劳心而奔忙。

虽然那时的我根本不懂得苦难的准确含义，也不懂得忍受苦难是一件多么不易的事，但我心里对生和死有了一种极具体的感觉。与其像父亲那样煎熬活着，不如这样死了。

父亲的死，使我一下子超越了时代，超越了年龄，甚至超越了痛苦。也就在那一刻，我彻底失去了学生时代的纯净。这样一种生命层次的飞跃，使我比同龄的任何一个孩子内心都更成熟。在同样的事情上，我的内心特别地坚强。因为我知道，只有照顾好自己，才能少给家庭添麻烦；也只有自己担当自己，才能避免因依赖外力而受到束缚和伤害。于是，就有了一个十多岁的孩子，捧着他父亲的骨灰盒，一个人坐车，从县城送他的父亲回他的老家。

我一直觉得人生其实就是两大问题，爱与恨，生与死，它们的来与去，都由不得我们。我们只能主宰生和死之间的那短短的一段时光。活着，就活好它。

在县城殡仪馆的三天时间里，发现这里每天都有六七个送来火化的人。我又一次距离死亡那么近。而此时我仿佛已经淡漠了生死。佛法告诉我，诸行无常，是生灭法。生灭灭已，寂灭为乐。什么叫做无常？"常"就是永恒，"无常"就是非永恒，世间一切万物皆无常，找不到永恒不朽者，包括日月星辰。尤其众生的生命更是无常，就像是泡沫一样，在时间的长河里瞬间就没了。

父亲去世已经二十多年了，那时候对生生死死很是懵懂，更不懂得临终关怀的重要性。父亲临死那年的孤独和脆弱，我略微有点体会。只是年龄很小，对死亡没有任何认识。

2010年6月20日，大约凌晨四点左右，母亲也病逝了，终年61岁。伤心悲痛。发现时已经是早晨7点，距离去世已经有大约4个小时了。所幸母亲虽因脑溢血后遗症，多年缠绵床榻，但走得却直截了当，像极她生前的个性。没有任何先兆，没有任何挣扎，也没有任何人在身边搅扰。

春节过后，我仿佛就有预感，母亲行动有些不便，忙把她接到家里。我们住在一个房间，时常听到她为家庭事情劳神，之前我开始留意用佛法应对各种痛苦和烦恼，我就用佛法劝她说，人最大的烦恼就是把心往外放，看什么都想要，可是要不到，于是烦恼就来临了。实际，一切皆"空"。母亲听后，点头应对。那时，我们还谈论到死亡。

随着时光的慢慢流逝，亲友中有年轻的、中年的、老年的，甚至不满周岁的孩子，在被病魔折磨得不堪忍受抑或无奈离世时，他们的亲友有的为他们念佛，有的在院外号哭。每当看到这一幕幕，我感到万分恐惧与凄凉！原来，人的生命是如此脆弱，而在面对死亡的时候又是如此彻骨，但又无能为力。

回忆逝去的三十多年，自己显得那样无知与贫乏，心中充满悲伤，那是一种从未有过的可怕的悲伤；更怕自己不知何时也这般难堪地死去，我的亲人又将如何地心痛呢?! 我未曾这样深刻地想过。由此，我联想到了这一幕：母亲去世以前，眼见母亲被心思缠绕，我曾手捧佛经对她说要放下，并告诉她我要辞职修行的想法，以往她很反对我的出外工作的做法，不料母亲在听完我的想法后，沉默了几分钟后说她支持我的想法。我听到后很是钦佩，一向平凡的母亲说出了这伟大的话。大概一个月后，母亲就去世了。

生命是一场聚散，岁月无情、生命易逝，初涉人世的第一声啼哭就拉开了聚散的序幕。所谓"天下无不散的筵席"，生命的最终归宿永远是死亡。刹那芳华，红颜弹指老，人生如梦，醒时万事空。生命只是一个过程，在这个过程中，有鲜花和掌声，也有荆棘和泪水，有欢乐，也有痛苦，而我们为了追求那醇美的欢乐，就必须忍受那酸涩的痛苦。试想：如果生命是无限的，没有了死亡，那么活着又有多大的意义呢？所以，死亡并不可怕，无非是生命的长眠。而在这长眠之前，我们应该珍惜我们拥有的每一天，想清楚到底什么才是我们该追求的，才是能让我们真正快乐的。是物欲？是名利？还是灵魂的安宁？

少年时的我，沉默得像个影子。时常注视着平原上徐徐落下的夕阳，一个人想心事。在一种沉重的感觉里，我渐渐长大了。长期封闭和单调的环境，培养了一颗孤独、内倾甚至幽暗的灵魂。心里始终有一道挥之不去的影子，如影随形。

幼年时，一个有月亮的夜晚，我在外婆家中的睡梦里惊醒，听到了凄厉的尖叫声。是沉默的老牛，它在牲口棚里惨遭棒杀。事隔多年，从老牛遭遇棒杀时发出的尖叫声中，我明白了什么叫任人宰割，什么是弱者的呼号！少年时爱好文学，幻想成为一名诗人，经历了践踏的命运之后，我才知道自己根本没有诗人的高贵。只不过是一头牛而已。那种尖利的牛叫声，总是让我的灵魂战栗不已。我就是余华《在细雨中呼喊》里那个脆弱无助的少年。

多少次，我漫步在北大的未名湖畔；多少次，我伫立于寒冷的夜色里，守护着一株落光了叶子的银杏树，等待着迟迟没有开来的公共汽车307；又有多少次，我把自己消磨于听课与读书当中……年复一年，日复一日，我在内心问自己，这到底是为了什么？所谓的北大精神、传统与风骨，早已感觉恍若隔世，所谓欣欣向荣的背后，诉说着一种无奈、压抑与沉重。学术，对于一些人来说，不再是情感、精神和生命的寄托，而是谋取名利的手段，有信仰、有真性情而又单纯的学者越来越少了——多了跳蚤与臭虫，少了大境界、大情怀和大生命，太可怜了，太猥琐了，太郁闷了！

为什么在S城生活了多年以后要来北京大学求学呢？《北大青年》杂志的记者曾经就这个问题采访过我，当时我列举了许多理由，现在想想这些理由都不是我最想说的。我的选择是，要在文字中建立一个强大的精神世界来对抗荒谬的现实世界，也就是说，精神自治。独立意味着得独自应付整个巨大的世界，前提必须是，自己特别独立而又强大。这是我的自我限定。这里要向读者交代的是，书中经常提到两个关键词：S城和鲁迅。S城是我的生身之地，人间世苦难的缩影，是我思考问题的现实参照；鲁迅是我的精神坐标，是我思考问题的精神参照。很多年以前，我就读了一本关于鲁迅生命哲学的书，此书将鲁迅先生置于儒、佛禅、道、耶、存在主义哲学和俄罗斯文学的中西文化语境下加以考察，从而重新定位鲁迅的地位。这本书深深影响了我，此后顺着这条线索，我去北大中文系、哲学系、宗教学系、历史系听课。

我并没有将所有的理想和希望寄附在文学上，实际上文字的力量也是有限的，对我而言，它不过是对于少年纯净天空的延续而已。那种独自去远方捕蛙的幸福，现在已经逝去了。远方不远，心灵的偏远才是最可怕的地方。我也是长大后，回忆的时候才懂得忧伤的。

村庄、河流、田野、小路、暗夜、红色的蛇、有月亮的夜晚，伙伴走散了，一个孩子单薄的背影，有一丝恐惧……能想象这是怎样的暗夜吗？多少年后，我回忆起那个有月亮的晚上，才作出一生最重要的事情：写作与思考。只有在写作和思考之中，我才不会沉沦下去，内心才能安静……

哦，乡村已经凋敝，童年不再来。蛙声已经消逝，捕蛙少年在沉重之中渐渐长大。我只能在神的大爱里，抑或是在佛陀的悲悯里，寻找那种终极的幸福与清净。依靠神的道，或者让自己像慧能一样明心见性，需要的是一颗单纯的心。能否变得跟以前那个捕蛙少年一样，这需要拥有一颗单纯的心。我无数次在内心叩问自己：在我尝试摆脱困境走向独立的时候，是否已经失去了心灵的柔软?!

2007年以来，我不再感时伤世。那个春季的早上在北大校园里漫步，雨水潮湿的气息袭人，白丁香花开了，瘦弱的花瓣颤颤的，袅娜着散发着微弱的香气。忽然想起了《圣经·传道书》上说："虚空的虚空，虚空的虚空，凡事都是虚空。"当我真正读懂了《卡拉马佐夫兄弟》以后，我发觉自己不再年轻。面对伊凡的痛苦和尖锐，我忽然想起小说的题词："一粒麦子落在地里，如若不死，仍旧是一粒；若是死了，就会结出许多粒来。"这确实是一个"方死方生"的时代，一些陈腐的东西将要死去，而一些新生的东西是否就要诞生？在这片只生野草不生乔木的土地上，或许我的生命也到了该改变一些的时候了。

2010年6月20日，母亲病逝。我生命中最重要的一个人就这样走了。在S城殡仪馆的三天时间里，我又一次浸染在地狱一般非人的体验里，再次看见S城前来吊唁的形形色色的人，眼前似有一群活鬼在晃动。蒙昧众生为无明所驱使。突然想起网友南朵文章中所说的：

> 我在一个意外的生活别处，意外地解读到了部分生存的真相：它让人活在一个不由自主、不知其名的磁场里，精神随之而舞，人格随之而舞，生命随之而舞，其魂已游离其身。浮躁不宁、无意省思，难忍孤独，生命的精魂已被外物左右，被一个他视之为最大的生命规则所规定。宛若一只陀螺，唯一能够支撑它的，恐怕只有终身旋转下去的惯性，绝无暇停下来了。
>
> 我很怕我成为一个欲望附身的人，为了上帝赐予的命运，接受这种非人的体验，成为被陀螺缠绕的人。我的心智会被邪恶占领，被慵懒掌控，我会丧失理想与良知，醉心于钻营与谄媚，无意思考与反刍，成为一具行尸走肉。

多少次，我想退却，然而，终于不能……大多数对佛教误解的人认为在现实生活中受到挫折，逃避到某个深山老林，去"出家"，进行所谓的"修行"，就解脱了，这些想法是很片面的。修行不需要一定在寺院中进行，只要有一颗坚定的心，处处皆有佛性与佛心永伴！学会让自己的心变得强大！让自己的心理变得强大，这才是最首要的事。一个法师告诉我说，境由心生！人所看见、面临的一切一切都永远只是他内心的映射！很多的问题，其实不在于外界，而是来自于你的内心，来自于你看待问题的角度。然而，我总怀疑，人经历的不幸和苦难太多了，难道就真的看开解脱了吗？法师对我说，修习佛法可以获得般若智慧使自己洞明幻象与真如，进入解脱之境，抛却种种执著，然而，在我这样一个凡夫看来，能悟空那只能是佛的境界。六祖慧能大师当年曾说过：不是风动，不是幡动，仁者心动。面对风动和幡动，我无从认定那是仁者心动。鲁迅那宿命般的话又在耳边响起："无穷的远方，无数的人们，都和我有关。我存在着，我在生活，我将生活下去，我开始觉得自己更切实了，我有动作的欲望——但不久我又坠入了睡眠。"

以淡定从容的道禅本心，过一种优游、恬静、幽谧而又适意的生活，对我而言实在是一种致命的诱惑。于是，悲苦交集，又一次彻悟了"生年不满百，常怀千岁忧"。人在天意面前，也许就是一条可怜的狗，不过是轮回于六道之中的一颗细沙罢了。可我不愿意选择彻悟后的空幻，所以信靠基督——因为，鲁迅先生警醒我向死而生，我不愿意太轻松。我选择面对苦难的世界，而不是黯然地自伤……因为，如果可能，我愿意匍匐在主的脚下，任其主宰，成为他的器皿，并最终达到对生命和世界的全部理解。但是我知道，主的门不会轻易向我打开，因为我是异教徒，理性主义早已经将我放逐到了不能返回的地方。事实上，自启蒙时代以来，我就被所有的确定性放逐了，它任我在无边无际的可能性中游荡、飘浮，像孤魂野鬼。然而我了解，这就是我的命运。

感谢郝庆军先生、赵春强先生、荣挺进先生、民间学者金纲先生、吾友伍绍东先生、老村先生！他们是我将此书的写作进行到底的力量！

2013 年 5 月　苦寒斋

图书在版编目（CIP）数据

问道北大——于仲达的新思考与批判 / 于仲达著. —北京：中国国际
广播出版社，2014.3
ISBN 978-7-5078-3695-0

Ⅰ.①问… Ⅱ.①于… Ⅲ.①随笔－作品集－中国－当代 Ⅳ.①I267.1

中国版本图书馆CIP数据核字（2014）第015899号

问道北大——于仲达的新思考与批判

著　　者	于仲达
责任编辑	张娟平　　孙兴冉
版式设计	国广设计室
责任校对	徐秀英

出版发行	中国国际广播出版社（83139469　83139489[传真]）
社　　址	北京复兴门外大街2号（国家广电总局内）
	邮编：100866
网　　址	www.chirp.com.cn
经　　销	新华书店
印　　刷	北京艺堂印刷有限公司

开　　本	710×1000　1/16
字　　数	500千字
印　　张	31.5
版　　次	2014年3月 北京第一版
印　　次	2014年3月 第一次印刷
书　　号	ISBN 978-7-5078-3695-0 / G·1427
定　　价	68.00元